U0371193

本书受复旦大学外国语言文学学院学术专著出版基金与
法国驻华大使馆人文与社会科学基金——高水平学术访问奖学金资助

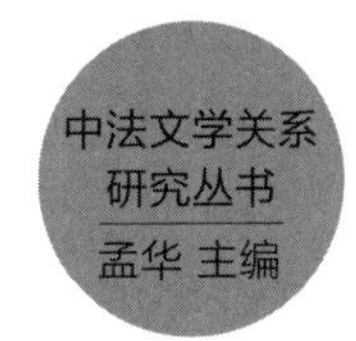

现代性的纷争与沉默

中国文学期刊中的法国文学（1917—1937）

杨振 著

DISSENSIONS ET SILENCE AUTOUR DE LA MODERNITÉ:

LA LITTÉRATURE FRANÇAISE DANS LES REVUES LITTÉRAIRES CHINOISES ENTRE 1917 ET 1937

图书在版编目 (CIP) 数据

现代性的纷争与沉默：中国文学期刊中的法国文学：1917—1937 / 杨振著 . — 北京：北京大学出版社，2022.8

ISBN 978-7-301-33265-8

Ⅰ . ①现… Ⅱ . ①杨… Ⅲ . ① 文学研究－法国－ 1917—1937 Ⅳ . ① I565.06

中国版本图书馆 CIP 数据核字 (2022) 第 146460 号

书　　名	现代性的纷争与沉默——中国文学期刊中的法国文学（1917—1937） XIANDAIXING DE FENZHENG YU CHENMO——ZHONGGUO WENXUE QIKAN ZHONG DE FAGUO WENXUE（1917—1937）
著作责任者	杨　振　著
责任编辑	严　悦
标准书号	ISBN 978-7-301-33265-8
出版发行	北京大学出版社
地　　址	北京市海淀区成府路 205 号　100871
网　　址	http://www.pup.cn　　新浪微博：@ 北京大学出版社
电子信箱	pkupress_yan@qq.com
电　　话	邮购部 010-62752015　发行部 010-62750672　编辑部 010-62754382
印 刷 者	天津中印联印务有限公司
经 销 者	新华书店
	720 毫米 ×1020 毫米　16 开本　28 印张　550 千字
	2022 年 8 月第 1 版　2022 年 8 月第 1 次印刷
定　　价	118.00 元

"中法文学关系研究丛书"总序

几年前,我曾写过一篇《皮之不存,毛将焉附——试论国际文学关系研究的地位与作用》的文章。写那篇东西的目的,一是为了回应国际上风行一时的比较文学"消解论",二是为愈来愈被边缘化的"国际文学关系研究"正名。《北京大学学报》刊发此文时附有如下"摘要":

> 比较文学是一门研究"文学方面的文化交流"的学科,只要文化交流一天不停止,比较文学就没有被"消解"的理由。作为这门学科最原初的研究领域,国际文学关系研究在学科中的地位曾大起大落,至今仍在某些地区、某些学者中受到轻视。然而,它一直在反思中前进,它最根本的变化,就是在传统的历史研究中引入了问题意识,引入了文学批评的精神。国际文学关系研究维系着本学科的身份与根本,它过去是,今天与未来也应是本学科最基本、最主要的研究内容。

这个颇有些"檄文"味道的"摘要",是我应编辑部要求而自拟的。我在这里重新引用它,皆因它概括了那篇文章的核心观点,而末尾几句,尤其点明了策划这一套"中法文学关系研究丛书"的基本立意。

多年来,我一直在为国际文学关系研究摇旗呐喊。不过,毕竟是人微言轻,虽聊胜于无,却很难有大的反响。面对外部世界热闹非凡的大环境,面对人们求新求变求大的普遍心态,面对电视台、广告牌里充斥着的"闪亮登场""震撼推出"那些希冀被人仰视、"华丽转身"一类的夸张表述,受人推崇、轻而易举地就能占据学术制高点的种种举动就都变得不难理解了。国际文学关系研究——具体到中国而言,更多的是中外文学关系研究——则没有这般显赫、亮丽的外表,更没有这个时代人们竞相追逐的高回报率。它要求研究者屁股坐下来,老老实实从梳理资料开始,从认真阅读文本开始,爬罗剔抉、刮垢磨光,点点滴滴地积累和建构起足以支撑一个课题研究的宽广的知识场。不仅如此,它还要求研究者具有敏锐的眼光和强烈的批评意识,质疑现象,提出问题,探幽索微,揭示本质。这是何等清苦而寂寞的过程!在凡事都讲效率、讲性价比的当今世界,又有多少人愿意承受这般的冷清和辛劳?但我很庆幸,在北大比较文学与比较文化研究所执教的二十年时间里,有一群学生愿意与我一样,做这个一点都不"华丽"、更不"震撼"的基础性工作。这是我的幸事,更是学科的幸事。

如今他们已成人,分散在全国各地的高校和科研机构里。让人感动的是,他们在忙碌的教学、科研、学术活动中依然没有丢弃如此需要时间、需要砥砺的中外文学关系研究。有了一群人在踏踏实实地做，在课堂上讲，在研讨会上谈，在文章中写，再去指导他们的学生……这就变成了一种既成事实。这样一种实实在在的存在，远胜过千言万语的论证和宣传，它让本学科最基础、最本质、最核心的研究方向得以发扬，得以光大，得以传承。

这套"中法文学关系研究丛书"，就是专为他们设计的。我希望借此平台展示他们的研究，向学界推荐他们的作品；同时也在内容与方法两个方面，丰富国际文学关系研究的成果。而之所以使用了限定词"中法"，则是受我本人研究范围所限。我是专治中法文学关系研究的，学生们也就大多沿袭了此一方向。当然，如有可能，我也希望未来能推出其他双边或多边文学关系研究的成果来。

在人类文明史上，中国和法兰西是两个响亮且诱人的名字。这两个文化大国，各自以其璀璨的文化丰富了人类的文化宝库。两国间的文化交流源远流长，彼此都对对方产生过积极、深远的影响，又都从对方那里汲取了有益的成分来革新、滋养本民族的文化传统，使其生生不息。这样一部丰富、瑰丽的历史，为中法文学关系研究提供了多姿多彩的研究对象与视角。

本丛书没有愧对这样的多姿多彩，它的选目及作者同样也异彩纷呈：入选本丛书的所有论著，都是作者们在自己博士论文的基础上加工修订而成。丛书作者们的论文既有在北大答辩的，也有在巴黎四大答辩的，其中有一些是在中法双方导师合作指导下完成的。丛书涉及的内容不仅是中法文化、文学间双向的对话、接受、互视、互补，而且横跨了数个世纪，涵盖了整整一部中法文化交流史：从两国间文化交流滥觞的17、18世纪，直至交流已成定势、成共识的21世纪。所处理的文本则远远超出了纯文学的范畴：除了戏剧、小说、诗歌外，也不乏难以归类的记游作品、报纸杂志，甚至一切可冠之以"文"的材料……同样纷繁多样的还有作者们的研究方向：翻译研究、形象研究、媒介研究、文化研究，不一而足。而且往往在同一部著述中，又数个方向并存，彼此切换勾连照应。

尽管有这般的千差万别，本丛书的著述仍然有着许多共通之处。首先是作者们的研究和立论都建立在第一手中西文资料的基础上。说到这一点，或许应特别指出，不管他们最终在哪里答辩，作者们在论文撰写过程中都曾在中国政府或法国政府的资助下，远赴对象国搜集资料、实地考察，呼吸异国的精神文化空气，切身感悟异国的文化氛围。其次是所有的论著都是个案研究。这就保证了这批年轻的学者能在有限的时间内建构起相应的知识场，尽可能地穷尽相关资料，最大限度地保证研究成果的原创性、科学性。但这些从小处入手的研究，却不乏大的抱负。我们可以看到，入选的每一本书都透露出一种强烈的文学史关怀。研究中国文学流播法国的作者，汲汲于讨论中国文化因子、元素，为何和怎样参与了法国文学的变革；处理法国文学在中国的作者，则念念不忘探讨法国文学、文化如何在中国的现代化进程中起作用。一国文学,因为与异文学的相遇、交流、对话而产生了革命性的变化,这是比较文学国际文学关系研究最感兴趣的话题之一。作者们敏锐地捕捉到这些变化,从而也就丰富甚至改写了接受国的文学史。由此牵连出的,是作者们对变化过程的重视。而在这种对过程的描述和讨论中,文学史就必然与思想史、心态史、社会史,甚至经贸史、外交史相交叉、相关照、相联系。如此宽广的研究场域才保证了他们可以进而去探讨接受国的观念是如何在与异文化的对话、对质中渐变、革新的。不仅如此,这些年轻的比较学者们还有更高远的追求。他们知道:一国文学在异国的译介、传播、接受,不仅在时间上延续了原著的艺术生命,而且在空间上也由于跨文化变异而赋予了原著以新的意义。所有这些,都必将进入我们称之为世界文学的版图中。所以说到底,他们瞄准的是书写世界文学史。

以上这些共通点,既有对传统国际文学关系研究的继承,更体现出作者们对方法论变革的自觉。我在“摘要”中强调的那些最根本的变化,完全可以引这些著述为证。令人欣喜的是,作者们并没有“鹦鹉学舌”般地照搬各种新概念、新理论,而是将一切适用的东西融会贯通于自己的研究中,并且以自己的实践和思考,再去补充和完善现存的理论和方法。所以他们不仅仅是变革实践的参与者、亲历者,更是变革历史的建构者、书写者。这对他们个人而言,无疑是一笔宝贵的精神财富和一段值得回忆的经历。而历史——中国的、法国的、世界的比较文学历史,不是已经在变革的事实中铭记下了这些参与者、书写者们的奉献?

入选本丛书的所有著述,无一例外,都是作者们生平的第一本专著,因而也就不可避免地带有初出道者的特点:略显稚嫩,多少未脱博士论文特有的“学究味”,分析和探讨也都还有向纵深拓展的余地。但我们完全可以相信,这是“成长中的烦恼”。随着年龄和阅历的增长,他们必定会“天天向上”。

最后还要补充的是,2014 年是中法两国建交 50 周年,两国举行了多种纪念活动。我们选择此时推出这套丛书,自然是希望沾一点欢庆的喜气,同时也为中法两国关系的发展送上我们比较学者的祝福。为了能让这套丛书按时出版,北大出版社外语编辑部主任张冰、法国驻华使馆文化处专员易杰(Nicolas Idier)及其助手张艳、本丛书责编初艳红等都付出了很大的努力,给予了我们从物质到精神的各种帮助,我谨代表丛书的各位作者向他们致以诚挚的谢意!

作为专治中法文学关系研究的比较学者,能在古稀之年推出这样一套丛书并为之作序,实在是我此生最大的荣耀!最大的幸福!

是为序。

孟华

2014 年 10 月 10 日写于京西

以上这些文字写于2014年，丛书第一辑即将付梓之际。倏忽间八年过去，丛书第二辑也已面世七年。现又突然推出一本，形单影只，责编建议不如将它并入第二辑，以求丛书的完整。我思忖再三，决定接受他的建议。

既是纳入同一套丛书的同一辑，似无必要再为原序添加什么文字。无奈，世事多变，星移斗转间发生了太多难以预料之事，确实需要对读者做些说明：

其一是原定第一、二辑中，均有个别选目因种种原因至今未能如愿出版。为了对读者、作者负责，此次已在勒口上删除了这些书名。其二是基本出于同样的原因，我对“总序”的个别语句也做了微调，使其更符合丛书现有状态。最后，也是最重要的一点，是本书突破了原先设定的作者范围。这套丛书原是为我在北大比较所带出的硕博士们设计的，“总序”中所言之“他们”（丛书作者）皆有明确所指。而现在的这一本，却是出自巴黎四大博士、复旦法语系副教授杨振之手，而他从未就读于北大。之所以会有这个变化，皆因我曾一度计划扩大丛书作者范围，且已将此计划付诸实施。

自1989年在北大执教以来，在将近三十年的时间里，我常去法国开会、讲学、做研究。每次赴法工作，总能结识一些在当地读博的中国留学生。或许因兴趣相投，所思所想都离不开“中法文学关系研究”的大方向，我们也就有了共同语言，相互切磋讨论，逐渐熟谙起来。其中一些人的法国导师还与我私交甚笃，有时也会向我推荐自家学生的工作。于是我便萌生了将那些颇获好评的论文推介给国内学界的念头，而最直接、最方便的做法当然就是将它们收入本丛书。由此便诞生了做一个新专辑的计划。

原以为选目确定，选题申请在北京大学出版社通过，这个新专辑不久即可与读者见面。没曾想，作者们一旦走向社会，就不再能单纯地问学治学，他们必须首先应对现实生活的挑战。更何况，从法文改写成中文绝非易事。它要求的不仅仅是语言的转换，更需按照另一文化体系中读者的知识结构增删，甚至重写整部论文。在重重压力下，新专辑的作者，无论是已返故土的，抑或留在异国他乡的，几乎所有人都未能在规定时间内交出完稿。唯一一个例外就是杨振，于是便有了前文提及的责编的建议。

我很遗憾，也颇无奈，只能直面现实。不过，我骨子里是个无可救药的乐观主义者，永远对未来充满希望。我坚信：有学术价值的研究成果终将会留存下去——以这样或那样的形式。

末了，还想说几句感谢的话：本书责编严悦，是我遇到过的最负责任的编辑。没有他的努力和坚持，本书恐怕也难见天日。北京外国语大学的马晓冬教授，在我最困难的时候，义无反顾地伸出援手，承担起了所有的组织联络工作。那些枯燥、繁琐的杂务占用了她太多的时间和精力，她却毫无怨言，兢兢业业、全力以赴地“为人作嫁”。我敬重这两位年轻的同事，谨向他们致敬，并深表谢意！

孟华

2022年8月30日写于北京协和医院

目　录

第三部分 十七世纪法国文学译介

第四部分 十八世纪法国文学译介

第五部分　十九世纪法国文学译介

引　言

1924年4月发表于《小说月报》法国文学专号的《法国文学对于欧洲文学的影响》一文以如下诗句开篇：

给我们一个名字，能够充满心灵以
引导人类的光明的思想，
学问的绚烂，与艺术的愉乐的，——
一个名字，能够叙述出一个光荣的参与，
在人类的长久的苦役与猛烈的战争里，
以期打开一条路，
从黑暗中走到，
自由博爱平等的日子的，——
一个如明星似的名字，一个光彩辉跃的名字。
我给你们以法兰西！[①]

该段文字出自美国作家亨利·冯·迪克(Henry van Dyke)(1852—1933)创作于1916年的《法兰西之名》一诗，见证了法国文学在当时中国的影响力。中国人对于法国文学的兴趣肇始于晚清。据统计，1840—1920年间，法国文学译作在整个外国文学译作中位居第二。[②] 二十世纪二十年代，法国文学是《小说月报》中仅次于俄罗斯文学的第二大外国文学。[③] 1931—1937年，法国文学在中国的译介与二十世纪二十年代同样活跃。[④] 中国人对法国文学的兴趣解释了笔者为何以法国文学在中国的译介为研究对象。

---

① 沈雁冰、郑振铎：《法国文学对于欧洲文学的影响》，《小说月报》，第十五卷号外，1924年4月，第1页。文章作者之一沈雁冰指出，该文建基于艾米琳·M.芬森(Emeline M. Fensen)的作品《法国文学对欧洲的影响》(*The Influence of French Literature on Europe*)。该书1919年发表于美国，全名为《法国文学对欧洲的影响——关于文学价值的历史研究参考书》(*The Influence of French Literature on Europe — An Historical Research Reference of Literary Value*)，该书的阅读对象为"大学生、师范学校学生和预科班(高级中学)学生"。见 Emeline M. Jensen, *The Influence of French Literature on Europe*, Boston, The Gorham press, 1919.

② 韩一宇：《清末民初汉译法国文学研究(1897—1916)》，北京，中国社会科学出版社，第1页。

③ 见笔者硕士论文：*Étude sur l'introduction de la littérature française dans* Le Mensuel du roman réformé (1921—1931)，上海外国语大学，2007年12月，第18页。

④ 见第一章《1917—1937年中国主要文学期刊中翻译的法国文学作品》。

二十世纪二三十年代，中国文学期刊扮演了构建想象共同体的角色，这在当时的年轻人中尤为明显。在创作于1928年、以二十世纪二十年代中国年轻知识分子心路历程为主题的小说《倪焕之》中，叶圣陶写道：

> 刊物是心与心的航线，当时一般青年感得心里空虚，须要装载一些东西来容纳进去，于是读刊物；同时又感得心里饱胀，仿佛有许多的意思许多的事情要向人家诉说，于是办刊物。在这样的情形下，刊物就像春草一般萌生；名称大概含有一个"新"字，也可见一时人心的趋向了。①

在1931年首次以连载形式出版的小说《家》中，巴金描绘了当时年轻人阅读《新青年》《少年中国》等杂志的热情。② 这些期刊不再强调下级对上级的绝对服从，而是宣扬自由、平等、博爱等新的社会原则。

中国现代文学研究者对期刊的关注由来已久。1988年出版的《中国现代文学期刊目录汇编》收录了1915—1949年间出版的276种杂志。③ 2010年，该目录汇编修订版出版，所囊括杂志数量不变。④ 同年出版了内容更为完备、包括657种期刊的《中国现代文学期刊目录新编》。⑤ 我们以1988年出版的目录汇编为底版，按历时顺序建立了法国文学翻译作品表和法国文学评论文章表，考证出绝大部分法国文学译作的原题，指出它们的体裁，并将评论文章，特别是并非以法国文学为主题的评论文章中涉及的法国作家名字挑拣出来。我们不仅关注评论特定时期或特定作家的长文，也关注评介法国文学最新动向的短文（法国文学作品被重新发现；法国文学新作发表；法国文学作品再版；法国文学作品被改编成电影；法国文学手稿出售；法国戏剧在中国排演上映；新文化机构在法国设立；法国文学学术会议和展览举办；中法文化交流协会成立等）。

文学期刊让我们能够更为直观地观察中国读者对于法国文学的反应。一些期刊面向大众征文，这为普通读者表达对于法国文学的看法提供了空间。比如，《宇宙风》征集"二十四年我所爱读的书"，于是有了次年（1936年）2月1日在该杂志上发表的《〈莫里哀全集〉等三种》一文。一些杂志设立固定专栏，用于登载编者与读者以及读者之间的对话。中国读者对于同一部法国文学作品的多元阐释因此获得呈现的可能。比如，《开明》杂志"短评"一栏刊登了数篇法国文学读后感，其中六篇

---

① 叶圣陶：《倪焕之》，上海，开明书店，1932，第285－286页。

② 巴金：《家》，上海，开明书店，1933，第48－49，61－62，66－67，74，221页。

③ 唐沅、韩之友、封世辉、舒欣、孙庆升、顾盈丰编：《中国现代文学期刊目录汇编》，天津，天津人民出版社，1988。

④ 舒欣、孙庆升、顾盈丰、唐沅、韩之友编：《中国现代文学期刊目录汇编》，北京，知识产权出版社，2010。

⑤ 吴俊、李今、刘晓丽、王彬彬编：《中国现代文学期刊目录新编》，上海，上海人民出版社，2010。

涉及米尔博(Octave Mirbeau)的《工女马得兰》(原名《坏牧羊人》),四篇涉及莫泊桑(Guy de Maupassant)的《水上》,四篇涉及夏尔·佩罗(Charles Perrault)的《鹅妈妈》,三篇涉及阿纳托尔· 法朗士(Anatole France)的《黛丝》。另有三篇以《法国名家小说集》为主题,两篇以左拉(Émile Zola)的《洗澡》为主题。[①]

1917—1937 年中国文学期刊中发表的部分法国文学评论文章如今被收入作家作品全集或中国现代文学研究资料汇编,得以再版,但笔者还是尽量参考原版文章。因为再版文章可能与原版文章有出入,而这一出入有时显示出文章作者对于法国文学理解的变化。郁达夫即为一例。2007 年出版的《郁达夫全集》收录了《文学上的阶级斗争》一文,我们在其中读到如下段落:

> 表面上似与人生直接最没有关系的新旧浪漫派的艺术家,实际上对人世社会的疾愤,反而最深。不过他们的战斗力不足,不能战胜这万恶贯盈的社会,所以如卢骚等,在政治上倡导了些高尚的理想,就不得不被放逐。[②]

该段文字最初于 1923 年 5 月 27 日发表于《创造周报》,最后一句原文为:"所以如卢骚,佛儿泰而 Voltaire 等,在政治上倡导了些高尚的理想,就不得不被放逐。"[③]伏尔泰的名字之所以没有出现在 2007 年版《郁达夫全集》中,是因为该版编者参考的不是该文最初版本,而是 1930 年《敝帚集》中的版本。郁达夫对伏尔泰的态度以 1928 年《卢骚传》的发表为分水岭。此前郁达夫笔下的伏尔泰一直以正面形象出现,[④]而《卢骚传》中的伏尔泰则变成一个好虚荣、会奉承、善嫉妒的人。郁达夫很有可能出于前后言论一致的考虑,在 1930 年出版《敝帚集》时删去了 1923 年版文章中伏尔泰的名字。郁达夫对伏尔泰态度的改变是否源自于他对该作家了解的深入?抑或仅仅因为他希望通过抹黑伏尔泰,衬托卢梭(Jean-Jacques Rousseau)的光辉形象?我们将在本书第四部分探讨《卢骚传》的撰写过程时回答这些问题。

有时即使原版和再版文章内容没有出入,文章在原期刊中的刊登形式也会揭示出再版文集所未必能够揭示的问题。蒙田(Michel de Montaigne)在《文学》杂志中的接受便是一例。1933 年蒙田诞辰四百周年之际,梁宗岱应邀在《文学》创刊号上发表《蒙田四百周年生辰纪念》一文和《论哲学即是学死》译文。这两篇文章后来分别被收入 2003 年版《梁宗岱文集》第二卷和第四卷。如果只读该文集,我们无法得知两篇文章最初在《文学》杂志中为并列排版,而它们中间镶嵌了一首以蒙田为

---

① 见附录二。

② 郁达夫:《文学上的阶级斗争》,《郁达夫全集》,第十卷,杭州,浙江大学出版社,2007,第 41 页。

③ 郁达夫:《文学上的阶级斗争》,《创造周报》,第三号,1923 年 5 月 27 日,第 1 页。

④ 比如发表于 1922 年 8 月 2 日《时事新报》文学副刊的《〈女神〉之生日》一文。见郁达夫:《郁达夫全集》,第十卷,第 34 页。

主题的打油诗:《四百年前和今日》。这首诗的作者,也是《文学》编委之一的傅东华,将蒙田描述成具有怀疑精神、为社会进步而战的反封建斗士。[1] 而就在傅诗发表的同一页,梁宗岱这样写道:

> 和长天,高山,大海及一切深宏隽永的作品一样,蒙田底《论文》所给我们的暗示和显现给我们的面目是变幻无穷的。直至现代,狭隘浅见的蒙田学者犹斤斤于门户之争:有说他是怀疑派的,有说他是享乐派的,有说他是苦行学派的……"让我们跳过这些精微的琐屑罢"[2],如果我们真要享受蒙田底有益的舒适的接触和交易。"我所描画的就是我自己","我自己便是我这部书底题材"[3],这是蒙田对我们的自白。[4]

梁宗岱强调作家的人性,傅东华强调作家的社会功用。我们因此有理由推测,二人关于蒙田的看法存在分歧。顺着这一推测深入研究,我们发现受邀为《文学》第一期撰稿的梁宗岱,在给第二期投稿时便被拒稿。1934 年,另一位法国文学批评家马宗融开始接近《文学》杂志,在其上发表多篇文章。《文学》编委对马宗融似乎颇为满意,1935 年将主持"世界文坛展望"栏目的重任交给他。梁宗岱则于 1934 年 11 月 17 日致信《文学》编委会,批评马宗融将莫里哀剧作 *Les Précieuses ridicules*(今译《可笑的女才子》)的题名译为"可笑的上流女人"不妥。梁宗岱认为,该题名宜译为"装腔作势"。梁宗岱的信件和马宗融的复信一并刊登于 1935 年 1 月 1 日的《文学》杂志,由此开启了两位法国文学批评家间的论争。梁宗岱是否确实与《文学》杂志以及马宗融属于不同文学阵营?他们分歧的根本原因何在?这一分歧如何影响他们各自对于法国文学形象的制造?我们将在研究蒙田和莫里哀接受的章节中对这些问题展开讨论。

我们选择 1917—1937 年作为研究时间段,是因为 1917 年可以被视为中国现代文学的开端,1937 年则意味着相对平静时代的终结。中国现代文学源自于中国社会的深刻变革。上述大部分中国现代文学先驱均出生于 1880—1905 年间。此时科举制度日趋没落,而当时中国的民主之风让他们即使不走出国门,亦能够汲取

---

① 伍实:《四百年前和今日》,《文学》,第一卷第一号,1933 年 7 月 1 日,第 194 页。

② 此句原文为蒙田在《论哲学即是学死》一文中引的一句拉丁文诗。见 Montaigne, *Les Essais*, adaptation en français moderne par André Lanly, Paris, Gallimard, 2009, p. 100。

③ 这两句摘自蒙田随笔集《致读者的话》。见 Montaigne, *Les Essais*, éd. cit., p. 9。

④ 梁宗岱:《蒙田四百周年生辰纪念》,《文学》,第一卷第一号,1933 年 7 月 1 日,第 194 页。梁宗岱之所以受邀为《文学》撰写纪念蒙田诞辰四百周年的文章,很可能是因为当时他被公认为最好的蒙田作品译者。《文学》的另一位编委郑振铎在他主编的"世界文库"中专门推荐梁宗岱翻译的蒙田《论文集》(今译《随笔集》)。见郑振铎:《世界文库第一集目录"外国之部"》,《文学》,第四卷第五号,1935 年 5 月 1 日,第 14 页。

如今仍令中国大众耳目一新的精神养料。[①] 伴随中国现代文学勃兴，大量文学社团和期刊诞生。我们可以根据这些社团和期刊的风格，将它们大致定义为现实主义、浪漫主义或现代主义的；或根据它们的时间观，将它们定义为激进或保守的；又或根据它们的政治倾向，将其定义为左倾或右倾的。这些标签有时为作家自己所标榜，有时拜中国现代文学史家所赐，还有一些由文学论战一方强加给另一方。这些标签尽管有简化之嫌，却也为我们把握当时文坛概况提供支点。

中国现代文学期刊的不同立场反映在其对法国文学的译介中。进步主义期刊为卢梭塑造正面形象，《学衡》则将其视为道德沦丧的作家；左翼期刊将巴比塞(Henri Barbusse)和罗曼·罗兰(Romain Rolland)视为灯塔，《人间世》则更喜欢蒙田。也有许多期刊对不同流派的法国作家持开放态度。比如：强调文学与社会关联的《小说月报》曾刊登梁宗岱研究保罗·瓦莱里(Paul Valéry)的长文，作者通篇强调内心生活对于文学创作的重要性。再比如，充满颓废色彩的波德莱尔(Charles Baudelaire)的《秋歌》一诗，却出现在明显具有左翼进步主义色彩的《文学》杂志上。

一些中国批评家刻意制造一幅法国作家形象，为自己的文学立场正名。吴宓将龙沙(Pierre de Ronsard)和马勒尔白(François de Malherbe)进行的语言改革描绘成中国白话文运动的对立面；郁达夫撰写《卢骚传》时忽略其所参考的外文卢梭传记揭示作家阴暗面的细节；穆木天则在一份左翼期刊中将弗朗索瓦·维庸(François Villon)塑造成无产阶级代言人。

本书主要回答如下问题：中国现代文学期刊译介了哪些法国作家？他们如何以及为何被译介？本书共分五部分：第一部分概述1917—1937年中国现代文学期刊中法国文学译介状况，后四部分按历时顺序，分别研究中世纪、十六、十七、十八和十九世纪法国文学译介与接受。

第一部分共分两章，分别概述法国文学翻译和评介状况。第一章展示21年间法国文学译作数量和体裁分布的变迁，指出每种体裁被翻译最多的作家，以及该作家逐年被翻译作品数量的趋势。第二章以专门评论某一时期法国文学的文章为基础，概述这些时期法国文学在中国的总体形象。

第二部分研究中世纪至十六世纪法国文学接受，主要涉及五位作家：维庸、拉伯雷(François Rabelais)、龙沙、蒙田和马勒尔白。我们将关注不同中国批评家对于这些作家的不同态度，特别研究左翼思潮和无政府主义对维庸形象塑造的影响，以及《文学》创刊号中蒙田的形象。

后三部分分别以莫里哀、卢梭和波德莱尔的接受为研究对象。每部分先概述

---

① 青年周作人的批判思维、民主精神的养成是一个典型案例。见周作人：《周作人散文全集》，钟叔河编订，第一、二卷，桂林，广西师范大学出版社，2009；钱理群：《周作人传》(修订版)，北京，华文出版社，2013。

作家译介情况，然后分析围绕作家展开的论战。共涉及三场论战：马宗融与梁宗岱关于莫里哀的论战、郁达夫和梁实秋关于卢梭的论战、鲁迅和徐志摩关于波德莱尔的论战。

笔者根据作家在评论文章中出现的频率及其被翻译作品的数量，选定上述八位法国作家作为重点研究对象，同时兼顾其他法国作家的接受研究。后者会出现在第一部分概述中，也会出现在对中国批评家的分析中。比如，在研究梁宗岱对莫里哀的接受时，我们会兼及梁宗岱对瓦莱里诗作中人与自然关系的阐释。

中国现代文学期刊中的法国文学接受构成一张复杂的知识生产网络图。对比译作与原文、评论文字与它们的参考文献，我们发现各种改写、删除和增添。这些文本策略帮助我们更好地理解中国接受者对法国作家的态度。这一态度与中国接受者的视野，以及形塑这一视野的社会历史背景密切相关。我们将捕捉中国接受者评论法国文学时使用的关键词，从他们同时期其他文章中找到这些词，以此为出发点，重构中国评论家的文学视野。研究莫里哀的接受时，我们将探讨马宗融笔下的平民概念和梁宗岱笔下的永久性概念；关于卢梭的接受，我们将探究郁达夫笔下愤世嫉俗者的概念和梁实秋对浪漫主义和理性的定义；在波德莱尔接受研究中，我们将研究鲁迅和徐志摩视野中的颓废和音乐性概念。

我们一方面重构法国文学译者和评论者所处的历史背景，另一方面也关注他们对于生、死、爱、美、痛苦等人类生存根本问题的思考。这一思考帮助我们更好地理解法国文学如何触动处于深刻文化转型期的中国文学之魂。

第一部分　概　论

第一章　1917—1937年中国文学期刊对法国文学的翻译

作家与作品:相关数据

1917—1937年,属于我们统计范畴的中国文学期刊[①]共翻译221位法国[②]作家[③]的作品,其中65人身份尚不明确。21年间每年被翻译作家数量分别为3、1、3、4、9、7、25、29、37、25、28、30、49、27、29、22、31、40、25、25和19。1923年起,被翻译法国作家数量明显增加,1929年达到最高值(49位作家被翻译)。除1925(37位作家被翻译)、1929和1934(40位作家被翻译)年外,每年所译作家数量在20至30位之间,总体较平衡。

在所有被翻译法国作家中,十二世纪作家2位,十三世纪作家1位,十四世纪作家1位,十五世纪作家4位,十六世纪作家13位,十七世纪作家4位,十八世纪作家7位,十九世纪作家47位,十九世纪末二十世纪初作家37位,二十世纪作家49位。由此可见,绝大多数所译法国作家均为十九、二十世纪作家。1935—1937年,几乎所有被翻译法国作家均出自这一时期。

1917—1937年,纳入我们统计范畴的文学期刊共发表930篇(重译不算,连载

---

① 我们的统计以唐沅、韩之友、封世辉、舒欣、孙庆升、顾盈丰编《中国现代文学期刊目录汇编》(天津,天津人民出版社,1988)为基础,下同。

② 关于被翻译作家作品国籍,有如下三点予以说明:a. 陈季同(1851—1907)、查理·冯·勒伯格(Charles Van Lerberghe)(1861—1907)等用法语写作、但非法国国籍的作家不在统计范围内;b. 对于《中国现代文学期刊目录汇编》中国籍标注为法国的作家,我们都尽量找出其原名。如果不能确认其原名,暂仍将其视为法国作家进行统计;c.《中国现代文学期刊目录汇编》中没有标注国籍的作家,通常有两种情况:(1)汇编中有作者原名;(2)汇编中无作者原名。属于第一种情况的作者国籍较为容易确认。属于第二种情况的部分作者,我们通过其姓名或作品名的译名,推测出其原名。比如:《涛声》第二卷第四十五期刊登了李又燃译《Saadi的玫瑰花》。鉴于李又燃同年在《涛声》第二卷第十七期中翻译发表了罗曼·罗兰的一封通信,且译者本身有留法背景(见照春、高洪波主编:《中国作家大辞典》,北京,中国文联出版社,1999),我们初步可以认定《Saadi的玫瑰花》即马瑟琳·德波得—瓦尔默(Marceline Desbordes-Valmore)的同名作品。

③ 一些非传统意义作家的法国作者,如拿破仑·波拿巴(Napoléon Bonaparte)(1769—1821)、克洛德·亚历山大·德·博纳瓦尔(Claude Alexandre de Bonneval)(1675—1747)、贝尔纳·格拉塞(Bernard Grasset)(1881—1955)、约瑟芬·德·博阿内(Joséphine de Beauharnais)(1763—1814)、勒内·布鲁姆(René Blum)(1878—1942)和查理·博杜安(Charles Baudouin)(1893—1963),也被纳入统计范围。

只算一篇[①])法国文学译作,每年均有一定数量的新译作面世。1923 年起,译作数量明显增加,1925 年达至顶峰,1929 年是另一个高峰。三十年代每年所译作品平均数量低于 1923—1929 年间每年所译作品平均数量。1929—1932 年,每年所译作品数量呈减少趋势,1933 年起开始回升,1935 年达到三十年代最高峰,1937 年所译作品数量较此前明显减少。

以被翻译作家和作品数量为标准,我们可以在 1917—1937 年中区分出法国文学翻译的三个繁荣期:二十年代中期(1923—1925 年)、二十年代末期(1927—1929 年)、三十年代中期(1933—1935 年)。

被翻译作品体裁十分多元[②]:小说、诗歌、戏剧、寓言、随笔、评论、通信、日记、回忆录、游记、序言、歌词、演讲、采访等。主要被翻译的体裁为小说、诗歌、戏剧和寓言。四种体裁被翻译作品数量分别为 339 篇、287 篇、43 篇和 38 篇。

小说翻译

1917—1937 年,属于我们统计范畴的中国文学期刊共翻译 28 位法国长篇小说家作品。除《列那狐》作者和伏尔泰外,均为十九、二十世纪小说家。短篇小说翻译方面,在 58 位被翻译的短篇小说家中,[③]只有玛格丽特·德·那瓦尔(Marguerite de Navarre)和伏尔泰为十九世纪以前的作家。除 1931、1936 和 1937 年外,每年均有一定数量新短篇小说家被翻译。1924 年被译短篇小说家数量最多。

被翻译短篇小说数量最多的前六位作家为莫泊桑(84 篇)、法朗士(17 篇)、都德(Alphonse Daudet)(16 篇)、左拉(13 篇)、巴比塞(11 篇)和安德烈·莫洛亚(André Maurois)(11 篇)。

1917 年,莫泊桑只有两部短篇小说被翻译。1921—1928 年,莫泊桑短篇小说年平均翻译数量较 1921 年以前明显提高。三十年代,中国人对莫泊桑短篇小说的兴趣较二十年代明显减弱。法朗士短篇小说翻译集中于 1921—1923、1925—1929 年;都德短篇小说翻译集中于 1919—1920、1923—1925、1927—1930 年;左拉短篇小说翻译集中于 1926—1928、1934—1935 年;巴比塞短篇小说翻译集中于 1923—

① 如果连载作品的各组成部分相对独立,我们在统计时将各部分分别视为一部作品。相关作品如下:莫泊桑的 *Les Dimanches d'un bourgeois de Paris*,都德的 *Lettres de mon moulin*,让·约瑟夫-雷诺(Jean Joseph-Renaud)的 *Un amateur de mystères* 和雷米·德·古尔蒙(Remy de Gourmont)的 *Couleurs*。

② 《学衡》在刊登拉封丹寓言时将其体裁定义为诗。我们在统计时仍将其算作寓言。对于未考证出原作的法国文学作品,如果 1988 年版《中国现代文学期刊目录汇编》有标注其体裁,我们暂按照汇编标注统计。

③ 我们未考证出作者原名的小说信息如下:《一团和气的家庭》,《小说世界》,第十二卷第八期,1925 年 11 月 20 日。

1924、1931—1933年。总体而言,二十年代中国现代文学期刊对莫泊桑、法朗士和都德短篇小说的兴趣明显大于三十年代,左拉与巴比塞短篇小说则在二十年代和三十年代均有翻译。与上述五位作家不同,三十年代,安德烈·莫洛亚才开始吸引中国读者注意。仅1935年3月,《译文》便出版了10篇安德烈·莫洛亚短篇小说中译文。

与莫泊桑、法朗士和都德类似,马塞尔·普雷沃(Marcel Prévost)、雷诺·巴赞(René Bazin)、泰奥菲尔·戈蒂耶(Théophile Gautier)、皮埃尔·路易士(Pierre Louÿs)、保罗·莫杭(Paul Morand)和雷米·德·古尔蒙(Remy de Gourmont)[①]的短篇小说翻译主要出现在二十年代。与左拉和巴比塞类似,弗朗索瓦·科贝(François Coppée)和奥克塔夫·米尔博(Octave Mirbeau)[②]的短篇小说翻译二十年代和三十年代均有。梅里美(Prosper Mérimée)则与安德烈·莫洛亚一样,直至三十年代才被译介。

除左拉、保罗·莫杭和梅里美外,1926年后新译法国短篇小说家没有任何一人获得持续关注。1928年起,69%的新译法国短篇小说家只有一篇小说被翻译,其余除安德烈·莫洛亚外,每人只有两篇小说被译。由此可见,随着时间推移,中国现代文学期刊对法国小说翻译的选择日趋多元。

诗歌翻译

1917—1937年,共63位法国诗人被翻译。在60位身份可考的法国诗人中,中世纪6位,十六世纪11位,十七世纪1位,十八世纪2位,十九、二十世纪40位。被翻译的法国诗人主要集中于十九、二十世纪。但比起小说,被翻译的法国诗歌所属时代更为多元。

1925年,所译法国诗人数量达到顶峰。1928—1933年,每年所译法国诗人数量持续增长。同一时期,每年所译法国作家总数和法国短篇小说家数量则高低不定。

从每年所译诗作数量看,中国现代文学期刊中的法国诗歌翻译经历了三个上升期:1923—1925年、1927—1930年、1931—1933年。1925年所译诗歌数量达到顶点。比起法国小说翻译,20—30年代,法国诗歌翻译年平均数量较为平衡。

① 马塞尔·普雷沃的8部短篇小说译作发表于1923、1924和1928年;雷诺·巴赞的3部短篇小说译作发表于1923、1924和1925年;戈蒂耶的4部短篇小说译作发表于1924、1927和1930年;皮埃尔·路易士的4部短篇小说译作发表于1924、1929和1930年;保罗·莫杭的4部短篇小说译作发表于1926、1928和1929年;雷米·德·古尔蒙的4部短篇小说译作发表于1927和1928年。

② 弗朗索瓦·科贝的7部短篇小说译作发表于1920、1921、1922、1925、1935和1936年;奥克塔夫·米尔博的7部短篇小说译作发表于1921、1927、1935和1936年。

1921—1930 年,每年平均翻译 20 篇法国小说;1931—1937 年,每年平均只翻译 7 篇法国小说。而 1921—1930 年,每年平均翻译 18 首法国诗歌,与 1931—1937 年每年平均翻译 15 首法国诗歌相差无几。

作品被翻译最多的六位诗人如下:波德莱尔(73 首)、魏尔伦(Paul Verlaine)(21 首)、雨果(Victor Hugo)(18 首)、保尔·福尔(Paul Fort)(13 首)、雷米·德·古尔蒙(12 首)和拉马丁(Alphonse de Lamartine)(11 首)。由此可见,中国现代文学期刊最感兴趣的是法国象征主义和浪漫主义诗人。

波德莱尔诗歌(包括散文诗)最早于 1922 年被翻译。1922—1925 年,其被翻译诗歌数量逐年上升,1925 年达到第一个高点。1926 年其诗歌翻译数量略有回落,之后继续上升,于 1929 年达到 21 年间最高点。1930—1936 年,波德莱尔诗歌继续吸引中国现代文学期刊注意,这一时期的翻译高潮为 1933 年。

魏尔伦诗歌最早于 1921 年被翻译,1925—1927 年持续被翻译,1930 年再次被翻译,同年其诗作翻译数量达到最高值。在我们所研究时间段中,魏尔伦诗歌译作最后出现于 1935 年。

雨果诗歌 1925 年被首次翻译。1925—1927、1929—1930 以及 1934—1936 年均有雨果诗歌被翻译。20—30 年代,雨果诗歌翻译数量明显呈下降趋势。

保尔·福尔作品 1928 年被首次翻译,随后两年持续被翻译,1933 年译作数量达到最高峰,此后便没有再被翻译。

雷米·德·古尔蒙和拉马丁作品翻译年代分布较零星。前者出现于 1924 年、1929 年和 1932 年,后者出现于 1925 年、1931 年、1933 年、1935 年和 1937 年。

20—30 年代,中国现代文学期刊持续关注法国象征主义和浪漫主义诗人。此外,除 1921 年、1922 年、1924 年和 1937 年,每年均有一定数量其他流派法国诗人作品被翻译。以 1923 年为例:该年被翻译的诗人有十六世纪的龙沙、浪漫主义诗人阿尔弗雷德·德·缪塞(Alfred de Musset)、象征主义诗人波德莱尔、巴纳斯派诗人苏利·蒲鲁东(Sully Prudhomme)以及没有明确派别的路易·莫西耶(Louis Mercier)。1925—1927 年以及 1931—1933 年,每年均有一定数量十九世纪以前诗人作品被翻译。

戏剧与其他体裁文学作品翻译

1919 年,笔者所见中国现代文学期刊首次翻译法国戏剧作品。总体而言,这一时期对法国戏剧的关注较为持续。除 1920 和 1925 年外,每年均有一定数量法国戏剧作品被翻译。截至 1937 年,共有 30 位法国戏剧家被翻译,其中可以确证身份者 22 人。莫里哀是其中唯一一位十九世纪以前作家,也是剧目被翻译最多的作家。1921 年、1923 年、1929 年、1930 年、1933 年和 1934 年，莫里哀如下八部作品被翻译：*L'Avare*（今译《悭吝人》）、*Le Mariage forcé*[①]（直译为《迫婚》）、*Le Malade imaginaire*[②]（意译为《没病找病》）、*Le Médecin malgré lui*（意译为《冒牌医生》）、*Tartuffe ou l'imposteur*（今译《伪君子》）、*Dom Juan ou le festin de pierre*（直译为《唐璜或石像的盛宴》）、*Le Misanthrope ou l'atrabilaire amoureux*（今译《愤世嫉俗》）和 *George Dandin ou le mari confondu*（今译《乔治·唐丹或受气的丈夫》）。从译作发表年份看，20—30 年代，中国现代文学期刊对莫里哀的关注较为持续。

相比之下，法国寓言翻译时间段较集中。除 1937 年有一则被改译的拉封丹(Jean de La Fontaine)寓言发表外，其作品翻译全部集中于 1923 年和 1927 年。

1917 年尚只有小说、诗歌和戏剧三种体裁的作品被翻译，1923 年起，译作体裁多元性开始显现，一直持续至 1937 年。1923 年，除小说、诗歌和戏剧外，还有罗曼·罗兰的《悲多汶传序文》、国际歌歌词和欧也妮·德·盖兰(Eugénie de Guérin)的一则日记被翻译。1937 年新译的法国文学作品包括小说、诗歌、戏剧、通信、随笔、游记和批评等。

我们从上述分析中得出以下结论：

1. 从所译作家类型及其所属时代的多元性看，1917—1937 年，中国现代文学期刊对法国文学的翻译既具有全面性，也具有明显的倾向性。十九和二十世纪法国作家、小说和诗歌，特别是莫泊桑的短篇小说和波德莱尔的诗备受重视。

2. 1923 年起，法国文学在中国现代文学期刊中的译介在多个层面上呈现出稳定性：每年所译作家数量、每年翻译的非十九、二十世纪法国作家数量、对象征主义和浪漫主义诗人的关注、所译文学体裁的多元性、20 与 30 年代各自所译诗歌总量等。

3. 根据各种数据，我们可以在 1917—1937 年区分出几个时间节点：

——1917—1922 年是中国现代文学期刊翻译法国文学的摸索期。这一时期每年所译作家、作品数量均不高，所译作品体裁也局限于小说、诗歌和戏剧。

——1923 年是中国现代文学期刊翻译法国文学成熟期的开端。这一年所译作家作品数量明显增加，所译法国短篇小说数量达到整个时期最高峰，所译作品体裁首次呈现出多元性。

——1925 年是整个时期法国文学翻译的第一个高峰。这一年所译作品总量、所译诗人数量和诗作数量均达到 21 年中最高峰。

——1929 年是整个时期法国文学翻译的另一个高峰。这一年所译作家数量

---

① 此处仅节译作品场景六的一个片段。

② 此处仅节译作品第三幕场景六及其后的场景。

和波德莱尔诗作数量均达到 21 年间最高点,所译所有作品数量也达到高点。

——1934 年,中国现代文学期刊对法国文学的翻译开始呈现颓势。相比往年,这一年所译小说家和小说作品数量均开始明显减少。

——1935 年是整个时期法国文学翻译的最后一个高峰。这一年所译法国文学作品,特别是所译法国短篇小说数量,达到三十年代的最高点。

——1936 年起,中国现代文学期刊所译法国诗人数量明显减少。1937 年,中国现代文学期刊所译法国文学作品数量明显减少,其中短篇小说翻译数量回落至 1921 年以前水平。

第二章 1917—1937 年中国文学期刊对法国文学的评论

从我们检阅的 1240 份文件来看，1917—1937 年，中国主要文学期刊中共提及 626 位生卒年月可考的法国作家。其中一些非常古老的作家名字，如 Caecilius Statius（前 230—前 168）、Martianus Capella（五世纪）、Cassiodore（485—580）等，出现在 1924 年 4 月出版的《小说月报》法国文学专号《法文之起源与法国文学之发展》一文中。文章作者将上述作家视为法国文学遗产的一部分，[①]以此证明法国注重文化由来已久，是全欧知识、文学的起源与中心。[②]

中世纪作家

在 1928 年 10 月 16 日发表的《谈谈法国骑士文学》一文中，病夫提及八位法国中世纪作家：特鲁瓦的克雷蒂安（Chrétien de Troyes）、法兰西的玛丽（Marie de France）、贝鲁尔（Béroul）、英格兰的托马斯（Thomas d'Angleterre）、朗贝尔（Lambert le Tort）、贝尔奈的亚历山大（Alexandre de Bernay）、圣莫尔的贝努瓦（Benoît de Sainte-Maure）和安托万·德·拉塞尔（Antoine de La Sale）。该文是整个时期唯一一篇以法国中世纪文学整体为评论对象的文章。文章分四部分："德罗梵而（Les Trouvères）和德罗巴铎（Les Troubadours）""武勋赏颂""圆案罗曼与冒险罗曼（Les romans de la Table Ronde et romans d'aventures）"和"古罗曼（Les Romans Antiques）"。文章涉及如下作家作品：拉塞尔的《巴黎的让》、特鲁瓦的克雷蒂安的《Yvain 或狮背上的骑士》和《Lancelot 或马车上的骑士》、法兰西的玛丽的《忍冬抒情小诗》、贝鲁尔与英格兰的托马斯的《特里斯坦与伊索》、朗贝尔与贝尔奈的亚历山大的《亚历山大大帝罗曼》，以及圣莫尔的贝努瓦的《特洛伊传奇》。病夫在文中主要转述这些作品的故事情节，关于作品形式着墨甚少。[③]

---

① 胡梦华：《法文之起源与法国文学之发展》，《小说月报》，第十五卷号外，1924 年 4 月，第 34 页。写作此文时的胡梦华是南京中央大学西洋文学专业的学生。关于胡梦华生平，见程乃珊：《闺秀行》，上海，上海辞书出版社，2006，第 170—188 页。该书根据胡梦华的儿媳胡蒋明秋的口述写成。

② 胡梦华：《法文之起源与法国文学之发展》，《小说月报》，第十五卷号外，1924 年 4 月，第 34 页。

③ 比如，"武勋赏颂"部分共十一页，其中六页都在叙述《罗兰之歌》的故事情节，只有该章最后三行用于介绍史诗文学的文学形式。见病夫：《谈谈法国骑士文学》，《真美善》，第二卷第六号，1928 年 10 月 16 日，第 2—13 页。

病夫即小说家、法国文学翻译家曾朴。[1] 上文发表数月前，曾朴曾致信胡适，详细讲述自己学习法语和法国文学的历程，其中特别提到陈季同：

我自从认识了他，天天不断的去请教，他也娓娓不倦的指示；他指示我文艺复兴的关系，古典和浪曼的区别，自然派，象征派，和近代各派自由进展的趋势；古典派中，他教我读拉勃来的《巨人传》，龙沙而的诗，拉星和莫里哀的悲喜剧，白罗瓦的《诗法》，巴斯卡的《思想》，孟丹尼的小论；浪曼派中，他教我读服而德的历史，卢梭的论文，嚣俄的小说，威尼的诗，大仲马的戏剧，米显雷的历史；自然派里，他叫我读弗劳贝，佐拉，莫泊三的小说，李而的诗，小仲马的戏剧，泰恩的批评；一直到近代的白伦内甸《文学史》，和杜丹，蒲而善，佛朗士，陆悌的作品；又指点我法译本的意西英德各国的作家名著；我因此沟通了巴黎几家书店，在三四年里，读了不少法国的文哲学书。[2]

该段表达了作者系统学习法国文学的意识，也部分解释了曾朴为何会专文介绍时人甚少关注的法国中世纪文学。

十六世纪作家

相较法国中世纪作家，法国十六世纪作家在现代中国被更多译介。1920—1936年发表的各种文章共提及22位这一时期法国作家，其中12位的作品被译成中文。他们是：玛格丽特·德·那瓦尔、克莱芒·马罗（Clément Marot）、若阿香·杜·贝莱（Joachim du Bellay）、路易丝·拉贝（Louise Labé）、龙沙、雷米·贝洛（Rémy Belleau）、艾蒂安·若戴尔（Étienne Jodelle）、让-安东尼·德·巴伊夫（Jean-Antoine de Baïf）、蒙田、泰奥多·阿格里巴·德·奥比涅（Théodore Agrippa d'Aubigné）、马勒尔白（又译：马勒而白）和马杜林·雷尼埃（Mathurin Régnier）。[3]

1917—1937年，中国现代文学期刊中有三篇专门讨论十六世纪法国作家的文章。1928年9月，《学衡》发表了一篇纪念《马勒而白逝世三百年纪念》的文章；1933年11月1日，《文艺月刊》发表了一篇报道拉伯雷《庞大固埃》（*Pantagruel*）出版四百周年的短讯，1935年4月1日，该杂志又发表一篇以龙沙和七星诗社诗人为主题的文章。上述几位外加蒙田是中国现代文学期刊最常提及的十六世纪法国作

---

① 关于曾朴生平，见《曾朴年谱》，魏绍昌主编：《孽海花资料》（修订版），上海，上海古籍出版社，1982。关于曾朴的翻译活动，见马晓冬：《曾朴——文化转型期的翻译家》，北京，北京大学出版社，2014。

② 《读者论坛》，《真美善》，第一卷第十二号，1928年4月16日，第8—9页。

③ 另外10位作家是：Jean de Gourmont，François Rabelais，Jean Dorat，Thomas Sébillet，Jacques Pelletier du Mans，Pontus de Tyard，Jean de La Péruse，Pierre de Larivey，Marie de Gournay et Honoré d'Urfé。

家。据我们统计，龙沙的名字出现15次，蒙田13次，拉伯雷和马勒尔白各12次，其他绝大部分十六世纪法国作家的名字仅被提及一次。我们将在作品第二部分分析龙沙、蒙田、拉伯雷和马勒尔白在中国现代文学期刊中的形象。

十七世纪作家

1917—1937年，属于我们统计范畴的中国现代文学期刊共提及38位十七世纪法国作家。[①] 其中莫里哀的名字共出现45次。其他几位最常被提及的作家有：拉辛（Jean Racine）（29次）、高乃依（Pierre Corneille）（25次）、拉封丹（16次）和帕斯卡（Pascal）（15次）。

十七世纪法国文学经常被描述为一个独立整体。在1925年4月发表于《小说月报》的《十七世纪的法国文学》一文中，郑振铎对黎希留设立的文学标准颇有微词：

> 他对于文学，也与他之对于一切东西一样要求权威与秩序。然因此便不免偏于守旧。这个学院造成了正确的法国语言，建立了一个公认的文学批评的标准，创造了一种文学的权威，同时却对于每个新的文学潮流都给以守旧的反对；因此，几个最伟大的法国作家，如莫里哀，福洛贝而（Flaubert）都不曾被举在那些"不朽者"中占一席地。这个学院的最初行动之一，便是鄙夷产生于法国的十七世纪的第一部有天才的书——孔耐而（Pierre Corneille）的*Le Cid*。[②]

最常提及十七世纪法国文学的是探讨古典主义的文章。在1923年发表的《何谓古典主义》一文中，郑振铎这样定义古典主义：

> 一个古典的作家（A Classic）便是一个希腊或腊丁的作家，他的作品是同类的模仿，给以后作家以著作的法则的。他的人生观是伟大而健全的，他的情

---

① 他们是：Catherine de Rambouillet，Honorat de Bueil de Racan，Théophile de Viau，Descartes，Claude Malleville，Vincent Voiture，Pierre Corneille，Madeleine de Scudéry，Paul Scarron，Isaac de Benserade，François de La Rochefoucauld，Françoise de Motteville，Antoine Furetière，Ninon de Lenclos，Jean de La Fontaine，Molière，Pascal，Thomas Corneille，Marquise de Sévigné，Anne Marie Louise d'Orléans，Jacques-Bénigne Bossuet，Charles Perrault，Nicolas Pradon，Mme de La Fayette，Philippe Quinault，Mme de Maintenon，Nicolas Boileau，Antoinette Des Houlières，Jean Racine，Mme de Montespan，Gatien de Courtilz de Sandras，Jean de La Bruyère，Anne Dacier，Anne-Thérèse de Marguenat de Courcelles，Marie-Catherine d'Aulnoy，Fénelon，Jean-François Regnard，Jean Galbert de Campistron。

② 郑振铎：《十七世纪的法国文学》，《小说月报》，第十六卷第四号，1925年4月，第12页。

绪是为理性所平衡的,他的技术又是很完整的。[①]

他这样解释为何古典主义在法国备受欢迎:

法国是一个很有威权的学院,为他们文字与文学的范式规定之地的国家,又是一个爱理知与规则,其技术的形式最为优越的国家。天然的,这个重威权重规则的,古典主义是他们所最欢迎的了。[②]

郑振铎将古典主义的发展归因于法国国民性。王独清(1898—1940)则完全从政治角度思考这一问题,强调法国古典主义是皇权高度集中的产物。在 1935 年 8 月发表于《文学》杂志的《古典主义的起来和它的时代背景》一文中,王独清写道:"十七世纪除了法国以外,其他的国家为什么没有那样明确的古典主义的文学出现呢?这回答很简单:便是,因为只有法国最典型地建立了十七世纪那种严肃的君主政治的缘故。"[③]

分别对比王独清和郑振铎对法兰西学院和高乃依《贺拉斯》(*Horace*)的评述,我们可以看到中国人对十七世纪法国文学阐释的多元性。关于法兰西学院,王独清这样写道:

主教又是国务大臣的黎失柳(Armand-Jean Richelieu),在很早便计划着要用"统制"的方式去监视文学的用语和美的趣味等等,因之便组织了履行这种任务的著名的法兰西学院(Académie Française)。在黎失柳看来,当时流行的客厅(Salon)文学的集团——其实那些集团已经是半官式的——只是把文学引到自由竞争的方向而会和政府底权力乖离起来,因之非要有一种纯然的政府机关来作集中的工作不可。在法兰西学院底领导下,作家再不是运用感情和烟士披里纯的高蹈者,而是遵守特定法则的为朝廷服务的人了。[④]

在王独清笔下,学院院士是卑躬屈膝之徒,法兰西学院是独裁机构。郑振铎则将法兰西学院还原成一个文学机构:

1635 年,法国政府创立学院。古典主义的特质,在那时已见端倪。学院里共有四十个会员。他们议决滤净法国的文字使他适宜于表现最高的情思。……他们还进而要去规定字典,修辞学及诗学的系统。学院又审定会员的作品,宣传他的文学原则。这种举动便是法人爱规序,爱划一的表现。……从这个学院,法

---

① 郑振铎:《何谓古典主义》,贾植芳、陈思和主编:《中外文学关系史资料汇编》(1898—1937),第一卷,桂林,广西师范大学出版社,2004,第 168－169 页。

② 同上书,第 170 页。

③ 王独清:《古典主义的起来和它的时代背景》,贾植芳、陈思和主编:《中外文学关系史资料汇编》(1898—1937),第一卷,桂林,广西师范大学出版社,2004,第 182 页。

④ 同上书,第 177－178 页。

国文学成了有规则的，划一的，且继续的产生出许多为这个学院所喜欢的艺术。[1]

郑振铎笔下法兰西学院的目标是“表现最高的情思”，王独清则认为法兰西学院的根本任务在于巩固皇权。

王独清这样评价高乃依的《贺拉斯》：

他（指高乃依——引者注）一面在说明了绝对权的政治对于社会保障的力量，一面又说明了社会为要扶持那种政治而必须履行必然的义务。而那种义务要是出现在每个人底身上时，据葛乃衣底见解，对于个人底欲望和感情的斗争便是最基本的一步。……在《何拉士》（*Horace*）中，葛乃衣更是将对家庭和对国家的感情作了对比的说明。……那位已经死了两个哥哥的年青的何拉士在将敌人击毙了以后，回到家中一看见他那是敌人未婚妻的姐姐在反对着罗马的胜利时，他便毫不迟疑地手刃了她。做父亲的老何拉士，……成了这场血幕的赞美者。用了裁判的形式，父亲表示了对国家的义务应该超乎一切……葛乃衣底这些观念的发挥，就正代表着王权统制时期的最高的悲剧相。[2]

“绝对权的政治”“对国家的感情”“对国家的义务”和“王权统制”等短语显示王独清对这部作品阐释的政治化倾向。郑振铎则用感情与理性的对立解释《贺拉斯》中的故事：

Corneille 可以说是受 Descartes 的影响的……在 Descartes 的伦理系统里，最注重的是意志。……在 Corneille 的悲剧如 *Horace* 及 *Polyeucte* 里，所描写的是情感与意志之间的冲突，而以理知来做指导的。[3]

不同的文学视野让郑振铎与王独清制造出两幅不同的十七世纪法国文学形象。赵少侯（1899—1978）则另辟蹊径，塑造出一幅带有漫画意味的十七世纪法国文学形象。在1932年10月1日发表于《新月》的《十七世纪的法国沙龙》一文中，赵少侯以玩笑口吻开篇：

有一位编剧诗人读他的剧本了。虽然那样长的五幕剧，也只好耐心听他读完，并且还须在相当的时候，表示惊愕，恐惧，悲哀，愤怒，以便邻坐知道你是懂得赏鉴的人。况且这种做作对于女子是有十分帮助的事：瞪了眼表示惊愕

---

① 郑振铎：《何谓古典主义》，贾植芳、陈思和主编：《中外文学关系史资料汇编》（1898—1937），第一卷，桂林，广西师范大学出版社，2004，第170－171页。

② 王独清：《古典主义的起来和它的时代背景》，贾植芳、陈思和主编：《中外文学关系史资料汇编》（1898—1937），第一卷，桂林，广西师范大学出版社，2004，第179－180页。

③ 郑振铎：《何谓古典主义》，贾植芳、陈思和主编：《中外文学关系史资料汇编》（1898—1937），第一卷，桂林，广西师范大学出版社，2004，第171页。

可以使得眼大；噘起了嘴表示愤怒可以使人相信你口小；耸耸肩不管表示些什么可以使人注意你丰肌的圆肩。[①]

赵少侯在文中提到索卖士(Somaize)的《女才子字典》(*Le dictionnaire des précieuses*)，该书构成赵少侯沙龙文化想象的主要知识来源。赵少侯参考索卖士作品同时也添加了一些原书中没有的元素，以强调沙龙人物的做作。对比赵少侯与索卖士对"s'asseoir"一词的解释可资例证：

> 赵少侯："请人坐下，也不能质直地说：'您请坐。'须说：'请您使这把张了臂，等候了半天，想抱吻你的坐物满意。'"[②]

> Somaize : Asseoir (S') — Seyez-vous, s'il vous plaît : Contentez, s'il vous plaît, l'envie que ce siège a de vous embrasser. [③]

索卖士的法文原文可直译为："坐——您请坐：(意为)请您满足这张椅子想要拥吻您的愿望。"赵少侯加入了"张了臂，等候了半天"等词，让人想起《可笑的女才子》中卡多思(Cathos)对马斯卡里(Mascarille)说的话："先生，请您开开恩，别再无情地对待一刻钟前向您张开双臂的这只扶手椅，请您满足它想要拥抱您的愿望吧。"[④]

赵少侯在文中多次以不点明出处的方式引用《可笑的女才子》片段，构建一种乌烟瘴气、令人眩晕的沙龙氛围，以此表达对女才子的否定。比如：

> 这种乌烟瘴气的聚会就叫作沙龙。这群昏天黑地的人物，就是沙龙中坚人物，文学史称作 *Les Precieuses* 的。这个法文字很难译成适当的中文字，勉强一译可以译作"自命不凡的学者"或"半瓶醋学者"。这些非典故不开口，丢了家庭正事不管，整天弄地球仪，天文镜，满嘴亚里斯督德，奥拉斯，维而细勒的妇人就是十七世纪特产的"半瓶醋女学者"。[⑤]

十八世纪作家

1917—1937 年，属于我们统计范畴的中国文学期刊共提及 54 位十八世纪法

---

① 赵少侯：《十七世纪的法国沙龙》，《新月》，第四卷第三期，1932 年 10 月 1 日，第 1—2 页。

② 同上书，第 2 页。

③ Somaize, *Le Dictionnaire des précieuses*, Nendeln, Kraus Reprint, 1970, p. xlj.

④ Molière, *Œuvres complètes*, éd. Georges Forestier et Claude Bourqui, Paris, Gallimard, t. I, 2010, p. 16.

⑤ 赵少侯：《十七世纪的法国沙龙》，《新月》，第四卷第三期，1932 年 10 月 1 日，第 3 页。

国作家。[①] 其中卢梭最常被提及,他的名字出现在48篇文章中。伏尔泰的名字出现在44篇文章中。相较之下,启蒙运动的另外两位重要人物——孟德斯鸠(Montesquieu)和狄德罗(Denis Diderot)——所受关注较少。前者在10篇文章中被提及,后者在9篇文章中被提及。

在以浪漫主义为研究对象的文章中,十八世纪法国文学往往以反浪漫主义形象出现。在1924年2月29日发表于《小说世界》的《欧洲最近文艺思潮》一文中,作者写道:"罗曼主义,乃是对着十八世纪的文明,换句话说,对于古典主义文明的余弊而起的反抗精神。"[②]在1924年4月发表于《小说月报》的《法国的浪漫运动》一文中,里顿·斯特拉奇(Lytton Strachey)写道:

> 十八世纪是崇尚批评的世纪——是散文与常识的世纪;修辞的势力渐渐萎谢了,只有歌乐的悲剧(Melodramatic tragedy)和拘拘于格律的诗里还余留着;能够象征那时代的文学的特质的,是福而泰(Voltaire)的作风,他的著作是那样的有精采,然而绝对不着艳色,那样的不夸饰,然而有无穷的感人之力。[③]

《欧洲最近文艺思潮》作者和斯特拉奇也在十八世纪法国文学中发现浪漫主义萌芽。前者将浪漫主义视为具有革命性的文学潮流,并在卢梭和博马舍作品中听到社会革命的先声。《欧洲最近文艺思潮》作者指出,卢梭对社会生活矫揉造作风格的批判唤起人们对大自然的爱,这一情感在博马舍《费加罗的婚礼》中得以彰显。[④] 斯特拉奇则将风格的考究视为象征主义的标志,指出在十九世纪浪漫主义发展到顶峰前,狄德罗和卢梭就已开始锻造自己的风格。[⑤]

---

① 他们是:Bernard Le Bouyer de Fontenelle, Florent Carton Dancourt, Le Sage, Henriette-Julie de Castelnau de Murat, Marquise de Caylus, Claude-Prosper Jolyot de Crébillon, Louis de Rouvroy (duc de Saint-Simon), la duchesse du Maine, Philippe Néricault Destouches, Marivaux, Montesquieu, Nivelle de La Chaussée, Voltaire, Gabrielle-Suzanne de Villeneuve, Françoise de Graffigny, l'abbé Prévost, Mme DU Deffand, Marie-Thérèse Geoffrin, Bernard-Joseph Saurin, Prosper Jolyot de Crébillon, Georges-Louis Leclerc de Buffon, Jean-Baptiste Gresset, Mme Leprince de Beaumont, Jean-Jacques Rousseau, Jean-Baptiste Rousseau, Diderot, Marie-Jeanne Riccoboni, Vauvenargues, Jean-Jacques Barthélemy, Jean-François de Saint-Lambert, Michel-Jean Sedaine, Mme de Pompadour, Jean-François Marmontel, Louise d'Épinay, Julie de Lespinasse, Antoine Léonard Thomas, Beaumarchais, Antoine-Marin Lemierre, Jean François Ducis, Bernardin de Saint-Pierre, Jacques Delille, Jean-François de La Harpe, Donatien Alphonse François de Sade, Pierre Choderlos de Laclos, Jean-Antoine Roucher, Félicité de Genlis, Nicolas Joseph Laurent Gilbert, Joseph de Maistre, Manon Roland, Jean-Pierre Claris de Florian, Rouget de Lisle, François Guillaume Ducray-Duminil, Mme de Souza et André Chénier。他们中的绝大部分仅被提及一次。

② 《欧洲最近文艺思潮》,忆秋生译,《小说世界》,第五卷第九期,1924年2月29日,第1页。

③ [英国] G. L. Strachey:《法国的浪漫运动》,希孟译,《小说月报》,第十五卷号外,1924年4月,第2页。

④ 《欧洲最近文艺思潮》,忆秋生译,《小说世界》,第五卷第九期,1924年2月29日,第2—3页。

⑤ [英国] G. L. Strachey:《法国的浪漫运动》,希孟译,《小说月报》,第十五卷号外,1924年4月,第3页。

与以浪漫主义为主题的文章不同，专以十八世纪法国文学为主题的文章倾向于赋予这一文学以革命色彩。1925 年 11 月，《小说月报》发表了《十八世纪的法国文学》一文。作者郑振铎指出，这一文学的革命性在于它所表现的自由平等思想，伏尔泰和卢梭的作品即为明证。郑振铎这样评价总是因言获罪的伏尔泰："他得到了伟大的讥嘲者的称号，他讥嘲着他所憎厌的东西——教士，帝王，专制者，压迫人者；他为上帝，爱，怜，思想，行动的自由，人权而奋斗。"[①]关于卢梭，郑振铎指出，译介作为民主之声的《社会契约论》对于中国社会颇有意义：

> 国家的义务之一，应为留心人民，教育人民。这个福音的宣传，使世界起了一个大变化——由个人的专制变到全民的政治，由压迫的生活变而为有意义的自由的生活，现在还在走着这条大路呢。[②]

1930 年 1 月 15 日，《新文艺》发表《十八世纪的法国文学》一文。作者保尔指出，怀疑主义是这一文学的最大特点。资产阶级悲剧的产生最能体现怀疑主义精神，因为古典主义悲剧的主人公都是贵族，而

> 一到了十八世纪，这个定律便开始被人怀疑起来了。为什么它们中间要有这种界限呢？换一句话，为什么只有中等阶级的生活便能拿来作笑话呢？为什么他们的生活就不能和那些显贵的古人同样地被重视呢？……马孟特而是最先提倡"平民悲剧"的一个。他以为，这种悲剧虽然缺少那种古典悲剧的空虚的堂皇，却是比较近于自然，比较与世道人心有影响的。……那时法国的贵族阶级已经成了强弩之末，中等阶级已经成了社会的主人，这是必然的趋势。这种趋势在"感伤喜剧"里我们已经看到，结果遂造成了"中等阶级的悲剧"(Tragédie bourgeoise)。[③]

保尔认为，怀疑主义源自于资产阶级的发展，而这一发展又带来功利主义：

> 除了前讲过的怀疑主义外，功利主义也是十八世纪的法国文学的一个主要的特点。在十八世纪里，我们找不出一部所谓"纯粹的文学"。所有这个时期的杰作，如同卢骚(Rousseau)的《爱弥而》(*Émile*)和福禄特而(Voltaire)的《刚第德》(*Candide*)，都是为宣传某种思想而作的。[④]

保尔强调十八世纪法国文学具有科学和进步主义精神，并据此将丰特奈儿

---

① 郑振铎：《十八世纪的法国文学》，《小说月报》，第十六卷第十一号，1925 年 11 月，郑振铎：《郑振铎全集》，第十一卷，石家庄，花山文艺出版社，1998，第 363 页。

② 同上书，第 371 页。

③ 保尔：《十八世纪的法国文学》，《新文艺》，第一卷第五号，1930 年 1 月 15 日，第 952 页。"保尔"是徐霞村的笔名。

④ 同上书，第 933 页。

(Fontenelle)视为十八世纪法国文学先驱。[①] 保尔指出，伏尔泰在历史作品中"用自然的进步主义代替超自然的英雄主义"。[②] 狄德罗和百科全书派继承伏尔泰的这一科学精神，[③]卢梭则是当时唯一一位反对进步和科学的思想家。正是在此意义上，保尔将卢梭视为浪漫主义先驱：

> 他竭力要用本能和情感打倒知识……用他的自然的福音扫除一切虚伪。……在文学里他被认为浪漫主义的一个先驱，因为在他的作品里我们处处可以找到他的对自然的热爱，他的极端的个人主义，他的强烈的情绪主义，他的主观性。[④]

保尔指出，布瓦洛(Nicolas Boileau)设立的种种严苛规定和主导十八世纪的理性主义限制了这一时期诗歌和悲剧的发展。[⑤] 即使当时被视为抒情诗歌之王的让-巴普蒂斯特·卢梭(Jean-Baptiste Rousseau)也难以与后来的浪漫主义诗人相提并论。道德诗则更是忽略诗艺的发展。[⑥] 保尔认为，这一时期唯一一位杰出诗人是安德烈·舍尼埃(André Chénier)，其作品是古典与现代相结合的产物。与其同时代人不同，舍尼埃具有真正的古希腊精神，可谓帕纳斯派的先驱。[⑦]

十八世纪法国文学中的道德问题引起中国评论家关注。1928年10月10日，彭基相在《新月》上发表《法国十八世纪的道德观念》一文。该文参考了安德烈·克雷松(André Cresson)《法国哲学思想流派》第二卷第三章。彭基相认为，卢梭反对将道德建基于获得回报的渴望或对外在惩罚的畏惧之上，认为人的内在良心才是道德原则的来源。[⑧] 卢梭鼓励人们为行善而行善，因为灵魂的内在满足是真正幸福的唯一来源。[⑨] 彭基相则认为卢梭所谓的良心不过是人类的本能。[⑩] 他这样评价卢梭的理论：

> 卢骚的学说固然是很有力量，但是未免互相矛盾。……他的学说一方面固能掀起大革命时之热烈的情感；而一方面也引起孔德之激烈的攻击。孔德说所谓社会即是要互相联合，但是卢骚的道德学说刚刚是相反，他是要人互相

---

① 保尔：《十八世纪的法国文学》，《新文艺》，第一卷第五号，1930年1月15日，第934页。

② 同上书，第937页。

③ 同上书，第938页。

④ 同上书，第944页。

⑤ 同上书，第946，949页。

⑥ 同上书，第946—947页。

⑦ 同上书，第948—949页。

⑧ 彭基相：《法国十八世纪的道德观念》，《新月》，第一卷第八号，1928年10月10日，第4页；André Cresson, *Les Courants de la pensée philosophique française*, t. II, Paris, Armand Colin, 1927, p. 5.

⑨ 同上书，第9页；André Cresson, *op. cit.*, p. 11.

⑩ 同上书，第5页；André Cresson, *op. cit.*, p. 5.

> 分立。实在说来，他的学说只是一种个人主义的宣传。凡是个人良心上认为正当的就是对的；至于与个人良心不合的就置之不管……在这种情形之下，如何能免彼此因意见分歧而互相争夺？更如何能免因意见分歧而使社会分裂？①

彭基相强调人类无法脱离社会生活而生存，认为卢梭忽略了社会在维持人类生活和谐中所起的作用。②

十九世纪作家

1917—1937年，属于我们统计范畴的中国文学期刊共提及200多位十九世纪法国作家，80多位十九世纪末二十世纪初法国作家。最常被提及的作家有：雨果(82次)、左拉(66次)、巴尔扎克(65次)、法朗士(63次)、莫泊桑(60次)、福楼拜(Gustave Flaubert)(41次)、波德莱尔(28次)、梅里美(25次)、小仲马(Alexandre Dumas fils)(20次)和魏尔伦(20次)。

在1920年10月15日发表于《少年中国》的《法兰西近世文学的趋势》一文中，周无(1895—1968)提倡自然主义，认为它将科学观察和描写引入文学，揭露人间虚伪，揭示人生深意。③ 周无强调外部世界对文学的影响：

> 谭文学上的变迁和趋势，若就其本身着眼，自可用“天才”“神秘”种种字眼将他装饰起来……但是若就他的环境，根源，对相方面看去，又自不同。所谓天才，不过是感触力的优长；所谓神秘，不过是心灵的幻景或冥想的谬误。其所以使他们感触使他们幻想和迷谬的，却是那最平常最细微不为人注意或竟不为天才者自身注意的一些小事件。④

周无用谬误、迷谬等贬义词批评十九世纪法国文学中的神秘主义倾向，并引用亚弗野·波萨(Alfred Boizat)的《象征主义》指出，虽然象征主义揭示无限的美，丰富了灵魂，但它会让读者陷入迷惘，让他们发现所谓无限的美不过是一种幻象，因而愈发感到不满足。⑤

1924年1月20日，《创造周报》发表黄仲苏(1896— ?)撰《法国最近五十年来文学之趋势》一文。黄仲苏与周无有两点不同：首先，黄仲苏认为文学发展的主因是哲学而非社会的发展。在他看来，现实主义是宿命论和达尔文进化论的产物；⑥其

---

① 彭基相：《法国十八世纪的道德观念》，第10—11页；André Cresson, *op. cit.*, pp. 11—12.

② 同上书，第18页；*Ibid.*, pp. 20—21.

③ 周无：《法兰西近世文学的趋势》，《少年中国》，第二卷第四期，1920年10月15日，第16页。

④ 同上书，第14页。

⑤ 同上书，第21页。

⑥ 黄仲苏：《法国最近五十年来文学之趋势》，《创造周报》，第三十七号，1924年1月20日，第4页。

次，黄仲苏认为科学主义是一种空想。他引用爱弥尔·布特鲁(Émile Boutroux)的《自然律之偶现》(*De la contingence des lois naturelles*)和柏格森的《创作进化论》(*L'Évolution créatrice*)，证明回归内心生活是十九世纪末法国文学的主要趋势。[①]

1924年4月，《小说月报》法国文学专号发表《十九世纪法国文学概观》一文。作者刘延陵(1894—1988)指出浪漫主义有如下特点：基督教精神的复兴、内心生活的再现、忧郁、对中世纪的向往、反抗古典主义。作者区分三代浪漫主义作家：第一代先驱由卢梭、狄德罗和舍尼埃组成；第二代包括斯塔尔夫人(Germaine de Staël)和夏多布里昂(François-René de Chateaubriand)；第三代的代表人物是雨果、维尼(Alfred de Vigny)、拉马丁、缪塞、大仲马(Alexandre Dumas)、小仲马、梅里美、戈蒂耶和圣伯夫(Charles Augustin Sainte-Beuve)。

刘延陵视斯塔尔夫人的《论德国》为浪漫主义先声。夏多布里昂从三方面对浪漫主义作出贡献：揭示基督教的美、描绘具有异国情调的风景、开启表达忧郁的传统。刘延陵强调雨果反对古典主义，感情充沛而强烈；维尼极度悲观，悲叹世俗之人常给天才设置各种羁绊；缪塞郁郁不得志，重激情抒发轻文学技巧；戈蒂耶极注重工巧，开启新的文学流派。

在讨论自然主义部分，刘延陵评论了巴尔扎克、福楼拜、龚古尔兄弟(Frères Goncourt)、左拉、都德、莫泊桑和丹纳(Hippolyte Taine)，也顺便提及作为巴尔扎克追随者的司汤达(Stendhal)、梅里美和乔治·桑(George Sand)。刘延陵认为，巴尔扎克作品兼具浪漫主义和现实主义风格，注重物质生活描写，容易引起读者悲观。福楼拜也具有现实主义作家特质，但比巴尔扎克更追求语言完美、更深刻。

刘延陵将龚古尔兄弟和左拉视为严格意义上的自然主义作家。比起巴尔扎克和福楼拜，他们在现实主义风格上更进一步。不过，刘延陵认为，龚古尔兄弟和左拉过多关注生活阴暗面，忽略了人类生活的其他方面。作为自然主义同路人，都德并不专描写恶，但他过于亦步亦趋地模仿狄更斯和萨克雷。在刘延陵看来，都德直接使用轶事作为小说素材是不道德之举。莫泊桑是刘延陵最钟意的自然主义作家之一。在他看来，与许多自然主义作家繁冗的风格相比，莫泊桑的风格轻盈简洁，其小说几乎没有过于累赘的细节。

刘延陵还谈到十九世纪法国文学批评。他认为圣伯夫和丹纳都过于强调外部因素对文学创作的影响。对于刘延陵而言，总有一部分天才能够超越种族、社会和环境的限制。[②]

刘延陵在文中简要提及象征主义先驱：波德莱尔、魏尔伦和马拉美(Stéphane

---

① 黄仲苏：《法国最近五十年来文学之趋势》，《创造周报》，第三十七号，1924年1月20日，第5页。

② 刘延陵：《十九世纪法国文学概观》，《小说月报》，第十五卷号外，1924年4月，第3—17页。

Mallarmé),以及象征主义的三位同路人:亨利·德·雷尼埃(Henri de Régnier)、雷米·德·古尔蒙(Remy de Gourmont)和凡而哈伦(Émile Verhaeren)。刘延陵指出象征主义具有三个特点:表现灵魂的起伏、注重音乐性、意义晦涩。[①]

与刘延陵文章同时发表于同一刊物的还有谢六逸(1898—1945)译《法兰西近代文学》一文。该文对象征主义有进一步介绍。文章作者生田长江、野上臼川、昇曙梦和森田草平[②]将波德莱尔视为颓废派先驱。他们认为,波德莱尔的恶魔主义是试图接近神性而不得的结果。除恶魔主义外,日本批评家将神经敏感视为波德莱尔的另一特质。他们用神经焦虑解释波德莱尔的痛苦,认为波德莱尔吸食鸦片正是为了安抚神经。文章作者引用凡而哈伦对《破钟》一诗的评论,证明波德莱尔开启了富有激情和神经紧张感的诗歌潮流。

在《法兰西近代文学》一文作者眼中,魏尔伦是波德莱尔式的颓废作家。他为精神与肉体的张力所扰,在放纵、疾病和痛苦中生活。日本批评家提到魏尔伦的酗酒、与兰波的恋情、用手枪打伤兰波并因此入狱等经历,认为魏尔伦是刻意颓废的典型。

《法兰西近代文学》一文将象征主义视为现代的、暗示的艺术。在现代人眼中,刺激神经是一种艺术尝试。比起作用于理性与情感的内容,象征主义作家更注重直接作用于感官的形式。[③]

《法兰西近代文学》区分两种自然主义:左拉所代表的客观自然主义和龚古尔兄弟所代表的主观自然主义。前者研究社会之恶产生的原因,[④]后者则用科学的精准态度描写自己的印象。[⑤] 主观自然主义者神经敏锐,感情细腻,这使得他们能够成为艺术批评家。[⑥]

在探讨反自然主义的批评家与作家时,《法兰西近代文学》的作者提及费迪南·布吕内蒂埃(Ferdinand Brunetière)和于勒·勒迈特(Jules Lemaître),并详细介绍了六位作家:保罗·布尔热(Paul Bourget)、若利斯-卡尔·于斯曼(Joris-Karl Huysmans)、阿纳托尔· 法朗士、皮埃尔·洛蒂(Pierre Loti)、爱德华·罗德(Édouard Rod)和马塞尔·普雷沃。

保罗·布尔热被视为擅长描写上流社会人心理的作家。于斯曼被认为是法国

---

① 刘延陵:《十九世纪法国文学概观》,《小说月报》,第十五卷号外,1924 年 4 月,第 18—19 页。

② 关于此文作者的考证,见杨振:《自然主义在中国(1917—1937)——以莫泊桑对福楼拜的师承在现代中国的接受为例》,《外国语文研究》,2011 年第 2 期,第 187 页。

③ [日本]生田长江、野上臼川、昇曙梦、森田草平:《法兰西近代文学》,谢六逸译,《小说月报》,第十五卷号外,1924 年 4 月,第 22—24 页。

④ 同上书,第 27—28 页。

⑤ 同上书,第 28 页。

⑥ 同上。

文学从自然主义向象征主义和神秘主义过渡的代表人物。《法兰西近代文学》的作者指出，初涉文坛时，于斯曼在描写人类兽性方面比左拉有过之而无不及。自从经历了灵魂的觉醒，他开始走近波德莱尔所代表的颓废派。《教堂》(*La Cathédrale*)、《彼处》(*Là-bas*)和《途中》(*En route*)可以被视为作者精神历程的象征。

《法兰西近代文学》的作者将法朗士视为最杰出的法国现代作家。在法朗士眼中，物质世界不过是幻象。除自我外，一切皆为虚空。法朗士强调主观的重要性，却不多愁善感。作为怀疑主义者，他冷静地观察生活，用带有幽默和同情的讽刺书写生活。

《法兰西近代文学》的作者指出，皮埃尔·洛蒂的抒情主义令他有别于其他现实主义者。其作品充满异国情调，常浸润在一种安宁和忧郁的氛围中。

至于爱德华·罗德，在最初经历了左拉的影响后，他感到上升至一个新精神高度的需要。对他而言，直觉比观察更重要。和保罗·布尔热一样，爱德华·罗德注重刻画人物心理。类似作家还有马塞尔·普雷沃、雷诺·巴赞和莫里斯·巴雷斯(Maurice Barrès)。①

《法兰西近代文学》一文的作者也谈到这一时期的法国文学批评。他们指出，恩斯特·勒南(Ernest Renan)惯运科学批评法，像剖析人类一样剖析基督。丹纳则更强调客观，乃至完全忽视作者个性。爱弥尔·蒙太古(Émile Montégut)通过作品的阅读效果评判其价值，爱德蒙·谢雷(Edmond Schérer)则更关注作品本身的精神。费迪南·布吕内蒂埃将达尔文进化论运用于文学史撰写，抨击自然主义作品的反道德面向。法朗士质疑所有科学或历史规则，其文学批评充满怀疑主义精神。于勒·勒迈特也不为科学主义文学批评所羁绊，他对左拉和恩斯特·勒南的研究被视为文学批评的经典之作。②

《法兰西近代文学》一文的作者指出，近代法国戏剧远不如小说发达。《欧纳尼》之后，浪漫主义戏剧便日益衰落。这一时期法国唯一的戏剧杰作是爱德蒙·罗斯当(Edmond Rostand)的《西哈诺·德·贝热拉克》(*Cyrano de Bergerac*)(1897)。③

1929年8月，《小说月报》刊登了李青崖的《现代法国文坛的鸟瞰》一文，专论诗歌。作者指出，巴纳斯派有三个特点：追求造型美、工于节奏、写作态度中立冷

---

① [日本]生田长江、野上臼川、昇曙梦、森田草平：《法兰西近代文学》，谢六逸译，《小说月报》，第十五卷号外，1924年4月，第30—32页。

② 同上书，第32—33页。

③ 同上书，第33—34页。

静。[①] 象征主义诗人则反抗巴纳斯派对思想、情感、梦想和心境的约束。李青崖特别注意到魏尔伦作品中音乐与意义的结合。他写道：

> 在他的作品里背景和形式是不可分离的。“音乐”和“词句”从相同的渊源里流出来。他仿佛从一种那样天然而又那样成熟的整个的艺术里，拿原人诗歌的最天真意味和近世十二言诗的细巧处所，在他的心灵的烘炉里合冶起来。[②]

李青崖介绍的第二位象征主义诗人是兰波。他指出，诗人注重描绘内心生活，强调再创造生活而非模仿生活。兰波在磨炼感受力过程中重新认识了自己曾经熟识的世界。[③]

李青崖将马拉美视为象征主义者的典型。马拉美拒绝以普通的激情为诗歌主题，而是致力于创造能够给读者带来纯粹美学乐趣的诗歌。他的作品充满别出心裁的暗喻。马拉美蔑视语法和逻辑，只根据思想和情感的需要选择短语和标点，但也会使用顿挫、亚历山大体诗的韵律和头韵。[④] 总体而言，在李青崖看来，马拉美的诗歌显得冰冷而抽象。

李青崖在文章中还提到活跃于1880—1884年间的法国象征主义诗人：阿纳托尔·巴儒（Anatole Baju）、让·莫雷阿（Jean Moréas）、古斯塔夫·卡恩（Gustave Kahn）和于勒·拉福格（Jules Laforgue）。比起他们的作品，李青崖对他们的社会活动更感兴趣。他提到当时的几个协会：“水清良药社”（Hydropathes）、“冷眼社”（Zutistes）、“破落社”（Décadents）、“象征调和会”（Groupe symboliste et harmoniste）、“哲学音乐师会”（Groupe philosophico-instrumentiste）。李青崖描述了这些诗人在《夷而布辣报》（*Gil Blas*）、《公理报》（*Justice*）、《时报》（*Ce temps*）和《费加罗报》等刊物上引起的反响，还提到亨利·博克莱（Henri Beauclair）和加布里埃尔·维凯尔（Gabriel Vicaire）以阿多雷·弗鲁佩特（Adoré Floupette）为名创作的作品《衰落》（*Les Déliquescences*）。[⑤]

谈及十九世纪最后十年象征主义的衰落，李青崖提到当时兴起的两种反象征主义潮流：罗马派和自然现象派。前者力求诗歌清晰、规则、庄重，是新古典主义的先声。后者认为象征主义者过于重视人工美，忽视了现实中的美。[⑥]

1930年5月，李青崖文章的续篇发表于《小说月报》，主题为十九世纪法国小

---

① 李青崖：《现代法国文坛的鸟瞰》，《小说月报》，第二十卷第八号，1929年8月，第1200—1201页。

② 同上书，第1202页。

③ 同上书，第1203—1204页。

④ 同上书，第1205—1206页。

⑤ 同上书，第1207—1208页。

⑥ 同上书，第1208—1209页。

说。李青崖将龚古尔兄弟、都德、左拉和莫泊桑归为自然主义小说家。他指出，尽管龚古尔兄弟出身贵族，却致力于描写人民生活。① 都德在小说观念上延续了龚古尔兄弟的传统，将叙事建基于自然物质上，但讽刺风格不同于龚古尔兄弟。② 左拉将艺术置于科学框架下，过于强调遗传对个体的影响。③ 关于莫泊桑，李青崖提及丹纳试图劝说莫泊桑放弃自然主义，转而学习巴尔扎克，莫泊桑最终接纳了丹纳的建议。④

李青崖提到自然主义运动之后影响持续了 30 年的三位作家：莫里斯·巴雷斯、保罗·布尔热和阿纳托尔· 法朗士。李青崖认为，巴雷斯的作品较少说教性，却也表达了自尊和民族主义观念。布尔热受富于感受性的波德莱尔、长于心理分析的司汤达和善于综合的丹纳的影响。法朗士倾向于对世间万物采取欣赏态度，不让道德观念先入为主。虽然他的讽刺温和而不乏善意，有时却也不恰当地讽刺了本应尊重的事物。⑤

谈到龚古尔兄弟的后继者，李青崖简要提及如下作家：于斯曼、J.-H. ·罗西尼(J.-H. Rosny)、爱乐米·布尔热(Élémir Bourges)、吕西安·德卡福(Lucien Descaves)、保罗·马格利特(Paul Margueritte)、维克多·马格利特(Victor Margueritte)、雷翁·都德(Léon Daudet)和阿贝尔·赫尔芒(Abel Hermant)。⑥

关于象征主义小说家，李青崖提到雷米·德·古尔蒙、马塞尔·须华勃(Marcel Schwob)、亨利·德·雷尼埃(Henri de Régnier)、纪德和卡米·莫克莱(Camille Mauclair)。李青崖这样描述他们的风格："他们在那种梦境的记述之中，搁下一些诗的成分，一种很昧于日常生活很远于日常生活的高尚真理，并且多少参入一点儿玄学，结果便组成了一种自尊而惆怅的艺术式的作品了。"⑦在李青崖看来，这是一种幼稚的风格。他认为，1900 年后褪去象征主义色彩的亨利·德·雷尼埃有所进步。李青崖写道："这大概是时代和他所经历的大城市，老练了作者的材能罢"。⑧

① 李青崖：《现代法国文坛的鸟瞰》，《小说月报》，第二十一卷第五号，1930 年 5 月，第 786 页。
② 同上书，第 787 页。
③ 同上书，第 788－789 页。
④ 同上书，第 789－791 页。
⑤ 同上书，第 792－795 页。
⑥ 同上书，第 795－796 页。
⑦ 同上书，第 796 页。
⑧ 同上。

第二部分　中世纪至十六世纪法国文学译介

第三章　弗朗索瓦·维庸

文学史中的弗朗索瓦·维庸

二十世纪二十年代:具有个性的诗人

弗朗索瓦·维庸得到五四一代的青睐不难理解:几乎所有十九世纪末二十世纪初出版的法国文学史都将维庸作品的个性作为诗人现代性的标志。为了强调这一现代性,乔治·圣兹伯里(George Saintsbury)在1882年出版的《法国文学简史》中甚至将维庸从中世纪区分出来,放在"文艺复兴"一章中进行讨论。[①]

在出版于1923年的《法兰西文学》一书中,杨袁昌英明确将圣兹伯里的《法国文学简史》列为参考书目。[②] 但她没有强调维庸的个性,也没有突出其在中世纪法国文学史上的地位,仅将维庸的抒情诗与《罗兰之歌》《玫瑰传奇》同视为中世纪名作一提而过。杨袁昌英之所以忽视维庸的特殊地位,与她对法国中世纪文学的总体印象有关。在她看来,这一时期的法国作家文风拙稚,既缺乏艺术雕琢,也缺乏历史眼光。[③] 杨袁昌英的这一印象更多来自于自己的臆测而非她的参考书目。这些书目的作者们绝大部分都认为维庸是诗艺大师,[④]也是法国中世纪最伟大的诗人。[⑤]

1924年10月发表于《小说月报》的《文学大纲》一文以中世纪欧洲文学为主题,其中特别为维庸辟出一栏,凸显诗人在中世纪法国诗歌史上的特殊地位。作者郑振铎在文中一再重复维庸盗贼诗人的双重身份,并特别将英文"poet-thief"标注

---

① George Saintsbury, *A Short History of French Literature*, Oxford, Oxford at the Clarendon Press, 1882.

② 杨袁昌英:《法兰西文学》,上海,商务印书馆,1923,第45页。

③ 同上书,第3页。

④ Émile Abry, Charles Audic et Paul Crouzet, *Histoire illustrée de la littérature française*, Paris, Henri Didier, 1912, pp. 59—60; George Saintsbury, *A Short History of French Literature*, Oxford, Oxford at the Clarendon Press, 1882, pp. 158—159; Giles Lytton Strachey, *Landmarks in French Literature*, London, The Home University Library of Modern Knowledge, 1964, p. 23.

⑤ *The Oxford Book of French Verse*, ed. St. John Lucas, Oxford, Oxford at the Clarendon Press, 1908, p. x; Émile Abry, Charles Audic et Paul Crouzet, *op. cit.*, p. 57; Giles Lytton Strachey, *op. cit.*, p. 25.

于相应中文短语后。郑振铎认为，维庸将“新的生命与新的美”赋予古老的诗歌形式。此外，郑振铎强调维庸诗中死亡和监禁两大主题。和杨袁昌英一样，郑振铎并未突出维庸诗作体现的个性。[①]

在 1925 年发表的《法国文学史》中，王维克将维庸奉为法国中世纪最伟大的诗人。他这样描述维庸：“巴黎市上之浪游者，其生活则作恶犯罪也……其精神则诚恳而含个性，其用语则特创而有力。……常念及死，描写所及，深刻非常，且含有真理。”[②]王维克凸出维庸的几个特质：真诚、个人主义、现实主义、罪行累累、诗中充满死亡意象。这些特质在日后出版的民国法国文学史中被不断重复。[③]

二十世纪三十年代：具有代表性的诗人

穆木天与左翼立场

如果说二十年代的中国文学批评者强调维庸的个性，三十年代的批评者们则转而强调维庸的代表性。在 1935 年出版的《法国文学史》中，穆木天将维庸塑造成被压迫阶级的代言人。他写道：“他虽受过相当的教育，但他始终是被压迫被剥削的，始终是他的阶级的一个代表者。他的诗歌，因始终是市民阶级的喊叫，始终是当代的反映了。”[④]穆木天举四首诗为例：《绞刑犯之歌》《布洛瓦赛诗之歌》《往昔的妇人之歌》《往昔的王侯之歌》。关于第一首诗，穆木天指出其深刻表现了由维庸代表的受压迫阶级的痛苦生活。[⑤] 穆木天未提及原诗的宗教维度。事实上，诗中一再重复的副歌，即“请求上帝宽恕我们所有人”，揭示出叙事者的对话对象更多地是上帝而非社会。叙事者与其说是反抗社会压迫之人，不如说是在忏悔和犯罪间挣扎之人。至于第二首诗，穆木天仅引用一句话：“我渴死在喷泉旁”，以说明当时社会统治与被统治阶级贫富差距极大[⑥]。然而比照原诗我们发现，穆木天的评论完全是刻意制造的结果。如果维庸真有心揭露贫富差距，就不会让叙事者说自己“穿得像个皇帝却又赤裸得像条虫”。事实上，这种对比很可能源自于查理·奥尔良公爵发明的一种文字游戏。维庸曾亲手抄录该诗，手稿被收入查理·奥尔良公爵的

---

① 郑振铎：《文学大纲(九)》，《小说月报》，第十五卷第十号，1924，第 22 页。

② [法国] H. et J. Pauthier：《法国文学史》，王维克译，上海，泰东图书局，1925，第 19—20 页。

③ [英国] Maurice Baring：《法国文学》，蒋学楷译，上海，南华图书局，1929，第 9 页；徐霞村：《法国文学史》，上海，北新书局，1930，第 10—11 页；徐仲年：《法国文学 ABC》，上海，ABC 丛书社，1933，第 12—13 页；张掖：《法兰西文学史概观》，广州，华文印务局，1932，第 12—13 页。

④ 穆木天：《法国文学史》，上海，世界书局，1935，第 20 页。

⑤ 同上书，第 21 页。

⑥ 同上。

私人诗集。[①] 该史实恰恰反应出诗人与权贵的合作而非对抗。在第三、四两首诗中，维庸探讨死亡这一具有普世性的主题。然而穆木天不认为面对死亡的悲哀是人类普遍的处境，而将其视作十五世纪独有的现象。[②] 由此可见，穆木天格外强调维庸作品的社会性和时代性。

夏炎德、无政府主义与上海劳动大学

在发表于 1936 年的《法兰西文学史》中，夏炎德用于评论维庸的关键词与穆木天十分相似："时代""社会""阶级"。夏炎德认为，死亡之所以成为诗人偏爱的话题，不是因为诗人善于思考人的存在境遇，而是因为死亡象征着大家共同步入平等之境。为凸显维庸的阶级意识，夏炎德特意将《遗言集》第三十九首中人"不论何种境况（总有一死）"译成人"不论属于何种阶级（总有一死）"。[③] 夏炎德将诗人作品表现的个性归功于新兴资产阶级的发展。[④]

相比于穆木天，夏炎德鲜少被中国文学史家提起。事实上，1943 年起直至退休，夏炎德一直供职于复旦大学经济系。复旦档案馆藏夏炎德资料[⑤]显示，夏既未曾加入左联，也未曾加入共产党。而且 1936 年版《法兰西文学史》标题由国民党大员于右任题写。这些现象表明，马克思主义并非将维庸塑造成被压迫阶层代言人唯一可能的思想来源。

法国人邵可侣(Jacques Reclus)为《法兰西文学史》撰写的序言为我们找到夏炎德笔下维庸形象的来源提供了线索。邵在序言中深情地描述了他刚到上海劳动大学时感受到的精神力量。他说，上海劳动大学学子们为国家解放做出的努力让他感动。[⑥] 安必诺(Angel Pino)的研究表明，邵可侣经由一名去巴黎学习的中国无政府主义者推促来到中国。[⑦] 至少有两个原因可以解释他为何选择上海劳动大学作为落脚点：首先，该校由一批无政府主义者推促建成。有分析指出，1927 年蒋介石清党行动，让无政府主义者看到发展契机。他们决定与国民党合作，建立上海劳

---

① François Villon, *Œuvres complètes*, éd. Jacqueline Cerquiglini-Toulet avec la collaboration de Laëtitia Tabard, Paris, Gallimard, coll. Bibliothèque de la Pléiade, 2014, pp. LX-LXI, 806.

② 穆木天：《法国文学史》，上海，世界书局，1935，第 21－22 页。

③ François Villon, *op. cit.*, pp. 50－51；夏炎德：《法兰西文学史》，上海，商务印书馆，1936，第 66 页。

④ 夏炎德：《法兰西文学史》，上海，商务印书馆，1936，第 62－67 页。

⑤ 笔者查阅的复旦大学档案馆藏夏炎德档案如下："上海市高等教育及学术研究工作者登记表"(1948)；"政治教育工作者登记表"(1950)；"思想改造学习总结登记表"(1952 年 7 月 19 日)；"高等学校教师登记表"(1952 年 8 月 16 日)；"复旦大学干部登记表"(1958)；"干部简历表"(1960)；"干部履历表"(1979)。

⑥ 夏炎德：《法兰西文学史》，上海，商务印书馆，1936，第 1 页。

⑦ Angel Pino, «RECLUS Jacques, Alphonse René», *Dictionnaire des anarchistes*, https://maitron.fr/spip.php? article155578, notice RECLUS Jacques, Alphonse René [*Dictionnaire des anarchistes*] par Angel Pino, version mise en ligne le 9 avril 2014, dernière modification le 12 août 2020.(访问时间：2020 年 8 月 12 日。)

动大学作为无政府主义的试验田。[1] 学校奠基人之一李石曾在法国时便与同为无政府主义者的邵可侣父母过从甚密。[2] 其次，法语是上海劳动大学的第一外语。1927—1928学年的一张学分表表明，法语作为必修课程占20个学分，而其他各门必修课仅占2至8个学分。[3] 上海劳动大学对法语的重视与其缔造者（李石曾、褚民谊等）的法国教育经历，以及作为学校建设样本的比利时沙勒罗瓦（Charleroi）劳动大学有关。

事实上，邵可侣并非在上海劳动大学课堂上遇见夏炎德。复旦大学馆藏、印制于1952年8月16日的"高等学校教师登记表"显示，夏炎德当时在劳动大学中学部学习。[4] 他在该档案"主要工作及活动"一栏中写道："（在劳动大学中学部求学时）学习文学，社会科学，法文等。当时受马列主义及无政府主义二种思想的影响。"[5]在印制于1952年7月19日的"思想改造学习总结登记表"中，夏炎德这样回忆当时的情景："（我当时）读法国文学，想成文学家。"[6]《法兰西文学史》写于夏炎德中学毕业后，该书还曾于1934年为其获得奖金和奖章。[7]

没有证据显示邵可侣推促夏炎德采用无政府主义视角撰写法国文学史。邵可侣在序言中没有提及作者的文学立场。而在另一本由上海劳动大学学生蒋学楷翻译出版的法国文学史中，译者虽强调邵可侣的影响，却并未将维庸塑造成阶级和时代的诗人。[8] 然而夏炎德笔下的维庸形象却切实反映出无政府主义，至少受无政府主义与马克思主义共同点的影响：二者均强调消除体力和脑力劳动分野，实现阶级平等。《国立劳动大学周刊》中的一段话反映出夏炎德当时所处的学校舆论氛围："然而目前的阴森黑暗却是事实，没有光明 ，没有热力，四围的氤氲都渗透了臭铜的腐味，不平的事象，触目皆是；痛苦的呼声，振破了耳鼓，荡漾了心灵。……我们呀！我们的心血正在潮，心火还在烧，天赋的官感是又不容我们沉寂的静安下！"[9]《国立劳动大学周刊》中的绝大部分文学作品都以十分直接的方式揭露资产

---

① Ming K. Chan & Arif Dirlik, *Schools into fields and factories — anarchists, the Guomindang, and the National Labor University in Shanghai*, 1927—1932, Durham and London, Duke University Press, 1991, pp. 7—8.

② Angel Pino, *op. cit.*; Ming K. Chan & Arif Dirlik, *op. cit.*, p. 17.

③ Ming K. Chan & Arif Dirlik, *op. cit.*, pp. 80—82.

④ 复旦大学档案馆藏夏炎德档案："高等学校教师登记表"（1952年8月16日）。

⑤ 同上。

⑥ 复旦大学档案馆藏夏炎德档案："思想改造学习总结登记表"（1952年7月19日）。

⑦ 复旦大学档案馆藏夏炎德档案："干部履历表"（1979）。

⑧ ［英国］Maurice Baring：《法国文学》，蒋学楷译，上海，南华图书局，1929，第1—5页。

⑨ 《劳工学院一部分教员学生发起文艺研究团体》，《国立劳动大学周刊》，第十二期，1928，第192页。

阶级对劳动者的剥削，[1]充分彰显对革命时代的意识。[2] 比如，在一部名为《力》的剧作中，一位具有革命意识的年轻女学生对试图逼迫她放弃革命立场、资本家出身的男友说："发皮气！你以为这手段——这十八世纪的手段，压制得了二十世纪的新女子吗？"[3]

文学期刊中的弗朗索瓦·维庸

桀骜不驯的诗人：版画《魏龙宁可挨饿》注释的知识来源

除汉译法国文学史外，维庸的名字也出现在文学期刊中。在1921年10月1日刊登于《少年中国》的《一八二〇年以来法国抒情诗之一斑》一文中，黄仲苏将维庸视为法国诗体改革第一人。黄仲苏指出，维庸试图突破旧诗规范，自由表达思想情感。[4] 此后至二十世纪二十年代末，期刊中提及维庸的文章寥寥无几。

我们在1931年4月10日号《青年界》中发现一张署名"Van Wervere"、题为《魏龙宁可挨饿》的版画。

(Van Werveke 作：《魏龙宁可挨饿》，《青年界》，1931年4月10日)

---

① 管彦文：《啊！爸爸》，《国立劳动大学周刊》，第二卷第七号，1929，第68—75页；管彦文：《忏悔》，《国立劳动大学周刊》，第二卷第二十号，1929，第93—95页。

② 喻仲民：《为了"革命"》，《国立劳动大学周刊》，第二卷第九号，1929，第88—90页；廖洞藐：《胜利之歌》，《国立劳动大学周刊》，第二卷第十号，1929，第72—74页。

③ 姜彦秋：《力》，《国立劳动大学周刊》，第二卷第二十号，1929，第100页。

④ 黄仲苏：《一八二〇年以来法国抒情诗之一斑》，《少年中国》，第三卷第三期，1921年10月1日，第8—9页。

从版画尺寸以及画中人物数量、画中女性人物的习惯性姿势(翘臀、背微躬)来看,这幅版画很可能是George Van Werveke(1888—1951)的作品。他创作了一系列类似作品,有时署名“Van Werveke”。《青年界》编辑很可能将“Van Werveke”误认成“Van Wervere”。版画注释文字这样描写维庸:“魏龙(Villon)在Blois的时候,Charles d'Orlean公爵替穷诗人们盖了一所房屋,他觉得生活很乏味,所以整天都在厨房里过日子,不去阿谀公爵。他后来受了埋怨,便说:‘我宁可忍饥挨饿,也不愿到奴仆的厅堂里去污辱我的灵魂。’”这段文字为我们展示了一幅遗世独立的知识分子形象。

版画描述文字提到作为故事发生地点的厨房,这为我们探寻版画注释来源提供可能。在所有涉及维庸生平的法文作品(传记、小说等)中,有两本提到维庸在奥尔良公爵位于布洛瓦(Blois)的宫廷居住时,时常躲在厨房里。它们是皮埃尔·达兰姆(Pierre d'Alheim)的《大学士弗朗索瓦·维庸的激情》①和弗朗西斯·卡尔哥(Francis Carco)的《弗朗索瓦·维庸传奇》。② 我们在后者中读到如下段落:“维庸觉得布洛瓦的生活如此乏味,以至于他宁愿整日呆在厨房里取暖,大口喝酒,也不愿参加公爵组织的赛诗会,讨公爵欢心。呆在厨房里,至少算是件有意义的事。有人告诉他,他不应混迹于仆人之中。如果他继续这样做,有可能会被剥夺俸禄。他却回答道,仔细思考了仆人这个词的含义之后,他觉得宁愿做肚腹的仆人,也不愿做精神的仆人。”③这段话很可能为版画注释文字来源。为凸显维庸刚正不阿的形象,中国译者特意将“宁愿做肚腹的仆人”换成“宁可忍饥挨饿”。

事实上,关于维庸在布洛瓦的生活目前无史实可考。七星诗社丛书版《弗朗索瓦·维庸全集》作者能够确证的史实,仅是维庸曾到过查理·奥尔良公爵位于布洛瓦的宫廷,并亲手抄录了三首诗:《玛丽·奥尔良赞词》《双重叙事歌》和《布洛瓦赛诗之歌》。这三首诗后来被收入奥尔良公爵的私人诗集中。④ 其他所有相关叙述都来自于各自作者的推论或想象。大多数作者都提到维庸在布洛瓦宫廷颇不自在。有作者认为,这是因为维庸命中注定是闲云野鹤;⑤有人则认为维庸因为与当

---

① Pierre d'Alheim, *La Passion de maître François Villon*, Paris, Librairie Paul Ollendorff, 1900, p. 211.

② Francis Carco, *Le Destin de François Villon*, Paris, À la cité des livres, 1931, p. 224.

③ *Ibid.*

④ François Villon, *op. cit.*, pp. XI, XLVI.

⑤ Antoine Campaux, *François Villon, sa vie et ses œuvres*, Paris, A. Durand, 1859, p. 115; Jean-Marc Bernard, «Villon à la cour de Blois», *Revue d'Histoire littéraire de la France*, n° 3, 1908, p. 498; Jean-Marc Bernard, *François Villon* (1431—1463) *sa vie-son œuvre*, Paris, Bibliothèque Larousse, 1918, p. 27; Jacques Castelnau, *François Villon*, Paris, J. Tallandier, 1942, pp. 163, 166.

时宫廷众臣社会地位、文学品位悬殊而受到排挤。[①] 与上文版画注释作者不同，维庸传记作者们不认为诗人爱好独立是一种道德选择。在他们笔下，维庸也曾努力适应布洛瓦宫廷的生活，像宫中其他幕僚那样穿着打扮，[②]学着“在王公贵族面前卑躬屈膝，为宫廷贵妇创作抒情诗”。[③] 维庸也曾因为不能融入宫廷生活而忧愁，[④]并且一旦发现自己失势，便不失时机向公爵示好，企图重新获得恩宠。[⑤] 在《大学士弗朗索瓦·维庸的激情》一书中，皮埃尔·达兰姆记录了这样一个故事：“一个风清日朗，充满欢声笑语的六月的一天，当他（维庸）来到财务官身边时，后者对他说：‘我的朋友，我什么也没为你准备。’听罢，弗朗索瓦颇受震动。他再次出现在公爵的图书馆中，将公爵的目光吸引到自己身上来。”[⑥]《弗朗索瓦·维庸与查理·奥尔良》一书作者杰特·品克奈而（Gert Pinkernell）指出，维庸之所以用拉丁文而非法文撰写《玛丽·奥尔良赞词》一诗题词，其目的在于凸显自己的学识，以吸引奥尔良公爵的注意。[⑦] 维庸在《布洛瓦赛诗之歌》中使用了一种较为复杂的韵脚，而在稍后创作的《谚语之歌》中又重新使用创作《布洛瓦赛诗之歌》之前使用过的、较为简单的韵脚。品克奈而认为，这其实是落难中的维庸发出的求救信号。维庸希望公爵能够通过作品迅速在人群中认出他来。[⑧]

新兴阶级的诗人：穆木天对加斯通·巴里斯（Gaston Paris）的改写

维庸一生颠沛流离，居无定所，这一无产者的境遇为其赢得中国左翼批评家的好感。作为1917—1937年中国文学期刊中少有的专门谈论维庸的文字，1932年1月20日发表的《法兰西瓦·维龙——诞生五百年纪念》一文出自穆木天之手，并发表在左翼杂志《北斗》上，也就不足为怪。文章开篇写道：“法兰西瓦·维龙（François Villon）（1431—1465?）是法国的第一个布尔乔亚诗人。他的诗是代表对新兴的资产阶级与中世的封建阶级斗争的反映。”[⑨]穆木天替维庸犯下的偷窃、杀

① Pierre d'Alheim, *op. cit.*, p. 210; Henry de Vere Stacpoole, *François Villon, his life and time, 1431—1463*, New York, G. P. Putnam's Sons, 1917, pp. 96—100; Francis Carco, *op. cit.*, pp. 37—38; Gert Pinkernell, *François Villon et Charles d'Orléans (1457 à 1461)*, Heidelberg, Carl Winter Universitätsverlag, 1992, pp. 42, 58, 60, 61, 64.

② Pierre d'Alheim, *op. cit.*, p. 210.

③ Jean-Marc Bernard, *François Villon (1431—1463) sa vie-son œuvre*, p. 29.

④ Pierre d'Alheim, *op. cit.*, p. 60.

⑤ Gaston Paris, *François Villon*, Paris, Librairie Hachette et Cie, 1901, p. 59.

⑥ Pierre d'Alheim, *op. cit.*, p. 211.

⑦ Gert Pinkernell, *op. cit.*, p. 16.

⑧ *Ibid.*, p. 88.

⑨ 穆木天：《法兰西瓦·维龙——诞生五百年纪念》，《北斗》，第二卷第一期，1932年1月20日，第222页。

人罪行辩护，认为这是社会问题使然。[①] 像夏炎德一样，穆木天也认为维庸对死亡主题的再现，反映出他对平等的渴望和对现实社会的抨击。[②] 穆木天该文的主要观点与其在《法国文学史》相关段落中表达的观点类同，在此不予赘述。但这篇文章的来源值得特别注意。穆木天在文中提到加斯通·巴里斯的《弗朗索瓦·维庸》一书，并提到如下细节：百年战争时期，"巴黎街上野草生，巴黎近郊狼横行"。同样的细节也出现在巴里斯书中。[③] 这证明穆木天至少部分阅读过巴里斯的《弗朗索瓦·维庸》。穆木天的文章可以被视为唯物主义文学理论的运用成果。"生产"是这一理论的关键词之一。我们不妨以"生产"为线索，对比穆木天的文章和巴里斯的作品，揭示穆木天所忽视的内容。

穆木天注重经济生产方式，即工商业发展对维庸创作的影响，而忽视了知识生产在诗人成长过程中扮演的、更为重要的角色。知识生产也有物质维度，如印刷、出版和图书馆的设立。巴里斯认为，对于这一维度的研究能够让我们更准确地评价文学传统对于诗人创作的影响。巴里斯这样解释为何维庸从前代诗歌中所获灵感甚微："我们不应当忘记，在那个年代，文学，尤其是诗歌，通常由上层贵族并为上层贵族创作，普通百姓很少有机会涉猎。文学作品通常被记载在豪华的稿纸上呈送给皇帝、王公、侯爵，很少会流传出他们的'图书馆'之外。教士们能够接触到的教会或修道院图书馆，只有在少数例外时刻才会收藏此类作品。"[④]这一评论本可以为穆木天所用，纳入其唯物主义批评框架。之所以它被穆木天忽视，很可能是因为文学传统及作家所受教育对其文学创作的影响，并非穆木天关心的话题。

穆木天忽视的另一内容是《弗朗索瓦·维庸》一书对诗人个性的论述。穆木天认为，维庸所犯罪行由社会不平等所致，因此可以被宽恕。巴里斯却认为，所谓维庸犯罪是为饥饿所迫的论据根本站不住脚。他引用维庸描写理想生活的《反驳弗朗克·龚杰》一诗，证明维庸天性好逸恶劳，并认为这种天性是他日后犯罪的根源。[⑤] 也正因为穆木天忽视维庸个性，他没有像巴里斯那样揭示出维庸与城市的关系。巴里斯指出，尽管维庸因犯罪常年被流放郊野，乡间生活场景却很少出现在他的《遗言集》中。相反，《遗言集》中到处是对巴黎的书写，这是因为维庸天性近城市而远自然。[⑥] 巴里斯认为，维庸在大学里学习文学时并不用功，又未深受诗歌传

---

① 穆木天：《法兰西瓦·维龙——诞生五百年纪念》，《北斗》，第二卷第一期，1932 年 1 月 20 日，第 226—227 页。

② 同上书，第 233 页。

③ 同上书，第 224 页；Gaston Paris, *op. cit.*, p. 19.

④ Gaston Paris, *op. cit.*, p. 99.

⑤ *Ibid.*, pp. 75—76.

⑥ *Ibid.*, pp. 63, 160.

统影响，因此真诚和个性就成为其作品最难得的品质，是他超越同时代诗人的保障。[①]

唯物主义立场让穆木天特别强调维庸作品的现实主义风格。他写道："维龙的全作品里，都是充满着死的恐怖。他用一种写实的态度把人的肉体的死灭给描写出来。"穆木天翻译了《遗言集》中的几段诗为证。[②] 在 1925 年 11 月出版的《学衡》中，李思纯也曾用半文言翻译其中第三十九首和第六十首诗片段。[③] 我们以第六十首中的几句诗为例比较穆译和李译，说明唯物主义文学观所强调的现实主义风格如何让前者更接近原作：

穆译：	李译：
他的气断了，他的血停了，	忧患裂心呼吸止，
他的胆汁洒在他的胸脏之上。	
随即他出汗，他的汗味只有上帝知道！	毕生劳瘁盈汗泚。

穆译再现了原文[④]中所有与身体有关的细节：气、胆汁、胸脏和汗，还加入了一个原文没有的元素：血。李译不仅没有增加相关细节，还抹去了"胆汁"这一元素。更为重要的是，穆译中的主语"他"反复再现，每次均与一幅鲜明的身体形象相搭配，逼迫读者去正视尸体。而李译中由于主语缺失，尸体形象不甚明显，死亡对读者的震慑也大为减弱。这一效果的造成，与李译选用的文字形式不无关系。李思纯选择自由化的中国古诗形式作为翻译诗体，虽不强求押韵，但每句限定五言或七言。[⑤] 这一限制显然与现实主义对细致、精准描写的要求相悖。

被限定在七言绝句中的维庸看起来像一个中国古代诗人。李思纯对维庸抒情特质的强调强化了这一印象。他用"哀生而悼逝"来总结《遗言集》中第二十九、第三十九和第六十首诗，并这样描写维庸："其诗形美丽而伤感凄忧，蕴蓄情思，使人感动。"[⑥]如果说穆木天笔下的维庸是为平等而斗争的人民代言人，李思纯笔下的维庸则更具个体性，多愁善感而顾影自怜。这再次证明从 20—30 年代，维庸从具有个性的诗人变成具有代表性的诗人。

---

① Gaston Paris, *op. cit.*, p. 159.

② 穆木天：《法兰西瓦·维龙——诞生五百年纪念》，《北斗》，第二卷第一期，1932 年 1 月 20 日，第 231—233 页。

③ [法国] 菲农：《老与死》，李思纯译，《学衡》，第四十七期，1925 年 11 月，第 7—8 页。

④ François Villon, *op. cit.*, p. 51.

⑤ 李思纯：《仙河集自序》，《学衡》，第四十七期，1925 年 11 月，第 3 页。

⑥ [法国] 菲农：《老与死》，李思纯译，《学衡》，第四十七期，1925 年 11 月，第 7 页。

第四章 拉伯雷

拉伯雷与文艺复兴

我们搜集到的资料显示，拉伯雷的名字首次出现在1920年12月15日发表的李璜(1895—1991)的一封信中，拉伯雷在其中的形象是自由教育的推动者。[①]

在1924年2月29日发表于《小说世界》的《欧洲最近文艺思潮》一文中，拉伯雷与龙沙被并举为法国文艺复兴的代表人物。文章作者将拉伯雷视为致力于人性解放的人文主义者。[②] 1925年，作为人文主义者的拉伯雷两度被提及。在致穆木天的一封信中，张定璜阐述翻译对于中国文学复兴的重要性。他提到拉伯雷、薄伽丘和塞万提斯：

> 中国人向来就是关起门来读中国书的，结果成为过去的那些文艺。我相信那里面有过一个美丽的境界。然而那个境界毕竟是过去了。后来的人只是幽囚在死骨的牢狱里，没有感觉，没有情思，没有生命。中国文学现在唯一的生机就在于拆毁几千年来腐的藩锁闭着他的藩篱，尽量去和别种文学接触。等到不但Boccaccis, Rabelais, Cervantes等都有了忠实的全译，而且*Iliad*和*Odyssey*也有了介绍的专家，那时候自然有真正的再生的中国文学出来。[③]

张定璜指出，拉伯雷用真诚的笔触表现爱与生活，而强调对人性的关注是复兴中国文学的重要因素，因此译介拉伯雷具有必要性。

拉伯雷第二次以人文主义者形象出现，是在1925年3月发表的《欧洲文艺复兴时代的文学》一文中。作者郑振铎这样介绍拉伯雷：

> 法兰科司·拉培莱(François Rabelais)是所有法国文艺复兴期中的作家的最伟大的。……这个法国人拉培莱，与西班牙人西万提司(Cervantes)及英国人莎士比亚，无问题的，是文艺复兴期的三巨人。文艺复兴是随着一个死呆的时代而来的一个美富生活的时代。一个学问的，乐观的，勇敢的时代。它的

---

① 李璜:《少年中国学会消息》,《少年中国》,第二卷第六期,1920年12月15日,第56页。

② 《欧洲最近文艺思潮》,忆秋生译,《小说世界》,第五卷第七期,1924年2月15日,第2页。

③ 张定璜:《寄木天》,《语丝》,第三十四期,1925年7月6日,第118页。

精神很有力的表现于拉培莱的两部大著《加敢泰》(*Gargantua*)及《潘泰格鲁尔》(*Pantagruel*)中。[1]

郑振铎举《高康大》(*Gargantua*)中的两个段落为例,证明拉伯雷如何将人文主义发扬光大[2]:

所有他们的一生不是消耗于法律,成规或规则中,却是依据着他们自己的自由意志与喜乐。他们从床上爬起来,当他们以为起来好时;他们吃,喝,工作,睡眠,当他们心里想这样做时,便这样的做去。没有人去惊醒他们,没有人去强迫他们吃,喝或做一切别的事;因为加敢泰是如此的规定。在所有他们的规律,他们的秩序的严束中,只有下面这一个条文要注意:

做你们所要做的事。

因为人们是如此的自由,好的出生,好的养育,又交友于忠诚的伴侣中,天然的有一种天性与激刺,以鼓励他们做好的事,避免他们做坏的事,那就叫做名誉。那班同样的人,当受赤裸的统治与禁束时,他们是被压在底下,被放在下面,现在他经从那种高贵的性格转开了,他们从前是以那种性格而倾向于道德的,现在他们卸去并且打坏那种奴隶的束缚,他们从前是被如此的专制奴使着的;因为这是合于人的天性的想望所禁止的东西,要求所不肯给我们的东西。[3]

拉伯雷作品的形式也吸引中国批评家注意。发表于《小说月报》法国文学专号的《法国文学对于欧洲文学的影响》一文指出,拉伯雷拓宽了法语词汇。文章作者写道:"拉柏莱士(Rabelais)是法国的文艺复兴时代的一个文字大师。他用的字极多,增加了不少的艺术的与科学的专门名词给法国。"[4]同刊发表的另一篇文章《法国的浪漫运动》,在法国文学中区分出两种主要文学传统:批判现实主义和唯美主义。文章作者认为,拉伯雷属于第二种传统。其作品行文之活跃即为证明:

法国文学里又有那和写实主义全然不同(几几乎是相反的,)然而同等显著,同等重要的倾向,——就是那纯萃的修辞的倾向。这个对于文字本身的爱好——爱好文字上的对比工稳,词句美丽,流利,夸饰——既可以在拉倍莱(Rabelais)的剽急的词句中看出来,亦可以在波苏(Bossuet)的朗润的词句以

---

① 郑振铎:《欧洲文艺复兴时代的文学》,《小说月报》,第十六卷第三号,1925年3月,见郑振铎:《郑振铎全集》,第十一卷,石家庄,花山文艺出版社,1998,第192页。

② 同上书,第194—195页。

③ 同上书,第194页。

④ 沈雁冰、郑振铎:《法国文学对于欧洲文学的影响》,《小说月报》,第十五卷号外,1924年4月,第3页。

及郭南绮(Corneille)的热烈的议论文里看出来。[①]

该文中文标题旁括号内标有"G. L. Strachey 原著"字样。吉尔·里顿·斯特拉奇(Giles Lytton Strachey)是英国传记作家和文学批评家。[②] 上述引文是对斯特拉奇《法国文学中的标杆》(1912)一书关于浪漫主义运动部分一个片段的忠实翻译。[③]

上述几篇文章涉及拉伯雷创作的多个方面:人文主义、幽默、讽刺、丰富的词汇、生动的句子、《庞大固埃》在法国的接受等。中国批评家将拉伯雷的人文主义与文艺复兴相联系,而文艺复兴是构建中国现代文学的一个关键概念。胡适指出,中国现代文学起源于一场他称之为"文艺复兴"的运动:

> 这整个的文学革命运动——至少是在这一运动的初期——用实验主义的话来说,事实上便是一个有系统有结果的思想程序;也就是个怎样运动思想去解决问题的问题。[④]
>
> 说了这许多题外的话,我所要指出的便是我欢喜用"文艺复兴"这一名词。认为它能概括这一运动的历史意义。所以在其后的英文著述中,我总欢喜用"The Chinese Renaissance"(中国文艺复兴运动)这一题目。[⑤]

胡适认为,中国文艺复兴的要义之一是人性解放,这正是中国批评家阐释拉伯雷人文主义时所用的关键概念之一。[⑥]

《庞大固埃》出版四百周年纪念

1933年,拉伯雷的名字在中国文学期刊中两度出现,均与1532年首版的《庞大固埃》出版四百周年纪念有关。第一则信息1933年1月1日发表于《现代》杂志"书与作者"栏目,报道了1932年12月在法国国家图书馆举办的拉伯雷旧物展。这则信息证明,当时中国文坛密切追踪西方文学文化界动向。否则在当时的条件下,1932年最后一个月在法国国家图书馆举办的活动,不可能于1933年第一个月便发表在中国文学杂志上。第二则信息1933年11月1日发表于《文艺月刊》"文

① [英国]G. L. Strachey:《法国的浪漫运动》,希孟译,《小说月报》,第十五卷号外,1924年4月,第2页。

② *The New Encyclopædia Britannica*, dir. Peter B. Norton, Chicago/Auckland/London/Madrid/Manila/Paris/Rome/Seoul/Sydney/Tokyo/Toronto, Encyclopædia Britannica, Inc., t. XI, 1995, p. 297.

③ Lytton Strachey, *Landmarks in French literature*, London, Williams and Norgate, 1923, pp. 184—185.

④ 胡适:《胡适口述自传》,《胡适文集》,欧阳哲生编,第一卷,北京,北京大学出版社,1998,第339页。

⑤ 同上书,第341页。

⑥ 同上书,第341—342页。

艺情报”栏目。作者提到法国政府收购拉伯雷故居，以及巴黎的一份杂志组织读者去作家故乡溪农（Chinon）旅行，参观拉伯雷童年亲见其建造的圣·埃蒂安（Saint-Étienne）教堂。文章将拉伯雷、塞万提斯和莎士比亚同奉为文艺复兴大家，称法兰西主教、僧侣、医生们赋予拉伯雷“讽刺之王”的头衔。[①]

① 《法国讽刺作家的四百年纪念》，《文艺月刊》，第四卷五期，1933年11月1日，第174页。

第五章 龙 沙

革命的龙沙

黄仲苏、李思纯与曾朴

在1921年10月1日发表于《少年中国》的《一八二〇年以来法国抒情诗之一斑》一文中，黄仲苏将龙沙与七星诗社相联系，认为七星诗社成员既复古且进步：

> 法国的一般少年诗人，本他们慕古及羡邻的热忱，大鼓吹其法古主义——这种效法希腊拉丁古代文学的运动，并不是退步的——举十一世纪以来数百年的法国古诗之习俗的规律，固定的形式，一扫而空之。……影响……最是那些诗人与希腊拉丁文明的精神接触能为法国诗辟一新天地。抒情诗的源泉便重行在这里发现了。限止思想与情感的旧模型被这班少年诗人打得粉碎，如今他们才知道有了新的自我，他们的宇宙观人生观及对于大自然的感慨，都借着他们个人直觉的情感与思想，一一在他们的诗歌里表示出来。[①]

黄仲苏笔下的龙沙强调文学创作应当解放个性。1924年2月15日发表于《小说世界》的《欧洲最近文艺思潮》一文[②]也构建了类似的龙沙形象。[③]

李思纯则对于龙沙作品的形式问题更感兴趣。在1925年11月发表于《学衡》的《短歌》(*Sonnets pour Hélène*)译文前言中，李思纯写道：

> 龙萨而为十六世纪法兰西最伟大之诗人。当时有所谓七星诗社 La Pléiade以著名之诗人七八人合组成之。而龙萨而实为七星诗社之魁率。是社之职志，在将粗野拙劣之古代法语，化为典雅规则，且更以仿效希腊拉丁古诗为鹄的。故其于法语及法诗界之功绩，宏伟无伦。[④]

在1927年11月1日发表于《真美善》的《编者的一点小意见》中，曾朴将龙沙塑造成革命的译者。他写道："没有七星社的翻译希罗作品，那里会开发法兰西的

---

① 黄仲苏：《一八二〇年以来法国抒情诗之一斑》，《少年中国》，第三卷第三期，1921年10月1日，第9页。

② 暂未考证出原作者。

③ 《欧洲最近文艺思潮》，忆秋生译，《小说世界》，第五卷第七期，1924年2月15日，第2页。

④ [法国]龙萨而：《短歌》，李思纯译，《学衡》，第四十七期，1925年11月，第8页。

文艺复兴?"[①]曾朴指出,龙沙在诗中使用拉丁语词汇,这证明为构建中国现代文学,应当用白话文代替古汉语。曾朴写道:"凡文学的革新,最先着手的,总是语言文字。就拿法国来说,文艺复兴时代,龙沙而就在他的诗里,散播了许多拉丁字……就是中国新文化的勃兴,起点也是在文言白话的论战。"[②]

曾献中对德·格朗日的改写

1935年4月1日发表于《文艺月刊》的《龙沙与法国七星诗人》是这一时期少有的以七星诗社为专题的文章。我们发现,该文在很大程度上借用了德·格朗日(Charles-Marc des Granges)《插图版法国文学史》关于七星诗社的论述。[③] 文章作者曾献中保留了德·格朗日原文的结构,并多处照搬德·格朗日的论述。

值得注意的是,曾献中隐去了德·格朗日原文中几乎所有与龙沙宫廷生活有关的细节。曾献中这样介绍龙沙的家族:"龙沙的家庭,原本是匈牙利种,十四世纪,移住法国。"[④]德·格朗日原文中也有此句。但在该句之前作者写道:"龙沙是贵族(像J. du Bellay,A. de Baïf以及他的所有弟子和模仿者那样),这一特点有其重要性;因为诗人的独立、尊严、大胆和影响源自于他的社会处境。"[⑤]德·格朗日在该段末尾写道:"有必要强调作为即将献给归隐和研究生活的第一阶段,因为对自然、旅行和宫廷的印象构成龙沙的重要创作源泉,这口泉不停地涌出新水,就像恒久富有生命力的根或不经意间长出的新芽。"[⑥]上述两段之所以被忽略,很可能因为曾献中意识到龙沙的贵族身份无法与自己希望捍卫的白话文学运动和进步主义语言观相容。

曾献中同时忽略的还有德·格朗日对龙沙性格的批评。德·格朗日指出,除独立和贵族精神外,龙沙也有谄媚的一面:

> 桀骜不驯而富有怀疑精神的龙沙在1560—1574年间却是一个真正的宫廷诗人。这一时期他经常发表慷慨激昂的爱国说辞,对法国国王和人民都可以高声说话;他带着贵族般的愤怒反击敌人,捍卫自我。另一方面,他却也答应为查理九世写应景诗,而这些作品并不总是为他的人格增添荣誉。[⑦]

① 东亚病夫:《编者的一点小意见》,《真美善》,第一卷第一号,1927年11月1日,第7页。

② 同上书,第8页。

③ 我们参考的原文版本如下:Charles-Marc des Granges, *Histoire illustrée de la littérature française*, Paris, Hatier, 1920。

④ 曾献中:《龙沙与法国七星诗人》,《文艺月刊》,第七卷四期,1935年4月1日,第172页。

⑤ Charles-Marc des Granges, *op. cit.*, p. 198.

⑥ *Ibid.*.

⑦ *Ibid.*, p. 200.

德·格朗日对龙沙有所批评，曾献中则仅塑造龙沙的正面形象。在曾文少有的几处不是来自德·格朗日作品的段落中，他特别提到1925年龙沙诞辰四百周年之际，法兰西公学为其竖立一尊石像。曾献中认为这一事件表明“法国诗从龙沙才得着生长的活泉”[①]。

曾献中在其文章结尾附上龙沙《对玛丽的爱》(*Amours de Marie*)第十五首诗部分段落的原文和译文。其开头为“当我看见许多颜色和花，点缀着一道河岸”(«Quand je vois tant de couleurs/Et de fleurs/Qui émaillent un rivage»)。曾献中认为，该诗让我们得以窥见“七星运动以后，法国诗的演化；也可知道龙沙在法国诗史上，实在是一个重要的人”[②]。

保守的龙沙：《马勒而白逝世三百年纪念》

在1928年9月发表于《学衡》的《马勒而白逝世三百年纪念》一文中，吴宓[③]写道：“七星社诸子所倡者，乃极力研究希腊罗马之文学，而摹仿其格律，甚至采用其词句，以使法兰西本国之文学成为古雅而丰富，不至如前此之幼稚粗简。”[④]吴宓借用七星诗社诗人的创作形式批评中国白话文运动。在他看来，新文学运动启蒙大众的目标不利于文学发展，因为将人民能够理解作为创作标准会导致文学性的丧失。吴宓在文中表达了与白话文运动支持者相悖的循环历史观，[⑤]认为后者无权将七星诗社诗人视为同路人：

> 故其所倡者，乃复古运动而非革新运动，乃贵族文学而非平民文学，乃欲提高文学之标准而使成精炼，非欲降低文学之标准而使简易而能普及。……至若细究七星社杜伯莱等之宣言之内容，以及龙萨等人著作之性质，则其与中国白话新文学运动不同之处，更显而易见矣。[⑥]

吴宓指出，“今日中国文字文学上最重大急切之问题乃为‘如何用中国文字，表达西洋之思想。如何以我所有之旧工具，运用新得于彼之材料。’”[⑦]他将中国社会情形与七星诗社所处的社会情形进行比较：

> 七星社诸子皆热心爱国之士，其致力之目的，(一)以发达法国之文字，创

---

① 曾献中：《龙沙与法国七星诗人》，《文艺月刊》，第七卷四期，1935年4月1日，第173页。

② 同上书，第174页。

③ 《马勒而白逝世三百年纪念》一文最初发表时没有署作者名。该文后被收入《吴宓诗话》。见吴宓：《吴宓诗话》，北京，商务印书馆，2005，第125—134页。

④ 吴宓：《马勒而白逝世三百年纪念》，《学衡》，第六十五期，1928年9月，第65页。

⑤ 同上书，第67—68页。

⑥ 同上书，第65—66页。

⑦ 同上书，第66页。

造法国之文学；（二）则竭力吸收文艺复兴时代磅礴璀璨之希腊拉丁古学(Humanisme)以入本国。正犹吾国今日非尽量吸收西洋学术，非大规模传入西洋之事物思想材料，不可也。彼时法国文字文学上最重要之问题，厥为“为吸收希腊拉丁古学，应将法兰西文字文体解放改变至如何程度”，正同于吾国今日文字解放之问题也。①

七星诗社诗人最关心的问题是否真为“应将法兰西文字文体解放改变至如何程度”？在吴宓引用的、唯一与七星诗社相关的《法语的捍卫与阐发》一书中，我们没有读到相关内容。吴宓刻意提出对法语进行改革的程度问题，其目的在于为自己关于中国语言文学改革问题的观点正名。针对这一虚拟问题，吴宓给出有利于捍卫自己立场的回答：“平心而论，彼等虽主文字文学之革新与解放，然其立论实多含蓄而审慎。”②

吴宓认为，人民立场、激进主义和对文学性的忽视之间，以及贵族性、保守主义和对完美的追求之间分别具有因果关系。吴宓强调七星诗社诗人的贵族性：

七星社诸子所倡者……以使法兰西本国之文学成为古雅而丰富，不至如前此之幼稚粗简。故其所倡者，乃复古运动而非革新运动，乃贵族文学而非平民文学，乃欲提高文学之标准而使成精炼。③

且彼等固皆绩学之士，又为官廷贵族文学侍从之臣，对一般庸俗之人，辄有深恶而卑视之意，故亦未可与倡导平民文学者并论也。④

吴宓在《马勒而白逝世三百年纪念》一文中提出中国语言文学改革的度的问题，并将七星诗社诗人塑造为面对革命持谨慎、保守态度的人。这一形象在很大程度上是吴宓刻意制造的结果。

以上介绍了李璜、黄仲苏、忆秋生、茅盾、郑振铎、李思纯、曾朴、吴宓和曾献中对七星诗社诗人，特别是龙沙的评论。在内容层面，中国评论家强调诗人的抒情性，评论的关键词是个性、人性和表达。在形式层面，评论家突出诗人作品的雅正、规整、复古和贵族气质。黄仲苏等进步主义批评家强调七星诗社诗人的抒情性，以吴宓为代表的保守主义批评家则突出诗人的古典主义特质。

不论是进步主义还是保守主义批评家，在评论七星诗社时均有所杜撰。文学革命的支持者，或者如黄仲苏和曾朴，将革命概念简化，制造出一副革命的七星诗社诗人形象；或者如曾献中，将宫廷和贵族生活对龙沙作品的影响一笔抹去，让诗

---

① 吴宓：《马勒而白逝世三百年纪念》，《学衡》，第六十五期，1928年9月，第67页。

② 同上书，第72页。

③ 同上书，第65页。

④ 同上书，第72页。

人的形象更接近人民作家。质疑这一革命的人，如吴宓，则代诗人提出关于法语在何种程度上应当得到解放的问题，并给出有利于捍卫其保守主义立场的回答。

译文中的龙沙

1917—1937 年，中国文学期刊共刊登五首龙沙诗作中译文：«Sur la mort de Marie»（直译为《关于玛丽的死》）由侯佩尹首译，1923 年 12 月刊登于《小说月报》，徐仲年的重译文 1933 年 1 月 31 日刊登于《文艺茶话》；«Quand vous serez bien vieille»（直译为《当您老去的时候》）由李思纯首译，1925 年 11 月刊登于《学衡》，徐仲年的重译文 1933 年 1 月 31 日刊登于《文艺茶话》；«Je vous envoie un bouquet»（直译为《我送您一束花》）由侯佩尹翻译，1926 年 7 月 3 日刊登于《现代评论》；«Odelette *à* l'Arondelle»（直译为《献给阿隆黛尔的颂歌》）由曾朴翻译，1927 年 12 月 1 日发表于《真美善》；另有一首献给贾桑特儿（Cassandre）的诗由徐仲年翻译，1933 年 1 月 31 日刊登于《文艺茶话》。

«Sur la mort de Marie»和«Quand vous serez bien vieille»分别有一个古文七言绝句版和一个白话文自由诗体版译文。总体而言，古文版译文不如现代汉语版译文忠实。原诗涉及古希腊、古罗马神话的词汇在白话文译诗中得到忠实翻译，在文言文译诗中则被其他词代替。比如，«Sur la mort de Marie»中的“命运女神”（«La Parque»）被侯佩尹译为“无常”，«Quand vous serez bien vieille»中的“爱神木的树荫”（«les ombres myrteux»）则被李思纯译成“幽墓”。在词汇层面，文言译者倾向于用中国特有的方式让原诗变得更具诗情画意。以侯佩尹译«Sur la mort de Marie»为例。原诗的“五月”被译为“春月”，“树叶”被译为“花蕊”，“灰”被译为“寒灰”。在意义层面上，译者自作主张将原诗命名为“伤逝”，似乎希望为原作增添一抹悲伤色彩。此外，侯佩尹完全改变了最后几行诗的原意。原诗叙事者请求玛丽接受牛奶和鲜花，为了“不论生死，（都让）你的身体如玫瑰一般”。译文叙事者将牛奶和鲜花献给玛丽，则是为了“哀卿薄命似蔷薇”。

总体而言，龙沙的中国译者致力于展示诗人对青春和爱的叙述。他们传递的龙沙的心声，可以用李思纯为其“短歌”译文所做注脚作总结：“及时以珍惜妙年也”①。

---

① ［法国］龙萨而：《短歌》，李思纯译，《学衡》，第四十七期，1925 年 11 月，第 8 页。

第六章 蒙 田

蒙田在1930年以前中国的形象

在吴宓编写、1923年1月发表于《学衡》的《西洋文学入门必读书目》中，蒙田的名字首次出现。在该书目第九类“法国文学名著”作者中，蒙田排第一位，是唯一一位被列入书目的十六世纪法国作家。其他被列入书目的法国作家有：伏尔泰、卢梭、圣伯夫、雨果、巴尔扎克、福楼拜、左拉和法朗士。吴宓指出，该书目“专供初学入门者之用，故简之又简，虽各类均备而务取精华”[①]。《西洋文学入门必读书目》中提到的每本书都附有英文出版信息。蒙田词条的相关信息如下：Montaigne, *Essays*, translated into English by John Florio. The World's Classics, No. 65, 70, 77, 3 t。Florio译《随笔集》首次发表于1603年。在The World's Classics（“世界经典文库”）丛书中，《随笔集》第一卷发表于1904年，于1910和1924年重版。[②]

1935年5月1日，郑振铎在《文学》上发表《世界文库第一集目录“外国之部”》。蒙田及其《随笔集》被列入该目录“文艺复兴及十七世纪”一栏中。与其名字并列的还有帕斯卡、高乃依、莫里哀、拉辛、拉封丹、夏尔·佩罗(Charles Perrault)和尼古拉·布瓦洛。蒙田是唯一一位被列入该书目的十六世纪法国作家。郑振铎在书目中专程推荐梁宗岱译《随笔集》(郑称“梁译《论文集》”)。

蒙田的名字也出现在1917—1937年发表的评论文章中。绝大部分文章强调作家的怀疑主义与人文主义。黄仲苏在为朗松《文学史方法》译文[③]添加的注中写道：

> Montaigne (1533—1592) 十六世纪法国著名之文学家，著有论文多种，其思想富有浓厚的怀疑色彩，每以人类理知力过于薄弱，而武断的虚娇复太强烈为忧。然其为人情感深厚，生平笃信友谊。[④]

---

① 吴宓：《西洋文学入门必读书目》，《学衡》，第二十二期，1923年1月，第1页。

② 详见 http://www.luminarium.org/renascence-editions/montaigne/.（访问日期：2021年9月16日）

③ 据黄仲苏所言，其译文所据原文由朗松于1909年9月撰写，并由作者于1910年六七月间修订后出版。

④ ［法国］巨斯大佛·郎宋：《文学史方法》，黄仲苏译，《少年中国》，第四卷第十期，1924年2月，第9页。

黄仲苏笔下的蒙田质疑人类获取知识的可能性，同时热爱人类、相信友谊。

在1925年3月发表于《小说月报》的《欧洲文艺复兴时代的文学》一文中，郑振铎在文艺复兴框架下论述蒙田的怀疑精神："曼唐是一个怀疑派，是文艺复兴期的自安于不知者(the agusstic)。'我知道什么?'他继续的问着。他永没有找到一个回答能够十分满足他自己的。"[①]关于蒙田的人文主义精神，郑振铎引用《论残酷》一文片段为例：

> 他憎厌狂热的信仰者，他憎厌残酷的举动，他深恶当时恐怖的刑法。诚然的，他的人道主义在今日还是占在很高的水平线上：
>
> "至于我呢，我永不能这样的忍受住，而不怜悯悲哀，去看一个可怜的愚呆的无辜的兽类被猎且被杀了，它是无害于人的，且没有保护之力的，我们简直没有受到它的任何抵抗。这是常常遇到的。当鹿开始逃奔得口里吐沫，觉得它的力量是堕去了，它没有别的自救的方法，便呻吟着把它自己贡献于追猎它的我们，眼泪淋淋的向我们求怜，
>
> 血从喉中流出，泪从眼中流出，
> 它似乎叫着求它的怜悯，
>
> 这对于我永是一幅悲惨的现象。我极罕取得活的兽类，但我都给他以他的自由。毕沙古拉(Pythagora)(希腊的哲学家)常向渔父处买鱼，捕禽人处买鸟，于是再把他们放去了。"[②]

在上引段落之前的几段中，蒙田表达了对酷刑的反对。他写道："至于我，纯粹从正义角度出发，一切超越自然死亡界限的事在我看来都是纯粹的残忍。"[③]正是在此意义上，郑振铎认为，对人类的热爱和对生命本身的尊重是蒙田的重要品质。

在1930年8月16日发表于《真美善》杂志[④]的《欧洲各国文学的观念(上)》一文中，曾虚白也提到蒙田的人文主义精神。他写道：

> "文艺复兴"时代的精神，既是直接继承着希罗的统系，当然是偏重着践实的"质"的一半面的了。所以英国西蒙兹(John Addinson Symonds, 1840—1893)说"文艺复兴"的功绩是从新发见了人类；这意思就指当时的人类在宗教

① 郑振铎：《欧洲文艺复兴时代的文学》，《小说月报》，第十六卷第三号，1925年3月，见郑振铎：《郑振铎全集》，第十一卷，石家庄，花山文艺出版社，1998，第195页。

② 同上书，第195—196页。郑振铎的译文忠实于蒙田的原文。见 Voir Montaigne, *Les Essais*, éd. cit., p. 454。

③ Montaigne, *Les Essais*, éd. cit., p. 452.

④ 《真美善》由曾虚白与其父曾朴共同编撰。曾朴也曾提起蒙田。据他所言，陈季同曾教其读《随笔集》。曾朴将蒙田归为古典派作家，同时被其归入该派的作家还有拉辛、莫里哀、布瓦洛、帕斯卡、拉伯雷和龙沙。见《读者论坛》，《真美善》，第一卷第十二号，1928年4月16日，第8页。

压迫之下钻出来从新找到了自由发展的途径。因此,“文艺复兴”的先导,法国蒙戴业(Montaigne, 1533—1592)以为一切学问的目的只在“寻最善的生与最善的死的智识”。从这一点上,我们就可以看出“文艺复兴”的精神是以人类为中心的生活态度,这已经给近代文学中最重要的主流——艺术为人生的主张者——播下一颗极坚强的种子。[①]

曾虚白所谓蒙田为人生而艺术,特指尘世间的人生,即日常生活人性而非宗教性的一面。曾虚白将蒙田纳入古希腊—古罗马文学传统,与希伯来文学传统相对立。他写道:“希腊精神是人间的,物质的,理智的;希伯来精神是超人间的,精神的,情感的”。[②] 曾虚白所谓的“情感”比普通意义上的感情更为内在化。他在分析浪漫主义时这样阐发自己的情感理论:

> 这个新兴“浪漫主义”就是“希伯来精神”对于“希腊精神”重压下的一种反抗;也可以说,这是人类厌恶了物质的附着而想奋翅高扬到神秘的境界中去。所以他们鄙弃一般人间性的诉述,而着重在个人的情绪,天才,和热情的表现……要言之,他们注意在鼓荡你情感的波澜,突入你灵魂的深处 ……(浪漫主义者)完全脱离了“物质”而倾向“精神”,舍弃了“肉”而追求着“灵”,鄙视“理智”而注重“情感”,简括说,就由“质”的文学而转换到“文”的文学了。[③]

在此意义上,曾虚白更多将蒙田视为理性的而非浪漫的作家。

反封建斗士抑或真正的人文主义者:蒙田与《文学》杂志

《文学》与蒙田诞辰四百周年纪念

1933 年,蒙田诞辰四百周年之际,《文学》创刊号发表三篇文章:梁宗岱作《蒙田四百周年生辰纪念》、梁宗岱译《论哲学即是学死》,以及傅东华以伍实为笔名发表的一首打油诗:《四百年前和今日》。这首诗被镶嵌在梁宗岱两篇文章之间,诗中蒙田的形象是反封建斗士:

> 四百年前的法兰西,尚被封建的遗灰笼罩;
> 好蒙田!本着怀疑的精神,运用自如的笔调,
> 将中古的神密和堡砦,一古脑儿轻轻打扫,

---

① 虚白:《欧洲各国文学的观念(上)》,《真美善》,第六卷第四号,1930 年 8 月 16 日,第 860—861 页。

② 同上书,第 860 页。

③ 同上书,第 863—865 页。

使人间重见天日，才发现自家儿也有个脑。
怎今日，我同胞，硬要把这时代的列车开倒！
君不见，诸侯们，一个个正忙着各自造城堡，
弥漫空中的，但有封建的黑暗，愚蒙，与残暴！
啊，安得有今日的蒙田，今日的蒙田何处找！[①]

梁宗岱似乎有意要反傅东华之言而行。他引用蒙田散文《致读者的话》写道：

和长天，高山，大海及一切深宏隽永的作品一样，蒙田底《论文》所给我们的暗示和显现给我们的面目是变幻无穷的。直至现代，狭隘浅见的蒙田学者犹斤斤于门户之争：有说他是怀疑派的，有说他是享乐派的，有说他是苦行学派的……“让我们跳过这些精微的琐屑罢”[②]，如果我们真要享受蒙田底有益的舒适的接触和交易。“我所描画的就是我自己”，“我自己便是我这部书底题材”[③]，这是蒙田对我们的自白。[④]

傅东华赋予蒙田作品以社会价值，梁宗岱则将之比喻为“长天，高山，大海”。梁宗岱笔下的蒙田是“真正的人文主义者”[⑤]，是“广交善读，和蔼可亲的哲人，或者干脆只是人”[⑥]。梁宗岱选译的《论哲学即是学死》一文也与社会主题无涉。我们在其中读到的是一个智者就如何克服死亡恐惧发表的隽语。引其中几句为例：

我们为什么怕丢掉一件东西呢，如果这件东西丢后我们无从惋惜；而且，既然我们受各种式样的死的恫吓，一一畏惧它们不比忍受其中的一种更难过么？

正如生把万物的生带给我们，死亦将带给我们万物的死。所以哀哭我们百年后将不存在和哀哭我们百年前不曾存在一样痴愚。

仅一度显现的事没有什么是可忧伤的。为这么短促的顷刻怀这么长期的畏惧是否合理呢？

死关系临死的人比关系死者实在更厉害，更锋锐，和更切要。

如果你活了一天，你已经见尽一切了。每日就等于其余的日子。没有别的光，也没有别的夜。这太阳，这月亮，这万千星斗，这运行的秩序，正是你的

---

① 伍实：《四百年前和今日》，《文学》，第一卷第一号，1933 年 7 月 1 日，第 194 页。

② 此句原文为蒙田在《论哲学即是学死》中引的一句拉丁文诗。见 Montaigne, *Les Essais*, éd. cit., p. 100.

③ 这两句摘自蒙田散文集的《致读者的话》。见 Montaigne, *Les Essais*, éd. cit., p. 9.

④ 梁宗岱：《蒙田四百周年生辰纪念》，《文学》，第一卷第一号，1933 年 7 月 1 日，第 194 页。

⑤ 同上书，第 193 页。

⑥ 同上书，第 194 页。

祖若宗所享受的，而且亦将款待你的后裔。

让位给别人吧，正如别人曾经让位给你。平等便是公道的第一步。[①]

合作与张力：梁宗岱与《文学》杂志

《文学》是一份左倾期刊。傅东华在创刊号中撰写的致读者的话表达了该杂志的文学立场："我们只相信人人都是时代的产儿……我们'当然有一个共同的憧憬——到光明之路'。"[②]该刊每卷社论和书评一再强调文学的社会意义。举茅盾对臧克家作品的评论为例。在茅盾看来，以下是诗人的优点：

全部二十二首诗没有一首诗描写女人的"酥胸玉腿"，甚至没有一首诗歌颂恋爱。甚至也没有所谓"玄妙的哲理"以及什么"珠圆玉润"的词藻。《烙印》的二十二首只是用了素朴的字句写出了平凡的老百姓的生活。[③]

茅盾同时也指出诗人的问题：

"人生"的真义到底是什么，……"美丽的希望"是怎样一个面目，我们的诗人没有告诉我们明白。……不"逃避现实"，是好的；然而只是冷静地"瞅着变"，只是勇敢地"忍受"，我们尚嫌不够，时代所要求于诗人者，是"在生活上意义更重大的"积极的态度和明确的认识。[④]

创作大众文学和用文学为社会发展指路构成《文学》批评理念的两个重要维度。1933 年，该杂志第二期发表了题为《文坛往哪里去》的征文启事。其中规定了两个主题：我们应当使用的语言和主题的积极性。对于第一个主题，《文学》编者的期待很明显：他们在努力构建大众语文学。傅东华认为，"'大众语文学'就是用净化了的代表大众意识的现实语言写作的笔头文学或口头文学。"[⑤]该启事发表两年后，梁宗岱出版《诗与真》。在其中《文坛往哪里去—'用什么话问题'》一文开头的一个注中，梁宗岱写道：

本文原是为上海《文学》征文作的一部分，为了某种缘因，没有登出；付印之稿，亦以散逸，幸而上半篇原稿犹存，今附载于此。还有下半篇"题材底积极

---

① [法国]蒙田：《论哲学即是学死》，梁宗岱译，《文学》，第一卷第一号，1933 年 7 月 1 日，第 201—203 页。梁宗岱的译文忠实于原文。原文见 Montaigne, «Que philosopher c'est apprendre à mourir», dans Montaigne, *Les Essais*, *éd. cit.*, pp. 113—116.

② 唐沅、韩之友、封世辉、舒欣、孙庆升、顾盈丰编：《中国现代文学期刊目录汇编》，天津，天津人民出版社，1988，第 1517 页。

③ 茅盾：《一个青年诗人的"烙印"》，《文学》，第一卷第五号，1933 年 11 月 1 日，第 800 页。

④ 同上书，第 802—803 页。

⑤ 傅东华：《大众语文学解》，《文学》，第三卷第三号，1934 年 9 月 1 日，第 659 页。

性问题”，原稿无从补缀，只好付诸阙如了。[①]

为何才在《文学》第一期发表作品的梁宗岱，给杂志第二期投稿便会碰钉子？梁文开头几节让我们明白，这很可能是因为其与杂志编者的文学立场不尽相同：

> “用什么话”和“题材底积极性”两问题底出发点其实只是“大众文学”问题底两面。……换句话说，文学是为大众的。
>
> 这理想，不消说，是很高尚的，这博大的同情心更值得钦佩。不幸事实与理想，愿望与真理不独往往相距甚远，有时甚且相背而驰。产生这两个问题的愿望，据我底私见，便似乎不免陷于这种不幸的情形。[②]

梁宗岱认为，艺术的目的在于揭示宇宙和生活的奥秘，捕捉瞬间即逝的灵感。[③] 他对于大众理解成熟艺术作品的能力表示怀疑：

> 文艺底了解并不单是文字问题，工具与形式问题，而关系于思想和艺术底素养尤重。什么宇宙底精神，心灵底幽隐，一切超出一般浅量的感受性与理解力的微妙的玄想不必说了。即极浅白的一句话，譬如，“他不喜欢你，因为你们不说同样的话”，其中没有一个字不是大众所认识的，能够会意后半句是指“你们底意见不一致”的人有多少呢？[④]

文章结尾，梁宗岱引用瓦莱里的文字说明文学与人民的关系：

> 梵乐希曾经说过：“有些作品是被读众创造的，另一种却创造它底读众。”意思是一种是投合读众底口味的，另一种却提高他们底口味，教他们爱食他们所不喜欢的东西。……与其降低我们底工具去迁就民众，何如改善他们底工具，以提高他们底程度呢？[⑤]

尽管与《文学》编者的文学观有分歧，1934 年，梁宗岱仍在《文学》上发表了三首译诗，其中一首是波德莱尔的《秋歌》。与教人们如何克服死亡恐惧的蒙田不同，《秋歌》的叙事者深陷于时间流逝和死亡逼近的困扰：

> 我听见，给这单调的震撼所摇，
> 仿佛有人在匆促地钉着棺材。
> 为谁呀？——昨儿是夏天；秋又来了！

---

① 梁宗岱：《文坛往哪里去——“用什么话问题”》，《梁宗岱文集》，第二卷，北京/香港，中央编译出版社/香港天汉图书公司，2003，第 51 页。

② 同上。

③ 同上书，第 52 页。

④ 同上书，第 56 页。

⑤ 同上书，第 58 页。

这神秘声响像是急迫的相催。

……

不过一瞬！坟墓等着！它多贪婪！

唉！让我，把额头放在你底膝上，

一壁惋惜那炎夏白热的璀璨，

细细尝着这晚秋黄色的柔光！[①]

在这首诗中，我们完全找不到《文学》编者期待的积极向上精神。这首诗的发表说明两个问题：首先，《文学》编者有意识地对各种不同文学风格保持开放态度；其次，梁宗岱反激进主义的文学立场在批评和翻译中均有所反映。

梁宗岱作品中的死亡、永恒、自然与宇宙

十八岁起，梁宗岱便在各种文学杂志上发表诗作。十九岁时，梁宗岱便对命运和死亡感悟颇深。举其当时创作的《散后》一诗片段为例：

命运是生命的沙漠上的一阵狂飙，

毫不怜恤的

把我们——不由自主的无量数的小沙——

紧紧的吹荡追迫着，

辗转降伏在他的威权里

谁能逃出他的旋涡呢？

……

死网像夜幕。

温柔严静地

把我们旅路上疲倦的尘永远的洗掉了。[②]

此时的梁宗岱将死亡视为归宿。[③] 梁宗岱赴法求学期间，开始将陶渊明的诗译成法文。1930年，他在巴黎出版法译《陶潜诗选》。如梁宗岱译文所示，陶渊明从容面对死亡：

纵浪大化中，	Embarquez-vous dans la vague d'éternité,
不喜亦不惧。	Sans joie! sans crainte!
应尽便须尽，	Quand vous devez partir

① ［法国］波特莱而：《秋歌》，梁宗岱译，《文学》，第三卷第六号，1934年12月1日，第1213页。

② 梁宗岱：《散后》，《梁宗岱文集》，第一卷，北京/香港，中央编译出版社/香港天汉图书公司，2003，第24—27页。

③ 游子和流浪者形象在梁宗岱这一时期的诗作中经常出现。

无复独多虑。　　　　— Partez! Pourquoi vous plaindre?[①]

梁宗岱将死亡、从容面对死亡的态度与自然相联。在“陶潜简介”中,他这样描述陶渊明:

> 为衣食故,他曾四度入世为官,但每次都因不堪拘束,以匆匆离去告终。
>
> 他决定归隐以度余生,抚琴弄诗,耕田种花。他尤爱菊花,此花与其名紧密相连。尽管生活清贫,他直至生命最后一刻,都保持头脑清醒,内心安宁,有临终前所作“自祭文”和“与子俨等疏”为证。他的作品流露出一种超越斯多噶主义的斯多噶式的乐观主义。这是因为,在所有诗人中,他的艺术和灵魂最亲近自然。[②]

皈返自然意味着为了“头脑清醒”和“内心安宁”而拒绝入世。梁宗岱的自然观蕴含着一种生存态度。这也是为什么他用大写的 Nature 翻译《归园田居》末句“复得返自然”中的“自然”[③]。

梁宗岱将死亡、自然、永恒与宇宙概念相联。在发表于 1934 年的《象征主义》一文中,梁宗岱翻译了歌德的《流浪者之歌》:

> 一切的峰顶
> 沉静,
> 一切的树尖
> 全不见
> 丝儿风影。
> 小鸟们在林间无声。
> 等着罢:俄顷
> 你也要安静。

梁宗岱指出,这首诗“把我们浸在一个寥廓的静底宇宙中,并且领我们觉悟到一个更庄严,更永久更深更大的静——死”[④]。回归宇宙正如回归死亡、回归自然,承载着梁宗岱的文学理想。在其创作于 1923 年的《晚祷》《星空》《太空》等诗中,宇宙化身母亲或充满柔情的造物主,成为梁宗岱追慕的对象。如果说这一时期梁宗

---

① 梁宗岱:《形影神》,《梁宗岱文集》,第一卷,北京/香港,中央编译出版社/香港天汉图书公司,2003,第 162—163 页。

② 梁宗岱:“陶潜简介”,《梁宗岱文集》,第一卷,北京/香港,中央编译出版社/香港天汉图书公司,2003,第 151 页。

③ 梁宗岱:《归园田居五首之一》,《梁宗岱文集》,第一卷,北京/香港,中央编译出版社/香港天汉图书公司,2003,第 165 页。

④ 梁宗岱:《象征主义》,《梁宗岱文集》,第二卷,北京/香港,中央编译出版社/香港天汉图书公司,2003,第 74 页。

岱对于宇宙的感应更多来自于诗人的直觉，到了写作《象征主义》一文时，与宇宙契合则变成一种自觉的诗学追求。对死亡的感知成为与宇宙契合进而创造诗意的途径。梁宗岱这样解释歌德的《流浪者之歌》：

> 从那刻起，世界和我们中间的帷幕永远揭开了。如归故乡一样，我们恢复了宇宙底普遍完整的景象，或者可以说，回到宇宙底亲切的跟前或怀里，并且不仅是醉与梦中闪电似的邂逅，而是随时随地意识地体验到的现实了。[①]

梁宗岱诗学的核心理念，是一首好诗应当能够让读者超越普通现实，实现与宇宙汇通。在1931年致徐志摩的一封信中，梁宗岱将这一诗学理念表述为对“刹那底永恒”的追求。他引用瓦莱里的一句诗形象地表达“刹那底永恒”：“全宇宙在我底枝头颤动，飘摇！”[②]

梁宗岱于1927年结识瓦莱里。次年，在翻译完《水仙辞》(*Fragments du Narcisse*)后，梁宗岱在给瓦莱里的信中写道：

> 水仙底水中丽影，在夜色昏暝时，给星空替代了，或者不如说，幻成了繁星闪烁的太空：实在唯妙唯肖地象征那冥想入神底刹那顷——“真寂的境界”，像我用来移译“Présence Pensive”一样——在那里心灵是这般宁静，连我们自身底存在也不自觉了。在这恍惚非意识，近于空虚的境界，在这“圣灵的隐潜”里，我们消失而且和万化冥合了。我们在宇宙里，宇宙也在我们里：宇宙和我们底自我只合成一体。[③]

在同年撰写的《保罗哇莱荔评传》中，梁宗岱这样定义瓦莱里的创作内容：“那是永久的哲理，永久的玄学问题：我是谁？世界是什么？我和世界底关系如何？它底价值何在？”[④]

死亡、永恒、自然和宇宙等相互关联的概念建构了梁宗岱的诗学理想：对普遍性和永恒性的追求。由此我们明白，为何梁宗岱将蒙田的作品比作“长天，高山，大海”。做一个蒙田式的“真正的人文主义者”意味着深入思考人的存在状态，探寻人与自然和宇宙的关系，也意味着拒斥功利主义。梁宗岱对蒙田的译介可以被视为其构建诗学体系的一环，也是其为反拨当时日益盛行的左翼文艺观所做的努力。

---

① 梁宗岱：《象征主义》，《梁宗岱文集》，第二卷，北京/香港，中央编译出版社/香港天汉图书公司，2003，第74页。

② 梁宗岱：《论诗(给志摩的信)》，《梁宗岱文集》，第二卷，北京/香港，中央编译出版社/香港天汉图书公司，2003，第34页。

③ 梁宗岱：“译后记”，《梁宗岱文集》，第三卷，北京/香港，中央编译出版社/香港天汉图书公司，2003，第45页。

④ 梁宗岱：《保罗哇莱荔评传》，《小说月报》，第二十卷第一号，1929年1月，第28页。

第七章　马勒尔白

负面形象:《少年中国》与《小说月报》

1917—1937年,如下文章提到马勒尔白的名字:《法兰西诗之格律及其解放》(李璜作,《少年中国》,1921年6月15日)、《一八二〇年以来法国抒情诗之一斑》(黄仲苏作,《少年中国》,1921年10月1日)、《十九世纪法国文学概观》(刘延陵作,《小说月报》,1924年4月)。这些文章将马勒尔白描述成后世作家革命的对象。

李璜指出,马勒尔白首创诗歌写作规范和套式。对其而言,诗歌高于散文之处不在于它的形式美或内容,而在于作诗的难度。李璜认为,马勒尔白设立的诗歌格律成为诗人情感和思想表达的羁绊。[①] 李璜对马勒尔白的态度与其对诗歌功用的看法紧密相连:

> 诗的功用,最要是引动人的情感。这引动人的情感的能力,在诗里面,全靠字句的聪明与音韵的入神。……但是这字句的聪明与音韵的入神都与诗的格律没有多大关系……先有诗然后有格律,格律是为诗而创设,诗不是因格律而发生。照诗的历史看来,是从自由渐渐走入格律的范围,近世纪又渐渐从范围里解放出来。[②]

与李璜相仿,黄仲苏也批评马勒尔白用诗歌格律和程式限制抒情:

> 当时即有一派人……有推崇规律与秩序的趋势……时风所尚,变本加厉,于是诗人个人之自由,消灭无余,每有所作,必须绝对的服从规律的约束,对于这种运动加以有力的援助与推广的建设底诗人,便是马来伯 Malherbe(1555—1628)。讲到他于法国文学的贡献,总算是可观,不过……主观的感慨——抒情诗中之重要元素——他却视之淡然。在这一点上我们就可以明明白白看出他抑制个人表示情感的自由,以就范于固定的规律了。[③]

---

① 李璜:《法兰西诗之格律及其解放》,《少年中国》,第二卷第十二期,1921年6月15日,第1,3页。

② 同上书,第1页。

③ 黄仲苏:《一八二〇年以来法国抒情诗之一斑》,《少年中国》,第三卷第三期,1921年10月1日,第10页。

刘延陵将马勒尔白视为古典时代的先驱，认为古典主义是个性化创作的桎梏：

亨理四世(Henri IV)登位，恢复了秩序与安宁，又有马莱伯(Malherbe)和布赛(Bossuet)等人重行尊重古典，所以十七世纪乃是古典主义极盛的时代。[①]

它(古典主义——引者注)底特质就是崇古与死守规则。……这种风气自然就生出许多可笑的结果。第一就是遏抑个性……古典里所要求的是均衡、平稳、匀称，所以你一定不可新奇、怪突、奔放，古典里所要求的是中平和缓之声，所以你不能作靡靡之音，也不能作激楚之调。……总而言之，这时候是理智束缚住感情，公式压制住自我，社会是虚伪奴性的社会，文学是呆板无生气的文学。[②]

上述三位批评家均对马勒尔白在文学史上扮演的角色做出负面评价，认为他所设置的规约限制了个性表达。三位批评家批判马勒尔白所用的关键词可以被总结为“情感”“思想”“表达”和“个性”。

正面形象：《小说月报》与《学衡》

沈雁冰和郑振铎则用一套完全不同的关键词来构建马勒尔白的形象：

麦而哈(Malherbe)曾被批评家称为完美的法国诗歌之父。……他的诗所以被称为完美者，因为他是第一个诗人，他的诗里有完整的风格。他的用韵极正确，他的诗趣极高逸，他的诗的外形能与他的思想相和谐。这就是法国诗歌的格律，从他才规定下的原因。[③]

上引段落的关键词为：诗歌的完善、格律的正确、品味的高尚。为展示马勒尔白对完美的追求，沈雁冰和郑振铎强调：“他写一首诗，每因一句一字而更易至一二十次而不止。”[④]类似细节也出现在李思纯笔下。在《慰友人丧女》(«Consolation à M. du Périer»)译文旁注中，李思纯写道：

马勒而白为十六世纪古典派诗人之中坚，能为精刻严重沉肃之诗，自言“当屏除晦塞涂饰散漫凡庸之弊”。生平因欲改一段诗之故，至不惜费稿纸二十卷。又常自言“凡为诗百句，文二页者，当息劳十年。”其矜慎如此。[⑤]

---

① 刘延陵：《十九世纪法国文学概观》，《小说月报》，第十五卷号外，1924 年 4 月，第 1 页。

② 同上书，第 1—2 页。

③ 沈雁冰、郑振铎：《法国文学对于欧洲文学的影响》，《小说月报》，第十五卷号外，1924 年 4 月，第 3—4 页。

④ 同上书，第 4 页。

⑤ [法国] 马勒而白：《慰友人丧女》，李思纯译，《学衡》，第四十七期，1925 年 11 月，第 9 页。

同样为马勒尔白构建正面形象的赵少侯强调其语言的纯洁性。赵少侯写道："讲到郎蒲页沙龙里的纯粹文人，我们第一应举马赖耳勃(Malherbe)。他是十六世纪文学界的一位遗老。他修正语法，改订诗规的丰功伟绩，都是在十六世纪里完成的。"①

吴宓也对马勒尔白称赞有加。在《马勒而白逝世三百年纪念》一文中，吴宓批评现代中国白话文学"降低文学之标准"。他援引马勒尔白写道：

> 细观马勒而白之所谓明显易解，绝非后世他国之所谓白话，盖里巷市井一乡一地之俗语方音之字，更非此国中其他之大多数人所能喻晓。②

吴宓并不讳言中国文学语言需要被革新，但他觉得已有改革过于突进。吴宓借鉴马勒尔白的语言改革方针，提出中国语言革新的标准：

> 马勒而白出，乃本其严正清刚之精神，毅然为澄清文字、釐正文体之事……法国文字文学，由丰富而凝炼，由侈靡而纯粹，由放纵凌乱而合于规矩律法。……
>
> 夫古今中西之论文字文体者虽多，其结论要必归于明显雅正四字。……马勒而白之所倡者亦此而已。然则中国不久必将有马勒而白之出现，以完成今世中国文字文体解放之功，而使归于正途，蔚成国粹世宝。③

白话文学的簇拥者将白话文学视为历史发展的必然产物，吴宓在其以马勒尔白为主题的文章开篇便表达相反的历史观：

> 孟子曰天下之生久矣，一治一乱。……西国史家谓一部西洋史只是自由与权威(或解放与规律)二者相互循环替代之过程。按文学史上之实迹亦正如此。一国之文学，枯燥平淡，寂无生气，久之必来解放发扬之运动。其弊则流为粗犷散漫紊乱无归。于此而整理收束之运动又不得不起。④

吴宓更进一步引用马勒尔白，提出循环的文学史观：

> 彼七星社运动之结果，使法国文字增加繁富，今得马勒而白出而汰去其若干芜秽，所留存之新字新词仍极繁伙，但皆经融化而归于精纯。七星社诸子身后果其有知，必且相视而笑。夫按之历史实迹，所名为反动者，率皆由于起伏循环之理。相反而实相成。何推翻之足云？何破坏之可言？⑤

---

① 赵少侯：《十七世纪的法国沙龙》，《新月》，第四卷第三期，1932年10月1日，第7页。

② 吴宓：《马勒而白逝世三百年纪念》，《学衡》，第六十五期，1928年9月，第75页。

③ 同上书，第67—69页。

④ 同上书，第64页。

⑤ 同上书，第76页。

在《马勒而白逝世三百年纪念》一文中，吴宓讨论文学革命时代中文何去何从的问题。吴宓征引马勒尔白指出，应当用严格意义上的文学标准来评判语言革新的结果。吴宓将十六世纪法国文学视为重视文学本身价值的文学，认为这是中国文学革命应当借鉴的榜样。

第三部分
十七世纪法国文学译介

第八章　莫里哀在中国的译介

文学期刊中的莫里哀

莫里哀最初以反古典主义作家形象出现。在1921年6月15日发表于《少年中国》的《法兰西诗之格律及其解放》一文中，李璜写道：

> 法兰西的诗经这两位古典主义的诗人定下了格律，大家……觉得碍足碍手，情思不易施展……写的时候既有格律的拘束，想的时候又有理性的制裁……卜阿罗同时几个有名戏曲家如莫理叶而(Molière 1622—1673)、拉西仑(Racine 1639—1699)，以及寓言诗家拉凤得仑(La Fontaine 1621—1695)都不愿为格律所拘。[①]

1921年10月1日发表于同一杂志的《一八二〇年以来法国抒情诗之一斑》一文也提到莫里哀：

> 在喜剧方面也还有一位世界的作家，这便是莫里也而 Molière 他天生是一位敏捷的观察者，深刻的讥讽家……他有见于人类因势利的劣根性所发生出来种种言行，实不适于人类的生活，复有恃于帝王的宠爱而无所恐，于是嬉笑怒骂大加时人以讥刺。路意十四朝上的贵族人物，除了这位专制魔王以外，没有一个不受了他的唾骂。[②]

黄仲苏指出，莫里哀对人生的深刻观察和高超的讽刺技巧让他得以超越古典主义。黄仲苏认为，有两个原因导致十七世纪文学缺乏个性：

> (一)马来伯的诗之改革运动，伴阿累之促进古典主义，实不啻抑制情感的表达，加抒情诗以封锁。(二)从历史方面看来，路意十三，路意十四在位的时候为法国帝王最有势力的时代，大权集中，作威作福，此时文学之产物——戏剧，小说，诗歌等等皆成为贵族阶级之娱乐品，表示自我的著作，在这时候确不

---

① 李璜：《法兰西诗之格律及其解放》，《少年中国》，第二卷第十二期，1921年6月15日，第3页。

② 黄仲苏：《一八二〇年以来法国抒情诗之一斑》，《少年中国》，第三卷第三期，1921年10月1日，第11页。

多见。[①]

与李璜和黄仲苏一样，谢六逸也强调莫里哀超越古典主义时代，成为具有普世性的作家：

> 法兰西古典的(Classic)文学，在十七世纪中开丰丽之花，徒求形式之美，与典雅壮丽，结果乃缺乏生趣，如纸造的花一般。
>
> ……但如哥纳耳(Corneille)，拉辛(Racine，1639—1699)，莫里哀(Molière)，拉·芳登(La Fontaine)诸人，许是有留于阅者记忆中的必要与价值的。
>
> ……莫里哀的作品轻快而且富于机智，巴黎人的气质活跃纸面，就喜剧说，当在莎士比亚之上。[②]

在1925年4月发表于《小说月报》的《十七世纪的法国文学》一文中，郑振铎将莫里哀视为世界文学遗产的一部分。他引用史特拉齐(Lytton Strachey)写道："在法国的文学上，莫里哀占了与西万提司在西班牙，但丁在意大利，莎士比亚在英国的同样的位置。"[③]

有时莫里哀也以古典主义作家形象出现。[④] 比如，在1924年1月20日发表于《创造周报》的《法国最近五十年来文学之趋势》一文中，黄仲苏写道：

> 就在这个时候法国产生了许多大文学家。(悲剧方面如高而迺叶 Corneil 拉细奴 Racine，喜剧方面如毛里也而 Molière，寓言诗的作家风代奴 Fontaine……)他们的作品大概都是推崇理知，抑止情感，以为艺术之创造，人事之描写，理知之推求，修辞之考究，都能表现他们古典主义的精神。[⑤]

保尔和文治平则强调莫里哀作为喜剧作家的重要性。在1930年发表于《新文艺》的《十八世纪的法国文学》一文中，保尔将十八世纪上半叶绝大部分喜剧作家都视为莫里哀的继承人。[⑥] 在1937年8月15日发表于《文艺》的《喜剧的成长与莫利

---

① 黄仲苏：《一八二〇年以来法国抒情诗之一斑》，《少年中国》，第三卷第三期，1921年10月1日，第10—11页。

② [日本]生田长江、野上臼川、昇曙梦、森田草平：《法兰西近代文学》，谢六逸译，《小说月报》，第十五卷号外，1924年4月，第20—21页。

③ 郑振铎：《十七世纪的法国文学》，《小说月报》，第十六卷第四号，1925年4月，第15页。

④ 相关文章如下：黄仲苏：《法国最近五十年来文学之趋势》，《创造周报》，第三十七号，1924年1月20日；《欧洲最近文艺思潮》，忆秋生译，《小说世界》，第五卷第八期，1924年2月22日；王统照：《大战前与大战中的法国戏剧》，《小说月报》，第十五卷号外，1924年4月；《读者论坛》，《真美善》，第一卷第十二号，1928年4月16日；[爱尔兰] Edward Dowden：《法国文评》，语堂译，《奔流》，第二卷1，1929年5月20日。

⑤ 黄仲苏：《法国最近五十年来文学之趋势》，《创造周报》，第三十七号，1924年1月20日，第3页。

⑥ 保尔：《十八世纪的法国文学》，《新文艺》，第一卷第五号，1930年1月15日，第950页。

哀》一文中，文治平这样评价莫里哀对喜剧的贡献：

剧史上有了莫里哀，乃修正了人们对喜剧既往的错误的曲解。觉得喜剧不是如一般肤浅认定的东西。在一方面，喜剧是幽默讽刺能使人发笑愉快；但在另一方面，除开轻松快感的另一面，它也尽是严肃的高尚的。……近代的喜剧技巧，多有承袭了莫里哀；有了莫里哀，才创始了法国的喜剧，不，应该是世界的喜剧。有了莫里哀，才兑现了真正的 Comedy。[①]

除泛泛讨论莫里哀作品的文章外，也有一些文章专门分析其某一部作品。在1926年2月13日发表于《现代评论》的一篇随笔中，陈西滢引用 *Le Bourgeois Gentilhomme*（今译《贵人迷》）中暴富的商人与教员之间的一段对话，证明喜剧性的文学价值：

他（指富商——引者注）的教员问他道："你要写的是韵文吗？""不是，不是，不要韵文。"他回答。

"那么你只要散文了？"

"不，我也不要散文，亦不要韵文。"

"可是，要是不是这个就得是那个呵。"

"为什么？"他问。

"为了，先生，表示意思的方法只有散文和韵文。"

"散文韵文之外就没有别的了吗？"

"没有了，先生：凡不是散文就是韵文：凡不是韵文就是散文。""那么我们说话，算是什么呢？"

"散文。"

"怎么！我说一声：'尼古而，拿我的拖鞋来，把我的睡帽也带来'，那也是散文吗？"

"正是，先生。"

"唉唉！我说了四十多年的散文，简直自己一点都不知道！"他觉得非常惊奇和高兴了。[②]

陈西滢这样评论上述段落：

约丹先生虽然已经说了四十多年的散文，以后也许还有四十多年的散文

① 文治平：《喜剧的成长与莫利哀》，《文艺》，五卷一、二期，1937年8月15日，第49—50页。

② 西滢：《闲话》，《现代评论》，第三卷第六十二期，1926年2月13日，第188—189页；Molière, *Œuvres complètes*, éd. Georges Forestier et Claude Bourqui, Paris, Gallimard, coll. Bibliothèque de la Pléiade, t. II, 2010, p. 283.

> 可说，可是要是真有一个秘书早晚侍候在他的身旁，把他所说的话都一字不改的记录了下来，那几百几千册散文的语录中也许没有一句话够得上保存的价值。然而他的话一到了天才作家如莫理哀的口中笔下，便成了千古的杰作。[①]

陈西滢指出，白话可以变成文学语言，但需要对其进行加工。他借莫里哀的例子讨论中国现代文学应当使用的语言问题。陈西滢认为，有必要吸收古汉语元素让现代中文变得文学化。[②]

郑振铎则强调莫里哀的人民立场。在1925年4月发表于《小说月报》的《十七世纪的法国文学》一文中，郑振铎写道：

> 他是一个写实主义者，有兴味于当时的人民生活。他所写的是日常生活的戏曲，而以滑稽的笔写之。因此，在《装腔作势》里，他笑着一种爱好文艺的妇人们；在《矫伪人》里他笑着伪善的人；在《想像的病》里，他则讥笑着医生们。《孤独人》是他的所有戏剧中的最伟大者；剧中的英雄阿而西士（Alceste）是一个感伤的，孤独的无幻象的人，他站在一个黑暗寂寞的小街角上，以仇视一个冷酷、浅薄、无同情的世界。[③]

郑振铎明确定义莫里哀作品的讽刺对象，赵少侯则表达不同看法。在1934年10月1日发表于《文艺月刊》的《莫利哀的〈恨世者〉》一文中，赵少侯写道："谁都知道喜剧的目的是讥嘲某种人或某种陋习，可是在这三部曲里，莫氏意欲讥笑何人，攻击何种陋习，到如今也没有一个定评。"[④]赵少侯在文中对《伪君子》《唐璜》和《愤世嫉俗者》的讽刺对象进行多种解读，并对各种可能的阐释持开放态度。[⑤]

人民的抑或普世的莫里哀：马宗融与梁宗岱的论战

1935年初，《文学》杂志两度发表梁宗岱和马宗融就《可笑的女才子》题名翻译展开的论战。两位留法学者的论战焦点是莫里哀这部作品讽刺的究竟是上层贵妇的矫揉造作还是作为普遍社会风俗的矫揉造作。第一次论战题为《关于〈可笑的上流女人〉及其他》，包含两封致编辑的信。一封信写于1934年11月17日，作者是梁宗岱；另一封信写于同年12月6日，作者是马宗融。梁宗岱在信中指出，马宗融将 *Les Précieuses ridicules* 译成《可笑的上流女人》不妥，应译为《装腔作势》。梁宗

① 西滢：《闲话》，《现代评论》，第三卷第六十二期，1926年2月13日，第189页。

② 同上。

③ 郑振铎：《十七世纪的法国文学》，《小说月报》，第十六卷第四号，1925年4月，第14页。

④ 赵少侯：《莫利哀的〈恨世者〉》，《文艺月刊》，第六卷四期，1934年10月1日，第17页。

⑤ 同上。

岱给出两个理由：首先，«les précieuses»并非特指上流女人，而是“指一般染了当时流行于贵族社会的一种力求典雅的风气的妇人”；其次，*Les Précieuses ridicules* 更多讽刺装腔作势的风气而非某个特定的人。关于第二个原因，梁宗岱引用《小拉鲁斯词典》（*Petit Larousse*）对该剧的介绍，指出 *Les Précieuses ridicules* 是“莫里耶描写他那时代底可笑处和讽刺当代底风气的第一部作品”[①]。马宗融则引用朗松证明应当将«les précieuses»译成“上流女人”。马宗融指出，朗松强调莫里哀拒绝使用名流们使用的、经“法兰西学院和«les précieuses»”提炼过的语言。既然«les précieuses»属于社会名流，自然也就是上流女人。[②]

梁宗岱与马宗融的第二轮论战触及文学批评标准问题。梁宗岱首先提出该问题：“我们都知道，一本喜剧必定有它底命意，它底主旨，它底讽刺底对象的——这对象底性质愈普遍，愈永久，愈真切，戏剧底价值也愈伟大，愈重要。”[③]根据这一原则，梁宗岱认为将 *Les Précieuses ridicules* 译为“可笑的上流女人”，“把作者底眼光缩短了，而尤严重的，把该剧底永久性和普遍性抹杀了”[④]。马宗融宣称同意梁宗岱提出的文学批评标准，但仍重复朗松曾将«les précieuses»、社会名流和法兰西学院相提并论。马宗融指出，既然«les précieuses»能够提炼法语，必然属于上流女人。一部明确以上流女人为讽刺对象的作品，如何能够同时具有普遍意义和永恒价值？针对这一问题，马宗融谈到人性的普遍性：“岂知作品中所表现的人性那怕是一时代的，一阶级或一环境中的，只要这人性所具的特点是无论在什么时代和什么地方都可以发见，这所表现的人性就是有永久性的和普遍的。”[⑤]

事实上，在马、梁论战前的 1934 年，二人均曾提及莫里哀。在 1934 年 4 月 1 日发表于《文学季刊》的《象征主义》一文中，梁宗岱将莫里哀与象征主义者相提并论：

> 邓浑(Don Juan)，浮士德(Faust)，哈孟雷德(Hamlet)等传说所以为人性伟大的象征，尤其是建筑在这些传说上面的莫里哀，摆轮，哥德，莎士比亚底作品所以为文学史上伟大的象征作品，并不单是因为它们每个象征一种永久的人性……实在因为它们包含作者伟大的灵魂种种内在的印象，因而在我们心灵里激起无数的回声和涟漪。[⑥]

---

① 梁宗岱、马宗融：《关于“可笑的上流女人及其他”》，《文学》，第四卷第一号，1935 年 1 月 1 日，第 193 页。

② 同上书，第 196 页。

③ 同上书，第 407 页。

④ 同上书，第 408 页。

⑤ 同上书，第 410 页。

⑥ 梁宗岱：《象征主义》，《梁宗岱文集》，第二卷，北京/香港，中央编译出版社/香港天汉图书公司，2003，第 67 页。

梁宗岱揭示出莫里哀作品的两种品质："象征一种永久的人性"和"包含作者伟大的灵魂种种内在的印象"。这两点呼应了梁宗岱在与马宗融论战时提出的文学批评标准。马宗融则从完全不同的角度评论莫里哀的作品。在1934年11月1日发表于《文学》的《从莫利耶的戏剧说到五种中文译本》一文中，马宗融这样阐发译介莫里哀作品的必要性：

> 话剧，和严格定义的新文艺一样，都不是中国从古所有的，都是外来货，它们所由产生的精神和技巧，我们的制作者还有理解和学习的必要，所以多译些可以作范本的名著过来，并不是一件枉费精力的事。……以法国而论，……对于莫利耶，……剧院没有停过排演，学校中没有停过讲授，普通一般人中还不少爱读成癖的，莫氏的魔力因而可以想见，不朽二字，真可以当之无愧了。[①]

对于马宗融而言，莫里哀的不朽之处在于他教会我们观察和表达时代的方法和技巧。马宗融指出，文学作品"是它所以产生的时代的反映"。我们与十七世纪的距离让我们得以更清楚地观察莫里哀的时代，从而更好地体会作家"观察的敏锐，表达的确切"[②]。马宗融引用朗松的《法国文学史》阐释莫里哀的现实主义风格，绝大部分被引段落均涉及莫里哀使用的语言：

> 说到他的作风，他所用的语言，他却是与民众接近的 ……（译者——引者注）自作聪明地去删繁，就简，变俗为雅，那就把原作者的一番苦心辜负尽了。我们且听郎松：
>
> "……莫利耶使每一个人物说话都是依着他的身分的；这个笔调是角色的真面目的一部分，并且责难他的戏剧里面的外省人，乡下人或平民的方言，就是要另选要求这些语法的人物和趣旨：这把问题完全地变更了。……莫利耶嘲弄上流女人，就是学士会和其中的沃日拉（Vaugelas 当时的文法家）也不免。生而与平民接近，又有十二年不在巴黎，他始终与上流社会在言语上作的工作相远；到他回来，当一六五八年时，仍保持住他的直爽，坚定的笔调，充满了陈言，意大利的或西班牙的成语，通俗的或外省人说话的样子和比喻语，一种充实而富于趣味的笔调，热情胜于细心，色彩胜于雅洁，排调来得粗率，对于高雅的规律和漂亮的习惯也不大遵守。他的规律，他自己的规律，是正确和有力，演剧的合度：他严守这点直到在必须时说纯然的街巷的及官廷的语言"。[③]

马宗融为莫里哀塑造出一幅嘲讽贵族的人民作家形象。这就是为什么马宗融

---

① 马宗融：《从莫利耶的戏剧说到五种中文译本》，《文学》，第三卷第五号，1934年11月1日，第1066页。

② 同上书，第1066—1067页。

③ 同上。朗松原文见 Gustave Lanson, *Histoire de la littérature française*, Paris, Hachette et Cie, 1918, pp. 516—517.

不同意司汤达的如下论述：

> 再没有比我们更不像那些穿着绣花衣服、戴着价值千金的搭黄色假发的侯爵们的了，这是他们在1670年评判拉西纳和莫里哀的戏剧。
>
> 这些伟大人物要去迎合这些侯爵们的趣味，并为他们而作。[①]

上述段落位于《拉辛与莎士比亚》一书前言首段。马宗融在1935年发表于《文学百题》的《什么是浪漫主义》一文中引用了该段文字，并在引文后的括号中补写道："在斯汤达这里把莫里哀也相提并论，恐怕不是完全合适的。"[②]

梁宗岱和马宗融都承认莫里哀的伟大，却从各自文学立场出发为莫里哀塑造出两副颇为不同的形象。梁宗岱文学立场的关键词是普遍性、永久性和人性，马宗融的关键词则是时代、阶级和人民。

马宗融和梁宗岱都是二十世纪20—30年代颇为活跃的法国文学译者和批评家。1925年，马宗融翻译出版了一篇米尔博的小说。1926—1936年，他共发表44篇谈论法国文学的文章，[③]其中39篇均发表于《文学》。1935年4月起，他开始定期为《文学》杂志撰稿，介绍法国文坛最新消息。相关文章均发表于该杂志"世界文坛展望"栏目中。梁宗岱18岁起便开始发表诗作，[④]之后其作品经常出现在各种期刊中。1930年，梁宗岱在巴黎出版法译陶渊明诗集，由瓦莱里作序。1933年，梁宗岱论蒙田的文章发表于《文学》。1935年，梁宗岱发表论著《诗与真》，其中谈到瓦莱里和象征主义。[⑤]

马宗融如何看待文学与人民的关系？梁宗岱为何反对人民的文学，而将永久性作为文学批评标准？二者的根本分歧何在？检视二者1935年前后发表的文章，有助于我们回答这些问题。

---

① 马宗融：《什么是浪漫主义》，李存光、李树江主编：《马宗融专集》，银川，宁夏人民出版社，1992，第67页。该文最初发表于郑振铎、傅东华主编：《文学百题》，上海，上海生活书店，1935。司汤达引言出处如下：Stendhal, *Racine et Shakespeare*, Bossange, 1823.

② 同上。

③ 其中包括亨利·布拉伊(Henry Poulaille)《乔治·桑、巴尔扎克和左拉》一文的译文。该文原文见Henry Poulaille, *Nouvel âge littéraire*, Paris, Valois, 1930。译文1935年3月16日发表于《文学季刊》。

④ 刘志侠、卢岚：《梁宗岱欧游时期的译作》，《新文学史料》，2009年第1期，第93页。

⑤ 梁宗岱：《梁宗岱文集》，第二卷，北京/香港，中央编译出版社/香港天汉图书公司，2003，第7—25，59—80页。

第九章　马宗融：人民立场的法国文学译介者

马宗融生平

马宗融1892年生于成都，二十世纪二十年代初赴法勤工俭学，先在蒙塔日(Montargis)学习法文，后又在里昂中法大学学习社会学、历史和文学。马宗融曾在国际联盟中国代表处工作，其间去过欧洲其他国家。1925年回国后，马宗融开始翻译法国文学。[①]

马宗融年轻时便表现出革命性。辛亥革命后不久，他决定剪去辫子，这让他的家人十分恐慌。革命热情伴随马宗融一生，让他成为介入型作家。据沙汀回忆，马宗融接近左翼作家阵营。[②] 在《法国的文艺杂志》一文中，马宗融讲述了一个与《新法兰西杂志》有关的轶闻，反映出他对于左翼文学的态度：

> 去年发表了纪德的日记，几乎轰动一时：我在里昂遇见一位中学的老教员，一句寒暄还没有说，便把双手高举，大张着口问我道："你看见《新法兰西杂志》吗？纪德是个六十开外的人啦！现在才来玩左倾的把戏！"我并不以为凡左倾就是好的，只他那不固步自封的精神就值得赞美了。[③]

马宗融是进步主义作家，但他始终刻意与政治保持距离。[④] 他周围人的回忆向我们展示出一个简单、真诚而正直的马宗融。[⑤]

---

① 二十世纪二十年代末，马宗融重返法国担任里昂中法大学秘书一职，1933年回到中国。

② 李存光、李树江主编：《马宗融专集》，银川，宁夏人民出版社，1992，第29页。

③ 同上书，第377页。

④ 马宗融：《拼命出风头》《面具》《赠沫若——纪念他创作二十五周年》，见李存光、李树江主编：《马宗融专集》，第181－182，209－213，216－219页。

⑤ 马小弥：《走出皇城坝——父亲马宗融生平》；巴金：《怀念马宗融大哥》；邹荻帆：《闪光的背影——马宗融先生在复旦大学二三事》；吴福辉：《〈沙汀传〉》，李存光、李树江主编：《马宗融专集》，第16－37(序)，3－12，17－22，29页。

马宗融的平民文学观

解读托尔斯泰致罗曼·罗兰的信

“人民”“时代”与“阶级”是马宗融文学观中相互交织的三个关键概念。在评论莫里哀作品五个中译本一文中,马宗融用“平民”翻译朗松笔下的«peuple»一词。马宗融笔下“平民”一词最早出现在1926年发表的《罗曼·罗兰传略》一文中:

> 一八八七年十月四日托氏答了他一封很名贵的回信,并可以算得一通平民艺术底宣言或布告。这封信里以实例将艺术底虚伪及造作方面指示给罗曼罗兰并证明艺术不应该为某种特权的社会阶级所专有,“真的科学及真的艺术底产物是牺牲底产物,而不是物质利益底产物……真实的科学与真实的艺术是时时存在的,且将永永地存在。”……罗曼罗兰心悦诚服,由是便倾心于平民的艺术。[①]

马宗融将托尔斯泰致罗曼·罗兰的信定义为“平民艺术底宣言”。事实上,“平民艺术”一词并未出现在托尔斯泰这封用法文写成的信中。托尔斯泰在信中确实说到“科学和艺术在我们社会中所扮演的错误角色,源自于与学者和艺术家同伍的所谓文明人像教士一样形成特权阶层这一事实”,他也认为这一阶层的问题“在于对群众形成压力,剥夺了群众享有人们号称宣传之物的权利”[②]。但托尔斯泰坚持认为,科学、艺术应当为全人类而非仅仅所谓“平民”享有:

> 对于人类而言,善与美团结全人类。因此如果科学与艺术的支持者们确实以人类福祉为目标,他们就不会忽视人之善,不忽视人之善意味着只会建构达致这一目标的科学与艺术。[③]

托尔斯泰在信中构建了属于所有人的人的文学理念,马宗融则将其减缩为平民文学理念。由此可见,梁宗岱担心马宗融用可笑的上流女人翻译可笑的女才子会减缩莫里哀的文学视野,让其作品失去永久性和普遍性,不无道理。[④]

---

① 马宗融:《罗曼·罗兰传略》,《小说月报》,第十七卷第六号,1926年6月,第4页。托尔斯泰原文见 Tolstoï, «Lettre *à* Romain Rolland», dans Léon Tolstoï, *Correspondance inédite*, éd. et trad. J.-W. Bienstock, E. Fasquelle, 1907, p. 215.

② Léon Tolstoï, «À Monsieur Romain Rolland», dans Léon Tolstoï, *op. cit.*, pp. 216—217.

③ *Ibid.*, p. 219.

④ 见本书第70—71页。

译介雨果、法朗士、米尔博与莫里哀

马宗融笔下的"平民"特指穷人。在1935年1月1日发表于《文学》的《法国小说家雨果》一文中，马宗融强调雨果亲近穷人，并以雨果遗嘱为证："我给五万佛郎与穷人。我希望用他们的柩车把我运到坟园里去。我拒绝一切教堂的追吊。我向一切人请求一个祈祷。我信'神'。"[①]马宗融在文章总结中用到"平民"一词："法格(Emile Faguet)责备他不善容恕，我们却爱他始终反对小拿破仑，始终不屈服，愈老愈与平民接近。"[②]

平民的痛苦是马宗融持续关注的文学题材。1925—1928年，他翻译了六篇法国短篇小说：米而博的《仓房里的男子》(*L'Homme au grenier*)、《婴孩》(*L'Enfant*)、《一条狗底死》(*La Mort du chien*)和《麦忒毕朵的忧愁》(*La Tristesse de maît'Pitaut*)，法朗士的《嵌克庇尔》(*Crainquebille*)和《布雨多阿》(*Putois*)。[③]《仓房里的男子》描写战争对人类的戕害；《麦特毕朵的忧愁》以穷人的悲惨境遇为主题；《婴孩》和《嵌克庇尔》叙述贫穷和司法体系的腐败如何让受害者变得堕落；《一条狗底死》和《布雨多阿》让我们看到轻信和无知可以将谎言变成"事实"。上述作品描述人物不幸的同时揭露社会问题。正如马宗融对米而博的评论所言："他的著作之刻画社会人情，莫不淋漓尽致……他批评社会的态度甚为严厉，因之便带了些革命的色彩。"[④]

1930年，马宗融在里昂中法大学做秘书。他的女儿马小弥出生后被寄养在一户一战中失去独子的法国铜锅匠家中。马小弥回忆到："通过与铜匠夫妇的相处，我的父母对法国普通人民的疾苦、战争的灾难和侵略者的罪恶体会得更深切了。"[⑤]

在评论莫里哀作品的五种中文翻译时，马宗融强调莫里哀与平民接近。他引用朗松的一句话为证："但是，实在呢，拉布吕耶而、费列隆和沃勿纳而格所不赞成的就是莫利耶不用体面人(Honnêtes Gens)的语言，经上流女人(des précieuses)和

---

① 马宗融：《法国小说家雨果》，《文学》，第四卷第一号，1935年1月1日，第228页。

② 同上书，第237页。

③ [法国] 米而博：《仓房里的男子》，《东方杂志》，第二十二卷第二十四号，1925年12月25日；[法国] 米而博：《婴孩》，《小说月报》，第十八卷第六号，1927年6月10日；[法国] 米而博：《一条狗底死》，《小说月报》，第十八卷第十一号，1927年11月10日；[法国] 米而博：《麦特毕朵的忧愁》，《东方杂志》，第二十四卷第二十三号，1927年12月10日；[法国] 法朗士：《嵌克庇尔》，《东方杂志》，第二十三卷第七号，1926年4月10日；[法国] 法朗士：《布雨多阿》，《小说月报》，第十九卷第四号，1928年4月10日。

④ [法国] 米而博：《仓房里的男子》，马宗融译，《东方杂志》，第二十二卷第二十四号，1925年12月25日，第119页。

⑤ 马小弥：《走出皇城坝——父亲马宗融生平》，李存光、李树江主编：《马宗融专集》，银川，宁夏人民出版社，1992，第24页。

学士院（l'Académie）雅化过的语言，在交际场（Salon）里所说的和书上所写的语言”。[①] 马宗融选用“雅化”而非更为忠实的“纯”字翻译 «épuré» 一词，强调平民文学与学院派优雅文学的对立。

1935 年，值法兰西学院诞辰三百周年之际，马宗融为《文学》撰文介绍该学院。马宗融指出，法兰西学院因循守旧，“排斥思想进步的作家”[②]，马克西姆 · 雷翁（Maxime Revon）和保罗 · 毕罗提（Paul Billotey）对该机构的评价颇为恰当：“学士院对于文学的影响显得微弱，或简直可说是消极的。它显然地鼓励着相当广布的文学的学院主义（Académisme），学院主义就是模仿、束缚、独创的抑制。”[③]马宗融认为，追求文学的贵族性导致创造性的缺乏。在 1936 年 8 月 1 日发表于《文学》的《浪漫主义的起来和它的时代背景》一文中，马宗融将古典主义定义为“贵族的，非个人的”[④]，认为古典主义文学沦为贵族的消遣品，所谓贵族风格也因此变得虚华而空洞。[⑤]

解读《克伦威尔》序

在马宗融看来，雨果的风格是理想的。《法国小说家雨果》和《浪漫主义的起来和它的时代背景》二文均提及《克伦威尔》序。在《法国小说家雨果》中，马宗融以进步、自由、自然、真实为关键词解读该序言：

> 戏剧“描写生活”，戏剧是“完全的诗”。人类就这样不断地进化，文学也随着进化。他要求艺术的自由道：“我们大胆地说罢，时代已经到了。在这等时代，若是自由，像光明样的，无论何处都射得到，乃反闲却了世间上本来就最自由的，像思想上的事件，便奇怪了。打破这些学说、诗歌、法式。把这艺术门面上套着的旧涂饰揭下来摔掉罢！”“戏剧的作风是要有自由、爽直、忠实的诗句，敢于一切都说而不加谨慎，有话就说出来而不去推求；以一种自然的态度从喜剧过到悲剧，从高尚典雅（Sublime）过到丑恶滑稽（Grotesque）” ……“诗人只能听命于真实与灵感，灵感也是一种真实和一种自然。”[⑥]

---

① 马宗融：《从莫利耶的戏剧说到五种中文译本》，《文学》，第三卷第五号，1934 年 11 月 1 日，第 1068 页。

② 马宗融：《法兰西学士院的三百周年纪念》，《文学》，第五卷第六号，1935 年 12 月 1 日，第 1080 页。

③ 同上书，第 1081 页。

④ 马宗融：《浪漫主义的起来和它的时代背景》，李存光、李树江主编：《马宗融专集》，西宁，宁夏人民出版社，1992，第 81 页。

⑤ 同上书，第 82 页。

⑥ 马宗融：《法国小说家雨果》，《文学》，第四卷第一号，1935 年 1 月 1 日，第 231—232 页。雨果原文见 Victor Hugo, «Préface de *Cromwell*», dans *Théâtre complet*, éd. J. -J. Thierry et Josette Mélèze, Paris, Gallimard, coll. Bibliothèque de la Pléiade, t. I, 1963, pp. 434, 441.

该段文字部分引言，特别是对«sublime»（高尚）和«grotesque»（滑稽）的翻译，证明马宗融很可能读过《克伦威尔》序第一部分。马宗融将«sublime»译为“高尚典雅”，将«grotesque»译为“丑恶滑稽”。马宗融的译文之所以扩大了两个法文词汇的本义，很可能是因为雨果在原文中首次提出«sublime»和«grotesque»两概念时，同时也分别谈到“典雅”和“丑恶”：

> 基督教让诗歌回归真实。与基督教一样，现代缪斯以更高更广的眼界看事物。她感到创作中并非所有事物都在人性意义上是美的，丑恶与美丽并存，畸形就在典雅旁边，滑稽是高尚的背面，恶与善、阴影与光明同在。①

《克伦威尔》序体现的现实主义精神正合马宗融之意。如马宗融引文所言，戏剧“描写生活”。雨果笔下的“生活”是与永恒和历史相对立的概念。雨果写道：“颂诗歌唱永恒，史诗让历史变得庄严，戏剧描绘生活……颂诗中的人物是巨像，……史诗中的人物是巨人……戏剧中的人物则仅是人……颂诗的源泉是理想，史诗的源泉是庄严之事，戏剧的源泉则是现实。”②雨果认为，相较于颂诗与史诗，戏剧更具现实主义精神，它“是每日的鲜明对比，是生活中总是存在、自人类在襁褓中直至其进入坟墓一直在抢夺他们的两种相对立原则无时无刻不在的斗争。……在人们制作或至少是设想的戏剧中，一切都像在现实中那样连接、衍生”③。

雨果对古典主义的批评也会让马宗融印象深刻。雨果强调，艺术的本质是反抗压抑自然和个性的“体系、法典和规则的专制”④。对比法国和古希腊古典戏剧，雨果指出，“前者只遵循自身特有的法则，后者则用完全外在于自身本质的条件框定自己。前者是艺术的，后者是人工的。”⑤强加这些条件的人就包括“头脑糊涂的学究”⑥，这也正是马宗融抨击的对象。与马宗融一样，雨果也点出一味追求典雅与高贵的问题：“没有什么比约定俗成的典雅和高贵更平庸的了。这种风格中没有任何发现、想象和发明。”⑦雨果指出，“舞台上的所有角色

---

① Victor Hugo, «Préface de *Cromwell*», éd. cit., p. 416. 在《浪漫主义的起来和它的时代背景》一文中，马宗融再次提到该序，并引用其中数句。见马宗融：《浪漫主义的起来和它的时代背景》，李存光、李树江主编：《马宗融专集》，银川，宁夏人民出版社，1992，第89页。

② Victor Hugo, «Préface de *Cromwell*», éd. cit., p. 423.

③ *Ibid.*, pp. 425－426.

④ *Ibid.*, p. 444.

⑤ *Ibid.*, p. 429.

⑥ *Ibid.*, p. 426.

⑦ *Ibid.*, p. 439.

都应当展现出最突出、最具个性、最鲜明的特质”[①]。

雨果的以上论述与马宗融的现实主义、进步主义和人民立场相契合。但雨果的现实主义出发点是美学，马宗融的现实主义出发点则是道德。雨果强调戏剧要展现真正的人性：“不论多么大的天才，身体里总是装着戏谑地模仿他们才智的野兽。他们也正因此显现出人性的一面，戏剧的一面。”[②]马宗融拒斥文学上的庄严与高贵则带有关心同情穷人、承担社会责任的意味。

雨果对群众语言的态度也不同于马宗融。虽然雨果认为戏剧语言需要容纳“群众用语”，但也强调要“用格律框定思想”[③]。雨果以莫里哀为例，指出在戏剧中使用诗句不仅不会限制思想表达，反而会“让风格之布变得更为结实细腻”[④]。马宗融对雨果的这一观点并不陌生。[⑤] 但在当时的语境下，很难想象他会赞同用诗句来写戏剧。在他看来，即使是翻译莫里哀作品，也不必用诗句。他用“流畅可喜”评价东亚病夫以非韵文翻译的《夫人学堂》。[⑥]

雨果在《克伦威尔》序中阐述的怪诞美学也未引起马宗融注意。雨果首先将怪诞与丑陋、变形、恶与阴影相联系，[⑦]然后补充进可怕、喜剧、滑稽等维度。[⑧]雨果以对高尚和美的传统定义为参考，指出怪诞是“一种停顿的时刻，对比的时刻，以此为出发点，我们带着更新鲜、更敏锐的感觉走向美”[⑨]。雨果阐述了一种对比美学：“作为一种对比手段，怪诞能够达致高尚，是自然为艺术开启的最丰富的源泉”[⑩]。“与畸形的接触为现代所谓的高尚注入了某种比古典美更纯粹、更伟大，或者干脆说更高尚的东西。”[⑪]戏剧在雨果的对比美学中占有特殊地位。雨果以莫里哀为例，在怪诞和喜剧性之间建立直接联系：

> 糊涂的学究（糊涂与学究二者并不互相排斥）宣称畸形、丑陋、怪诞永远不应当成为艺术模仿的对象，我们对此的回答说怪诞即喜剧，看起来喜剧应

① Victor Hugo, «Préface de *Cromwell*», éd. cit., p. 437.

② *Ibid.*, p. 427.

③ *Ibid.*, p. 441.

④ *Ibid.*, p. 440.

⑤ 在《浪漫主义的起来和它的时代背景》中，马宗融提到雨果认为应当用诗句来写戏剧。见马宗融：《浪漫主义的起来和它的时代背景》，李存光、李树江主编：《马宗融专集》，银川，宁夏人民出版社，1992，第89页。

⑥ 马宗融：《从莫利耶的戏剧说到五种中文译本》，《文学》，第三卷第五号，1934年11月1日，第1073页。

⑦ Victor Hugo, «Préface de *Cromwell*», éd. cit., p. 416.

⑧ *Ibid.*, p. 418.

⑨ *Ibid.*, p. 419.

⑩ *Ibid.*

⑪ *Ibid.*, pp. 419－420.

当是艺术的一部分。Tartufe 不美，Pourceaugnac 不高雅；但 Pourceaugnac 和 Tartufe 都说优秀的艺术新芽。[①]

雨果指出，浦尔叟雅克(Pourceaugnac)和达尔丢夫(Tartuffe)之所以成为艺术形象，不仅因为他们是喜剧人物，更因为他们包含了悲剧成分。戏剧家的高明之处正在于用喜剧创造崇高：

这些让我们开怀大笑的人因为不断促使我们思考人生，让人生令人心碎的讽刺暴露无遗，对我们的种种缺陷极尽嘲讽，因而变成深刻悲哀的存在。这些德谟克利特也是赫拉克利特。博马舍是忧郁的，莫里哀是阴沉的，莎士比亚是哀愁的。[②]

在《浪漫主义的起来和它的时代背景》中，马宗融只提到雨果认为有必要将崇高和怪诞相结合，没有深入挖掘雨果致力探讨的怪诞的文学价值。总体而言，马宗融对于喜剧性的艺术效果较为漠然。

解读朗松《法兰西文学史》

相比《克伦威尔》序，朗松的作品以更为直接的方式为马宗融构建平民文学和现实主义文学提供知识养分。在 1934 年 11 月 1 日发表于《文学》的《从莫利耶的戏剧说到五种中文译本》一文中，马宗融引用朗松《法国文学史》揭示莫里哀的现实主义风格。绝大部分被引用段落都在讨论莫里哀使用的群众语言。比如：

我们注意真实罢：在莫利耶著作里有很多的疏忽，并且他的笔调有一切极端敏速写成的文章所能有的短处、瑕疵和疤节。……但是，为要公正，无论如何一定要承认莫利耶是一个可赞美的作家。难道是农人、侍女、瑞士人、各外省人的方言为拉布吕耶而所不爱吗？也许是平民说话的谬误语法吗？莫利耶使每一个人物说话都是依着他的身分的；这个笔调是角色的真面目的一部分，并且责难他的戏剧里面的外省人、乡下人或平民的方言，就是要另选要求这些语法的人物和趣旨：这把问题完全地变更了。[③]

上述引文来自朗松《法国文学史》第三卷第三章："莫里哀的作品：喜剧性与真实性"。该章讨论的问题是莫里哀如何让自己的作品同时具有喜剧性和现实性。朗松指出，对于莫里哀而言，现实"只有在变得能够引人发笑后才具有艺术形式"。

---

① Victor Hugo, «Préface de *Cromwell*», dans *Théâtre complet*, éd. J. -J. Thierry et Josette Mélèze, Paris, Gallimard, coll. Bibliothèque de la Pléiade, t. I, 1963, p. 426.

② *Ibid.*, p. 427.

③ 马宗融：《从莫利耶的戏剧说到五种中文译本》，《文学》，第三卷第五号，1934 年 11 月 1 日，第 1037 页。原文见 Gustave Lanson, *Histoire de la littérature française*, éd. cit., p. 516.

有时为了制造喜剧效果,莫里哀会牺牲时间和空间的真实性。这就是为何《夫人学堂》中会出现一个"完全非现实的约定俗成的地点"。这也是为何在《唐璜》的某些片段中,"只有将简洁快速的动作放置在一段更长的时间内,才能够获得其在现实中的等同物"[①]。朗松意识到喜剧性不总是"很容易与现实契合"。他写道:"我们越是深研人生和人,就越容易发现其中的悲哀与苦涩。"[②]既然如此,莫里哀"使用何种艺术手段,何种精细的创作手法,令喜剧性的印象始终占据主导地位"?朗松指出,"莫里哀为自己定立的法则是找到灵魂与生活悲哀的底面呈现出可笑性的那个点"[③]。朗松强调,莫里哀作品的喜剧性与作家对真实的把握密不可分:

> 即使是他最天马行空的闹剧也没有完全迷失于幻想中:他的滑稽只是现实的扩大,在这种被扩大的情境下,人物性格表现出的效果在现实中确实是不可能的,但这种效果在本质上还是与自然效果相吻合的。
>
> 没有不具有喜剧性的真实,也没有不具真实性的喜剧,这即是莫里哀的公式。喜剧性与真实性都来自于同一内容,即对人物类型的观察。[④]

朗松作品中所有与喜剧性相关的讨论都没有出现在马宗融《从莫利耶的戏剧说到五种中文译本》一文中,该文仅留下与真实性有关的部分。朗松致力研究的莫里哀作品中真实性与喜剧性的张力在马宗融的文章中自然也就无从展现。

左翼戏剧观

《从莫利耶的戏剧说到五种中文译本》发表于1934年11月。后来对中国现代文学史书写产生深刻影响的计划——十卷本《中国新文学大系》,当时正在上海酝酿。在分析"大系"的产生背景时,刘禾揭示了"大系"编者与对左翼作品加强审查的国民党当局之间的张力,指出"大系"每卷序言的撰写,也是左翼作家通过对新文学进行理论化,夺取文学话语权的策略。[⑤] "大系"戏剧卷由左联成员洪深(1894—1955)编纂,该卷序言对戏剧功能的阐述以及洪深对喜剧和喜剧性的看法帮助我们重构马宗融当时所处的文学理论环境。

洪深在序言中介绍了两种相对立的戏剧理念:为艺术的戏剧和为人生的戏剧。作为第一种理念的簇拥者,余上沅(1897—1970) 指责新文化运动先驱不懂得深入

---

① Gustave Lanson, *Histoire de la littérature française*, éd. cit., p. 518.

② *Ibid.*, p. 519.

③ *Ibid.*, p. 519.

④ *Ibid.*, p. 520.

⑤ 刘禾:《跨语际实践——文学、民族文化与被译介的现代性(中国,1900—1937)》,宋伟杰等译,北京,生活·读书·新知三联书店,2008,第314,321—324页。

挖掘人性，展现生命本身的力量，只会将戏剧变成“纠正人心改善生活”的工具，使其丧失普世性。余上沅提倡一种建基于中国传统戏曲的新国剧。同样支持为艺术的戏剧的宋春舫则建议翻译欧仁尼·斯格里布（Eugène Scribe）的作品，因为后者不受意识形态教条羁绊，将注意力集中于戏剧结构的设计。[①]

洪深对于宋春舫的建议颇不以为然。[②] 在他看来，1921 年成立的民众戏剧社提倡的戏剧理念颇为正确。该协会认为戏剧是“推动社会使前进的一个轮子”和“搜寻社会病根的 X 光镜”[③]。洪深这样阐释戏剧与时代的关系：

> 同别的艺术（如图画音乐）相比较，戏剧更是明显地充分地描写人生的艺术了。但是人生是流动的，进步的，变迁的……一个时代有一个时代的精神与状态……戏剧必是一个时代的结晶……戏剧不能没有时代性，因为人生先是不能不分时代的。[④]

强调戏剧时代性的洪深自然不同意余上沅提出的戏剧的普世性。他指出，余上沅的国剧运动必然会归于失败，“因为戏剧是‘纯为娱乐的’这个见解，早已不为时代所许可的了”[⑤]。

洪深对戏剧功能的设定与马宗融相近。与马宗融一样，洪深也忽视了喜剧性在戏剧中的作用。洪深在序言中区分喜剧和趣剧。他指出，丁西林（1893—1974）的《压迫》是喜剧，而他的另一部作品《刮脸之晨》只能被视为“趣剧”，因为后者“夸张过甚”[⑥]。换言之，人物性格的夸张程度是洪深判断一部剧作是喜剧还是趣剧的唯一标准。[⑦] 洪深无意像朗松一样深入挖掘喜剧性与现实性的关系，他甚至将喜剧与闹剧混为一谈。洪深认为，陈大悲的《幽兰女士》是一出闹剧，同时也是一出“好的喜剧”，因为它“把两人（邱姨太太和邱少爷——引者注）间的关系，写得又隐约又活跃”[⑧]。细读《幽兰女士》我们发现，虽然邱姨太太和邱少爷是喜剧性人物，但属于该剧中的少数和次要角色，该剧本身无疑是悲剧。显然，洪深无意以科学方式对喜剧进行定义[⑨]，在他看来，似乎一部剧只要有一些喜剧性细节，便可被称为

① 洪深：《导论》，洪深主编：《中国新文学大系》，第九卷，香港，香港文学研究社，1962，第 37 页。

② 同上。

③ 同上书，第 23 页。

④ 同上书，第 73 页。

⑤ 同上书，第 87 页。

⑥ 同上书，第 78 页。

⑦ 洪深根据这一原则将胡适的《终身大事》和余上沅的《兵变》归为趣剧。见洪深：《导论》，洪深主编：《中国新文学大系》，第九卷，香港，香港文学研究社，1962，第 23，87 页。

⑧ 同上书，第 52 页。

⑨ 洪深也用喜剧来定义《回家以后》。而在我们看来，该作品的悲剧成分更重。同上书，第 78，305—324 页。

喜剧。在一定程度上我们可以说，对戏剧社会效用的强调使得洪深忽视了对喜剧这一文学体裁的思考。

尽管二十世纪三十年代初国民政府与左翼作家联盟都加强了对文艺的意识形态引导，自由主义文人依然有自己的发展空间。梁宗岱即其中一例。下一章我们将通过分析梁宗岱 1935 年以前发表的各种文章中的永久性概念，解释梁宗岱在与马宗融论战时所持文学立场的来源。

第十章　梁宗岱:在激进主义时代为永恒正名

梁宗岱生平[①]

梁宗岱1903年出生于广东,幼时随父学习四书五经及唐宋八大家,钟情于中国古典文学。十四岁时,梁宗岱进入美国教会学校广州培正中学学习,开始阅读惠特曼、歌德、拜伦、雪莱、但丁、泰戈尔和罗曼·罗兰的作品,同时继续阅读中国古典文学,特别是屈原和李白的作品。梁宗岱很早便表现出诗才,16岁时即被称为"南国诗人"。与一开始便翻译法国社会批评小说的马宗融不同,初涉文坛的梁宗岱显得多愁善感。[②] 1924年,梁宗岱的白话诗集《晚祷》由商务印书馆出版。该集中《夜枭》《泪歌》等诗作反映出梁宗岱的社会关怀,[③]但爱情仍是该诗集的主题。[④]

1924—1925年,梁宗岱在日内瓦大学学习法文,之后到巴黎索邦大学学习。他这样讲述自己刚到欧洲头两年的生活:"到欧后两年……兴奋底高潮消退,我整个人浸在徘徊观望和疑虑中的时候:我找不出留欧有什么意义。"[⑤]与保罗·瓦莱里的相遇改变了这一情形。1926年前后,一位美国同学将梁宗岱介绍给瓦莱里,

---

① 我们根据如下文章重构梁宗岱的生平及教育经历:梁宗岱:《忆罗曼·罗兰》《韩波》,《梁宗岱文集》,第二卷,北京/香港,中央编译出版社/香港天汉图书公司,2003,第177-181,192-201页;张瑞龙:《诗人梁宗岱》,《新文学史料》,1982年第3期,第78-96页;甘少苏:《梁宗岱简历》,《新文学史料》,1985年第3期,第187-190页;卞之琳:《人事固多怪——纪念梁宗岱》,《新文学史料》,1990年第1期,第26-32页;刘志侠:《梁宗岱传略》,《梁宗岱文集》,第一卷,北京/香港,中央编译出版社/香港天汉图书公司,2003,第1-2页。当梁宗岱的自述与其周围人的回忆有矛盾时,我们一般采用梁宗岱的自述。当然,梁宗岱也有出错的时候。比如:梁宗岱在《韩波》一文中说,他见到乔治·伊桑巴尔(Georges Izambard)教授时,教授大约八十五六岁,而教授实则享年83岁。见梁宗岱:《韩波》,第177页。关于梁宗岱青年时期生活的更多细节,可参考刘志侠、卢岚:《青年梁宗岱》,上海,华东师范大学出版社,2014。

② 梁宗岱1921年7月发表的《失望》一诗可资证明。见梁宗岱:《失望》,《梁宗岱文集》,第一卷,北京/香港,中央编译出版社/香港天汉图书公司,2003,第7页。

③ 梁宗岱:《夜枭》,《梁宗岱文集》,第一卷,北京/香港,中央编译出版社/香港天汉图书公司,2003,第8-9,12页。

④ 这也是为什么《晚祷》再版时梁宗岱将阿尔贝尔·沙曼(Albert Samain)的六句法文诗作为该集后记:"朵朵蔷薇在凋零……/ 我一言不发,你在听,/ 一头青丝悄悄静。/ 爱情沉重——心儿疲倦……/ 我的爱,是怎样无声的翅膀,/ 掠过我俩的头顶?"见梁宗岱:《代跋》,《梁宗岱文集》,第一卷,第44页。译文为原书所附卢岚译作。

⑤ 梁宗岱:《忆罗曼·罗兰》,《梁宗岱文集》,第二卷,北京/香港,中央编译出版社/香港天汉图书公司,2003,第192页。

二人很快成为朋友。瓦莱里将自己的作品《幻美》(*Charmes*)、《太司提先生》(*Monsieur Teste*)与《答案》(*Réponses*)赠送给梁宗岱。1927年一个秋日落雨的清晨,梁宗岱与瓦莱里在林中散步,瓦莱里向梁宗岱揭示《水仙辞》第三部分的意境。[①] 1927年底至1928年初,梁宗岱在《欧罗巴》(*Europe*)杂志上发表两首法文译诗。一首是他于1922年8月28日创作的《途遇》(法文题目直译为《回忆》),另一首是王维的《酬张少府》(法文题目直译为《回归表象》)。[②] 1928年6月,梁宗岱在巴黎写作《保罗哇莱荔评传》。1928年7月12日,梁宗岱完成《水仙辞》的翻译。评传与翻译1929年1月10日发表于《小说月报》。

1929年寒假,梁宗岱将陶渊明的部分作品译成法文,并将译文寄给罗曼·罗兰。同年10月,罗曼·罗兰在莱蒙湖畔威尔勒夫家中会见了梁宗岱。[③] 1930年夏,梁宗岱前往德国,[④]在海德堡大学学习德语,同时关注中国白话诗发展。1931年3月,梁宗岱在海德堡读到《诗刊》创刊号后致信主编徐志摩,批评该刊中发表的诗作,并就中国现代诗发展提出意见。同年,梁宗岱回国任教于北京大学法文系。

1933年7月,蒙田诞辰四百周年,梁宗岱为《文学》杂志撰写《蒙田四百周年生辰纪念》,并在《文学》上发表蒙田作品译文《论哲学即学死》。[⑤] 在发表于《文学》的一份外国文学经典书目中,郑振铎专门推荐梁译蒙田《随笔》。[⑥] 1933年8月,《文学》发布题为《文坛往哪里去》的征文公告,其中规定两个主题:我们应当使用的语言和主题的积极性。[⑦] 1933年9月28日,梁宗岱为此撰写题为《文坛往哪里去——"用什么话"问题》的文章,质疑大众文学的合法性。不过,《文学》没有刊登此文。[⑧] 两年后,梁宗岱将此文收入《诗与真》。[⑨]

1934年1月,梁宗岱在北京大学做以象征主义为主题的演讲。三个月后,《文

---

① 梁宗岱:"译后记",《梁宗岱文集》,第三卷,北京/香港,中央编译出版社/香港天汉图书公司,2003,第44—45页。

② 见 Liang Tsong Tai, «Souvenir», *Europe*, XV—60, 15 décembre 1927, p. 503; Wang Wei, «Retour aux apparences», trad. Liang Tsong Tai, *Europe*, XVI—63, 15 mars 1928, p. 324.

③ 梁宗岱:《忆罗曼·罗兰》,《梁宗岱文集》,第二卷,北京/香港,中央编译出版社/香港天汉图书公司,2003,第196页。1931年9月,梁宗岱再访罗曼·罗兰。1936年,梁宗岱发表《忆罗曼·罗兰》一文。

④ 据甘少苏回忆,1929年夏天梁宗岱前往德国,在那里待了六个月。1930年,他途径苏黎世前往意大利。1931年,梁宗岱在佛罗伦萨大学学习意大利语。甘少苏的回忆可能有误。因为根据梁宗岱自述,他于1929年10月17日拜访了罗曼·罗兰,拜访地点不在德国。在这里,我们采用张瑞龙与刘志侠的论述。他们指出梁宗岱1930年夏天去德国,1931年夏天经由苏黎世前往意大利。

⑤ 详见第六章。

⑥ 郑振铎:《世界文库第一集目录"外国之部"》,《文学》,第四卷第五号,1935年5月1日,第14页。

⑦ 《社谈》,《文学》,第一卷第二号,1933年8月1日,第213—214页。

⑧ 详见第六章。

⑨ 梁宗岱:《诗与真》,《梁宗岱文集》,第二卷,北京/香港,中央编译出版社/香港天汉图书公司,2003,第51—58页。

学季刊》刊登梁宗岱《象征主义》一文。1934年10月，梁宗岱译蒙田散文《论隐逸》发表于《人间世》。1935年2月12日，梁宗岱译完瓦莱里的《歌德论》。[①] 同一时期，梁宗岱为译诗集《一切的峰顶》作准备。该集作者包括德国诗人歌德、尼采、里尔克，英国诗人威廉·布莱克、雪莱，法国诗人雨果、波德莱尔、魏尔伦、瓦莱里和印度诗人泰戈尔。相比梁宗岱中学时期读过的外国文学作品，法国诗，特别是法国象征主义诗歌，是梁宗岱赴欧留学后的新发现。除翻译外，1934年底至1935年上半年，梁宗岱还撰写了《谈诗》《李白与歌德》《论崇高》《说逝者如斯夫》《歌德与梵乐希》等多篇诗评。梁宗岱与马宗融围绕《可笑的女才子》展开的论战也发生于这一时期。

定义“永恒”

描写内心生活

在《保罗·梵乐希先生》一文中，梁宗岱将永恒概念与象征主义诗歌的内在化相联，并批判中国文学批评中的一种成见：

> 文艺界有一种传统的误解：伟大的艺术家，必定是从穷愁中产生的。所以我们意想中伟大的诗人，不是潦倒终身，就是过一种奔放或流浪生活的人。固然，……到了泪咽无声的绝境，我们便油然生打破沉默的意念。然而有一派诗人，他底生命是极端内倾的，他底活动是隐潜的。他一往凝神默想，像古代先知一样，置身灵魂底深渊作无底的探求。人生悲喜，虽也在他底灵台上奏演；宇宙万象，虽也在他底心镜上轮流映照；可是这只足以助他参悟生之秘奥，而不足以迷惑他对于真之追寻。[②]

梁宗岱指出，灵魂的奥秘是象征主义诗歌的主题。与颂歌和史诗相比，探索灵魂奥秘的作品更具永久价值：

> 颂赞神界底异象和灵迹的圣曲隐灭了；……歌咏英雄底丰功伟业的史诗也销歇了：人类底灵魂却是一个幽邃无垠的太空，一个无尽藏的宝库。让我们不断地创造那讴颂灵魂底异象的圣曲，那歌咏灵魂底探险的史诗罢！[③]

---

① 原文见 *Poésies de Goethe*, introduction de Paul Valéry, traduction de Maurice Betz et de Yanette Delétang-Tardif, Paris, Albin Michel, 1949.

② 梁宗岱：《保罗·梵乐希先生》，《梁宗岱文集》，第二卷，北京/香港，中央编译出版社/香港天汉图书公司，2003，第7页。

③ 同上书，第8页.

梁宗岱指出，瓦莱里将精神性诗化，[1]其笔下的舞蹈或建筑都是精神的象征。梁宗岱在《年轻的命运女神》中区分出心智的睡与醒，或曰无意识与意识两种精神状态。他将《水仙辞》解读为获得自由的灵魂对自己的观照。[2] 不过，梁宗岱并没有深入分析瓦莱里的意识哲学，转而在灵魂与宇宙间建立关联。他写道："然而心灵底作用，并不是隔绝一切而孤立的；岂特和它自身底产物不能须臾离，就是和身外底一切，世界与宇宙，也有密切的关系。"[3]诗歌、灵魂与宇宙之间的关系构成《保罗・梵乐希先生》一文的主要研究对象。

与自然融合：瓦莱里、陶渊明与梁宗岱

梁宗岱指出，瓦莱里童年时困居校园，唯一的娱乐是凝望天空、海洋、云朵、海鸥和风帆。自然是瓦莱里与宇宙沟通的媒介。后来诗人到了蒙彼利埃，那里的地中海、阳光、星辰、柠檬树、橄榄树和月桂树令他沉醉。

梁宗岱笔下的自然象征永恒。在《保罗・梵乐希先生》一文中，梁宗岱将瓦莱里的作品比作"终古凝定"的高天与"永久流动"的深海。梁宗岱写道："那在上晶朗而终古凝定的青天，在下永久流动的深不可测的碧海，正是他一切作品底共通德性底征象。"[4]作为永恒的象征，青天与碧海承载了梁宗岱的文学理想。

梁宗岱总结瓦莱里作品主题时，再度使用表达永恒概念的词汇：

> 然则梵乐希底诗底内容是什么呢？所包含的是什么思想呢？那是永久的哲理，永久的玄学问题：我是谁？世界是什么？我和世界底关系如何？它底价值何在？在世界还是在我，柔脆而易朽的旁观者呢？[5]

哲学和诗一样，带我们走近宇宙的奥秘。在此意义上，瓦莱里诗歌的哲学性让其具有了永恒价值。梁宗岱指出，瓦莱里诗歌的哲学意义"完全濡浸和溶解在形体里面"，"它并不是间接叩我们底理解之门，而是直接地，虽然不一定清晰地，诉诸我们底感觉和想像之堂奥"[6]。因此，阅读瓦莱里的哲学诗时

> 我们应该准备我们底想像和情绪，由音响，由回声，由诗韵底浮沉，一句话说罢，由音乐与色彩底波澜吹送我们如一苇白帆在青山绿水中徐徐地前进，引导我们深入宇宙底隐秘，使我们感到我与宇宙间底脉搏之跳动——一种严静，

---

① 梁宗岱：《保罗・梵乐希先生》，《梁宗岱文集》，第二卷，北京/香港，中央编译出版社/香港天汉图书公司，2003，第 21 页。

② 同上。

③ 同上。

④ 同上书，第 9 页。

⑤ 同上书，第 22 页。

⑥ 同上书，第 20 页。

深密,停匀的跳动。它不独引导我们去发现哲理,而且令我们重新创造那首诗。[①]

在梁宗岱看来,宇宙与诗歌内在节奏相通,一首诗抓住了宇宙的节奏,便自然具有了哲学意味。节奏也被梁宗岱称为"音乐性",是联结诗歌、哲学和宇宙的关键概念,也是梁宗岱定义象征主义的关键词之一:"把文字来创造音乐,就是说,把诗提到音乐底纯粹的境界,正是一般象征诗人在殊途中共同的倾向。"[②]

梁宗岱以瓦莱里的《海滨墓园》和《水仙辞》为例,诠释诗歌、哲学与宇宙之间的关系。梁宗岱指出,在第一首诗中,诗人将其对于生死的概念融入"沉静的深邃的起伏潆洄"。梁宗岱这样描述该诗的创作场景:"于茫漠的天海间,诗人心凝形释,与宇宙息息相通。"[③]在第二首诗中,梁宗岱听到"一种宁静,微妙,隽永的音浪"[④],这令他想起如下画面:

水仙底水中丽影,在夜色昏暝时,给星空替代了,或者不如说,幻成了繁星闪烁的太空:实在唯妙唯肖地象征那冥想入神底刹那顷——"真寂的境界",像我用来移译"Présence Pensive"一样——在那里心灵是这般宁静,连我们自身底存在也不自觉了。在这恍惚非意识,近于空虚的境界,在这"圣灵的隐潜"里,我们消失而且和万化冥合了。我们在宇宙里,宇宙也在我们里:宇宙和我们底自我只合成一体。这样,当水仙凝望他水中的秀颜,正形神两忘时,黑夜倏临,影像隐灭了,天上底明星却一一燃起来,投影波心,照澈那黯淡无光的清泉。炫耀或迷惑于这光明的宇宙之骤现,他想像这千万荧荧的群生只是他底自我底化身……[⑤]

上述段落原为梁宗岱致瓦莱里的一封信节选,后被梁宗岱在《水仙辞》附记中引用。对比原文我们发现,梁宗岱对该诗的阐释与原文有出入。以下是原文第一段描写夜之将近的段落:

泉声忽然转了,它和我絮语黄昏;
无边的静倾听着我,我向希望倾听。
倾听着夜草在圣洁的影里潜生。

① 梁宗岱:《保罗·梵乐希先生》,《梁宗岱文集》,第二卷,北京/香港,中央编译出版社/香港天汉图书公司,2003,第22页。

② 同上书,第20页。

③ 同上书,第22页。

④ 同上书,第23页。

⑤ 梁宗岱:"译后记",《梁宗岱文集》,第三卷,北京/香港,中央编译出版社/香港天汉图书公司,2003,p.45。

宿幻的霁月又高擎她黝古的明镜
照澈那黯淡无光的清泉底幽隐……
照澈我不敢洞悉的难测的幽隐,
以至照澈那自恋的缱绻的病魂,
万有都不能逃遁这黄昏底宁静……①

白昼化为夜色,四周一片宁静。那喀索斯感叹道:"自我底真寂果献呈这么一隅静境!"灵魂在夜晚更接近上苍,然而如诗人所言,"对于彷徨的水仙,这里呵只有惛闷!"那喀索斯哀叹自己的影子消失在水中:

你珠体儿这般透明,你丝发儿绵绵,
才相恋,
难道就要给黑影遮断我俩底情缘!
为什么,水仙呵,恰像把剖梨的利剑,
漆黑的夜已截然插进我俩底中间?②

第二段以赞叹喷泉的智慧与纯洁开场:

啊,真寂的境界,溶溶的渌水,你收采
一个芳菲而珍异的阴冥的宝财,
死的飞禽,累累的果,慢慢地坠下来,
和那散逸的晶环隐映着的幽霭,
你把它们无贵无贱地在腹中沉埋。
然而,从你底寒光耿耿的波心,情爱
脉脉流过而销毁……③

与梁宗岱所言不同,短语«présence pensive»(梁译"真寂的境界")指涉的并非那喀索斯,而是喷泉。形容词"真寂"也被用来翻译«Quelle perte en soi-même offre un si calme lieu.»("自我底真寂果献呈这么一隅静境!")一句中«perte»一词(直译为"失去")。不过这里«perte»指的是白昼而非那喀索斯主体性的消逝。那喀索斯始终不忘自己的重要性。他一面欣赏喷泉的伟大与永恒,一面感叹:

但是我,宠爱的水仙,能使我沉思凝想

---

① Paul Valéry, «Fragments du Narcisse», dans Paul Valéry, *Œuvres*, éd. Jean Hytier, Paris, Gallimard, coll. Bibliothèque de la Pléiade, t. I, 1957, p. 123. 此处为梁宗岱译文,下同。见梁宗岱:《梁宗岱文集》,第三卷,北京/香港,中央编译出版社/香港天汉图书公司,2003,第32页。

② Paul Valéry, «Fragments du Narcisse», p. 125;梁宗岱:《梁宗岱文集》,第三卷,北京/香港,中央编译出版社/香港天汉图书公司,2003,第37页。

③ 同上书,第39页。

只有我自己底真如；
万象于我都是不可解的幻灭的色相，
万象于我都是空虚。
我无上的至宝呵，亲爱的身，我只有你！[①]

直到诗作结尾，那喀索斯似乎依然未能与宇宙融合，进入自我无意识状态。他也不像梁宗岱所言，获得内心平静：

上天啊！庄严的白日苍白而温柔的残余
将与逝去的日子一样承担必将消亡的命运；
被深远的回忆之地狱吞噬！
哎！可怜的身体，是时候融为一体……
靠近自己……亲吻自己……以全身之力颤抖吧！
你向我承诺的不可把捉的爱
消逝了，用一阵颤栗击碎那喀索斯，远去了……[②]

梁宗岱对《水仙辞》的阐释融入了中国传统诗学成分：通过回归自然获得宁静与真知。在梁宗岱看来，陶渊明完美地代表了这一诗学理念。梁宗岱在翻译《水仙辞》同时也正在将陶渊明的诗译成法文。在1930年发表于巴黎的《陶潜诗选》所附《陶潜简介》中，梁宗岱强调陶渊明与自然的关系：

他在隐退中度过余生，乐诗乐琴，躬耕田园，栽养花草，尤爱菊花，此花与他的名字结下不解之缘。尽管终生贫困，直到最后一刻，仍保持头脑清醒与心灵平静，正如他在《自祭文》和临终前所写的《与子俨等疏》所揭示那样。纵观他的作品，可以看到一种斯多噶式的乐观主义，却又胜于斯多噶主义。因为在所有诗人中，无论艺术和心灵，他最接近自然。[③]

《陶潜诗选》中多篇作品描写田园生活，最有名的莫过于《归田园居》。虽然该诗通篇描写具体的自然景致，梁宗岱却用首字母大写的«Nature»来翻译该诗最后两句“久在樊笼里，复得返自然”中的“自然”一词，[④]似乎希望借此揭示陶渊明对自然之爱形而上的意涵。

---

① Paul Valéry, «Fragments du Narcisse», p. 128；梁宗岱：《梁宗岱文集》，第三卷，北京/香港，中央编译出版社/香港天汉图书公司，2003，第42页。

② Paul Valéry, «Fragments du Narcisse», p. 130. 此段没有出现在梁宗岱的译文中。

③ 梁宗岱：«Notes sur T'ao Ts'ien»（《陶潜简介》），《梁宗岱文集》，第一卷，北京/香港，中央编译出版社/香港天汉图书公司，2003，第151页。原文为法文，此处采用文集中所附卢岚译文。

④ 梁宗岱：*Les Poèmes de T'ao Ts'ien*（《陶潜诗选》），《梁宗岱文集》，第一卷，北京/香港，中央编译出版社/香港天汉图书公司，2003，第164—165页。

同样被收入《陶潜诗选》的还有《读山海经》。该诗描写耕读之乐，富于音乐性。所谓"既耕亦已种，时还读我书。……泛览周王传，流观山海图。俯仰终宇宙，不乐复何如！"该诗让我们更好地理解为何梁宗岱在《保罗·梵乐希先生》中指出，"我们应该准备我们底想像和情绪，由音响，由回声，由诗韵底浮沉"，"由音乐与色彩底波澜吹送我们如一苇白帆在青山绿水中徐徐地前进"，方能"深入宇宙底隐秘"①。《读山海经》一诗的中文读者借助韵律和声调变化，很容易体会到一个耕读返家的隐士如何在阅读中达致与宇宙同化的境地。换言之，中国读者能够在无意识状态下将梁宗岱所传授的瓦莱里诗歌阅读方法运用于陶渊明诗歌的阅读。反之，瓦莱里为梁宗岱对诗歌音乐性的理论化提供可能。

梁宗岱同时欣赏瓦莱里与陶渊明并非偶然。以自然为媒介与宇宙汇通是二者作品的共同主题。这一主题在梁宗岱自己的作品中也有所展现。比如创作于1923年6月13日的《晚祷》一诗：

不弹也罢，
虽然这清婉潺湲
微飔荡着的
兰香一般缥缈的琴儿。
一切忧伤与烦闷
都消融在这安静的旷野
无边的黑暗，
与雍穆的爱幕下了。
让心灵恬谧的微跳
深深的颂赞
造物主温严的慈爱。②

诗的背景是广袤的原野。原野形象出现在梁宗岱创作于《晚祷》之前、所有以家庭为主题的诗歌中。写于1922年8月8日的《晚风》一诗以"飘飒迷离的晚风，浩茫荒凉的漠野"③开头；创作于1922年10月30日的《秋痕》一诗描写"在凄凉的月色中，我偕着我的父亲在一个河岸的迷惘的荒野上行着"④的场景；创作于1923年5月13日的散文诗《归梦》描写主人公在"一个严冬的霜夜"，"不知怎样的，迷离

① 梁宗岱：《保罗·梵乐希先生》，《梁宗岱文集》，第二卷，北京/香港，中央编译出版社/香港天汉图书公司，2003，第22页。

② 梁宗岱：《梁宗岱文集》，第一卷，北京/香港，中央编译出版社/香港天汉图书公司，2003，第31页。

③ 同上书，第13页。

④ 同上书，第17页。

的踱到一处无际的荒野去”。[①] 在所有这些诗中，原野象征流浪、孤独和恐惧。诗人试图逃离原野，投入家庭怀抱。当梁宗岱沉浸在甜蜜的家庭生活中时，他与自然呈现对立状态。但当他感到上帝无所不在的爱时，原野又成为让他可以抛弃尘世烦恼的所在。这时他的灵魂与自然和宇宙融合。

不过，梁宗岱并没有深入揭示宗教在人与宇宙融合中扮演的角色。对于这一时期的梁宗岱而言，宗教的主要作用在于安慰他因为失去亲人而受伤的心灵。[②] 在1922年3月27日至4月10日创作的组诗《散后》中，宇宙意象出现在非宗教背景下。梁宗岱写道：

> 时间
> 是无边的黑暗的大海。
> 把宇宙的一切都沉没了，
> 却不留一些儿的痕迹。[③]

这组诗中的部分作品可谓成功把捉住自然和宇宙的节奏。如下段落诠释了动与静的张力：

> 浪的沉默，
> 浸压在夜月之海，
> 愈显得海水的澄静了。[④]

梁宗岱有意利用诗歌探索宇宙奥秘，但相关作品往往篇幅短小，只有寥寥两三行。似乎诗人仅满足于捕捉神秘瞬间而无意展开。[⑤] 总体而言，梁宗岱1921—1924年创作的诗歌以爱情为主题。部分作品虽力图表现内心生活，通过与自然融合捕捉宇宙秘密，却未能够深入。

---

① 梁宗岱：《梁宗岱文集》，第一卷，北京/香港，中央编译出版社/香港天汉图书公司，2003，第28页。

② 比如，在创作于1923年7月9日的《光流》一诗附记中，诗人描写了一段梦境：叙事者卧在床上，为家人的逝去黯然神伤。耶稣像挂在墙上，镜中的反光和叙事者的泪水汇合成一道光流。叙事者家人的墓碑在光流中显现。他哭起来，呼唤着母亲与祖母的名字：“晶莹的光，射在壁间的圣像上；温柔，慈怜，圣爱的脸，遂如澄潭的月影般浮现出来，慈悲地反映出一道灵幻的圣光，暖云一般的慰藉了他稚弱的心灵。他如哭后的婴儿般止了。余泪还从他的枕上徐徐的滴着。”见梁宗岱：《梁宗岱文集》，第一卷，北京/香港，中央编译出版社/香港天汉图书公司，2003，第40页。

③ 同上书，第24页。

④ 同上书，第26页。

⑤ 梁宗岱自己也承认这一事实。二十年后，他在评价《晚祷》时这样写道：“严格地说，当时这许多像春草般乱生的意象，除了极少数的例外，……能算完成的诗么？它们不只是一些零碎的意象，一些有待于工程师之挥使和调整的资料么？”见梁宗岱：《试论直觉与表现》，《梁宗岱文集》，第二卷，北京/香港，中央编译出版社/香港天汉图书公司，2003，第330页。

“刹那底永恒”

1931年3月21日，梁宗岱致信徐志摩，将永恒性视为文学理想。信中诗歌被比作宇宙之钟发出的声音：

> (这些作品)更是作者底灵指偶然从大宇宙底洪钟敲出来的一声逸响，圆融，浑含，永恒……超神入化了。——这自然是我们底理想。[①]

这些作品指陶渊明、李白、李煜、歌德、雪莱、魏尔伦等人的作品。“圆融”与“浑含”帮助我们更好地理解梁宗岱对永恒的定义。作为诗歌永恒价值的象征，出水芙蓉以最形象的方式诠释了何为“圆融”与“浑含”。梁宗岱在区分诗歌的三种境界时提到这一意象：

> 一首好诗最低限度要令我们感到作者底匠心，令我们惊佩他底艺术手腕。……再上去便要令我们感到这首诗有存在底必要，是有需要而作的，无论是外界底压迫或激发，或是内心生活底成熟与充溢；换句话说，就是令我们感到它底生命。再上去便是令我们感到它底生命而忘记了——我可以说埋没了——作者底匠心。如果拿花作比，第一种可以说是纸花；第二种是瓶花，是从作者心灵底树上折下来的；第三种却是一株元气浑全的生花，所谓“出水芙蓉”，我们只看见它底枝叶在风中招展，它底颜色在太阳中辉耀，而看不出栽者底心机与手迹。[②]

梁宗岱指出，诗人只有充分吸收生活经验，才能够在灵感降临的珍贵时刻达到“刹那底永恒”。梁宗岱以瓦莱里《年轻的命运女神》为例，阐释何为“刹那底永恒”：

> 志摩，我又何必对你唠叨？我深信你对于诗的认识，是超过“中外”“新旧”和“大小”底短见的；深信你是能够了解和感到“刹那底永恒”的人。
>
> «Tout l'univers chancelle et tremble sur ma tige !»
> 全宇宙在我底枝头颤动，飘摇！
>
> 这是年轻的命运女神受了淑气底振荡，预感阳春之降临，自比一朵玫瑰花说的。哥德论文艺上的影响不也说过么？——一线阳光，一枝花影，对于他底人格之造就，都和福禄特尔及狄德罗(Diderot，与福禄特尔同时的法国散文

---

① 梁宗岱：《论诗(给志摩的信)》，《梁宗岱文集》，第二卷，北京/香港，中央编译出版社/香港天汉图书公司，2003，第27页。

② 同上书，第26页。

家)有同样不可磨灭的影响。[①]

"全宇宙在我底枝头颤动,飘摇"是《年轻的命运女神》中最打动梁宗岱的句子。在上引段落中,歌德的名字出现在瓦莱里之后并非偶然。在完成于1934—1935年间的《一切的峰顶》中,梁宗岱翻译了歌德的《守望者之歌》。其中包括如下段落:

月亮与星光,
小鹿与幽林,
纷纭万象中,
皆见永恒美。[②]

《一切的峰顶》中另一首诗——威廉·布莱克的《天真底预示》,也诠释了梁宗岱的永恒诗学:

一颗沙里看出一个世界,
一朵野花里一座天堂,
把无限放在你底手掌上,
永恒在一刹那里收藏。[③]

梁宗岱对布莱克的这首诗念念不忘。六年后,他将上述四句诗重写后放入诗集《芦笛风》的题诗中。[④]

中国古诗也是梁宗岱阐述永恒概念的重要知识来源。在致徐志摩的信中,梁宗岱表达了对中国古诗的热爱:

是的,我深信,而且肯定,中国底诗史之丰富,伟大,璀璨,实不让世界任何民族,任何国度。因为我五六年来,几乎无日不和欧洲底大诗人和思想家过活,可是每次回到中国诗来,总无异于回到风光明媚的故乡,岂止,简直如发现一个"芳草鲜美,落英缤纷"的桃源,一般地新鲜,一般地使你惊喜,使你销魂。[⑤]

梁宗岱以陈子昂的《登幽州台歌》为例,证明中国古诗具有宇宙观,能够达致

---

① 梁宗岱:《论诗(给志摩的信)》,《梁宗岱文集》,第二卷,北京/香港,中央编译出版社/香港天汉图书公司,2003,第34页。

② 梁宗岱:《守望者之歌》,《梁宗岱文集》,第三卷,北京/香港,中央编译出版社/香港天汉图书公司,2003,第59页。

③ 梁宗岱:《天真底预示》,《梁宗岱文集》,第三卷,北京/香港,中央编译出版社/香港天汉图书公司,2003,第66页。

④ 梁宗岱:《水调歌头》,《梁宗岱文集》,第一卷,北京/香港,中央编译出版社/香港天汉图书公司,2003,第48页。

⑤ 梁宗岱:《论诗(给志摩的信)》,《梁宗岱文集》,第二卷,北京/香港,中央编译出版社/香港天汉图书公司,2003,第30页。

永恒：

> 前不见古人，
> 后不见来者，
> 念天地之悠悠，
> 独怆然而涕下！[①]

梁宗岱这样描述该诗再现的场景：暮色中，诗人登临高台。大风里，广阔的原野一览无遗。在某一瞬间，一股雄伟悲壮之情涌上诗人心头，诗人达致与宇宙交融的境地。[②]

反激进主义文学立场

梁宗岱一面高度赞扬中国古诗，一面对中国现代文学批评家颇有微词。在他看来，对于后者而言，宇宙的节奏、灵魂的奥秘是过于深奥的话题。[③] 当时许多文学批评家都梦想尽速建立一种现代文学。梁宗岱在致徐志摩的信中质疑这一急功近利的心态：

> 你还记得我在巴黎对你说的么？我不相信一个伟大的文艺时代这么容易产生。试看唐代承六朝之衰，经过初唐四杰底虚明，一直至陈子昂才透露出一个璀璨的黄金时代底曙光。何况我们现代，正当东西文化（这名词有语病，为行文方便，姑且采用）之冲，要把二者尽量吸取，贯通，融化而开辟一个新局面——并非中学为体西学为用，更非明目张胆去模仿西洋——岂是一朝一夕，十年八年底事！[④]

质疑大众语文学

三年后，在《文坛往哪里去——“用什么话”问题》一文中，梁宗岱批评激进主义者对大众语文学的宣扬。梁宗岱在文中主要质疑两点：大众语作为文学语言的合理性、大众的理解力作为文学批评标准的合理性。

---

① 梁宗岱：《论诗（给志摩的信）》，《梁宗岱文集》，第二卷，北京/香港，中央编译出版社/香港天汉图书公司，2003，第 32 页。

② 同上。

③ 同上书，第 35 页。

④ 同上书，第 43 页。

梁宗岱指出,所有元气浑成的诗作都是对语言进行不懈锻造的结果。[①] 口语不足以表现"包罗了变幻多端的人生,纷纭万象的宇宙的文学底意境和情绪"[②],必须"探检,洗炼,补充和改善"口语,让其变得深厚、丰富。[③] 对大众语文学的批评让梁宗岱重视诗歌形式而轻视所谓的主题[④]:

> 文艺底了解不只限于肤浅地抓住作品底命意——命意不过是作品底渣滓——而是深深地受它整体底感动与陶冶,或者更进而为对于作者匠心底参化与了悟。[⑤]

梁宗岱认为,心智愈发达者,所用语言往往愈复杂,愈不易为大众理解。因此大众的理解力不宜作为文学批评标准。为了让文学不失其精神性,人类心智不退化,应当对大众语进行加工,让其变成真正的文学语言。

译介蒙田与《忆罗曼·罗兰》

如前所述,《文坛往哪里去——"用什么话"问题》一文本为应《文学》征文所作,但最终被该杂志拒稿。第二年,即1934年,梁宗岱继续向《文学》供稿,在其上发表译尼采诗一篇和波德莱尔诗两篇。[⑥] 不过,梁宗岱与《文学》的合作并不长久。1935年7月,上海生活书店出版傅东华主编《文学百题》,该书版权页注明为"《文学》二周纪念特辑"。在傅东华延请的一众作者中,我们没有发现梁宗岱的名字。特别值得注意的是,傅东华宁愿选择早已抛弃象征主义、转而拥抱左翼文学理论的穆木天来撰写《什么是象征主义》一文,也不请梁宗岱来主笔该文。而就在1934年,梁宗岱在北平出版的《文学季刊》上发表题为《象征主义》的长文。1935年,梁宗岱不再在《文学》上发表评论文章或译文,[⑦]却在《人间世》中发表四篇译文:雪莱的《问月》《柏米修士底光荣》,哥德的《对月吟》,梵乐希的《水仙辞——第三断片》,以及文论《谈诗》。[⑧] 《人间世》开始成为梁宗岱的主要发表阵地。

与提倡白话文的《文学》杂志不同,《人间世》对于文言文的态度较为宽容。该

---

① 梁宗岱:《文坛往哪里去——"用什么话"问题》,《梁宗岱文集》,第二卷,北京/香港,中央编译出版社/香港天汉图书公司,2003,第58页。

② 同上书,第54页。

③ 同上书,第52,54页。

④ 同上书,第56页。

⑤ 同上。"匠心"一词曾出现在梁宗岱致徐志摩的信中,用于描述诗歌的第一个层级。

⑥ [德国] Friedrich Nietzsche:《尼采底诗》,梁宗岱译,《文学》,第三卷第三号,1934年9月1日;[法国] Charles Baudelaire:《诗二首(法国)》,梁宗岱译,《文学》,第三卷第六号,1934年12月1日。

⑦ 《文学》出至1937年11月。见唐沅、韩之友、封世辉、舒欣、孙庆升、顾盈丰编:《中国现代文学期刊目录汇编》,第1517页。

⑧ 见《人间世》第十五、十七、二十一、二十六和二十七期。

刊征文启事第一条写道:"不拘文言白话,以合小品文格调为准。"[①]如果说大众语文学强调文学介入社会的功能,小品文则强调内倾和表达性灵。《人间世》这一标题本身即来自于宣扬无为的庄子。由此看来,梁宗岱译蒙田《论隐逸》一文完全符合《人间世》编者的期待。梁宗岱显然赞同蒙田该文表达的如下观点:

> 我们且撇开那关于活动与孤寂生活的详细比较:至于野心与贪婪用以掩饰自己的这句好听的话:"我们生来不是为自己而是为大众。"让我们大胆诉诸那些在漩涡的人们;请他们抚心自问,究竟那对于职位,任务,和世上许多纠纷的营求是否反而正为假公济私。现在一般人藉以上进的坏方法很清楚地告诉我们那目的殊不值得。……和群众接触真再危险不过。我们不学步恶人便得憎恶他们。两者都危险:因为他们是多数而类似他们,和因为他们不类似而憎恶其中的大多数。[②]

梁宗岱对介入型作家的批评在《忆罗曼·罗兰》一文中得到更为明确的表现。梁宗岱在该文中写道:

> 即当他毅然与苏联携手时,他断不像我们那些充满了"领袖欲"与"奴隶性"——二者其实是一物底两面——的革命文学家,连推崇一个作家,欣赏一篇作品也唯人家底马首是瞻:他毫不犹豫地把他底个人主义和人道主义带到他们中间去。[③]

在这篇发表于1936年的文章中,梁宗岱讲述了1931年9月18日他与罗曼·罗兰的会面。他们在此次交谈中论及苏联:

> "这么一个大规模的实验,"我说,"实在是一种最高的理想主义,也是任何醉心于理想主义的人所必定深表同情的。不过我们文人究竟心肠较软,对于他们底手段总觉得不能完全同意。"
>
> "可不是!"他答道,"我对于他们底弱点并不是盲目的。我在最近给他们的一封信里曾经指出个人主义和人道主义不独和他们不悖,并且一个真正的苏维埃信徒同时也必定是真正的个人主义者和人道底赞助者。"
>
> 他从抽屉里找出那封信稿给我看。当我读到"……什么时候都有伪善者,在种种利益里,在种种旗帜下。你们队伍里也有伪善者。这是一些尾随狮子的狼……"的时候,我深切地了悟他这思想上的新转变并非由于一种老朽的感

---

① 见《人间世》每期结尾的"《人间世》投稿规约"。

② 梁宗岱:《论隐逸》,《人间世》,第十三期,第58页。

③ 梁宗岱:《忆罗曼·罗兰》,《梁宗岱文集》,第二卷,北京/香港,中央编译出版社/香港天汉图书公司,2003,第194页。

伪的反动，像外间人所说的：他仍然用同样英勇犀利的目光去揭发他所同情的主义底症结。——唉！这些尾随狮子的狼我们中国实在太多了！[①]

我们找到上述段落中提到的罗曼·罗兰信件原件。该信写给两位俄国作家：费而多·格拉德科夫(Fiodor Gladkov)(1883—1958)与伊利亚·塞尔文斯基(Ilya Selvinsky)(1899—1968)。梁宗岱所引文字出自如下段落：

当然，我们同意应当谴责虚伪地支持"人性"与"和平"的人。有谁的谴责声比《李柳丽》[②]作者的谴责声更高？但在所有事业、所有阵营中，伪善者总是存在。你们的队伍里也有伪善者。这是一些尾随狮子的豺狼，它们用狮子吃剩的残羹果腹，如果狮子病了或受伤了，它们就把狮子也解决掉。不要将豺狼与狮子混为一谈啊！不要混淆英勇的个人主义者与低下的自私自利者。前者会说："宁死不背叛我的信念！"后者则只懂得填饱肚皮，满足自己的虚荣与私利！塔尔丢夫们打着人道主义幌子，将国际和平办公室变成赚取年金的工具。他们的人道主义与爱的火焰截然不同，与为将人类从压迫和剥削中解脱出来而牺牲的精神所绽放的火焰截然不同。正是这团火焰促动着你们！——因为你们，我的苏联朋友们，你们有着自由的意识，是不为自己所知的真正的个人主义者，你们不知道(你们真的不知道吗)，你们是真正的人性的信徒与情人。[③]

如梁宗岱所言，该信讨论的是个人主义与人道主义问题。事实上，该信标注的撰写日期为 1931 年 2 月初，梁宗岱读到此信已是七八个月后之事。也许罗曼·罗兰给梁宗岱看的是信件影印件，又或者作家没有将信寄出。不论如何，罗曼·罗兰专程将信给梁宗岱看，似乎是怕后者不相信他所言。

《忆罗曼·罗兰》写于梁宗岱与罗曼·罗兰第二次会面五年后。此时的梁宗岱如何能够几乎只字不差地记起五年前匆匆瞥过的一封信？想来他对相关段落格外有兴趣，甚至可能专门做了笔记。似乎梁宗岱有意在罗曼·罗兰处为自己的文学立场寻找理论支持。

反激进主义与象征主义

对于梁宗岱而言，作家只有与宇宙汇通，探知宇宙奥秘，才能够让其作品具有无穷新意。在此意义上，象征主义为梁宗岱阐释自己的诗学观提供了最佳理论框

---

① 梁宗岱：《忆罗曼·罗兰》，《梁宗岱文集》，第二卷，北京/香港，中央编译出版社/香港天汉图书公司，2003，第 199—200 页。

② 指罗曼·罗兰的剧作 *Liluli*。

③ Romain Rolland, *Choix de lettres de Romain Rolland*. 1886—1944, éd. Marie Romain Rolland, Paris, Albin Michel, 1967, p. 313.

架。在撰写于1934年4月1日的《象征主义》一文中，梁宗岱将波德莱尔的通感视为象征主义的核心概念。梁宗岱指出，通感理论预设了宇宙与自然界一切生命之间的和谐。然而，

> 不幸人生来是这样，即一粒微尘飞入眼里，便全世界为之改观。于是，蔽于我们小我底七情与六欲，我们尽日在生活底尘土里辗转挣扎。宇宙底普遍完整的景象支离了，破碎了，甚至完全消失于我们目前了。我们忘记了我们只是无限之生底链上的一个圈儿，忘记了我们只是消逝的万有中的一个象征，只是大自然底交响乐里的一管一弦，甚或一个音波……只有醉里的人们——以酒，以德，以爱或以诗，随你底便[①]——才能够在陶然忘机的顷间瞥见这一切都浸在"幽暗与深沉"的大和谐中的境界。[②]

"小我""七情六欲"等短语反映出作者受佛教影响的痕迹。梁宗岱还用"华严"这样的典型佛教用语指涉宇宙。[③] 梁宗岱作品中也有道教痕迹。在《李白与歌德》一文中，他这样评论李白："在大多数眼光和思想都逃不出人生底狭的笼的中国诗人当中，他独能以凌迈卓绝的天才，豪放飘逸的胸怀，乘了庄子底想像的大鹏，……挥斥八极，而与鸿蒙共翱翔"[④]。如上文分析指出，在创作于1921—1924年间的诗作中，基督教在诗人与宇宙的汇通过程中也扮演过重要角色。宗教意味着与现实生活保持一定距离，这也是为什么梁宗岱将宗教纳入自己的文学理论框架。

梁宗岱指出，宇宙之魂作为"大灵"，体现在万物具象中。要想在现实世界中体察宇宙奥秘，诗人需要将自己的灵魂融入这些具体意象。[⑤] 而象征主义的价值正在于其强调意义的无限性以及意义与意象的相融无间：

> 所谓象征是藉有形寓无形，藉有限表无限，藉刹那抓住永恒，使我们只在梦中或出神底瞬间瞥见的遥遥的宇宙变成近在咫尺的现实世界，正如一个蓓蕾蕴蓄着炫熳芳菲的春信，一张落叶预奏那弥天漫地的秋声一样。所以它所

---

① 此句很可能借用自波德莱尔散文诗"醉吧！"中的句子："你们需要不停地沉醉。沉醉于什么？沉醉于酒，沉醉于诗或沉醉于美德，随你们便。但沉醉吧！"见 Charles Baudelaire, *Œuvres complètes*, éd. Claude Pichois, Paris, Gallimard, coll. Bibliothèque dela Pléiade, t. I, 1975, p. 337.

② 梁宗岱：《象征主义》，《梁宗岱文集》，第二卷，北京/香港，中央编译出版社/香港天汉图书公司，2003，第71页。

③ 同上书，第70—71页。

④ 梁宗岱：《李白与歌德》，《梁宗岱文集》，第二卷，北京/香港，中央编译出版社/香港天汉图书公司，2003，第105页。

⑤ 梁宗岱：《象征主义》，《梁宗岱文集》，第二卷，北京/香港，中央编译出版社/香港天汉图书公司，2003，第70页。

赋形的，蕴藏的，不是兴味索然的抽象观念，而是丰富，复杂，深邃，真实的灵境。[1]

梁宗岱将象征主义的最高境界描述为“景即是情，情即是景”[2]。为了更好地阐释这一境界，梁宗岱对比谢灵运与陶渊明的两句诗：

谢诗：

池塘生春草，
园柳变鸣禽。[3]

陶诗：

采菊东篱下，
悠然见南山。[4]

梁宗岱认为，陶诗的文学价值高于谢诗，因为

他（谢灵运诗中的叙事者——引者注）始终不忘记他是一个旁观者或欣赏者。……至于陶诗呢，诗人采菊时豁达闲适的襟怀，和晚色里雍穆遐远的南山已在那猝然邂逅的刹那间联成一片，分不出那里是渊明，那里是南山。南山与渊明间微妙的关系，决不是我们底理智捉摸得出来的，所谓“一片化机，天真自具，既无名象，不落言诠”。……所以我们读这两句诗时，也不知不觉悠然神往，任你怎样反覆吟咏，它底意味仍是无穷而意义仍是常新的。[5]

如梁宗岱所言，陶渊明在与自然的融合中触知一种不可言喻的深味：

采菊东篱下，
悠然见南山。
山气日夕佳，
飞鸟相与还。
此中有真意，

① 梁宗岱：《象征主义》，《梁宗岱文集》，第二卷，北京/香港，中央编译出版社/香港天汉图书公司，2003，第66—67页。

② 同上书，第64页。

③ 谢灵运诗中的叙事者整个冬天闭门未出。初春一日，他走出门外，登上一座亭台，亭台下是一片池塘。景致的变迁令他一时间不知身处何处，误以为池塘上生出春草，枝桠间鸣唱的鸟儿是树叶。

④ 梁宗岱：《象征主义》，《梁宗岱文集》，第二卷，北京/香港，中央编译出版社/香港天汉图书公司，2003，第64—65页。

⑤ 同上书，第66页。

欲辩已忘言。[①]

引用陶诗阐发象征主义，体现出梁宗岱对于象征主义普世价值的体认。梁宗岱指出："所谓象征主义，在无论任何国度，任何时代底文艺活动和表现里，都是一个不可缺乏的普遍和重要的原素罢了。"[②]对于梁宗岱而言，任何浸润着作家性灵的作品都可谓象征主义作品。这也是为什么莫里哀会出现在梁宗岱谈象征主义的文章中：

是的，邓浑(Don Juan)，浮士德(Faust)，哈孟雷德(Hamlet)等传说所以为人性伟大的象征，尤其是建筑在这些传说上面的莫里哀，摆轮，哥德，莎士比亚底作品所以为文学史上伟大的象征作品，并不单是因为它们每个象征一种永久的人性……，实在因为它们包含作者伟大的灵魂种种内在的印象，因而在我们心灵里激起无数的回声和涟漪。[③]

"灵魂种种内在的印象"这一短语揭示了莫里哀与其笔下人物之水乳交融。马宗融则恰恰相反，强调作为时代观察者与刻画家，莫里哀与其描写对象之间保持认知距离。[④] 马宗融文学批评观所体现的社会功利意识正是构建内在化理论的梁宗岱试图避免的。[⑤] 在《象征主义》一文中，梁宗岱表达了对功利主义的拒斥：

我们的官能底任务不单在于教我们趋避利害以维护我们底肉体，而尤其在于与一个声，色，光，香底世界接触，以娱悦，梳洗，和滋养我们底灵魂……当我们放弃了理性与意志底权威，把我们完全委托给事物底本性，让我们底想像灌入物体，让宇宙大气透过我们心灵，因而构成一个深切的同情交流，物我之间同跳着一个脉搏，同击着一个节奏的时候，站在我们面前的已经不是一粒细沙，一朵野花或一片碎瓦，而是一颗自由活泼的灵魂与我们底灵魂偶然的相遇：两个相同的命运，在那一刹那间，互相点头，默契和微笑。[⑥]

---

① 梁宗岱：《陶潜诗选》，《梁宗岱文集》，第一卷，北京/香港，中央编译出版社/香港天汉图书公司，2003，第175页。

② 梁宗岱：《象征主义》，《梁宗岱文集》，第二卷，北京/香港，中央编译出版社/香港天汉图书公司，2003，第60页。

③ 同上书，第67页。

④ 马宗融：《从莫利耶的戏剧说到五种中文译本》，《文学》，第三卷第五号，1934年11月1日，第1066页。

⑤ 梁宗岱将瓦莱里的理性与工具理性相区别。他将上文引用的威廉·布莱克的"天真底预示"与瓦莱里的"全宇宙在我底枝头颤动，飘摇"作对比，指出这是"两朵极不同的火焰——一个是幽秘沉郁的直觉，一个是光灿昭朗的理智——燃到同样的高度时照见的同一的玄机。"见梁宗岱：《象征主义》，《梁宗岱文集》，第二卷，北京/香港，中央编译出版社/香港天汉图书公司，2003，第76—77页。

⑥ 梁宗岱：《象征主义》，《梁宗岱文集》，第二卷，北京/香港，中央编译出版社/香港天汉图书公司，2003，第77页。

> 对于一颗感觉敏锐,想像丰富而且修养有素的灵魂,醉,梦或出神……往往带我们到那形神两忘的无我底境界。四周的事物,固已不再像日常做我们行为或动作底手段或工具时那么匆促和琐碎地挤过我们底意识界,因而不容我们有细认的机会;即当作我们认识底对象,呈现于我们意识界的事事物物都要受我们底分析与解剖时那种主,认识的我,与客,被认识的物,之间的分辨也泯灭了。我们开始放弃了动作,放弃了认识,而渐渐沉入一种恍惚非意识,近于空虚的境界,在那里我们底心灵是这般宁静,连我们自身底存在也不自觉了。……我们消失,但是与万化冥合了。我们在宇宙里,宇宙也在我们里。[①]

梁宗岱之所以认为社会功利目的的实现不及探究宇宙与灵魂的奥秘有价值,是因为后者象征对永恒的追求。在此意义上,梁宗岱对马宗融将 *Les Précieuses ridicules* 译成《可笑的上流女人》的批评,可以被视为在激进主义时代将永恒重新定立为文学批评标准的努力。

---

① 梁宗岱:《象征主义》,《梁宗岱文集》,第二卷,北京/香港,中央编译出版社/香港天汉图书公司,2003,第72页。

第四部分
十八世纪法国文学译介

第十一章　卢梭在中国的译介

文学期刊中的卢梭：赞美与批判

在1920年2月16日致友人的信中，郭沫若提到卢梭的《忏悔录》：

> 我常恨我莫有Augustine，Rousseau，Tolstoi的天才，我不能做出部赤裸裸的《忏悔录》来，以宣告于世。我的过去若不全盘吐泻净尽，我的将来终竟是被一团阴影裹着，莫有展开的希望。①

卢梭的这一形象与郭沫若在同一封信中表达的诗学理想相契合：

> 我自己对于诗的直感，总觉得以“自然流露”的为上乘，若是出以“矫揉造作”，只不过是些园艺盆栽，只好供诸富贵人赏玩了。天然界的现象，……莫一件不是自然流露出来的东西，莫一件不是公诸平民而听其自取的。亚里士多德说，“诗是模仿的自然东西”。我看他这句话，不仅是写实家所谓忠于描写的意思，他是说诗的创造贵在自然流露。诗的生成，如像自然物的生存一般，不当参以丝毫的矫揉造作。我想新体诗的生命便在这里。②

1924年4月11日发表于《小说世界》的《欧洲最近文艺思潮》一文也提到卢梭的真诚。作者指出，卢梭在《忏悔录》中“将自己的心情，无忌惮地告白了出来，不分别什么是善恶”③。

在1921年10月1日发表于《少年中国》的《一八二〇年以来法国抒情诗之一斑》中，黄仲苏强调卢梭在文学从古典主义转向浪漫主义过程中扮演的角色：

> 约翰侠克卢梭Jean-Jacques Rousseau的作品出世，法国文学界便起了激烈的变化。个性之确定，爱之实现，描写自然的艺术。表现情绪的自由——这些种种全是后来抒情诗中宝贵的元素——都先在他的作品里尽情披露出来，为后来的浪漫派文学作先导。④

---

① 《会员通讯》，《少年中国》，第一卷第九期，1920年3月15日，第187页。

② 同上书，第188页。

③ 《欧洲最近文艺思潮》，忆秋生译，《小说世界》，第六卷第二期，1924年4月11日，第1页。

④ 黄仲苏：《一八二〇年以来法国抒情诗之一斑》，《少年中国》，第三卷第三期，1921年10月1日，第12页。

对于黄仲苏而言，以卢梭为先驱的浪漫主义是文学进步的象征。后来发表的、宣扬文学进步主义的文章对于卢梭和浪漫主义关系的分析，基本未超出黄仲苏论述的范畴，均强调卢梭挣脱古典主义约束，提倡复归自然和自由抒情。[①]

1923年5月27日，郁达夫在《创造周报》上发表《文学上的阶级斗争》一文，将卢梭描绘成反抗社会的浪漫主义作家：

> 表面上似与人生直接最没有关系的新旧浪漫派的艺术家，实际上对人世社会的疾愤，反而最深。不过他们的战斗力不足，不能战胜这万恶贯盈的社会，所以如卢骚，佛儿泰而 Voltaire 等，在政治上唱导了些高尚的理想，就不得不被放逐。[②]

在1924年11月的一封信中，创造社诗人王独清也突出卢梭反抗社会的形象：

> 卢梭在他底 *La Nouvelle Héloïse* 中曾说自杀是从压迫之下以求己身解脱，决不是不合理与不自然，我最痛苦时的感想也是如此。disillusionment 会我来了，我怎么能不想死呢！[③]

与郁达夫和王独清不同，在1923年6月发表于《学衡》的《圣伯甫评卢梭忏悔录》一文"编者按"中，作者强调卢梭因入世无门而故作愤世嫉俗之态：

> 卢梭居巴黎，所编乐剧，颇受欢迎，稍稍知名，渐与当时之文人名士交游。又涉身上流社会，与贵族妇女往还。卢梭性怯懦，而举止笨拙，语言讷滞，又衣饰不整，礼节未谙。故交际场中动贻笑柄，不能得志。初本欲力学常时之礼俗规矩而未能，自惭自愤之余，而转而肆行攻击，提倡革命，媚世之术未工，乃一变而为傲世。益行不自检，冠服奇异，遇人辄加白眼，然非其本志也。[④]

附记作者指出，路易十五在观看《乡村卜师》后有意召见该剧作者卢梭。卢梭之所以拒绝，更多是出于畏缩而非与社会对立的心态：

> 卢梭畏怯，惶悚之极，前夕所拟陛见奏封之词，背诵成熟者，翌晨则全行忘

---

① 《通讯》，《曙光》，第二卷第三号，1921，第130页；黄仲苏：《法国最近五十年来文学之趋势》，《创造周报》，第三十七号，1924年1月20日，第3页；《欧洲最近文艺思潮》，忆秋生译，《小说世界》，第五卷第十期，1924年3月7日，第1页；沈雁冰、郑振铎：《法国文学对于欧洲文学的影响》，《小说月报》，第十五卷号外，1924年4月，第8—9页；[日本] 生田长江、野上白川、昇曙梦、森田草平：《法兰西近代文学》，谢六逸译，《小说月报》，第十五卷号外，1924年4月，第21页；[日本] 山田九郎：《法国小说发达史》，汪馥泉译，《文艺月刊》，第三卷十期，1933年4月1日，第1393—1394，1404，1406页；[法国] Fernand Gregh：《浪漫派诗人的爱情色彩》，徐仲年译，《文艺月刊》，第四卷一期，1933年7月1日，第146页。

② 郁达夫：《文学上的阶级斗争》，《创造周报》，第三号，1923年5月27日，第1页。

③ 王独清：《南欧消息》，《创造》，第二卷第二号，1924年11月，第25页。

④ 编者：《圣伯甫评卢梭忏悔录》，徐震谔译，《学衡》，第十八期，1923年6月，第4页。

却，一字不能记忆。又自惭形秽，以须长未薙，假发修饰未工，蹀躞忧惧，竟不敢入觐，于是功名富贵，竟成泡影空花矣。[1]

附记作者对卢梭的批评态度也体现在其对《忏悔录》的评论中：

故其传中常有委琐龌龊以及猥亵之处，为雅人所不屑道者，又处处自谓洗刷。……隐恶而扬善，尊己而卑人。名为自述罪恶，实则自夸德能。且据后人考察，其书中事实，常有颠倒错乱，或有意涂改隐饰，凭空造作者。是则彼以诚自炫者，抑知其为不诚之尤者耶。[2]

附记作者视卢梭为浪漫主义开山鼻祖，认为卢梭作品集中体现了浪漫主义的十种特质：

浪漫派性行之主要者，约举之，自尊、自私、自命天才，而斥人为凡庸。凡有悖吾意者皆为有罪，一也。以奇异为高，异容异服，甚至别立文字，别创文体，但求新异，不辨美恶，二也。纵任感情，灭绝理性，谓感情优美之人 Beautiful Soul 无论其行事如何，不能谓之有罪，三也。谓情欲发乎自然，无往不善，不宜禁阻，世间之美人，以及厚生利用之物，皆专为天才而设，四也。天才及善人，必多忧思，常深堕悲观，虽在欢场而掩泪，茫茫奇愁，莫知其所以然，五也。天才及善人，必终身饥寒困苦，世人忌之嫉之，皆欲杀之，六也。天才与世人必龃龉不能相容，而独居乡野，寄情于花鸟草木，徜徉于山水风光，则异常快乐，七也。天才常梦想种种乐境，而不能办事，不善处世，喜过去与未来，而恶现在，八也。天才喜动而恶静，然其动必无目的，无计划，任性之所之，不计方向，不用思想，文章艺术，皆成于自然，出之无心，九也。天才必身弱而多病，早夭者多，然赋性仁慈，存心救世，十也。凡此诸端，皆于卢梭之《忏悔录》中见之，故曰《忏悔录》为近世浪漫主义之大源泉也。[3]

附记作者认为，浪漫主义造成文学、艺术和社会的混乱，浪漫主义者自视为天才，视他人为俗物，由此带来社会问题：

极言其学说在法国之大害，最著者，以感情为道德，以骄傲为美行，惟我独是，人皆可杀，如是良心破灭，是非靡定，相习成风，世乱无已矣。[4]

附记作者强调道德和社会稳定的重要性，以伦理为标准批评卢梭，同时也承认卢梭具有一定价值：

---

① 编者：《圣伯甫评卢梭忏悔录》，徐震谔译，《学衡》，第十八期，1923年6月，第4页。

② 同上书，第8页。

③ 同上书，第9页。

④ 同上。

> 卢梭之文章，则浓艳柔和，低徊婉转，长于写景及传情。十八世纪之人，过重理性，又为伪古学派盛行之时，礼节繁重，而生活枯寂，人心久已厌苦，旁皇思动，而卢梭适于其时应运而生。以其天真自然之说相号召，又著重感情，有如久旱禾苗，骤得甘雨，故举世倾倒。[①]

如上文所言，附记为《圣伯甫评卢梭忏悔录》一文所作。圣伯夫在文中指出，卢梭出身低微，早年受教不足，交游不知择善而从。其行文难掩早年之流气，钟情于使用不雅之词，不知避谈有损颜面之事。圣伯夫举例说明：

> 卢梭尝为人仆，书中屡言之。彼于其事其名，均无所耻。一日，圣比而Bernardin de Saint-Pierre 见卢梭为教仪所感，谓之曰："使费尼朗而在，汝其为教徒矣。"卢梭泣曰："使费尼朗果在者，我愿为之仆御，庶几渐得而为其亲侍焉。"[②]

对此圣伯夫做如下评论：

> 此足见其即在感情之中，已失雅度矣。卢梭于文章虽工，当其未成大匠，固尝为艺徒，其斧凿之痕，盖屡见焉。论其人品，则彼少岁多所更历猥贱之事，言之恬不为耻。[③]

圣伯夫文章译者徐震堮用"雅度"一词翻译 *goût*（直译为"品味"）。[④] 在《学衡》杂志的话语场中，"雅"通常与贵族、古典主义等概念相连。圣伯夫认为，非贵族出身导致卢梭作品缺乏雅度。在此意义上，圣伯夫对卢梭的批评符合《学衡》编者期待。

《学衡》主编奉白璧德(Irving Babbitt)(1865—1933)为师。白璧德是二十世纪初任教于哈佛大学的法国文学教授，以新人文主义出名。其理论建基于对法国文学，特别是对卢梭的批评之上。1934 年 8 月 1 日，《文艺月刊》发表白璧德《浪漫派的忧郁病》一文，讨论浪漫主义（文中亦称"卢梭主义"）作家的幸福观。白璧德指出，浪漫派作家最大的忧郁是孤独。他引用《一个孤独漫步者的遐想》开头段落，证明卢梭的孤独感之深重。[⑤] 白璧德认为，卢梭主义者恃才自傲，刻意与普通人拉开距离，所以才会感到孤独：

> 他们每逢幸福的理想变成了实际的苦恼，便以为世人不配与才高如己者相处，因而与世隔绝，将悲哀紧裹着自身，至于理想之是否健全，则绝不过问。

---

① 编者：《圣伯甫评卢梭忏悔录》，徐震谔译，《学衡》，第十八期，1923 年 6 月，第 2 页。

② 同上书，第 15 页。

③ Charles-Augustin Sainte-Beuve, *Causeries du lundi*, Paris, Garnier, 1859, t. III, p. 86.

④ 编者：《圣伯甫评卢梭忏悔录》，徐震谔译，《学衡》，第十八期，1923 年 6 月，第 15 页。

⑤ ［美国］白璧德：《浪漫派的忧郁病》，陈瘦石译，《文艺月刊》，第六卷第二期，1934 年 8 月 1 日，第 10 页。

他觉得自己既为理想的至高幸福所播弄，则至少亦须做世间最最苦恼的人。[1]

白璧德认为，浪漫主义作家囿于"性情的自我"(*temperamental self*)，忽视了"伦理的自我"(*ethical self*)[2]。只有"遵守时代和社会习俗，换言之即'ethos'"，才能够走出自我，与他者交流。[3]

中国文学家在评论卢梭时分为两个阵营。一方赞美浪漫主义、宣扬与社会对立的合法性；另一方反对浪漫主义，强调社会生活的重要性。这一对立在1927年底至1928年初梁实秋与郁达夫的论战中得到充分展现。

《爱弥儿》中译本引发的论战

1926年12月15日，梁实秋在《晨报副刊》上发表《卢梭论女子教育》一文，批评《爱弥儿》译者魏肇基对该书第五章的评论。魏肇基指出，《爱弥儿》第五章表达的观点与前四章相悖。[4] 前四章强调对人性的尊重，第五章却强调对人性的束缚。其中许多观点与中国传统伦理不谋而合。比如，传统中国妇女被要求力保名节，这也正是卢梭所强调的：

> 根据自然本身的规律，女人不论为了自己还是为了孩子，都应以男人的判断为圭臬：她们本身值得尊重尚不够，她们需被尊重才行；她们本身美丽尚不够，她们应当以美貌悦人；她们本身聪慧尚不够，她们的聪慧要得到认可才行；她们的名誉不仅取决于她们的行动，还取决于她们的声名，不介意被别人视为下流之辈的女人不可能是正直之人。[5]

> 灵魂具有一定高尚追求的美丽女人应当视贞洁为可贵的美德。当她上升到整个地球都在她脚下的高度时，她应当战胜一切，包括自己在内：她在心中竖起一尊宝座，万物皆前来向宝座致敬……牺牲是暂时的，由此换来的结果却是恒久的；道德的高傲加上美貌，这会给高贵的灵魂带来怎样的乐趣！[6]

上述两段文字没有出现在魏肇基的译文中，但魏译中也不乏表达类似观点的

---

① ［美国］白璧德：《浪漫派的忧郁病》，陈瘦石译，《文艺月刊》，第六卷第二期，1934年8月1日，第2页。

② 同上书，第5—7页。

③ 同上书，第12页。

④ 梁实秋：《卢梭论女子教育》，黎照编：《鲁迅梁实秋论战实录》，北京，华龄出版社，1997，第84—85页。

⑤ Jean-Jacques Rousseau, *Œuvres complètes*, éd. Bernard Gagnebin et Marcel Raymond avec la collaboration de Pierre Burgelin, Henri Gouhier, John S. Spink, Roger de Vilmorin et Charles Wirz, Paris, Gallimard, coll. Bibliothèque de la Pléiade, t. IV, 1969, p. 702. 中译文为笔者试译。

⑥ *Ibid.*, pp. 743—744. 中译文为笔者试译。

文字。比如：

> 束缚为女人不可免底运命，若要想离开，将遇于格外激烈的苦痛。女人一生，必须服从于严厉的一种束缚就是礼法，所以常使她从小惯于此种束缚，而不再觉得束缚；又为服从于他人底意志，必须养成她有抑止自己底桀傲心底习惯。①

“礼法”一词令人联想起中国封建礼教。后者正是该文中译本发表时，包括译者在内的中国知识分子所致力反对的。②

梁实秋则认为，《爱弥儿》中唯一言之有理的就是论述女子教育的第五章，其主要价值在于承认天然的不平等：

> 卢梭的根本哲学是“自然主义”。……卢梭主张平等，但是卢梭并不否认“自然的不平等”。……我们若从自然主义方面观察，则卢梭之论女子教育固与其向来主张一贯，毫无矛盾。今人喜欢卢梭的平等论，但大半的人并不如卢梭讲得那么彻底，凡卢梭学说之合吾人胃口者则容纳之，且从而宣扬之，其真有精采如论女子一章，反被世人轻视。③

梁实秋在文章中批评现代中国妇女正在失去女性特质，特别是她们大有不再过问家务之嫌。梁实秋举魏肇基译《爱弥儿》中的两段证明这一倾向之荒谬：

> 希腊的女人到结婚之后，便从公众生活隐退，而围于自己家庭四壁之中，埋于家事，为夫做事。这个是适于自然和理论女子底职分。④

> 在法兰西，少女蛰居于家内，而妻反出行于世间。在古时正相反对；女子任意的游行，也有出行于公会的，结婚的妇女，隐居于家内。此种古风，比现代的为合理，且适合于维持社会道德。结婚前的少女可有一种娇爱术，她们的大部的时业，在于娱乐。但做了妻，必须为家庭的周旋，没有求夫的必要，所以当着实的去做事。⑤

---

① ［法国］卢梭：《爱弥儿》，魏肇基译，上海，商务印书馆，1934，第 241 页；Jean-Jacques Rousseau, *Œuvres complètes*, éd. cit., t. IV, p. 709.

② 魏肇基一度甚至想要删除这一部分。见魏肇基：《序》，卢梭：《爱弥儿》，魏肇基译，上海，商务印书馆，1934，第 2 页。

③ 梁实秋：《卢梭论女子教育》，黎照编：《鲁迅梁实秋论战实录》，北京，华龄出版社，1997，第 87 页。

④ 梁实秋：《卢梭论女子教育》，黎照编：《鲁迅梁实秋论战实录》，北京，华龄出版社，1997，第 86 页；卢梭：《爱弥儿》，魏肇基译，上海，商务印书馆，1934，第 238 页。

⑤ 梁实秋：《卢梭论女子教育》，黎照编：《鲁迅梁实秋论战实录》，北京，华龄出版社，1997，第 86—87 页；卢梭：《爱弥儿》，魏肇基译，上海，商务印书馆，1934，第 257 页。

梁实秋对《爱弥儿》第五章的赞许以及对该书其他章节的抨击[①]引起郁达夫的不满。1928年初,郁达夫发表一系列文章为卢梭正名,批评梁实秋的保守主义。

郁达夫:为卢梭立传与批评白璧德

1928年1月16日,郁达夫在《北新》上发表《卢骚传》。他这样阐述自己的写作动机:

> 做这传的原因,是因为听见朋友说,有一位教授在讲台上说卢骚"一无足取"。当时听了,我觉得批评卢骚,而以这四字了之,心里实在有点不服,所以回来就检了几本关于卢骚的书,写成了那一篇传赞。……后来看到了《语丝》,才明白了一切,并且知道《语丝》上已经有人谈起了,也很自后悔,悔我空做了那一篇文章。[②]

文中提到的教授即梁实秋,《语丝》中的文章即鲁迅于1928年1月7日发表的《卢梭和胃口》。鲁迅在文中引用美国作家辛克莱(Upton Sinclair)(1878—1968)的作品,将卢梭塑造成追求自由平等的作家。[③] 鲁迅在文中专程提及梁实秋的《卢梭论女子教育》,指出后者因受白璧德影响而质疑卢梭的价值。[④]

郁达夫在《卢骚传》开篇便影射白璧德:

> 喜马拉雅山的高,用不着矮子来称赞,大树的老干,当然不怕蚍蜉来冲击,可是不幸的卢骚,当他活在世上的时侯,既受了同时代的文人的嫉妒攻击而发了疯,直到现在,还有许多英美流的正人君子,在批评他的行为,估量他的价值,说他是"一无足取"。[⑤]

郁达夫笔下"英美流的正人君子"即受白璧德影响的文人。"正人君子"一词两次出现在《卢骚传》中,第一次出现在篇首,第二次作为"古典的批评家"的同义词出现:

> 一直到现在,凡英国的批评家,和拾英人牙慧的美国的自称批评家,以及我们中国的到美国去转听来的许多批评家,总没有一个不骂卢骚是忘恩负义的无赖汉,是色情狂,是小贼根性的骗子的。一个自然的真诚之人,一个被逼迫而变得神经过敏的人,由这些打算得很周到的正人君子看来,当然是一个无赖汉而已,然而千百年后,我不晓得我们的子子孙孙,还是知道这无赖汉的卢

① 梁实秋:《卢梭论女子教育》,黎照编:《鲁迅梁实秋论战实录》,北京,华龄出版社,1997,第85页。

② 郁达夫:《翻译说明就算答辩》,《郁达夫全集》,第十卷,杭州,浙江大学出版社,2007,第421页。

③ 鲁迅:《卢梭和胃口》,《语丝》,第四卷第四号,1928年1月7日,第27页。

④ 同上书,第29—30页。

⑤ 郁达夫:《卢骚传》,《郁达夫全集》,第十卷,杭州,浙江大学出版社,2007,第399页。

骚的人多呢？还是知道崇拜这些古典的批评家的人多？[①]

郁达夫笔下的卢梭是浪漫主义先驱、自然的宠儿、真诚而无偏见的作家、自由、平等和真理的捍卫者、受迫害狂和愤世嫉俗者。[②]

梁实秋：为白璧德正名与批评卢梭

《卢骚传》发表约三星期后，1928年2月4日，梁实秋撰写了题为《读郁达夫先生的〈卢骚传〉》一文。文章开头引用《卢骚传》的三个片段，其中两处都含有“正人君子”字样。梁实秋在文中明确提及被郁达夫影射的白璧德：

> 郁先生所谓“拾英人牙慧的美国的自称的批评家”，我不知是指着那一个或是那些个人，据我所知道，美国哈佛大学有一位白璧德先生，他是专研究法国文学，兼治文学批评及思想研究的一个学者，他曾著《卢骚与浪漫主义》一书，这书在英国在法国都享有盛名。法国 Sorbonne 请他演讲，他讲的就是《卢骚的政治学说》一文。读卢梭的书读得最多最久最用心的学者，白璧德要算是其中的一个。我曾从他读书，我又曾读他的书，知道他的学问不是我们三十岁上下的浮薄少年所得信口訾议的。……他是攻击卢骚的，……因为卢骚是近世浪漫主义的最中心的人物。要批评浪漫主义，谁能不批评卢骚？……卢骚这个人不值得后此的批评家恶狠狠的批评，却是卢骚所代表的精神思想学说和他的影响。藉了他的流利的口才漂亮的笔致诡辩的论理，在在足以迷惑后人的生活，所以卢骚便不能不成为批评家的目标。白璧德先生攻击卢骚，是有的；若说他是拾人牙慧，那我便不敢赞一辞了……白璧德讲卢骚的这一部书，叫做（*Rousseau and Romanticism*，美国 Houghton Mifilin Co. 出版的），想研究卢骚，无论是批评或是作传记的时侯，都不妨先读它一遍。[③]

在此段中，梁实秋强调白璧德在卢梭研究方面的权威性，同时指责郁达夫在撰写《卢骚传》前未充分阅读关于卢梭的研究书目。[④] 梁实秋指出，郁达夫避而不谈卢梭的不道德和疯狂，有美化卢梭的嫌疑。关于第一方面，梁实秋举数例为证：

> 卢骚一生所做的不成人的缺德事，郁先生都轻轻的饶恕了隐忍了，真不愧是正人君子，所谓隐恶扬善。卢骚偷了东西嫁祸给别人，他自己从未认为是一个不可恕的大罪，法律可以不顾，道德可以不讲，规则可以不守，良心还要不

---

① 郁达夫：《卢骚传》，《郁达夫全集》，第十卷，杭州，浙江大学出版社，2007，第414页。

② 同上书，第399—416页。

③ 梁实秋：《读郁达夫先生的〈卢骚传〉》，《时事新报》，1928年2月5日/12日，黎照编：《鲁迅梁实秋论战实录》，北京，华龄出版社，1997，第98—99页。

④ 同上书，第98，101—102页。

要？一个朋友发了羊痫风，你把他丢下就跑，这成什么话？生了五个孩子，一个个的送到孤儿院去，后来存亡莫卜，稍有人心的人都做不出这事。"自然的真诚的人"却做出来了。休姆费尽苦心把他接到英国，他却为了年休的问题和假信问题把好友视若仇敌，还不许别人说他忘恩负义？[1]

对照《忏悔录》原文我们发现，梁实秋说"卢骚偷了东西嫁祸给别人，他自己从未认为是一个不可恕的大罪"，言不符实。此段讲述的是卢梭曾偷了维塞利(Vercellis)夫人的一条饰带，并嫁祸于夫人的厨娘玛丽温(Marion)。卢梭在《忏悔录》中这样描写事后自己的悔意：

罗克伯爵打发我俩回家时只说犯事者的良心足以为无辜者报仇。他的预言并非毫无作用：相反，它一天都未停止成为现实。

……

这段痛苦的回忆有时让我感到不安，我甚至会在不眠之夜看到这个可怜的女孩前来指责我的罪过，似乎我就在昨天才犯下这个错。生活平静时，我尚不太感到它对我的折磨，而在生活颠簸时，它剥夺了我作为受压迫的无辜者本应享有的最温柔的慰藉。……直至今日，悔意对我良心的压迫仍丝毫未减，在某种程度上，甚至可以说，从心理负担中得以解脱的愿望促使我决心写作忏悔录。[2]

关于卢梭的疯狂，梁实秋写道：

卢骚是犯了一种被迫狂，并且还不止是这一种狂，自大狂，自怜狂，恋爱狂，哪一样没让他占到？……卢骚是疯子；疯子便是圣人。圣人便不准人批评。卢骚在被迫狂的病象厉害以前所做下的坏事，将怎样解释？卢骚妖装异服，戴着皮帽子披着大衣，招摇过市，半夜三更的在野外仰观天象，鬼鬼祟祟的采集花草，闹得乡邻不安，用石块子掷他，这怪得谁？[3]

梁实秋混淆了卢梭生活的两个阶段：1736—1742 年间在夏迈特(Charmettes)庄园的生活和 1762—1765 年间在墨底爱儿村(Motiers)的生活。梁实秋将卢梭夜观天象、迟迟不归视为其疯癫的证据。然而如果我们细读《忏悔录》，会发现这不过

---

① 梁实秋：《读郁达夫先生的〈卢骚传〉》，《时事新报》，1928 年 2 月 5 日/12 日，黎照编：《鲁迅梁实秋论战实录》，北京，华龄出版社，1997，第 100 页。

② Jean-Jacques Rousseau, *Œuvres complètes*, éd. Bernard Gagnebin et Marcel Raymond avec pour ce volume, la collaboration de Robert Osmont, Paris, Gallimard, coll. Bibliothèque de la Pléiade, t. I, 1959, pp. 85－86.

③ 梁实秋：《读郁达夫先生的〈卢骚传〉》，《时事新报》，1928 年 2 月 5 日/12 日，黎照编：《鲁迅梁实秋论战实录》，北京，华龄出版社，1997，第 100－101 页。

是一则逸闻：

> 关于这一主题，我想起一次常令我忍俊不禁的经历。为研究星象，我买了一张平面球形图。我将图钉在框上，天色平静的夜晚，我就去园中，将框架在与我等高的四只木桩上，星象图正面朝下，为照亮图，又不让风吹灭蜡烛，我将烛火放在装有泥土的桶中，将桶置于四只木桩之间；然后我交替着用肉眼看星象图，用眼镜观星，以此练习认识星星、辨识星座。我想我在前文中曾说过，诺雷(Noiret)先生的花园位于高地上；路上的行人看得见里面人所做的一切。一天晚上，一些农民很晚经过花园，看见我带着这套古怪的装备，忙于观测。他们看不见照亮星象图的微光源自何处，因为光源被桶沿遮住，他们只见四只木桩、画满图形的大纸、画框，我的上下移动的眼镜像魔法物，令他们感到恐惧。我的穿着也令他们感到不安：无边软帽上罩着一只狗耳帽，身着妈妈以前一定要我穿的她的羽绒短衣，这让我在他们眼中变成一个不折不扣的巫师。由于时近子夜，他们坚信这就是巫师群集的开端。他们毫无凑近一看的好奇心，而是满怀警觉地逃离，唤起四邻，向他们讲述看到的奇景。故事迅速传开，以至于翌日周围人都知道诺雷先生家有巫师聚会。如果不是一个看见我驱魔的农民那天向两名耶稣会士举报，我还不知道流言会造成什么后果。两位教士虽不知究竟发生了什么，却当即让他不要再胡思乱想。后来他们将这个故事讲给我们听，我告诉他们原因，大家捧腹大笑。不过，为不再惹麻烦起见，我决定从此观天时不点灯，并进屋查看星象图。[①]

由此可见，梁实秋关于卢梭受村民打击的论述带有相当程度的杜撰成分。在《读郁达夫先生的〈卢骚传〉》中，梁实秋特别强调卢梭藐视一切社会价值，特别是“道德礼法人情纪律”。这让他成为不道德——因此也不值得被尊重的——作家。[②]

道德、渊博与独立思考精神：孰为知识分子最重要的品质？

在1928年2月16日发表于《北新半月刊》的《翻译说明就算答辩》一文中，郁达夫指责梁实秋将思想与道德混为一谈。他写道：“因为卢骚的道德不好——梁先生所竭力攻击的是卢骚的缺德的事情——所以就判断他的思想是‘无一是处’，我就觉得是太偏于一方了。”[③]郁达夫指出，梁实秋对卢梭的道德批判来源于白璧德《卢梭与浪漫主义》一书。[④] 郁达夫对白璧德的批评引用了辛克莱《拜金艺术》一书

---

① Jean-Jacques Rousseau, *Œuvres complètes*, éd. cit., t. I, pp. 240—241.

② 梁实秋：《读郁达夫先生的〈卢骚传〉》，《时事新报》，1928年2月5日/12日，黎照编：《鲁迅梁实秋论战实录》，北京，华龄出版社，1997，第101页。

③ 郁达夫：《翻译说明就算答辩》，《郁达夫全集》，第十卷，杭州，浙江大学出版社，2007，第429页。

④ 同上。

第四十五章“哈佛的态度”部分内容。辛克莱指出，社会进步需要经历探索，其间革命者可能做出一些极端举动。但白璧德总是将个别极端行为视为社会运动的中心内容，借此批评这些社会运动有违正人君子的礼数(decorum)[①]。就在美国无产阶级运动受到资产阶级压迫时，白璧德却以 decorum 为标准批评具有真正情感的作家，这是不合理的[②]。卢梭如今之所以依然时常被人们谈起，就是因为以资本主义为对象的现代革命尚未完成。

在 1928 年 3 月 25 日发表于《时事新报》的《关于卢骚——答郁达夫先生》一文中，梁实秋将辛克莱视为“偏激的社会主义者”，认为其作品不值得被引用：

> 我现在要问辛克来尔 Upton Sinclair 是什么样的一个人，他的“学者的根基”是怎么样？我所知道的辛克来尔，他是一个偏激的社会主义者。专引辛克来尔的话来驳白璧德，这个方法的幼稚就如同专引鲁迅先生的话来攻击鲁迅先生所攻击的人一般。辛克来尔之书，并无多大之价值，即以郁先生所译的那段而论，里面哪里有严重的讨论和稳健的学说，除了肤浅的观察和挖苦的句子以外？[③]

梁实秋试图通过剥夺郁达夫所引作者的学术权威让其论述失去合法性。梁实秋在文中将卢梭视为浪漫主义的代表，并将浪漫主义等同为不道德。他写道：

> 我所以要对于卢骚的道德加以批评，有两个原因：第一，因为郁先生在他的文里极力的恭维卢骚的道德，我觉得这不但是不公平，并且要给读者一个不正确的印象；第二，卢骚个人不道德的行为，已然成为一般浪漫文人的行为之标类的代表，对于卢骚的道德的攻击，可以说即是给一般浪漫的人的行为的攻击。[④]

梁实秋对卢梭的批评影射中国浪漫主义作家，特别是郁达夫。作为对梁实秋《关于卢骚》一文的回应，郁达夫撰写了一篇同名文章，发表于 1928 年 5 月 1 日的《北新》杂志。郁达夫在文中一再指出梁实秋不应对作家做道德审判[⑤]。在郁达夫看来，对于知识分子而言，具有独立思考精神比知识渊博更重要：

> 我个人的佩服他的地方，是在底下的三点。第一，当他的小说 *The Jungle* 出来之后，芝加哥的猪羊屠杀公司的内容暴露了，当时就有一批资产家去买收

① 郁达夫：《翻译说明就算答辩》，《郁达夫全集》，第十卷，杭州，浙江大学出版社，2007，第 426 页。

② 同上书，第 427—428 页。

③ 梁实秋：《关于卢骚——答郁达夫先生》，黎照编：《鲁迅梁实秋论战实录》，北京，华龄出版社，1997，第 124—125 页。

④ 同上书，第 124 页。

⑤ 郁达夫：《关于卢骚》，《郁达夫全集》，第十卷，杭州，浙江大学出版社，2007，第 436—439 页。

> 他，但他却只是安贫奋斗，毫不为动……；第二，当他主张参加世界大战之后，和左翼的运动者们分开了手，右翼的机会主义者们都去引诱他，要他去做官做委员，但他也毫不为动，仍复一个人在那里倡导他个人所见的正义。……第三，他已经有了世界的地位和荣誉的现在，仍旧是谦和克己，在继续他的工作，毫没有支配意识，毫没有为首领作头目的欲望，和中国文人的动着就想争地位，动着就表现那一种首领欲的态度不同。①

要言之，梁实秋与郁达夫的论战主要围绕社会革命和浪漫主义展开。郁达夫将梁实秋视为反对自由平等的保守主义者，梁实秋则将郁达夫定义为不道德的浪漫主义者。为更好地揭示两位作家对卢梭的不同态度及其原因，我们将进一步分析郁达夫《卢骚传》的撰写过程以及梁实秋对浪漫主义批评的知识来源。

---

① 郁达夫：《〈拜金艺术〉译者的话》，《郁达夫全集》，第十二卷，杭州，浙江大学出版社，2007，第211页。

第十二章　制造愤世嫉俗者

——郁达夫与《卢骚传》

郁达夫 1928 年以前的小说处处彰显作者与卢梭的相似之处：流亡、愤世嫉俗、孤独、展露自我、感伤主义、热爱自然等等。因此，郁达夫为卢梭立传也是情理中之事。《卢骚传》中卢梭形象的最大特点即"密桑斯洛毕斯脱"（愤世嫉俗）。郁达夫在《卢骚传》结尾处写道："然而几年来尝遍了谋害他的人的险恶的居心和受的虐待的种种，使他变成了一个完全厌弃社会，不喜交际的密桑斯洛毕斯脱。"[①]卢梭愤世嫉俗的结果是他不断流亡。在如下段落中，郁达夫解释不同时期卢梭流亡的原因：

> 后来为一件无辜的事情被罚，他的洁白的童心，就感到了世上的没有正义，他的出走之心，也就隐隐的决定了。[②]

> 他的雕刻师傅的虐待专横，又使他起了反抗……他变成了一个孤僻的，野蛮的孩子。后来终因为礼拜天游逛了太晚回来，两次被关出在门外，到了第三次的时候，他就从那里跑走了，这是一七二八年三月十四日的晚上。[③]

> 穷余之计，他又上了一回当，跟法国当时派往威匿思去的大使蒙泰沟 M. de Montaigu，去空跑了一趟，结果薪水也没有领到，就和蒙泰沟氏闹了几场，跑了回来。[④]

> 《乡村的卜者》，在路易十五世的御前奏演了，民众的热望，希望国皇赐他一见，然而短翼差池，不善逢迎的他，终于在御前匆匆走了一趟，路易想赐他的年金，他也不要，男女的许多贵胄，想和他订交，他也辞却，我们的这一位不慕荣达，不善投机的作者，反嫌这些酬酢的劳神，于一七五四年的夏天，决计避开巴黎，逃回到了故乡的日内瓦去。[⑤]

---

① 郁达夫：《卢骚传》，《郁达夫全集》，第十卷，杭州，浙江大学出版社，2007，第 415 页。

② 同上书，第 401 页。

③ 同上。

④ 同上书，第 406 页。

⑤ 同上书，第 408 页。

他的乡人都以见他一面为荣，故国的河山，也为产生了他而生色了。但是，啊，这一种盲目的群众感情，翻变又何以会如此之速！……在故乡住了四个月，他看了乡人的那一种假道德的行为，和伪善者的迷信，实在有点不耐烦起来了，所以就又离开了日内瓦，回到了巴黎。[①]

然而今后的定住计划，实在有点使他不得不东西迷惘着，寻不到一个最上的方法。若住在巴黎呢，因为外务太多，反而不能安心著作，住在日内瓦呢，又因为乡人的迷顽，有碍于他的哲学上的意见的发表。并且服尔德当时也住在日内瓦，这一位功名心很热，嫉妒心很大，善在王侯贵族前趋奉的名文家，也难免没有因嫉妒而毁损他的举动。因此一七五六年，虽有人为他介绍作日内瓦的图书馆员，然而他终究谢绝了，便应了代辟内夫人 Madame d'Epiany 的招待，到她的所有地蒙墨兰西 Montmorency 的林间的一间"栖遁所"Hermitage 去住下了，这是一七五六年的四月九日。[②]

千七百六十二年六月九日，巴黎的议会，议决了《爱弥尔》的发卖禁止，发了一张著作者的逮捕令状，要捉他到官里去。……他逃到了瑞士，瑞士也不容他居住，逃回了故乡日内瓦，又因服尔德的毒计，日内瓦也追赶了他出来，到了这一年的秋天，他才在纽奢德儿的境内，找到了一处隐身之所。[③]

可是逼迫的追手，不久又来了，纽奢德儿的牧师长老，终究也下了驱逐之令，原因是为了他作了抛弃故国日内瓦市民权的宣言，和反抗当时的教义的《山中杂信》(*Lettres écrites de la montagne*)，而这《山中杂信》，却是因为答复攻击他的一部屈郎香 Tronchin 著的《乡间杂信》(*Lettres écrites de la campagne*)而作的呀！

然而正义人道，在这世上终不会占到胜利的。卢骚受了墨底爱儿村民的攻击，又不得不走了。[④]

他甚至于向白尔恩的上院，提出了情愿你们赐我一个监狱的情愿，可是正义之声，又那里能够摇动这些迷妄的议员，所以他终不得不于十一月廿九日，离开瑞士，走向德国的境内去。在斯屈拉斯婆儿古 Strasburg 小住了一月，到

---

① 郁达夫：《卢骚传》，《郁达夫全集》，第十卷，杭州，浙江大学出版社，2007，第 408—409 页。

② 同上书，第 408—409 页。

③ 同上书，第 412 页。

④ 同上。

一七六五年的年底,又回到了巴黎。[①]

当他离开瑞士之先,本来他是打算去南方柯儿西加 Corsica 帮助这岛国去厘订法律去的。但是当时法国,有一位执政者恨他入骨,弄得连这柯儿西加小岛,也因他而受了法国的蹂躏,所以他的亡命之所,就只有渡海而北,到英国去了。[②]

他犯了一种被迫狂……并且猜疑心,也激发到了极度。……这一种精神异状,愈变愈烈,结果他就于一七六七年的五月一日,仿佛是很危险似的从涯东又逃回了法国。……一个自然的真诚之人,一个被逼迫而变得神经过敏的人,由这些打算得很周到的正人君子看来,当然是一个无赖汉而已。[③]

在上述段落中,郁达夫赋予卢梭淡泊名利、不谙谄媚与周旋之道等品质。相反,卢梭周围人的形象显得颇为负面:日内瓦人虚伪、无知而保守,伏尔泰善嫉妒、谄媚、虚荣、阴险。简而言之,卢梭是正义的代表,社会则是正义的反面。

郁达夫笔下卢梭愤世嫉俗的形象从何而来?郁达夫撰写本文时参考的文献与郁达夫文字本身是否有差距?分析这一问题,有助于我们揭示郁达夫写作《卢骚传》的心理过程,了解卢梭愤世嫉俗的形象是否是郁达夫刻意制造的结果。[④]

《卢骚传》对参考文献的取舍与改写

郁达夫在《卢骚传》第十二段括号内写道:"见他的《忏悔录》"[⑤]。这证明郁达夫很可能参考了卢梭的这部作品。在《卢骚传》结尾,郁达夫添加了如下注脚:

《卢骚传》匆促写成,是参考了下列诸人的著书而作。John Morley, Beaudouin, Francis Gribble, Arthur Chuquet,尤其是最后一本,年代记事,

---

① 郁达夫:《卢骚传》,《郁达夫全集》,第十卷,杭州,浙江大学出版社,2007,第412—413页。

② 同上书,第413页。

③ 同上书,第413—414页。

④ 已有研究大都不曾质疑郁达夫塑造的卢梭形象的真实性。以较早且较详细分析卢梭对郁达夫影响的《郁达夫新论》为例。该书作者写道:"卢梭晚年那种长期苦斗后的失望,对庸俗环境的仇视以及近乎神经质的被迫害感等等,都可以使中年以后渐趋消沉的郁达夫找到某种慰安,找到用沉静清闲掩盖伤痛的办法。"作者塑造的这一形象,与郁达夫在《卢骚传》中塑造的卢梭作为"到处受压迫,到处中毒箭,流离四方,卒至晚年来因疯自杀的人类解放者"的形象十分吻合。见许子东:《郁达夫新论》,杭州,浙江文艺出版社,1984,第238页;郁达夫:《卢骚传》,《郁达夫全集》,第十卷,杭州,浙江大学出版社,2007,第399页。

⑤ 郁达夫:《卢骚传》,《郁达夫全集》,第十卷,杭州,浙江大学出版社,2007,第401页。

差不多全根据他的。[①]

莫莱和格里布尔为英国批评家，博杜安和许凯是法国批评家，他们每人至少各有一本关于卢梭的作品。[②] 郁达夫指出，《卢骚传》中的事件和时间特别参考了许凯的作品。经比对我们发现，郁达夫确曾读过许凯的《让·雅克·卢梭》一书。郁文中关于卢梭幼时隐忍心善、为他人着想的段落，几乎照抄了许凯书中相关段落。[③] 且看如下对比：

> 郁达夫：
>
> 蒋·捷克，从小就是一位隐忍好胜的奇童，有一次同一位表弟在一架工厂的机器边上厮混，将小手搁上了机器的回转器的轮中，表弟将机器转动了，致将他手上的两个指甲刮落了下来，他竟忍泪吞声的对表弟说："不碍不碍，我一定不去和人家讲出来。"
>
> 还有一次，他被一位小朋友用铁锤打得头破血流，然而他也忍痛不说，只装了一种若无其事的样子。殊不知这一种隐忍好胜的气概，就是他后来受人欺辱的底子哟！[④]

> 许凯：
>
> 让·雅克生性善良。一日，在一家印花棉布生产厂，他把手搁在机器的回转器上玩耍，他的表弟 Fazy 转动齿轮；让·雅克的两根手指被搅入回转器，两根指甲留在了机器中：他向 Fazy 保证不会揭发他。还有一次，他的同学 Plince 用木槌在他头上狠狠敲了一记，让·雅克头破血流，却守住秘密不说。[⑤]

---

① 郁达夫：《卢骚传》，黎照编注：《鲁迅梁实秋论战实录》，北京，华龄出版社，1997，第 121 页。这一附注出现在 1997 年版《鲁迅梁实秋论战实录》第 121 页中。2007 年版《郁达夫全集》第十卷由于采用该文在《敝帚集》中的版本，该注被略去。为统一起见，本书所引郁达夫文字，除特殊注明外，均采用 2007 年版《郁达夫全集》。

② John Morley : *Rousseau*, London, Chapman and Hall, 1873/New York, Scribner and Welford, 1878/London, Macmillan and Co. , Limited, 1910; Francis Gribble: *Rousseau and the women he loved* , New York, C. Scribner's sons, 1908/London, Eveleigh Nash, Fawside House, 1908; Henri Beaudouin: *La Vie et les œuvres de Jean-Jacques Rousseau* , Paris, Lamulle et Poisson, 1891; Arthur Chuquet : *J.-J. Rousseau*, Paris, Hachette, 1893/1901/1906/1913.

③ 郁达夫：《卢骚传》，《郁达夫全集》，第十卷，杭州，浙江大学出版社，2007，第 400－401 页；Arthur Chuquet, *J.-J. Rousseau*, Paris, Hachette, 1893, pp. 7－8.

④ 同上书，第 400－401 页。

⑤ Arthur Chuquet, *J.-J. Rousseau*, Paris, Hachette, 1893, pp. 7－8. 在 1928 年 2 月 14 日发表的《翻译说明就算答辩》一文中，郁达夫称《卢骚传》中与音乐标记体系的发明相关的段落参考了许凯作品。不过经对比发现，郁达夫与许凯的相关论述有出入。郁达夫指出，这一拙劣的体系注定失败，而许凯则称这一体系"会让他获得名利"。见郁达夫：《翻译说明就算答辩》，《郁达夫全集》，第十卷，杭州，浙江大学出版社，2007，第 431 页；Arthur Chuquet, *op. cit.* , p. 26.

不过我们发现，从 2007 年版《郁达夫全集》第十卷第 402 页起，郁达夫的文章便不再与许凯作品相吻合，直到第 414 页最后一段，才又出现明显照抄许凯作品的痕迹。除《忏悔录》与许凯作品外，郁达夫确曾参考格里布尔的《卢梭与他爱过的女人们》一书。郁达夫指出，卢梭的曾祖父迪迪埃·卢梭于 1549 年从巴黎搬迁至日内瓦。① 这一时间与格里布尔作品相关段落的时间一致。②《忏悔录》未提及这一时间，莫莱称迪迪埃·卢梭于 1529 年前往日内瓦，③博杜安则指出卢梭先人于 1550 年宗教战争期间离开巴黎。④

我们假设郁达夫在写作《卢骚传》时同时参考了以上五本书。⑤ 下面选取《卢骚传》中最能够反映卢梭愤世嫉俗性格的若干段落，逐一对比《忏悔录》、许凯的《让·雅克·卢梭》，莫莱的《卢梭》、格里布尔的《卢梭与他爱的女人们》和博杜安的《让·雅克·卢梭的生活与创作》中的相关段落，再现郁达夫叙述中可能经历的取舍过程，重构郁达夫撰文时的心理过程。

1750 年，卢梭的《科学艺术论》获得第戎学院征文奖金，声名大噪。郁达夫这样写道：

> 在文坛上露了头角，他的决心，更加坚固了起来，所以在这一年中，勿兰克油请他去任会计主任，他也辞而不就，并且连七八年来担任着的屠潘夫人的秘书一职，也辞掉了。他只靠着抄写乐谱，来维持他的穷文士的生活。然而他的名誉，竟一天一天的大了起来，门前成市，来访者络绎于途。⑥

郁达夫塑造了一个坚守清贫的作家形象。然而关于勿兰克油请卢梭任会计主任一事，《忏悔录》中的叙述恰恰相反。卢梭虽然不喜欢当会计，却说服自己接受了这一职位，并认为这是心智成熟的表现。虽然卢梭最后以辞职告终，其缘由却不是遗世独立，而是心理素质欠佳。据卢梭自述，他上任后不久，勿兰克油先生便出门旅行，留下他独自一人管理两三万法郎的存款。虽然数额不大，却令他坐立不安，以致染疾。他的好友屠潘夫人请来名医，诊断结果是他将不久于人世。卢梭闻讯心生感叹，决定辞职。他写道：

> 这番话引起了我对现状的严肃思考。为一个我丝毫不喜欢的职位牺牲所剩不多的休憩和娱乐时光，实在愚蠢之至。再说，我刚刚决定践行的那些至理名言，如何能与我现在的状态吻合？我难道能够一面宣扬无私和清贫，一面却

---

① 郁达夫：《卢骚传》，《郁达夫全集》，第十卷，杭州，浙江大学出版社，2007，第 399 页。

② Francis Gribble, *Rousseau and the Women He Loved*, New York, C. Scribner's sons, 1908, p. 3.

③ John Morley, *Jean-Jacque Rousseau*, London, Macmillan and Co., Limited, t. I, 1910, p. 8.

④ Henri Beaudouin, *La Vie et les œuvres de Jean-Jacques Rousseau*, éd. cit., t. I, p. 2.

⑤ 许凯的作品 1926 年由神部孝翻译成日文，在新潮社出版。郁达夫也可能阅读过这一版本。

⑥ 郁达夫：《卢骚传》，《郁达夫全集》，第十卷，杭州，浙江大学出版社，2007，第 407—408 页。

又做着财政总长的出纳？这些想法在我脑海中和我的体温一同发酵，日益显示出它们的力量，以至于万物不能动摇。[①]

卢梭在《科学艺术论》中宣扬人造文明无用论，号召返璞归真。此文发表后不久，卢梭便身体力行，取下金饰和佩剑，戴上圆形假发，脱去白长筒袜，变卖手表。最后，他的妻舅偷走了他的所有衣服，正好助他完成外表革新。上文郁达夫说卢梭文名日增，访客络绎不绝，其实背后省略了一个细节：正是卢梭的此番外表革命，引来众多好奇者。卢梭在《忏悔录》中对此也有所言及。他抱怨时间被访客过多占用，于是决定采取如下策略：

> 现在我决定把所谓的礼节践踏于脚下。我变得蛮横而尖刻，其实是因为内心羞惭；我假装藐视礼貌，其实是因为我不知如何行礼。这种近乎粗鲁的作派与我的新原则倒是吻合，它在我的灵魂里得到升华，竟成为一种无畏的优点。我敢说，正是有了这一名正言顺的基础，这种作派才得以被我保持较长时间。这出乎人们的意料之外，因为我为此所做的努力，其实与我的天性相违。[②]

许凯在其作品中以讽刺口吻引用了卢梭的观点。许凯指出，文学上的成功让卢梭变得骄狂。他自以为独创一派，其实只不过是激起别人的好奇心。当他发现好事者多到一发不可收拾时，又刻意夸大愤世嫉俗的一面。[③] 郁达夫很可能读过许凯的这段文字。因为许凯将《科学艺术论》写成《文学艺术论》，而郁达夫照搬了这一名称。[④] 郁达夫引用的其他三位批评家，除莫莱强调卢梭成名后清骨自守实属真诚所至外，[⑤]其余两位均毫不留情地揭示了卢梭清贫度日背后的动机。格里布尔引用马蒙泰尔（Marmontel）的话说：

> 他有自成一派的野心，不甘心做某个哲学流派中的一员小将，而想成为他自己门派中的领袖和唯一的教师。然而，像布丰那样，没有争论，悄然声息地退隐人世，达不到他要的目的。为了吸引人们的目光，他决定装出一副老哲学家的姿态。[⑥]

博杜安则认为，卢梭此举很聪明。如果他礼貌和蔼，人们就会说他好；如果他表现得落落难合，那就是他所宣扬的返璞归真原则所致。博杜安因此结论说：

---

① Jean-Jacques Rousseau, *Œuvres complètes*, éd. cit., t. I, pp. 361—362.

② *Ibid.*, pp. 368—369.

③ Arthur Chuquet, *J.-J. Rousseau*, éd. cit., pp. 32—33.

④ 郁达夫：《卢骚传》，《郁达夫全集》，第十卷，杭州，浙江大学出版社，2007，第 407 页；Arthur Chuquet, *J.-J. Rousseau*, éd. cit., p. 31.

⑤ John Morley, *Jean-Jacque Rousseau*, vol. I, éd. cit., pp. 206—207.

⑥ Francis Gribble, *Rousseau and the Women He Loved*, éd. cit., p. 184.

一般说来，我们对于那些特立独行的道德家所谓唯我独有的优点，当予以怀疑。他们在那些无需劳神之处，表现得格外严厉，而在很多其他方面，很快又补偿了回来。我们把他们的这种道德教训称为不痛不痒型道德。……当人们要给自己上枷锁时，总是特别拣又松又轻的上。①

五部参考书目中四部均认为卢梭所谓的愤世嫉俗是其刻意为之的结果，可见郁达夫制造清贫自守的卢梭形象有美化作家之意。郁达夫宣称卢梭因不慕功名，不懂得阿谀奉承，故《乡村卜师》一剧成功上演后拒绝见路易十五，不接受他的俸禄。然而，《忏悔录》中相关段落阐述的原因则复杂得多：

我最先考虑的……是我经常要出门方便，这一需求在演出当晚就让我备受折磨。第二天如果我去镜厅或国王官邸，在一群大人物中间等待陛下经过，也会为这一需求所扰。该隐疾是让我远离社交圈的主要原因，也让我不能与妇人们关在一起。一想到这一需求会置我于怎样的境地，我就会产生这样的需求。我宁死也不愿有任何差池，因为那样会让我难受不堪。只有经历过的人才会明白冒这样的险会给人带来怎样的恐惧。

接着我又想象来到皇上跟前，陛下俯允停下与我说话的场面。这一情境下需要正确和灵敏的反应才能应答自如。而我被诅咒似的天生的羞怯令我一遇见生人便手足无措。难道羞怯会在法兰西国王面前自动消失，抑或我会即兴找到应答之辞？我想既不失往常严肃的神情与语气，又对如此伟大的君王给予我的名誉表现出充分敏感，这就需要用宏大而有用的真理包装一篇美丽而配得上国王的赞辞。为事先准备好得体的回答，我得预想他会对我说什么。而我确信即使所有工作准备完毕，一见到天子真颜，事前想好的词语便会烟消云散。如果我在慌乱中，在宫廷众目睽睽之下说出平时惯言的胡话，那时我会变成什么样？这样的危险警醒着我，让我感到恐惧甚至颤抖，以至于我不顾一切决定不让自己冒这个险。

确实，我失去了在某种程度上本会赐予我的年俸；但我也因此免受年俸套在我身上的枷锁。年俸会让我与真理、自由和勇气永别。领了年俸，我又怎敢再谈独立与无私？收受了年俸，我便只能讨好或闭嘴：再者，谁保证年俸能够发放到位？要经过多少步骤，拜托多少人！领取俸禄要操的心、要忍受的不适，比不要俸禄要操的心、要忍受的不适多得多。因此我认为，放弃年俸是与自己的原则相符、牺牲表面而获取实质的选择。②

① Francis Gribble, *Rousseau and the Women He Loved*, éd. cit., p. 265.

② Jean-Jacques Rousseau, *Œuvres complètes*, éd. cit., t. I, pp. 379—380.

格里布尔承袭了卢梭的相关观点。[①] 莫莱则强调卢梭想象力过于丰富，性格懦弱：

> 我们发现这是一个生来好做梦，想象不切实际、不会判断事情的轻重缓急和真实背景的人。他的思想因不切实际之物造成的恐惧而停滞。简而言之，卢梭的精神状态反映出一种命定的懦弱。用更为客气的概念分析他有犯错的危险。[②]

相较于两位英国批评家，两位法国批评家更倾向于认为卢梭采取的策略是为了让其宣扬的哲学原则与其生活实践相一致。许凯写道："他临阵脱逃，要么是因为他怕（在圣上面前）扮黑脸、说蠢话，要么是傲气使然，为了向世人提供他无私独立的明证。"[③]博杜安写道："这是将其著名的原则付诸实施的机会……接受俸禄！这是宣扬无私、自由与勇气的哲学家应有之举吗？"[④]

郁达夫忽视了卢梭在《忏悔录》中叙述的拒绝觐见陛下、领取俸禄的原因，也忽视了英法批评者揭示的卢梭遗世独立行为背后隐藏的动机，刻意制造出一幅不为名利所动的卢梭形象。对比受郁达夫批评的学衡派评论家对于相关片段的论述，更能够突出郁达夫此处美化卢梭的用意。郁文发表数月后，《学衡》刊登了《卢梭逝世百五十年纪念》一文，其中只有一句话："不录。（读者可参阅本志第十八期《圣伯甫评卢梭〈忏悔录〉》篇首按语。）"[⑤]刊登于 1923 年 6 月的《圣伯甫评卢梭〈忏悔录〉》一文编者识写道：

> 卢梭性怯懦，而举止笨拙，语言讷滞，又衣饰不整，礼节未谙。故交际场中动贻笑柄，不能得志。初本欲力学常时之礼俗规矩而未能，自惭自愤之余，而转而肆行攻击，提倡革命，媚世之术未工，乃一变而为傲世。益行不自检，冠服奇异，遇人辄加白眼，然非其本志也。[⑥]

这番很可能承袭自白璧德的论述[⑦]与郁达夫所言背道而驰，而与《忏悔录》以及许凯、格里布尔和博杜安的相关论述不谋而合。由此可见，不同立场的批评家可能塑造出截然相反的卢梭形象。

1754 年夏天，卢梭接受戈费古尔建议，携家眷从巴黎回日内瓦居住。郁达夫

---

① Francis Gribble, *op. cit.*, pp. 188—189.

② John Morley, *op. cit.*, t. I, p. 213.

③ Arthur Chuquet, *op. cit.*, pp. 33—34.

④ Henri Beaudouin, *op. cit.*, t. I, p. 273.

⑤ 《卢梭逝世百五十年纪念》，《学衡》，第六十五期，1928 年 9 月，第 42 页。

⑥ 《圣伯甫评卢梭〈忏悔录〉》，徐震谔译，《学衡》，第十八期，1923 年 6 月，第 4 页。

⑦ Irving Babbitt : *Rousseau and Romanticism*, Boston and New York, Houghton Mifflin Company, 1919, p. 174.

写道：

然而在巴黎的成功，日内瓦人也传听到了，十几年前飘然出去的这一个浪子的还乡，居然在小小的日内瓦国里，惹起了掀天的大浪，他的乡人都以见他一面为荣，故国的河山，也为产生了他而生色了。但是，啊，这一种盲目的群众感情，翻变又何以会如此之速！[①]

在这样的环境下，愤世嫉俗的卢梭显然不会久留。郁达夫写道：

在故乡住了四个月，他看了乡人的那一种假道德的行为，和伪善者的迷信，实在有点不耐烦起来了，所以就又离开了日内瓦，回到了巴黎。……然而今后的定住计划，实在有点使他不得不东西迷惘着，寻不到一个最上的方法。若住在巴黎呢，因为外务太多，反而不能安心著作，住在日内瓦呢，又因为乡人的迷顽，有碍于他的哲学上的意见的发表。并且服尔德当时也住在日内瓦，这一位功名心很热，嫉妒心很大，善在王侯贵族前趋奉的名文家，也难免没有因嫉妒而毁损他的举动。[②]

事实上，卢梭并非如郁达夫所言，嫌弃乡人势利。他在《忏悔录》中这样写道：

一到这座城市，我心中便油然升起一股吸引我归来的共和国的热情。这种情怀伴随着我所受到的优待与日俱增。人们祝贺我，款待我，我完全沉浸在一种爱国热情中。[③]

卢梭在日内瓦重新改信新教，取回日内瓦公民权。在此过程中，日内瓦教务机构为其大开绿灯，破例允许他不出席教务会议，并专门为他组织委员会，接受其宣誓。卢梭颇为感动。他写道：

议会、教务委员的善意，所有法官、部长和公民的热情和真诚，令我备受感动。再加上不停来看望我的好人德·吕克先生一再敦促，尤其我自己也是心之所向，使得我决定先返回巴黎解散我的大家庭，将各类杂事处理妥当，安置好勒瓦瑟尔(Le Vasseur)太太和她丈夫，或给他们一笔生活费用，之后便和我的泰蕾兹(Thérèse)回日内瓦安度余生。[④]

卢梭与郁达夫的相关论述大相径庭。对于日内瓦居民对卢梭的态度，许凯保持中立，也未提及卢梭计划重回日内瓦一事。[⑤] 莫莱也保持中立，但提到卢梭有回

① 郁达夫：《卢骚传》，《郁达夫全集》，第十卷，杭州，浙江大学出版社，2007，第408页。

② 同上书，第408—409页。

③ Jean-Jacques Rousseau, *Œuvres complètes*, éd. cit., t. I, p. 392.

④ *Ibid.*.

⑤ Arthur Chuquet, *J.-J. Rousseau*, éd. cit., pp. 34—35.

日内瓦的打算。[1] 格里布尔和博杜安则像郁达夫一样，感叹日内瓦人势利虚伪，不顾卢梭的道德缺陷和对宗教的虔诚度，欣然接受他改宗。但他们并未说这是卢梭离开日内瓦的原因。[2]

郁达夫强调日内瓦居民势利虚伪，无疑有助于塑造卢梭的正义形象。抹黑卢梭周围人以反衬卢梭之伟大的逻辑，也被运用于对伏尔泰形象的塑造中。《卢骚传》发表前，伏尔泰每次均以正面形象出现在郁达夫笔下：第一次是开启法国十九世纪文学光辉的雄辩家，[3]第二次是和卢梭一样愤世嫉俗、倡导高尚政治理想的浪漫主义艺术家。[4] 在《卢骚传》中，伏尔泰则变成趋炎附势、热衷功名且心地阴险的文士。[5]

如果说在上文所选段落中，郁达夫均摒弃《忏悔录》中的论述，论及卢梭与伏尔泰的关系时，郁达夫却与卢梭完全一致。卢梭这样阐述他为何最终放弃定居日内瓦：

> 有件事特别让我拿定了主意，那就是伏尔泰住在日内瓦附近：我明白这个人要把那里闹得翻天覆地。我知道，在我的祖国，我将随处都会遭遇那种逼我迁出巴黎的腔调、神色和风气。……我这样一个孤独、腼腆且不善辞令的人，如何能够抗得过他那样一个傲慢、富有、讨大人物欢心、能言善辩，且已成为妇女和年轻人偶像的人？我怕要使自己的勇气徒然受挫；我决定只凭自己平和的天性和对安宁的热爱行事。[6]

然而，郁达夫所参考的四位批评家却都不相信卢梭此处的说法。许凯说："回日内瓦定居便意味着与伏尔泰为邻。他明白，这个杰出、富有、强势、受妇女和年轻人追捧的作家将会在他的家乡抢尽他的风头。"[7]格里布尔、博杜安和莫莱均表达

---

① John Morley, *Jean-Jacque Rousseau*, t. I, éd. cit., pp. 220—228.

② Francis Gribble, *Rousseau and the Women He Loved*, éd. cit., p. 190; Henri Beaudouin, *La Vie et les œuvres de Jean-Jacques Rousseau*, éd. cit., t. I, pp. 304—306.

③ 郁达夫：《〈女神〉之生日》，《郁达夫全集》，第十卷，杭州，浙江大学出版社，2007，第34页。

④ 郁达夫：《文学上的阶级斗争》，《创造周报》，第三号，1923年5月27日，第1页。在这篇文章中，伏尔泰和卢梭的名字并列。作者同时用中法文标注了伏尔泰的名字："佛儿泰而 Voltaire"。当此文被收录在1930年上海北新书局版《达夫全集》第五卷《敝帚集》中时，伏尔泰的名字被删除。这很可能是郁达夫出于前后一致考虑而做出的有心之举。也许从《卢骚传》发表时起，郁达夫便觉得有必要把伏尔泰塑造成他经常提及的"名利熏心的伪文学家"。2007年版《郁达夫全集》第十卷由于采用了《敝帚集》中的文章，因此也没有伏尔泰的名字。见郁达夫：《敝帚集》，上海，北新书局，1930，第148页；郁达夫：《郁达夫全集》，第十卷，杭州，浙江大学出版社，2007，第41页。

⑤ 见本书第125页。

⑥ Jean-Jacques Rousseau, *Œuvres complètes*, éd. cit., t. I, pp. 396—397.

⑦ Arthur Chuquet, *J.-J. Rousseau*, éd. cit., p. 36.

了类似观点。[1] 莫莱在复述了卢梭的观点后说："也许怀疑这是否是真实的原因并非没有道理。因为没有人比卢梭更会为自己的选择冠之以冠冕堂皇的大道理。在这方面，他是聪明绝顶的大师。"[2]

曾有论者指出，郁达夫在《卢骚传》中构建了一个他只能远慕却不能认同的"强壮的、充满生气的、要自我主宰生命的英雄的积极、精悍的西方形象"[3]。我们则认为，郁达夫刻意突出卢梭孱弱而凄惨的形象。细读《卢骚传》中论述卢梭自《爱弥儿》发表到流亡英国之间的生活经历，我们发现卢梭一再迫于社会压力四处流亡。[4] 临行英国前的一段将卢梭描绘得格外狼狈。节录如下：

> 然而正义人道，在这世上终不会占到胜利的。卢骚受了墨底爱儿村民的攻击，又不得不走了，一七六五年九月六日的晚上，他住的小屋前头，竟飞来了许多乱石，他就不得不逃往皮恩奴湖 The Lake of Bienne 中的一个小岛圣披爱而 St. Pierre 岛上去藏身。但是号称自由独立国的瑞士，在这独立国中的独立市白尔恩 Berne，也传染了逼迫大思想家的热病了，他在圣披爱而岛上，又接受了退去之令。他甚至于向白尔恩的上院，提出了情愿你们赐我一个监狱的请愿，可是正义之声，又那里能够摇动这些迷妄的议员，所以他终不得不于十一月廿九日，离开瑞士，走向德国的境内去。在斯屈拉斯婆儿古 Strasburg 小住了一月，到一七六五年的年底，又回到了巴黎。在巴黎，他受了留古散蒲儿古公爵夫人，康底 Conti 亲王等的保护，总算免了生命之危。[5]

许凯却为我们展现了一幅不一样的风景。其书中相关段落共四节，第一节叙述卢梭在圣皮埃尔岛（即郁文中的圣披爱而岛）度过美好时光；第二节以中立口吻叙述伯尔尼上议院下逐客令；第三节叙述卢梭在斯特拉斯堡大受欢迎的盛况；第四节描写卢梭在巴黎访客络绎不绝。[6]

即使是倾向于强调自己备受欺凌的卢梭在《忏悔录》中也说，他离开墨底爱儿村去圣皮埃尔岛，并非唯一选择。当时很多名流贵胄都邀他同住。他之所以选择这座小岛，是因为舍不得离开瑞士。[7] 卢梭在《忏悔录》中长篇幅描写他在圣皮埃

---

① Francis Gribble, *Rousseau and the Women He Loved*, éd. cit., p. 202; Henri Beaudouin, *La Vie et les œuvres de Jean-Jacques Rousseau*, éd. cit., t. I, pp. 399—340; John Morley, *Jean-Jacque Rousseau*, éd. cit., t. I, pp. 228—229.

② John Morley, *Jean-Jacque Rousseau*, éd. cit., t. I, pp. 228—229.

③ 李欧梵：《中国现代作家的浪漫一代》，王宏志等译，北京，新星出版社，2010，第 120—121 页。

④ 郁达夫：《卢骚传》，《郁达夫全集》，第十卷，杭州，浙江大学出版社，2007，第 412—413 页。

⑤ 同上书。

⑥ Arthur Chuquet, *J.-J. Rousseau*, éd. cit., pp. 60—61.

⑦ Jean-Jacques Rousseau, *Œuvres complètes*, éd. cit., t. I, p. 636.

尔岛度过的幸福时光，[①]格里布尔、莫莱和博杜安书中也都有相关专门论述。[②]

《忏悔录》终止于卢梭离开瑞士一段。关于卢梭在斯特拉斯堡和巴黎的境遇，郁达夫可以参考的只有上述几位批评家的作品。除莫莱外，许凯、博杜安和格里布尔都详细描写了卢梭在斯特拉斯堡所受的优待。[③] 格里布尔引用卢梭致迪·佩鲁(Du Peyrou)的信指出，斯特拉斯堡剧院经理不仅为卢梭准备了一个包厢，甚至为他配备了一把剧院后门的钥匙，让他可以自由出入而不被别人看见。为表达感谢，卢梭将自己的几份戏剧手稿赠送给剧院经理。格里布尔嘲讽卢梭一面在理论上反对设立剧院，一面却又在斯特拉斯堡剧院尽享特权：

> 在卢梭看来，面对人们热情的掌声，自己对于戏剧的偏见像太阳下的积雪一样融化得不见踪影纯属正常。同样正常的是，当欢乐打断哲思时，哲学应当为了不打扰私人生活而被禁止。[④]

这样的论述显然不符合郁达夫的期待，也许这也是郁达夫将卢梭斯特拉斯堡之行一笔带过的原因。

至于卢梭在巴黎的逗留，郁达夫的文字让人感觉卢梭当时有生命危险。许凯和莫莱没有提到卢梭是否可能被判处死刑。格里布尔不这么认为。他写道："针对他的逮捕令没有撤销。但只要他谨慎行事，逮捕令便几乎没有实施的可能。"[⑤]博杜安也表达了类似观点。[⑥]

由此可见，郁达夫刻意夸大了卢梭的悲惨处境。这也为他解释卢梭到英国后为何会得被迫害妄想症作铺垫。郁达夫称卢梭是"一个被逼迫而变得神经过敏的人"，把卢梭病情的责任完全推给社会。[⑦] 许凯书中未提及卢梭的病因。格里布尔指出，英国潮湿多雾的天气令卢梭痛风发作，而痛风病人最易多疑。格里布尔认为，英国粗劣的饮食也是原因之一。[⑧] 博杜安将卢梭的妄想症视作"多年来卢梭已

---

① Jean-Jacques Rousseau, *Œuvres complètes*, éd. cit., t. I, pp. 636—645. 另，卢梭在《一个孤独漫步者的遐想》的第五篇中也有相关内容的长篇描写。

② Francis Gribble, *Rousseau and the Women He Loved*, éd. cit., pp. 358—359; John Morley, *Jean-Jacque Rousseau*, éd. cit., t. II, pp. 108—115; Henri Beaudouin, *La Vie et les œuvres de Jean-Jacques Rousseau*, éd. cit., t. II, p. 354.

③ Arthur Chuquet, *J.-J. Rousseau*, éd. cit., p. 61; Henri Beaudouin, *La Vie et les œuvres de Jean-Jacques Rousseau*, éd. cit., t. II, p. 369; Francis Gribble, *Rousseau and the Women He Loved*, éd. cit., pp. 362—363.

④ Francis Gribble, *Rousseau and the Women He Loved*, éd. cit., pp. 362—363.

⑤ *Ibid.*, p. 363.

⑥ Henri Beaudouin, *La Vie et les œuvres de Jean-Jacques Rousseau*, éd. cit., t. II, pp. 372—373.

⑦ 郁达夫：《卢骚传》，《郁达夫全集》，第十卷，杭州，浙江大学出版社，2007，第 414 页。

⑧ Francis Gribble, *Rousseau and the Women He Loved*, éd. cit., p. 391.

经习惯了的一种心理状态的过度扩大"[1]。莫莱也多强调内因，指出卢梭得病的根源在于他情感有余而理性不足。卢梭对幸福有着无尽期盼，当追求幸福的热忱超越理智界限时，便会演变成疾病。[2]

以上分析表明，郁达夫参考的四位评论家以各自的方式解构卢梭愤世嫉俗的形象，甚至卢梭自己也不讳言愤世嫉俗并非天性使然。郁达夫却运用省略、简化和扭曲等方法，强化卢梭与社会的对立，制造出一个甘守清贫、揭露势利和虚伪、受社会恶势力压迫、遭遇悲惨的卢梭。

郁达夫为何强调卢梭与社会的对立？为何社会象征恶？为何突出卢梭的潦倒与狼狈？又为何是卢梭？下面我们以卢梭和郁达夫对社会与个人关系的思考为切入点，分析郁达夫写作《卢骚传》的原因。

卢梭的愤世嫉俗——以《爱弥儿》为例

郁达夫的《卢骚传》针对梁实秋对卢梭的批评而发。[3] 郁、梁二人对于理想知识分子品格的歧见表现在他们对各自引用的外国批评家的形象塑造上。梁实秋强调白璧德学识渊博，在学界地位崇高；郁达夫则认为人格独立才是知识分子最重要的品格。梁实秋质问郁达夫引用的辛克莱的学术资历，郁达夫引《拜金艺术》译者序作答。序中郁达夫列举辛克莱的三大优点：安贫乐道、不与权贵合作、不争做首领，[4]条条针对辛克莱与社会的对立而发。这一形象与郁达夫塑造的卢梭形象甚为吻合。

卢梭对社会价值的否定，在梁实秋批判的《爱弥儿》前四卷中展露无遗。卢梭指出，人类社会制造的知识与习俗不过是奴役和控制他者的手段。[5] 控制欲的养成与教育有关。孩童最初的哭泣往往是发出请求的信号，但如果家长一味纵容，让孩子意识到哭泣的支配力量，他便会把哭泣变成一种威胁，从表达需求转变成表达命令，这便是控制欲的起源。随着年龄增长，孩子对他人的依赖逐渐减少，命令欲却并不会随之减弱，因为支配他者让他的虚荣心得到满足。[6]

---

① Henri Beaudouin, *La Vie et les œuvres de Jean-Jacques Rousseau*, éd. cit., t. II, p. 425.

② John Morley, *Jean-Jacque Rousseau*, éd. cit., t. II, pp. 297—300.

③ 《卢骚传》发表后，二人又撰文数篇，就卢梭是否值得被经典化问题相互争论。见郁达夫：《卢骚的思想和他的创作》，《北新》，第二卷第七号，1928 年 2 月 1 日；梁实秋：《读郁达夫先生的〈卢骚传〉》，《时事新报·书报春秋》，46、47 期，1928 年 2 月 5 日，2 月 12 日；郁达夫：《翻译说明就算答辩》，《北新》，第二卷第八号，1928 年 2 月 16 日；梁实秋：《关于卢骚——答郁达夫先生》，《时事新报·书报春秋》，53 期，1928 年 3 月 25 日；郁达夫：《关于卢骚》，《北新》，第二卷第十二号，1928 年 5 月 1 日。

④ 郁达夫：《〈拜金艺术〉译者的话》，《郁达夫全集》，第十二卷，杭州，浙江大学出版社，2007，第 211 页。

⑤ Jean-Jacques Rousseau, *Œuvres complètes*, éd. cit., t. IV, p. 253.

⑥ *Ibid.*, pp. 289—290.

卢梭认为，人的真正支配权不会超出自然赋予的、用以保存自身存在的力量之外。将天赋的自我支配权扩张至他者，意味着掉入受他人支配的陷阱。因为要笼络人心，必须先学会推心置腹，借别人的眼睛看世界：

> 你自豪地说，我的人民都是我的属民。好。那么你呢，你又是谁？你是你臣子的属民。你的臣子们，他们又是谁？他们是他们的办事员、情人的属民，是他们奴仆的奴仆。你把所有东西都占为己有，都抢到手，然后再张开双手四处撒钱；造大炮、绞刑架和用作刑罚的车轮，颁布法律、政令；增加间谍、士兵、刽子手、监狱和镣铐的数量：可怜的小人们，这些东西都有何用？你们不会因此得到更好的服务，被偷和被骗的不会更少，也不会变得更加完美。你们总是说：我们要如何如何；而事实上，你们总是在为他人所要而奔命。[①]

卢梭认为，人的真正财富不是支配他者而是自足自乐。但社会认同机制让人觉得需要他者认同才能获得幸福。虚荣的社会人被攀比、诱惑、嫉妒和失望轮番折磨，像时刻需要依赖他人的孩子一样脆弱。如卢梭所言："红尘中的人完全被罩在面具之下。他几乎从不属于自己，总是个陌生者。当他不得不退出红尘之外时，会觉得无比艰难。他所是的对他来说什么也不是，他所看起来是但其实不是的就是他的全部。"[②]

卢梭在其教育理论中摒弃各种刺激、威胁、竞争和表现欲，严防学生滋生虚荣心。追逐虚荣意味着以他者为圭臬，落入社会认同机制设定的框架，丧失认识社会的清醒意识。卢梭将学习动机分为两类：

> 我们应当时刻将自然倾向与来自舆论的倾向区分开来。有一种求知的热情仅仅建立在希望被视为学识渊博者的欲望之上，而另一种则建立在人对于或近或远让之感兴趣的事物的天然好奇心基础上。[③]

卢梭强调，教师传授知识，应以不超越学生的天然求知欲为准。在孩子的理性尚未充分发展之前，不要急于给孩子灌输礼貌、社会、道德和义务等与他者息息相关的理念。[④] 卢梭质疑现有知识构建方法的合法性：

> 对于一个年轻人来说，最糟糕的史学家就是那些喜欢做出判断的史学家。事件！告诉学生事件！让他自己去判断；这样学生才能学会认识人。如果作者的判断一刻不停地在引导着他，那他所做的就是一直用别人的眼睛看世界，

---

① Jean-Jacques Rousseau, *Œuvres complètes*, éd. cit., t. IV, p. 309. 中译文为笔者试译。

② *Ibid.*, p. 515.

③ *Ibid.*, p. 429. 中译文为笔者试译。

④ *Ibid.*, pp. 312—313, 316—317.

没有了别人的眼睛，他眼前便一团漆黑。[①]

卢梭强调，不应让任何一种外在权威支配自己的思想，要学会用自己的眼睛去看，用自己的心去感受，用自己的理性去判断。他呼喊道："哦，孩子，但愿有一天，在看透人间舆论所承载的虚荣，尝过激情的痛苦后，你能在离自我很近的地方发现智慧之路，发现人生的代价和我们曾为之绝望的幸福之源。那时你会如释重负！"[②]

比起理性，卢梭更强调情感和直觉的作用：

> 我只知道，真理在事物本身而不在对它们做出判断的我的头脑里。我在判断中加入的自我成分越少，就越确信可以接近真理。就这样，我的理性向我确证了多求助于感情而非理性的法则。[③]

卢梭相信，与生俱来的直觉和感情让人能够判断对错，[④]而社会偏见和习俗则会玷污原本纯洁而正直的心灵。

郁达夫的愤世嫉俗

出世之心与家国关怀

卢梭与郁达夫的社会观多有相似之处。在1934年12月5日至1935年7月5日发表于《人间世》的一系列自传文章中，郁达夫为我们展现了一个天性孤独、爱自由、爱自然、与社会革命实践保持距离的少年。家国的贫弱带来的屈辱感加剧了他与社会的对立。[⑤] 在1916—1921年创作的诗词和信件中，郁达夫多次表达出世之心，[⑥]与卢梭不谋而合。另一方面，郁达夫早在读私塾时便已萌生革命与国家观念，[⑦]具有深重的家国关怀。然而，郁达夫的为国效力之心很快被社会腐败的现实挫伤。创作于1916年的《席间口占》代表了郁达夫这一时期的复杂心态：祢衡借鹦鹉表达怀才不遇之情；梁鸿一面出潼关隐居，一面却又回望洛阳，作《五噫歌》。1919年秋，郁达夫应试外交部招考失败，加重了他的怀才不遇之情。[⑧]

---

① Jean-Jacques Rousseau, *Œuvres complètes*, éd. cit., t. IV, p.528. 中译文为笔者试译。

② *Ibid.*, pp.602－603.

③ *Ibid.*, p.573.

④ *Ibid.*, p.286.

⑤ 郁达夫：《郁达夫文集》，第四卷，杭州，浙江大学出版社，2007，第257，265－266，271－273，286－290，291－297页。

⑥ 郁达夫：《郁达夫全集》，第七卷，杭州，浙江大学出版社，2007，第28，95，106－107页；《郁达夫全集》，第六卷，杭州，浙江大学出版社，2007，第5页。

⑦ 郁达夫：《郁达夫文集》，第四卷，杭州，浙江大学出版社，2007，第273，285页。

⑧ 郁达夫：《郁达夫全集》，第七卷，杭州，浙江大学出版社，2007，第83，88，106页。

如果说1916年郁达夫在《秋兴》一诗中一面批评各自为已谋利、旗鼓争侯的军阀，一面仍呼吁"诸公努力救神州"[①]，到了1923年，郁达夫对于入世者似乎只剩下批评，并开始反思原有的家国观念。在这一年发表的《艺术与国家》一文中，他引用庄子"窃钩者诛，窃国者侯，侯之门仁义存焉"之说，表达对国家和入世为官者的否定。他写道："把中国的历史上大家所知道的事实来一看，我们就可以知道真诚者都不得不失败，而成功的都是些虚伪的人。"[②]在1927年4月22日的日记中郁达夫又写道："我平生最恨的是做官，尤其是那些懒惰无为的投机官僚，中国的所以弄得不好的，一大半就因为这些人过多的原因。"[③]

反思国民性

郁达夫对入世者的批判与对国民性的思考相交织。在作于1920年6月20日的一首诗中，郁达夫感叹"中原事已不可为矣"[④]。1927年4月8日，郁达夫在《在方向转换的途中》一文中写道："足以破坏我们目下革命运动的最大危险，还是中国人脑筋里洗涤不去的封建时代的英雄主义。"[⑤]1927年4月11日，郁达夫在《公开状答日本山口君》一文中揭露中国青年假公济私的思想。他写道："要打倒一两个帝国主义者和资本家是容易得很，可是要打倒这一种中国民族的卑劣阴险性，却真是谈非容易。"[⑥]

除英雄主义外，过分强调道德和声名亦被郁达夫认为是中国人的劣根性之一。在1927年2月11日致王映霞的信中，郁达夫写道：

> 伯刚那里，好几天不去了。因为去的时候，他们总以中国式的话来劝我。说我不应该这样，不应该那样。他们太把中国的礼教、习惯、家庭、名誉、地位看重了。他们都说我现在不应该牺牲（损失太大），不应该为了这一回的事情而牺牲。不过我想我若没有这一点勇气，若想不彻底的偷偷摸摸，那我也不至于到这一个地步了。所以他们简直不能了解我现在的心状，并且不了解什么是人生。人生的乐趣，他们以为只在循规蹈矩的刻板生活上面的。[⑦]

像卢梭一样，郁达夫将礼教、习惯、家庭、名誉、地位等与社会、他者紧密相关的价值观视作异化人的工具，并且认为这一切背后是虚荣心作祟。郁达夫在致王映

---

① 郁达夫：《郁达夫全集》，第七卷，杭州，浙江大学出版社，2007，第38页。
② 郁达夫：《艺术与国家》，《郁达夫全集》，第十卷，杭州，浙江大学出版社，2007，第58—59页。
③ 郁达夫：《郁达夫全集》，第五卷，杭州，浙江大学出版社，2007，第156页。
④ 郁达夫：《郁达夫全集》，第七卷，杭州，浙江大学出版社，2007，第98页。
⑤ 郁达夫：《在方向转换的途中》，《郁达夫全集》，第八卷，杭州，浙江大学出版社，2007，第26页。
⑥ 郁达夫：《公开状答日本山口君》，《郁达夫全集》，第十卷，杭州，浙江大学出版社，2007，第276页。
⑦ 郁达夫：《致王映霞》，《郁达夫全集》，第六卷，杭州，浙江大学出版社，2007，第73—74页。

霞的另一封信中写道："更希望你能够安于孤独，把中国的旧习惯打破，所谓旧习惯者，依我看来，就是无谓的虚荣。"[①]由此可见，郁达夫之所以将卢梭的日内瓦同乡塑造成伪道德的迷信者，也许是希望为卢梭虚构一种与自己相似的境遇，以便与卢梭认同。

启蒙者的忧郁

郁达夫将对生命空洞感的触知视为一个启蒙了的现代知识分子需要付出的代价：

> 倾陷争夺，不害人不足以自安，不利己不足以自存，是近代社会的铁则。我们生在这样的社会里，要是不曾想到自己的个性，便好安然过去，如从前的臣为君死，子为父亡的时代一样。但是我们若一想到自己，又一想到自己的周围的重重铁锁，我们的希望，实在是一点儿也没有，我们所以要生到这世界上来的理由，实在也完全讲不出。
>
> 所以在迷梦觉醒了的现在，知道信仰是虚伪，服从是不公，恋爱是牢狱的我们，实在是悲惨得很，可怜得很的。在这样的状态之下，究竟谁能免得了虚无，谁能免得了忧郁呢？[②]

在 1923 年 6 月 30 日发表的《青烟》一文中，郁达夫这样描写空寂之感：

> 窗外汽车声音渐渐的稀少下去了，苍茫六合的中间我只听见我的笔尖在纸上划字的声音。探头到窗外去一看，我只看见一弯黝黑的夏夜天空，淡映着几颗残星。我搁下了笔，在我这同火柴箱一样的房间里走了几步，只觉得一味凄凉寂寞的感觉，浸透了我的全身，我也不知道这忧郁究竟是从什么地方来的。[③]

在作于 1924 年 3 月 7 日的《北国的微音》一文中，郁达夫写道：

> 沫若！我觉得人生一切都是虚幻，真真实在的，只有你说的"凄切的孤单"，倒是我们人类从生到死味觉得到的唯一的一道实味。就是京沪报章上，为了金钱或者想建筑自家的名誉的缘故，在那里含了敌意，做文章攻击你的人，我仔细替他们一想，觉得他们也在感着这凄切的孤独。[④]

在郁达夫看来，体会"凄切的孤单"即人生的意义。这一结论背后是郁达夫对

---

① 郁达夫：《致王映霞》，《郁达夫全集》，第六卷，杭州，浙江大学出版社，2007，第 142 页。

② 郁达夫：《戏剧论》，《郁达夫全集》，第十卷，杭州，浙江大学出版社，2007，第 240 页。

③ 郁达夫：《青烟》，《郁达夫全集》，第一卷，杭州，浙江大学出版社，2007，第 268 页。

④ 郁达夫：《北国的微音》，《郁达夫全集》，第三卷，杭州，浙江大学出版社，2007，第 80 页。

社会价值的厌倦和对永恒的追求。在《集中于〈黄面志〉(*The Yellow Book*)的人物》一文中,郁达夫写道:“一时成功的世上的 Parvenu 哟,你们的眩光,只能欺同时代的人的耳目,‘时间’的判决会把你们的月桂冠换成狗头帽的呀!”[①]郁达夫强调《黄面志》作者与社会对立,献身艺术。他用与《卢骚传》开头十分相近的修辞经典化《黄面志》作家群:“文艺季刊 *The Yellow Book*,与那一群少年天才的命运一样,到了 1897 年,出了第十三期就绝命了,然而他们的余光,怕要照到英国国民绝灭的时候,才能湮没呢!”[②]由此可见,郁达夫赋予卢梭一种永恒的价值。

抒情作为人生意义之所在

郁达夫认为,抒情具有永恒的价值。在发表于 1925 年 9 月的《介绍一个文学的公式》一文中,郁达夫这样评论雪莱和李清照的诗:“象这一种文学,系完全以情绪为主的,并没有中心的观念,所以一般人都说这一种文学,是言之无物,是无病呻吟。殊不知这种文学,却确有永久的价值的。”[③]在 1927 年发表的《序孙译〈出家及其弟子〉》中,郁达夫在民众解放运动日渐高涨、文学日趋务实的背景下,为感伤主义文学正名:“然而再回头来一想,把古今的艺术总体积加起来,从中间删去了感伤主义,那么所余的还有一点什么?莎士比亚的剧本,英国十八世纪的小说,浪漫运动中的各诗人的作品,又那一篇得完全脱离感伤之域?”[④]

郁达夫认为,制造抒情氛围,特别是制造感伤,可以为短暂而虚空的人生带来一点意义。郁达夫在《沉沦》中写道:“可怜的读者诸君——请你们恕我这样的说——你们若能看破人生终究是悲哀苦痛,那么就请你们预备,让我们携着手一同到空虚的路上去罢!”[⑤]换言之,人生不过是一场戏,其意义就在于作戏的姿态。《沉沦》主人公清楚地意识到这一点,他要刻意演一出悲剧,制造一种凄凉的美感,以获得内心满足。这就是为什么一旦他发现身后有一个农夫出现,便“把他脸上的笑容改装成一副忧郁的面色,好像他的笑容是怕被人看见的样子”[⑥]。这也是为什么他要把自己“所受的苦处夸大的细数起来”,“并觉得悲苦的中间,也有无穷的甘味在那里”。[⑦]

郁达夫的这一美学理念有中国传统文化作基础。在作于 1923 年 7 月 30 日的

---

① 郁达夫:《集中于〈黄面志〉(*The Yellow Book*)的人物》,《郁达夫全集》,第十卷,杭州,浙江大学出版社,2007,第 98 页。

② 同上书,第 86 页。

③ 郁达夫:《介绍一个文学的公式》,《郁达夫全集》,第十卷,杭州,浙江大学出版社,2007,第 107—108 页。

④ 郁达夫:《序孙译〈出家及其弟子〉》,《郁达夫全集》,第十卷,杭州,浙江大学出版社,2007,第 377 页。

⑤ 郁达夫:《〈茑萝集〉自序》,《郁达夫全集》,第十卷,杭州,浙江大学出版社,2007,第 70 页。

⑥ 郁达夫:《沉沦》,《郁达夫全集》,第一卷,杭州,浙江大学出版社,2007,第 43 页。

⑦ 同上书,第 64 页。

《还乡记》中，郁达夫为我们展现了一个现代作家重构古典悲情意境的情景：

> 沉静的这杭州故郡，自我去国以来，也受了不少的文明的侵害，各处的旧迹，一天一天的被拆毁了。我走到清泰门前，就起了一种怀古之情，走上将拆而犹在的城楼上去。城外一带杨柳桑树上的鸣蝉，叫得可怜。它们的哀吟，一声声沁入了我的心脾，我如同海上的浮尸，把我的情感，全部付托了蝉声，尽做梦似的站在丛残的城牒上，看那西北的浮云和暮天的急情，一种淡淡的悲哀，把我的全身溶化了。这时候若有几声古寺的钟声，当当的一下一下，或缓或徐的飞传过来，怕我就要不自觉的从城墙上跳入城濠，把我灵魂和入晚烟之中，去笼罩着这故都的城市。然而南屏还远，Curfew 今晚上是不会鸣了。我独自一个冷清清地立了许久，看西天只剩了一线红云，把日暮的悲哀尝了个饱满，才慢慢地走下城来。[①]

在若干天后所作的《还乡后记》中，郁达夫再度发挥想象，制造出一幅传统的送葬场景，满足自己对悲凉感的美学需求。撰文的实际时间是晴天赤日的农历六月，江岸青山绿树，波光浩荡。郁达夫却幻想此时正烟雨模糊，愁云惨淡。他写道：

> 我此刻更想有一具黑漆棺木在我的旁边。最好是秋风凉冷的九十月之交，叶落的林中，阴森的江上，不断地筛着渺濛的秋雨。我在凋残的芦苇里，雇了一叶扁舟，当日暮的时候，在送灵柩归去。小船上除舟子而外，不要有第二个人。棺里卧着的，若不是和我寝处追随的一个年少妇人，至少也须是一个我的至亲骨肉。我在灰暗微明的黄昏江上，雨声淅沥的芦苇丛中，赤了足，张了油纸雨伞，提了一张灯笼，摸上船头去焚化纸帛。[②]

郁达夫也积极地在世界文学中寻找创造悲剧戏剧性的资源。与社会对立且被社会打败的外国作家成为郁达夫的首选。在具有自传性质的小说《南迁》中，他这样描绘主人公伊人：

> 到了日本之后，他的性格竟愈趋愈怪了，一年四季，绝不与人往来，只一个人默默的坐在寓室里沉思默想。他所读的都是那些在人生的战场上战败了人的书，所以他所最敬爱的就是略名 B. V. 的 James Thomson, H. Heine, Leopaldi, Ernst Dowson 那些人。他下了火车，向行李房去取来的一只帆布包，里边藏着的，大约也就是这几位先生的诗文集和传记等。[③]

其中道孙(Ernst Dowson)特别值得一提。在上文提到的《集中于〈黄面志〉

---

① 郁达夫：《还乡记》，《郁达夫全集》，第三卷，杭州，浙江大学出版社，2007，第 23—24 页。

② 同上书，第 39—40 页。

③ 郁达夫：《南迁》，《郁达夫全集》，第一卷，杭州，浙江大学出版社，2007，第 96 页。

(*The Yellow Book*)的人物》一文中,郁达夫这样描写道孙:

> *The Yellow Book* 的一群天才诗人里,作最优美的抒情诗,尝最悲痛的人生苦,具有世纪末的种种性格,为失恋的结果,把他本来是柔弱的身体天天放弃在酒精和女色中间,作慢性的自杀的,是薄命的诗人 Ernest Dowson。
>
> Ernest Dowson 的诗文,是我近年来在无聊的时候,在孤冷忧郁的时候的最好伴侣。[①]

郁达夫将道孙视为殉情主义(sentimentalism)者。[②] 在 1927 年 8 月出版的《文学概说》中,郁达夫这样定义殉情主义:

> 文学上的这一种殉情主义所有的倾向,大抵是缺少猛进的豪气与实行的毅力,只是陶醉于过去的回忆之中。而这一种感情上的沉溺,又并非是情深一往,如万马的奔驰,狂飙的突起,只是静止的、悠扬的、舒徐的。所以殉情主义的作品,总带有沉郁的悲哀,咏叹的声调,旧事的留恋,与宿命的嗟怨。[③]

卢梭也被郁达夫定义为殉情主义者。[④] 在郁达夫看来,《一个孤独漫步者的遐想》最能代表卢梭的抒情特质。在《南迁》和《一个人在途上》中,郁达夫两次引用此书。现引《南迁》为例:

> 日光射在海岸上,沙中的硅石同金刚石似的放了几点白光。一层蓝色透明的海水的细浪,就打在他们的脚下。伊人俯了首走了一段,仰起来看看苍空,觉得一种悲凉孤冷的情怀,充满了他的胸里,他读过的卢骚著的《孤独者之散步》里边的情味,同潮也似的涌到他的脑里来。[⑤]

郁达夫认为,道孙作品是其悲愁的自然吐露,[⑥]卢梭则更多因为遭受社会压迫而多愁善感。在写于 1923 年 5 月 19 日的《文学上的阶级斗争》一文中,郁达夫这样描绘卢梭:"表面上似与人生直接最没有关系的新旧浪漫派的艺术家,实际上对人世社会的疾愤,反而最深。不过他们的战斗力不足,不能战胜这万恶贯盈的社会,所以如卢骚等,在政治上倡导了些高尚的理想,就不得不被放逐。"[⑦]作为人生

---

① 郁达夫:《集中于〈黄面志〉(*The Yellow Book*)的人物》,《郁达夫全集》,第十卷,杭州,浙江大学出版社,2007,第 87—88 页。

② 郁达夫:《文学概说》,《郁达夫全集》,第十卷,杭州,浙江大学出版社,2007,第 332 页。

③ 同上书,第 329—330 页。

④ 同上书,第 332 页。

⑤ 郁达夫:《南迁》,《郁达夫全集》,第一卷,杭州,浙江大学出版社,2007,第 130 页。另见郁达夫:《一个人在途上》,《郁达夫全集》,第三卷,杭州,浙江大学出版社,2007,第 129 页。

⑥ 郁达夫:《集中于〈黄面志〉(*The Yellow Book*)的人物》,《郁达夫全集》,第十卷,杭州,浙江大学出版社,2007,第 91 页。

⑦ 郁达夫:《文学上的阶级斗争》,《郁达夫全集》,第十卷,杭州,浙江大学出版社,2007,第 41 页。

战场上的失败者，卢梭被郁达夫引为知己。可见郁达夫在《卢骚传》中刻意强调卢梭深受社会压迫，不仅是要强化卢梭愤世嫉俗的形象，同时还要制造一个身世悲凉的抒情文学家，以便与之认同。

郁达夫引用卢梭似乎也有通过用典增加作品诗意的用意。对卢梭《一个孤独漫步者的遐想》的遥指无疑增加了《南迁》主人公伊人漫步场景的诗情画意。基于这一思考，我们发现《沉沦》中对法文"manteau"（大衣）的使用可能存在的意义：

> 荒野的人间，只有几家为学生而设的旅馆，同晓天的星影一般，散缀在麦田瓜地的中央。晚饭毕后，披了黑呢的缦斗(le manteau)，拿了爱读的书，在迟迟不落的夕照中间散步逍遥，是非常快乐的。他的田园趣味，大约也是在这Idyllic Wanderings的中间养成的。[①]

"缦斗"并非中文常用词汇，而是法文"manteau"的音译。这让我们想到同样喜欢在大自然中漫步的卢梭穿的亚美尼亚长袍。据《忏悔录》记载，1762—1765年，卢梭因《爱弥儿》中阐述的宗教思想遭到迫害，避居墨底爱儿村。《山中来信》的发表让该村村民也将卢梭视为异端，希望将其驱逐出境。卢梭的亚美尼亚长袍更是给了村民们将其视为怪人的口实。卢梭穿着长袍走在路上，竟遭到村民投石攻击。[②] 郁达夫曾说《忏悔录》前六章具有"一种Romantic, Idyllic的色彩"[③]。也许郁达夫刻意虚构了一个披着长袍在田间漫步的卢梭，并让《沉沦》主人公与之认同。

愤世嫉俗的郁达夫充分认同质疑社会价值的卢梭。然而《忏悔录》《爱弥儿》和关于卢梭的研究书籍解构了卢梭愤世嫉俗的形象。郁达夫将卢梭经典化以捍卫自己的启蒙立场。对于郁达夫这样一个诗意的存在而言，启蒙后面临的孤独和空虚需要通过创造美来补偿。遥想卢梭成为郁达夫制造诗意的一种美学手段。

---

① 郁达夫：《沉沦》，《郁达夫全集》，第一卷，杭州，浙江大学出版社，2007，第55页。

② Jean-Jacques Rousseau, *Œuvres complètes*, éd. cit., t. I, pp. 627－628.

③ 郁达夫：《卢骚的思想和他的创作》，《郁达夫全集》，第十卷，杭州，浙江大学出版社，2007，第396页。

第十三章　梁实秋的反卢梭主义

梁实秋生平[①]

梁实秋1903年出生于北京一户资产阶级家庭，1915年入清华学校读书。该校为留美预备学校，校规森严。梁实秋这样回忆学校生活："我们事后想想像陈筱田[②]先生所执行的那一套管理方法，究竟是利多弊少，许多作人作事的道理，本来是应该在幼小的时候就要认识。许多自然主义的教育信仰者，以为儿童的个性应该任其自由发展，否则受了摧残以后，便不得伸展自如。至少我个人觉得我的个性没有受到压抑以至于以后不能充分发展。我从来不相信'树大自直'。"[③]该段文字对卢梭的影射若隐若现。

五四运动后，梁实秋与友人成立清华文学社，由此结识一些创造社成员，其中包括郁达夫。梁实秋这样讲述他与郁达夫的初遇：

> 我有一次暑中送母亲回杭州，路过上海，到了哈同路民厚南里，见到郭（沫若）、郁（达夫）、成（仿吾）几位，我惊讶的不是他们生活的清苦，而是他们生活的颓废，尤以郁为最。他们引我从四马路的一端，吃大碗的黄酒，一直吃到另一端，在大世界追野鸡，在堂子里打茶围，这一切对于一个清华学生是够恐怖的。后来郁达夫到清华来看我，要求我两件事，一是访圆明园遗址，一是逛北京的四等窑子，前者我欣然承诺，后者则清华学生夙无此等经验，未敢奉陪。[④]

梁实秋对于郁达夫的生活方式不敢苟同，由此我们理解为何梁实秋在与郁达夫论战时批评卢梭不道德。梁实秋两次使用"清华学生"一词拉开与郁达夫的距离，证明梁实秋有将道德制度化的倾向。梁实秋有时也会聆听内心声音，反思颓废生活。1930年的一天，徐志摩和胡适请梁实秋喝花酒，梁在征得夫人同意后赴宴。梁实秋在现场感到十分不自在，最后提前打道回府。事后他这样写道：

---

① 我们借助梁实秋不同时代发表的自传性文章重构其生平。见梁实秋：《梁实秋自传》，南京，江苏文艺出版社，1996。

② 清华学校当时的斋务主任。

③ 梁实秋：《梁实秋自传》，南京，江苏文艺出版社，1996，第45—46页。

④ 同上书，第63页。

季淑问我感想如何，我告诉她：买笑是痛苦的经验，因为侮辱女性，亦即是侮辱人性，亦即是侮辱自己。男女之事若没有真的情感在内，是丑恶的。这是我在上海三年唯一的一次经验，以后也没再有过。[①]

以上简介让我们看到一个强调道德、纪律和尊严的梁实秋。不过，梁实秋也曾经历过一段将卢梭奉为典范的浪漫主义时期。

梁实秋笔下卢梭形象的变迁

正面形象：人类思想解放者

在撰写于1924年1月13日、1926年5月16日发表于《创造月刊》的《拜伦与浪漫主义》一文中，梁实秋将卢梭塑造为人类思想解放者：

卢骚是法国大革命的前驱，也是全欧浪漫运动的始祖。卢骚的使命乃是解脱人类精神上的桎梏，使个人有自由发展之自由；浪漫主义只是这种精神表现在文学里面罢了。[②]

梁实秋视卢梭为理性的思想解放者。他写道：

拜伦之爱自由当然是受卢梭的影响，可是与卢梭的思想，又不尽同。卢梭之自由论，是根据于理智的分析；拜伦之自由论，是根据于情感的直觉。[③]

负面形象："疯人""野人""变态的天才"

然而，在撰写于1926年2月15日的《现代中国文学之浪漫的趋势》一文中，卢梭却被塑造成伪理想主义者。[④] 梁实秋这样定义伪理想主义者：

假理想主义者，即是在浓烈的情感紧张之下，精神错乱，一方面顾不得现世的事实，一方面又体会不到超物质的实在界，发为文学乃如疯人的狂语，乃如梦呓，如空中楼阁。[⑤]

卢梭在该文中的另一幅形象是号召归返自然的浪漫主义作家。如梁实秋所

---

① 梁实秋：《梁实秋自传》，南京，江苏文艺出版社，1996，第137—138页。

② 梁实秋：《拜伦与浪漫主义》，《梁实秋批评文集》，徐静波编，珠海，珠海出版社，1998，第14页。

③ 同上书，第25页。

④ 梁实秋：《现代中国文学之浪漫的趋势》，《梁实秋批评文集》，徐静波编，珠海，珠海出版社，1998，第40—41页。

⑤ 同上书，第40页。

言："在欧洲十八世纪的人为的社会里，卢梭登高一呼：'皈返自然！'这一个呼声震遍了全欧。声浪不断的鼓动了一百多年，一直到现代中国的文学里还展转的发生了个回响。"[1]梁实秋这样阐释卢梭对自然的定义：

> 卢梭所谓"自然"，才是浪漫的自然。卢梭的论调仿佛是这样：人为的文明都是人生的束缚桎梏，我若把这些束缚桎梏一层一层剥去，所剩下来的便是"自然"。自然的人就是野人，自然的生活就是原始的生活。人在自然里是天真烂漫，无忧无虑。"皈依自然"的哲学的根本出发点乃是要求自由，这种精神表现在文学方面便是反对模仿，反对模仿的唯一的利器便是独创的推崇。浪漫主义者一方面要求文学的自然，一方面要求文学的独创，其实，凡是自然的便不是独创的，这似乎是浪漫主义者的矛盾。但矛盾冲突正是浪漫主义的一大特色。浪漫的即是没有纪律的。[2]

梁实秋引入"纪律"概念批评卢梭为野蛮的思想解放者。在同一篇文章中，梁实秋还以"人性常态"和"人性的中心"为标准，指责卢梭特立独行：

> 他的忏悔录里开端自述"我也许不比别人好，但我和别人是不同的。"独创便是"和别人不同"。其实人性常态究竟是相同的，浪漫主义者专要寻出个人不同处，势必将自己的怪僻的变态极力扩展，以为光荣，实则脱离了人性的中心。"独创"做到这种地步，实在是极不"自然"的。[3]

在1926年12月发表于《晨报副镌》的《与自然同化》一文中，梁实秋将对自然的偏好视为卢梭怪癖的标志之一：

> 听说卢梭是"自然的宠儿"。一个人做到"自然的宠儿"的地步，他和自然同化大概不止一次。所以我们不妨请教卢梭。我们知道卢梭幼年从一个雕刻匠学徒的时候，欢喜一个人在黄昏时候踱出野外，领略乡间风光，时常流连忘返，被关在城外，第二天回到店里要挨师傅的一顿毒打。这样的打卢梭不知挨了多少次，最后一次卢梭又被关在城外，想想明天的打真是可怕，于是没敢回去，逃之夭夭了。
>
> 你想，卢梭拼着挨打还要到野外去散步，我们虽然不敢说他就是到野外"与自然同化"，这其间多少总有些蹊蹊。
>
> 卢梭在他的忏悔录第四卷里说："一块平旷的土地，一般人也许以为很美，

---

① 梁实秋：《现代中国文学之浪漫的趋势》，《梁实秋批评文集》，徐静波编，珠海，珠海出版社，1998，第46—47页。

② 同上书，第47页。

③ 同上。

> 但是从我的眼睛看来并不算美。我要的是狂流激湍，松柏丛林，高不可攀陡不可降的羊肠小径，左右是悬崖峭壁，看上去要令人心悸。当我到香伯利去的时候，走到离爱舍而山路不远的地方，我就曾饱尝过这种快乐。那是从岩石凿出来的一条路，从路上下望，就只见有一般小溪从一个可怕的石缝里奔迸出来，那个石缝大概是经过几十万年才冲成功的。路旁筑有栏杆，为的是防备危险。我凭着栏杆可以看见水峡的深处，觉得有点头晕目眩，乐不可支。说也奇怪，这种妙趣就在那头晕目眩里面，只消我是站在一个稳当的地方，我就最喜欢那种晕眩的感觉。我靠在栏杆上足有好几小时之久，不时的俯视喷沫的激湍，咆哮的水声震着我的耳鼓，同时听见许多乌鸦和凶禽在六百尺下之岩右短树中间飞来飞去的㘗啸。”①
>
> 啊，原来这就是“与自然同化。”“头晕目眩”原来就是与自然同化的时候。至少这是卢梭式的与自然同化。这种专门喜欢险恶的风景的心理，是变态的，也是病的。其企求激刺的心理就与吸食鸦片吗啡者一样，一样的要求头晕目眩，一样的在头晕目眩中间寻得乐趣。②

在1928年3月10日发表的《文学的纪律》一文中，梁实秋视卢梭为感情主义者：

> 感情主义（Emotionalism）是浪漫主义的精髓。没有人比卢梭更富于感情，更易于被感情所驱使。卢梭个人的行为，处处是感情用事，一切的虚伪、浮躁、暴虐、激烈、薄情，在在都是情感决溃的缘故，我们试读他的《忏悔录》，就可以觉得书里的主人是自始至终的患着热病，患着自大狂、被迫狂、色情狂……一切的感情过度的病态。他是天才，是的，是一个变态的天才。卢梭的思想，也是弥满了感情主义的色彩，他自己说的好：“余之哲学非由原理演绎而得，乃由情感抽引而出。”③

总结而言，相比于《拜伦与浪漫主义》一文，梁实秋在后来发表的文字中采用了一套新的批评体系，其关键词为“纪律”“正常状态”“人性中心”“理性”。梁实秋笔下卢梭形象由正转负，与其对浪漫主义态度的转变有关。

---

① 梁实秋的译文基本忠实于原文。原文见 Jean-Jacques Rousseau, *Œuvres complètes*, éd. cit., t. I, p. 173。

② 梁实秋：《与自然同化》，梁实秋：《浪漫的与古典的》，上海，新月书店，1928，第75—77页。该文在《晨报副镌》上刊出时题为《自然与同化》。

③ 梁实秋：《文学的纪律》，《梁实秋批评文集》，徐静波编，珠海，珠海出版社，1998，第103页。

梁实秋对浪漫主义态度的转变

捍卫浪漫主义

在《拜伦与浪漫主义》中，梁实秋捍卫表达自由：

> 浪漫主义的精髓，便是"解放"两个字。……浪漫诗人里，有与自然同化的隐士，有与社会反抗的豪侠，有处心积虑的社会改造家，有沉醉于美感的艺术家，虽是分道扬镳，而内中自有他们的共同的宗法。他们全是"解放"旗下的骁将。[①]

梁实秋在该文中将浪漫主义视为对自我表达、诗学形式和诗学主题的解放。梁实秋指出，比起强调必须模仿经典、贬低作者个性的古典主义，浪漫主义让欧洲诗歌重获活力。[②] 诗学形式的解放主要指诗歌从传统形式，特别是无韵诗和英雄双韵体中解放出来。将日常词汇引入诗歌也是形式解放的题中之意。至于诗歌主题的解放，梁实秋指出，古典主义要求诗歌主题符合理性，不逸出日常生活经验范围之外。浪漫主义诗歌则充满想象，偏爱中世纪骑士故事、古希腊神话、航海传奇。梁实秋指出，对新奇和神秘的偏好背后是对现实世界的厌倦。梁实秋将拜伦视为反抗传统的代表。他这样描绘诗人形象：

> 卷而乱的头发覆在额上；两只眼睛炯炯的射着光芒，似乎要把生命的浮虚射穿；昂着首，挺着腰，似要和世界去开衅；——他这反抗的精神，不已跃跃然如在纸上了吗？[③]

梁实秋指出："拜伦所以受人这样攻击的地方，一半确是拜伦的异常的行径所致，一半却是由于一般自命为正人君子的人捕风捉影飞短流长。"[④]与郁达夫一样，这一时期的梁实秋将"正人君子"(gentlemen)视为恶人。对于拜伦同情弱者、追求自由恋爱，此时的梁实秋持中立态度。日后当他在中国浪漫派作家身上发现同样特质时，却转而持批评态度。[⑤]

---

① 梁实秋：《拜伦与浪漫主义》，《梁实秋批评文集》，徐静波编，珠海，珠海出版社，1998，第 14 页。

② 同上书，第 14—16 页。

③ 同上书，第 21 页。

④ 同上书，第 22 页。

⑤ 同上书，第 25，29 页。

批评浪漫主义

上述《拜伦与浪漫主义》一文最初发表于创造社官方期刊《创造》杂志。梁实秋在该文中对浪漫主义的态度与创造社成员并无不同。然而梁实秋没有在文学革命者的阵营中久留。在写于 1926 年 2 月 15 日的《现代中国文学之浪漫的趋势》一文中，梁实秋指出中国浪漫主义有如下特点：第一，毫无甄别地接受一切外国思潮；第二，过于强调感情的作用，忽视理性；第三，生活责任心不足；第四，宣扬发展个性，回归自然。

在该文中，梁实秋批评"浪漫主义者有一种'现代的嗜好'，无论什么东西凡是'现代的'就是好的"[①]。外国是新与异的主要来源。中国浪漫主义者不加甄别地引进各种外国元素，造成文坛混乱。

梁实秋指出，中国现代文学还存在抒情过度的问题。相关段落很可能是在影射郁达夫：

> 浪漫主义者对于自己的生活往往要不必要的伤感，愈把自己的过去的生活说得悲惨，自己心里愈觉得痛快舒畅。……至于小说的体裁是宜于叙事，抑是宜于抒情，浪漫主义者是不过问的，心里觉得抑郁，便把情感发泄出来，若没有真挚的情感，临时自己暗示，制造情感亦非难事，至于写出来的是什么东西，当他未写之前，自己也未曾料到。浪漫主义就是不守纪律的情感主义。[②]

梁实秋指出，中国现代文学中的人道主义思潮即感情泛滥的产物。中国诗人将劳工过度理想化，无限美化车夫和妓女。这一心态背后是一种属于伪理想主义的平等主义精神：

> 吾人反对人道主义的唯一理由，即是因为人道主义不是经过理性的选择。同情是要的，但普遍的同情是要不得的。平等的观念，在事实上是不可能的，在理论上也是不应该的。[③]

梁实秋指出，伪理想主义者常常用情过度，以致胡言乱语。而真正的理想主义者懂得用理性规约情感。梁实秋对理性的定义与卢梭不同。后者的理性指独立思考能力，前者的理性则是情绪冷静的同义词。梁实秋认为，受以卢梭为代表的浪漫主义影响，中国作家在写作时缺乏冷静态度，作品中充斥着主观印象。梁实秋认为，小说的任务是叙事，诗歌的任务是抒情。中国作家却将这两种体裁相混淆，将

---

① 梁实秋：《现代中国文学之浪漫的趋势》，《梁实秋批评文集》，徐静波编，珠海，珠海出版社，1998，第 37 页。

② 同上书，第 41—42 页。

③ 同上书，第 42 页。

小说变成印象和情感描写的集合，导致无法表现普遍人性：

> 在印象主义自己看来，或者以为如此创作方可表现自我。殊不知他并不能表现自我，只是表现自我的表面。真实的自我，不在感觉的境界里面，而在理性的生活里。……其实伟大的文学亦不在表现自我，而在表现一个普通的人性。[①]

文学批评典范：阿诺德、浦波与亚里士多德

梁实秋认为，只有结构平衡的作品才能够表现普遍人性。这样的作品必然是理性、全面观察人生的产物：

> 阿诺德论莎孚克里斯[②]的伟大，他说莎孚克里斯能“沉静的观察人生，观察人生的全体”。这一句话道破了古往今来的古典主义者对于人生的态度。惟其能沉静的观察，所以能免去主观的偏见；惟其能观察全体，所以能有正确的透视。故古典文学里面表现出来的人性是常态的、是普遍的。其表现的态度是冷静的、清晰的、有纪律的。[③]

在《现代中国文学之浪漫的趋势》一文中，阿诺德强调理性与文学批评标准的重要性：

> 但在印象的世界里，事事是相对的，生活像走马灯似的川流不息的活动，生活没有稳健的基础，艺术文学于是也没有固定的标准，这在重理性的古典主义者看来，必感异常的不安。我们可以不必诉诸传统精神，但是我们可以诉诸理性。我们可以要求有理性的文学作者，像阿诺德所说，“沉静的观察人生，并观察人生全体”。[④]

浪漫派作家拒绝遵守人为制定的规则，宣扬回归自然。他们的自然观受到卢梭影响。在《现代中国文学之浪漫的趋势》一文中，梁实秋对比卢梭与古典主义文学批评家蒲柏(Alexander Pope)的自然观：

> 什么叫作“自然”？卢梭所最反对的浦波，也喊过“皈返自然”，比卢梭还早好几十年。浦波说荷马就是自然，皈依自然就是皈依典籍，他又说常识就是自

---

① 梁实秋：《现代中国文学之浪漫的趋势》，《梁实秋批评文集》，徐静波编，珠海，珠海出版社，1998，第45页。

② 今译“索福克勒斯”。

③ 梁实秋：《现代中国文学之浪漫的趋势》，《梁实秋批评文集》，徐静波编，珠海，珠海出版社，1998，第43页。

④ 同上书，第46页。

> 然，皈依常识就是皈依自然。卢梭所谓“自然”，才是浪漫的自然。卢梭的论调仿佛是这样：人为的文明都是人生的束缚桎梏，我若把这些束缚桎梏一层一层剥去，所剩下来的便是“自然”。自然的人就是野人，自然的生活就是原始的生活。①

梁实秋指出，经典作品必然具有“严重性”。在1926年七八月间发表于《晨报副镌》的《戏剧艺术辩证》一文中，梁实秋写道：“最高的艺术其创造必有极大之严重性，鉴赏最高之艺术亦须具有极大之严重性。严重性者即阿诺德论巢塞时所谓 *high seriousness*（*Essays in Criticism*，Vol. II. p. 34）。此种严重性乃理性活动的产物。”②阿诺德在原作中这样评论乔叟（即梁实秋笔下的“巢塞”——笔者注）：

> 乔叟的诗作缺乏某种东西，某种一首诗需要拥有才能被列为最著名诗歌的东西。这种东西即被亚里士多德视为诗歌主要优点之一的高贵的严重性。乔叟诗歌的本质，乔叟的世界观及其对人生的批评有深度，不受局限，反映出诗人的敏锐目光和极大的善意，但缺乏高贵的严重性。③

上述引文出自阿诺德《批评论》（*Essays in Criticism*）第二卷“诗学研究”（“The Study of Poetry”）。阿诺德在该文中多次提到“极大之严重性”（*high seriousness*）。如果说梁实秋强调“极大之严重性”与理性的关系，阿诺德则更强调其与绝对诚意的关系。在阿诺德看来，这正是罗伯特·彭斯（Robert Burns）诗作所缺少的：“如果我们足够敏感，我们会发现在这些片段中听不到真正来自彭斯灵魂深处的声音。他没有从这样的深度出发对我们说话，而像是在布道。”④

除严重性外，平和、安宁和沉思也是梁实秋美学的重要维度。他引用亚里士多德来阐述相关主题：

> 文学的效用不在激发读者的热狂，而在引起读者的情绪之后，予以和平的宁静的沉思的一种舒适的感觉。亚里士多德于悲剧定义中所谓之“Katharsis”（涤净之意），可以施用在一切的文学作品中。⑤

在1928年发表的《亚里士多德的〈诗学〉》一文中，梁实秋这样总结亚里士多德的模仿论：

---

① 梁实秋：《现代中国文学之浪漫的趋势》，《梁实秋批评文集》，徐静波编，珠海，珠海出版社，1998，第47页。

② 梁实秋：《戏剧艺术辩证》，《梁实秋批评文集》，徐静波编，珠海，珠海出版社，1998，第59页。

③ Matthew Arnold, “The Study of Poetry”, in Matthew Arnold, *Essays in Criticism*, London/New York, The Macmillan Company, v. II, 1898, pp. 32－33.

④ *Ibid.*, p. 48.

⑤ 梁实秋：《文学的纪律》，《梁实秋批评文集》，徐静波编，珠海，珠海出版社，1998，第103页。

> 所谓文学之模仿者，其对象乃普遍的永久的自然与人生，乃超于现象之真实；其方法乃创造的、想像的、默会的；一方面不同于写实主义，因其所模仿者乃理想而非现实，乃普遍之真理而非特殊之事迹；一方面复不同于浪漫主义，因其想象乃重理智的而非情感的，乃有约束的而非扩展的。故模仿论者，实古典主义之中心，希腊主义之精髓。[①]

《亚里士多德的〈诗学〉》一文重点谈论亚里士多德的理性观：

> 文学批评应以理智为至上之工具，即文学创造亦应以理智为至上之制裁，亚里士多德虽未这样明了的述说，但我们于其文学批评中已可窥见，证之于他的哲学，乃为益信。《诗学》全部是一精密的分析的理智的研究，其批评之信条即为求文学之普遍性，全体之谐和，各部之比例，总而言之，即谓文学之创作当有理智之选择。[②]

梁实秋引用亚里士多德证明想象力的发挥不应不着边际，因为整个宇宙围绕幸福这一目标运转。[③] 早在《与自然同化》一文中，梁实秋就指出不加约束的想象是恶的象征，并据此批评卢梭对自然中怪诞景致的偏好。亚里士多德可谓梁实秋批判卢梭的理论支撑之一。

白璧德《卢梭与浪漫主义》对梁实秋的影响

1924年以前，梁实秋是浪漫派批评家，对卢梭持肯定态度。1924年以后，梁实秋对卢梭转持否定态度。白璧德在这一转变过程中扮演重要角色。1924—1925年，梁实秋修读了白璧德“十六世纪后文艺批评”课程，从此转向古典主义。白璧德的《卢梭与浪漫主义》一书是梁实秋关于卢梭知识的主要来源。该书帮助我们理解梁实秋在何种程度上承袭了白璧德对卢梭的批评。

《卢梭与浪漫主义》最初发表于1919年，共分十章：“‘古典的’与‘浪漫的’概念”“浪漫主义的天才观”“浪漫主义的想象观”“浪漫主义的道德观：理想”“浪漫主义的道德观：现实”“浪漫主义的爱情观”“浪漫主义的讽刺”“浪漫主义与自然”“浪漫主义的忧郁观”“当下视野”，书末附有《中国原始主义》一文。

在第一章中，白璧德引用亚里士多德指出，浪漫即追求“奇异的、无法预见的、

---

① 梁实秋：《亚里士多德的〈诗学〉》，《梁实秋批评文集》，徐静波编，珠海，珠海出版社，1998，第73页。

② 同上书，第84页。

③ 同上书，第83页。

强烈的、最高级的、极端的和唯一的"事物。[1] 浪漫主义者排斥笛卡尔式的理性，认为它阻碍想象力发展。[2] 白璧德承认，十七世纪的古典主义者的确过分压抑想象。[3] 在此意义上，卢梭将古典主义者宣扬的礼数（decorum）视为"虚伪的面具"和"罪恶的粉饰"有一定道理。[4] 不过白璧德认为，亚里士多德的《诗学》所代表的古典主义则具有普适性。[5] 亚里士多德区别自然的自我与人性的自我。前者依照内心的冲动和欲望行动，后者则控制冲动和欲望，讲求节制与平衡。白璧德指出，发现人性的自我靠的不是笛卡尔式的理性或外在权威的约束，而是一种即时的体悟（*immediate perception/immediate insight*）。[6] 只有借助想象才能够获得这一体悟。真伪古典主义的区别正在于此。[7]

白璧德在本章中指出，柏拉图所谓在"多"中发现"一"（*the One in the Many*），即文学批评家应当关注人在各种情境下都保有的恒常之物。[8] 梁实秋很可能受白璧德影响，在《文学批评辨》中引用柏拉图"多中之一"的概念，证明普遍人性应当是所有杰作表现的对象。[9]

《卢梭与浪漫主义》第二章讨论浪漫主义的天才观。白璧德写道："以抒发性情之名拒绝基督教和古典主义规约是推动原初天赋发展运动的核心。"[10]卢梭主义者或曰浪漫主义者反对基督教关于人类堕落性的理论，认为人性本善，因此自由抒发性情具有合法性。卢梭主义者强调自发性，拒绝礼数和模仿。[11] 白璧德指出，强调自发性的必然结果是怀念童年。[12] 白璧德认为人不应当幻想回归无知的孩童时代，而应当努力克服自己的短处，奋力前行。[13] 梁实秋很可能受白璧德影响，在《现代中国文学之浪漫的趋势》一文中指出，中国儿童文学的勃兴反映出"逃避人生的文学观"，是中国文学趋于浪漫的凭据。[14]

---

① Irving Babbitt, *Rousseau and Romanticism*, Boston and New York, Houghton Mifflin Company, 1919, p. 4.

② *Ibid.*, pp. 26—27.

③ *Ibid.*, p. 22.

④ *Ibid.*, p. 24.

⑤ *Ibid.*, pp. 14—16.

⑥ *Ibid.*, pp. 18, 19.

⑦ *Ibid.*, pp. 17, 18, 19, 27.

⑧ *Ibid.*, p. 15.

⑨ 梁实秋：《文学批评辩》，《梁实秋批评文集》，徐静波编，珠海，珠海出版社，1998，第 93 页。

⑩ Irving Babbitt, *Rousseau and Romanticism*, éd. cit., p. 46.

⑪ *Ibid.*, pp. 34, 44, 68.

⑫ *Ibid.*, p. 51, 68.

⑬ *Ibid.*, p. 51.

⑭ 梁实秋：《现代中国文学之浪漫的趋势》，《梁实秋批评文集》，徐静波编，珠海，珠海出版社，1998，第 48—50 页。

白璧德认为,夸大天赋的作用必然导致赞美怪诞举止。白璧德将卢梭视为怪诞的浪漫主义者之鼻祖,认为身着亚美尼亚式长袍在墨底爱儿村漫步是卢梭行为怪异的证明。在文学上,追新逐异意味着大肆铺陈吸引人眼球的细节。真正的古典主义作家则会斟酌作品整体结构。[①] 梁实秋在《现代中国文学之浪漫的趋势》一文中借用了白璧德的这一观点。[②]

白璧德认为,人兽之别在于前者能够控制自己的本能。在此意义上,是伦理而非自由表达让人变得更加人性。符合伦理的作家会在脑海中构建一个希望模仿的典范,即"伦理中心"[③]。只有通过索福克勒斯式的本能模仿而非伪古典主义式的机械模仿才能够到达该中心。[④]

第三章讨论浪漫主义的想象观。白璧德指出,浪漫主义者希望通过创造性想象接近未知世界。这一观念的代表人物是康德和席勒。二者认为,想象必须打破所有羁绊。[⑤] 在《美学通信》中,席勒拒绝用明确的目标为想象设限。[⑥] 卢梭也曾说,没有人比无限定目的地的散步者更具想象力。[⑦] 宣扬想象自由反映出浪漫主义者对无限的追求。如卢梭所言:"一种没有明确目标的欲望让我燃烧"[⑧]。对无限的追求也表现在浪漫主义作家在一部作品中混合多种文学体裁。梁实秋在中国现代文学中也发现同样的趋向。

卢梭认为文明阻碍情感的自由表达,[⑨]因而更喜欢原始时代,[⑩]试图建立一套原始主义哲学甚至宗教。[⑪] 白璧德认为,卢梭对原始时代不切实际的幻想源自于对现实的不满。[⑫] 卢梭应当学习古典主义作家,以伦理中心为指归展开想象,提炼、升华现实。[⑬]

梁实秋阅读这一章时不难想到郁达夫。后者不止一次在作品中表达去别处生活的愿望。《卢梭与浪漫主义》第三章接近尾声处的一段话很可能让梁实秋想起当时中国的情形:"也许任何一个时代都不像浪漫主义时代那样,有如此多个人,如柏

---

① Irving Babbitt, *Rousseau and Romanticism*, éd. cit., p. 55.

② See pp. 150—151.

③ *Ibid.*, p. 64.

④ *Ibid.*, p. 53.

⑤ *Ibid.*, p. 70.

⑥ *Ibid.*, p. 81.

⑦ *Ibid.*, p. 72.

⑧ *Ibid.*, p. 93.

⑨ *Ibid.*, p. 79.

⑩ *Ibid.*, pp. 93—94.

⑪ *Ibid.*, pp. 73, 77.

⑫ *Ibid.*, p. 101.

⑬ *Ibid.*, pp. 102—103.

辽兹，希望打破传统的藩篱，以发展和充分表现自己的天分。”[①]

第四章的主题是浪漫主义作家的道德。对于卢梭主义者而言，良心是本能，甚至是激情，这是他们捍卫情感表达自由的理论基础。白璧德则认为，不加限制地自由抒情会异化人性。他指出，古典主义作家受理性约束，遵循礼数，试图超越普通的自我，是真正的人文主义者。

白璧德指出，卢梭主义作家“用人工化的、腐败的社会与‘大自然’的二元对立，代替传统的善恶对立”，[②]认为社会乃万恶之源。他们经常描写“光荣的恶棍”和“可爱的流浪汉”，认为女工如果不幸落入风尘，错不在自己而在雇主。对于卢梭主义者而言，博爱远比自我节制更重要。[③] 受白璧德启发，梁实秋也批评中国现代文学同情泛滥，喜欢将烟花女子塑造成英雄。

浪漫主义作家心绪不定，喜欢描写转瞬即逝的印象。白璧德因此将浪漫派作家定义为印象主义者。也正是在此意义上，梁实秋在《现代中国文学之浪漫的趋势》一文中使用了“印象主义”一词。[④]

白璧德指出，卢梭主义者偏爱妄语、眩晕和陶醉。白璧德举《忏悔录》中一场景为例。在该场景中，卢梭从山峰高处俯视，看到一条小河在险峻的深谷中湍流不息，大为赞赏。[⑤] 梁实秋在《与自然同化》一文中也引用了同一段落。[⑥] 普通读者也许仅会视本段为风景描写，梁实秋却从中得出道德教训，其受白璧德之影响可见一斑。

《卢梭与浪漫主义》第五章分析浪漫主义道德观导致的两个问题：自私与艺术退化。白璧德指出，自私是崇尚自我的浪漫主义者的必然趋向。白璧德区分柔性和刚性浪漫主义者。前者倡导博爱，后者觊觎权力。在国家层面，个人主义完全压倒利他主义的结果即帝国主义的诞生。[⑦] 关于艺术退化，白璧德指出，浪漫主义者强调想象与情感的解放，不让艺术隶属于任何中心，将其建基于永恒移动之物上，导致作品结构混乱，[⑧]成为“骗术与疯狂”的混合体。[⑨] 梁实秋在中国现代文学中也发现同样问题，其相关论述与白璧德的论述非常接近。[⑩] 白璧德指出，理想的艺术作品符合伦理，充满适可而止、平和安宁的情感。只有用秩序和平衡感约束美学感

---

① Irving Babbitt, *Rousseau and Romanticism*, éd. cit., p. 112.

② *Ibid.*, p. 130.

③ *Ibid.*, pp. 140－143, 156.

④ *Ibid.*, pp. 161－162.

⑤ *Ibid.*, pp. 180－181.

⑥ *Ibid.*, pp. 147－148.

⑦ *Ibid.*, pp. 187, 198, 200, 201.

⑧ *Ibid.*, p. 206.

⑨ *Ibid.*, p. 208.

⑩ *Ibid.*, p. 151.

受性，发挥符合伦理的想象，方能实现至美。[①]

第六章讨论浪漫主义的爱情观。白璧德区分柏拉图式的爱情与卢梭主义的爱情。柏拉图认为，所有美的物品都在一定程度上象征最高的美，后者超越感官愉悦。卢梭主义者则认为，满足感官需求是爱情的终极目标。[②] 白璧德指出，卢梭主义者的爱情是自私的。卢梭剧作《皮格马利翁》的主人公真正爱的只是自己的才情。卢梭主义者认为想象的爱情比现实的爱情更真实。卢梭就曾说过："现实不如回忆让我印象深刻。"[③]

第七章的主题是浪漫主义的讽刺。古典作家从不讽刺自己的信念，那是他们的价值中心。浪漫主义者则讽刺一切中心。缺乏中心支点的浪漫主义者经常自嘲，乃至于人格分裂，卢梭就曾声称自己心脑异处。[④]

追求无限是浪漫主义讽刺的根源。尼采认为，只有摧毁一切界限危险地生活，才能够接近无限。波德莱尔为逃避烦闷，纵容自己的欲望，梦想情感历险。白璧德指出，浪漫主义者认为只有不断向外扩张才能达到无限，结果往往适得其反，陷入空虚烦躁。真正的无限内在于人心。只有目光向内，运用自控力超越无定的欲望，才能够达到无限。[⑤]

第八章围绕浪漫主义的自然观展开。卢梭主义者感叹自己不为同时代人理解，转向大自然寻找自由和无限。夏多布里昂笔下的勒内便是此中典型。在勒内看来，深入大自然是超越一切界限的最好方法。[⑥] 白璧德认为，浪漫主义者宣称在自然界有限的形式中看到无限之光，其实是不愿在精神上作出努力。[⑦] 真正的精神性不是面对大自然时的陶醉，而是朝向内心中心凝神静思。卢梭主义者所谓与自然融合不过是与自己多变的心绪融合。这不是真正的哲学，而是一种自私心态。

在《与自然同化》一文中，梁实秋部分采用本章内容。以下为两处例证：

> 梁实秋：有些极端主张"与自然同化"的人，其心理亦不过另一种病态。那便是，浪漫的纵乐(Romantic Revelry)。……这是假宗教精神。真的宗教精神是有纪律的，是紧凑而团结的一种力量，不是散漫放荡的纵乐。你看：真正笃信宗教的人，他祷告的时候是在房里聚精会神的屏思净念，决不是游山逛水的到处遨游。

---

① Irving Babbitt, *Rousseau and Romanticism*, éd. cit., pp. 202, 207.

② *Ibid.*, pp. 220—222.

③ *Ibid.*, pp. 225, 234, 236—237.

④ *Ibid.*, pp. 262—264.

⑤ *Ibid.*, pp. 240—242, 250—252, 254, 258—260, 265—266.

⑥ *Ibid.*, pp. 277, 279, 283, 287.

⑦ *Ibid.*, pp. 285—286, 289, 304.

> 白璧德：以前，精神性不意味着宣泄，而是指静思、集中精力引领自我走向中心；这就是为什么当一个人想要祈祷时，他会选择退居陋室，而非走出家门，面对大自然的奇迹陷入难以言喻的陶醉。[①]

> 梁实秋：拜伦有名的一行诗句“I love not man the less but nature more”（我不是对于人的爱情少，而是对于自然的爱情多。）拜伦很清楚的把人与自然分开，但是分开之后就有问题：究竟人与自然有什么样关系？……把自然人性化（To humanize nature）是古典主义者人本主义者的主张；把人自然化（To naturalize man）是浪漫主义者自然主义者的主张。

> 白璧德：拜伦的这句诗背后隐藏着一场大革命：“我不是对于人的爱情少，而是对于自然的爱情多。”任何对这一主题的研究必然涉及以下问题：在不同时代和不同思潮中，人与自然界的分隔以何种方式进行，达到何种程度？二者的接近又以何种方式进行，达到何种程度？……我们可以断言，古希腊人让人变得人性化；卢梭主义者则用自然将人异化。卢梭所谓的大发现即幻想；然而这一幻想不过是人与周遭自然虚拟的融合。[②]

第九章讨论浪漫主义者的孤独和忧郁。白璧德指出，多种原因造成这一现象。首先，浪漫主义者过于理想主义，追求极度幸福，觉得日常生活平庸乏味；其次，浪漫主义者感受性发达而思想倦怠，想要享受生活却不愿为他人工作；第三，浪漫主义者与世隔绝，认为是社会而非自己不切实际的理想造成他们对现实的失望；第四，集体信念的缺失加剧了浪漫主义者与社会的对立。

白璧德引用亚里士多德的观点指出，学会克制普通自我的欲望，上升到大家共有的伦理的自我，方能摆脱孤独。为达致这一目标，要学会倾听自己的良心。白璧德不赞同卢梭的性本善论，认为只有努力才能够获得良心。努力的内涵包括遵循既定规约。白璧德指出，一时一地的规约可能不尽完美，却部分传递着“没有书写下的天条”的精神。[③] 对天条的信仰引领人们用符合伦理的想象靠近人性中心。在此意义上，符合伦理的想象是不可分析的，因为它源自于白璧德所谓的即时体悟。

白璧德认为，只有建构正确的幸福观，才能够解决浪漫主义作家的忧郁问题。他指出，让自己变得对他者有用，努力从较低的伦理层级走向较高的伦理层级，方

---

① 梁实秋：《与自然同化》，梁实秋：《浪漫的与古典的》，上海，新月书店，1928，第 80－81 页；Irving Babbitt, *Rousseau and Romanticism*, éd. cit., p. 285.

② 同上书，第 81 页；*Ibid.*, p. 269.

③ Irving Babbitt, *Rousseau and Romanticism*, éd. cit., pp. 175－177.

能获得幸福。当人们力图对他者有用时,内心善恶的距离减小,从而在一定程度上达到内在的和谐。[①]

在最后一章"现今展望"中白璧德指出,"谦卑是人类一切伦理生活的源头。当谦卑减弱时,自满或不切实际的空想就会自动取而代之。"[②]因此宗教与人文主义密不可分。白璧德批评亚里士多德未能将二者相连结。

在题为《中国的原始主义》的附录中,白璧德指出道教是最接近卢梭主义的历史思潮。道家拒绝等级化,认为相反的事物存在同一性,宣扬回归自然。其代表人物庄子认为,人脱离自然状态是一种退步。在白璧德看来,庄子的逻辑预告了卢梭《论科学与艺术》和《论不平等的起源》二文的诞生。相比之下,孔子和孟子捍卫文明,强调等级和伦理。不过,白璧德认为儒家忽视了想象的作用,而后者是理解人性的关键。[③]

总结而言,梁实秋对卢梭以及中国浪漫主义文学的批评,在很大程度上受白璧德影响。梁实秋与郁达夫对卢梭态度的分歧,也是二者文学观、社会观、人性观的分歧。梁实秋强调文学要表现普遍人性,体现秩序感、平衡感,带来安宁与平和。郁达夫则认为文学应当摆脱羁绊,抒发个体情感,用真诚打动读者。梁实秋倾向于捍卫既有社会秩序,郁达夫则批判社会不平等,拷问社会秩序的起源。梁实秋认为人之所以为人,在于其懂得控制自我的欲望。郁达夫则认为以人为本即让人性自由发展。所谓以社会规范约束自我,往往是掌权者为巩固权力编织的谎言。

---

① Irving Babbitt, *Rousseau and Romanticism*, éd. cit., pp. 329—330, 334—343, 347—349.

② *Ibid.*, p. 380.

③ *Ibid.*, pp. 395—397.

第五部分
十九世纪法国文学译介

第十四章　波德莱尔在中国的译介

法国象征主义对中国新诗的影响早已引起中法比较文学学者关注，[①]但对中文波德莱尔评论文字知识来源的研究尚显不足。比如，很少有论者关注田汉《恶魔诗人波陀雷尔的百年祭》[②]一文的参考文献，而这些文献日后成为那一时期中国人了解波德莱尔的经典知识来源。此外，现有波德莱尔译介研究较少关注文学批评和文学史专著中提及的波德莱尔。事实上，其中一些专著，特别是托尔斯泰的《艺术论》、本间久雄的《欧洲近代文艺思潮论》以及厨川白村的《近代文学十讲》《苦闷的象征》和《出了象牙之塔》，对中国波德莱尔评论家产生重要影响。

波德莱尔作为颓废作家的形象在二十世纪20—30年代的中国最为流行。我们以颓废概念为中心，兼及与这一概念相关的象征主义、恶魔主义、为艺术而艺术、革命与保守等概念，重构波德莱尔在中国的接受历程。我们将特别关注不同批评文本的互文性，揭示关于同一主题的观点产生的源头及其演变过程。我们还将罗列1917—1937年汉译波德莱尔作品，并对其中特别能够说明中国译介者视野的几个翻译个案进行研究。

评论波德莱尔

在1920年3月15日发表于《少年中国》的一封信中，郭沫若称自己不堪生活重压，几近想要自杀，比波德莱尔更颓废。[③] 由此可见，早在1920年，颓废作家就已是中国文人普遍接受的波德莱尔形象。郭沫若所用“颓废”一词后来成为法文«décadence»一词的中文定译。

在1921年11月14日发表于《时事新报》的《法国两个诗人的纪念祭——凡而

---

① 1980至2018年发表了五部相关作品：Michelle Loi, *Roseaux sur le mur. Les Poètes occidentalistes chinois 1919—1949*, Paris, Gallimard, 1971; Jin Siyan, *La Métamorphose des images poétiques* 1915—1932: *des symbolistes français aux symbolistes chinois*, Dortmund, Projekt Verlag, 1997; Che Lin, *Entre tradition poétique chinoise et poésie symboliste française*, Paris, L'Harmattan, 2011; Wen Ya, *Baudelaire et la nouvelle poésie chinoise*, Paris, L'Harmattan, 2016; Wen Ya, «La Première Réception de Baudelaire en Chine», *L'Année Baudelaire*, 2017, pp. 195—207.

② 田汉：《恶魔诗人波陀雷尔的百年祭》，《少年中国》，第三卷第四期，1921年11月1日，第1—6页；田汉：《恶魔诗人波陀雷尔的百年祭(续)》，《少年中国》，第三卷第五期，1921年12月1日，第17—32页。

③ 《会员通讯》，《少年中国》，第一卷第九期，1920年3月15日，第182页。

伦与鲍桃来尔》一文中，滕固视波德莱尔为颓废艺术的最佳代言人，指出其最钟爱的主题即痛苦和死亡。滕固几乎照搬了厨川白村关于波德莱尔《快乐的死者》一诗的评论："死与颓废，腐肉与残血，是他的诗境；是他的恐怖之美。他有名的诗集《恶之花》出版后，人家称他是'地狱之书''罪恶之圣书'。"同一段也出现在厨川白村《近代文学十讲》中。该书1922年由罗迪先译成中文出版。[①]

意大利精神分析学家切萨雷·龙勃罗梭(Cesare Lombroso)出现在滕固文章讨论波德莱尔家庭出身的段落中。滕固写道："Lomdroso说：'他生于精神病的系统之家。——是狂人中最庄严的一个模型。——可说他是感觉过敏，又无感觉的人。'"[②]该段文字证明，滕固至少读过龙勃罗梭《天才之人》中讨论波德莱尔部分的前几行。[③]

除滕固外，龙勃罗梭的作品还吸引了另外两位留日中国批评家——谢六逸和周作人——的注意。前者以"宏徒"为笔名，于1927年5月在《小说月报》上发表《鲍特莱而的奇癖》一文，将诗人描绘成染绿头发、嗜好丑女的怪人。该文几乎原封不动地照搬了龙勃罗梭的文字。[④] 在1921年11月14日发表于《晨报附镌》的《三个文学家的纪念》一文中，周作人提到龙勃罗梭将波德莱尔视为疯狂的天才。[⑤]

田汉与波德莱尔

1921年，田汉在《少年中国》上发表《恶魔诗人波陀雷尔的百年祭》一文，将波德莱尔描述为"不幸福""没有光荣""没有爱恋""没有友情"的诗人，将《恶之花》定义为"怪异，险奇，凄怆的纯艺术品"[⑥]。田汉强调诗人故意自我放逐：

> 他虽和许多罗曼主义者一样去求美，然而他于那美中发见了丑之潜伏。他求善反得了恶，求神反得了恶魔，求生之欢喜，反得了死之恐怖。他于是乎苦于人生根本的矛盾。他的悲惘不是普通许多罗曼主义者那样空想的情绪的悲惘，而是由神经之烦闷来的人生之根本来的极深远极深远的悲惘。……他

① 滕固：《法国两个诗人的纪念祭——凡而伦与鲍桃来尔》，张大明：《中国象征主义百年史》，开封，河南大学出版社，2007，第52页；[日本] 厨川白村：《近代文学十讲》，罗迪先译，第二卷，上海，学术研究会丛书部，1922，第241页。

② 滕固：《法国两个诗人的纪念祭——凡而伦与鲍桃来尔》，张大明：《中国象征主义百年史》，开封，河南大学出版社，2007，第52页。

③ Cesare Lombroso, *L'Homme de génie*, Paris, Félix Alcan, 1889, pp. 92—93.

④ 宏徒：《鲍特莱而的奇癖》，《小说月报》，第十八卷第五号，1927年5月，第28页；Cesare Lombroso, *op. cit.*, pp. 92—95.

⑤ 仲密：《三个文学家的记念》，《晨报副镌》，1921年11月14日，《周作人散文全集2(一九一八——一九二二)》，钟叔河编订，桂林：广西师范大学出版社，2009，第476页。

⑥ 田汉：《恶魔诗人波陀雷尔的百年祭》，《少年中国》，第三卷第四期，1921年11月1日，第4—5页。

的诗之毅然决然歌颂人世之丑恶者，盖以求善美而不可得，特以自弃的反语的调子出之耳。①

经考证，该段文字来源于生田长江、野上臼川、昇曙梦、森田草平的《近代文艺十二讲》。田汉认为，"神经之烦闷"是颓废象征主义者的特色之一。其另一特色是吸食大麻。②《双重室》描写的即诗人在大麻作用下产生的幻觉。田汉的这一观点来自于弗兰克·皮尔斯·斯图姆（Frank Pearce Sturm）为《波德莱尔：散文与诗》（*Baudelaire*：*His Prose and Poetry*）一书所作序言。③

田汉还引用了《人工天堂》中的一段文字：

官能弄成功异常的犀利而锐敏，眼光能贯穿无极，耳朵于甚嚣之中能分出极难分的音。幻觉起了，外界的事物呈怪异的模样，而表现于一种未经人知道过的形态。……最奇异的暧昧语言，最难说明的思想之转换，生出来了。于是我觉得音响会有色彩，而色彩成了音乐。④

田汉的这段文字转译自斯图姆的上述序言。斯图姆借此呈现波德莱尔在大麻作用下产生的幻觉。田汉则将此段视为"近代主义"的标志：

这一种情调，姑无论其为病的与否，总而言之为欲研究"近代主义"Mordernisme（原文如此——引者注）的，尤以欲研究近代"醴卡妩象征主义"Decadent Symbolism 的所不可不知。盖此派文学或谓之神经质的文学，此派的文人太都神经敏锐，官能纤利的人。⑤

田汉将神经敏锐，特别是嗅觉敏锐视为波德莱尔颓废之表现，并引用《异国的香》《云鬓》和《玻璃坛》为例。⑥ 田汉的观点和例证均来自奥地利医生、社会批评家马克斯·诺尔道的《变质论》（*Degeneration*）一书。田汉对《云鬓》一诗表达爱情的特殊方式似乎格外感兴趣。诺尔道在书中只引用了此诗中的五句，田汉则多引用

---

① 田汉：《恶魔诗人波陀雷尔的百年祭（续）》，《少年中国》，第三卷第五期，1921 年 12 月 1 日，第 23—24 页。该段日后经常被其他中国批评家引用。见［法国］波多莱尔：《波多莱尔散文诗》，邢鹏举译，上海，中华书局，1930，第 31 页；金石声：《欧洲文学史纲》，上海，神州国光社，1931，第 88 页；高滔：《近代欧洲文艺思潮史纲》，北平，著者书店，1932，第 337 页；高滔：《"世纪末"文学的三大流派》，《中山文化教育馆季刊》，四卷一期，1937 年 1 月，张大明：《中国象征主义百年史》，第 309 页。

② 田汉：《恶魔诗人波陀雷尔的百年祭（续）》，《少年中国》，第三卷第五期，1921 年 12 月 1 日，第 19 页。

③ 同上书，第 21 页；Frank Pearce Sturm, «Charles Baudelaire», in *Baudelaire*：*his Prose and Poetry*, ed. Thomas Robert Smith, New York, Boni and Liveright, 1919, p. 23.

④ 田汉：《恶魔诗人波陀雷尔的百年祭（续）》，《少年中国》，第三卷第五期，1921 年 12 月 1 日，第 21 页。

⑤ 同上。

⑥ 田汉文章第三部分绝大部分内容来自马克斯·诺尔道（Max Nordau）的作品。

了七句。[①]

波德莱尔颓废的另一标志——恶魔主义——也吸引了田汉的注意。他写道：

> 他礼拜自己，厌恶自然、运动和生活；他梦想着一种不动性的，永远沉默的，均齐的人造的世界；他爱疾病、丑陋和罪恶；他一切的性癖，都逸出常轨，远异神清气爽之人；媚他的嗅觉者只有腐败的气味；娱他的目者只有臭尸，脓血和别人的痛苦；使他最舒畅的是昏迷叆叇的秋天；能刺激他的官能的只有不自然的快乐。他新的是可惊的厌倦，和痛楚的感情；他的心充满着愁默的理想，他的理想只与可悲可厌的想像相联络；能引他注意使他有趣的只有歹恶——杀人，流血，邪淫，虚伪。他祈祷沙丹（恶魔），欣慕地狱（依英译）。由他这些性质可以推见他那恶魔的人格和恶魔的艺术的大概。[②]

该段引自《变质论》第三卷"巴纳斯主义者与恶魔主义者"一章。原书随后两段批评波德莱尔的恶魔主义不过是精神疾病的症候。田汉没有引用这两段文字，他显然无意从医学角度诊断波德莱尔。田汉将波德莱尔的恶魔主义视为对宗教道德和资产阶级道德的反抗。[③]

田汉不仅发掘波德莱尔的革命价值，还拷问何为理想的美。他写道："艺术家的生命，全在'人天相接处'，如箭发于弦，而未达的，蛙投于井而未闻声，即一种极紧张极空灵的世界也。"[④]蛙投于井的意象来自松尾芭蕉的"古潭蛙跃入，止水起清音"。古潭无声，蛙打破宁静。蛙瞬间不见踪影，古潭复归死寂。蛙跃入水中的清音却似袅袅不绝。这两句诗的无穷韵味打动了田汉。在《恶魔诗人波陀雷尔的百年祭（续）》一文末尾，田汉引用波德莱尔《美之赞颂》倒数第二段，证明诗人在艺术上追求无限。[⑤]

田汉在《恶魔诗人波陀雷尔的百年祭》中引用的作品也是当时中国波德莱尔批评家最常参考的作品。比如：上文提到的《近代文艺十二讲》第六章后来被译成中文，以《法兰西近代文学》之名发表于 1924 年出版的《小说月报》法国文学专号。[⑥]

---

① Max Nordau, *Degeneration*, London, William Heinemann, 1895, p. 293；田汉：《恶魔诗人波陀雷尔的百年祭（续）》，《少年中国》，第三卷第五期，1921 年 12 月 1 日，第 22 页。

② Max Nordau, *op. cit.*, p. 294；田汉：《恶魔诗人波陀雷尔的百年祭（续）》，《少年中国》，第三卷第五期，1921 年 12 月 1 日，第 18 页。

③ 田汉：《恶魔诗人波陀雷尔的百年祭（续）》，《少年中国》，第三卷第五期，1921 年 12 月 1 日，第 23 页。

④ 同上书，第 30 页。

⑤ Charles Baudelaire, *Œuvres complètes*, éd. cit., t. I, p. 25；田汉：《恶魔诗人波陀雷尔的百年祭（续）》，《少年中国》，第三卷第五期，1921 年 12 月 1 日，第 31—32 页。田汉的翻译忠实于原文，只有一个细节例外：他将«ton pied»译成"你的手足"。

⑥ ［日本］生田长江、野上臼川、昇曙梦，森田草平：《法兰西近代文学》，谢六逸译，《小说月报》，第十五卷号外，1924 年 4 月，第 19—40 页。

同样发表于其上的还有上文提及的斯图姆研究波德莱尔的文章，译者为张闻天。同一篇文章1929年7月20日由血干重译，发表于《华严》。[①] 斯图姆研究波德莱尔的文章在中国之所以如此有名，很可能是因为它被收录于托马斯·罗伯特·施密特(Thomas Robert Smith)的《波德莱尔：其散文与诗歌》(*Baudelaire : His Prose and Poetry*)一书。当时许多懂英语的中国人都可以读到该书。1930年4月出版、邢鹏举译《波多莱尔散文诗》即以该书为底本。邢鹏举在译本引言中提到斯图姆文章对他的影响。[②] 田汉一再引用的诺尔道的《变质论》是本间久雄《欧洲近代文艺思潮沦》的重要知识来源，后者1928年被译成中文。其中关于波德莱尔的论述被高滔的《近代欧洲文艺思潮史纲》和徐懋庸的《文艺思潮小史》大量引用。[③]

托尔斯泰、郑振铎与波德莱尔

在1921年译成中文的《艺术论》中，作者托尔斯泰批评波德莱尔行文过于晦涩，[④]指出其作品是下流、古怪和无用元素的结合，具有典型的颓废特征。托尔斯泰认为，之所以如此，是因为波德莱尔对待艺术缺乏严肃态度，仅将其视为游戏。[⑤]

中文版《艺术论》序言作者郑振铎也批评视艺术为游戏的态度。他指出，与远离社会问题的中国传统艺术观不同，托尔斯泰倡导的为人生而艺术的态度可以有效解决与传统有关的文学与社会问题。[⑥] 不过，与托尔斯泰不同，郑振铎对波德莱尔的颓废持中立态度。在1926年8月发表于《小说月报》的《十九世纪的法国诗

---

① 斯图姆在文章中犯错时，中国批评家也跟着犯错。比如，斯图姆引用了 Barbey d'Aurevilly 的一句话："波德莱尔从地狱中来，但丁往地狱里去。"Barbey d'Aurevilly 的原文是："但丁的缪斯在梦中见过地狱，《恶之花》的缪斯用抽搐的鼻孔嗅到地狱的气息，就像马儿嗅到手榴弹！一个缪斯来自地狱，另一个缪斯往地狱去。"《近代文艺十二讲》第六章的作者们很可能因为受斯图姆影响，也称"檀德往地狱，他来自地狱。"中国批评家们均犯了同样错误。见 Frank Pearce Sturm, «Charles Baudelaire», in *Baudelaire : his Prose and Poetry*, ed. Thomas Robert Smith, New York, Boni and Liveright, 1919, p. 22; André Guyaux, *Baudelaire. Un demi-siècle de lectures des* Fleurs du Mal (1855—1905), Paris, PUPS, 2007, p. 196;[日本]生田长江、野上臼川、昇曙梦，森田草平：《法兰西近代文学》，谢六逸译，《小说月报》，第十五卷号外，1924年4月，第23页；[法国] 波多莱尔：《波多莱尔散文诗》，邢鹏举译，上海，中华书局，1930，第11页；金石声：《欧洲文学史纲》，上海，神州国光社，1931，第88页；高滔：《近代欧洲文艺思潮史纲》，北平，著者书店，1932，第338页。邢鹏举的错误源自于斯图姆，金石声和高滔的错误很可能来自《近代文艺十二讲》第六章。

② [法国] 波多莱尔：《波多莱尔散文诗》，邢鹏举译，上海，中华书局，1930，第2页。

③ [日本] 本间久雄：《欧洲近代文艺思潮论》，沈端先译，上海，开明书店，1928，第269，291—300页；高滔：《近代欧洲文艺思潮史纲》，北平，著者书店，1932，第339—341页；徐懋庸：《文艺思潮小史》，上海，生活书店，1936，第99—101页。除上述三位作者外，洪素野在介绍波德莱尔的一个注中也引用了诺尔道。

④ [俄罗斯] 托尔斯泰：《艺术论》，耿济之译，上海，商务印书馆，1921，第109—113页。托尔斯泰举《恶之花》中«Je t'adore *à* l'égal de la voûte nocturne»和«Duellum»为例。《艺术论》的中文读者很可能觉得托尔斯泰有道理，因为这两首诗的中译文将原本清晰的字面意思变得格外模糊。

⑤ 同上书，第130—131页。

⑥ 郑振铎：《〈艺术论〉序言》，托尔斯泰：《艺术论》，耿济之译，上海，商务印书馆，1921，第3页。

歌》一文中，郑振铎指出颓废的波德莱尔是致力于表达自己灵魂的象征主义先驱。[①]

厨川白村、周作人、鲁迅与波德莱尔

在1922年出版的中文版《近代文学十讲》"耽美派和近代诗人"一章中，厨川白村指出，波德莱尔提倡为艺术而艺术，但他与社会保持距离的方式与日本隐士有所不同：

> 近代的诗人，远社会，避脱俗众的生活，不是纯粹厌生的意味；自然也不是日本所谓"俳味"啦"风雅"啦消极的超然的态度的东西。却和此等是正反对的积极的东西，人生的妄执，极端的贪强的欲乐和欢乐 Volupte 的甘味，要求一切的新的感觉，新的刺戟。……不使得人生一切诗的享乐的机会逸脱，尝尽了真味到极底里，由此使他充实丰富精神生活的内容，在这一点，享乐主义 Dilettantism 的态度，确是他们的一面。并且在不自然的人工的空气里生着，贪肉感的兴奋刺戟，都是从这样意义的享乐主义而来的。如果要深知人生，须先爱他，即他们对于人生为热烈的爱慕者一点，和世上所谓厌生家不同，即和东洋流的世外闲人啦，风流人啦，也全然异趣。[②]

这段引文让人想起周作人对波德莱尔的评论。在1921年11月14日发表于《晨报附镌》的《三个文学家的记念》一文中，周作人指出，被压抑的生命力是波德莱尔颓废的根源：

> "波特来耳爱重人生，慕美与幸福，不异传奇派诗人，唯际幻灭时代，绝望之哀，愈益深切，而执着现世又特坚固，理想之幸福既不可致，复不欲遗世以求安息，故唯努力求生，欲于苦中得乐，于恶与丑中而得善美，求得新异之享乐，以激刺官能，聊保生存之意识。"他的貌似的颓废，实在只是猛烈的求生意志的表现，与东方式的泥醉的消遣生活，绝不相同。所谓现代人的悲哀，便是这猛烈的求生意志与现在的不如意的生活的挣扎。[③]

厨川白村认为，日本隐逸文人与西方颓废主义者不可相提并论。周作人也指出，波德莱尔式的颓废与"东方式的泥醉的消遣生活"不可同日而语。周作人与厨川白村均关注东方国民性。在1908年发表的《哀弦篇》中，周作人写道：

> 吾东方之人，情怀惨憺，厌弃人世，断绝百希，冥冥焉如萧秋夜辟，微星隐

---

① 郑振铎：《十九世纪的法国诗歌》，《小说月报》，第十七卷第八号，1926年8月，郑振铎：《郑振铎全集》，第十二卷，1998，第163页。

② ［日本］厨川白村：《近代文学十讲》，罗迪先译，第二卷，上海，学术研究会丛书部，1922，第233—234页。

③ 仲密：《三个文学家的记念》，《晨报副镌》，1921年11月14日，《周作人散文全集2(一九一八——一九二二)》，钟叔河编订，桂林，广西师范大学出版社，2009，第476页。

曜，孤月失色，唯杳然长往而已。[①]

周作人感叹当时中国“民向实利而驰心玄旨者寡，灵明汩丧，气节消亡，心声寂矣”。相比之下，“情怀惨憺，厌弃人世，断绝百希”的东方国民性证明古代中国人追求精神性。周作人此处构建的东方国民性尚非负面形象。而在1917年发表的《欧洲文学史》中，东方国民性在古希腊国民性的映衬下呈现出负面色彩：

> 盖希腊之民，唯以现世幸福为人类之的，故努力以求之，迳行迅迈，而无挠屈，所谓人生战士之生活，故异于归心天国，遁世无闷之徒，而与东方神仙家言，以放恣耽乐为旨者，又复判然不同也。[②]

此处对东方国民性的论述与周作人1921年评论波德莱尔时的相关论述一脉相承。厨川白村对周作人1908年以来国民性论述转变的影响值得深究。该影响直接形塑了周作人解读波德莱尔的视角。

厨川白村也影响了鲁迅。后者翻译了厨川的两部作品：《苦闷的象征》和《出了象牙之塔》，译文分别于1924和1925年首版。在《苦闷的象征》中，厨川白村将波德莱尔的作品视为生命力的表达：

> 如果（文艺——引者注）是站在文化生活的最高位的人间活动，那么，我以为除了还将那根柢放在生命力的跃进上来作解释之外，没有别的路。读但丁（A. Dante）、弥耳敦（J. Milton）、裴伦（G. G. Byron），或者对勃朗宁（R. Browning），托而斯泰，伊孛生（H. Ibsen），左拉（E. Zola），波特来而（C. Baudelaire），陀思妥夫斯奇（F. M. Dostojevski）等的作品的时候，谁还有能容那样呆风流的迂缓万分的消闲心的余地呢？[③]

厨川白村强调，作家和读者要以严肃态度对待文学，用文学反思社会对个体的束缚。但文艺不是解决社会问题的工具，真正的艺术家应当像嬉戏的孩童，不计较行动的实际效用，仅表达被社会压抑的个体生命力。然而在现实社会中，人往往因名利而忽视个体自由的价值。厨川认为，只有能够自由思考、充分表达生命力的人，才能够真正体会生的乐趣。[④]

在《苦闷的象征》中，厨川白村在讨论艺术与道德的关系时再次提到波德莱尔：

> 在文艺的世界里，也如对于丑特使美增重，对于恶特将善高呼的作家之贵

---

① 周作人：《哀弦篇》，《河南》，第9期，1908年12月20日，《周作人散文全集1（一八九八——一九一七）》，钟叔河编订，桂林，广西师范大学出版社，2009，第131页。

② 周作人：《欧洲文学史》，上海，商务印书馆，1933，第68页。

③ ［日本］厨川白村：《苦闷的象征》，鲁迅译，上海，北新书局，1926，第28页。

④ 同上书，第1，2，4，6—13页。

重一样，近代的文学上特见其多的恶魔主义的诗人——例如波特来而那样的'恶之华'的赞美者，自然派者流那样的兽欲描写的作家，也各有其十足的存在的意义。[①]

厨川认为，恶魔主义是被压抑的人性之一部分，因此它对于作家和读者都具有吸引力。[②] 文学是被普遍压抑的生命力的象征，每位读者都能够从艺术作品中发现自己的影子。阅读他人作品能够丰富自身，因而阅读让人感到愉悦。阅读即读者借助作家提供的象征符号，再创造属于自己的作品的过程。[③] 厨川指出，波德莱尔的散文诗《窗》正是对这一观点的文学再现：

烛光照着的关闭的窗是作品。瞥见了在那里面的女人的模样，读者就在自己的心里做出创作来。其实是由了那窗，那女人而发见了自己；在自己以外的别人里，自己生活着，烦恼着；并且对于自己的存在和生活，得以感得，深味。所谓鉴赏者，就是在他之中发见我，我之中看见他。[④]

在《出了象牙之塔》中，厨川白村进一步论述波德莱尔的颓废。厨川指出，波德莱尔厌倦了善与美，希望体验罪恶乃至人生的所有面向，通过培育恶之花制造新的颤栗。[⑤] 我们不应对波德莱尔的恶之花施以道德批判，因为道德源于生活中的即时目的，天才创造则源于人类生命最深处的需求。人需要超越各种限制，"看人生的全圆"，才能够深刻体会何为人性。像波德莱尔这样勇于跨越道德藩篱、赞美恶的艺术家，可谓具有深刻人性之人。[⑥]

厨川白村对道德和功利主义的反抗背后是其对日本人国民性的批评。厨川白村指出，日本人热衷追求即时功利，忽视内心生活发展，凡事追求中庸妥协，缺乏追究到底的认真态度，因而无法成就纯粹的美。厨川认为，这种精神状态不利于文化进步。

厨川白村对日本国民性的批判在很大程度上适用于中国社会，这也是鲁迅翻译厨川白村的原因之一。在《出了象牙之塔》后记中，鲁迅写道：

著者所指摘的微温，中道，妥协，虚假，小气，自大，保守等世态，简直可以疑心是说着中国。尤其是凡事都做得不上不下，没有底力；一切都要从灵向

---

① ［日本］厨川白村：《苦闷的象征》，鲁迅译，上海，北新书局，1926，第112—113页。

② 同上书，第114页。

③ 同上书，第49，50，51，57—59，60页。

④ 同上书，第64页。

⑤ ［日本］厨川白村：《出了象牙之塔》，鲁迅译，上海/北平/成都/重庆/厦门/广州/开封/汕头/武汉/温州/云南/济南，北新书局，1935，第25—28页。

⑥ 同上书，第80—83页。

肉，度着幽魂生活这些话。凡那些，倘不是受了我们中国的传染，那便是游泳在东方文明里的人们都如此……但我们也无须讨论这些的渊源，著者既以为这是重病，诊断之后，开出一点药方来了，则在同病的中国，正可借以供少年少女们的参考或服用，也如金鸡纳霜既能医日本人的疟疾，即也能医治中国人的一般。[①]

赵景深与波德莱尔

在1928年3月刊登于《小说月报》的《新译波特莱耳书简》一文中，赵景深提及1927年由亚瑟·西蒙士（Arthur Symons）出版的《Charles Baudelaire致其母书1833—1866》。赵景深笔下的波德莱尔愤世嫉俗，自私虚伪。他将从母亲那里借来的钱挥霍尽净，却不愿花钱给自己妻子治病；他抨击法兰西学院，只因为自己未能够当选院士。二十世纪三十年代，沈宝基、闫宗临和白璧德也都批评波德莱尔的自私。[②] 后两位认为自私自利是浪漫主义的遗产。

1928年4月，赵景深在《小说月报》上发表《法兰西诗坛近况》一文。文中提到两本新出版的以波德莱尔为主题的作品：让·罗以而（Jean Royère）的《波特来耳的恋爱诗》（*Poèmes d'amour de Baudelaire : le génie mystique*）和卡米·莫克莱（Camille Mauclair）的《波特来耳的恋爱生活》（*La Vie amoureuse de Charles Baudelaire*）。赵景深指出，前者奉波德莱尔为大诗人，后者批评诗人堕落。[③]

本间久雄与波德莱尔

1928年8月，本间久雄的《欧洲近代文艺思潮论》中译本出版。作者以诺尔道提出的颓废概念为基础，指出波德莱尔的四种颓废主义特质："自己崇拜的倾向""偏重技巧的倾向""无感觉的倾向""偏重'恶'的倾向"[④]。这是波德莱尔与颓废的关系首次在中文世界中被系统分析。关于偏好技巧，本间久雄给出两个证据："波特来耳曾经说过特欢喜画面上绘着的女子颜面，甚于充满了自然的色彩的真的女子相貌，爱好舞台上的模造的树木山水，甚于自然的实物。"[⑤]本间久雄关于女子的论述，源于波德莱尔为其《新传奇故事》所作序言。波德莱尔原文中所说的不是"画

---

① ［日本］厨川白村：《出了象牙之塔》，鲁迅译，上海/北平/成都/重庆/厦门/广州/开封/汕头/武汉/温州/云南/济南，北新书局，1935，第252页。

② 沈宝基：《鲍特莱尔的爱情生活》，《中法大学月刊》，三卷二、三期，1933年9月1日，第164页；宗临：《查理·波得莱尔》，《中法大学月刊》，四卷二期，1933年11月，第119—120页；［美国］白璧德：《浪漫派的忧郁病》，陈瘦石译，《文艺月刊》，第六卷第二期，1934年8月1日，第13页。

③ 赵景深：《法兰西诗坛近况》，《小说月报》，第十九卷第四号，1928年4月，第562页。

④ ［日本］本间久雄：《欧洲近代文艺思潮论》，沈端先译，上海，开明书店，1928，第290—293页。

⑤ 同上书，第292页。

面上绘着的女子”,而是“精心打扮的女子”[①]。本间久雄或诺尔道参考的也有可能不是波德莱尔的原文,而是泰奥菲尔·戈蒂耶为《波德莱尔全集》(1868)所作序言。该序也提到同一段落。[②] 本间久雄关于波德莱尔对人造风景爱好的论述,隐射诗人《巴黎的梦》一诗。该诗也出现在戈蒂耶的序言中。[③] 关于波德莱尔“无感觉的倾向”,本间久雄引用诗人自己的话写道:“诗在诗的自身之外,毫无目的,也不能另有目的。除出为着作诗的快乐而作的诗之外,决计不是真诗。”[④]

关于波德莱尔对形式的极端重视,本间久雄引用戈蒂耶为《波德莱尔全集》所作序言写道:

> 颓废派的文体,是富于才智,而包含复杂琐碎意味的文体。也就是尽可能的丰富自己的语汇,在思想上要表现从来不能说明的事物,在形式上要表现从来最暧昧最容易消灭的轮廓的文体。总之,这是超越从来说话范围的文体。换句话,就是颓废派的文体,是对于进步到言语所能够到达的最高目标的言语的最后努力。[⑤]

这是我们读到的最早提及戈蒂耶论述波德莱尔与颓废关系的中文文字。[⑥] 没有读过原文的中国读者也许很难理解,为何“进步到言语所能够到达的最高目标的言语”却是颓废的。戈蒂耶原文的相应段落显得更为清晰:

> 《恶之花》的作者喜欢我们不确切地定义为颓废的风格,即如逐渐老去、散发出斜阳光辉的文明那样达致极端成熟境地的艺术所具有的风格:那是一种精巧、复杂、知性、充满微妙和考究元素的风格,一再将语言局限向后推,借用各种专有词汇的术语、所有画盘里的色彩和一切键盘中的音响,力图让思想表达最难以表达的内容,让形式呈现最模糊、最游移的界线,倾听并翻译神经质

---

① Charles Baudelaire, *Œuvres complètes*, texte établi, présenté et annoté par Claude Pichois, Bibliothèque de La Pléïade, Paris, Gallimard, t. II, 1976, p. 319.

② André Guyaux, *op. cit.*, p. 505.

③ *Ibid.*, pp. 492—493.

④ [日本] 本间久雄:《欧洲近代文艺思潮论》,沈端先译,上海,开明书店,1928,第 292 页。原文如下:“只要我们想沉潜入自身,探究自己的灵魂,唤起自己激情的回忆,诗歌就只有自身作为目标,不会有其他目标。任何一首诗都不会比仅为写诗的乐趣而作之诗更伟大、更高贵、更真正配得上诗歌之名。”详见 Charles Baudelaire, *Œuvres complètes*, éd. cit., t. II, 1976, p. 333。这句话也出现在戈蒂耶的序言中。见 André Guyaux, *op. cit.*, p. 481.

⑤ [日本] 本间久雄:《欧洲近代文艺思潮论》,沈端先译,上海,开明书店,1928,第 293—294 页。

⑥ 戈蒂耶为《波德莱尔全集》所作序言多次被中国评论者引用。详见[英国] Sturm:《波特来耳研究》,闻天译,《小说月报》,第十五卷号外,1924 年 4 月,第 7,8,16,17 页;邢鹏举:《译者序》,[法国] 波多莱尔:《波多莱尔散文诗》,邢鹏举译,上海,中华书局,1930,第 4,5,7 页;宗临:《查理·波得莱尔》,《中法大学月刊》,四卷二期,1933 年 11 月,第 124—125 页。

者最微妙的表白、衰弱乃至变质的激情的吐露，以及近乎疯狂的执念产生的幻觉。这种颓废风格是一切都想表达、被推至极限的语言最后形成的风格。[①]

高滔与徐懋庸：唯物主义波德莱尔评论者

在1932年出版的《近代欧洲文艺思潮史纲》中，高滔参考了本间久雄对波德莱尔的评论，[②]同时有所调整，以突出时代的作用。对比以下两段可资证明：

本间久雄：

使波特来耳的文学家价值垂于永久的，是他三十七岁时发表的诗集《恶之华》（一八五七年）。这本诗集的内容包含长短诗篇八十，因为和表题所示同样，他的感觉和普通道德的感觉离开得太远，一般社会以为他故意的以病态的不健全的感情和情绪来描写故意的病态的和不健全的题材……《恶之华》的确是以从来诗坛上所不能看到的病态的不健全的事象为题材的作品。但是，这绝不是可以从普通的思想感情的见地而加以非难的作品。因为这种作品的内容，实在是太深刻了！

高滔：

波多莱而藉以永垂不朽的，乃是一八五七年所发表的诗集《恶之华》（*Les Fleurs du Mal* 英译为 *The Flowers of Evil*）。这本书含有长短诗篇八十首，都是以病态的不健全的感情和情绪来描写病态的和不健全的题材的，其感觉也和普通道德的感觉相距太远；……有人说，"但丁是向地狱里去的，波多莱而是从地狱里来的"，实则波氏的生活经验，因为时代先后与环境变异的原故，较之但丁复杂得多了。[③]

本间久雄认为《恶之花》是一部深刻的作品，高滔则强调波德莱尔的深刻来自"时代"与"环境变异"。

对比本间久雄与高滔对让-玛丽·荀育（Jean-Marie Guyau）《社会学视角下的艺术》（*L'Art au point de vue sociologique*）中同一段落的评论，更能凸显高滔对波德莱尔与外部世界关系的强调。在该段中，荀育批评颓废派作家淫乱、悲观、做作，将他们比作垂死之人。本间久雄这样评论荀育的论断：

---

① André Guyaux, *op. cit.*, p. 476—477.

② 证据见高滔：《近代欧洲文艺思潮史纲》，北平，著者书店，1932，第323—324，336，338，339，341—342页；[日本]本间久雄：《欧洲近代文艺思潮论》，沈端先译，上海，开明书店，1928，第292，295—299页。

③ [日本]本间久雄：《欧洲近代文艺思潮论》，沈端先译，上海，开明书店，1928，第296页；高滔：《近代欧洲文艺思潮史纲》，北平，著者书店，1932，第338页。

苟育所论，对于颓废派文学的特质，确是有些中肯的地方，但是将这种文学看作活力衰颓的老衰文艺，而加以非难，却不是对于颓废派有理解的见解。[①]

高滔则这样评论苟育的论述：

这种批判与非难虽然有些道着是处，却没有认清时代，及其必然的产物。颓废派不是凭空掉下来的，乃是有着他时代的背景。寻求异常不得则易陷于烦恼，痛苦悲哀搔着他们的心则易流于没落，这自是他们的缺点；然而我们一忆及没落的时代必产生没落文学时，也就奈何它不得了。[②]

高滔所谓"没落的时代"即资本主义时代。他引用诺尔道的《变质论》证明，生活在资本主义社会中的人们在竞争、投机及各种重担压迫下，不得不借助烟酒甚至毒品来缓解疲惫、镇定神经，波德莱尔即其中一例。[③]

1936年出版的《文艺思潮小史》也参考了本间久雄关于颓废五种特质的论述，[④]同时也采用唯物主义立场。作者徐懋庸将颓废作家视为非革命的改良主义者。他指出，颓废文学反抗社会但不彻底否定资本主义。颓废作家试图通过艺术地处理现实生活中的恶，在资本主义社会内部创造出一种新生活。[⑤]

二十世纪20—30年代，中国对波德莱尔的评论折射出这一时期影响中国的不同思潮：对功利主义的反抗、对自由的追寻、对人道主义的呼唤、对为艺术而艺术的赞美，马克思主义文学批评观等。英文和日文波德莱尔评论构成中国波德莱尔评论者的主要知识来源。不过后者并没有完全照搬外文文献，而是有选择性地引用部分片段，以构建符合他们期待的波德莱尔形象。

翻译波德莱尔

1917—1937年，波德莱尔的多部作品被译成中文。以下为最初译成中文的波德莱尔作品列表：

发表日期	中文标题	原文标题	译者	期号	发表刊物或专著
1921—11—20	外方人	L'Étranger	仲密	*	《晨报副镌》

① [日本]本间久雄：《欧洲近代文艺思潮论》，沈端先译，上海，开明书店，1928，第299页。

② 高滔：《近代欧洲文艺思潮史纲》，北平，著者书店，1932，第341—342页。

③ 同上书，第301页。

④ 徐懋庸：《文艺思潮小史》，上海，生活书店，1936，第98—101页。

⑤ 同上书，第97页。

* 表格中的空白表示此项信息空缺(下同)。

续表

发表日期	中文标题	原文标题	译者	期号	发表刊物或专著
1921—11—20	狗与瓶	Le Chien et le flacon	仲密		《晨报副镌》
1921—11—20	头发里的世界	Un hémisphère dans une chevelure	仲密		《晨报副镌》
1921—11—20	你醉	Enivrez-vous	仲密		《晨报副镌》
1922—01—01	头发里的世界	Un hémisphère dans une chevelure	仲密	第八卷第一号	《妇女杂志》
1922—01—01	窗	Les Fenêtres	仲密	第八卷第一号	《妇女杂志》
1922—01—09	穷人的眼	Les Yeux des pauvres	仲密		《民国日报·觉悟》
1922—01—09	你醉	Enivrez-vous	仲密		《民国日报·觉悟》
1922—03—10	窗	Les Fenêtres	仲密	第十三卷第三号	《小说月报》
1922—04—09	月的恩惠	Les Bienfaits de la lune	仲密		《晨报副镌》
1922—04—09	海港	Le Port	仲密		《晨报副镌》
1922—08—01	游子	L'Étranger	仲密	第八卷第八号	《妇女杂志》
1923—04—15	醉着罢	Enivrez-vous	平伯	二卷一号	《诗》
1923—04—15	无论那儿出这世界之外罢	N'importe où hors du monde	平伯	二卷一号	《诗》
1923—05—05	一个尸体	Une charogne	秋潭	第三期	《草堂》
1923—05—05	生动的火把	Le Flambeau vivant	秋潭	第三期	《草堂》
1923—05—05	坏钟	La Cloche fêlée	秋潭	第三期	《草堂》
1923—12—01	月亮的恩惠	Les Bienfaits de la lune	焦菊隐	第十九号	《晨报副镌》

续表

发表日期	中文标题	原文标题	译者	期号	发表刊物或专著
1924—05—13	两重室	La Chambre double	王维克	第三十三期	《文艺周刊》
1924—10—13	月亮的眷顾	Les Bienfaits de la lune	苏兆龙	第一百四十三期	《文学周报》
1924—10—13	那一个是真的	Laquelle est la vraie?	苏兆龙	第一百四十三期	《文学周报》
1924—12—01	死尸	Une charogne	徐志摩	第三期	《语丝》
1924—12—25	尸体	Une charogne	金满成	第五十七号	《晨报副刊·文学旬刊》
1925—01—15	腐尸	Une charogne	张人权	第五十九号	《晨报副刊·文学旬刊》
1925—02—23	镜子	Le Miroir	张定璜	第十五期	《语丝》
1925—02—23	那一个是真的	Laquelle est la vraie?	张定璜	第十五期	《语丝》
1925—02—23	窗子	Les Fenêtres	张定璜	第十五期	《语丝》
1925—02—23	月儿的恩惠	Les Bienfaits de la lune	张定璜	第十五期	《语丝》
1925—02—23	狗和罐子	Le Chien et le flacon	张定璜	第十五期	《语丝》
1925—11	鬼	Le Revenant	李思纯	第四十七期	《学衡》
1925—11	鸱枭	Les Hiboux	李思纯	第四十七期	《学衡》
1925—11	血泉	La Fontaine de sang	李思纯	第四十七期	《学衡》
1925—11	腐烂之女尸	Une charogne	李思纯	第四十七期	《学衡》
1925—11	猫	Le Chat (*Viens, mon beau chat, …*)	李思纯	第四十七期	《学衡》
1925—11	破钟	La Cloche fêlée	李思纯	第四十七期	《学衡》
1925—11	凶犯之酒	Le Vin de l'assassin	李思纯	第四十七期	《学衡》
1925—11	密语	Causerie	李思纯	第四十七期	《学衡》
1925—11	赭色发之女丐	À une mendiante rousse	李思纯	第四十七期	《学衡》

续表

发表日期	中文标题	原文标题	译者	期号	发表刊物或专著
1925—11	暮色	Le Crépuscule du soir (en vers)	李思纯	第四十七期	《学衡》
1926—12—01	情人之死	La Mort des amants	绍宗	周年增刊	《洪水》半月刊
1927—04—10	理想	L'Idéal	邓琳	第二卷第七期	《莽原》(半月刊)
1927—04—10	美	La Beauté	邓琳	第二卷第七期	《莽原》(半月刊)
1927—12—15	窗	Les Fenêtres	虚白	第一卷第四号	《真美善》
1927—12—18	明月的哀愁	Tristesse de la lune	徐蔚南	第五卷第二十号(第二九五期)	《文学周报》
1928—07—09	圆光之失却	Perte d'auréole	石民	第四卷第廿八期	《语丝》
1928—07—09	Any where out of the world	Any where out of the world	石民	第四卷第廿八期	《语丝》
1928—07—16	愉快的死者	Le Mort joyeux	石民	第四卷第廿九期	《语丝》
1928—09—01	“请去旅行”	Invitation au voyage (en prose)	朱维基芳信	单行本	《水仙》
1928—09—01	饼	Le Gâteau	朱维基芳信	单行本	《水仙》
1928—09—01	老江湖	Le Vieux Saltimbanque	朱维基芳信	单行本	《水仙》
1928—09—01	玻璃小贩	Le Mauvais Vitrier	朱维基芳信	单行本	《水仙》
1928—09—01	诱惑:或,Eros,Plutus,和Glory	Les Tentations, ou Éros, Plutus et la Gloire	朱维基芳信	单行本	《水仙》

续表

发表日期	中文标题	原文标题	译者	期号	发表刊物或专著
1928—09—01	仁慈的赌博者	Le Joueur généreux	朱维基 芳信	单行本	《水仙》
1928—09—01	绳	La Corde	朱维基 芳信	单行本	《水仙》
1928—09—01	一个英雄般的死	Une mort héroïque	朱维基 芳信	单行本	《水仙》
1928—10—13	妖魔	Les Ténèbres	林文铮	第八卷第二〇一期	《现代评论》
1928—10—13	肖象	Le Portrait	林文铮	第八卷第二〇一期	《现代评论》
1928—10—20	西精娜	Sisina	林文铮	第八卷第二〇二期	《现代评论》
1929—01—01	奉劝旅行	L'Invitation au voyage (en vers)	陈勺水	第一卷第一期	《乐群》(月刊)
1929—01—01	毒药	Le Poison	陈勺水	第一卷第一期	《乐群》(月刊)
1929—02—01	吸血鬼	Le Vampire	陈勺水	第一卷第二期	《乐群》(月刊)
1929—02—01	波德雷无题诗	«Je t'adore à l'égal de la voûte nocturne»	陈勺水	第一卷第二期	《乐群》(月刊)
1929—02—01	波德雷无题诗	«Tu mettrais l'univers entier dans ta ruelle»	陈勺水	第一卷第二期	《乐群》(月刊)
1929—02—01	波德雷无题诗	«Une nuit que j'étais près d'une affreuse Juive»	陈勺水	第一卷第二期	《乐群》(月刊)
1929—02—01	波德雷无题诗	«Avec ses vêtements ondoyants et nacrés»	陈勺水	第一卷第二期	《乐群》(月刊)

续表

发表日期	中文标题	原文标题	译者	期号	发表刊物或专著
1929—02—01	波德雷无题诗	«Je te donne ces vers afin que si mon nom»	陈勺水	第一卷第二期	《乐群》(月刊)
1929—02—01	波德雷无题诗	«Que diras-tu ce soir, pauvre âme solitaire»	陈勺水	第一卷第二期	《乐群》(月刊)
1929—03—01	黑暗	Les Ténèbres	勺水	第一卷第三期	《乐群》(月刊)
1929—03—01	香气	Le Parfum	勺水	第一卷第三期	《乐群》(月刊)
1929—03—01	画框	Le Cadre	勺水	第一卷第三期	《乐群》(月刊)
1929—03—01	画像	Le Portrait	勺水	第一卷第三期	《乐群》(月刊)
1929—03—20	博多莱尔寄其母书(一)	Lettre *à* Madame Aupick I	肇颖	第一卷第三期	《华严》
1929—04—20	博多莱尔寄其母书(二)	Lettre *à* Madame Aupick II	菌	第一卷第四期	《华严》
1929—05—20	博多莱尔寄其母书(三)	Lettre *à* Madame Aupick III	刘绍苍	第一卷第五期	《华严》
1929—06—20	博多莱尔寄其母书(四)	Lettre *à* Madame Aupick IV	刘绍苍	第一卷第六期	《华严》
1929—07—20	博多莱尔寄其母书(五)	Lettre *à* Madame Aupick V①	刘绍苍	第一卷第七期	《华严》

① 按照它们在1929年3月20日至7月20日《华严》杂志中出现的历时顺序，这些信件的写作时间分别是1845年、1853年4月、1845年4月中旬、1866年3月30日、1841年5月初、1848年1月2日、1845年7月初、1846年1月15日、1847年12月16日、1853年6月27日和11月18日。笔者采用皮舒瓦(Claude Pichois)和齐格勒(Jean Ziegler)对信件日期的考证结果，而非中文译者对信件日期的标识。详见Charles Baudelaire, *Correspondance*, Paris, Gallimard, coll. Bibliothèque de la Pléiade, t. I, 1973, pp. 122, 126, 129, 221, 632, 763, 766—767, 826.

续表

发表日期	中文标题	原文标题	译者	期号	发表刊物或专著
1929—09—15	登临	Épilogue aux *Petits Poèmes en prose*	石民	第一卷第九期	《春潮》
1929—10—14	译诗一首——恶之花第四十三	Que diras-tu ce soir, pauvre âme solitaire	石民	第五卷第三十一期	《语丝》
1929—10—27	疯人与维娜丝	Le Fou et la Vénus	石民	第五卷第三十二期	《语丝》
1929—10—27	老妇人之失望	Le Désespoir de la vieille	石民	第五卷第三十二期	《语丝》
1929—10—27	早上一点钟	À une heure du matin	石民	第五卷第三十二期	《语丝》
1929—10—27	伪币	La Fausse Monnaie	石民	第五卷第三十二期	《语丝》
1929—10—27	靶子场	Le Tir et le cimetière	石民	第五卷第三十二期	《语丝》
1929—10—27	野蛮妇与妖姣女	La Femme sauvage et la petite-maîtresse	石民	第五卷第三十二期	《语丝》
1929—10—27	穷孩子的玩具	Le Joujou du pauvre	石民	第五卷第三十二期	《语丝》
1929—10—27	倒霉的玻璃匠	Le Mauvais Vitrier	石民	第五卷第三十二期	《语丝》
1929—10—27	EPILOGUE	Épilogue aux *Petits Poèmes en prose*	石民	第五卷第三十二期	《语丝》
1930—01—06	老浪人	Le Vieux Saltimbanque	石民	第五卷第四十三期	《语丝》
1930—01—06	姑娘们的写照	Portrait de maîtresses	石民	第五卷第四十三期	《语丝》
1930—01—06	宿缘	Les Vocations	石民	第五卷第四十三期	《语丝》

续表

发表日期	中文标题	原文标题	译者	期号	发表刊物或专著
1930—08—16	孤独	L'Isolement	石民	第一卷第二期	《现代文学》
1930—08—16	诱惑:色情,黄金,荣誉	Les Tentations	石民	第一卷第二期	《现代文学》
1930—08—16	黄昏	Le Crépuscule du soir (en prose)	石民	第一卷第二期	《现代文学》
1930—08—16	射手	Le Galant Tireur	石民	第一卷第二期	《现代文学》
1930—08—16	镜子	Le Miroir	石民	第一卷第二期	《现代文学》
1930		*Petits Poèmes en prose de Baudelaire*	邢鹏举		《波多莱尔散文诗》
1932—01—01	快乐的死者	Le Mort joyeux	陈君冶	第一卷第六期	《新时代月刊》
1933—03—01	应和	Correspondances	卞之琳	第四卷第六期	《新月》
1933—03—01	人与海	L'Homme et la mer	卞之琳	第四卷第六期	《新月》
1933—03—01	音乐	La Musique	卞之琳	第四卷第六期	《新月》
1933—03—01	异国的芳香	Parfum exotique	卞之琳	第四卷第六期	《新月》
1933—03—01	商籁	Sonnet d'automne	卞之琳	第四卷第六期	《新月》
1933—03—01	破钟	La Cloche fêlée	卞之琳	第四卷第六期	《新月》
1933—03—01	忧郁	Spleen (*Quand le ciel bas et lourd pèse comme un couvercle*)	卞之琳	第四卷第六期	《新月》

续表

发表日期	中文标题	原文标题	译者	期号	发表刊物或专著
1933—03—01	瞎子	Les Aveugles	卞之琳	第四卷第六期	《新月》
1933—03—01	流浪的波希米人	Bohémiens en voyage	卞之琳	第四卷第六期	《新月》
1933—03—01	入定	Recueillement	卞之琳	第四卷第六期	《新月》
1933—06—01	穷人之死	La Mort des pauvres	卞之琳	第三卷第十二期	《文艺月刊》
1933—07—01	喷泉	Le Jet d'eau	卞之琳	第四卷第一期	《文艺月刊》
1933	登临	ÉPILOGUE	石民		《他人的酒杯》
1933	秋情诗	Sonnet d'automne	石民		《他人的酒杯》
1933	愉快的死者	Le Mort joyeux	石民		《他人的酒杯》
1933	将何言	Que diras-tu ce soir, pauvre âme solitaire	石民		《他人的酒杯》
1933	回魂	Le Revenant	石民		《他人的酒杯》
1934—03—01	交响共感	Correspondances	诸候	第二卷第三号	《文学》
1934—03—01	生生的炬火	Le Flambeau vivant	诸候	第二卷第三号	《文学》
1934—03—01	贫民的死	La Mort des pauvres	诸候	第二卷第三号	《文学》
1934—03—01	航海——赠流浪者的座右铭	Le Voyage	诸候	第二卷第三号	《文学》
1934—10—16	窗	Les Fenêtres	黎烈文	第一卷第二期	《译文》
1934—10—16	奇人	L'Étranger	黎烈文	第一卷第二期	《译文》

续表

发表日期	中文标题	原文标题	译者	期号	发表刊物或专著
1934—10—16	时钟	L'Horloge	黎烈文	第一卷第二期	《译文》
1934—10—16	狗与小瓶	Le Chien et le flacon	黎烈文	第一卷第二期	《译文》
1934—10—16	头发里的半个地球	Un hémisphère dans une chevelure	黎烈文	第一卷第二期	《译文》
1934—10—16	老妇人的绝望	Le Désespoir de la vieille	黎烈文	第一卷第二期	《译文》
1934—10—16	醉罢	Enivrez-vous	黎烈文	第一卷第二期	《译文》
1934—10—16	那一个是真的	Laquelle est la vraie?	黎烈文	第一卷第二期	《译文》
1934—12—01	露台	Le Balcon	梁宗岱	第三卷第六号	《文学》
1934—12—01	秋歌	Chant d'automne	梁宗岱	第三卷第六号	《文学》
1935—01—01	旁若无人随笔	Extrait de *Fusées* et de *Mon cœur mis à nu*	疑今	第五十六期	《论语》(半月刊)
1935—01—15	贫民的玩具	Le Joujou du pauvre	若人	第十六期	《小说》(半月刊)
1935—01—15	贫民的眼睛	Les Yeux des pauvres	若人	第十六期	《小说》(半月刊)
1935—02—01	晚间的谐和	Harmonie du soir	李金发	第七卷第二期	《文艺月刊》

下面我们通过三个个案，即《腐尸》(«Une charogne»)的五个最初中文译本、李思纯(1893—1960)的文言文译诗和陈勺水(1886—1960)发表在一份左翼杂志中的译诗，揭示中文译者如何通过操控文本，建构与原诗不同的波德莱尔形象。

《腐尸》的五个中文首译本

1923—1925年,《腐尸》一诗被五次重译。1923年5月5日,首译本《一个尸体》发表于四川文学杂志《草堂》。[①] 秋潭在译者前言中将波德莱尔定义为"苦恼悲愤、穷极无聊""性僻异"的世纪末诗人。[②]

秋潭强调诗人与社会的对立,徐志摩则强调该诗的异国情调与神秘色彩。1924年12月1日,徐志摩在《语丝》上发表译文《死尸》,并称该诗让他联想到古希腊淫后克利内姆推司德拉坼裂的墓窟、坟边长着尖刺的青蒲、梅圣里古狮子门上的落照等意象。徐志摩在诗中听到一种异乐,看到夕阳余烬里反射出的辽远、惨淡的青芒,闻到既是奇毒也是奇香的异臭。[③]

徐译发表两周后,金满成(1900—1971)译《尸体》一文发表于《晨报副刊·文学旬刊》。该文编者将波德莱尔描述为思想奇异、字句精炼、感觉敏锐、充满"痛苦、兴奋、暧昧的热情"的诗人。编者指出,金满成与徐志摩的译文有诸多不同之处,可以让读者对波德莱尔有更为全面的印象。[④]

1925年1月15日,《晨报副刊·文学旬刊》刊登张人权译《腐尸》。译者指出,他发现徐志摩和金满成的译文与原文多有出入,因此决定重译。张人权和金满成当时同为北京中法大学文学院(伏尔泰学院)学生,[⑤]因此张译也可能是同学间一较翻译水平高下心理的产物。

1925年11月,《腐尸》的第五个中译本《腐烂之女尸》发表于《学衡》。译者李思纯将该诗主题总结为"哀死去之爱情也"。李思纯在翻译前言中指出,波德莱尔的诗歌"使人读之若感麻醉,若中狂疾"[⑥]。

上述五位译者似乎都忽略了诗人对想象的强调。原诗最后一句:« Que j'ai gardé la forme et l'essence divine/De mes amours décomposés ! »[⑦]直译为:"对于那解体的爱情/我保留了形式与神圣的精髓。"李思纯将其译为:"情爱任分离 留此残躯形。"原诗叙事者借助想象跳脱出失去爱人的悲伤,李译叙事者面对"残躯形"却似乎无法自拔。这也是为什么李思纯将该诗主题总结为"哀死去之爱情"。其他

---

① 同期刊登有波德莱尔另两首诗歌的翻译:《生动的火把》(« Le Flambeau vivant »)和《坏钟》(« La Cloche fêlée »)。

② 《法国诗人鲍笛奈而的诗》,秋潭译,《草堂》,第三期,1923年5月5日,第53页。

③ 参见[法国] 菩特莱尔:《死尸》,徐志摩译,《语丝》,第三期,1924年12月1日,第5—6页。

④ 参见[法国] 波特来耳:《尸体》,金满成译,《晨报副刊·文学旬刊》,第五七号,1924年12月25日,第1页。

⑤ 陈凤兮:《陈毅轶事》,《红岩春秋》,第五期,1997年10月15日,第5—6页。

⑥ 《仙河集》,李思纯译,《学衡》,第四十七期,1925年11月,第50页。

⑦ 该句可直译为:"对于那解体的爱情/我保留了形式与神圣的精髓。"

四位译者对该句的翻译也都反映出叙事者对恋人的不舍。秋潭将其译成:“我保守着你的形像与香馥”;金满成将其译成:“你说我对于解体的爱情,我还保守着他的形像和精诚”,以强调叙事者的忠诚;张人权在译文中将«la forme»(“形式”)与«l'essence divine»(“神圣的精髓”)相对立,将第一个短语译为“形像”,第二个短语译为“精神”;徐志摩则将这两句译为:“说我的心永远葆着你的妙影”。由此可见,五个中译本将原文中具有抽象意义的«la forme»(“形式”)一词具体化了。①

中译者强调叙事者对恋人依依不舍。原诗«La puanteur était si forte, que sur l'herbe/Vous crûtes vous évanouir.»一句(直译为:“臭味如此浓烈,您不禁觉得要晕厥在草地上。”)具有一定讽刺意味。叙事者似乎暗示,女子现在觉得眼前的腐尸臭不可闻,殊不知她死后也会变得如此不堪。徐志摩将这两句译成:“那空气里却满是秽息,难堪,多亏你不曾昏醉。”“多亏”一词反映出徐志摩希望塑造对恋人关心备至的叙事者形象。李思纯将该句译为:“恶臭薰积草。使人眩且昏”。原诗中的«Vous»(“您”)变成了泛指的“人”,原诗的讽刺对象消失了。②

大部分中国译者都强调该诗氛围的阴森。他们中的数位将原诗中的动物尸体译成女尸。李思纯在译文中写道:“路角一女尸,石上僵且腐。”波德莱尔在原诗中这样描写腐尸:«Les jambes en l'air, comme une femme lubrique»。此句直译为:“腿朝天,似淫妇”。这里的腿本指动物四肢,金满成却将此句译成:“两腿朝天,与淫妇相似”。秋潭将此句与下一句译成:“展开两支火热的毒气熏腾的光腿,如像一个淫妇。”张人权这样解释原诗«Et le ciel regardait la carcasse superbe»(直译为:“天空凝视着赤裸裸的骨架”)中的«carcasse»(“骨架”)一词:“其中 Carcasse 一字,……本作‘动物的骨架’解,但亦可不客气一点用来称呼人体。此处似用第二个解说较妥”。徐志摩用“它”指“腐尸”,却又用“他们”指原诗中的“蝇蚋”和“细蛆”③,这让我们难以辨别他所指的是动物尸体还是人尸。但可以确定的是,和其他译者一样,徐志摩也强调该诗的阴森氛围。这一点通过对比徐志摩和斯图姆的

① 《仙河集》,李思纯译,《学衡》,第四十七期,1925 年 11 月,第 51 页;《法国诗人鲍笛奈而的诗》,秋潭译,《草堂》,第三期,1923 年 5 月 5 日,第 57 页;[法国] 菩特莱尔:《死尸》,徐志摩译,《语丝》,第三期,1924 年 12 月 1 日,第 7 页;[法国] 波特来耳:《尸体》,金满成译,《晨报副刊 · 文学旬刊》,第五七号,1924 年 12 月 25 日,第 2 页;《腐尸》,张人权译,《晨报副刊 · 文学旬刊》,第五九号,1925 年 1 月 15 日,第 1 页。

② [法国] 菩特莱尔:《死尸》,徐志摩译,《语丝》,第三期,1924 年 12 月 1 日,第 6 页;《仙河集》,李思纯译,《学衡》,第四十七期,1925 年 11 月,第 50 页。

③ 《仙河集》,李思纯译,《学衡》,第四十七期,1925 年 11 月,第 50 页;《法国诗人鲍笛奈而的诗》,秋潭译,《草堂》,第三期,1923 年 5 月 5 日,第 54 页;[法国] 波特来耳:《尸体》,金满成译,《晨报副刊 · 文学旬刊》,第五七期,1924 年 12 月 25 日,第 1 页;《腐尸》,张人权译,《晨报副刊 · 文学旬刊》,第五九期,1925 年 1 月 15 日,第 1 页;[法国] 菩特莱尔:《死尸》,徐志摩译,《语丝》,第三期,1924 年 12 月 1 日,第 6 页。

译诗可资证明。[①]

事实上，在徐志摩宣称参考的《腐尸》的几个英译本中，[②]我们发现他确实阅读过斯图姆的译文。以下为两个例证：

波德莱尔原文：

Et le ciel regardait la carcasse superbe
Comme une fleur s'épanouir

徐志摩译文：

青天微粲的俯看着这变态，
仿佛是眷注一茎向阳的朝卉。

Sturm 译文：

The sky smiled down upon the horror there
As on a flower that opens to the day.

波德莱尔原文：

On eût dit que le corps, enflé d'un souffle vague,
Vivait en se multipliant.

Et ce monde rendait une étrange musique,
Comme l'eau courante et le vent.

徐志摩译文：

转像是无形中有生命的吹息，
巨万的微生滋育。

丑恶的尸体。从这繁生的世界，
仿佛有风与水似的异乐纵泻。[③]

Sturm 译文：

① 李欧梵称徐志摩的翻译很可能参考了亚瑟·西蒙士(Arthur Symons)的译文。见李欧梵:《上海摩登——一种新都市文化在中国 1930—1945》,毛尖译,北京,北京大学出版社,2005,第 250 页。

② [法国] 菩特莱尔:《死尸》,徐志摩译,《语丝》,第三期,1924 年 12 月 1 日,第 6 页。

③ Charles Baudelaire, *Œuvres complètes*, éd. cit., t. I, p. 31;[法国] 菩特莱尔:《死尸》,徐志摩译,《语丝》,第三期,1924 年 12 月 1 日,第 6—7 页;Charles Baudelaire, «The Corpse», trad. Frank Pearce Sturm, dans Thomas Robert Smith, *op. cit.*, p. 170.

It seemed as though a vague breath came to swell
And multiply with life

The hideous corpse. From all this living world
A music as of wind and water ran.

在翻译原诗«Quand vous irez, sous l'herbe et les floraisons grasses»（直译为"当您去向草与秾丽的花之下时"）一句时，徐志摩用"泥"代替原诗中的"花"（"floraisons"），斯图姆则忠实于原文。

徐志摩刻意夸大尸体的腐烂程度。在翻译原诗第一段最后一句时，徐志摩没有采用英译文"A loathsome body lay"（直译为："躺着一具令人不快的尸体"），而是将"loathsome"（"令人不快的"）换成"溃烂的"。再比如，斯图姆将第十段第一句诗译成："And you, even you, will be like this drear thing"（直译为："你，即使是你，也会像这晦暗的东西"）。徐志摩似乎觉得"drear"（"晦暗的""阴郁的"）一词不够味，将其换成"腐朽"。

徐志摩希望在翻译中建构一种充满张力的氛围。波德莱尔原诗描写了一只"目露凶光看着我们"的母狗。斯图姆笔下的这只狗眼神虽然也带着怒气，却又有些凄凉："A homeless dog behind the boulders lay/And watched us both with angry eyes forlorn."（直译为："一条无家可归的狗躲在巨石后/用愤怒而凄凉的目光看着我们"）。徐志摩删去"forlorn"（"凄凉的"）一词，将该句译成："在那磐石的背后躲着一只野狗，它那火赤的眼睛向着你我守候。"

徐志摩对诗中的荡妇形象尤为感兴趣。他不满足于斯图姆对第二段第一句的翻译："The wanton limbs stiff-stretched into the air."（直译为："荡妇似的腿僵直地向天空竖起"），而是选择更为贴近原文的翻译："它直开着腿，荡妇似的放肆"。徐志摩还特别在后半句后加入法文原文。

李思纯：波德莱尔的文言文译者

1925年11月，《恶之花》中多首诗由李思纯首次译成中文发表于《学衡》：《鬼》（«Le Revenant»）、《鸱枭》（«Les Hiboux»）、《血泉》（«La Fontaine de sang»）、《腐烂之女尸》（«Une charogne»）、《猫》（«Le Chat»）（*Viens, mon beau chat, ...*）、《破钟》（«La Cloche fêlée»）[1]、《凶犯之酒》（«Le Vin de l'assassin»）、《密语》（«Causerie»）、《赭色发之女丐》（«À une mendiante rousse»）和《暮色》（«Le Crépuscule du soir»）。李思纯在译文中均使用文言。《暮色》一诗中有三句原文：«On entend *çà* et *là* les

① 该诗部分选段由罗迪先译成中文，发表于1922年10月1日出版的《近代文学史纲》。

cuisines siffler, les théâtres glapir, les orchestres ronfler; les tables d'hôte, dont le jeu fait les délices…»[①],直译为:“四处听见厨房在呼啸,剧院在尖叫,乐队在轰鸣;旅馆餐桌上的游戏令人流连往返。”李思纯分别用“宵炊”“乐馆”“长案”翻译«les cuisines»(“厨房”)、«les orchestres»(“乐队”)和«les tables d'hôte»(“旅馆餐桌”),用“博塞”“饮奕”和“弹棋”[②]翻译«jeu»(“游戏”)。上述三句话被译成四句七言绝句:“随处酒食闻宵炊,舞台乐馆歌吹低。俱乐部中长案齐,博塞饮奕及弹棋。”[③]就这样,李思纯笔下的巴黎变成了一座中国古城。

李思纯为每篇译文添加的评注都强调波德莱尔对恶的刻画。这一思维定势导致译者误读其中一些作品。比如,李思纯为《鸱枭》一诗添加如下评注:“罪人之象征也”。李思纯译文这样描写鸱枭:“其智能自警,所惧嚣与动。凶人负罪恶,幽匿多畏惊。易地如枭鸟,趋暗避光明。”[④]李思纯用喜欢找暗处躲藏的鸱枭比喻罪犯,而原诗中的鸱枭实为智慧的象征。它们教智者学会畏惧“嚣与动”,因为喜欢游移之人往往因易地而受到惩罚。[⑤]

除误译外,李思纯在翻译《鸱枭》时还将原文清晰的观点模糊化了。比如,李思纯将原诗第一段译成:“阴森黑水松。群枭藏匿之。妖神瞪赤眼。注视而沉思。”没有原诗做参照,中国读者未必能够确信“妖神”即“群枭”的比喻。[⑥] 而原诗中«ainsi que»(“正如”)这一短语在二者间明确建立类比关系。李思纯与中国古代诗人一样,倾向于在译诗中隐去连接词,结果造成意义不明。

有时,采用中国传统诗歌形式译诗也能让译者将原诗密不可分的两部分更好地衔接起来。比如,在《破钟》中,波德莱尔先写破钟,后写自己的灵魂,二者之间存在类比关系。李思纯的译文则将这两个主题更为紧密地联系起来。他写道:“钟响夜寒加。余魂亦龟裂。郁郁屡听之。其声渐微弱。[⑦] 这里李思纯隐去了动词«écouter»(“听”)的主语,由此留下丰富的阐释空间:可能是灵魂听钟,也可能是叙事者听钟,还可能是叙事者聆听灵魂。钟与灵魂因此水乳交融。

陈勺水:波德莱尔的进步主义译者

1929 年 1 月至 3 月,陈勺水在《乐群》杂志上翻译出版《恶之花》中如下篇目:

---

① Charles Baudelaire, *Œuvres complètes*, éd. cit., t. I, p. 95.

② “博塞”和“弹棋”指非常古老的棋类游戏,“饮奕”指边喝酒边下围棋。

③ 《仙河集》,李思纯译,《学衡》,第四十七期,1925 年 11 月,第 55 页。

④ 同上书,第 49 页。

⑤ Charles Baudelaire, *Œuvres complètes*, éd. cit., t. I, p. 67。

⑥ 《仙河集》,李思纯译,《学衡》,第四十七期,1925 年 11 月,第 49 页;Charles Baudelaire, *Œuvres complètes*, éd. cit., t. I, p. 67.

⑦ 《仙河集》,李思纯译,《学衡》,第四十七期,1925 年 11 月,第 51 页。

《奉劝旅行》(«L'Invitation au voyage»)、《毒药》(«Le Poison»)、《吸血鬼》(«Le Vampire»)、《波德雷的无题诗》[①]、《黑暗》(«Les Ténèbres»)、《香气》(«Le Parfum»)、《画框》(«Le Cadre»)和《画像》(«Le Portrait»)。[②] 陈勺水刻意塑造铿锵有力的风格,其所译诗句多用逗号一分为二。《黑暗》《香气》《画框》和《画像》每句译文均使用十二个汉字。《黑暗》译文共使用八个感叹号,而原诗只有两个感叹号。[③] 如果说《黑暗》原诗是在诉说,陈勺水的译文则像是革命者在呐喊。

陈勺水对《奉劝旅行》的翻译格外引人注目。原文共有两个感叹号,陈译则用了九个感叹号,每段诗后的副歌均以感叹号结尾。译者将波德莱尔想象成充满力量和激情的诗人,将原诗的颓废风格完全变成进步主义风格。

陈勺水视野中的波德莱尔向往光明的未来,这一视野体现在他对《奉劝旅行》中«beauté»("美丽")一词的翻译上。该词三次出现于原诗副歌中,陈勺水分别用"明媚""堂皇"和"美满"对其进行翻译。三词的使用部分出于译者押韵的需要,更反映出译者对每句副歌前一段内容的理解。陈勺水认为,原诗第一段描写的景色是"明媚"的。他完全忽视了该段原文中体现颓废色彩和朦胧美的句子:«les soleils mouillés/de ces ciels brouillés»。该句直译为:"模糊的天空/透射出被浸湿的阳光"。陈勺水的译文强调阳光充足,且仅被云气微微打湿:"太阳光线,满天都是,微微的,被云气打湿"。[④]

译者的进步主义立场也体现在他对落日景象的再现中。波德莱尔原诗结尾处«les soleils couchants»("落日")前有一破折号。[⑤] 我们可以想象如下画面:通篇对恋人倾吐爱意的叙事者在诗歌结尾停止诉说,用破折号引入落日画面。夕阳西下,叙事者陷入遐思,全诗在安宁的氛围中终结,留给读者无限遐想。陈勺水的译文则展现出一幅完全不同的图景。译者删去破折号,让叙事者继续激情洋溢地说话。不仅如此,他还添加了一句原诗中没有的句子来描写落日:"红冬冬的,好不打眼!"[⑥]原诗的安宁氛围完全被译诗的激昂情绪取代。

陈勺水的进步主义翻译风格与其政治立场有关。陈勺水是马克思《资本论》的

---

① 其中包括以如下诗句开头的诗篇:«Je t'adore à l'égal de la voûte nocturne», «Tu mettrais l'univers entier dans ta ruelle», «Une nuit que j'étais près d'une affreuse Juive», «Avec ses vêtements ondoyants et nacrés», «Je te donne ces vers afin que si mon nom», «Que diras-tu ce soir, pauvre âme solitaire»。

② 前两首诗的译文发表于1月1日,第三、四首诗的译文发表于2月1日,最后四首诗的译文发表于3月1日。

③ [法国]波德雷:《黑暗》,陈勺水译,《乐群》(月刊),第一卷第三期,1929年3月1日,第117—118页;Charles Baudelaire, *Œuvres complètes*, éd. cit., t. I, p. 38.

④ [法国]波德雷:《奉劝旅行》,陈勺水译,《乐群》(月刊),第一卷第一期,1929年1月1日,第144页。

⑤ Charles Baudelaire, *Œuvres complètes*, éd. cit., t. I, p. 54.

⑥ [法国]波德雷:《奉劝旅行》,陈勺水译,《乐群》(月刊),第一卷第一期,1929年1月1日,第146页。

首位中译者。翻译波德莱尔诗作时，他正在日本系统学习马列主义经济学。[①] 陈勺水译诗发表的期刊《乐群》具有明显的左翼色彩。《奉劝旅行》和《毒药》所在的该刊第一期发表了《论无产作家》《现代的日本无产诗坛》《高而基的回忆琐记》等文章。

关于《腐尸》一诗的分歧

概述完1917—1937年波德莱尔作品在中国的译介，我们集中关注徐志摩对《死尸》(«Une charogne»)的阐释以及鲁迅对该阐释的批评。首先回顾二十世纪二三十年代鲁迅和徐志摩对波德莱尔的接受历程。

鲁迅与波德莱尔

鲁迅于1924年12月翻译出版了厨川白村的《苦闷的象征》。此前数月，1924年10月26日，鲁迅在《晨报附镌》中发表了该书部分章节的译文，其中包括散文诗《窗》。对比单行本和节译本中的《窗》译文，我们发现鲁迅在出版单行本时对该诗译文进行了多处修改。这说明1924年下半年，鲁迅对波德莱尔作品，特别是散文诗《窗》的思考持续深入。[②] 此后一段时间，波德莱尔继续吸引鲁迅的注意。1927年4月10日，鲁迅主编的《莽原》杂志刊登了波德莱尔《理想》(«L'Idéal»)和《美》(«La Beauté»)中译文；1927年底至1928年底，鲁迅担任《语丝》主编期间，石民在其上发表了三篇波德莱尔作品译文：《圆光之失却》(«Perte d'auréole»)、"Anywhere out of the World"和《愉快的死者》(«Le Mort joyeux»)。

翻译出版《苦闷的象征》前后的鲁迅将波德莱尔的颓废视为生命力和反抗道德约束的象征。1930年起，鲁迅对波德莱尔的态度发生变化。1930年3月1日，在发表于《莽原月刊》的《非革命的急进革命论者》一文中，鲁迅这样评论波德莱尔：

> 法国的波特莱尔，谁都知道是颓废的诗人，然而他欢迎革命，待到革命要妨害他的颓废生活的时候，他才憎恶革命了。所以革命前夜的纸张上的革命家，而且是极彻底，极激烈的革命家，临革命时，便能够撕掉他先前的假面，——不自觉的假面。[③]

鲁迅在文中这样描述波德莱尔式的颓废者："自己没有一定的理想和无力，便

---

① 关于陈勺水生平，见刘会军：《陈豹隐》，长春，吉林大学出版社/红旗出版社，2009。陈勺水是陈豹隐的笔名。

② 鲁迅对《窗》的解读深受厨川白村影响。在某种程度上，《颓败线的颤动》可以被视为鲁迅在厨川白村影响下对《窗》的续写。对此笔者将另外撰文讨论。

③ 鲁迅：《非革命的急进革命论者》，《鲁迅全集》，第四卷，北京，人民文学出版社，2005，第232页。

流落而求刹那的享乐；一定的享乐，又使他发生厌倦，则时时寻求新刺戟，而这刺戟又须利害，这才感到畅快。革命便也是那颓废者的新刺戟之一。”[①]在这里，颓废变成缺乏真正理想的标志。厨川则认为，以波德莱尔为代表的颓废者拥有真正的理想，即丰富自己的生命体验。这时的鲁迅似乎背离了厨川白村的理论。

其实我们可以推测，早在1924年，鲁迅与厨川白村乃至波德莱尔之间的裂痕便已埋下伏笔。诚然，鲁迅与波德莱尔都强调想象的重要性。[②] 但富于现实关怀精神的鲁迅，是否真的能够同意诗人在《窗》末尾所言：“在我以外的事实，无论如何又有什么关系呢，只要它帮助了我生活，感到我存在和我是怎样？”[③]这是值得深究的问题。

徐志摩与波德莱尔

1924年12月1日，徐志摩在《语丝》上发表译文《死尸》，强调该诗的异国情调和神秘色彩。1928年，徐志摩在大学课堂上讲授波德莱尔，因此促成首部波德莱尔散文诗中译本的诞生。译者邢鹏举在译本引言中写道：

> 这大约是前年的秋季罢，徐志摩先生在光华教英文；他在那翻译课上，常常给我们译一些儿外国的短篇名著。有一次他写给我们两篇波多莱而的散文诗——《皓月的深情》和《沉醉》——叫我们把来译成中文，同时并把这位作者的个性和在文坛上的地位，详细地讲给我们听了。我当时把这两篇散文诗，反覆的读了几遍。一种不可思议的神秘，把我整个的心灵都振动了，——这或者就是嚣俄所谓“一种新的战慄”罢！[④]

邢译被收入徐志摩主编的“新文艺丛书”，并由徐志摩作序。该序1929年12月10日发表于《新月》。徐志摩在序言中以《寡妇》(«Les Veuves»)、《穷人的玩物》(«Le Joujou du pauvre»)和《穷人的眼》(«Les Yeux des pauvres»)为例，指出波德莱尔将人类最简单的感情，特别是对穷苦人的同情予以升华。徐志摩显然没有读过邢鹏举翻译的《玻璃的售主》(«Le Mauvais Vitrier»)。这篇散文诗彻底颠覆了波德莱尔的博爱形象。在一定程度上，徐志摩的人道主义视野让他忽视了《穷人的玩物》一文的神秘色彩。

---

① 鲁迅：《非革命的急进革命论者》，《鲁迅全集》，第四卷，北京，人民文学出版社，2005，第232页。

② 1924年的西安之行让鲁迅深切感受到对于文学家而言，想象比现实更重要。见孙伏园：《杨贵妃》，《鲁迅先生二三事》，重庆，作家书屋，1944，第39，40页；《致山本初枝》，《鲁迅选集·书信卷》，徐文斗、徐苗青选注，济南，山东文艺出版社，1991，第227页。关于波德莱尔对想象的部分论述，可见 Charles Baudelaire: *Œuvres complètes*, éd. cit., t. II, pp. 114－116, 120－121.

③ ［日本］厨川白村：《苦闷的象征》，鲁迅译，上海，北新书局，1926，第63页。

④ 邢鹏举：《译者序》，［法国］波多莱尔：《波多莱尔散文诗》，邢鹏举译，上海，中华书局，1930，第1页。

除人道主义维度外，徐志摩也强调波德莱尔作品揭示的灵魂深度：

在十九世纪的文学史上，一个佛洛贝，一个华而德裴特，一个波特莱，必得永远在后人的心里唤起一个沉郁，孤独，日夜在自剖的苦痛中求光亮者的意像……但他们所追求的却不是虚玄的性理的真或超越的宗教的真。他们辛苦的对象是"性灵的抒情的动荡，沉思的纡细的轮廓，天良的俄然的激发。"本来人生深一义的意趣与价值还不是全得向我们深沉，幽玄的意识里去探检出来？①

徐志摩用"特异的震动""微妙的，几于神秘的踪迹""瞬息转变如同雾里的山水的消息"等短语描写这一深刻而神秘的意识。他将艺术创作比作"一支伊和灵弦琴(The Harp Aeolian)在松风中感受万籁的呼吸，同时也从自身灵敏的紧张上散放着不容模拟的妙音！"②

早在1924年翻译《死尸》时，徐志摩便对波德莱尔作品的音乐性表现得格外敏感。他在该诗译文引言中写道：

我自己更是一个乡下人，他的原诗我只能诵而不能懂；但真音乐原只要你听：水边的虫叫，梁间的燕语，山壑里的水响，松林里的涛声——都只要你有耳朵听，你真能听时，这"听"便是"懂"。那虫叫，那燕语，那水响，那涛声，都是有意义的；但他们各个的意义却只与你"爱人"嘴唇上的香味一样——都在你自己的想象里。③

在徐志摩看来，正如在爱情中，双唇的接触不过是灵魂结合的象征，在诗歌中，音乐性也比诗句所指更重要。比起后者，前者更微妙、更深入地触动读者的灵魂。徐志摩声称自己不仅能够听到有声的音乐，还能够听到无声的音乐：

我不仅会听有音的乐，我也听听无音的乐(其实也有音你听不见)。我直认我是一个干脆的Mystic。为什么不？我深信宇宙的底质，人生的底质，一切有形的事物与无形的思想的底质——只是音乐，绝妙的音乐。天上的星，水里的泅的乳白鸭，树林里冒的烟，朋友的信，战场上的炮，坟堆里的鬼磷，巷口那只石狮子，我昨夜的梦……无一不是音乐做成的，无一不是音乐。④

徐志摩认为，相较于俗世之人的雕虫小技，捕捉宇宙的音乐性是大智慧的象

① 徐志摩：《波特莱的散文诗》，《新月》，第二卷第十号，1929年12月10日，第1页。

② 同上书，第1—2页。

③ 同上书，第6页。

④ [法国] 菩特莱尔：《死尸》，徐志摩译，《语丝》，第三期，1924年12月1日，第6页。

征。如其所言:"生命大着,天地大着,你的灵性大着。"[①]徐志摩指出,要听到宇宙的音乐,必须先学会聆听自己内心的声音。为此我们要学会放弃功利心态,真诚面对自己的内心需求。在这一点上,徐志摩与厨川白村不谋而合。后者在《苦闷的象征》中指出,生命力无处不在,作为生命力最明显表征的节奏律动也无处不在。[②]

鲁迅对徐志摩的批评

《苦闷的象征》译者鲁迅却将徐志摩关于神秘音乐的论述视为无稽之谈。在发表于 1924 年 12 月 15 日的《音乐?》一文中,鲁迅针对徐志摩的《死尸》前言极尽讽刺之能事。他写道:"我不幸终于难免成为一个苦韧的非 Mystic 了,怨谁呢。"[③]鲁迅将徐志摩比作叽叽喳喳的麻雀。他在文末感叹道:"只要一叫而人们大抵震悚的怪鸱的真的恶声在那里!?"[④]

1924 年,徐志摩和鲁迅都对波德莱尔表现出兴趣,但彼此意见相左。前者强调波德莱尔诗歌的音乐性和神秘性,后者则更多关注波德莱尔的颓废。鲁迅和徐志摩的颓废概念内涵是否相同?他们各自又如何论述音乐性?下面我们就以颓废和音乐性为关键词,分析 1924 年以前鲁迅与徐志摩文学观的分歧,以期更好地解释他们对于波德莱尔阐释的不同。

---

① [法国] 菩特莱尔:《死尸》,徐志摩译,《语丝》,第三期,1924 年 12 月 1 日,第 6 页。

② [日本] 厨川白村:《苦闷的象征》,鲁迅译,上海,北新书局,1926,第 57 页。

③ 鲁迅:《"音乐"?》,《鲁迅全集》,第七卷,北京,人民文学出版社,2005,第 56 页。

④ 同上书,第 56 页。

第十五章　鲁迅、颓废与音乐性

在谈到波德莱尔的颓废时，鲁迅交替使用“颓废”和“颓唐”两短语，并用“颓唐派”指称颓废派诗人群体。此外，鲁迅笔下还出现“颓靡”“颓坏”“颓败”等颓废的近义词。我们在后面的分析中将指出，这些词的内涵与鲁迅的艺术观不无关联。在研究鲁迅使用这些词的背景前，先简单回顾鲁迅创作生涯中几个与我们主题相关的时刻。[①]

鲁迅生平

鲁迅青少年时期对绘画颇有兴趣。在《从百草园到三味书屋》一文中，鲁迅回忆自己在私塾中喜欢利用读书闲暇临摹古小说绣像。[②] 鲁迅对古书也情有独钟。15 岁起，他便开始搜集、临摹古书。在南京读书期间，鲁迅学习英语、德语、物理、地理和矿务。也正是在这一时期，他读到赫胥黎的《天演论》。1902 年，鲁迅赴日本留学。他在东京逗留期间发表《斯巴达之魂》《说鈤》和《中国地质略论》。1906 年，鲁迅决定弃医从文。1908 年，他发表了四篇文章：《摩罗诗力说》《科学史教篇》《文化偏至论》和《破恶声论》。1903—1908 年，鲁迅翻译了多部作品，其中包括雨果的《哀尘》、凡尔纳的《月界旅行》和《地底旅行》。

民国成立后，鲁迅供职于教育部。1912—1917 年间，鲁迅著述相对较少，而将大量时间用于校勘古书、玩赏绘画金石。鲁迅这一时期的绝大部分作品均发表于《教育部编纂处月刊》。其中 1913 年发表的文章有《致国务院国徽拟图说明书》和《拟播布美术意见书》，此外还有两篇译自上野阳一的作品：《艺术玩赏之教育》和《社会教育与趣味》。

1918—1924 年，鲁迅出版数篇小说，其中包括 1919 年 4 月出版于《新青年》的《孔乙己》和 1924 年 5 月 10 日出版于《小说月报》的《在酒楼上》。在这两篇小说中，鲁迅分别创造了一个被其定义为颓废的主人公。这一时期的鲁迅继续从事翻译。在写于 1921 年 4 月 15 日的《译了〈工人绥惠略夫〉之后》一文中，鲁迅将阿尔

---

① 这一部分的主要知识来源为鲁迅的自传性文字和《鲁迅生平著译简表》。见《朝花夕拾》，鲁迅：《鲁迅全集》，第二卷，北京，人民文学出版社，2005，第 235－352 页；《鲁迅生平著译简表》，鲁迅：《鲁迅全集》，第十八卷，北京，人民文学出版社，2005，第 3－17 页。

② 鲁迅：《从百草园到三味书屋》，载《鲁迅全集》，第二卷，北京，人民文学出版社，2005，第 291 页。

志跋绥夫的《赛宁》视为颓废之作。在1924年12月出版的《苦闷的象征》一书中，鲁迅将波德莱尔定义为颓废派诗人首领。1925年3月至7月，鲁迅发表了四首散文诗：《过客》《失掉的好地狱》《墓碣文》和《颓败线的颤动》。他在这些诗作中分别用到"颓唐""颓废""颓坏"和"颓败"等词。

反颓废的鲁迅

提倡进化论与反对回归古代

1901年，鲁迅通过赫胥黎的《进化与伦理》一书了解到进化论。在发表于1903年10月的《〈月界旅行〉辨言》一文中，鲁迅写道：

> 然人类者，有希望进步之生物也，故其一部分，略得光明，犹不知餍，发大希望，思斥吸力，胜空气，泠然神行，无有障碍。若培伦氏，实以其尚武之精神，写此希望之进化者也。凡事以理想为因，实行为果，既莳厥种，乃亦有秋。[①]

鲁迅翻译《月界旅行》的目的在于宣传进化思想，"破遗传之迷信，改良思想，补助文明"[②]。在1904年10月8日的一封信中，鲁迅向友人透露他完成了《物理新诠》"世界进化论"一章的翻译工作。[③] 在1908年二三月间发表的《摩罗诗力说》中，鲁迅将上古视为黄金时代、拒绝面对现实的中国人斥为颓废之民：

> 吾中国爱智之士，独不与西方同，心神所注，辽远在于唐虞，或迳入古初，游于人兽杂居之世；谓其时万祸不作，人安其天，不如斯世之恶浊阽危，无以生活。其说照之人类进化史实，事正背驰。盖古民曼衍播迁，其为争抗劬劳，纵不厉于今，而视今必无所减；特历时既永，史乘无存，汗迹血腥，泯灭都尽，则追而思之，似其时为至足乐耳。傥使置身当时，与古民同其忧患，则颓唐侘傺，复远念盘古未生，斧凿未经之世，又事之所必有者已。[④]

鲁迅在论述文学之用时谈到国家的颓废：

> 此其（文学——引者注）效力，有教示意；既为教示，斯益人生；而其教复非常教，自觉勇猛发扬精进，彼实示之。凡苓落颓唐之邦，无不以不耳此教示始。[⑤]

---

① 鲁迅：《〈月界旅行〉辨言》，《鲁迅全集》，第十卷，北京，人民文学出版社，2005，第163页。

② 同上书，第164页。

③ 鲁迅：《致蒋抑卮》，《鲁迅全集》，第十一卷，北京，人民文学出版社，2005，第330页。

④ 鲁迅：《摩罗诗力说》，《鲁迅全集》，第一卷，北京，人民文学出版社，2005，第69页。

⑤ 同上书，第74页。

鲁迅视文学为心声。《摩罗诗力说》开篇写道："盖人文之留遗后世者，最有力莫如心声。"[1]鲁迅以古印度、古希伯来、古以色列、古伊朗和古埃及为例，描述人类历史上的伟大声音：

古民神思，接天然之閟宫，冥契万有，与之灵会，道其能道，爰为诗歌。其声度时劫而入人心，不与缄口同绝。[2]

鲁迅用"美妙""至大""幽邃""庄严"等词形容这些声音。[3] 他感叹道：

嗟夫，古民之心声手泽，非不庄严，非不崇大，然呼吸不通于今，则取以供览古之人，使摩挲咏叹而外，更何物及其子孙？否亦仅自语其前此光荣，即以形迩来之寂寞。[4]

古代中国的伟大声音已无从听闻，鲁迅转向欧洲寻找进步之声。他认为，学会反抗舆论压迫是进步的首要条件。只有消除成见，才能够自由地思考和行动。在此意义上，摩罗诗人的作品最能够代表这一声音，因为他们"大都不为顺世和乐之音，动吭一呼，闻者兴起，争天拒俗"[5]。鲁迅以拜伦为例，鼓励国人变得自由独立：

其言曰，硗确之区，吾侪奚获耶？……凡有事物，无不定以习俗至谬之衡，所谓舆论，实具大力，而舆论则以昏黑蔽全球也。

……

贵力而尚强，尊己而好战，其战复不如野兽，为独立自由人道也……故其平生，如狂涛如厉风，举一切伪饰陋习，悉与荡涤。[6]

以精神性反抗物质至上主义

在1908年8月发表于《河南》的《文化偏至论》一文中，鲁迅写道：

试察其他，乃亦以见末叶人民之弱点，盖往之文明流弊，浸灌性灵，众庶率纤弱颓靡，日益以甚，渐乃反观诸己，为之欿然，于是刻意求意力之人，冀倚为将来之柱石。此正犹洪水横流，自将灭顶，乃神驰彼岸，出全力以呼善没者尔，悲夫！[7]

---

① 鲁迅：《摩罗诗力说》，《鲁迅全集》，第一卷，北京，人民文学出版社，2005，第65页。

② 同上。

③ 同上书，第65—66页。

④ 同上书，第67页。

⑤ 同上书，第68页。鲁迅笔下的摩罗诗人有：裴伦、修黎、普式庚、来尔孟多夫、密克威支、斯洛伐支奇、克拉旬斯奇和裴象飞。

⑥ 同上书，第81,84页。

⑦ 同上书，第56页。

此时的鲁迅具有强烈的精英意识。在他看来，不论欧洲还是中国民众都是颓废的。鲁迅将缺乏精神性视为民众颓废的标志之一：

> 人人之心，无不泐二大字曰实利，不获则劳，既获便睡。纵有激响，何能撄之？夫心不受撄，非槁死则缩朒耳，而况实利之念，复煔煔热于中，且其为利，又至陋劣不足道，则驯至卑懦俭啬，退让畏葸，无古民之朴野，有末世之浇漓。[①]

这段话的背景是鲁迅对十九世纪物质至上主义的批评：

> 诸凡事物，无不质化，灵明日以亏蚀，旨趣流于平庸，人惟客观之物质世界是趋，而主观之内面精神，乃舍置不之一省。……林林众生，物欲来蔽，社会憔悴，进步以停，于是一切诈伪罪恶，蔑弗乘之而萌，使性灵之光，愈益就于黯淡：十九世纪文明一面之通弊，盖如此矣。[②]

对于鲁迅而言，"内部之生活强，则人生之意义亦愈邃，个人尊严之旨趣亦愈明"[③]。

鲁迅往往在他人容易想到实际功用的事物中看到精神性的一面。在《科学史教篇》中，鲁迅将科学的作用相对化。他写道："盖使举世惟(科学——引者注)知识之崇，人生必大归于枯寂，如是既久，则美上之感情漓，明敏之思想失，所谓科学，亦同趣于无有矣。"鲁迅强调，带来物质利益并非科学应有的目标。科学应"仅以知真理为惟一之仪的，扩脑海之波澜，扫学区之荒秽"。鲁迅指出，带来重大科学发现的通常是超自然的力量。"故科学者，必常恬淡，常逊让，有理想，有圣觉。"[④]

鲁迅对精神性的追求也反映在其对宗教的态度中。他指出，仅以身体和物质利益为目的的宗教实践属于迷信。相反，鲁迅赞赏中国上古时代的天地崇拜。在1908年12月5日发表于《河南》的《破恶声论》一文中，鲁迅写道：

> 夫人在两间，……倘其不安物质之生活，则自必有形上之需求。……欲离是有限相对之现世，以趣无限绝对之至上者也。人心必有所冯依，非信无以立，宗教之作，不可已矣。顾吾中国，则夙以普崇万物为文化本根，敬天礼地，实与法式，发育张大，整然不紊。覆载为之首，而次及于万汇，凡一切睿知义理与邦国家族之制，无不据是为始基焉。效果所著，大莫可名，以是而不轻旧乡，以是而不生阶级；他若虽一卉木竹石，视之均函有神閟性灵，玄义在中，不同凡品，其所崇爱之溥博，世未见有其匹也。[⑤]

---

① 鲁迅：《摩罗诗力说》，《鲁迅全集》，第一卷，北京，人民文学出版社，2005，第71页。

② 鲁迅：《文化偏至论》，《鲁迅全集》，第一卷，北京，人民文学出版社，2005，第54页。

③ 同上书，第57页。

④ 鲁迅：《科学史教篇》，《鲁迅全集》，第一卷，北京，人民文学出版社，2005，第29,30,32,33,35页。

⑤ 鲁迅：《破恶声论》，《鲁迅全集》，第八卷，北京，人民文学出版社，2005，第29—30页。

是否表达真诚的心声是鲁迅区别宗教与迷信的关键。在1923年12月发表的《中国小说史略》中，鲁迅强调神话的最初创制者怀有真诚之心：

昔者初民，见天地万物，变异不常，其诸现象，又出于人力所能以上，则自造众说以解释之：凡所解释，今谓之神话。……惟神话虽生文章，而诗人则为神话之仇敌，盖当歌颂记叙之际，每不免有所粉饰，失其本来，是以神话虽托诗歌以光大，以存留，然亦因之而改易，而销歇也。①

对于鲁迅而言，真诚是最重要的文学品质。一部文学杰作应当传达作者心声，触动读者灵魂：

盖世界大文，无不能启人生之閟机，而直语其事实法则，为科学所不能言者。所谓閟机，即人生之诚理是已。此为诚理，微妙幽玄，不能假口于学子。……惟文章亦然，虽缕判条分，理密不如学术，而人生诚理，直笼其辞句中，使闻其声者，灵府朗然，与人生即会。②

鲁迅哀叹中国听不到真诚之声：

今索诸中国，为精神界之战士者安在？有作至诚之声，致吾人于善美刚健者乎？有作温煦之声，援吾人出于荒寒者乎？家国荒矣……劳劳独躯壳之事是图，而精神日就于荒落；新潮来袭，遂以不支。③

鲁迅的失望

鲁迅认为，中国人的颓废究其根底是精神的颓废，知识精英有启迪民众的职责。然而他很快发现，为物质利益和虚荣心所蒙蔽的中国民众对于他的苦心并不领情。在《文化偏至论》一文中，他引用尼采以表达孤独感：

德人尼佉(Fr. Nietzsche)氏，则假察罗图斯德罗(Zarathustra)之言曰，吾行太远，孑然失其侣，返而观夫今之世，文明之邦国矣，斑斓之社会矣。特其为社会也，无确固之崇信；众庶之于知识也，无作始之性质。邦国如是，奚能淹留？吾见放于父母之邦矣！聊可望者，独苗裔耳。④

鲁迅评论拜伦和雪莱时很可能也想到自己：

故其平生，亦甚神肖，大都执兵流血，如角剑之士，转辗于众之目前，使抱

---

① 鲁迅：《中国小说史略》，《鲁迅全集》，第九卷，北京，人民文学出版社，2005，第19页。

② 鲁迅：《摩罗诗力说》，《鲁迅全集》，第一卷，北京，人民文学出版社，2005，第74页。

③ 同上书，第102页。

④ 鲁迅：《文化偏至论》，《鲁迅全集》，第一卷，北京，人民文学出版社，2005，第50页。

战栗与愉快而观其鏖扑。故无流血于众之目前者，其群祸矣；虽有而众不之视，或且进而杀之，斯其为群，乃愈益祸而不可救也！①

面对为社会进步作出牺牲的英雄，群犷漠然以待。这让鲁迅感到震惊和痛心。在1924年12月29日发表于《语丝》的《复仇》一文中，鲁迅用形象的语言表达这一情绪：

人的皮肤之厚，大概不到半分，鲜红的热血，就循着那后面，在比密密层层地爬在墙壁上的槐蚕更其密的血管里奔流，散出温热。于是各以这温热互相蛊惑，煽动，牵引，拼命地希求偎倚，接吻，拥抱，以得生命的沉酣的大欢喜。

但倘若用一柄尖锐的利刃，只一击，穿透这桃红色的，菲薄的皮肤，将见那鲜红的热血激箭似的以所有温热直接灌溉杀戮者；其次，则给以冰冷的呼吸，示以淡白的嘴唇，使之人性茫然，得到生命的飞扬的极致的大欢喜；而其自身，则永远沉浸于生命的飞扬的极致的大欢喜中。

这样，所以，有他们俩裸着全身，捏着利刃，对立于广漠的旷野之上。

他们俩将要拥抱，将要杀戮……

路人们从四面奔来，密密层层地，如槐蚕爬上墙壁，如蚂蚁要扛鲞头。衣服都漂亮，手倒空的。然而从四面奔来，而且拼命地伸长颈子，要赏鉴这拥抱或杀戮。他们已经豫觉着事后的自己的舌上的汗或血的鲜味。

然而他们俩对立着，在广漠的旷野之上，裸着全身，捏着利刃，然而也不拥抱，也不杀戮，而且也不见有拥抱或杀戮之意。

他们俩这样地至于永久，圆活的身体，已将干枯，然而毫不见有拥抱或杀戮之意。

路人们于是乎无聊；觉得有无聊钻进他们的毛孔，觉得有无聊从他们自己的心中由毛孔钻出，爬满旷野，又钻进别人的毛孔中。他们于是觉得喉舌干燥，脖子也乏了；终至于面面相觑，慢慢走散；甚而至于居然觉得干枯到失了生趣。

于是只剩下广漠的旷野，而他们俩在其间裸着全身，捏着利刃，干枯地立着；以死人似的眼光，赏鉴这路人们的干枯，无血的大戮，而永远沉浸于生命的飞扬的极致的大欢喜中。②

在1922年12月3日撰写的《呐喊》自序中，鲁迅用“麻醉”形容自己1909—1919年间的生活：

---

① 鲁迅：《摩罗诗力说》，《鲁迅全集》，第一卷，北京，人民文学出版社，2005，第102页。

② 鲁迅：《复仇》，《鲁迅全集》，第二卷，北京，人民文学出版社，2005，第176—177页。

只是我自己的寂寞是不可不驱除的，因为这于我太痛苦。我于是用了种种法，来麻醉自己的灵魂，使我沉入于国民中，使我回到古代去，后来也亲历或旁观过几样更寂寞更悲哀的事，都为我所不愿追怀，甘心使他们和我的脑一同消灭在泥土里的，但我的麻醉法却也似乎已经奏了功，再没有青年时候的慷慨激昂的意思了。[①]

颓废的鲁迅

鲁迅对艺术的兴趣

鲁迅自我麻醉的方法之一是临摹古碑文。以下段落可谓1909—1919年间鲁迅颓废生活的写照：

S会馆里有三间屋，相传是往昔曾在院子里的槐树上缢死过一个女人的，现在槐树已经高不可攀了，而这屋还没有人住；许多年，我便寓在这屋里钞古碑。客中少有人来，古碑中也遇不到什么问题和主义，而我的生命却居然暗暗的消去了，这也就是我惟一的愿望。夏夜，蚊子多了，便摇着蒲扇坐在槐树下，从密叶缝里看那一点一点的青天，晚出的槐蚕又每每冰冷的落在头颈上。[②]

鲁迅1912—1914年的日记记载了购买或受赠的金石录，[③]主要是秦、唐两朝的碑文。古碑文上经常有被磨灭的字迹。1915—1918年间，鲁迅发表了一系列以铭文重构为研究对象的文章。碑文通常出自大书法家之手，因此抄写碑铭不仅是智识活动，也是艺术实践。

欣赏和临摹碑文只是这一时期鲁迅众多艺术实践之一。1912—1914年的鲁迅日记显示，鲁迅对中国古董兴趣浓厚。他在北京四处拜访古迹，并经常去琉璃厂买古书、画册、古钱币和墓葬文物。鲁迅对美术的兴趣似乎为其教育部同事熟知。1912年6月21日至7月17日，他应教育部之邀做了四场以美术常识为主题的讲座。[④] 1912年7月11日，鲁迅收到很可能是周作人寄来的高更作品《诺阿诺阿》（*Noa Noa*）。他对这部作品赞赏有加，并因此对印象派产生浓厚兴趣。[⑤]

---

① 鲁迅：《自序》，《鲁迅全集》，第一卷，北京，人民文学出版社，2005，第440页。

② 同上书，第440页。

③ 鲁迅：《日记》，《鲁迅全集》，第十五卷，北京，人民文学出版社，2005，第7，32，33，78，91，145页。

④ 同上书，第6—8，10—11页。

⑤ 同上书，第10页。高更的作品给鲁迅留下深刻印象，以至于15年后他仍有意要将其译成中文。1929年，鲁迅购买了作品法文版；1932年，鲁迅又买到该作品日文版。不过该书翻译工作终究未完成。见鲁迅：《日记》，《鲁迅全集》，第十五卷，北京：人民文学出版社，2005，第14页。

为艺术正名

1912年7月10日，教育临时会议在北京召开，讨论与新成立的民国相适应的新学制。时任教育总长蔡元培提出教育的五个基本方面：军国民教育、实利主义、公民道德、世界观、美育。最后会议决议删去美育一项，[①]教育策略纯粹功利化。鲁迅在1912年7月12日的日记中写道："闻临时教育会议竟删美育，此种豚犬，可怜可怜！"[②]由此可见鲁迅之愤怒。

鲁迅将功利主义视为精神性之敌，认为美术是抗衡功利主义的利器。1913年2月，鲁迅发表《致国务院国徽拟图说明书》，介绍他与两位朋友共同设计的国徽。国务院此前曾决定以稻谷作为国家象征，鲁迅很可能觉得稻谷所象征的物质功利性局限了国徽应当传达的内涵，因此与朋友们建议用黄袍所绣十二章作为补充。[③]十二章即日、月、星辰、山、龙、华虫、宗彝、藻、火、粉米、黼、黻。按照鲁迅解释，"日月星辰，取其照临也；山，取其镇也；龙，取其变也；华虫，取其文也；宗彝，取其孝也；藻，取其洁也；火，取其明也；粉米，取其养也；黼，取其断也；黻，取其辨也"[④]。在鲁迅看来，比起稻谷，上述十二个被历史赋予纯粹精神性的标志更能够传达中华民族伟大庄严的心声。

国徽拟图

在《致国务院国徽拟图说明书》中，鲁迅探讨如何用美术形式传达伟大精神这一艺术问题。在1913年发表于《教育部编纂处月刊》的《拟播布美术意见书》《艺术玩赏之教育》和《社会教育与趣味》三篇文章（后两篇为译作）中，鲁迅更为系统地阐

① 鲁迅：《日记》，《鲁迅全集》，第十五卷，北京，人民文学出版社，2005，第13—14页。

② 同上书，第11页。

③ 鲁迅：《致国务院国徽拟图说明书》，《鲁迅全集》，第八卷，北京，人民文学出版社，2005，第49页。

④ 同上书，第47页。

述了自己的艺术观。

在《拟播布美术意见书》中鲁迅指出，艺术家的灵魂、自然界的物品以及它们的再现为美术三要素。在鲁迅看来，美术与文学一样，其职责都在于传达心声。刻在核桃壳上的亭台楼阁或象牙上的长文虽精细却非艺术品，因为它们只能体现作者的灵巧，鲜少传达其心灵深处的声音。文学家的心声与时代、民族、国家之声相通。鲁迅写道："凡有美术，皆足以征表一时及一族之思惟，故亦即国魂之现象；若精神递变，美术辄从之以转移。"[①]鲁迅同时捍卫艺术的独立性。在他看来，艺术创作应追求艺术层面的完美而非审美之外的效用。[②]

在《艺术玩赏之教育》一文"译者附识"中，鲁迅赞赏上野阳一"所见甚挚"[③]。上野阳一在文中指出，一幅画表达的情感比画中形象的外表更重要。鲁迅在译文中反复使用"心影"一词，说明体会画中情感的重要性。上野阳一指出，艺术与现实世界有着相当差距。相较于艺术家所表现的实物，艺术家的主体性更接近于艺术本质。为了更好地理解艺术作品，要学会放弃分析思维，更多关注作品对线条、色彩和光线的呈现。[④]

在《社会教育与趣味》一文中，上野阳一指出，现代人为生计所迫，心灵疲乏，精神紧张，内心生活趋于枯竭。他们需要艺术来丰富心灵，帮助他们窥见更为理想的世界。在"译者附识"中，鲁迅对上述观点表示赞同。[⑤]

如果说鲁迅在文学生涯初期将"颓废"作为贬义词来使用，1908 年后鲁迅就美术发表的意见显示他开始重思颓废。他意识到艺术在本质上是颓废的，因为只有摆脱现实社会的即时功利性，才能够真正走进艺术世界。

既颓废又反颓废的鲁迅

鲁迅再度发声

1909—1917 年，鲁迅鲜少为社会发声。1918 年，受《新青年》之托，鲁迅再度提笔写作。在作于 1922 年 12 月 3 日的《呐喊》自序中，鲁迅叙述了自己重新提笔时的感想：

---

① 鲁迅：《拟播布美术意见书》，《鲁迅全集》，第八卷，北京，人民文学出版社，2005，第 52 页。

② 同上。

③ [日本] 上野阳一：《艺术玩赏之教育》，鲁迅译，鲁迅：《鲁迅译文全集》，北京鲁迅博物馆编，第八卷，福州，福建教育出版社，2008，第 33 页。

④ 同上书，第 23，25，26，31 页。

⑤ [日本] 上野阳一：《社会教育与趣味》，鲁迅译，鲁迅：《鲁迅译文全集》，北京鲁迅博物馆编，第八卷，福州，福建教育出版社，2008，第 45 页。

是的，我虽然自有我的确信，然而说到希望，却是不能抹杀的，因为希望是在于将来，决不能以我之必无的证明，来折服了他之所谓可有，……

……………

在我自己，本以为现在是已经并非一个切迫而不能已于言的人了，但或者也还未能忘怀于当日自己的寂寞的悲哀罢，所以有时候仍不免呐喊几声，聊以慰藉那在寂寞里奔驰的猛士，使他不惮于前驱。……不愿将自以为苦的寂寞，再来传染给也如我那年青时候似的正做着好梦的青年。[①]

1919年，“颓唐”一词两度出现在鲁迅笔下。第一次在该年4月发表于《新青年》的《孔乙己》中，用于修饰孔乙己；[②]第二次在11月发表于同一杂志的《我们现在怎样做父亲》一文中，用于修饰视晨起听到乌鸦叫为不祥之兆的迷信老者。[③] 鲁迅将囿于成见的保守之士视为颓废者。在他看来，颓废意味着缺乏批判思维能力。

在作于1921年4月15日的《译了〈工人绥惠略夫〉之后》一文中，鲁迅用“颓唐”形容阿尔志跋绥夫的《赛宁》一书。该作品主人公因社会革命失败而一蹶不振，沉迷于声色不能自拔。[④] 这里“颓唐”一词意味着贪图享乐，失去为社会目的奋斗的意志。

在1921年8月29日致周作人的信中，鲁迅提到指涉颓废派的日文短语“デカーダン”：

我近来大看不起沫若田汉之流。又云东京留学生中，亦有喝加菲（因アブサン（苦艾酒，一种法国酒）之类太贵）而自称デカーダン者，可笑也！[⑤]

鲁迅批评的并非用咖啡和酒精麻痹神经的行为，而是中国年轻文人一味模仿颓废派作家表象的肤浅态度。波德莱尔显然也是郭沫若和田汉模仿的对象。在1920年3月15日发表于《少年中国》的一封信中，郭沫若宣称自己比波德莱尔更颓废。[⑥] 田汉也在1921年12月1日发表的《恶魔诗人波陀雷尔的百年祭（续）》一文中提到波德莱尔的颓废。[⑦] 同样曾留学日本的鲁迅很可能在这一时期就已知道波德莱尔的名字。

---

① 鲁迅：《自序》，《鲁迅全集》，第一卷，北京，人民文学出版社，2005，第441－442页。鲁迅在1932年12月14日撰写的《〈自选集〉自序》中也表达了类似观点。在该文中，鲁迅用“颓唐”形容自己1909—1917年的生活状态。见鲁迅：《〈自选集〉自序》，《鲁迅全集》，第四卷，北京，人民文学出版社，2005，第468页。

② 鲁迅：《孔乙己》，《鲁迅全集》，第一卷，北京，人民文学出版社，2005，第459页。

③ 鲁迅：《我们现在怎样做父亲》，《鲁迅全集》，第一卷，北京，人民文学出版社，2005，第135页。

④ 鲁迅：《译了〈工人绥惠略夫〉之后》，《鲁迅全集》，第十卷，北京，人民文学出版社，2005，第182页。

⑤ 鲁迅：《鲁迅全集》，第十一卷，北京，人民文学出版社，2005，第413页。

⑥ 《会员通讯》，《少年中国》，第一卷第九期，1920年3月15日，第182页。

⑦ 田汉：《恶魔诗人波陀雷尔的百年祭（续）》，《少年中国》，第三卷第五期，1921年12月1日，第23页。

鲁迅上文所用日文短语"デカーダン"(颓废派)有可能借用自厨川白村。该短语曾两次出现在《苦闷的象征》中。按照厨川白村的解释,波德莱尔之所以颓废,是因为他想深入体验生活的所有滋味。[①] 这意味着诗人注重倾听自己的心声,反抗庸俗的社会价值判断,深入思考生活的真义。鲁迅也同样具有深刻反思的勇气。他批评时人为了不违反社会成规,喜欢用"差不多"来想问题,自己有时也难免如此。为此鲁迅创作了两个具有部分自传性的人物:《端午节》(1922)中的方玄绰和《祝福》(1924)中的"我":

> 方玄绰近来爱说"差不多"这一句话,几乎成了"口头禅"似的;而且不但说,的确也盘据在他脑里了。他最初说的是"都一样",后来大约觉得欠稳当,便改为"差不多",一直使用到现在。[②]

> "说不清"是一句极有用的话。不更事的勇敢的少年,往往敢于给人解决疑问,选定医生,万一结果不佳,大抵反成了怨府,然而一用这说不清来作结束,便事事逍遥自在了。我在这时,更感到这一句话的必要,即使和讨饭的女人说话,也是万不可省的。[③]

《过客》中的颓废与反颓废

深刻思考之人必然要面对死亡这一话题。在鲁迅1925年发表的散文中,"颓"字多次出现,每次均与死亡有关。笔者以《过客》和《颓败线的颤动》两篇文章为例,分析鲁迅在怎样的文化语境中阐述颓废概念。

《过客》中有三个人物:年近七旬的老者、十来岁的小女孩和三四十岁上下的过客。一日傍晚,过客经过老者与小女孩的居所,讨得一杯水喝。小女孩送给过客一块布头,让他绑在因长途跋涉而受伤的脚上,过客谢绝了。可小女孩不愿取回被陌生人触碰过的布,让他将布带去作纪念:

> 客——(颓唐地退后,)但这背在身上,怎么走呢?……
>
> 翁——你息不下,也就背不动。——休息一会,就没有什么了。
>
> 客——对咧,休息……。(默想,但忽然惊醒,倾听。)不,我不能!我还是走好。
>
> 翁——你总不愿意休息么?
>
> 客——我愿意休息。

---

① 关于波德莱尔在《苦闷的象征》及厨川白村其他作品中的形象,见本书第166—169页。

② 鲁迅:《端午节》,《鲁迅全集》,第一卷,北京,人民文学出版社,2005,第560页。

③ 鲁迅:《祝福》,《鲁迅全集》,第二卷,北京,人民文学出版社,2005,第8页。

翁——那么，你就休息一会罢。

客——但是，我不能……。[①]

在鲁迅看来，后退是颓废的姿态。鲁迅用一系列词汇形容这一姿态："困顿""迟疑""踌躇""沉思""沉默""徘徊""踉跄"[②]。过客的颓废源自于他不知何去何从：

翁——客官，你请坐。你是怎么称呼的。

客——称呼？——我不知道。从我还能记得的时候起，我就只一个人。我不知道我本来叫什么。我一路走，有时人们也随便称呼我，各式各样地，我也记不清楚了，况且相同的称呼也没有听到过第二回。

翁——阿阿。那么，你是从那里来的呢？

客——（略略迟疑，）我不知道。从我还能记得的时候起，我就在这么走。

翁——对了。那么，我可以问你到那里去么？

客——自然可以。——但是，我不知道。从我还能记得的时候起，我就在这么走，要走到一个地方去，这地方就在前面。我单记得走了许多路，现在来到这里了。我接着就要走向那边去，（西指，）前面！[③]

这段文字让人想起波德莱尔的散文诗《异乡人》。周作人曾将该诗译成中文，分别于1921年11月20日发表于《晨报附镌》（译文题为《外方人》），1922年8月1日发表于《妇女杂志》（译文题为《游子》）。《过客》像《异乡人》一样，蔑视所有社会头衔。当老者建议他重拾回头路时，他说道："回到那里去，就没一处没有名目，没一处没有地主，没一处没有驱逐和牢笼，没一处没有皮面的笑容，没一处没有眶外的眼泪。我憎恶他们，我不回转去！"[④]

过客是颓废的，因为他知道自己终究要离开人世。他指着西方告诉老者，那便是自己的路之所向。过客从空无一物的东方来，去向象征死亡的西方。换言之，他从虚无来，向虚无去。无可避免的死亡让一切希望变得相对化，这也是过客颓废的原因。

然而尽管筋疲力竭，过客仍坚持前行。支撑他的是一种声音：

翁——太阳下去了，我想，还不如休息一会的好罢，像我似的。

客——但是，那前面的声音叫我走。

翁——我知道。

客——你知道？你知道那声音么？

① 鲁迅：《过客》，《鲁迅全集》，第二卷，北京，人民文学出版社，2005，第198页。

② 同上书，第193，194，196，197，198，199页。

③ 同上书，第194—195页。

④ 同上书，第196页。

翁——是的。他似乎曾经也叫过我。

客——那也就是现在叫我的声音么?

翁——那我可不知道。他也就是叫过几声,我不理他,他也就不叫了,我也就记不清楚了。[①]

这一声音象征着相对的希望。同样象征相对希望的,还有连接东西方的“一条似路非路的痕迹”。鲁迅这样写道:“东,是几株杂树和瓦砾;西,是荒凉破败的丛葬;其间有一条似路非路的痕迹。一间小土屋向这痕迹开着一扇门;门侧有一段枯树根。”[②]在1921年5月发表的小说《故乡》中,鲁迅也将希望比作路:“希望是本无所谓有,无所谓无的。这正如地上的路;其实地上本没有路,走的人多了,也便成了路。”[③]

过客坚持前行的姿态可以被理解为尽管充分体悟人生本质的空洞,依然努力构筑生命意义的态度。在此意义上,过客又是反颓废的。文中作者用一系列短语描写过客反抗颓废的姿态:“倔强”“惊起”“竭力站起”“忽然惊醒”“昂了头,奋然向西走去”[④]。

鲁迅笔下的过客形象让人联想到作家本人:“状态困顿倔强,眼光阴沉,黑须”[⑤]。对于鲁迅而言,生命的终极意义不在于达致某种社会效用,而在于体验生命本身。过客坚持前行就是体验生命的一种方式。在此意义上,人生就像是一部艺术品,其真正意义在于被体会。

作为艺术家的鲁迅与《颓败线的颤动》

将生活艺术化这一观念在《颓败线的颤动》中得到进一步发挥。该文主人公是一个被家庭抛弃的老妇人,她在尝尽人生百味后变成一具石像:

她在深夜中尽走,一直走到无边的荒野;四面都是荒野,头上只有高天,并无一个虫鸟飞过。她赤身露体地,石像似的站在荒野的中央,于一刹那间照见过往的一切:饥饿,苦痛,惊异,羞辱,欢欣,于是发抖;害苦,委屈,带累,于是痉挛;杀,于是平静。……又于一刹那间将一切并合:眷念与决绝,爱抚与复仇,养育与歼除,祝福与咒诅……。她于是举两手尽量向天,口唇间漏出人与兽的,非人间所有,所以无词的言语。

当她说出无词的言语时,她那伟大如石像,然而已经荒废的,颓败的身躯

---

① 鲁迅:《过客》,《鲁迅全集》,第二卷,北京,人民文学出版社,2005,第196—197页.

② 同上书,第193页。

③ 同上书,第510页。

④ 同上书,第193,196,197,198,199页。

⑤ 同上书,第193页。

的全面都颤动了。这颤动点点如鱼鳞，每一鳞都起伏如沸水在烈火上；空中也即刻一同振颤，仿佛暴风雨中的荒海的波涛。

她于是抬起眼睛向着天空，并无词的言语也沉默尽绝，惟有颤动，辐射若太阳光，使空中的波涛立刻回旋，如遭飓风，汹涌奔腾于无边的荒野。①

离死亡咫尺之遥的老妇人是颓败的象征。在生命即将终结时，她想要找到生命的真义。这一意义如此复杂丰富，以至于人类的语言已不足以对其进行言说。老妇人发出"人与兽的，非人间所有，所以无词的言语"。最后，即使是无词的言语也终止了，剩下的只有颤动。这篇散文诗似乎有意再现人类语言及理性的局限。颤动似乎可以被理解为思考生命意义过程中，为超越语言和理性局限所做的努力。

鲁迅无意让老妇人停止颤动，就像他无意让过客停止前行一样。因为尽管生命本质是空洞的，鲁迅仍深爱人间。凝视人世让鲁迅感到生的喜悦。如他在逝世两个月前的一篇文章中所写：

有了转机之后四五天的夜里，我醒来了，喊醒了广平。

"给我喝一点水。并且去开开电灯，给我看来看去的看一下。"

"为什么？……"她的声音有些惊慌，大约是以为我在讲昏话。

"因为我要过活。你懂得么？这也是生活呀。我要看来看去的看一下。"

"哦……"她走起来，给我喝了几口茶，徘徊了一下，又轻轻的躺下了，不去开电灯。

我知道她没有懂得我的话。

街灯的光穿窗而入，屋子里显出微明，我大略一看，熟识的墙壁，壁端的棱线，熟识的书堆，堆边的未订的画集，外面的进行着的夜，无穷的远方，无数的人们，都和我有关。我存在着，我在生活，我将生活下去，我开始觉得自己更切实了，我有动作的欲望——但不久我又坠入了睡眠。②

鲁迅与音乐性

在发表于1913年2月的《拟播布美术意见书》中，鲁迅将音乐视为美术的一种。③ 在1913年8月发表、鲁迅译《艺术玩赏之教育》一文中，作者上野阳一指出，音乐的根本任务在于通过声音变化表达情感，而非模仿大自然。上野阳一强调，只

---

① 鲁迅：《颓败线的颤动》，《鲁迅全集》，第二卷，北京，人民文学出版社，2005，第210—211页。

② 鲁迅：《"这也是生活"……》，《鲁迅全集》，第六卷，北京，人民文学出版社，2005，第623—624页。

③ 鲁迅：《拟播布美术意见书》，《鲁迅全集》，第八卷，北京，人民文学出版社，2005，第51页。

有从整体上欣赏一部音乐作品，才能够体会到和谐之美。①

尽管鲁迅对音乐本身的兴趣有限，但他对文学的音乐性却十分敏感。在 1921 年 9 月 8 日致周作人的信中，鲁迅写道："我看你译小说，还可以随便流畅一点（我实在有点好讲声调的弊病）。"②在《摩罗诗力说》中，鲁迅这样描述雪莱：

> 其神思之澡雪，既至异于常人，则旷观天然，自感神閟，凡万汇之当其前，皆若有情而至可念也。故心弦之动，自与天籁合调，发为抒情之什，品悉至神，莫可方物。③

鲁迅指出，雪莱能够听见大自然的神秘音乐。徐志摩在《死尸》译文附记中也表达了类似观点。为何鲁迅偏偏严厉批评徐志摩？在下一章中，我们通过分析徐志摩对颓废和音乐性的论述，试图找到问题答案。

---

① ［日本］上野阳一：《艺术玩赏之教育》，鲁迅译，鲁迅：《鲁迅译文全集》，北京鲁迅博物馆编，第八卷，福州，福建教育出版社，2008，第 24，25，28 页。

② 鲁迅：《鲁迅全集》，第十一卷，北京，人民文学出版社，2005，第 421 页。

③ 鲁迅：《摩罗诗力说》，《鲁迅全集》，第一卷，北京，人民文学出版社，2005，第 88 页。

第十六章 徐志摩、颓废与音乐性

1897年1月15日，徐志摩出生于浙江海宁，12岁前接受传统教育。[①] 1910年，徐志摩进入杭州一所初级中学学习古文、自然科学和英语。作为当时同学，郁达夫证实徐志摩课业优秀，爱读小说。徐志摩1911年4月29日的日记记载自己正在阅读《鲁滨逊漂流记》。当时的徐志摩对美国兴趣浓厚，曾抄录弗兰克·乔治·卡彭特(Frank George Carpenter)的美国游记。而他对法国的知识则显得较为局限。徐志摩在批评诲淫小说对社会产生的负面影响时写道："法兰西淫风之甚，人口减少，安知不影响于此乎？"[②]

1916年，徐志摩入北京大学学习法律和政治，1918年8月赴美国马萨诸塞州克拉克大学学习。1919年9月，徐志摩进入纽约哥伦比亚大学学习。1920年获政治学硕士学位，硕士论文题为《论中国妇女的地位》。

"至诚"作为徐志摩文学观的重要概念，在其旅美时期的作品中已有所展现。徐志摩在1919年8月12日的日记中写道：

> 年来经验，使得我疑心至诚未足以感人。……但是我彻底的一想，还是抱定我素来的见解，丝毫不可摇动。有时作事不能圆满，非关于手段之如何，而终在于诚之未至。……恶性幸亏也有一个克星，就是至诚。[③]

徐志摩文学观的另一特征——圣贤崇拜——在其1918—1920年的作品中也有所体现。在写于1918年8月31日的《致南洋中学同学书》中，徐志摩将圣贤崇拜视为基本道德。他写道："人之生也，必有严师至友督饬之，而后能规化于善。圣人忧民生之无度也，为之礼乐以范之，伦常以约之。"[④]徐志摩指出，科学家愈领悟宇宙之大，愈明白自己知识之局限，从而更懂得尊重命运和圣贤。[⑤] 徐志摩强调，圣贤伟大之处在于其诚：

> 志摩以为千古英雄圣贤之能治其业也，必有所藉。所藉者何？才乎，学

---

① 本文所述徐志摩生平的依据为其信件、日记、散文以及如下两部作品：陈从周编：《徐志摩年谱》，上海，文海出版社，1949；李欧梵：《中国现代作家的浪漫一代》，王宏志等译，北京，新星出版社，2010。

② 徐章序：《论小说与社会之关系》，《友声》，1913年7月，徐志摩：《徐志摩全集》，韩石山编，第一卷，天津，天津人民出版社，2005，第8页。

③ 徐志摩：《徐志摩全集》，韩石山编，第五卷，天津，天津人民出版社，2005，第241—242页。

④ 徐志摩：《徐志摩全集》，韩石山编，第一卷，天津，天津人民出版社，2005，第29页。

⑤ 同上书，第32页。

乎，运乎？皆其旁支而非正干也。正干者何？至诚而已矣。[①]

1920年9月24日，徐志摩赴英国留学。在1920年11月26日致父母的信中，徐志摩写道："儿自到伦敦以来，顿觉性灵益发开展，求学兴味益深……儿尤喜与英国名士交接，得益倍蓰。"[②]徐志摩在英国结识众多文艺名流，他们中的绝大多数都出现在1923年5月10日发表于《小说月报》的《曼殊斐尔》一文中。徐志摩在该文中记叙了与曼殊斐尔(Katharine Mansfield)的会面。他们的对话持续不到二十分钟，却令徐志摩印象深刻。他用三页纸描述女作家的美丽，又用一页半描写她的声音。他将曼殊斐尔比喻成贝多芬的交响乐、瓦格纳的歌剧、米开朗基罗的雕像、卫师德拉(James Abbott McNeill Whistler)和柯罗(Camille Corot)的绘画。徐志摩此处的行文风格让人想起他对波德莱尔《死尸》的评论。在该文中，徐志摩也是先用一系列意象描绘该诗的阴森氛围，又用另一系列意象描写他在诗中听到的声音。这一行文风格让人感到诗人有将自己欣赏的作家神圣化的倾向。面对这些作家，徐志摩似乎丧失了批判思维能力，一味膜拜。这很可能是让鲁迅感到不悦的原因。

1922年8月，徐志摩从英国回国，途经柏林、威尼斯和马赛。旅途中徐志摩创作了数首以所经地名为题的诗歌：《威尼市》《马赛》《地中海》《梦游埃及》和《地中海中梦埃及魂入梦》。1922年秋末，徐志摩在清华大学做题为"艺术与人生"的英文讲座，谈自己对于美术的见解。1922年12月15日，徐志摩致信邀请法兰(Roger Fry)访华。在1923年6月3日致法兰的信中，徐志摩透露他将借法兰访华之机组织一场美术展，展出塞尚、马蒂斯、毕加索和卫师德拉的作品。

1923年，徐志摩撰写数篇文艺评论。现代文明与人文主义的对立、理想与现实的差距是徐志摩这一时期作品的重要主题。1924年，徐志摩任教于北京大学。同年春，他邀请泰戈尔访华，并为泰戈尔担任讲座翻译。随后他陪同泰戈尔访日，受到时任法国驻日大使克洛岱尔(Paul Claudel)接见。[③] 泰戈尔的演讲由徐志摩译成中文，于1924年出版。演讲主题均为徐志摩平日关心的话题：诚意、博爱、抵抗功利主义。

---

① 徐志摩：《徐志摩全集》，韩石山编，第一卷，天津，天津人民出版社，2005，第32页。

② 徐志摩：《徐志摩全集》，韩石山编，第六卷，天津，天津人民出版社，2005，第6—7页。

③ [印度]太戈尔：《科学的位置——太戈尔在日本西京帝国大学讲演》，徐志摩译，《徐志摩全集》，韩石山编，第七卷，天津，天津人民出版社，2005，第87页。

现代中国人的颓废

现代中国人对美的漠视

在1924年1月25日发表于《东方杂志》的《汤麦司哈代的诗》一文中，徐志摩提到颓废的近义词“颓唐”：

> 我们东方的诗人，为什么便那样的颓唐？真的老年不须说，就是正当少年的，亦只在耗费他吟咏的天才，不是自怜他的“身世”，便是计算他未来的白发！[①]

徐志摩指出，哈代精力充沛，富有创造力。相比之下中国文人只会哀怨呻吟，显得颓废不堪。徐志摩笔下的颓废是缺乏创造力的同义词。在此意义上我们可以说，徐志摩多次谈及现代中国人的颓废。比如，在1923年5月发表于《创造季刊》的《艺术与人生》一文中，徐志摩写道：

> 我们所知的这个社会，则是一潭死水，带着污泥的脏黑，成群结队的虫蝇在它上方嗡嗡营营，在四周拥挤嘈杂，只有陈腐和僵死才是它的口味。确实，不只是极端愤世嫉俗的人才会断言，在中国，人们看到的是一个由体质上的弱者、理智上的残废、道德上的懦夫、以及精神上的乞丐组成的堂皇国家。在我们这样的社会里，人们几乎体验不到音乐的激情、理智上的振奋、高尚的爱的悲喜或宗教上、美学上的极乐瞬间；任何形式的理想主义即使能够出现，也不仅不能被接受，而且必然遭到误解遭到嘲笑挖苦。在这里，人们拥有的是没有灵魂的躯壳，或者如雪莱所说那样，是精神上的死亡。[②]

徐志摩将对美的漠视视为现代中国人颓废的重要标志。在谈论中国现代绘画时，他这样写道：

> 我们曾看到过吴道子开阔流畅的画面，领略过王维宽广精细的构图，年代近一些的，欣赏过金冬心平静稳健的景致，只稍对这一事实尚有的模糊记忆，我们就无法忍受目前的状况：多少日子来我们看到的，充其量只不过是熟练的技工，假冒的模仿者和直接了当的行骗，根本没有独到之处和创造力。[③]

---

① 徐志摩：《徐志摩全集》，韩石山编，第一卷，天津，天津人民出版社，2005，第395页。

② 徐志摩：《艺术与人生》，《徐志摩全集》，韩石山编，第一卷，天津，天津人民出版社，2005，第181—182页。

③ 同上书，第200页。

在1923年6月3日致法兰的信中，徐志摩写道："现今中国的年轻一代虽然对真与美有热切的寻求，但对什么是美术和美术的作用却懵然无知。所以当你来演讲时，你一定要先注意美术的基本原理。"[①]

在1924年7月26日为泰戈尔上海讲座译文撰写的附记中，徐志摩批评现代中国人功利心过强，认为这是导致他们美感缺失的重要原因：

> 他（泰戈尔）说我们爱我们的生活，我们能把美的原则应用到日常生活上去。有这回事吗？我个人老大的怀疑。也许在千百年前我们的祖宗当得起他的称赞；怕不是现代的中国人。至少我们上新大陆去求新知识的留学生们懂得什么生活，懂得什么美？他们只会写信到外国的行家去定机器！[②]

功利主义造就的现代物质文明不曾让徐志摩心动。在1923年于南开做的题为"未来派的诗"的讲座中，徐志摩写道：

> 现在一切都为物质所支配，眼里所见的是飞艇，汽车，电影，无线电，密密的电线，和成排的烟囱，令人头晕目眩，不能得一些时间的休止，实是改变了我们经验的对象。人的精神生活差不多被这样繁忙的生活逐走了。[③]

罗素和泰戈尔对功利主义和物质主义的批评引起徐志摩关注。在徐志摩译《教育的自由——反抗机械主义》(1923)一文中，罗素指出，功利主义令国家"不能容恕各个人特异的性质……只有一种性质（而且并不很普通的）是为实现'国家的好处'之所需要的。……结果是以匆忙的群体来窘迫原来闲雅的个人，渐渐的就会把艺术与思想与生命单纯的享乐整个儿排挤了去"[④]。

在1924年5月1日发表于清华学校的演讲中，泰戈尔强调物质主义与美不相容：

> 我不能相信在地面上任何的民族同时可以伟大而是物质主义的。……我以为凡是亚洲的民族决不会完全受物质主义的支配。在我们天空的蓝穹里，在太阳的金辉中，在星光下的广漠里，在季候的新陈代谢里，每季来时都带给我们各样的花篮，这种种自然的现象都涵有不可理解的消息，使我们体会到生存的内蕴的妙乐，我不能相信你们的灵魂是天生的聋窒。……
>
> 如其贪心是你们的主要的动机，如其你们只顾得事物的实利，那时你们周遭的美秀与雅致就没有机会存在。……

---

① 徐志摩：《徐志摩全集》，韩石山编，第六卷，天津，天津人民出版社，2005，第431页。

② 徐志摩：《徐志摩全集》，韩石山编，第七卷，天津，天津人民出版社，2005，第43页。

③ 徐志摩：《未来派的诗》，《徐志摩全集》，韩石山编，第一卷，天津，天津人民出版社，2005，第333页。

④ [英国]罗素：《教育的自由——反抗机械主义》，徐志摩译，徐志摩：《徐志摩全集》，第七卷，天津，天津人民出版社，2005，第12页。

粗拙的实用是美的死仇。[1]

对于当时的中国人而言，上海、天津、纽约、伦敦、加尔各答等现代城市是进步的象征，泰戈尔则将它们视为巨魔。他这样对中国年轻学子说道：

污损的精神已经闯入你们的心灵，取得你们的钦慕。……

你们也许说"我们要进步"。你们在已往的历史上有的是惊人的"进步"，你们有你们的大发明，其余的民族都得向你们借，从你们抄袭，你们并不曾怠惰过，并不是不向前走，但是你们从没有让物质的进步，让非必要的事物，阻碍你们的生活。……

因此我竭我的至诚恳求你们不要错走路，不要惶惑，不要忘记你们的天职，千万不要理会那恶俗的力量的引诱，诞妄的巨体的叫唤，拥积的时尚与无意识，无目的的营利的诱惑。[2]

泰戈尔对古代中国的赞扬和对进步主义的批评令中国听众感到不满。在1924年5月19日发表的《泰戈尔》一文中，徐志摩批评中国年轻人错怪泰戈尔：

他们说他是守旧，说他是顽固。我们能相信吗？……他一生所遭逢的批评只是太新、太早、太急进、太激烈、太革命的、太理想的，他六十年的生涯只是不断的斗奋与冲锋，他现在还只是冲锋与斗奋。……他顽固斗奋的对象只是暴烈主义、资本主义、帝国主义、武力主义、杀灭性灵的物质主义。[3]

徐志摩的美学观

徐志摩认为，培养美感是应对功利主义的良方。他在陪同泰戈尔访日前不久对胡适说：

适之，我其实不知道我上那里去才好，地面上到处都是乏味……像是寒热上身似的……且看这次樱花与蝴蝶的故乡能否给我一点生趣。

……

昨晚与歆海闲谈，想到北京来串一场把戏，提倡一种运动——Beauty Movement，我们一对不负责任的少年，嘴里不是天国就是地狱，乌格！[4]

---

① ［印度］太戈尔：《清华讲演》，徐志摩译，徐志摩：《徐志摩全集》，第七卷，天津，天津人民出版社，2005，第36—37页。

② 同上书，第38—39页。

③ 徐志摩：《泰戈尔》，《徐志摩全集》，韩石山编，第一卷，天津，天津人民出版社，2005，第444—445页。

④ 徐志摩：《徐志摩全集》，韩石山编，第六卷，天津，天津人民出版社，2005，第233页。

在徐志摩看来，大自然象征最高的美。[①] 在1923年7月21、23、24日连载于《时事新报》的《雨后虹》一文中，徐志摩写道：

> 我生平最纯粹可贵的教育是得之于自然界，田野，森林，山谷，湖，草地，是我的课室；云彩的变幻，晚霞的绚烂，星月的隐现，田里的麦浪是我的功课；瀑吼，松涛，鸟语，雷声是我的教师。[②]

在1923年10月21日的日记中，徐志摩记录了自己的西湖之旅。他透过湖中亭望见一片芦苇，月色下芦苇闪着银光。这让他想起在南京见过的芦苇荡：

> 去年十一月我在南京看玄武湖的芦荻，那时柳叶已残，芦花亦飞散过半，但紫金山反射的夕照与城头倏起的凉风，从苇里惊起了野鸭无数，墨点似的洒满云空（高下的鸣声相和），与一湖的飞絮，沈醉似的舞着，写出一种凄凉的情调，一种缠绵的意境，我只能称之为"秋之魂"，不可言语比况的秋之魂！[③]

自然风景在徐志摩笔下变成一幅中国画。中国古典美令徐志摩动容。在《艺术与人生》一文中，徐志摩用"开阔流畅""宽广精细""平静稳健"等词形容吴道子、王维和金冬心的笔法、构图和境界。[④] 徐志摩认为，古代中国人不似现代中国人一般急功近利，美感自然也更为发达。徐志摩同时也指出中国古代艺术的局限性所在。在1923年4月11日至14日发表于《晨报副刊》的《看了〈黑将军〉译后》一文中，徐志摩写道：

> 承古圣贤的恩典，把生命的大海用礼教的大幔子障住了，却用伦常的手指，点给我们看一个平波无浪的小潭，说这就是生命的全部……一面浅薄的生命，产生了浅薄的艺术，反过来浅薄的艺术，又限制了创造的意境，掩塞了生命强烈的冲动。[⑤]

徐志摩认为，中国艺术未得到充分发展的明证是中国古代文学中缺乏悲剧。徐志摩指出，真正的悲剧再现生命中深刻的矛盾，矛盾的根源不在外部现实而在灵魂内里。[⑥]

---

① 徐志摩：《鬼话》，《徐志摩全集》，韩石山编，第一卷，天津，天津人民出版社，2005，第336页。

② 徐志摩：《雨后虹》，《徐志摩全集》，韩石山编，第一卷，天津，天津人民出版社，2005，第159页。

③ 徐志摩：《徐志摩全集》，韩石山编，第五卷，天津，天津人民出版社，2005，第292页。

④ 徐志摩：《艺术与人生》，《徐志摩全集》，韩石山编，第一卷，天津，天津人民出版社，2005，第200页。

⑤ 徐志摩：《看了〈黑将军〉以后》，《徐志摩全集》，韩石山编，第一卷，天津，天津人民出版社，2005，第238页。

⑥ 同上书，第238—239页。

现代中国人的冷漠

在徐志摩看来，传统伦理的约束让中国人变得庸俗虚伪，为了追逐现实利益，将道德枷锁强加于人。在《艺术与人生》一文中，徐志摩感叹中国人没有爱的勇气：

> 中国人没有认识他的灵魂，否认了他的知觉，而且他的固有生力，部分地通过镇压，部分地通过升华，被一种现行的高明手法引进了“安全”和实惠的渠道。这样，他就变成了一种生物……既不懂宗教、不懂爱，也确实不会进行任何精神的探险。①

徐志摩追求爱情的勇气人尽皆知。他爱上梁思成的未婚妻林徽因，梁启超试图说服徐志摩退出。徐志摩在1923年1月致梁启超的信中写道：

> 嗟夫吾师！我当奋我灵魂之精髓，以凝成一理想之明珠，涵之以热满之心血，朗照我深奥之灵府。而庸俗忌之嫉之，辄欲麻木其灵魂，捣碎其理想，杀灭其希望，污毁其纯洁！我之不流入堕落，流入庸懦，流入卑污，其几亦微矣！②

除爱情外，徐志摩也非常注重同情。在《康桥再会罢》一文中，他写道：“人生至宝是情爱交感，即使/山中金尽，天上星散，同情还/永远是宇宙间不尽的黄金。”③徐志摩认为缺乏诚意是现代中国人对他者颇为冷漠的根源：

> 让我们痛快的宣告我们民族的破产，道德，政治，社会，宗教，文艺，一切都是破产了的。……不要以为这样混沌的现象是原因于经济的不平等，或是政治的不安定，或是少数人的放肆的野心。……让我们一致的来承认，在太阳普遍的光亮底下承认，我们各个人的罪恶，各个人的不洁净，各个人的苟且与懦怯与卑鄙！……除非我们能起拔了我们灵魂里的大谎，我们就没有救度。④

徐志摩指出，学会爱会让中国人更具精神性：

> 爱就像宗教一样（宗教本身也是神圣的宇宙的爱），是超趣，是纯化，由于被那种神秘的力量所纯化，人凡俗的眼睛就能看见属于精神领域的图景，这种图景是实际眼光通常无法看到的；人的耳朵将充满庄严崇高的音乐，像浩瀚的海浪自天际滚滚而来。⑤

---

① 徐志摩：《艺术与人生》，《徐志摩全集》，韩石山编，第一卷，天津，天津人民出版社，2005，第186页。

② 徐志摩：《徐志摩全集》，韩石山编，第六卷，天津，天津人民出版社，2005，第412页。

③ 徐志摩：《康桥再会罢》，《徐志摩全集》，韩石山编，第四卷，天津，天津人民出版社，2005，第63页。

④ 徐志摩：《落叶》，《徐志摩全集》，韩石山编，第一卷，天津，天津人民出版社，2005，第456页。

⑤ 徐志摩：《艺术与人生》，《徐志摩全集》，韩石山编，第一卷，天津，天津人民出版社，2005，第187—188页。

徐志摩视泰戈尔为爱的代言人。徐志摩写道："他是最通达人情，最近人情的。……他到处要求人道的温暖与安慰，他尤其要我们中国青年的同情与情爱。"[1]在1924年12月1日发表于《晨报六周年纪念增刊》的《落叶》一文中，徐志摩这样论述释迦牟尼和耶稣的慈悲心对后世的深远影响：

> 真的感情，真的人情，是难能可贵的，那是社会组织的基本成分。初起也许只是一个人心灵里偶然的震动，但这震动，不论怎样的微弱，就产生了及远的波纹；这波纹要是唤得起同情的反应时，原来细的便并成了粗的，原来弱的便合成了强的。[2]

然而中国的社会现实令人失望。在1923年10月15日发表的日记中，徐志摩自比为敲门乞讨的乞丐。他写道："我在门外站久了，门内不闻声响，门外劲刻的凉风，却反向着我褴褛的躯骸狂扑——我好冷呀，大门内慈悲的人们呀！"[3]对同情的渴求如此强烈，以至于徐志摩在波德莱尔的《寡妇》(«Les Veuves»)、《穷人的玩物》(«Le Joujou du pauvre»)和《穷人的眼》(«Les Yeux des pauvres»)中只看到作者人道主义的一面。[4]

徐志摩的恶魔主义

对现实的失望让徐志摩决定抛弃轻盈浪漫的文风。他在1924年2月21日致英国汉学家亚瑟·威利(Arthur Waley)的信中写道：

> 中国现状一片昏暗，到处都是人性里头卑贱、下作的那一部分表现。所以一个理想主义者可以做的，似乎只有去制造一些最能刺透心魂的挖苦武器，借此跟现实搏斗。能听到拜伦或海涅一类人的冷蔑笑声，那是一种辣人肌肤的乐事！……我在筹备一个以魔鬼诗派为中心的拜伦百年祭纪念会，我们很愿意听到你的建议。[5]

徐志摩后来发表的作品显示出其对恶魔主义诗歌的偏爱。在《汤麦司哈代的诗》一文中，徐志摩强调哈代反对维多利亚时代肤浅的乐观主义和庸俗。徐志摩写道："在春朝群鹊的欢噪里，秋雁在云外的哀鸣是不能谐合的。"[6]在1924年3月10

---

① 徐志摩：《泰戈尔》，《徐志摩全集》，韩石山编，第一卷，天津，天津人民出版社，2005，第446页。

② 徐志摩：《落叶》，《徐志摩全集》，韩石山编，第一卷，天津，天津人民出版社，2005，第455页。

③ 徐志摩：《徐志摩全集》，韩石山编，第五卷，天津，天津人民出版社，2005，第288页。

④ 徐志摩：《波特莱的散文诗》，《新月》，第二卷第十号，1929年12月10日，第1—3页。

⑤ 徐志摩：《徐志摩全集》，韩石山编，第六卷，天津，天津人民出版社，2005，第451页。

⑥ 徐志摩：《汤麦司哈代的诗》，《徐志摩全集》，韩石山编，第一卷，天津，天津人民出版社，2005，第406页。

日发表于《小说月报》的《给抱怨生活干燥的朋友》一文中，徐志摩写道："(夜鹰)虽则没有子规那样天赋的妙舌，但我却懂得他的怨忿，他的理想，他的急调是他的嘲讽与咒诅：我知道他怎样的鄙蔑一切，鄙蔑光明，鄙蔑烦嚣的燕雀，也鄙弃自喜的画眉。"[①]1924 年 10 月 5 日，徐志摩在《晨报》上发表了一系列可以被定义为恶魔主义的诗歌：《毒药》《白旗》《婴儿》。以第一首诗片段为例：

> 今天不是我歌唱的日子，我口边涎著狞恶的微笑，不是我说笑的日子，我胸怀间插著发冷光的利刃；
>
> 相信我，我的思想是恶毒的因为这世界是恶毒的，我的灵魂是黑暗的因为太阳已经灭绝了光彩，我的声调是像坟堆里的夜鸮因为人间已经杀尽了一切的和谐，我口音像是冤鬼责问他的仇人因为一切的恩已经让路给一切的怨；
>
> 但是相信我真理是在我的话里虽则我的话像是毒药。[②]

死亡意象经常出现在徐志摩 1923—1924 年发表的诗作中。在 1924 年致凌淑华的信中，徐志摩写道："真怪，我的想象总脱不了两样货色，一是梦，一是坟墓，似乎不大健康，更不是吉利，我这常在黑地里构造意境，其实是太晦色了。"[③]徐志摩对死亡、幻灭等意象的偏好从其 1923 年初创作的部分作品标题可见一斑：《希望的埋葬》《春痕》《吹胰子泡》。徐志摩在第一首诗中写道："我收拾一筐的红叶，露凋秋伤的枫叶，铺盖在你新坟之上，长眠着美丽的希望！"[④]

徐志摩意识到大众的颓废，用死亡意象表达自己的悲观，并试图借恶魔主义诗人之口唤醒国人。在这些方面，他与鲁迅并无二致。不过，如果说鲁迅认为希望和绝望一样空洞，徐志摩则从未真正失去过希望。他在《一条金色的光痕》一诗引言中写道：

> 悲观是现代的时髦；怀疑是智识阶级的护照。我们宁可把人类看作一堆自私的肉欲，把人道贬入兽道，……把天良与德性认做作伪与梦呓……我却也相信这愁云与惨雾并不是永没有散开的日子，温暖的阳光也不是永远辞别了人间；真的，也许就在大雨溢泻的时候，你要是有耐心站在广场上望时，西天边或东天边的云罅里已经分明的透露著金色的光痕了！[⑤]

徐志摩的希望来自他从周围人身上感受到的博爱。《一条金色的光痕》讲述了

---

① 徐志摩：《给抱怨生活干燥的朋友》，《徐志摩全集》，韩石山编，第一卷，天津，天津人民出版社，2005，第 421 页。

② 徐志摩：《毒药》，《徐志摩全集》，韩石山编，第四卷，天津，天津人民出版社，2005，第 167 页。

③ 徐志摩：《徐志摩全集》，韩石山编，第六卷，天津，天津人民出版社，2005，第 303 页。

④ 徐志摩：《希望的埋葬》，《徐志摩全集》，韩石山编，第四卷，天津，天津人民出版社，2005，第 91 页。

⑤ 徐志摩：《一条金色的光痕》，《徐志摩全集》，韩石山编，第四卷，天津，天津人民出版社，2005，第 144 页。

一个女乞丐受到富人资助的故事。生计问题得到解决是否意味着圆满？作者无意深究。徐志摩似乎不像鲁迅那样着意思考生存之根本意义。

徐志摩与鲁迅的另一区别体现在他们对理想知识精英形象的构设中。鲁迅1924年以前发表的文章时常表达对尼采的欣赏。徐志摩也钦佩尼采独立思考的精神，[①]却似乎不能够同意尼采"以为德行便是懦弱，怜悯是妇人之仁，助弱者为恶，这是奴隶的道德"[②]一说。在1923年12月1日发表于《晨报》的《夜》一诗中，徐志摩构建了一幅理想的精英形象：

那边岩石的面前，直竖着一个伟大的黑影……
一头的长发，散披在肩上，在微风中颤动；
他的两臂，瘦的，长的，向着无限的天空举着，——
他似在祷告，又似在悲泣——
……
一颗明星似的眼泪，掉落在空疏的海砂上……
"不要怕，前面有我。"一个声音说。
"你是谁呀？"
……
——你方才经过大海的边沿，不是看见一颗明星似的眼泪吗？——那就是我。[③]

徐志摩认为，真正的智者必然慈悲为怀。徐志摩温和的个性决定了他在恶魔主义道路上行之不远。这也许是为什么他没有将波德莱尔的恶魔主义解释成社会批判的力量，而是赋予《死尸》一诗神秘而浪漫的氛围。

徐志摩与音乐性

诗歌的音乐性

徐志摩充分意识到诗歌音乐性的表情功能。在1923年6月发表于《新民意报》副刊的《诗人与诗》一文中，徐志摩指出，"诗的灵魂是音乐的，所以诗最重音节"[④]。徐志摩欣赏托马斯·哈代，因为"他的原则是用诗里内蕴的节奏与声调，状

① 徐志摩：《罗素游俄记书后》，《徐志摩全集》，韩石山编，第一卷，天津，天津人民出版社，2005，第59，64页。

② 徐志摩：《近代英文文学》，《徐志摩全集》，韩石山编，第一卷，天津，天津人民出版社，2005，第326页。

③ 徐志摩：《夜》，《徐志摩全集》，韩石山编，第四卷，天津，天津人民出版社，2005，第29—30，34页。

④ 徐志摩：《诗人与诗》，《徐志摩全集》，韩石山编，第一卷，天津，天津人民出版社，2005，第277页。

拟诗里所表现的情感与神态”[1]。由此我们可以理解，为何在《死尸》译者附记中徐志摩指出，一首诗真正的价值在于其音乐性而非其内容。[2]

中文的音乐性

除诗歌音乐性外，徐志摩也关注语言的音乐性。在1923年7月22日发表于《晨报副刊》的《一封公开信》中，徐志摩写道：

> 任何文字内蕴的宽紧性(Elasticity)实在是纯粹文学进化的秘密所在……中国文字因为形似单音的缘故，宽紧性最不发达，所以离纯粹散文的理想也是最远。……我个人觉得“罗马字化”至少有两个好处，一是规复我所谓文字内蕴的宽紧性，一是启露各个字音乐的价值——这两层我以为是我们未来的文学很重要的问题。[3]

在1924年11月15日致欧阳兰的信中，徐志摩再次表达让中文变得更具音乐性的愿望：

> 我个人就深信不久我们就可以案定一种新的Rhythm，不是词化更不是诗化的Rhythm，而是文字完全受解放(从类似的单音文字到分明的复音文字)以后纯粹的字的音乐(Word Music)。[4]

徐志摩与音乐

相较于鲁迅，徐志摩对音乐似乎更为敏感。在他看来，比起其他艺术形式，在音乐中内容与形式结合得最为紧密。徐志摩写道：“音乐与其他艺术不同，是真正的艺术类型，是衡量完美艺术的尺度；音乐能更深地打动人心的素质，能更信服，更不可阻挡，更强有力，更理想地向有鉴赏力的人传递思想和感情。”[5]徐志摩甚至将整个宇宙比作音乐。在《死尸》译者附记中他写道：“我深信宇宙的底质，人生的底质，一切有形的事物与无形的思想的底质——只是音乐，绝妙的音乐。……无一不是音乐。”[6]

不仅是音乐，徐志摩对一切能够触动灵魂的声音都感兴趣。他这样描写曼殊

---

① 徐志摩：《汤麦司哈代的诗》，《徐志摩全集》，韩石山编，第一卷，天津，天津人民出版社，2005，第407页。

② [法国]菩特莱尔：《死尸》，徐志摩译，《语丝》，第三期，1924年12月1日，第6页。

③ 徐志摩：《一封公开信》，《徐志摩全集》，韩石山编，第一卷，天津，天津人民出版社，2005，第307页。

④ 徐志摩：《徐志摩全集》，韩石山编，第六卷，天津，天津人民出版社，2005，第203页。

⑤ 徐志摩：《艺术与人生》，《徐志摩全集》，韩石山编，第一卷，天津，天津人民出版社，2005，第207页。

⑥ [法国]菩特莱尔：《死尸》，徐志摩译，《语丝》，第三期，1924年12月1日，第6页。

斐尔的声音:

> 她的(声音),不仅引起你听觉的美感,而竟似直达你的心灵底里,抚摩你蕴而不宣的苦痛,温和你半冷半僵的希望,洗涤你窒碍性灵的俗累,增加你精神快乐的情调,仿佛凑住你灵魂的耳畔私语你平日所冥想不到的仙界消息。①

在1923年10月4日的日记中,徐志摩这样描绘百位僧人在庙宇中做法事的场景:"钟声,磬声,鼓声,佛号声,合成一种宁静的和谐,使我感到异样的意境。"②在1923年11月11日发表于《晨报》文学副刊的《常州天宁寺闻礼忏声》一诗中,徐志摩详细记录了自己当时的感受:

> 乐音在大殿里,迂缓的,曼长的回荡着,无数冲突的波流谐合了,无数相反的色彩净化了,无数现世的高低消灭了……
>
> ……
>
> 这是那里来的大和谐——星海里的光彩,大千世界的音籁,真生命的洪流:止息了一切的动,一切的扰攘;
>
> ……
>
> 大圆觉底里流出的欢喜,在伟大的,庄严的,寂灭的,无疆的,和谐的静定中实现了!③

徐志摩强调声音对于灵魂升华的重要性。在《死尸》译者附言中,徐志摩指出,诗歌音乐性刺激的不仅是读者的皮肤,更是他的灵魂。④ 对于徐志摩而言,聆听是一种更多依靠直觉而非分析理解世界的方式。⑤ 在此意义上,懂得聆听之人是神秘主义者。在《死尸》译者附言中,徐志摩自视为神秘主义者,宣称自己不仅会听普通的音乐,还会听无声之乐。在《夜》一诗中,徐志摩详述自己在无声之乐中听到的内容:"我却在这静谧中,听出宇宙进行的声息,黑夜的脉搏与呼吸,听出无数的梦魂的匆忙踪迹;也听出我自己的幻想,感受了神秘的冲动;在豁动他久敛的羽翮,准备飞出他沉闷的巢居,飞出这沉寂的环境,去寻访。"⑥

对于徐志摩试图用直觉探究宇宙奥秘,鲁迅应当并无异议。但鲁迅似乎不喜

① 徐志摩:《曼殊斐尔》,《徐志摩全集》,韩石山编,第一卷,天津,天津人民出版社,2005,第233页。

② 徐志摩:《徐志摩全集》,韩石山编,第五卷,天津,天津人民出版社,2005,第284页。

③ 徐志摩:《常州天宁寺闻礼忏声》,《徐志摩全集》,韩石山编,第四卷,天津,天津人民出版社,2005,第125—126页。

④ [法国]菩特莱尔:《死尸》,徐志摩译,《语丝》,第三期,1924年12月1日,第6页。

⑤ 同上。

⑥ 徐志摩:《夜》,《徐志摩全集》,韩石山编,第四卷,天津,天津人民出版社,2005,第29页。

欢徐志摩将平凡事物也加以神秘化。徐志摩确实有将其崇拜的作家过于理想化的倾向，但因此就将他比喻成啁啾的麻雀却也颇为不公。鲁迅不应忽视的是，徐志摩也曾认真思考现代中国人的颓废问题，也曾因为对现实感到失望而试图用鲁迅意义上的恶声去唤醒同胞。

结　语

1917—1937年，不同文学立场的译者对于所译法国文学篇目的选择明显不同：马宗融初涉文坛，便选择翻译展现人民生活疾苦的米尔博和法朗士的作品；与马宗融文学观念相左的梁宗岱则更喜欢翻译蒙田、波德莱尔和瓦莱里。不同批评家对于同一个作家的看法可能背道而驰：郁达夫用正义作家难以见容于不公正的社会来解释卢梭的愤世嫉俗，《学衡》编辑则宣称卢梭因试图融入上流社会未果而故作愤世嫉俗状。批评家对法国作家的看法有可能改变：梁实秋曾将卢梭推崇为人类解放者，而在读完白璧德对卢梭的论述后，他转而批评卢梭不理智、不道德。不同批评家也可能从相对立的角度出发，欣赏同一位法国作家：黄仲苏强调龙沙的革命性，将其与中国文学革命者相类比。吴宓则凸显龙沙的贵族属性，将其与白话文学提倡者相区别。傅东华将蒙田塑造成反封建斗士，梁宗岱则拒绝用社会价值限定蒙田，而将其视为人文主义者。马宗融强调莫里哀是现实主义的、人民的作家，梁宗岱则强调莫里哀作品的永恒性与普遍性。鲁迅从存在论角度理解波德莱尔的颓废，徐志摩则被作家作品神秘、晦暗和令人不安的色彩吸引。

法国文学作品翻译体现出译者的文学观。为强调维庸的现实主义特质，穆木天在翻译《大遗言集》第四十首诗时突出原作所描写尸体的所有细节，还添加了原作没有的关于血的细节。而无意强调诗人现实主义特质的李思纯，在译同一首诗时隐去原文主语，并删去原文数个与身体有关的细节。为塑造波德莱尔进步的革命者形象，陈勺水用节奏铿锵的诗句翻译诗人作品，并在多处添加感叹号。在翻译《奉劝旅行》时，陈勺水将原文中“模糊不清”的天色译成“微微的，被云气打湿”的天色，用“明媚”翻译原诗第一段副歌中的“美丽”一词，尽量淡化原诗的颓废色彩。

中国法国文学译介者之间的分歧，反映出他们对人与时间关系的不同理解。人与过去的关系是二十世纪二十年代中国作家关心的重要问题。进步主义者和保守主义者都承认进步的可能性和变革的必要性。《学衡》编辑尽管对卢梭持批评态度，但也承认其自然风格和自由表达打动人心。如果说文学革命者宣扬与中国古典文学决裂，《学衡》作者群则更多思考中国语言文学改革的度的问题。比如，为了为自己正名，吴宓宣称七星诗社诗人最常提出的问题是应当在多大程度上解放法语语言与文体的约束。

古典文学的优美典雅是吴宓不愿现代文学与之脱钩的原因之一。与吴宓一样，郁达夫、梁宗岱、鲁迅、徐志摩等人也对中国古典美学欣赏有加。[①] 郁达夫欣赏古人的浪漫与闲适；梁宗岱感叹古诗的丰富与辉煌，特别赞美陶渊明与自然的和谐关系；鲁迅怀念古代中国宏大而深沉的民族之音；徐志摩从中国古画中读出不凡的气度、巧思和让人安宁的力量。对古代中国的眷恋暗含了对现代社会功利主义的批评。郁达夫、梁宗岱、鲁迅和徐志摩担心功利主义令现代人丧失精神性、想象力和对美的感受力。

在钟情于古代中国的同时，郁达夫、鲁迅和徐志摩也看到传统文化的问题。他们指出，中国古代艺术家固然唯美，但缺乏真诚和深度。问题的根源在于封建伦理制度。这一制度为捍卫掌权者的既得利益，禁止质疑既定社会规范的合法性，鼓励英雄崇拜，造成中国人缺乏独立深入思考的勇气，缺乏真诚、人性和创造性。与吴宓不同，郁达夫、鲁迅和徐志摩认为贵族性对文学的负面影响大于正面影响。对于他们而言，真诚是比典雅更为重要的文学品质。

法国文学译介者对未来的态度也各有不同。部分文学革命者坚信进步的可能性，迫切地用文学表达自己的个性与欲望。鲁迅、郁达夫与徐志摩虽然支持白话文学，却并非进步主义者。更确切地说，鲁迅和郁达夫是悲观主义者。对生活空洞本质的感知令他们怀疑人类是否有真正的未来。鲁迅与郁达夫的悲观主义又有所不同。前者虽然明白人类的终点是死亡，却作出勇猛向前的姿态；后者则显得脆弱而伤感。与鲁迅和郁达夫不同，徐志摩持乐观态度。其乐观主义并非来自对进步的信念，而是来自对爱的信仰。对他而言，人与人之间真诚的爱能够救赎绝望与空虚。乐观与悲观之分不足以定义学衡派与梁宗岱对待未来的态度。前者强调以谨慎态度改革传统，后者强调永恒性与普遍性作为文学批评标准的价值。

法国文学译介者的时间观与他们对人与人之间关系的理解紧密相关。首先是个体与社会的关系。简单而言，社会起源于力量有限、惧怕孤独的个体对他者的需求。这一需求逐渐转化为对一种集体文化的眷恋，并因此促进社会稳定。随着时间流逝，普通人逐渐忘记他们对于集体简单而纯洁的眷恋，将其转变为强权崇拜。强人则利用个体的社会需求巩固自己的权力。二十世纪二三十年代的中国作家开始揭露英雄崇拜的弊端，甚至质疑社会存在的必要性：郁达夫质疑国家的合法性，徐志摩批判工业社会对人的异化，梁宗岱认为左翼革命是夺权的借口，等等。

郁达夫、徐志摩、梁宗岱和鲁迅与社会保持距离，试图在爱与美中寻找生命的意义，并以各自的方式理解爱与美。对于年轻的郁达夫而言，爱情是唯一的意义所在。爱情的不如意与愤世嫉俗让他变得孤独、伤感而悲观。这一情绪在其自传体小说中彰显无遗。与郁达夫相似，徐志摩认为爱情比社会成功更重要。徐志摩还

① 我们谈论的是 1928 年之前的郁达夫、1935 年之前的梁宗岱以及 1924 年之前的鲁迅和徐志摩。

特别强调博爱对于纠正物质主义和现代人的冷漠之重要性。对于生命本质的空洞，徐志摩的感触似乎不及郁达夫深。后者倾向于将除爱情以外的一切事物去神秘化，前者则对中国古代圣贤和一些西方作家崇拜有加。徐志摩赞美人间温情，在生活中看到希望。这一特质让他在解读波德莱尔的《死尸》时更多强调其中的异国情调而非恶魔主义。

梁宗岱与徐志摩的文学观多有相似之处。他们都抨击功利主义，强调音乐性对于诗歌的重要性，在自然中发现美的无尽源泉。梁宗岱比徐志摩更多关注介入型作家的局限性。在梁宗岱看来，宣传意识形态的文学一朝达致社会目的便失去其存在价值，而真正的文学则具有普遍性和永恒性。梁宗岱指出，与自然融为一体令作家的作品具有象征性和普遍性。人与自然融合之所以可能，是因为人是自然的一环，与自然共存于同一生命节奏中。

与郁达夫、徐志摩和梁宗岱一样，鲁迅反对社会对个体自由的戕害，并将艺术视为对抗物质主义与功利主义的利器。鲁迅强调，艺术作品的价值在于让人听到作者的心声。关于爱这一主题，相较于徐志摩和郁达夫，鲁迅更多关注对生命本身的爱。对于鲁迅而言，凝视他者让自己的生命变得更加丰富有趣。

郁达夫、徐志摩、梁宗岱和鲁迅关注国人的精神生活，因此将法国文学译入中国。郁达夫翻译卢梭，徐志摩和鲁迅翻译波德莱尔，梁宗岱翻译蒙田、波德莱尔和瓦莱里。郁达夫将卢梭和波德莱尔塑造成为自由而战的愤世嫉俗者；徐志摩强调波德莱尔对穷人的同情和对诗句音乐性的追求；鲁迅则认为《恶之花》的作者之所以颓废，是因为他想要尝遍人生百味，以更好地体认人性。在散文诗《窗》中，鲁迅读到一个在对他者的凝视中灵魂得到丰富、热爱人间的诗人。梁宗岱眼中的蒙田是深思人类命运的人文主义者；莫里哀是将自己的灵魂融入作品，在个性中挖掘人性普遍性和永久性的作家；瓦莱里则利用诗歌的音乐性揭示灵魂和宇宙的奥秘。

个人主义作家强调写作之关键在于发掘内心生活，另一些作家则将目光转向外部世界以构建文学批评原则。学衡派强调文学性与贵族性的关系。他们的精神导师白璧德指出，相较于叛逆者，遵守社会成规的人更接近理想的典雅与道德。受白璧德影响，梁实秋也认为遵守既定社会规范让人变得更为理性。梁实秋所谓的理性并非批判社会成规的工具，而是批判追求个体自由的浪漫主义者的武器。正如白璧德将卢梭视为西方浪漫派始祖，梁实秋也将卢梭视为不道德的中国浪漫派作家的典范。

梁实秋与学衡派强调文学与社会的关联，因为他们在社会建制中体悟出一种以平衡和稳定为特征的美感。他们的出发点仍是文学本身。而对于左翼作家而言，文学的首要目的是为穷人和受压迫者服务。马宗融在法国文学中寻找能够支撑其平民文学立场的元素。他将莫里哀描述成刻画百姓生活的大师，将托尔斯泰致罗曼·罗兰的信解读成平民艺术宣言。穆木天将弗朗索瓦·维庸塑造为受压迫阶级的代言人,并将阶级意识阐释为诗人唯一的创作动机。

总体而言,二十世纪 20—30 年代的中国译介者对于法国文学本身的了解略显局限。但他们中的许多人都在用灵魂与法国作家对话。他们对法国文学的阐释体现出深刻的人文关怀,这正是中法文学对话最可珍贵之处。

参考文献

中文专著：

巴金：《家》，上海，开明书店，1933。

Baring(Maurice)：《法国文学》，蒋学楷译，上海，南华图书局，1929。

本间久雄：《欧洲近代文艺思潮论》，沈端先译，上海，开明书店，1928。

波多莱尔：《波多莱尔散文诗》，邢鹏举译，上海，中华书局，1930。

陈从周编：《徐志摩年谱》，上海，文海出版社，1949。

程乃珊：《闺秀行》，上海，上海辞书出版社，2006。

厨川白村：《出了象牙之塔》，鲁迅译，上海/北平/成都/重庆/厦门/广州/开封 /汕头/武汉/温州/云南/济南，北新书局，1935。

厨川白村：《近代文学十讲》，罗迪先译，第二卷，上海，学术研究会丛书部，1922。

厨川白村：《苦闷的象征》，鲁迅译，上海，北新书局，1926。

高滔：《近代欧洲文艺思潮史纲》，北平，著者书店，1932。

古代汉语词典编写组：《古代汉语词典》，北京，商务印书馆，1998。

韩一宇：《清末民初汉译法国文学研究(1897—1916)》，北京，中国社会科学出版社，2008。

洪深主编：《中国新文学大系》，第九卷，香港，香港文学研究社，1962。

胡适：《胡适文集》，欧阳哲生编，第一卷，北京，北京大学出版社，1998。

贾植芳、陈思和主编：《中外文学关系史资料汇编(1898—1937)》，第一卷，桂林，广西师范大学出版社，2004。

金石声：《欧洲文学史纲》，上海，神州国光社，1931。

梁实秋：《浪漫的与古典的》，上海，新月书店，1928。

梁实秋：《梁实秋批评文集》，徐静波编，珠海，珠海出版社，1998。

梁实秋：《梁实秋自传》，南京，江苏文艺出版社，1996。

梁宗岱：《梁宗岱文集》，第一、二、三卷，北京/香港，中央编译出版社/香港天汉图书公司，2003。

李存光、李树江主编：《马宗融专集》，银川，宁夏人民出版社，1992。

李欧梵：《上海摩登——一种新都市文化在中国 1930—1945》，毛尖译，北京，北京大学出版社，2001。

李欧梵：《中国现代作家的浪漫一代》，王宏志等译，北京，新星出版社，2010。

刘禾：《跨语际实践——文学、民族文化与被译介的现代性(中国，1900—1937)》，宋伟杰等译，北京，生活·读书·新知三联书店，2008。

刘会军：《陈豹隐》，长春，吉林大学出版社/红旗出版社，2009。

刘志侠、卢岚：《青年梁宗岱》，上海，华东师范大学出版社，2014。

黎照编：《鲁迅梁实秋论战实录》，北京，华龄出版社，1997。

卢梭:《爱弥儿》,魏肇基译,上海,商务印书馆,1934。
鲁迅:《鲁迅全集》,第一、二、四、六、七、八、九、十、十一、十五、十八卷,北京,人民文学出版社,2005。
《鲁迅先生二三事》,重庆,作家书屋,1944。
鲁迅:《鲁迅选集·书信卷》,徐文斗、徐苗青选注,济南,山东文艺出版社,1991。
鲁迅:《鲁迅译文全集》,北京鲁迅博物馆编,第八卷,福州,福建教育出版社,2008。
马晓冬:《曾朴——文化转型期的翻译家》,北京,北京大学出版社,2014。
穆木天:《法国文学史》,上海,世界书局,1935。
Pauthier (H. et J.):《法国文学史》,王维克译,上海,泰东图书局,1925。
钱理群:《周作人传(修订版)》,北京,华文出版社,2013。
舒欣、孙庆升、顾盈丰、唐沅、韩之友编:《中国现代文学期刊目录汇编》,北京,知识产权出版社,2010。
唐沅、韩之友、封世辉、舒欣、孙庆升、顾盈丰编:《中国现代文学期刊目录汇编》,天津,天津人民出版社,1988。
托尔斯泰:《艺术论》,耿济之译,上海,商务印书馆,1921。
魏绍昌主编:《孽海花资料》(修订版),上海,上海古籍出版社,1982。
吴俊、李今、刘晓丽、王彬彬编:《中国现代文学期刊目录新编》,上海,上海人民出版社,2010。
吴宓:《吴宓诗话》,北京,商务印书馆,2005。
夏炎德:《法兰西文学史》,上海,商务印书馆,1936。
徐懋庸:《文艺思潮小史》,上海,生活书店,1936。
徐霞村:《法国文学史》,上海,北新书局,1930。
徐志摩:《徐志摩全集》,韩石山编,第一、四、五、六、七卷,天津,天津人民出版社,2005。
徐仲年:《法国文学 ABC》,上海,ABC 丛书社,1933。
杨袁昌英:《法兰西文学》,上海,商务印书馆,1923。
叶圣陶:《倪焕之》,上海,开明书店,1932。
郁达夫:《敝帚集》,上海,北新书局,1930。
郁达夫:《郁达夫全集》,第一、三、四、五、六、七、八、十、十二卷,杭州,浙江大学出版社,2007。
张大明:《中国象征主义百年史》,开封,河南大学出版社,2007。
张掖:《法兰西文学史概观》,广州,华文印务局,1932。
照春、高洪波主编:《中国作家大辞典》,北京,中国文联出版社,1999。
郑振铎、傅东华主编:《文学百题》,上海,上海生活书店,1935。
郑振铎:《郑振铎全集》,第十一卷,石家庄,花山文艺出版社,1998。
周作人:《欧洲文学史》,上海,商务印书馆,1933。
周作人:《周作人散文全集 1(一八九八——一九一七)》,钟叔河编订,桂林,广西师范大学出版社,2009。
周作人:《周作人散文全集 2(一九一八——一九二二)》,钟叔河编订,桂林,广西师范大学出版社,2009。

中文期刊文章：

白璧德：《浪漫派的忧郁病》，陈瘦石译，《文艺月刊》，第六卷第二期，1934年8月1日。
保尔：《十八世纪的法国文学》，《新文艺》，第一卷第五号，1930年1月15日。
编者：《圣伯甫评卢梭忏悔录》，徐震谔译，《学衡》，第十八期，1923年6月。
卞之琳：《人事固多怪——纪念梁宗岱》，《新文学史料》，1990年第1期。
病夫：《谈谈法国骑士文学》，《真美善》，第二卷第六号，1928年10月16日。
Baudelaire(Charles)：《腐尸》，张人权译，《晨报副刊·文学旬刊》，第五九号，1925年1月15日。
Baudelaire(Charles)：《诗二首(法国)》，梁宗岱译，《文学》，第三卷第六号，1934年12月1日。
波德雷：《奉劝旅行》，陈勺水译，《乐群》(月刊)，第一卷第一期，1929年1月1日。
波德雷：《黑暗》，陈勺水译，《乐群》(月刊)，第一卷第三期，1929年3月1日。
波特莱而：《秋歌》，梁宗岱译，《文学》，第三卷第六号，1934年12月1日。
波特来耳：《尸体》，金满成译，《晨报副刊·文学旬刊》，第五七号，1924年12月25日。
陈凤兮：《陈毅轶事》，《红岩春秋》，第五期，1997年10月15日。
Dowden (Edward)：《法国文评》，语堂译，《奔流》，第二卷1，1929年5月20日。
东亚病夫：《编者的一点小意见》，《真美善》，第一卷第一号，1927年11月1日。
《读者论坛》，《真美善》，第一卷第十二号，1928年4月16日。
《法国讽刺作家的四百年纪念》，《文艺月刊》，第四卷五期，1933年11月1日。
《法国诗人鲍笛奈而的诗》，秋潭译，《草堂》，第三期，1923年5月5日。
法朗士：《布雨多阿》，《小说月报》，第十九卷第四号，1928年4月10日。
法朗士：《嵌克庇尔》，《东方杂志》，第二十三卷第七号，1926年4月10日。
菲农：《老与死》，李思纯译，《学衡》，第四十七期，1925年11月。
傅东华：《大众语文学解》，《文学》，第三卷第三号，1934年9月1日。
高滔：《"世纪末"文学的三大流派》，《中山文化教育馆季刊》，第四卷一期，1937年1月。
甘少苏：《梁宗岱简历》，《新文学史料》，1985年第3期。
Gregh (Fernand)：《浪漫派诗人的爱情色彩》，徐仲年译，《文艺月刊》，第四卷一期，1933年7月1日。
管彦文：《啊！爸爸》，《国立劳动大学周刊》，第二卷第七号，1929。
管彦文：《忏悔》，《国立劳动大学周刊》，第二卷第二十号，1929。
亨利·布拉伊：《乔治·桑、巴尔扎克和左拉》，《文学季刊》，第二卷一期，1935年3月16日。
《会员通讯》，《少年中国》，第一卷第九期，1920年3月15日。
宏徒：《鲍特莱而的奇癖》，《小说月报》，第十八卷第五号，1927年5月。
黄仲苏：《法国最近五十年来文学之趋势》，《创造周报》，第三十七号，1924年1月20日。
黄仲苏：《一八二〇年以来法国抒情诗之一斑》，《少年中国》，第三卷第三期，1921年10月1日。
胡梦华：《法文之起源与法国文学之发展》，《小说月报》，第十五卷号外，1924年4月。
《华严》，第一卷第三、四、五、六、七期，1929年3月20日至7月20日。
姜彦秋：《力》，《国立劳动大学周刊》，第二卷第二十期，1929年。
巨斯大佛·郎宋：《文学史方法》，黄仲苏译，《少年中国》，第四卷第十期，1924年2月。
《劳工学院一部分教员学生发起文艺研究团体》，《国立劳动大学周刊》，第十二期，1928年。

梁宗岱:《保罗哇莱荔评传》,《小说月报》,第二十卷第一号,1929年1月。

梁宗岱,《论隐逸》,《人间世》,第十三期。

梁宗岱、马宗融:《关于"可笑的上流女人及其他"》,《文学》,第四卷第一号,1935年1月1日。

梁宗岱、马宗融:《再论"可笑的上流女人及其他"》,《文学》,第四卷第二号,1935年2月1日。

梁宗岱:《蒙田四百周年生辰纪念》,《文学》,第一卷第一号,1933年7月1日。

廖洞蘋:《胜利之歌》,《国立劳动大学周刊》,第二卷第十号,1929。

刘延陵:《十九世纪法国文学概观》,《小说月报》,第十五卷号外,1924年4月。

刘志侠、卢岚:《梁宗岱欧游时期的译作》,《新文学史料》,2009年第1期。

李璜:《法兰西诗之格律及其解放》,《少年中国》,第二卷第十二期,1921年6月15日。

李璜:《少年中国学会消息》,《少年中国》,第二卷第六期,1920年12月15日。

李青崖:《现代法国文坛的鸟瞰》,《小说月报》,第二十卷第八号,1929年8月。

李青崖:《现代法国文坛的鸟瞰》,《小说月报》,第二十一卷第五号,1930年5月。

李思纯:《仙河集自序》,《学衡》,第四十七期,1925年11月。

龙萨而:《短歌》,李思纯译,《学衡》,第四十七期,1925年11月。

《卢梭逝世百五十年纪念》,《学衡》,第六十五期,1928年9月。

鲁迅:《卢梭和胃口》,《语丝》,第四卷第四号,1928年1月7日。

马勒而白:《慰友人丧女》,李思纯译,《学衡》,第四十七期,1925年11月。

茅盾:《一个青年诗人的"烙印"》,《文学》,第一卷第五号,1933年11月1日。

马宗融:《从莫利耶的戏剧说到五种中文译本》,《文学》,第三卷第五号,1934年11月1日。

马宗融:《法国小说家雨果》,《文学》,第四卷第一号,1935年1月1日。

马宗融:《法兰西学士院的三百周年纪念》,《文学》,第五卷第六号,1935年12月1日。

马宗融:《罗曼·罗兰传略》,《小说月报》,第十七卷第六号,1926年6月。

蒙田:《论哲学即是学死》,梁宗岱译,《文学》,第一卷第一号,1933年7月1日。

米而博:《仓房里的男子》,《东方杂志》,第二十二卷第二十四号,1925年12月25日。

米而博:《麦特毕朵的忧愁》,《东方杂志》,第二十四卷第二十三号,1927年12月10日。

米而博:《婴孩》,《小说月报》,第十八卷第六号,1927年6月10日。

米而博:《一条狗底死》,《小说月报》,第十八卷第十一号,1927年11月10日。

穆木天:《法兰西瓦·维龙——诞生五百年纪念》,《北斗》,第二卷第一期,1932年1月20日。

Nietzsche (Friedrich):《尼采底诗》,梁宗岱译,《文学》,第三卷第三号,1934年9月1日。

《欧洲最近文艺思潮》,忆秋生译,《小说世界》,第五卷第七期,1924年2月15日。

《欧洲最近文艺思潮》,忆秋生译,《小说世界》,第五卷第八期,1924年2月22日。

《欧洲最近文艺思潮》,忆秋生译,《小说世界》,第五卷第九期,1924年2月29日。

《欧洲最近文艺思潮》,忆秋生译,《小说世界》,第五卷第十期,1924年3月7日。

《欧洲最近文艺思潮》,忆秋生译,《小说世界》,第六卷第二期,1924年4月11日。

彭基相:《法国十八世纪的道德观念》,《新月》,第一卷第八号,1928年10月10日。

菩特莱尔:《死尸》,徐志摩译,《语丝》,第三期,1924年12月1日。

《人间世》第十五、十七、二十一、二十六和二十七期。

《〈人间世〉投稿规约》,《人间世》每期结尾。

山田九郎:《法国小说发达史》,汪馥泉译,《文艺月刊》,第三卷十期,1933 年 4 月 1 日。
沈宝基:《鲍特莱尔的爱情生活》,《中法大学月刊》,三卷二、三期,1933 年 9 月 1 日。
《圣伯甫评卢梭〈忏悔录〉》,徐震谔译,《学衡》,第十八期,1923 年 6 月。
生田长江、野上臼川、昇曙梦、森田草平:《法兰西近代文学》,谢六逸译,《小说月报》,第十五卷号外,1924 年 4 月。
沈雁冰、郑振铎:《法国文学对于欧洲文学的影响》,《小说月报》,第十五卷号外,1924 年 4 月。
《社谈》,《文学》,第一卷第二号,1933 年 8 月 1 日。
Strachey (G. L.):《法国的浪漫运动》,希孟译,《小说月报》,第十五卷号外,1924 年 4 月。
Sturm (Frank Pearce):《波特来耳研究》,闻天译,《小说月报》,第十五卷号外,1924 年 4 月。
田汉:《恶魔诗人波陀雷尔的百年祭》,《少年中国》,第三卷第四期,1921 年 11 月 1 日。
田汉:《恶魔诗人波陀雷尔的百年祭(续)》,《少年中国》,第三卷第五期,1921 年 12 月 1 日。
《通讯》,《曙光》,第二卷第三号,1921。
王独清:《南欧消息》,《创造》,第二卷第二号,1924 年 11 月。
王风:《〈野草〉:意义的黑洞与"肉薄"虚妄》,《学术月刊》,第 53 卷 12,2021 年 12 月。
王统照:《大战前与大战中的法国戏剧》,《小说月报》,第十五卷号外,1924 年 4 月。
文治平:《喜剧的成长与莫利哀》,《文艺》,五卷一、二期,1937 年 8 月 15 日。
吴宓:《马勒而白逝世三百年纪念》,《学衡》,第六十五期,1928 年 9 月。
吴宓:《西洋文学入门必读书目》,《学衡》,第二十二期,1923 年 1 月。
伍实:《四百年前和今日》,《文学》,第一卷第一号,1933 年 7 月 1 日。
《仙河集》,李思纯译,《学衡》,第四十七期,1925 年 11 月。
西滢:《闲话》,《现代评论》,第三卷第六十二期,1926 年 2 月 13 日。
虚白:《欧洲各国文学的观念(上)》,《真美善》,第六卷第四号,1930 年 8 月 16 日。
徐志摩:《波特莱的散文诗》,《新月》,第二卷第十号,1929 年 12 月 10 日。
杨振:《自然主义在中国(1917—1937)——以莫泊桑对福楼拜的师承在现代中国的接受为例》,《外国语文研究》,2011 年第 2 期,2011。
《一团和气的家庭》,《小说世界》,第十二卷第八期,1925 年 11 月 20 日。
郁达夫:《翻译说明就算答辩》,《北新》,第二卷第八号,1928 年 2 月 16 日。
郁达夫:《关于卢骚》,《北新》,第二卷第十二号,1928 年 5 月 1 日。
郁达夫:《卢骚的思想和他的创作》,《北新》,第二卷第七号,1928 年 2 月 1 日。
郁达夫:《文学上的阶级斗争》,《创造周报》,第三号,1923 年 5 月 27 日。
喻仲民:《为了"革命"》,《国立劳动大学周刊》,第二卷第九号,1929。
张定璜:《寄木天》,《语丝》,第三十四期,1925 年 7 月 6 日。
张瑞龙:《诗人梁宗岱》,《新文学史料》,1982 年第 3 期。
赵景深:《法兰西诗坛近况》,《小说月报》,第十九卷第四号,1928 年 4 月。
赵少侯:《莫利哀的〈恨世者〉》,《文艺月刊》,第六卷四期,1934 年 10 月 1 日。
赵少侯:《十七世纪的法国沙龙》,《新月》,第四卷第三期,1932 年 10 月 1 日。
郑振铎:《世界文库第一集目录"外国之部"》,《文学》,第四卷第五号,1935 年 5 月 1 日。
郑振铎:《十七世纪的法国文学》,《小说月报》,第十六卷第四号,1925 年 4 月。

郑振铎:《十九世纪的法国诗歌》,《小说月报》,第十七卷第八号,1926 年 8 月。
郑振铎:《文学大纲(九)》,《小说月报》,第十五卷第十号,1924。
周无:《法兰西近世文学的趋势》,《少年中国》,第二卷第四期,1920 年 10 月 15 日。
宗临:《查理·波得莱尔》,《中法大学月刊》,四卷二期,1933 年 11 月。

中文档案:

复旦大学档案馆藏夏炎德档案:
"复旦大学干部登记表"(1958)
"干部简历表"(1960)
"干部履历表"(1979)
"高等学校教师登记表"(1952 年 8 月 16 日)
"上海市高等教育及学术研究工作者登记表"(1948)
"思想改造学习总结登记表"(1952 年 7 月 19 日)
"政治教育工作者登记表"(1950)

西文文献:

Abry (Émile), Audic (Charles) et Crouzet (Paul), *Histoire illustrée de la littérature française*, Paris, Henri Didier, 1912.

Arnold (Matthew), *Essays in Criticism*, London/New York, The Macmillan Company, t. II, 1898.

Babbitt (Irving), *Rousseau and Romanticism*, Boston and New York, Houghton Mifflin Company, 1919.

Baudelaire (Charles), *Correspondance*, Paris, Gallimard, coll. Bibliothèque de la Pléiade, t. I, 1973.

Baudelaire (Charles), *Œuvres complètes*, éd. Claude Pichois, Paris, Gallimard, coll. Bibliothèque dela Pléiade, t. I, 1975.

Baudelaire (Charles), *Œuvres complètes*, éd. Claude Pichois, Paris, Gallimard, coll. Bibliothèque dela Pléiade, t. II, 1976.

Beaudouin (Henri) : *La Vie et les œuvres de Jean-Jacques Rousseau*, Paris, Lamulle et Poisson, 1891.

Bernard (Jean-Marc), *François Villon (1431—1463) sa vie—son œuvre*, Paris, Bibliothèque Larousse, 1918.

Bernard (Jean-Marc), «Villon à la cour de Blois», *Revue d'Histoire littéraire de la France*, n° 3, 1908.

Campaux (Antoine), *François Villon, sa vie et ses œuvres*, Paris, A. Durand, 1859.

Carco (Francis), *Le Destin de François Villon*, Paris, À la cité des livres, 1931.

Castelnau (Jacques), *François Villon*, Paris, J. Tallandier, 1942.

Chan (Ming K.) & Dirlik (Arif), *Schools into fields and factories — anarchists, the Guomindang*, *and the National Labor University in Shanghai*, 1927—1932, Durham and London, Duke University Press, 1991.

Che (Lin), *Entre tradition poétique chinoise et poésie symboliste française*, Paris, L'Harmattan, 2011.

Chuquet (Arthur) : *J.-J. Rousseau*, Paris, Hachette, 1893/1901/1906/1913.

Cresson(André), *Les Courants de la pensée philosophique française*, Paris, Armand Colin, t. II, 1927.

D' Alheim (Pierre), *La Passion de maître François Villon*, Paris, Librairie Paul Ollendorff, 1900.

Des Granges (Charles-Marc), *Histoire illustrée de la littérature française*, Paris, Hatier, 1920.

Goethe (Johann Wolfgang von), *Poésies de Goethe*, introduction de Paul Valéry, traduction de Maurice Betz et de Yanette Delétang-Tardif, Paris, Albin Michel, 1949.

Gribble (Francis): *Rousseau and the women he loved*, New York, C. Scribner's sons, 1908/ London, Eveleigh Nash, Fawside House, 1908.

Guyaux (André), *Baudelaire. Un demi-siècle de lectures des* Fleurs du Mal (1855—1905), Paris, PUPS, 2007.

http://www.luminarium.org/renascence-editions/montaigne/.

Hugo (Victor), *Théâtre complet*, éd. J.-J. Thierry et Josette Mélèze, Paris, Gallimard, coll. Bibliothèque de la Pléiade, t. I, 1963.

Jensen (Emeline M.), *The Influence of French Literature on Europe*, Boston, The Gorham press, 1919.

Jin (Siyan), *La Métamorphose des images poétiques 1915—1932 : des symbolistes français aux symbolistes chinois*, Dortmund, Projekt Verlag, 1997.

Lanson (Gustave), *Histoire de la littérature française*, Paris, Hachette et Cie, 1918.

Liang (Tsong Tai), «Souvenir», *Europe*, XV—60, 15 décembre 1927.

Loi (Michelle), *Roseaux sur le mur. Les Poètes occidentalistes chinois* 1919—1949, Paris, Gallimard, 1971.

Lombroso (Cesare), *L'Homme de génie*, Paris, Félix Alcan, 1889.

Molière, *Œuvres complètes*, éd. Georges Forestier et Claude Bourqui, Paris, Gallimard, coll. Bibliothèque de la Pléiade, t. I, II, 2010.

Montaigne (Michel de), *Les Essais*, adaptation en français moderne par André Lanly, Paris, Gallimard, 2009.

Morley (John) : *Rousseau*, London, Chapman and Hall, 1873/New York, Scribner and Welford, 1878/London, Macmillan and Co., Limited, 1910.

Nordau (Max), *Degeneration*, London, William Heinemann, 1895.

Paris (Gaston), *François Villon*, Paris, Librairie Hachette et Cie, 1901.

Pinkernell (Gert), *François Villon et Charles d'Orléans (1457 à 1461)*, Heidelberg, Carl

Winter Universitätsverlag, 1992.

Pino (Angel), «RECLUS Jacques, Alphonse, René», *Dictionnaire des anarchistes*, http://maitron-en-ligne. univ-paris1. fr/spip. php? mot28.

Poulaille (Henry), *Nouvel âge littéraire*, Paris, Valois, 1930.

Rolland (Romain), *Choix de lettres de Romain Rolland. 1886—1944*, ed. Marie Romain Rolland, Paris, Albin Michel, 1967.

Rousseau (Jean-Jacques), *Œuvres complètes*, ed. Bernard Gagnebin et Marcel Raymond avec la collaboration de Pierre Burgelin, Henri Gouhier, John S. Spink, Roger de Vilmorin et Charles Wirz, Paris, Gallimard, coll. Bibliothèque de la Pléiade, t. IV, 1969.

Rousseau (Jean-Jacques), *Œuvres complètes*, éd. Bernard Gagnebin et Marcel Raymond avec la collaboration de Robert Osmont, Paris, Gallimard, coll. Bibliothèque de la Pléiade, t. I, 1959.

Sainte-Beuve (Charles-Augustin), *Causeries du lundi*, Paris, Garnier, t. III, 1859.

Saintsbury (George), *A Short History of French Literature*, Oxford, Oxford at the Clarendon Press, 1882.

Somaize(Antoine Baudeau de), *Le Dictionnaire des précieuses*, Nendeln, Kraus Reprint, 1970.

Stacpoole (Henry de Vere), *François Villon, his life and time, 1431—1463*, New York, G. P. Putnam's Sons, 1917.

Stendhal, *Racine et Shakespeare*, Bossange, 1823.

Strachey (Giles Lytton), *Landmarks in French literature*, London, Williams and Norgate, 1923.

Strachey (Giles Lytton), *Landmarks in French Literature*, London, The Home University Library of Modern Knowledge, 1964.

Sturm (Frank Pearce), «Charles Baudelaire», dans *Baudelaire : his Prose and Poetry*, éd. Thomas Robert Smith, New York, Boni and Liveright, 1919.

The New Encyclopædia Britannica, dir. Peter B. Norton, Chicago/Auckland/London/Madrid/Manila/Paris/Rome/Seoul/Sydney/Tokyo/ Toronto, Encyclopædia Britannica, Inc. , t. XI, 1995.

The Oxford Book of French Verse, ed. St. John Lucas, Oxford, Oxford at the Clarendon Press, 1908.

Tolstoï (Léon), *Correspondance inédite*, éd. et trad. J.-W. Bienstock, Paris, E. Fasquelle, 1907.

Valéry (Paul), «Fragments du Narcisse», dans Paul Valéry, *Œuvres*, éd. Jean Hytier, Paris, Gallimard, coll. Bibliothèque de la Pléiade, t. I, 1957.

Villon (François), *Œuvres complètes*, éd. Jacqueline Cerquiglini-Toulet avec la collaboration de Laëtitia Tabard, Paris, Gallimard, coll. Bibliothèque de la Pléiade, 2014.

Wang (Wei), «Retour aux apparences», trad. Liang Tsong Tai, *Europe*, XVI — 63, 15 mars 1928.

Wen (Ya), *Baudelaire et la nouvelle poésie chinoise*, Paris, L'Harmattan, 2016.

Wen (Ya), «La Première Réception de Baudelaire en Chine», *L'Année Baudelaire*, 2017.

Yang (Zhen), *Étude sur l'introduction de la littérature française dans* Le Mensuel du roman réformé (1921—1931),上海外国语大学,2007 年 12 月。

附录一 1917—1937年中国文学期刊中法国文学翻译作品列表

发表日期	作者译名	作者原名	译者	作品译名	作品原名	体裁	期刊名	卷期号
1917—02—01	龚枯尔兄弟	Jules de Goncourt (1830—1870)/ Edmond de Goncourt (1822—1896)	陈嘏	基尔米里	Germinie Lacerteux	小说	《青年杂志》	第二卷第六号
1917—03—01	莫伯桑	Guy de Maupassant (1850—1893)	胡适	二渔夫	Deux amis	同上	同上	第三卷第一号
1917—04—01	同上	*id.*	同上	梅吕哀	Menuet	同上	同上	第三卷第二号
1917—07—01	龚枯尔兄弟	Jules de Goncourt et Edmond de Goncourt	陈嘏	基尔米里(续)	Germinie Lacerteux (suite)	同上	同上	第三卷第五号
1918—12—22	?*	?	仁	他们的儿子	? (Conte français au sujet de la guerre)	?	《每周评论》	第一号
1918—12—29	?	?	同上	同上(续)	?	?	同上	第二号
1919—01—26	de maupassant	Guy de Maupassant	适	弑父之儿	Un parricide	小说	同上	第六号
1919—02—02	*id.*	*id.*	适	弑父之儿(续)	Un parricide (suite) (*Contes du Jour et de la Nuit*)	同上	同上	第七号

* 表格中的问号表示此项信息不明(下同)。

续表

发表日期	作者译名	作者原名	译者	作品译名	作品原名	体裁	期刊名	卷期号
1919—02—16	?	Alphonse Daudet	赵祖欣	可怜的若格	Pauvre Jacques	同上	同上	第九号
1919—03—15	莫泊三	Guy de Maupassant	张黄	白璞田太太	Madame Baptiste	同上	《青年杂志》	第六卷第三号
1919—08—15	阿耳风司多息	Alphonse Daudet (1840—1897)	黄仲苏	卖国的童子	L'Enfant espion	同上	《少年中国》	第一卷第二期
1919—12—01	Anatole France	Anatole France (1844—1924)	沈性仁	哑妻	La Comédie de celui qui épousa une femme muette	戏剧	《新潮》	第二卷第二号
1920—04—11	都德	Alphonse Daudet	瞿秋白	付过工钱之后	?	?	《新社会》	第十七号
1920—07—01	巴比塞	Henri Barbusse (1874—1936)	雁冰	名誉十字架	?	小说	《解放与改造》	第二卷第十三号
1920—07—15	巴比塞	*id.*	雁冰	复仇	?	同上	同上	第二卷第十四号
1920—10—15	爱米尔·德司巴克斯	Émile Despax (1881—1915)	周无	幸福	Bonheur (*La Maison des Glycines*)	诗歌	《少年中国》	第二卷第四期
1920—10—15	莫泊三	Guy de Maupassant	何鲁之	林中	Au bois	小说	同上	同上
1920—12—15	哥伯	François Coppée (1842—1908)	同上	失路之儿	L'Enfant perdu (*Les Contes de Noël*)	同上	同上	第二卷第六期
1920	Alphouse Dauder (sic)	Alphonse Daudet	段澜	康尼老人之秘密	Le Secret de maître Cornille (*Lettres de mon moulin*)	同上	《曙光》	第一卷第六号
1921—01—15	毛泊桑	Guy de Maupassant	恽震	月光	Clair de lune (*Gil Blas*)	同上	《少年中国》	第二卷第七期
1921—01—15	Maupassant	*id.*	袁弼	月光	Clair de lune (*Le Gaulois*)	同上	同上	同上

续表

发表日期	作者译名	作者原名	译者	作品译名	作品原名	体裁	期刊名	卷期号
1921—02—10	考贝	François Coppée	真常	名节保全了	L'Honneur est sauf	同上	《小说月报》	第十二卷第二号
1921—03—15	凡尔勒仑	Paul Verlaine (1844—1896)	周太玄	秋歌	Chanson d'automne	诗歌	《少年中国》	第二卷第九期
1921—03—15	凡尔勒仑	*id.*	同上	他哭泣在我心里	Il pleure dans mon cœur	同上	同上	同上
1921—03—15	毛泊桑	Guy de Maupassant	恽震	小酒桶	Le Petit Fût	小说	同上	同上
1921—04—10	考贝	François Coppée	子缨	代替者	Le Remplaçant	同上	《小说月报》	第十二卷第四号
1921—04—15	毛泊桑	Guy de Maupassant	恽震	爱情	Amour	同上	《少年中国》	第二卷第十期
1921—05—01	莫泊三	*id.*	雁冰	西门底爸爸	Le Papa de Simon	同上	《青年杂志》	第九卷第一号
1921—05—10	薄堆	Frédéric Boutet (1874—1941)	一樵	一诺	?	?	《小说月报》	第十二卷第五号
1921—06—10	美而暴	Octave Mirbeau (1848—1917)	六珈	一个冬天的晚上	?(*Les Vingt et un jours d'un Neurasthénique*)	?	同上	第十二卷第六号
1921—06—10	毛里哀	Molière	真常	悭吝人 I	L'Avare	戏剧	同上	同上
1921—06—15	阿拉多耳·法兰西	Anatole France	何鲁之	一簇葡萄	La Grappe de raisins	随笔	《少年中国》	第二卷第十二期
1921—07—10	毛里哀	Molière	真常	悭吝人 II	L'Avare (suite)	戏剧	《小说月报》	第十二卷第七号
1921—08—01	?	?	李璜	法兰西学者的通信	?	?	《少年中国》	第三卷第一期
1921—08—01	罢尔比斯	Henri Barbusse	汪颂鲁	我从未见过上帝	Je ne vois jamais Dieu (Extrait de *Clarté*)	小说	同上	同上

续表

发表日期	作者译名	作者原名	译者	作品译名	作品原名	体裁	期刊名	卷期号
1921—08—10	法郎士	Anatole France	六珈	红蛋	L'Œuf rouge	同上	《小说月报》	第十二卷第八号
1921—09—10	毛里哀	Molière	真常	悭吝人 III	L'Avare (suite)	戏剧	同上	第十二卷第九号
1921—10—01	Gug de Maupassant (sic)	Guy de Maupassant	妃白	蛋	?	?	《时事新报·文学旬刊》	第十五号
1921—11—10	毛里哀	Molière (1622—1673)	真常	悭吝人 IV	L'Avare	戏剧	《小说月报》	第十二卷第十一号
1921—11—20	波特来耳	Charles Baudelaire (1821—1867)	仲密	外方人	L'Étranger	诗歌	《晨报副镌》	*
1921—11—20	同上	*id.*	同上	狗与瓶	Le Chien et le flacon	同上	同上	
1921—11—20	同上	*id.*	同上	头发里的世界	Un hémisphère dans une chevelure	同上	同上	
1921—11—20	同上	*id.*	同上	你醉	Enivrez-vous	同上	同上	
1921—12—10	莫泊三	Guy de Maupassant	沈泽民	归来	Le Retour	小说	《小说月报》	第十二卷第十二号
1922—01—01	波特来耳	Charles Baudelaire	仲密	头发里的世界	Un hémisphère dans une chevelure	诗歌	《妇女杂志》	第八卷第一号
1922—01—01	同上	*id.*	同上	窗	Les Fenêtres	同上	同上	同上
1922—01—09	同上	*id.*	同上	穷人的眼	Les Yeux des pauvres	同上	《民国日报》	
1922—01—09	同上	*id.*	同上	你醉	Enivrez-vous	同上	同上	

* 表格中的空白表示此项信息空缺(下同)。

续表

发表日期	作者译名	作者原名	译者	作品译名	作品原名	体裁	期刊名	卷期号
1922—01—10	佛罗贝尔	Gustave Flaubert (1821—1880)	沈泽民	简单的心	Un cœur simple	小说	《小说月报》	第十三卷第一号
1922—02—10	同上	*id.*	同上	同上(续)	同上	同上	同上	第十三卷第二号
1922—03—10	同上	*id.*	同上	同上(续完)	同上	同上	同上	第十三卷第三号
1922—03—10	波特来耳	Charles Baudelaire	仲密	窗	Les Fenêtres	诗歌	同上	同上
1922—04—09	同上	*id.*	同上	月的恩惠	Les Bienfaits de la lune	同上	《晨报副镌》	
1922—04—09	同上	*id.*	同上	海港	Le Port	同上	同上	
1922—05—01	Michel Prouins (sic)	?	胡蜀英	瞎子	?	?	《少年中国》	第三卷第十期
1922—06—01	莫伯桑	Guy de Maupassant	陈生	我的叔父虚勒	Mon oncle Jules	小说	同上	第三卷第十一期
1922—08—01	波特来耳	Charles Baudelaire	仲密	游子	L'Étranger	诗歌	《妇女杂志》	第八卷第八号
1922—08—10	考贝	François Coppée	李劼人	甘死	Une mort volontaire	小说	《妇女杂志》	第十三卷第八号
1922—09—10	法郎士	Anatole France	匀锐	穿白衣的人	La Femme en blanc	同上	同上	第十三卷第九号
1922—12—10	鲁意士	Pierre Louÿs (1870—1925)	李劼人	斜阳人语	Dialogue au soleil couchant	戏剧	同上	第十三卷 第十二号
1923—01—19	莫泊三	Guy de Maupassant	苏梅女士	狼	Le Loup	小说	《小说世界》	第一卷第三期
1923—01—19	?	Alexandre Dumas (1802—1870)	刘培风	侠隐记	Les Trois Mousquetaires	同上	同上	同上
1923—01—26	?	?	静轩 静 影	法国奇女(佐婀)小传	?	?	同上	第一卷第四期

续表

发表日期	作者译名	作者原名	译者	作品译名	作品原名	体裁	期刊名	卷期号
1923—01	福禄特尔	Voltaire （1694—1778）	陈钧	坦白少年	Candide ou l'optimisme	小说	《学衡》	第二十二期
1923—01	莫柏桑	Guy de Maupassant	李青崖	政变的一幕	Un coup d'État	同上	《小说月报》	第十四卷第一号
1923—02—02	莫泊三	*id.*	高达观	老妇人苏瓦	La Mère sauvage	同上	《小说世界》	第一卷第五期
1923—02—16	同上	*id.*	同上	一截小绳子	La Ficelle	同上	同上	第一卷第七期
1923—02—16	Maupassant	Guy de Maupassant	更生	殉情记	?	同上	同上	同上
1923—02—23	Mobosan 莫泊三	*id.*	赵开	市装	Préparatifs de voyage（*Les Dimanches d' un bourgeois de Paris*）	同上	同上	第一卷第八期
1923—02—23	同上	*id.*	陈岳生	蒙拿哥国的罪犯	Extrait de *Sur l' eau*（le 14 avril）	同上	同上	同上
1923—02	莫柏桑	*id.*	李青崖	床边的协定	Au bord du lit	同上	《小说月报》	第十四卷第二号
1923—03—09	莫泊三	*id.*	赵开	星期消遣录（续）	Première sortie（*Les Dimanches d'un bourgeois de Paris*）	同上	《小说世界》	第一卷第十期
1923—03—09	都德	Alphonse Daudet	达观	亚来细女	L' Arlésienne（*Lettres de mon moulin*）	同上	同上	同上
1923—03—23	莫泊三	Guy de Maupassant	赵开	星期消遣录（续）	Chez un ami（*Les Dimanches d'un bourgeois de Paris*）	同上	同上	第一卷第十二期

续表

发表日期	作者译名	作者原名	译者	作品译名	作品原名	体裁	期刊名	卷期号
1923—03—23	都德	Alphonse Daudet	高达观	高尔利师父的秘密	Le Secret de maître Cornille (*Lettres de mon moulin*)	同上	同上	同上
1923—03	巴比塞	Henri Barbusse	刘延陵	不吉的小月亮	La Petite lune méchante (*Nous autres*)	同上	《小说月报》	第十四卷第三号
1923—04—06	Honore de Balzac	Honoré de Balzac (1799—1850)	铁樵	笑祸	La Maîtresse de notre colonel (Troisième récit de *Autre étude de femme*)	同上	《小说世界》	第二卷第一期
1923—04—13	都德	Alphonse Daudet	达观	塞干先生的山羊	La Chèvre de Monsieur Seguin (*Lettres de mon moulin*)	同上	同上	同上
1923—04—13	莫泊三	Guy de Maupassant	赵开	星期消遣录(续)	Pêche à la ligne (*Les Dimanches d'un bourgeois de Paris*)	同上	同上	同上
1923—04—15	Baudelaire	Charles Baudelaire	平伯	醉着罢	Enivrez-vous	诗歌	《诗》	二卷一号
1923—04—15	Charles Baudelaire	*id.*	同上	无论那儿出这世界之外罢	N'importe où hors du monde	同上	同上	同上
1923—04—20	都德	Alphonse Daudet	达观	顽童卖国记	L'Enfant espion	小说	《小说世界》	第二卷第三期
1923—04—27	莫泊三	Guy de Maupassant	赵开	星期消遣录(续)	Deux hommes célèbres (*Les Dimanches d'un bourgeois de Paris*)	同上	同上	第二卷第四期

续表

发表日期	作者译名	作者原名	译者	作品译名	作品原名	体裁	期刊名	卷期号
1923—04	巴比塞	Henri Barbusse	C. F. 女士	初恋	Le Premier Amour（*Nous autres*）	同上	《小说月报》	第十四卷第四号
1923—05—04	莫泊三	Guy de Maupassant	赵开	星期消遣录（续）	Avant la fête（*Les Dimanches d'un bourgeois de Paris*）	同上	《小说世界》	第二卷第五期
1923—05—05	鲍笛奈而	Charles Baudelaire	秋潭	一个尸体	Une charogne	诗歌	《草堂》	第三期
1923—05—05	同上	*id.*	同上	生动的火把	Le Flambeau vivant	同上	同上	同上
1923—05—05	同上	*id.*	同上	坏钟	La Cloche fêlée	同上	同上	同上
1923—05—11	莫泊三	Guy de Maupassant	赵开	星期消遣录（续）	Une triste histoire（*Les Dimanches d'un bourgeois de Paris*）	小说	《小说世界》	第二卷第六期
1923—05—18	莫泊三	Guy de Maupassant	赵开	星期消遣录（续）	Essai d'amour（*Les Dimanches d'un bourgeois de Paris*）	同上	同上	第二卷第七期
1923—05	卜勒浮斯特	Marcel Prévost (1862—1941)	李劼人	忠荩	Dévouement（*Lettres de femmes*）	同上	《少年中国》	第四卷第三期
1923—05	同上	*id.*	同上	恩惠	Grâce!	同上	同上	同上
1923—06—01	高白	François Coppée	达观	失去的小儿	L'Enfant perdu	同上	《小说世界》	第二卷第九期
1923—06—01	莫泊三	Guy de Maupassant	赵开	星期消遣录（续）	Un dîner et quelques idées（*Les Dimanches d'un bourgeois de Paris*）	同上	同上	同上

续表

发表日期	作者译名	作者原名	译者	作品译名	作品原名	体裁	期刊名	卷期号
1923—06—03	罗曼罗兰	Romain Rolland (1866—1944)	成仿吾	悲多汶传序文	La Préface de *La Vie de Beethoven*	散文	《创造周报》	第四号
1923—06—08	莫泊三	Guy de Maupassant	赵开	星期消遣录(续)	Séance publique (*Les Dimanches d'un bourgeois de Paris*)	小说	《小说世界》	第二卷第十期
1923—06—08	莫泊桑	*id.*	克文从	溺者	Le Noyé	同上	同上	同上
1923—06—15	Guy de Maupassant	*id.*	江显之	水上	Sur l'eau	同上	同上	第二卷第十一期
1923—06—15	柏第埃	Eugène Pottier (1816—1887)	秋白	国际歌歌词	Paroles de L'*Internationale*	歌词	《新青年》	第一期
1923—06	纳魏党	Henri Lavedan (1859—1940)	李劼人	烦恼	Tourments	小说	《少年中国》	第四卷第四期
1923—06	巴比塞	Henri Barbusse	刘延陵	十字勋章	La Croix	同上	《小说月报》	第十四卷第六号
1923—06	莫泊桑	Guy de Maupassant	李青崖	一个失业的人	Le Vagabond	同上	同上	同上
1923—07—06	莫荔士勒伯朗	Maurice Leblanc (1864—1941)	冯六	空针(一)	L'Aiguille creuse I	同上	《小说世界》	第三卷第一期
1923—07—13	同上	*id.*	同上	空针(二)	L'Aiguille creuse II	同上	同上	第三卷第二期
1923—07—15	多德	Alphonse Daudet	汪德耀	阿儿勒城的女子	L'Arlésienne	同上	《文艺旬刊》	第二期
1923—07—20	莫荔士勒伯朗	Maurice Leblanc	冯六	空针(三)	L'Aiguille creuse III	同上	《小说世界》	第三卷第三期
1923—07—27	法朗士	Anatole France	达观	野鸡	Les Perdrix rouges	同上	同上	第三卷第四期

续表

发表日期	作者译名	作者原名	译者	作品译名	作品原名	体裁	期刊名	卷期号
1923—07	巴比塞	Henri Barbusse	刘延陵	太好的一个梦	Le Trop Beau Rêve (*Nous autres*)	同上	《小说月报》	第十四卷第七号
1923—08—05	腊皮虚	Eugène Labiche (1815—1888)	潘傅霖	白理顺先生的游历	Le Voyage de M. Perrichon I	戏剧	《文艺旬刊》	第四期
1923—08—17	柏生	René Bazin (1853—1932)	高达观	女仆白若蒂	Bonne Perrette	小说	《小说世界》	第三卷第六期
1923—08—24	Eugénie de Guérin	Eugénie de Guérin (1805—1848)	梦韶	笼中鸟	Voilà sur ma fenêtre un oiseau qui ... (Journal d'Eugénie de Guérin, le mardi de Pâques, 1835)	日记	同上	第三卷第八期
1923—08	卜勒浮斯特	Marcel Prévost	李劼人	火	Au feu (*Lettres de femmes*)	小说	《少年中国》	第四卷第六期
1923—09—06	Louis Mercier	Louis Mercier (1870—1951)	徐志仁	迷途之鸟	?	?	《文艺旬刊》	第七期
1923—09—16	腊皮虚	Eugène Labiche	潘傅霖	白理顺先生的游历(一续)	Le Voyage de M. Perrichon II	戏剧	同上	第八期
1923—09—28	Sully-Prudhomme	Sully Prudhomme (1839—1901)	吴韵清	病人	La Malade	诗歌	《小说世界》	第三卷第十三期
1923—09	卜勒浮斯特	Marcel Prévost	李劼人	酒馆中	Au cabaret (*Lettres de femmes*)	小说	《少年中国》	第四卷第七期
1923—10—05	莫泊桑	Guy de Maupassant	达观	俘虏	?	?	《小说世界》	第四卷第一期

续表

发表日期	作者译名	作者原名	译者	作品译名	作品原名	体裁	期刊名	卷期号
1923—10—19	勃朗时夫人		碎玉	疏忽的结果			同上	第四卷第三期
1923—10—26	莫泊桑	Guy de Maupassant	余子长	密伦尊长	Le Père Milon	小说	同上	第四卷第四期
1923—10—26	麦利爱	Molière	吴韵清	司茄与帮克的谈话	Extrait de la scène VI du *Mariage forcé*	戏剧	同上	同上
1923—10—26	莫荔士勒伯朗	Maurice Leblanc	冯六	空针(四)	L'Aiguille creuse IV	小说	同上	同上
1923—11—02	同上	*id.*	同上	空针(五)	L'Aiguille creuse V	同上	同上	第四卷第五期
1923—11—09	Molière	Molière	吴韵清	假病人之谈话	Scène VIII de l'Acte III du *Malade imaginaire*	戏剧	同上	第四卷第六期
1923—11—09	莫荔士勒伯朗	Maurice Leblanc	冯六	空针(六)	L'Aiguille creuse VI	小说	同上	同上
1923—11—16	同上	*id.*	同上	空针(七)	L'Aiguille creuse VII	同上	同上	第四卷第七期
1923—11—23	同上	*id.*	同上	空针(八)	L'Aiguille creuse VIII	同上	同上	第四卷第八期
1923—11—30	同上	*id.*	同上	空针(九)	L'Aiguille creuse IX	同上	同上	第四卷第九期
1923—11	巴比塞	Henri Barbusse	刘延陵	兄弟	Le Frère	同上	《小说月报》	第十四卷第十一号
1923—12—01	波特来尔	Charles Baudelaire	焦菊隐	月亮的恩惠	Les Bienfaits de la lune	诗歌	《晨报副镌》	第十九号
1923—12—06	都德	Alphonse Daudet	不留	我磨坊里的信	Extrait de *Lettres de mon Moulin*	小说	《文艺旬刊》	第十六期
1923—12—07	莫柏桑	Guy de Maupassant	后凋	卖妻	Une vente (*Gil Blas*)	同上	《小说世界》	第四卷第十期
1923—12—07	莫泊桑	*id.*	江显之	恐怖	La Peur	同上	同上	同上
1923—12—14	莫荔士勒伯朗	Maurice Leblanc	冯六	空针(十)	L'Aiguille creuse X	同上	《小说世界》	第四卷第十一期
1923—12—21	La Fontaine	Jean de La Fontaine (1621—1695)	吴韵清	蝉与蚁	La Cigale et la fourmi	寓言	同上	第四卷第十二期

续表

发表日期	作者译名	作者原名	译者	作品译名	作品原名	体裁	期刊名	卷期号
1923—12	Anatole France	Anatole France	何鲁之	家贼	Vol domestique	小说	《少年中国》	第四卷第八期
1923—12	*id.*	*id.*	同上	多马先生	Monsieur Thomas	同上	同上	同上
1923—12	龙沙	Pierre de Ronsard (1524—1585)	侯佩尹	伤逝	À une jeune morte	诗歌	《小说月报》	第十四卷第十二号
1923—12	宓遂	Alfred de Musset (1810—1857)	同上	恋歌	Chanson de Fortunio	同上	同上	同上
1924—01—25	惹穆思	Francis Jammes (1868—1938)	潘傅霖	生活病	Le Mal de vivre	小说	《文艺旬刊》	第二十期
1924—01	福禄特尔	Voltaire	陈钧	坦白少年(续)	Candide ou l' optimisme (suite)	同上	《学衡》	第二十五期
1924—01	蒲莱浮斯德	Marcel Prévost	李劼人	戏谑	La Blague	同上	《少年中国》	第四卷第九期
1924—01	同上	*id.*	同上	新春	Nouveau Printemps (*Lettres de femmes*)	同上	同上	同上
1924—02—01			江显之	弗鲁亚尔家庭记	La Famille Fenouillard I	连环画	《小说世界》	第五卷第五期
1924—02—08	莫泊桑	Guy de Maupassant	双双	淡浓情味细尝诗	?	?	同上	第五卷第六期
1924—02—08	Christophe	Christophe	江显之	弗鲁亚尔家庭记(续一)	La Famille Fenouillard II	连环画	同上	同上
1924—02—15	*id.*	*id.*	同上	弗鲁亚尔家庭记(续二)	La Famille Fenouillard III	同上	同上	第五卷第七期

续表

发表日期	作者译名	作者原名	译者	作品译名	作品原名	体裁	期刊名	卷期号
1924—02—18	Theo Phile Gansier (sic)	Théophile Gautier (1811—1872)	C. F.	夜莺之巢	Nid de rossignols	?	《文学》	第一百〇九期
1924—02—19	巴比塞	Henri Barbusse	赵景深	奇迹	Le Miracle	小说	《文艺周刊》	第二十一期
1924—02—22	Christophe	Christophe	江显之	弗鲁亚尔家庭记（续三）	La Famille Fenouillard IV	连环画	《小说世界》	第五卷第八期
1924—02—25	Theo Phile Gansier (sic)	Théophile Gautier	C. F.	夜莺之巢(续)	Nid de rossignols (suite)		《文学》	第一百一十期
1924—02—29	莫泊桑	Guy de Maupassant	双双	马弁	L'Ordonnance	小说	《小说世界》	第五卷第九期
1924—02—29	Christophe	Christophe	江显之	弗鲁亚尔家庭记（续四）	La Famille Fenouillard V	连环画	同上	同上
1924—02	莫泊桑	Guy de Maupassant	李青崖	离婚	Divorce	小说	《小说月报》	第十五卷第二号
1924—02	同上	Guy de Maupassant	陈嘏	决斗	Un duel	同上	同上	同上
1924—02	同上	*id.*	高真常	母亲	?	?	同上	同上
1924—03—03	巴比塞	Henri Barbusse	赵景深	石人	L'Homme de pierre (*Nous autres*)	小说	《文学》	第一百一十一期
1924—03—07	杜德	Alphonse Daudet	达	三支鸦	Les Trois Corbeaux	同上	《小说世界》	第五卷第十期
1924—03—07	Christophe	Christophe	江显之	弗鲁亚尔家庭记（续五）	La Famille Fenouillard VI	连环画	同上	同上
1924—03—14	*id.*	*id.*	同上	弗鲁亚尔家庭记（续六）	La Famille Fenouillard VII	连环画	《小说世界》	第五卷第十一期
1924—03—21	*id.*	*id.*	同上	弗鲁亚尔家庭记（续七）	La Famille Fenouillard VIII	同上	同上	第五卷第十二期

续表

发表日期	作者译名	作者原名	译者	作品译名	作品原名	体裁	期刊名	卷期号
1924—03—25	都德	Alphonse Daudet	不留	我磨坊里的信	?	小说	《文艺周刊》	第二十六期
1924—03—28	Christophe	Christophe	江显之	弗鲁亚尔家庭记(续八)	La Famille Fenouillard IX	连环画	《小说世界》	第五卷第十三期
1924—04—04	苏霏/德霭南	Pierre Souvestre (1874—1914) et Marcel Allain (1885—1969)	冯六	红钻石(一)	Un roi prisonnier de Fantômas	小说	同上	第六卷第一期
1924—04—04	Christophe	Christophe	江显之	弗鲁亚尔家庭记(续九)	La Famille Fenouillard X	连环画	同上	同上
1924—04—07	巴比塞	Henri Barbusse	赵景深	石人(续)	L'Homme de pierre (suite) (*Nous autres*)	小说	《文学》	第一百一十六期
1924—04—11	苏霏/德霭南	Pierre Souvestre et Marcel Allain	冯六	红钻石(二)	Un roi prisonnier de Fantômas	同上	《小说世界》	第六卷第二期
1924—04—11	毛泊桑	Guy de Maupassant	莳荷女士	战祸	La Folle	同上	同上	同上
1924—04—18	苏霏/德霭南	Pierre Souvestre et Marcel Allain	冯六	红钻石(三)	Un roi prisonnier de Fantômas	同上	同上	第六卷第三期
1924—04—25	同上	*id.*	冯六	红钻石(四)	Un roi prisonnier de Fantômas	同上	同上	第六卷第四期
1924—04—29	都德	Alphonse Daudet	不留	我磨坊里的信(续)	?	?	《文艺周刊》	第三十一期
1924—04	福禄特尔	Voltaire	陈钧	坦白少年(续)	Candide ou l' optimisme (suite)	小说	《学衡》	第二十八期

续表

发表日期	作者译名	作者原名	译者	作品译名	作品原名	体裁	期刊名	卷期号
1924—04	巴比塞	Henri Barbusse	C. F. 女士	四个人的故事	?	同上	《小说月报》	第十五卷号外
1924—04	鲁意	Pierre Louÿs	周建人	比勃里斯	Byblis ou l'enchantement des larmes	同上	同上	同上
1924—04	同上	*id.*	李劼人	马丹埃士果里野的非常奇遇	L'Aventure extraordinaire de Mme Esquollier	同上	同上	同上
1924—04	蒲勒浮斯特	Marcel Prévost	李劼人	斯摩伦的日记	?	同上	同上	同上
1924—04	伯盛	René Bazin	鲍志惠	信箱里的鸟	La Boîte aux lettres (*Contes de bonne Perrette*)	同上	同上	同上
1924—04	孟代	Catulle Mendès (1841—1909)	C. F. 女士	三个播种者	Les Trois semeurs (*Les Contes du rouet*)	同上	同上	同上
1924—04	包尔都	Henry Bordeaux (1870—1963)	徐蔚南	生命是为别人的	?	同上	同上	同上
1924—04	莫泊三	Guy de Maupassant	润馀	旅行	En voyage	同上	同上	同上
1924—04	巴尔扎克	Honoré de Balzac	仲持	刽子手	El Verdugo	同上	同上	同上
1924—04	乔治桑	George Sand (1804—1876)	泽民	侯爵夫人	La Marquise	同上	同上	同上
1924—04	缪塞	Alfred de Musset	展和	柯华西斯	Croisilles	同上	同上	同上
1924—04	哥底	Théophile Gautier	斐成	穿面包鞋的小孩子	L'Enfant aux souliers de pain	同上	同上	同上

续表

发表日期	作者译名	作者原名	译者	作品译名	作品原名	体裁	期刊名	卷期号
1924—04	拉夫丹	Henri Lavedan	雷晋笙	永世	?	戏剧	《小说月报》	第十五卷号外
1924—04	法朗士	Anatole France	沈性仁	哑妻	La Comédie de celui qui épousa une femme muette	同上	同上	同上
1924—05—02	苏霏/德靄南	Pierre Souvestre et Marcel Allain	冯六	红钻石(五)	Un roi prisonnier de Fantômas	小说	《小说世界》	第六卷第五期
1924—05—02	Christophe	Christophe	江显之	弗鲁亚尔家庭记(续一〇)	La Famille Fenouillard XI	连环画	同上	同上
1924—05—09	苏霏/德靄南	Pierre Souvestre et Marcel Allain	冯六	红钻石(六)	Un roi prisonnier de Fantômas	小说	同上	第六卷第六期
1924—05—13		Charles Baudelaire	王维克	两重室	La Chambre double	诗歌	《文艺周刊》	第三十三期
1924—05—16	苏霏/德靄南	Pierre Souvestre et Marcel Allain	冯六	红钻石(七)	Un roi prisonnier de Fantômas	小说	《小说世界》	第六卷第七期
1924—05—23	同上	*id.*	同上	红钻石(八)	*id.*	同上	同上	第六卷第八期
1924—05—30	同上	*id.*	同上	红钻石(九)	*id.*	同上	同上	第六卷第九期
1924—06—06	同上	*id.*	同上	红钻石(十)	*id.*	同上	同上	第六卷第十期
1924—06—13	同上	*id.*	同上	红钻石(一一)	*id.*	同上	同上	第六卷第十一期
1924—06—20	同上	*id.*	同上	红钻石(一二)	*id.*	同上	同上	第六卷第十二期
1924—06—27	同上	*id.*	同上	红钻石(一三)	*id.*	同上	同上	第六卷第十三期
1924—06—30	莫泊桑	Guy de Maupassant	雷晋笙	散步	Promenade	同上	《文学》	第一百念八期
1924—07—04		*id.*	达观	长相思	L'Attente	同上	《小说世界》	第七卷第一期

续表

发表日期	作者译名	作者原名	译者	作品译名	作品原名	体裁	期刊名	卷期号
1924—07—04	苏霏/德霭南	Pierre Souvestre et Marcel Allain	冯六	白骨黄金(一)	Le Policier Apache I	同上	同上	同上
1924—07—07	莫泊桑	Guy de Maupassant	雷晋笙	散步(续)	Promenade [suite]	同上	《文学》	第一百念九期
1924—07—14		*id.*	达观	幸福	Le Bonheur	同上	《小说世界》	第七卷第二期
1924——7—14	苏霏/德霭南	Pierre Souvestre et Marcel Allain	冯六	白骨黄金(二)	Le Policier Apache II	同上	同上	同上
1924—07—18	同上	*id.*	同上	白骨黄金(三)	Le Policier Apache III	同上	同上	第七卷第三期
1924—07—25	同上	*id.*	同上	白骨黄金(四)	Le Policier Apache IV	同上	同上	第七卷第四期
1924—07	莫泊桑	Guy de Maupassant	李青崖	战栗	L'Horrible	同上	《小说月报》	第十五卷第七号
1924—08—01	苏霏/德霭南	Pierre Souvestre et Marcel Allain	冯六	白骨黄金(五)	Le Policier Apache V	同上	《小说世界》	第七卷第五期
1924—08—05	都德	Alphonse Daudet	不留	我磨坊里的信(续)	?	同上	《文艺周刊》	第四十五期
1924—08—08	苏霏/德霭南	Pierre Souvestre et Marcel Allain	冯六	白骨黄金(六)	Le Policier Apache VI	同上	《小说世界》	第七卷第六期
1924—08—15	同上	*id.*	同上	白骨黄金(七)	Le Policier Apache VII	同上	同上	第七卷第七期
1924—08—22	同上	*id.*	同上	白骨黄金(八)	Le Policier Apache VIII	同上	同上	第七卷第八期
1924—08—26	都德	Alphonse Daudet	不留	我磨坊里的信(续)	?	同上	《文艺周刊》	第四十八期
1924—08—30	苏霏/德霭南	Pierre Souvestre et Marcel Allain	冯六	白骨黄金(九)	Le Policier Apache IX	同上	《小说世界》	第七卷第九期

续表

发表日期	作者译名	作者原名	译者	作品译名	作品原名	体裁	期刊名	卷期号
1924—08	巴比塞	Henri Barbusse	李青崖	廊门	Le Portique (Extrait du *Feu*)	同上	《小说月报》	第十五卷第八号
1924—08	朵儿惹雷司	Roland Dorgelès (1886—1973)	同上	得胜了	Victoire (Extrait des *Croix de bois*)	同上	同上	同上
1924—09—05	Christophe	Christophe	江显之	弗鲁亚尔家庭记(续一一)	La Famille Fenouillard XII	连环画	《小说世界》	第七卷第十期
1924—09—09	都德	Alphonse Daudet	不留	我磨坊里的信(续)	?	?	《文艺周刊》	第五十期
1924—09—12	莫泊桑	Guy de Maupassant	达观	阿叔玉楼	Mon oncle Jules	小说	《小说世界》	第七卷第十一期
1924—09—12	Christophe	Christophe	江显之	弗鲁亚尔家庭记(续一二)	La Famille Fenouillard XIII	连环画	同上	同上
1924—09—19	同上	*id.*	同上	弗鲁亚尔家庭记(续一三)	La Famille Fenouillard XIV	同上	同上	第七卷第十二期
1924—09—26	同上	*id.*	同上	弗鲁亚尔家庭记(续一四)	La Famille Fenouillard XV	同上	同上	第七卷第十三期
1924—09	巴比塞	Henri Barbusse	刘延陵	葬曲	La Marche funèbre (*Nous autres*)	小说	《小说月报》	第十五卷第九号
1924—10—03	苏霏/德霭南	Pierre Souvestre et Marcel Allain	冯六	白骨黄金(一〇)	Le Policier Apache X	同上	《小说世界》	第八卷第一期
1924—10—03	Christophe	Christophe	江显之	弗鲁亚尔家庭记(续一五)	La Famille Fenouillard XVI	连环画	同上	同上

续表

发表日期	作者译名	作者原名	译者	作品译名	作品原名	体裁	期刊名	卷期号
1924—10—10	苏霏/德霭南	Pierre Souvestre et Marcel Allain	冯六	白骨黄金（一一）	Le Policier Apache XI	小说	同上	第八卷第二期
1924—10—13	波特莱耳	Charles Baudelaire	苏兆龙	月亮的眷顾	Les Bienfaits de la lune	诗歌	《文学周报》	第一百四十三期
1924—10—13	同上	*id.*	同上	那一个是真的	Laquelle est la vraie ?	同上	同上	同上
1924—10—17	苏霏/德霭南	Pierre Souvestre et Marcel Allain	冯六	白骨黄金（一二）	Le Policier Apache XII	小说	《小说世界》	第八卷第三期
1924—10—24	同上	*id.*	同上	白骨黄金（一三）	Le Policier Apache XIII	同上	同上	第八卷第四期
1924—10—24	同上	*id.*	同上	白骨黄金（一四）	Le Policier Apache XIV	同上	同上	第八卷第五期
1924—10—24	马革利	Paul Margueritte et Victor Margueritte (1866—1942)	达观	赛特的狗	Le Chien de Zette	同上	同上	同上
1924—10—31	苏霏/德霭南	Pierre Souvestre et Marcel Allain	冯六	白骨黄金（一五）	Le Policier Apache XV	同上	同上	第八卷第六期
1924—10	福禄特尔	Voltaire (1694—1778)	陈钧	查德熙传	Zadig ou la Destinée	同上	《学衡》	第三十四期
1924—11—07	苏霏/德霭南	Pierre Souvestre et Marcel Allain	冯六	白骨黄金（一六）	Le Policier Apache XVI	同上	《小说世界》	第八卷第七期
1924—11—21	同上	*id.*	同上	白骨黄金（一七）	Le Policier Apache XVII	同上	同上	第八卷第八期

续表

发表日期	作者译名	作者原名	译者	作品译名	作品原名	体裁	期刊名	卷期号
1924—11—28	Alexandre Dumas	Alexandre Dumas	南摩老人	狱中天地（一）	Le Comte de Monte-Cristo I	同上	同上	第八卷第九期
1924—11—28	苏霏/德霭南	Pierre Souvestre et Marcel Allain	冯六	白骨黄金（一八）	Le Policier Apache XVIII	同上	同上	同上
1924—12—01	菩特莱而	Charles Baudelaire	徐志摩	死尸	Une charogne	诗歌	《语丝》	第三期
1924—12—05	Alexandre Dumas	Alexandre Dumas	南摩老人	狱中天地（续一）	Le Comte de Monte-Cristo II	小说	《小说世界》	第八卷第十期
1924—12—05	苏霏/德霭南	Pierre Souvestre et Marcel Allain	冯六	白骨黄金（一九）	Le Policier Apache XIX	同上	同上	同上
1924—12—12	Alexandre Dumas	Alexandre Dumas	南摩老人	狱中天地（续二）	Le Comte de Monte-Cristo III	同上	同上	第八卷第十一期
1924—12—15	果尔蒙	Remy de Gourmont (1858—1915)	开明	毛发	Les Cheveux	诗歌	《语丝》	第五期
1924—12—15	同上	*id.*	同上	冬青	Le Houx	同上	同上	同上
1924—12—15	同上	*id.*	同上	雪	La Neige	同上	同上	同上
1924—12—15	同上	*id.*	同上	死叶	Les Feuilles mortes	同上	同上	同上
1924—12—15	同上	*id.*	同上	河	La Rivière	同上	同上	同上
1924—12—15	同上	*id.*	同上	果树园	Verger	同上	同上	同上
1924—12—19	Alexandre Dumas	Alexandre Dumas	南摩老人	狱中天地（续三）	Le Comte de Monte-Cristo IV	小说	《小说世界》	第八卷第十二期

续表

发表日期	作者译名	作者原名	译者	作品译名	作品原名	体裁	期刊名	卷期号
1924—12—25	波特来耳	Charles Baudelaire	金满成	尸体	Une charogne	诗歌	《晨报副刊·文学旬刊》	第五十七号
1924—12—26	Alexandre Dumas	Alexandre Dumas	南摩老人	狱中天地（续四）	Le Comte de Monte-Cristo V	小说	《小说世界》	第八卷第十三期
1924—12	嚣俄	Victor Hugo (1802—1885)	曾朴	吕伯兰	Ruy Blas	戏剧	《学衡》	第三十六期
1925—01—02	苏霏/德霭南	Pierre Souvestre et Marcel Allain	冯六	英伦缢尸记（一）	Le Pendu de Londres I	小说	《小说世界》	第九卷第一期
1925—01—02	罗狄	Pierre Loti (1850—1923)	达观	春	Printemps	?	同上	同上
1925—01—09	苏霏/德霭南	Pierre Souvestre et Marcel Allain	冯六	英伦缢尸记（二）	Le Pendu de Londres II	小说	同上	第九卷第二期
1925—01—15		Charles Baudelaire	张人权	腐尸	Une charogne	诗歌	《晨报副刊·文学旬刊》	第五十九号
1925—01—16	苏霏/德霭南	Pierre Souvestre et Marcel Allain	冯六	英伦缢尸记（三）	Le Pendu de Londres III	小说	《小说世界》	第九卷第三期
1925—01—23	同上	*id.*	同上	英伦缢尸记（四）	Le Pendu de Londres IV	同上	同上	第九卷第四期
1925—01—30	同上	*id.*	同上	英伦缢尸记（五）	Le Pendu de Londres V	同上	同上	第九卷第五期
1925—01	巴赞	René Bazin	金满成	伯奶特保母	Bonne Perrette	同上	《小说月报》	第十六卷第一号

续表

发表日期	作者译名	作者原名	译者	作品译名	作品原名	体裁	期刊名	卷期号
1925—01	法朗士	Anatole France	敬隐渔	李俐特的女儿	La Fille de Lilith	同上	同上	同上
1925—01	马尔格利特	Paul Margueritte (1860—1918)	李劼人	虫	L'Insecte（*Le Cuirassier blanc*）	同上	同上	同上
1925—01	嚣俄	Victor Hugo	曾朴	吕伯兰	Ruy Blas	戏剧	《学衡》	第三十七期
1925—02—06	苏霏/德霭南	Pierre Souvestre et Marcel Allain	冯六	英伦缢尸记（六）	Le Pendu de Londres VI	小说	《小说世界》	第九卷第六期
1925—02—13	同上	*id.*	同上	英伦缢尸记（七）	Le Pendu de Londres VII	同上	同上	第九卷第七期
1925—02—20	Alphonse Daudet	Alphonse Daudet	吴韵清	可怜的雅各！	Pauvre Jacques	同上	同上	第九卷第八期
1925—02—23	Bandelare	Charles Baudelaire	张定璜	镜子	Le Miroir	诗歌	《语丝》	第十五期
1925—02—23	同上	*id.*	同上	那一个是真的	Laquelle est la vraie ?	同上	同上	同上
1925—02—23	同上	*id.*	同上	窗子	Les Fenêtres	同上	同上	同上
1925—02—23	同上	*id.*	同上	月儿的恩惠	Les Bienfaits de la lune	同上	同上	同上
1925—02—23	同上	*id.*	同上	狗和罐子	Le Chien et le flacon	同上	同上	同上
1925—03—06	苏霏/德霭南	Pierre Souvestre et Marcel Allain	冯六	英伦缢尸记（八）	Le Pendu de Londres VIII	小说	《小说世界》	第九卷第十期
1925—03—13	同上	*id.*	同上	英伦缢尸记（九）	Le Pendu de Londres IX	同上	同上	第九卷第十一期
1925—03—20	毛伯桑	Guy de Maupassant	徐澹仙	月夜	Clair de lune (*Gil Blas*)	同上	同上	第九卷第十二期

续表

发表日期	作者译名	作者原名	译者	作品译名	作品原名	体裁	期刊名	卷期号
1925—03—20	苏霏/德霭南	Pierre Souvestre et Marcel Allain	冯六	英伦缢尸记（十）	Le Pendu de Londres X	同上	同上	同上
1925—03—27	法朗士	Anatole France	T. K.	一串葡萄	La Grappe de raisins	散文	同上	第九卷第十三期
1925—03—27	苏霏/德霭南	Pierre Souvestre et Marcel Allain	冯六	英伦缢尸记（十一）	Le Pendu de Londres XI	小说	同上	同上
1925—04—03	Henry de La Vaulx	Henry de La Vaulx (1870—1930)	吴韵清	在帮打哥尼	En Patagonie	游记	同上	第十卷第一期
1925—04—03	苏霏/德霭南	Pierre Souvestre et Marcel Allain	冯六	英伦缢尸记（十二）	Le Pendu de Londres XII	小说	同上	同上
1925—04—10	同上	*id.*	同上	英伦缢尸记（十三）	Le Pendu de Londres XIII	同上	同上	第十卷第二期
1925—04—17	同上	*id.*	同上	英伦缢尸记（十四）	Le Pendu de Londres XIV	同上	同上	第十卷第三期
1925—04—24	J. Joseph-Renaud	Jean Joseph-Renaud (1873—1953)	吴山	毒马案	Le Truquage de « Cigarette »(*Un amateur de mystères*)	同上	同上	第十卷第四期
1925—05—01	*id.*	*id.*	同上	樗蒲之妻	Le Drame du manoir de Barnsdale（*Un amateur de mystères*）	同上	同上	第十卷第五期
1925—05—08	*id.*	*id.*	同上	深林残胔	Le Mystère de Lisson Grove（*Un amateur de mystères*）	同上	同上	第十卷第六期

续表

发表日期	作者译名	作者原名	译者	作品译名	作品原名	体裁	期刊名	卷期号
1925—05—15	*id.*	*id.*	同上	黑钻石	Par qui furent volés les diamants noirs（*Un amateur de mystères*）	同上	同上	第十卷第七期
1925—05—22	*id.*	*id.*	同上	雨夜怪客	Le Drame de l' Avenue Dartmoor (*Un amateur de mystères*)	同上	同上	第十卷第八期
1925—05—25			刘复	巴黎有一位老太太	La Servante coquette	民谣	《语丝》	第二十八期
1925—05—25			同上	约翰赫诺	Chanson de Jean Renaud	同上	同上	同上
1925—05—29	J. Joseph-Renaud	Jean Joseph-Renaud	吴山	左手字	L'Assassinat de Pebmarsh (*Un amateur de mystères*)	小说	《小说世界》	第十卷第九期
1925—05	马尔格利特	Paul Margueritte	李劼人	离婚之后	Après le divorce（*Le Cuirassier blanc*）	同上	《小说月报》	第十六卷第五号
1925—06—01	都德	Alphonse Daudet	雪林	戆仪老丈的秘密	Le Secret de maître Cornille	同上	《语丝》	第二十九期
1925—06—05	J. Joseph-Renaud	Jean Joseph-Renaud	吴山	海港航线图	L'Aventure de l'Artemis (*Un amateur de mystères*)	小说	《小说世界》	第十卷第十期
1925—06—06	嚣俄	Victor Hugo	雪林	良心	La Conscience（*La Légende des siècles*）	诗歌	《语丝》	第三十期
1925—06—12	André Theuriet	André Theuriet (1833—1907)	吴韵清	偷波罗蜜	Les Framboises volées	小说	《小说世界》	第十卷第十一期

续表

发表日期	作者译名	作者原名	译者	作品译名	作品原名	体裁	期刊名	卷期号
1925—06—12	J. Joseph-Renaud	Jean Joseph-Renaud	吴山	河干艳尸	Le Meurtre de Miss Elliott（*Un amateur de mystères*）	同上	同上	同上
1925—06—19	同上	*id.*	同上	夜马车	L' Affaire Tremarn（*Un amateur de mystères*）	同上	同上	第十卷第十二期
1925—06—23	莫伯桑	Guy de Maupassant	尚钺	死女人的秘密	La Veillée	同上	《现代评论》	第一卷第十期
1925—07—10	J. Joseph-Renaud	Jean Joseph-Renaud	吴山	玫瑰花球	L'Affaire du Novelty Theatre	同上	《小说世界》	第十一卷第二期
1925—07	巴比塞	Henri Barbusse	李青崖/罗黑芷	炮战	Bombardement （Extrait du *Feu*）	同上	《小说月报》	第十六卷第七号
1925—08—09	高贝	François Coppée	徐蔚南	半身小像	Le Portrait	同上	《文学周报》	第一百八十五期
1925—08—24	查理波都安	Charles Baudouin（1893—1963）	凯明	访问	Visites（Chapitre II de *The Birth of Psyche* (trad. Fred Rothwell)）	散文	《语丝》	第四十一期
1925—08			文基	列那狐的历史	Roman de Renart	小说	《小说月报》	第十六卷第八号
1925—09—14	?	?	李劼人	跳舞非我所喜	?	?	《文学周报》	第一百九十期
1925—09—21	?	?	同上	法国著名的民歌		民谣	同上	第一百九十一期
1925—09	?	?	文基	列那狐的历史(二)	Roman de Renart II	小说	《小说月报》	第十六卷第九号

续表

发表日期	作者译名	作者原名	译者	作品译名	作品原名	体裁	期刊名	卷期号
1925—10—09	苏霏/德霭南	Pierre Souvestre et Marcel Allain	冯六	英伦缢尸记（十五）	Le Pendu de Londres XV	同上	《小说世界》	第十二卷第二期
1925—10—16	同上	*id.*	同上	英伦缢尸记（十六）	Le Pendu de Londres XVI	同上	同上	第十二卷第三期
1925—10—23	同上	*id.*	同上	英伦缢尸记（十七）	Le Pendu de Londres XVII	同上	同上	第十二卷第四期
1925—10—30	同上	*id.*	同上	英伦缢尸记（十八）	Le Pendu de Londres XVIII	同上	同上	第十二卷第五期
1925—10			文基	列那狐的历史（三）	Roman de Renart III	同上	《小说月报》	第十六卷第十号
1925—11—06	苏霏/德霭南	Pierre Souvestre et Marcel Allain	冯六	英伦缢尸记（十九）	Le Pendu de Londres XIX	同上	《小说世界》	第十二卷第六期
1925—11—13	同上	*id.*	同上	英伦缢尸记（二十）	Le Pendu de Londres XX	同上	同上	第十二卷第七期
1925—11—20	鸠伊阿氏	?	绩荪	一团和气的家庭	L'Union dans la famille	?	同上	第十二卷第八期
1925—11—20	苏霏/德霭南	Pierre Souvestre et Marcel Allain	冯六	英伦缢尸记（二十一）	Le Pendu de Londres XXI	小说	同上	同上
1925—11—22	?	?	李劼人	堵色爱斯迭儿	?	?	《文学周报》	第二百期
1925—11—27	苏霏/德霭南	Pierre Souvestre et Marcel Allain	冯六	英伦缢尸记（二十二）	Le Pendu de Londres XXII	小说	《小说世界》	第十二卷第九期

续表

发表日期	作者译名	作者原名	译者	作品译名	作品原名	体裁	期刊名	卷期号
1925—11—29	法郎士	Anatole France	徐蔚南	我友之书	Le Livre de mon ami	散文	《文学周报》	第二百零一期
1925—11	?	?	文基	列那狐的历史(四)	Roman de Renart IV	小说	《小说月报》	第十六卷第十一号
1925—11	查尔奥里昂	Charles d'Orléans (1394—1465)	李思纯	春	Le Printemps	诗歌	《学衡》	第四十七期
1925—11	菲农	François Villon (1431—1463)	同上	老与死	La Jeunesse perdue et la mort inévitable (*Grand Testament*)	同上	同上	同上
1925—11	龙萨	Pierre de Ronsard	同上	短歌	Sonnet (*Sonnets pour Hélène*)	同上	同上	同上
1925—11	马勒尔白	François de Malherbe (1555—1628)	同上	慰友人丧女	Consolation à M. du Périer	同上	同上	同上
1925—11	拉芳丹	Jean de La Fontaine	同上	劳工父子	Le Laboureur et ses enfants	寓言	同上	同上
1925—11	同上	*id.*	同上	城鼠与乡鼠	Le Rat de ville et le rat des champs	同上	同上	同上
1925—11	同上	*id.*	同上	老狮	Le Lion devenu vieux	同上	同上	同上
1925—11	同上	*id.*	同上	雄鸡与珍珠	Le Coq et la perle	同上	同上	同上
1925—11	同上	*id.*	同上	狮与牛羊	La Genisse, la chèvre, et la brebis en société avec le lion	同上	同上	同上

续表

发表日期	作者译名	作者原名	译者	作品译名	作品原名	体裁	期刊名	卷期号
1925—11	同上	*id.*	同上	二医生	Les Médecins	同上	同上	同上
1925—11	同上	*id.*	同上	狐狸与雕像	Le Renard et le buste	寓言	《学衡》	第四十七期
1925—11	同上	*id.*	同上	死与樵夫	La Mort et le bûcheron	同上	同上	同上
1925—11	同上	*id.*	同上	蝇与马车	Le Coche et la mouche	同上	同上	同上
1925—11	波哇罗	Nicolas Boileau-Despréaux（1636—1711）	同上	寄西奈莱侯爵	Au Marquis de Seigneley	诗歌	同上	同上
1925—11	佛罗里央	Jean-Pierre Claris de Florian（1755—1794）	同上	蟋蟀	Le Grillon	同上	同上	同上
1925—11	解尼埃	André Chénier（1762—1794）	同上	青年之囚女	La Jeune captive	同上	同上	同上
1925—11	柏朗惹	Pierre-Jean de Béranger（1780—1857）	同上	旧衣	Mon habit	同上	同上	同上
1925—11	沙多伯里昂	François-René de Chateaubriand（1768—1848）	同上	幽林	La Forêt	同上	同上	同上
1925—11	拉马丁	Alphonse de Lamartine（1790—1869）	同上	秋	L’Automne（*Première Méditation*）	同上	同上	同上

续表

发表日期	作者译名	作者原名	译者	作品译名	作品原名	体裁	期刊名	卷期号
1925—11	同上	*id.*	同上	孤寂	L' Isolement (*Première Méditation*)	同上	同上	同上
1925—11	同上	*id.*	同上	鹰与日	L'Aigle et le soleil	同上	同上	同上
1925—11	同上	*id.*	同上	湖	Le Lac (*Première Méditation*)	同上	同上	同上
1925—11	嚣俄	Victor Hugo	同上	拿破仑	Napoléon (*Les Chants du crépuscule*)	诗歌	《学衡》	第四十七期
1925—11	同上	*id.*	同上	坟墓与玫瑰	La tombe et la rose (*Les Voix intérieures*)	同上	同上	同上
1925—11	同上	*id.*	同上	高山之所闻	Ce qu' on entend sur la montagne (*Les Feuilles d'automne*)	同上	同上	同上
1925—11	同上	*id.*	同上	二海岛	Les Deux Îles	同上	同上	同上
1925—11	同上	*id.*	同上	滑铁卢	Waterloo (*Les Châtiments*)	同上	同上	同上
1925—11	费尼	Alfred de Vigny (1797—1863)	同上	死狼	La Mort du loup (*Les Destinées*)	同上	同上	同上
1925—11	弥瑟	Alfred de Musset	同上	八月之夜	La Nuit d' août (*Poésies nouvelles*)	同上	同上	同上
1925—11	同上	*id.*	同上	赠嚣俄	À M. Victor Hugo (*Poésies nouvelles*)	同上	同上	同上

续表

发表日期	作者译名	作者原名	译者	作品译名	作品原名	体裁	期刊名	卷期号
1925—11	同上	*id.*	同上	邻女之窗帷	Le Rideau de ma voisine (*Poésies nouvelles*)	同上	同上	同上
1925—11	弥瑟	Alfred de Musset	同上	长别	Adieu (*Poésies nouvelles*)	同上	同上	同上
1925—11	哥体野	Théophile Gautier	同上	燕语	Ce que disent les hirondelles	同上	同上	同上
1925—11	同上	*id.*	同上	泉源	La Source (*Émaux et camées*)	同上	同上	同上
1925—11	同上	*id.*	同上	春之第一笑	Premier sourire du printemps (*Émaux et camées*)	同上	同上	同上
1925—11	同上	*id.*	同上	鸽	Les Colombes (*Poésies diverses*)	同上	同上	同上
1925—11	同上	*id.*	同上	烟	Fumée (*Émaux et camées*)	同上	同上	同上
1925—11	同上	*id.*	同上	最后之所望	Dernier vœu (*Émaux et camées*)	同上	同上	同上
1925—11	同上	*id.*	同上	圣诞节	Noël (*Émaux et camées*)	诗歌	《学衡》	第四十七期
1925—11	同上	*id.*	同上	蔷薇色之女衣	À une robe rose (*Émaux et camées*)	同上	同上	同上
1925—11	黎留	Leconte de Lisle (1818—1894)	同上	日午	Midi (*Poésies antiques*)	同上	同上	同上

续表

发表日期	作者译名	作者原名	译者	作品译名	作品原名	体裁	期刊名	卷期号
1925—11	同上	*id.*	同上	月光	Un clair de lune（*Poésies Barbares*）	同上	同上	同上
1925—11	同上	*id.*	同上	南美洲之斑豹	Le Jaguar（*Poésies Barbares*）	同上	同上	同上
1925—11	邦斐耳	Théodore de Banville (1823—1891)	同上	忆吾母	À ma mère（*Roses de Noël*）	同上	同上	同上
1925—11	蒲鲁东	Sully Prudhomme	同上	破瓶	Le Vase brisé（*La Vie intérieure*）	同上	同上	同上
1925—11	同上	*id.*	同上	眼	Les Yeux（*La Vie intérieure*）	同上	同上	同上
1925—11	蒲鲁东	Sully Prudhomme	同上	破晓	Le Point du jour	同上	同上	同上
1925—11	同上	*id.*	同上	雨	Pluie	同上	同上	同上
1925—11	同上	*id.*	同上	乡村之正午	Midi au village	同上	同上	同上
1925—11	波德莱尔	Charles Baudelaire	同上	鬼	Le Revenant	同上	同上	同上
1925—11	同上	*id.*	同上	鸱枭	Les Hiboux	同上	同上	同上
1925—11	同上	*id.*	同上	血泉	La Fontaine de sang	同上	同上	同上
1925—11	同上	*id.*	同上	腐烂之女尸	Une charogne	同上	同上	同上
1925—11	同上	*id.*	同上	猫	Le Chat（*Viens, mon beau chat, ...*）	同上	同上	同上
1925—11	同上	*id.*	同上	破钟	La Cloche fêlée	诗歌	《学衡》	第四十七期
1925—11	同上	*id.*	同上	凶犯之酒	Le Vin de l'assassin	同上	同上	同上

续表

发表日期	作者译名	作者原名	译者	作品译名	作品原名	体裁	期刊名	卷期号
1925—11	同上	*id.*	同上	密语	Causerie	同上	同上	同上
1925—11	同上	*id.*	同上	赭色发之女丐	À une mendiante rousse	同上	同上	同上
1925—11	同上	*id.*	同上	暮色	Le Crépuscule du soir (en vers)	同上	同上	同上
1925—11	都德	Alphonse Daudet	同上	乳婴	Aux petits enfants	同上	同上	同上
1925—11	赫累帝亚	José-Maria de Heredia (1842—1905)	同上	遗忘	L'Oubli	同上	同上	同上
1925—11	同上	*id.*	同上	落日	Soleil couchant	同上	同上	同上
1925—11	同上	*id.*	同上	五色琉璃古窗	La Vitrail	同上	同上	同上
1925—11	哥贝	François Coppée	同上	铁匠之罢工	La Grève des forgerons	同上	同上	同上
1925—11	凡莱恩	Paul Verlaine	同上	狱中	En prison	同上	同上	同上
1925—11	同上	*id.*	同上	落日	Soleils couchants	同上	同上	同上
1925—11	凡莱恩	Paul Verlaine	同上	晨星	À l'étoile du matin	同上	同上	同上
1925—11	同上	*id.*	同上	秋歌	Chanson d'automne	同上	同上	同上
1925—11	布惹	Paul Bourget (1852—1935)	同上	黄昏	Beau Soir	同上	同上	同上
1925—11	同上	*id.*	同上	暮与愁	?	同上	同上	同上
1925—12—04	苏霏/德霭南	Pierre Souvestre et Marcel Allain	冯六	英伦缢尸记(二三)	Le Pendu de Londres XXIII	小说	《小说世界》	第十二卷第十期
1925—12—06	法郎士	Anatole France	徐蔚南	白衣妇人	La Dame en blanc (*Le Livre de mon ami*)	散文	《文学周报》	第二百零二期

续表

发表日期	作者译名	作者原名	译者	作品译名	作品原名	体裁	期刊名	卷期号
1925—12—11	苏霏/德霭南	Pierre Souvestre et Marcel Allain	冯六	英伦缢尸记（二四）	Le Pendu de Londres XXIV	小说	《小说世界》	第十二卷第十一期
1925—12—11	莫巴桑	Guy de Maupassant	季达	残废的军官	L'Infirme	小说	《小说世界》	第十二卷第十一期
1925—12—13	法郎士	Anatole France	徐蔚南	我给您这朵蔷薇花	Je te donne cette rose (*Le Livre de mon ami*)	散文	《文学周报》	第二百零三期
1925—12—18	苏霏/德霭南	Pierre Souvestre et Marcel Allain	冯六	英伦缢尸记（二五）	Le Pendu de Londres XXV	小说	《小说世界》	第十二卷第十二期
1925—12—20	法郎士	Anatole France	徐蔚南	爱多亚的孩子们	Les Enfants d' Édouard (*Le Livre de mon ami*)	散文	《文学周报》	第二百零四期
1925—12—25	米而博	OctaveMirbeau	马宗融	仓房里的男子	L'Homme au grenier	小说	《东方杂志》	第二十二卷 第二十四号
1925—12—25	Christophe	Christophe	江显之	弗鲁亚尔家庭记(续一六,完)	La Famille Fenouillard XVII (fin)	连环画	《小说世界》	第十二卷第十三期
1925—12—25	苏霏/德霭南	Pierre Souvestre et Marcel Allain	冯六	英伦缢尸记（二六）	Le Pendu de Londres XXVI	小说	同上	同上
1925—12—27	法郎士	Anatole France	徐蔚南	一串葡萄	La Grappe de raisin (*Le Livre de mon ami*)	散文	《文学周报》	第二百零五期
1925—12	拉封登	Jean de La Fontaine	调孚	狐狸和葡萄	Le Renard et les raisins	寓言	《小说月报》	第十六卷第十二号
1925—12			文基	列那狐的历史(五)	Roman de Renart V	小说	同上	同上
1925—12	莫伯桑	Guy de Maupassant	尚钺	在死人之侧	Auprès d'un mort	小说	《狂飚》	第一期

续表

发表日期	作者译名	作者原名	译者	作品译名	作品原名	体裁	期刊名	卷期号
1926—01—16		Alexandre Dumas fils (1824—1895)	卓呆	茶花女(一)	La Dame aux camélias I	戏剧	《小说世界》	第十三卷第三期
1926—01—17	法郎士	Anatole France	徐蔚南	金眼睛的马山勒	Marcelle aux yeux d' or (*Le Livre de mon ami*)	散文	《文学周报》	第二百零八期
1926—01—17	同上	*id.*	同上	曙光里写就的附注	Note écrite *à* l' aube (*Le Livre de mon ami*)	同上	同上	同上
1926—01—23		Alexandre Dumas fils	卓呆	茶花女(二)	La Dame aux camélias II	戏剧	《小说世界》	第十三卷第四期
1926—01—30		*id.*	同上	花女(三)	La Dame aux camélias III	同上	同上	第十三卷第五期
1926—01—30	莫伯桑	Guy de Maupassant	莫亢	我们的信	Nos lettres	小说	《现代评论》	第三卷第六十期
1926—01	罗曼·罗朗	Romain Rolland	?	若望克利司朵夫向中国的弟兄们宣言	Jean Christophe *à* ses frères de Chine	散文	《小说月报》	第十七卷第一号
1926—01	同上	*id.*	敬隐渔	若望克利司朵夫	Jean Christophe	小说	同上	同上
1926—01	梅礼美	Prosper Mérimée (1803—1870)	樊仲云	嘉而曼(一)	Carmen I	小说	《小说月报》	第十七卷第一号
1926—01	拉风歹纳	Jean de La Fontaine	张若谷	二友人	Les Deux Amis	寓言	同上	同上
1926—01	同上	*id.*	同上	雄鸡与愚人	Le Coq et la perle	同上	同上	同上
1926—02—06		Alexandre Dumas fils	卓呆	茶花女(四)	La Dame aux camélias IV	戏剧	《小说世界》	第十三卷第六期
1926—02—06	苏霏/德霭南	Pierre Souvestre et Marcel Allain	冯六	英伦缢尸记(二七)	Le Pendu de Londres XXVII	小说	同上	同上

续表

发表日期	作者译名	作者原名	译者	作品译名	作品原名	体裁	期刊名	卷期号
1926—02—12		Alexandre Dumas fils	卓呆	茶花女(五)	La Dame aux camélias V	戏剧	同上	第十三卷第七期
1926—02—12	苏霏/德霭南	Pierre Souvestre et Marcel Allain	冯六	英伦缢尸记(二八)	Le Pendu de Londres XXVIII	小说	同上	同上
1926—02—13	嚣俄	Victor Hugo	彭浩徐	旅行	Le Voyage (*Odes et Ballades*)	诗歌	《现代评论》	第三卷第六十二期
1926—02—19		Alexandre Dumas fils	卓呆	茶花女(六)	La Dame aux camélias VI	戏剧	《小说世界》	第十三卷第八期
1926—02—19	苏霏/德霭南	Pierre Souvestre et Marcel Allain	冯六	英伦缢尸记(二九)	Le Pendu de Londres XXIX	小说	同上	同上
1926—02—20	莫泊桑	Guy de Maupassant	莫亢	摩拿哥的囚犯	Extrait de *Sur l'eau* (le 14 avril)	同上	《现代评论》	第三卷第六十三期
1926—02—26		Alexandre Dumas fils	卓呆	茶花女(七)	La Dame aux camélias VII	戏剧	《小说世界》	第十三卷第九期
1926—02	拉风歹纳	Jean de La Fontaine	张若谷	猫与黄狼及野兔	Le Chat, la belette, et le petit lapin	寓言	《小说月报》	第十七卷第二号
1926—02	同上	*id.*	同上	狼变成牧童	Le Loup devenu Berger	同上	同上	同上
1926—02	梅礼美	Prosper Mérimée	樊仲云	嘉而曼(二)	Carmen II	小说	同上	同上
1926—02	罗曼罗兰	Romain Rolland	敬隐渔	若望·克利司朵夫(二)	Jean Christophe II	小说	同上	同上
1926—02	拉风歹纳	Jean de La Fontaine	张若谷	牧童与羊群	Le Berger et son troupeau	寓言	同上	同上
1926—02	Paul Verlaine	Paul Verlaine	李金发	巴黎之夜景	Nocturne parisien (*Poèmes saturniens*)	诗歌	同上	同上
1926—03—05		Alexandre Dumas fils	卓呆	茶花女(八)	La Dame aux camélias VIII	戏剧	《小说世界》	第十三卷第十期

续表

发表日期	作者译名	作者原名	译者	作品译名	作品原名	体裁	期刊名	卷期号
1926—03—06		Anatole France	苏	几段法郎士的译文	Quelques paragraphes du *Jardin d'Épicure*	小说	《现代评论》	第三卷第六十五期
1926—03—12		Alexandre Dumas fils	卓呆	茶花女(九)	La Dame aux camélias IX	戏剧	《小说世界》	第十三卷第十一期
1926—03—13	莫泊桑	Guy de Maupassant	莫亢	爱情	Amour	小说	《现代评论》	第三卷第六十六期
1926—03—19		Alexandre Dumas fils	卓呆	茶花女(一〇)	La Dame aux camélias X	戏剧	《小说世界》	第十三卷第十二期
1926—03—20	嚣俄	Victor Hugo	彭学沛	可怜的花	La Pauvre Fleur disait au papillon céleste	诗歌	《现代评论》	第三卷第六十七期
1926—03—26		Alexandre Dumas fils	卓呆	茶花女(一一)	La Dame aux camélias XI	戏剧	《小说世界》	第十三卷第十三期
1926—03	罗曼罗兰	Romain Rolland	敬隐渔	若望·克利司朵夫(三)	Jean Christophe III	小说	《小说月报》	第十七卷第三号
1926—03	梅礼美	Prosper Mérimée	樊仲云	嘉而曼(三)	Carmen III	同上	同上	同上
1926—03	拉风歹纳	Jean de La Fontaine	张若谷	山生子	La Montagne qui accouche	寓言	同上	同上
1926—03	同上	*id.*	同上	牡牛与蛙	Les Deux Taureaux et une grenouille	同上	同上	同上
1926—03	同上	*id.*	同上	苏格拉底的话	Parole de Socrate	同上	同上	同上
1926—04—02		Alexandre Dumas fils	卓呆	茶花女(一二)	La Dame aux camélias XII	戏剧	《小说世界》	第十三卷第十四期
1926—04—09		*id.*	同上	茶花女(一三)	La Dame aux camélias XIII	同上	同上	第十三卷第十五期
1926—04—10	佛郎士	Anatole France	马宗融	嵌克庇尔	Crainquebille	小说	《东方杂志》	第二十三卷第七号

续表

发表日期	作者译名	作者原名	译者	作品译名	作品原名	体裁	期刊名	卷期号
1926—04—12		Claude Alexandre de Bonneval（1675—1747）	刘复	一人能有几天活	Nous n'avons qu'un temps à vivre（*Chants et chansons populaires de la France*）	民谣	《语丝》	第七十四期
1926—04—16		Alexandre Dumas fils	卓呆	茶花女(一四)	La Dame aux camélias XIV	戏剧	《小说世界》	第十三卷第十六期
1926—04—25	罗曼罗兰	Romain Rolland	常惠	致蒿普特曼书	Lettre ouverte à Gerhart Hauptmann（*Au-dessus de la mêlée*）	通信	《莽原》(半月刊)	第七、八期
1926—04—25	同上	*id.*	金满城	混乱之上	Au-dessus de la mêlée	散文	同上	同上
1926—04—25	同上	*id.*	常惠	答诬我者书	Lettre à ceux qui m'accusent	通信	同上	同上
1926—04	拉风歹纳	Jean de La Fontaine	张若谷	狮出征	Le Lion s'en allant en guerre	寓言	《小说月报》	第十七卷第四号
1926—04	同上	*id.*	同上	死神与穷汉	La Mort et le malheureux	同上	同上	同上
1926—04	梅礼美	Prosper Mérimée	樊仲云	嘉而曼(四)	Carmen IV	小说	同上	同上
1926—05—07	莫泊桑	Guy de Maupassant	朱瘦桐	初雪	Première neige	同上	《小说世界》	第十三卷第十九期
1926—05—17	F. Arnaudin	Félix Arnaudin（1844—1921）	刘复	为的是我要上巴黎去	?（Chants populaires de la Grande-Lande）	民谣	《语丝》	第七十九期
1926—05—23	范伦纳	Paul Verlaine	李金发	夜乐	Sérénade	诗歌	《文学周报》	第二百廿六期
1926—05—23	同上	*id.*	同上	一枝	Un dahlia	同上	同上	同上

续表

发表日期	作者译名	作者原名	译者	作品译名	作品原名	体裁	期刊名	卷期号
1926—05	拉风歹纳	Jean de La Fontaine	张若谷	鸢与黄莺	Le Milan et le rossignol	寓言	《小说月报》	第十七卷第五号
1926—05	梅礼美	Prosper Mérimée	樊仲云	嘉而曼(五)	Carmen V	小说	同上	同上
1926—05	拉风歹纳	Jean de La Fontaine	张若谷	狂与爱	L'Amour et la folie	寓言	同上	同上
1926—05	同上	*id.*	同上	溪流与河水	Le Torrent et la rivière	同上	同上	同上
1926—06—07		Beffroy de Reigny (1757—1811)	刘复	太真实	Les Grandes Vérités	民谣	《语丝》	第八十二期
1926—06—14		Alexandre Dumas fils	同上	《茶花女》第一幕第八场的颂酒歌	La Dame aux camélias [Acte VIII de la première scène]	戏剧	同上	第八十三期
1926—06	Alain Chartier	Alain Chartier (1385—1435)	陈铨	无情女	La Belle Dame sans merci	诗歌	《学衡》	第五十四期
1926—06	罗曼罗兰	Romain Rolland	李劼人	彼得与露西(上)	Pierre et Luce I	小说	《小说月报》	第十七卷第六号
1926—06	拉风歹纳	Jean de La Fontaine	张若谷	牝狗与她同伴	La Lice et sa compagne	寓言	同上	同上
1926—06	同上	*id.*	同上	约诺与孔雀	Le Paon se plaignant *à* Junon	同上	同上	同上
1926—06	同上	*id.*	同上	兔与鹧鸪	Le Lièvre et la perdrix	同上	同上	同上
1926—06	同上	*id.*	同上	雄鸡与猫及幼鼠	Le Cochet, le chat et le souriceau	同上	同上	同上
1926—07—03	龙沙	Pierre de Ronsard	侯佩尹	赠花	Sonnet *à* Marie	诗歌	《现代评论》	第四卷第八十二期

续表

发表日期	作者译名	作者原名	译者	作品译名	作品原名	体裁	期刊名	卷期号
1926—07—25	莫伯桑	Guy de Maupassant	长慧	勾勾	Coco	小说	《莽原》(半月刊)	第十四期
1926—07—26			刘复	阿尔萨斯的呜儿歌	Schlof, schlof, Biewele, schlof ! (Chanson recueillie par André Alexandre)	民谣	《语丝》	第八十九期
1926—07	拉风歹纳	Jean de La Fontaine	张若谷	遣往亚历山大的兽群	Tribut envoyé par les Animaux *à* Alexandre	寓言	《小说月报》	第十七卷第七号
1926—07	罗曼罗兰	Romain Rolland	李劼人	彼得与露西(下)	Pierre et Luce II	小说	同上	同上
1926—07	拉风歹纳	Jean de La Fontaine	张若谷	橡树与荻芦	Le Chêne et le roseau	寓言	同上	同上
1926—08—25	Lamennais	Félicité de Lamennais (1782—1854)	朋其	流放的人	?	?	《莽原》(半月刊)	第十六期
1926—08	拉风歹纳	Jean de La Fontaine	张若谷	狮子老了	Le Lion devenu vieux	寓言	《小说月报》	第十七卷第八号
1926—08	同上	*id.*	同上	狼狐聚讼于猴前	Le Loup plaidant contre le renard par-devant le singe	同上	同上	同上
1926—08	同上	*id.*	同上	象与周比特的猴子	L' Éléphant et le singe de Jupiter	同上	同上	同上
1926—09—11	?	Paul Verlaine	胡然	译 Verlaine 的诗一首	?	诗歌	《北新》	第四期
1926—09—18	Mlle Montgolfier	Adélaïde de Montgolfier (1789—1880)	宇文	燕子——他所看见的东西	L'Hirondelle — ce qu'elle a vu (Extrait de « Le Pigeon, l'hirondelle» Mélodies du printemps)	歌词	《现代评论》	第四卷第九十三期

续表

发表日期	作者译名	作者原名	译者	作品译名	作品原名	体裁	期刊名	卷期号
1926—09—25	莫巴桑	Guy de Maupassant	赵少侯	花房	La Serre	小说	《莽原》（半月刊）	第十八期
1926—09	拉风歹纳	Jean de La Fontaine	张若谷	死神与临死人	La Mort et le mourant	寓言	《小说月报》	第十七卷第九号
1926—09	同上	*id.*	同上	大言不惭的游历家	?	同上	同上	同上
1926—10—02	莫泊桑	Guy de Maupassant	旅翁	真假兄弟	?	?	《北新》	第七期
1926—10—08		Rouget de Lisle (1760—1836)	钱念劬	马赛耶司(法国国歌之一)	La Marseillaise [Hymne nationale française I]	歌词	《小说世界》	第十四卷第十五期
1926—10—08		?	?	出阵之歌(法国国歌之二)	?	同上	同上	同上
1926—10—08		Rouget de Lisle	王韬	麦须儿诗	La Marseillaise	同上	同上	同上
1926—10—08	同上	*id.*	刘半农	马赛曲	La Marseillaise	同上	同上	同上
1926—10—10	H. Lavedan	Henri Lavedan	流沙	永远地，永远地	?	戏剧	《沉钟》	5
1926—10—22	保罗莫项	Paul Morand (1888—1976)	芳洲女士	余先生	Mr. U	小说	《小说世界》	第十四卷第十七期
1926—10	拉风歹纳	Jean de La Fontaine	张若谷	蝉与蚁	La Cigale et la fourmi	寓言	《小说月报》	第十七卷第十号
1926—10	同上	*id.*	同上	妇女与秘密	Les Femmes et le secret	同上	同上	同上
1926—10	同上	*id.*	同上	二鸽	Les Deux pigeons	同上	同上	同上
1926—11—05	曹拉	Émile Zola (1840—1902)	脩勺宅桴	失工	Le Chômage (*Nouveaux Contes à Ninon*)	小说	《一般》	十一月号

续表

发表日期	作者译名	作者原名	译者	作品译名	作品原名	体裁	期刊名	卷期号
1926—11—06	莫泊桑	Guy de Maupassant	展模	两位名人	Deux Hommes célèbres (*Les Dimanches d'un bourgeois de Paris*)	同上	《北新》	第十二期
1926—11—21	保尔缪塞	Paul de Musset (1804—1880)	顾均正	骑士杰珊明和公主爱格兰丁	Les Amours du chevalier Jasmin et de la princesse Églantine	?	《文学周报》	第四卷第一号(第二五一期)
1926—11	拉风歹纳	Jean de La Fontaine	张若谷	不忠实的受托人	Le Dépositaire infidèle	寓言	《小说月报》	第十七卷第十一号
1926—12—01	Beaudelaire	Charles Baudelaire	绍宗	情人之死	La Mort des amants	诗歌	《洪水》(半月刊)	一周年增刊
1926—12—25	莫巴桑	Guy de Maupassant	长慧	夜	La Nuit	小说	《莽原》(半月刊)	第二十四期
1926—12	福禄特尔	Voltaire	陈钧	查德熙传(续)	Zadig ou la Destinée	同上	《学衡》	第六十期
1927—01—01	Georges-Eugens Bertin	Georges-Eugène Bertin (1868—1938)	袁昌英	一只手	?	?	《现代评论》	两周年增刊
1927—01—01	André Maurois	André Maurois (1885—1967)	西滢	少年哥德之烦恼(一)	Les Souffrances du jeune Werther I (*La Nouvelle revue française*, n°148, janvier 1926)	小说	同上	第五卷第一零八期
1927—01—08	弗洛贝尔	Gustave Flaubert	刘复	游地狱记	Voyage en enfer	?	《语丝》	第一一三期
1927—01—08	André Maurois	André Maurois	西滢	少年哥德之烦恼(二)	Les Souffrances du jeune Werther II	小说	《现代评论》	第五卷第一零九期

续表

发表日期	作者译名	作者原名	译者	作品译名	作品原名	体裁	期刊名	卷期号
1927—01—15	*id.*	*id.*	同上	少年哥德之烦恼(三)	Les Souffrances du jeune Werther III	同上	同上	第五卷第一一零期
1927—01—22	*id.*	*id.*	同上	少年哥德之烦恼(四)	Les Souffrances du jeune Werther IV	同上	同上	第五卷第一一一期
1927—01—25	丹梭	Léon de Tinseau (1844—1921)	刘复	黑珠	La Perle noire	小说	《莽原》(半月刊)	第二卷第二期
1927—01	拉风歹纳	Jean de La Fontaine	张若谷	百头龙与百尾龙	Le Dragon *à* plusieurs têtes et le dragon *à* plusieurs queues	寓言	《小说月报》	第十八卷第一号
1927—02—12	André Maurois	André Maurois	西滢	少年哥德之烦恼（五）	Les Souffrances du jeune Werther V	小说	《现代评论》	第五卷第一一四期
1927—02—19	*id.*	*id.*	同上	少年哥德之烦恼（六）	Les Souffrances du jeune Werther VI	同上	同上	第五卷第一一五期
1927—02—26	*id.*	*id.*	同上	少年哥德之烦恼（七）	Les Souffrances du jeune Werther VII	同上	同上	第五卷第一一六期
1927—02—26	莫泊桑	Guy de Maupassant	莫亢	农夫	Le Fermier	小说	同上	同上
1927—02—26	左拉	Émile Zola	刘复	爱情的小蓝外套的故事	La Légende du Petit-Manteau bleu de l'amour (*Nouveaux Contes à Ninon*)	同上	《语丝》	第一二〇期
1927—03—05	André Maurois		西滢	少年哥德之创造（八）	Les Souffrances du jeune Werther VIII	小说	《现代评论》	第五卷第一一七期

续表

发表日期	作者译名	作者原名	译者	作品译名	作品原名	体裁	期刊名	卷期号
1927—03—05	Paul Verline (sic)	Paul Verlaine	小惠译 半农校改	木马歌	Chevaux de bois	诗歌	《语丝》	第一二一期
1927—03—06	左拉	Émile Zola	徐霞村	洗澡	Un bain (*Nouveaux Contes à Ninon*)	小说	《文学周报》	第四卷第十四号（第二六四期）
1927—03—10	同上	*id.*	刘复	失业	Le Chômage	同上	《莽原》（半月刊）	第二卷第五期
1927—03—11	André Maurois		西滢	少年哥德之创造（九）	Les Souffrances du jeune Werther IX	小说	《现代评论》	第五卷第一一八期
1927—03—19	André Maurois		西滢	少年哥德之创造（十）	Les Souffrances du jeune Werther X	同上	同上	第五卷第一一九期
1927—03—25	莫伯桑	Guy de Maupassant	王燊	圣诞节夜	Nuit de Noël	同上	《莽原》(半月刊)	第二卷第六期
1927—04—01	服尔德	Voltaire	刘复	八巴贝克与法奇尔	Lettre d'un Turc, sur les Fakirs et sur son ami Bababec	同上	《语丝》	第一二五期
1927—04—10	莫伯桑	Guy de Maupassant	长慧	瞎子	L'Aveugle (*Le Gaulois*)	同上	《莽原》（半月刊）	第二卷第七期
1927—04—10	波特莱耳	Charles Baudelaire	邓琳	理想	L'Idéal (*Les Fleurs du Mal*)	诗歌	同上	同上
1927—04—10	同上	*id.*	同上	美	La Beauté (*Les Fleurs du Mal*)	同上	同上	同上
1927—04—25	高节	Théophile Gautier	赵少侯	文学中的肥胖	De l'obésité en littérature	小说	《莽原》（半月刊）	第二卷第八期

续表

发表日期	作者译名	作者原名	译者	作品译名	作品原名	体裁	期刊名	卷期号
1927—04	米而博	Octave Mirbeau	修勺	群众	Paysage de foule (*La Pipe de cidre*)	同上	《小说月报》	第十八卷第四号
1927—05—01	Flaubert	Gustave Flaubert	灵凤	一封情书	Une lettre d'amour (Extrait de *Madame Bovary*)	同上	《幻洲》	第一卷第十一期
1927—05—06	Catulle Mendès	Catulle Mendès	陈道希	镜	Le Miroir	同上	《小说世界》	第十五卷 第十九期
1927—05—14	柏里欧	?	小蕙译 半农校改	钉匠歌	La Chanson du cloutier	同上	《语丝》	第一三一期
1927—06—03	René Bazin	René Bazin	道希	邮箱里的小鸟	La Boîte aux lettres (*Contes de bonne Perrette*)	同上	《小说世界》	第十五卷 第二十三期
1927—06—11	嚣俄	Victor Hugo	小蕙译 半农校改	祖父的歌	Chanson de grand-père	诗歌	《语丝》	第一三五期
1927—06—25	Marie Nodies	Marie Nodies	小蕙	孩子，睡吧！	?	同上	《莽原》(半月刊)	第二卷第十二期
1927—06	莫泊桑	Guy de Maupassant	董家[illegible]	醉汉	L'Ivrogne (*Contes du Jour et de la Nuit*)	小说	《小说月报》	第十八卷第六号
1927—06	米而博	Octave Mirbeau	马宗融	婴孩	L'Enfant (*Contes de la chaumière*)	同上	同上	同上
1927—07—02	莫泊桑	Guy de Maupassant	昭民	小恒德的痛苦	Le Mal d'André	同上	《语丝》	第一三八期
1927—07—25	莫巴桑	*id.*	王粲	昂得来的病	Le Mal d'André	同上	《莽原》(半月刊)	第二卷第十四期

续表

发表日期	作者译名	作者原名	译者	作品译名	作品原名	体裁	期刊名	卷期号
1927—07—30	莫泊桑	*id.*	昭民	耶稣圣诞之夜	Nuit de Noël	同上	《语丝》	第一四二期
1927—08—16	法布耳	Jean-Henri Fabre (1823—1915)	林兰	我的猫	Histoire de mes chats	回忆录	《北新》	第四十三/四十四期
1927—08—25	莫伯桑	Guy de Maupassant	王燊	马上	À cheval	小说	《莽原》(半月刊)	第二卷第十六期
1927—08—26	莫泊三	*id.*	唐小圃	盲人	L'Aveugle (*Le Gaulois*, 31 mars 1882)	同上	《小说世界》	第十六卷第九期
1927—08—27	Théophile Gautier	Théophile Gautier	小惠译 半农校改	秋歌	Chanson d'automne	诗歌	《语丝》	第一四六期
1927—08—28	左拉	Émile Zola	徐霞村	杨梅	Les Fraises (*Nouveaux Contes à Ninon*)	小说	《文学周报》	第五卷第五号(第二七九期)
1927—08—28	同上	*id.*	同上	大米修	Le Grand Michu (*Nouveaux Contes à Ninon*)	同上	同上	同上
1927—09—05	同上	*id.*	同上	我的邻人雅各	Mon voisin Jacques (*Nouveaux Contes à Ninon*)	同上	同上	第二八〇期 第五卷第六期
1927—09—10	服尔德	Voltaire	刘复	比打哥儿	Pythagore (*Aventure indienne*)	?	《莽原》(半月刊)	第二卷第十七期
1927—09—12	左拉	Émile Zola	徐霞村	铁匠	Le Forgeron (*Nouveaux Contes à Ninon*)	小说	《文学周报》	第五卷第七号(第二八一期)

续表

发表日期	作者译名	作者原名	译者	作品译名	作品原名	体裁	期刊名	卷期号
1927—10—14	杜德	Alphonse Daudet	董家㷘	怕死的步兵	Le Mauvais Zouave（*Les Contes du lundi*, 1875）	同上	《小说世界》	第十六卷第十六期
1927—10—14	法郎士	Anatole France	木？	爱比勾勒的园圃	Le Jardin d'Épicure	同上	《清华文艺》	第二期
1927—10—23	左拉	Émile Zola	徐霞村	侯爵夫人的肩膀	Les Épaules de la marquise（*Nouveaux Contes à Ninon*）	同上	《文学周报》	第五卷第十一/十二号（第二八六/二八七期）
1927—10—25	法郎士	Anatole France	少侯	市政长官	Messieurs les Échevins（*Les Opinions de M. Jérôme Coignard*）	同上	《莽原》（半月刊）	第二卷第二十期
1927—10—28	梅礼美	Prosper Mérimée	斐儿女士	炮台之袭取	L'Enlèvement de la redoute	同上	《小说世界》	第十六卷第十八期
1927—11—01	梅里曼	Prosper Mérimée	虚白	炼狱魂（一）	Les Âmes du purgatoire I	同上	《真美善》	创刊号
1927—11—01	戈恬	Théophile Gautier	病夫	鸦片烟管	La Pipe d'opium	同上	同上	同上
1927—11—01	顾岱林	Georges Courteline（1858—1929）	同上	女性的交情	Amitiés féminines	戏剧	同上	同上
1927—11—04	大仲马	Alexandre Dumas	碧漪女士	熊	?	?	《小说世界》	第十六卷第十九期
1927—11—11	莫伯桑	Guy de Maupassant	同上	仇复	Une vendetta	小说	同上	第十六卷第二十期
1927—11—11	同上	*id.*	董家㷘	疯	?	?	同上	同上
1927—11—16	葛尔孟		虚白	色（一）	Couleurs（Jaune）	小说	《真美善》	第一卷第二号
1927—11—16	梅里曼	Prosper Mérimée	虚白	炼狱魂（二）	Les Âmes du purgatoire II	同上	同上	同上

续表

发表日期	作者译名	作者原名	译者	作品译名	作品原名	体裁	期刊名	卷期号
1927—11—25	莫泊三	Guy de Maupassant	唐小圃	杯中物	Le Petit Fût	同上	《小说世界》	第十六卷第二十二期
1927—11—25	杜德	Alphonse Daudet	董家燦	巴维耶游记(一)	?	?	同上	同上
1927—11—25	莫伯桑	Guy de Maupassant	王燊	水上	Sur l'eau	小说	《莽原》(半月刊)	第二卷第二十一/二十二期
1927—11	莫泊桑	Guy de Maupassant	董家燦	春天的一个晚晌	Par un soir de printemps	同上	《小说月报》	第十八卷第十一号
1927—11	米而博	Octave Mirbeau	马宗融	一条狗底死	La Mort du chien	同上	同上	同上
1927—12—01	Fuerde 服尔德	Voltaire	Liu Fu 刘复	Fuerde wenchao 服尔德文抄 [Écrits de Voltaire]	?	?	《北新》	第二卷第三号
1927—12—01	Pierre de Ronsard	Pierre de Ronsard	病夫	燕	Odelette à l'arondelle	诗歌	《真美善》	第一卷第三号
1927—12—01	梅里曼	Prosper Mérimée	虚白	炼狱魂(三)	Les Âmes du purgatoire III	小说	同上	同上
1927—12—01	葛尔孟	Remy de Gourmont	同上	色(二)	Couleurs (II)	?	同上	同上
1927—12—02	莫泊三	Guy de Maupassant	碧漪女士	骑马	À cheval	小说	《小说世界》	第十六卷第二十三期
1927—12—02	杜德	Alphonse Daudet	董家燦	巴维耶游记(二)	?	?	同上	同上

续表

发表日期	作者译名	作者原名	译者	作品译名	作品原名	体裁	期刊名	卷期号
1927—12—03	亨利·德列聂	Henri de Régnier (1864—1936)	浩徐	所以	Donc (*Les Cahiers nouveaux*)	?	《现代评论》	第六卷第一五六期
1927—12—10	米而博	Octave Mirbeau	马宗融	麦忒毕朵的忧愁	La Tristesse de maît'Pitaut	小说	《东方杂志》	第二十四卷第二十三号
1927—12—11	巴比塞	Henri Barbusse	万灭	罗马尼亚实事	?	?	《文学周报》	第五卷第十九号（第二九四期）
1927—12—15	薄台莱	Charles Baudelaire	虚白	窗	Les Fenêtres	诗歌	《真美善》	第一卷第四号
1927—12—15	顾岱林	Georges Courteline	病夫	戈雄特曼大	Cochon de Médard	戏剧	同上	同上
1927—12—15	梅里曼	Prosper Mérimée	虚白	炼狱魂(四)	Les Âmes du purgatoire IV	小说	同上	同上
1927—12—18	波特来耳	Charles Baudelaire	徐蔚南	明月的哀愁	Tristesse de la lune	诗歌	《文学周报》	第五卷第二十号（第二九五期）
1927—12—25		Remy de Gourmont	霁野	视觉与情绪	?	?	《莽原》（半月刊）	第二卷第二十三/二十四期
1927—12—25	左拉	Émile Zola	徐霞村	禁食	Le Jeûne (*Nouveaux Contes à Ninon*)	小说	《文学周报》	第五卷第二十一号（第二九六期）
1927—12—31	谢凝野	André Chénier	白蒲	妙龄女囚	La Jeune Captive	诗歌	《现代评论》	第七卷第一六〇期
1928—01—01		Marie de Rabutin-Chantal (1626—1696)	虚白	法国赛维妍侯爵夫人致柯仑树侯爵书	La Lettre de Mme de Sévigné à M. de Coulanges (Datée du lundi 15 décembre 1667)	通信	《真美善》	第一卷第五号

续表

发表日期	作者译名	作者原名	译者	作品译名	作品原名	体裁	期刊名	卷期号
1928—01—08	左拉	Émile Zola	徐霞村	小村子	Le Petit Village (*Nouveaux Contes à Ninon*)	小说	《文学周报》	第五卷第二十三号（第二九八期）
1928—01—08	库普林	?	杜衡	Allez	?	?	同上	同上
1928—01—15	?	?	徐蔚南	青鸟(法国南部民间故事)	?	?	同上(世界民间故事专号)	第二九九期 第五卷第二十四期
1928—01—16	葛尔孟	Remy de Gourmont	虚白	色（三）	Couleurs (Bleu)	小说	《真美善》	第一卷第六号
1928—01—21	法郎士	Anatole France	徐霞村	利各的思想	Pensées de Riquet	?	《语丝》	第四卷第六号
1928—01	杜哈美而	Georges Duhamel (1884—1966)	济之	骑卫兵曲韦里	Le Cuirassier Cuvelier (*Civilisation*)	小说	《小说月报》	第十九卷第一号
1928—02—01	彼得鲁易	Pierre Louÿs	梁宗岱	丽达(吉祥的黑暗底颂歌)	Lêda ou la louange des bienheureuses ténèbres	同上	《北新》	第二卷第七号
1928—02—01	大仲马	Alexandre Dumas	夏莱蒂	莎兰绮	Solange	同上	《真美善》	第一卷第七号
1928—02—16	弗劳贝	Gustave Flaubert	病夫	马笃法谷	Matteo Falcöne ou deux cercueils pour un proscrit	同上	同上	第一卷第八号
1928—02—25	Paul Fort	Paul Fort (1872—1960)	戴望舒	幸福	Le Bonheur	诗歌	《未名》	I—4
1928—03—01	李显宾	Jean Richepin (1849—1926)	病夫	花月	Le Jour où je vous vis pour la première fois (*Les Caresses*)	同上	《真美善》	第一卷第九号
1928—03—01	同上	*id.*	同上	轮图	Rondeau (*Les Caresses*)	同上	同上	同上
1928—03—01	葛尔孟	Remy de Gourmont	虚白	色(四)	Couleurs (rose)	小说	同上	同上

续表

发表日期	作者译名	作者原名	译者	作品译名	作品原名	体裁	期刊名	卷期号
1928—03—10	Paul Fort	Paul Fort	戴望舒	夜之颂歌	Hymne dans la nuit（*Les Ballades françaises*）	诗歌	《未名》	I—5
1928—03—16	浦莱孚斯德	Marcel Prévost	病夫	别一个人	L'Autre	小说	《真美善》	第一卷第十号
1928—03—16	梅里曼	Prosper Mérimée	虚白	马笃法谷	Matteo Falcöne ou deux cercueils pour un proscrit	同上	同上	同上
1928—03—18	莫泊桑	Guy de Maupassant	介如	完了	Fini	?	《文学周报》	第六卷第八号（第三〇八期）
1928—03	Paul Valéry	Paul Valéry（1871—1945）	吴宓	韦拉里论理智之危机	La Crise de l'Esprit	散文	《学衡》	第六十二期
1928—04—01	莫泊桑	Guy de Maupassant	小瑟	梦耶	La Morte（*La Main gauche*）	小说	《真美善》	第一卷第十一号
1928—04	法朗士	Anatole France	马宗融	布雨多阿	Putois	同上	《小说月报》	第十九卷第四号
1928—05—13	左拉	Émile Zola	徐霞村	丽丽	Lili（*Nouveaux Contes à Ninon*）	同上	《文学周报》	第六卷第十五/十六号(第三一五/三一六期）
1928—05—16	Remy de Gourmon	Remy de Gourmont	虚白	色（五）	Couleurs（Orange）	同上	《真美善》	第二卷第一号
1928—05—16	Jean Richepin	Jean Richepin	病夫	乞儿歌	La Chanson des gueux	诗歌	同上	同上
1928—05—16	Balzac	Honoré de Balzac	虚白	包底隆的美女儿戏弄审判官	Comment la belle fille de Portillon quinaulda son juge	小说	同上	同上

续表

发表日期	作者译名	作者原名	译者	作品译名	作品原名	体裁	期刊名	卷期号
1928—05	Paul Valéry	Paul Valéry	吴宓	韦拉里说诗中韵律之功用	Au sujet d'Adonis (extrait) (*Variété I et II*)	?	《学衡》	第六十三期
1928—06—16	莫泊桑	Guy de Maupassant	小瑟	妻的忏悔	Confessions d'une femme	小说	《真美善》	第二卷第二号
1928—06	杜德	Alphonse Daudet	董家爃	鹧鸪的恐惊	?	?	《小说世界》	第十七卷第二期
1928—07—09	Baudelaire	Charles Baudelaire	石民	圆光之失却	Perte d'auréole (*Le Spleen de Paris*)	诗歌	《语丝》	第四卷第二十八号
1928—07—09	*id.*	*id.*	同上	Any where out of the world	Any where out of the world (*Le Spleen de Paris*)	同上	同上	同上
1928—07—16	*id.*	*id.*	同上	愉快的死者	Le Mort joyeux (*Les Fleurs du Mal*)	同上	同上	第四卷第二十九号
1928—08—16	莫泊桑	Guy de Maupassant	沈小瑟	报复	La Revanche	戏剧	《真美善》	第二卷第四号
1928—08—16	葛尔孟	Remy de Gourmont	虚白	色(月牙)	?	小说	同上	同上
1928—08	绿谛	Pierre Loti	徐霞村	菊子夫人	Madame Chrysanthème 1—10	同上	《小说月报》	第十九卷第八号
1928—09—16	莫泊桑	Guy de Maupassant	杜芳女士	珍珠小姐	Mademoiselle Perle	同上	《真美善》	第二卷第五号
1928—09—16	拿破仑	Napoléon Bonaparte (1769—1821)	吕漪汶	拿破仑致约瑟芬	Lettre de Napoléon à Joséphine	通信	《山雨》	第一卷第三期
1928—09—16	约瑟芬	Joséphine de Beauharnais (1763—1814)	同上	约瑟芬致拿破仑	Lettre de Joséphine à Napoléon	同上	同上	同上

续表

发表日期	作者译名	作者原名	译者	作品译名	作品原名	体裁	期刊名	卷期号
1928—09—20	哀特蒙约罗	Edmond Jaloux (1878—1949)	庄夫	人地狱	?	?	《大众文艺》	第一期
1928—09—29	H. R. Lenor-mand	H. R. Lenormand (1882—1951)	袁昌英	时间是梦幻	Le Temps est un songe I	戏剧	《现代评论》	第八卷第一九九期
1928—09	绿谛	Pierre Loti	徐霞村	菊子夫人（十一—三十）	Madame Chrysanthème 11—30	小说	《小说月报》	第十九卷第九号
1928—09	莫伯桑	Guy de Maupassant	惠生	一个法兰西的侠妓	Boule de suif（?）	同上	《小说世界》	第十七卷第三期
1928—10—06	H. R. Lenor-mand	H. R. Lenormand	袁昌英	时间是梦幻(二)	Le Temps est un songe II	戏剧	《现代评论》	第八卷第二〇〇期
1928—10—10	阿拉伯/哀绿绮思	Pierre Abélard (1079—1142) et Héloïse (1101—1164)	梁实秋	阿伯拉与哀绿绮思的情书	Lettres d'Abélard et Héloïse	通信	《新月》	第一卷第八号
1928—10—10	巴比塞	Henri Barbusse	?	高尔基访问记	Entretien avec Gorky	散文	《无轨列车》	3
1928—10—13	H. R. Lenor-mand	H. R. Lenormand	袁昌英	时间是梦幻（三）	Le Temps est un songe III	戏剧	《现代评论》	第八卷第二〇一期
1928—10—13	波德莱尔	Charles Baudelaire	林文铮	妖魔	Les Ténèbres（« Un fantôme », *Les fleurs du Mal*）	诗歌	同上	同上
1928—10—13	同上	*id.*	同上	肖象	Le Portrait（« Un fantôme », *Les Fleurs du Mal*）	同上	同上	同上

续表

发表日期	作者译名	作者原名	译者	作品译名	作品原名	体裁	期刊名	卷期号
1928—10—13	H. R. Lenor-mand	H. R. Lenor-mand	袁昌英	时间是梦幻(四)	Le Temps est un songe IV	戏剧	同上	同上
1928—10—15	巴比塞	Henri Barbusse	迪生	我们要召集反法西斯主义大会	?	?	《乐群》(半月刊)	第二期
1928—10—15	查理路易·腓立普	Charles-Louis Philippe (1874—1909)	鲁迅	捕狮	La Chasse au lion (*Les Contes du Matin*)	小说	《大江》	创刊号
1928—10—15	Catulle Mendes	Catulle Mendès	章铁民	失去的星	?	诗歌	同上	同上
1928—10—16	Guy de Maupassant	Guy de Maupassant	子京	叫花子	Le Gueux (*Le Gaulois*)	小说	《真美善》	第二卷第六号
1928—10—20	腓立普	Charles-Louis Philippe	鲁迅	食人人种的话	Histoire d'anthropophages (*Les Contes du Matin*)	同上	《大众文艺》	第二期
1928—10—20	米赛	Alfred de Musset	夏莱蒂	一个现代人的忏悔	La Confession d'un enfant du siècle I	同上	同上	同上
1928—10—20	波德莱尔	Charles Baudelaire	林文铮	西精娜	Sisina (*Les Fleurs du Mal*)	诗歌	《现代评论》	第八卷第二〇二期
1928—10—25	P. Morand	Paul Morand		懒惰病	Vague de paresse (*L'Europe galante*)	小说	《无轨列车》	4
1928—10—25	同上	*id.*		新朋友们	Les Amis nouveaux (*L'Europe galante*)	同上	同上	同上

续表

发表日期	作者译名	作者原名	译者	作品译名	作品原名	体裁	期刊名	卷期号
1928—10—27	H. R. Lenor-mand	H. R. Lenor-mand	袁昌英	时间是梦幻（五）	Le Temps est un songe V	戏剧	《现代评论》	第八卷第二〇三期
1928—10—28	莫泊桑	Guy de Maupassant	李青崖	牧童坡	Le Saut du berger	小说	《文学周报》	第七卷第十五/十六号(第三四〇/三四一期)
1928—10	绿谛	Pierre Loti	徐霞村	菊子夫人（三十一—四十五）	Madame Chrysanthème 31—45	同上	《小说月报》	第十九卷第十号
1928—11—10	Pierre Valdagne	Pierre Valdagne (1854—1937)	呐鸥	生活腾贵	?	小说	《无轨列车》	5
1928—11—10	Paul Fort	Paul Fort	戴望舒	我有些小小的青花	J'ai des petites fleurs bleues (*Ballades françaises*)	诗歌	同上	同上
1928—11—16	法朗士	Anatole France	仲彝	乐园	Le Jardin d'Épicure I	小说	《真美善》	第三卷第一号
1928—11—16	巴比塞	Henri Barbusse	虚白	葬礼进行曲	La Marche funèbre	同上	同上	同上
1928—11—20	米赛	Alfred de Musset	莱蒂	一个现代人的忏悔	La Confession d'un enfant du siècle II	同上	《大众文艺》	第三期
1928—11—30	G. Apolli-naire	Guillaume Apollinaire (1880—1918)	封余	跳蚤	La Puce	诗歌	《奔流》	第一卷 6

续表

发表日期	作者译名	作者原名	译者	作品译名	作品原名	体裁	期刊名	卷期号
1928—11	绿谛	Pierre Loti	徐霞村	菊子夫人（四十六—五十六）	Madame Chrysanthème 46—56	小说	《小说月报》	第十九卷第十一号
1928—12—01	Maurice Level	Maurice Level (1875—1926)	何公超	小军人	?	?	《泰东月刊》	第二卷第四期
1928—12—01	穆杭	Paul Morand	戴望舒	洛迦特金博物馆	Le Musée Rogatkine (*L'Europe galante*)	小说	《熔炉》	第一期
1928—12—16	莫泊桑	Guy de Maupassant	红石	农人	Le Fermier	同上	《山雨》	第一卷 第八九期合刊
1928—12—16	亚甘当	Pierre Aguétant (1890—1940)	若谷	南国佳人	Gaby, midinette (*Les Possessions éphémères*)		《真美善》	第三卷第二号
1928—12—20	亨利·巴比塞	Henri Barbusse	岩野	兄弟	Le Frère	小说	《大众文艺》	第四期
1928—12—20	米赛	Alfred de Musset	莱蒂	一个现代人的忏悔	La Confession d'un enfant du siècle III	同上	同上	同上
1928—12—22	玛利·罗兰姗	Marie Laurencin (1883—1956)	马特	镇静剂	Le Calmant	诗歌	《现代评论》	第八卷第二〇六期
1928—12	莫泊桑	Guy de Maupassant	惠生	一件商品		小说	《小说世界》	第十七卷第四期
1928—12	Guy de Maupassant	*id.*	徐守一	一个农家女的故事	Histoire d'une fille de ferme	同上	同上	同上
1928	法郎士	Anatole France	灵凤	露瑞夫人	Madame de Luzy	同上	《现代小说》	第一卷第二期
1929—01—01	Baudelaire	Charles Baudelaire	陈勺水	奉劝旅行	L'Invitation au voyage (*Les Fleurs du Mal*)	同上	《乐群》月刊	第一卷第一期

续表

发表日期	作者译名	作者原名	译者	作品译名	作品原名	体裁	期刊名	卷期号
1929—01—01	*id.*	*id.*	同上	毒药	Le Poison（*Les Fleurs du Mal*）	同上	同上	同上
1929—01—10	Arnault	Antoine-Vincent Arnault （1766 —1834）	采石	落叶	La Feuille au vent	同上	《朝花》	第六期
1929—01—16	穆朗	Paul Morand	李青崖	俞先生（一）	Mr. U（I）	同上	《北新》	第三卷第二号
1929—01—16	亚甘当	Pierre Aguétant	张若谷	意外事	La Tuile（*Les Possessions éphémères*）	同上	《真美善》	第三卷第三号
1929—01—16	法朗士	Anatole France	顾仲彝	乐园	Le Jardin d'Épicure II	同上	同上	同上
1929—01—16	莫泊三	Guy de Maupassant	杜芳	爱	Amour	同上	同上	同上
1929—01—20	莫泊桑	*id.*	李青崖	马尔德茵	La Martine	同上	《文学周报》	第八卷第四号（第三五四期）
1929—01—20	萨尔威斯脱儿	Charles Sylvestre（1889—1948）	秋莲	冬	?	?	《大众文艺》	第五期
1929—01—20	奥都培·蒲闸	Maurice Audubert-Boussat（1901— ）	默涯	南风	?	?	同上	同上
1929—01—20	米赛	Alfred de Musset	莱蒂	一个现代人的忏悔	La Confession d'un enfant du siècle IV	小说	同上	同上
1929—01—30	Paul Fort	Paul Fort	石民	初次的约会及其他	?	诗歌	《奔流》	第一卷 8
1929—01	哇莱荔	Paul Valéry	梁宗岱	水仙辞	Narcisse parle. Narcissiae placandis manibus	同上	《小说月报》	第二十卷第一号

续表

发表日期	作者译名	作者原名	译者	作品译名	作品原名	体裁	期刊名	卷期号
1929—02—01	波德雷	Charles Baudelaire	陈勺水	吸血鬼	Le Vampire（*Les Fleurs du Mal*）	同上	《乐群》月刊	第一卷第二期
1929—02—01	同上	*id.*	同上	波德雷无题诗		同上	同上	同上
1929—02—02	佛罗利盎	?	续新	贤良的母亲	?	戏剧	《真美善》	一周年增刊
1929—02—10	Pierre Louys (sic)	Pierre Louÿs	鞠馨	一朵超自然的玫瑰花	La Rose surnaturelle	小说	《开明》（儿童文学专号）	一卷八号
1929—02—16	巴尔札克	Honoré de Balzac	斲冰	失之一笑	La Maîtresse de notre colonel	同上	《北新》	第三卷第四号
1929—02—16	诺亚伊夫人	Anna de Noailles (1876—1933)	病夫	月问	Paroles *à* la lune（*Le Cœur innombrable*）	诗歌	《真美善》	第三卷第四号
1929—02—16	同上	*id.*	同上	童儿藹洛斯	L'Enfant Eros（*Le Cœur innombrable*）	同上	同上	同上
1929—02—16	同上	*id.*	同上	青年	Jeunesse（*Le Cœur innombrable*）	同上	同上	同上
1929—02—16	嚣俄	Victor Hugo	怀瑾	仁慈	?	同上	同上	同上
1929—02—16	法郎士	Anatole France	顾仲彝	乐园	Le Jardin d'Épicure III	小说	同上	同上
1929—02—20	米赛	Alfred de Musset	莱蒂	一个现代人的忏悔	La Confession d'un enfant du siècle V	同上	《大众文艺》	第六期
1929—03—01	波德雷	Charles Baudelaire	勺水	黑暗	Les Ténèbres (Un fantôme)	诗歌	《乐群》月刊	第一卷第三期
1929—03—01	同上	*id.*		香气	Le Parfum (Un fantôme)	同上	同上	同上

续表

发表日期	作者译名	作者原名	译者	作品译名	作品原名	体裁	期刊名	卷期号
1929—03—01	同上	*id.*		画框	Le Cadre（Un fantôme）	同上	同上	同上
1929—03—01	同上	*id.*	?	画像	Le Portrait（Un fantôme）	同上	同上	同上
1929—03—10	Villiers de l'Isle-Adam	Villiers de L' Isle-Adam（1838—1889）	萧石君	昆漾斐拉德尔家的姊妹	Les Demoiselles de Bienfilâtre	小说	《新月》	第二卷第一号
1929—03—17	斐息尔兄弟	?	徐霞村	爱丝苔尔	?	?	《文学周报》	第八卷第十二号（第三六二期）
1929—03—20		Charles Baudelaire	肇颖	博多莱尔寄其母书（一）	Lettre *à* Madame Aupick I	通信	《华严》	第一卷第三期
1929—03	莫泊三	Guy de Maupassant	碧漪女士	俘囚	?	?	《小说世界》	第十八卷第一期
1929—03	贾克佛尔	?	董家㸌	情场的败北者	?	?	同上	同上
1929—04—01	巴比塞	Henri Barbusse	迪生	通讯——告一切反对法西斯主义的人们	?	?	《乐群》月刊	第一卷第四期
1929—04—16	法郎士	Anatole France	顾仲彝	乐园	Le Jardin d'Épicure IV	小说	《真美善》	第三卷第六号
1929—04—16	保禄·布尔惹	Paul Bourget	青谷	同谋	Complicité（*Les Détours du cœur*）	同上	《北新》	第三卷第七号
1929—04—20		Charles Baudelaire	菌	博多莱尔寄其母书（二）	Lettre à Madame Aupick II	通信	《华严》	第一卷第四期
1929—05—02	法朗士	Anatole France	白石	伊壁鸠鲁的花园	Le Jardin d'Épicure	小说	《朝花》	第十八期
1929—05—16	塞里·帕鲁独姆	Sully Prudhomme	真吾	碎了的花瓶	Le Vase brisé	诗歌	同上	第二十期

续表

发表日期	作者译名	作者原名	译者	作品译名	作品原名	体裁	期刊名	卷期号
1929—05—16	法郎士	Anatole France	顾仲彝	乐园	Le Jardin d'Épicure V	小说	《真美善》	第四卷第一号
1929—05—19	腓力普	Charles-Louis Philippe	钱歌川	访问	?	?	《文学周报》	第八卷第二十一号（第三七一期）
1929—05—20		Charles Baudelaire	刘绍苍	博多莱尔寄其母书（三）	Lettre à Madame Aupick III	通信	《华严》	第一卷第五期
1929—05	A. Maurois	André Maurois	郭有守	从罗斯金到王尔德	Ruskin et Wilde	?	《金屋月刊》	第一卷第五期
1929—06—01		Remy de Gourmont	迦辛	果尔蒙的短句	?	诗歌	《北新》	第三卷第十号
1929—06—11	S. Gautillon	Simon Gantillon (1891—1961)	柔石	*Maya* 底序曲	Le Prologue de*Maya*	戏剧	《朝花旬刊》	第一卷第二期
1929—06—16	罗贝特	Louis de Robert (1871—1937)	徐霞村	求婚	La Demande (*André Fage: Anthologie des conteurs d'aujourd'hui*)	小说	《北新》	第三卷第十一号
1929—06—20		Charles Baudelaire	刘绍苍	博多莱尔寄其母书（四）	Lettre à Madame Aupick IV	通信	《华严》	第一卷第六期
1929—07—01	法郎士	Anatole France	李青崖/吴且冈	基梅的那个歌者	Le Chanteur de Kymé (*Sous l'invocation de Clio*)	小说	《北新》	第三卷第十二号
1929—07—01	莫利哀	Molière	治策	难为医生	Le Médecin malgré lui	戏剧	《戏剧与文艺》	第一卷第三期
1929—07—16	E. Zola	Émile Zola	沈默	墓地	Chapitre V des Souvenirs (*Nouveaux Contes à Ninon*)	小说	《北新》	第三卷第十三号

续表

发表日期	作者译名	作者原名	译者	作品译名	作品原名	体裁	期刊名	卷期号
1929—07—20		Charles Baudelaire	刘绍苍	博多莱尔寄其母书（五）	Lettre à Madame Aupick V	通信	《华严》	第一卷第七期
1929—07	Bernard Grasset	Bernard Grasset (1881—1955)	吴宓	古拉塞作事格言七段	Des Remarques sur l'Action	散文	《学衡》	第七十期
1929—08—15	莫柯莱尔	?	徐霞村	吸力	?	?	《春潮》	第一卷第八期
1929—08—16	李显宾	Jean Richepin	虚白	恭士丹瞿那	Constant Guignard	小说	《真美善》	第四卷第四号
1929—09—15	波得莱尔	Charles Baudelaire	石民	登临	Épilogue aux *Petits Poèmes en prose*	诗歌	《春潮》	第一卷第九期
1929—09—15	弗郎西斯·耶麦	Francis Jammes	戴望舒	屋子会充满了蔷薇	La Maison serait pleine de roses (*De l'Angélus de l'aube à l'Angélus du soir*)	同上	《新文艺》	创刊号
1929—09—15	同上	*id.*	同上	我爱那如此温柔的驴子	J'aime l'âne (*De l'Angélus de l'aube à l'Angélus du soir*)	诗歌	同上	同上
1929—09—15	同上	*id.*	同上	膳厅	La Salle à manger (*De l'Angélus de l'aube à l'Angélus du soir*)	同上	同上	同上
1929—09—15	同上	*id.*	同上	那少女	La Jeune Fille (*De l'Angélus de l'aube à l'Angélus du soir*)	同上	同上	同上

续表

发表日期	作者译名	作者原名	译者	作品译名	作品原名	体裁	期刊名	卷期号
1929—09—15	同上	*id.*	同上	树脂流着	La Gomme coule...（*De l'Angélus de l'aube à l'Angélus du soir*）	同上	同上	同上
1929—09—15	同上	*id.*	同上	天要下雪了	Il va neiger（*De l'Angélus de l'aube à l'Angélus du soir*）	同上	同上	同上
1929—09—15	杜哈美	Georges Duhamel	徐霞村	麦西耶的死	Mort de Mercier（*Vie des martyrs*）	散文	同上	同上
1929—09—15	高莱特女史	Colette（1873—1954）	戴望舒	紫恋	Chéri I	小说	同上	同上
1929—09—16	戴库布哈	Maurice Dekobra（1885—1973）	徐霞村	克拉拉	Klara（*André Fage: Anthologie des conteurs d'aujourd'hui*）	同上	《北新》	第三卷第十七号
1929—10—14	Bandelare (sic)	Charles Baudelaire	石民	译诗一首——《恶之花》第四十三	Que diras-tu ce soir, pauvre âme solitaire（*Les Fleurs du Mal*）	诗歌	《语丝》	第五卷第三十一期
1929—10—15	Mallarml (sic)	Stéphane Mallarmé（1842—1898）	李金发	叹息	Soupir	同上	《新文艺》	第一卷第二号
1929—10—15	*id.*	*id.*	同上	出现	Apparition	同上	同上	同上
1929—10—15	*id.*	*id.*	同上	窗儿	Les Fenêtres	同上	同上	同上
1929—10—15	*id.*	*id.*	同上	敲钟者	Le Sonneur	同上	同上	同上

续表

发表日期	作者译名	作者原名	译者	作品译名	作品原名	体裁	期刊名	卷期号
1929—10—15	Colette	Colette	戴望舒	紫恋（续）	Chéri II	小说	《新文艺》	第一卷第二号
1929—10—27	Ch. Baudelaire	Charles Baudelaire	石民	疯人与维娜丝	Le Fou et la Vénus（*Le Spleen de Paris*）	诗歌	《语丝》	第五卷第三十二期
1929—10—27	*id.*	*id.*	同上	老妇人之失望	Le Désespoir de la vieille（*Le Spleen de Paris*）	同上	同上	同上
1929—10—27	*id.*	*id.*	同上	早上一点钟	À une heure du matin（*Le Spleen de Paris*）	同上	同上	同上
1929—10—27	*id.*	*id.*	同上	伪币	La Fausse Monnaie（*Le Spleen de Paris*）	同上	同上	同上
1929—10—27	*id.*	*id.*	同上	靶子场	Le Tir et le cimetière（*Le Spleen de Paris*）	同上	同上	同上
1929—10—27	*id.*	*id.*	同上	野蛮妇与妖姣女	La Femme sauvage et la petite-maîtresse（*Le Spleen de Paris*）	同上	同上	同上
1929—10—27	*id.*	*id.*	同上	穷孩子的玩具	Le Joujou du pauvre（*Le Spleen de Paris*）	同上	同上	同上
1929—10—27	*id.*	*id.*	同上	倒霉的玻璃匠	Le Mauvais Vitrier（*Le Spleen de Paris*）	同上	同上	同上
1929—10—27	*id.*	*id.*	同上	EPILOGUE	Épilogue（*Le Spleen de Paris*）	同上	同上	同上
1929—11—01	米赛	Alfred de Musset	莱蒂	一个现代人的忏悔	La Confession d'un enfant du siècle VI	小说	《大众文艺》	第七期（第二卷第一期）

续表

发表日期	作者译名	作者原名	译者	作品译名	作品原名	体裁	期刊名	卷期号
1929—11—15	Tristan Bernard	Tristan Bernard (1866—1947)	成绍宗	爱特蒙	Edmond (*Amants et voleurs*)	同上	《现代小说》	第三卷第二期
1929—11—15	曷耐士	Armand Henneuse (? —?)	徐霞村	马赛莱尔	Frans Masereel	散文	《新文艺》	第一卷第三号
1929—11—15	Colette	Colette	戴望舒	紫恋（续）	Chéri III	小说	同上	同上
1929—11—16	法朗士	Anatole France	潘修桐/露	法郎士语录	?	?	《北新》	第三卷第二十二号
1929—11	勒朋	Gustave Le Bon (1841—1931)	冯承钧	现代箴言	Aphorismes du temps présent	?	《学衡》	第七十二期
1929—12—01	巴比塞	Henri Barbusse	刘穆	巴比塞的檄文	?	?	《文学周报》	第九卷第二号（第三七七期）
1929—12—15	同上	*id.*	成绍宗	暴风雨	L'Orage (*Clarté*)	小说	《现代小说》	第三卷第三期
1929—12—15	高莱特女史	Colette	戴望舒	紫恋（续）	Chéri IV	同上	《新文艺》	第一卷第四号
1929—12—16	都德	Alphonse Daudet	炎德	知县下乡	Le Sous-préfet aux champs (*Lettres de mon moulin*)	同上	《真美善》	第五卷第二号
1929—12—16	保尔穆杭	Paul Morand	虚白	成吉思汗的马	Le Cheval de Gengis Khan (*East India and company*)	同上	同上	同上
1929—12—22	葛尔孟	Remy de Gourmont (?)	金满成	巴尔扎克的结婚	?	?	《文学周报》	第九卷第五号（第三八〇期）
1929	莫泊三	Guy de Maupassant	昙华	得救了	Sauvée	小说	《现代小说》	第二卷第一期

续表

发表日期	作者译名	作者原名	译者	作品译名	作品原名	体裁	期刊名	卷期号
1930—01—06	Bandelare (sic)	Charles Baudelaire	石民	老浪人	Le Vieux Saltim-banque (*Le Spleen de Paris*)	诗歌	《语丝》	第五卷 第四十三期
1930—01—06	*id.*	*id.*	同上	姑娘们的写照	Portrait de maîtresses (*Le Spleen de Paris*)	同上	同上	同上
1930—01—06	*id.*	*id.*	同上	宿缘	Les Vocations (*Le Spleen de Paris*)	同上	同上	同上
1930—01—10	巴比赛	Henri Barbusse	洪灵菲	不可屈服的	L'Indomptable (*Faits divers*)	?	《拓荒者》	第一卷第一期
1930—01—15	保尔福尔	Paul Fort	戴望舒	回旋舞	La Ronde autour du monde	诗歌	《新文艺》	第一卷第五号
1930—01—15	同上	*id.*	同上	我有几朵小青花	J'ai des petites fleurs bleues	同上	同上	同上
1930—01—15	同上	*id.*	同上	晓歌	Chanson *à* l'aube	同上	同上	同上
1930—01—15	同上	*id.*	同上	夏夜之梦	Songe d'une nuit d'été	同上	同上	同上
1930—01—15	同上	*id.*	同上	晚歌	Chant du soir	同上	同上	同上
1930—01—15	同上	*id.*	同上	幸福	Le Bonheur (« Le bonheur est dans le pré. Cours-y vite, cours-y vite. ... »)	同上	同上	同上
1930—01—16	莫泊桑	Guy de Maupassant		铜版莫泊桑最后遗书的手迹			《真美善》	第五卷第三号

续表

发表日期	作者译名	作者原名	译者	作品译名	作品原名	体裁	期刊名	卷期号
1930—01—20	Henri de Regnier	Henri de Régnier	石民	我不愿任何人临近我的愁苦	La Voix	诗歌	《语丝》	第五卷第四十五期
1930—01—20	同上	*id.*	同上	我保存了这明镜,可以在这里面看见你	?	同上	同上	同上
1930—01	拉鲍	Valery Larbaud (1881—1957)	徐霞村	可怜的衬衣匠	Le Pauvre Chemisier (Extrait de *A. O. Barnabooth*, 1922)	小说	《小说月报》	第二十一卷第一号
1930—02—01	巴比塞	Henri Barbusse	蓬子	不能克服的人	L'Indomptable (*Faits divers*)	?	《萌芽月刊》	第一卷 2
1930—02—01	同上	*id.*	同上	姜·葛里西亚底转变	La Conversion de Jon Grecea (*Faits divers*)	?	同上	同上
1930—02—16	Pierre Louys	Pierre Louÿs	成孟雪	绝望的姑娘	La Désespérée	小说	《真美善》	第五卷第四号
1930—02	苏保	Philippe Soupault (1897—1990)	徐霞村	尼克·加特的死	Mort de Nick Carter	同上	《小说月报》	第二十一卷第二号
1930—03—01	巴比塞	Henri Barbusse	王一榴	小学教师	L'Instituteur (*Faits divers*)	?	《大众文艺》	第二卷第三期
1930—03—01	莫利哀	Molière	陈治策	伪君子	Tartuffe ou l'imposteur	戏剧	《戏剧与文艺》	第一卷第十/十一期
1930—03—16	边勒鲁意	Pierre Louÿs	成孟雪	船泊南摩湾	Escale en rade de Nemours	小说	《真美善》	第五卷第五号

续表

发表日期	作者译名	作者原名	译者	作品译名	作品原名	体裁	期刊名	卷期号
1930—06—16	都德	Alphonse Daudet	卢世延	旗手	Le Porte-drapeau (*Contes du lundi*)	同上	同上	第六卷第二号
1930—06—16	梅丽曼	Prosper Mérimée	虚白	好利害的妹子	Chapitre XV de *Colomba*	同上	同上	同上
1930—07—16	嚣俄	Victor Hugo	病夫	《欧那尼》出幕的自述	Préface de Hernani	序言	《真美善》(法国浪漫运动百年纪念号)	第六卷第三号
1930—07—16	大仲马	Alexandre Dumas	李青崖	诺洁的炮厂里的客厅记	Le Salon de l'Arsenal — La maison de Nodier (Extrait du chapitre CXXI de *Mes mémoires*)	回忆录	同上	同上
1930—07—16	乔治桑	George Sand	虚白	雷利亚叙文	Préface de Lélia (2e version, 1839)	散文	同上	同上
1930—07—16	嚣俄	Victor Hugo	病夫	恋书的发端	Avant-propos de *Lettres à la fiancée*, 1820—1822	同上	同上	同上
1930—07—16	同上	*id.*	同上	我的恋书	Ô, mes lettres d'amour, de vertu, de jeunesse (*Les Feuilles d'automne*)	诗歌	同上	同上
1930—07—16	同上	*id.*	同上	愤激	Enthousiasme (*Les Orientales*)	同上	同上	同上
1930—07—16	同上	*id.*	同上	童	L'Enfant (*Les Orientales*)	同上	同上	同上
1930—07—16	同上	*id.*	虚白	良心	La Conscience (*La Légende des siècles*)	同上	同上	同上

续表

发表日期	作者译名	作者原名	译者	作品译名	作品原名	体裁	期刊名	卷期号
1930—07—16	拉马丁	Alphonse de Lamartine	邵洵美	孤寂	L'Isolement (*Méditations poétiques*)	诗歌	《真美善》(法国浪漫运动百年纪念号)	第六卷第三号
1930—07—16	维尼	Alfred de Vigny	虚白	狼之死	La Mort du loup (*La Mort du loup*)	同上	同上	同上
1930—07—16	戈恬	Théophile Gautier	病夫	春之初笑	Premier sourire du printemps (*Émaux et Camées*)	同上	同上	同上
1930—07—16	缪塞	Alfred de Musset	虚白	十二月之夜	La Nuit de décembre (*Poésies nouvelles*)	同上	同上	同上
1930—07—16	同上	*id.*	同上	幻影	?	同上	同上	同上
1930—07—16	巴尔札克	Honoré de Balzac	同上	刽子手	El Verdugo	小说	同上	同上
1930—07—16	戈恬	Théophile Gautier	同上	翁梵利——一篇旧货堆的故事	Omphale. Histoire rococo	同上	同上	同上
1930—07—16	缪塞	Alfred de Musset	成孟雪	一只白鶫的历史	Histoire d'un merle blanc	同上	同上	同上
1930—07—16	梅丽曼	Prosper Mérimée	卢世延	方形堡之役	L'Enlèvement de la redoute	同上	同上	同上
1930—07—16	诺洁	Charles Nodier (1780—1844)	楠莱晏	白里丝盖的狗	Histoire du chien de Brisquet	?	同上	同上

续表

发表日期	作者译名	作者原名	译者	作品译名	作品原名	体裁	期刊名	卷期号
1930—07—16	拉马丁	Alix de Lamartine (1766—1829) et Alphonse de Lamartine	徐蔚南	母亲讲的故事	Extrait du *Manuscrit de ma mère*	?	同上	同上
1930—07—16	米显莱	Jules Michelet (1798—1874)	同上	硬壳虫	Bourdon (Extrait de *L'Insecte*)	?	同上	同上
1930—07—16	同上	*id.*	同上	燕子	Extrait de *l'Hirondelle*	散文	《真美善》(法国浪漫运动百年纪念号)	第六卷第三号
1930—07—16	杜哈美	Georges Duhamel	李青崖/陈定深	调节运输的车站	Régulatrice (Extrait de *Civilisation*)	小说	《现代文学》	创刊号
1930—07	项伯	Pierre Hamp (1876—1962)	吴且冈/李青崖	那个问题	La Question (Article tiré de la *Nouvelle Revue Française*, no 183, p. 789—800)	同上	《小说月报》	第二十一卷第七号
1930—08—15	列尼叶	Henri de Régnier	李万居	大理石女子	La Femme de marbre	同上	《文艺月刊》	创刊号
1930—08—15	Guy de Maupassant	Guy de Maupassant	滕冈	雪夜	Nuit de neige	诗歌	同上	同上
1930—08—15	缪塞	Alfred de Musset	同上	赠嚣俄	À M. Victor Hugo (*Poésies nouvelles*)	同上	同上	同上
1930—08—16	波特莱尔	Charles Baudelaire	石民	孤独	L'Isolement	同上	《现代文学》	第一卷第二期

续表

发表日期	作者译名	作者原名	译者	作品译名	作品原名	体裁	期刊名	卷期号
1930—08—16	同上	*id.*	同上	诱惑:色情,黄金,荣誉	Les Tentations ou Eros, Plutus et la Gloire	同上	同上	同上
1930—08—16	同上	*id.*	同上	黄昏	Le Crépuscule du soir (en prose)	同上	同上	同上
1930—08—16	同上	*id.*	同上	射手	Le Galant Tireur	同上	同上	同上
1930—08—16	同上	*id.*	同上	镜子	Le Miroir	同上	同上	同上
1930—09—16	莫鲁阿	André Maurois	徐霞村	一个匠师的产生	Naissance d'un maître	小说	同上	第一卷第三期
1930—10—15	P. Verlaine	Paul Verlaine	滕冈	黄莺	Le Rossignol (*Poèmes saturniens*)	诗歌	《文艺月刊》	第一卷第三号
1930—11—01	巴比赛	Henri Barbusse	蓬子	拥抱	?	?	《读书月刊》	创刊号
1930—11—06	魏尔伦	Paul Verlaine	戴望舒	瓦上长天	Le ciel est, par-dessus le toit (*Sagesse*)	诗歌	《现代文学》	第一卷第五期
1930—11—06	同上	*id.*	同上	A poor Young Shepherd	A poor Young Shepherd (*Romances sans paroles*)	同上	同上	同上
1930—11—06	同上	*id.*	杜衡	泪珠飘落萦心曲	Il pleure dans mon cœur (*Romances sans paroles*)	同上	同上	同上
1930—11—06	同上	*id.*	同上	烦扰	L'Angoisse (*Poèmes saturniens*)	同上	同上	同上
1930—11—06	同上	*id.*	侯佩尹	秋歌	Chanson d'automne (*Poèmes saturniens*)	同上	同上	同上

续表

发表日期	作者译名	作者原名	译者	作品译名	作品原名	体裁	期刊名	卷期号
1930—11—06	同上	*id.*	同上	白月	La Lune blanche (*La Bonne Chanson*)	同上	同上	同上
1930—11—06	魏尔伦	Paul Verlaine	同上	短歌	Il pleure dans mon cœur	同上	同上	同上
1930—11—06	同上	*id.*	同上	亲密的梦	Mon rêve familier	同上	同上	同上
1930—11—10	罗蒂	Pierre Loti	李金发	北京的末日	Les Derniers Jours de Pékin I	日记	《前锋月刊》	第一卷第二期
1930—11—15	P. Verlaine	Paul Verlaine	滕冈	夜之印象	Effet de nuit (*Poèmes saturniens*)	诗歌	《文艺月刊》	第一卷第四号
1930—11—15	*id.*	*id.*	同上	牧童底梦	L'Heure du berger (*Poèmes saturniens*)	同上	同上	同上
1930—11—15	列尼叶	Henri de Régnier	李万居	山中之夜	La Nuit dans la montagne (*Les Bonheurs perdus*)	小说	同上	同上
1930—12—01	斐利浦	?	徐霞村	两个流氓	?	?	《读书月刊》	第一卷第二期
1930—12—10	罗蒂	Pierre Loti	李金发	北京的末日(续)	Les Derniers Jours de Pékin II	日记	《前锋月刊》	第一卷第三期
1930—12—15	莫泊桑	Guy de Maupassant	李青崖	那一场洗礼	Le Baptême (Texte publié dans *Le Gaulois* du 14 janvier 1884, puis publié dans le recueil *Miss Harriet*)	小说	《文艺月刊》	第一卷第五号
1930—12—16	戈恬	Théophile Gautier	王家棫	克拉荔芒	Tra Los Montes	游记	《真美善》	第七卷第二号

续表

发表日期	作者译名	作者原名	译者	作品译名	作品原名	体裁	期刊名	卷期号
1931—01—10	莫泊桑	Guy de Maupassant	李青崖	米龙老丈	Le Père Milon	小说	《前锋月刊》	第一卷第四期
1931—01—10	罗蒂	Pierre Loti	李金发	北京的末日（续）	Les Derniers Jours de Pékin III	日记	同上	同上
1931—01—16	戈恬	Théophile Gautier	王家棫	克拉荔芒（续）	Tra Los Montes II	游记	《真美善》	第七卷第三号
1931—01—30	贝尔讷尔		李青崖	一个十八岁的儿子		戏剧	《文艺月刊》	第二卷第一期
1931—01	保罗·梵乐希	Paul Valéry	梁宗岱	水仙辞	Fragments du Narcisse (Cur aliquid vidi ?)	诗歌	《小说月报》	第二十二卷第一号
1931—01	Géraldy	Paul Géraldy (1885—1983)	式微	嫉妒	Jalousie	同上	同上	同上
1931—01	*id.*	*id.*	同上	供认		同上	同上	同上
1931—01	*id.*	*id.*	同上	二元论	Dualisme	同上	同上	同上
1931—01	杜伯莱	Joachim du Bellay (1522—1560)	徐震堮	罗马怀古	Antiquité de Rome	同上	《学衡》	第七十三期
1931—01	拉马丁	Alphonse de Lamartine	同上	孤怀	L'Isolement	同上	同上	同上
1931—01	同上	*id.*	同上	咏蝶	Le Papillon	同上	同上	同上
1931—01	蒲鲁东	Sully Prudhomme	同上	碎瓶	Le Vase brisé	同上	同上	同上
1931—01	赫累帝亚	José-Maria de Heredia	同上	西虞河怀古	Cydnus	同上	同上	同上

续表

发表日期	作者译名	作者原名	译者	作品译名	作品原名	体裁	期刊名	卷期号
1931—02—10	罗蒂	Pierre Loti	李金发	北京的末日（续）	Les Derniers Jours de Pékin IV	日记	《前锋月刊》	第一卷第五期
1931—02	Géraldy	Paul Géraldy	式微	神经	Nerfs	诗歌	《小说月报》	第二十二卷第二号
1931—02	*id.*	*id.*	同上	疑问	?	同上	《小说月报》	第二十二卷第二号
1931—02	*id.*	*id.*	同上	试验	?	同上	同上	同上
1931—02	George de Porto-Riche	George de Porto-Riche（1849—1930）		素娃的幸运	La Chance de Françoise	戏剧	《戏剧》	第二卷第三四期
1931—03—01	巴比塞	Henri Barbusse	蓬子	胆怯的列车	?	?	《文学生活》	1
1931—03—10	罗蒂	Pierre Loti	李金发	北京的末日（续）	Les Derniers Jours de Pékin V	日记	《前锋月刊》	第一卷第六期
1931—03—30	佛朗士	Anatole France	李青崖	一个学习检察官	?	?	《文艺月刊》	第二卷第二期
1931—04—10	莫泊桑	Guy de Maupassant	同上	一场决斗	Un Duel	小说	《前锋月刊》	第一卷第七期
1931—04—10	鸠勒·罗曼	Jules Romains（1885—1972）	穆木天	咏怀	Odes	诗歌	《现代文学评论》	第一期特大号
1931—04—15	同上	*id.*	王玟	父亲	Le Père	同上	《当代文艺》	第一卷第四期
1931—04	戈恬	Théophile Gautier	味真	慕邦姑娘	Mademoiselle de Maupin I	小说	《真美善》	第一卷第一号
1931—04	佐拉	Émile Zola	虚白	娜娜	Nana I	同上	同上	同上
1931—04	嚣俄	Victor Hugo	曾朴	笑的人	L'Homme qui rit I	同上	同上	同上
1931—04	梅丽曼	Prosper Mérimée	虚白	高龙巴	Colomba I	小说	同上	同上
1931—05—10	贝尔讷	Tristan Bernard	李青崖	一部在努力著作中的剧本	Un dramaturge en plein labeur	戏剧	《青年界》	第一卷第三号

续表

发表日期	作者译名	作者原名	译者	作品译名	作品原名	体裁	期刊名	卷期号
1931—05—10	兰波	Arthur Rimbaud (1854—1891)	侯佩尹	韵母五字	Voyelles	诗歌	同上	同上
1931—05—15	巴比塞	Henri Barbusse	祝秀侠	归家	?	?	《当代文艺》	第一卷第五期
1931—06—30	Tsiotrn Bernard (sic)	Tristan Bernard	鲁彦	翻译员欧根	?	戏剧	《文艺月刊》	第二卷五六期合刊
1931—07—15	郭季叶	Théophile Gautier (?)	李青崖	近水楼台	?	?	同上	第二卷第七期
1931—07—15	莫泊桑	Guy de Maupassant	肖燕	农夫	Le Fermier	小说	《当代文艺》	第二卷第一期
1931—07	倍尔纳	Jean Jacques Bernard (1888—1972)	黎烈文	亚尔维的秘密	Le Secret d'Arvers	戏剧	《小说月报》	第二十二卷第七号
1931—07	戈恬	Théophile Gautier	味真	慕邦姑娘(续)	Mademoiselle de Maupin II	小说	《真美善》	第一卷第二号
1931—07	佐拉	Émile Zola	虚白	娜娜(续)	Nana II	同上	同上	同上
1931—07	嚣俄	Victor Hugo	曾朴	笑的人(续)	L'Homme qui rit II	同上	同上	同上
1931—07	梅丽曼	Prosper Mérimée	虚白	高龙巴(续)	Colomba II	同上	同上	同上
1931—08—01	Georges de Porto-Riche	Georges de Porto-Riche (1849—1930)	董阳方/徐克培	情人	Amoureuse I	戏剧	《新时代月刊》	创刊号
1931—08—10	Frédéric Lefèrre	Frédéric Lefèvre (1889—1949)	由稚吾	雷马克晤谈记	?	散文	《现代文学评论》	第二卷第一二期合刊
1931—08—10	*id.*	*id.*	同上	同上	?	同上	同上	同上

续表

发表日期	作者译名	作者原名	译者	作品译名	作品原名	体裁	期刊名	卷期号
1931—08—31	罗曼罗兰	Romain Rolland	适夷	罗曼罗兰与高尔基——给莫斯科文艺新闻之一封航空信	*id.*	通信	《文艺新闻》	第二五号
1931—09—01	Gearge de Porto-Riche (sic)	Georges de Porto-Riche	董阳方/徐克培	情人(续)	Amoureuse II	戏剧	《新时代月刊》	第一卷第二期
1931—09—07	罗曼罗兰	Romain Rolland	适夷	罗曼罗兰与高尔基——给莫斯科文艺新闻之一封航空信(续)		通信	《文艺新闻》	第二六号
1931—10—05	Stephane Mallarme (sic)	Stéphane Mallarmé	卞之琳	太息	Soupir	诗歌	《诗刊》	第三期
1931—10—15	纪得	André Gide (1869—1951)	席涤尘	新夫人学堂	L'École des femmes	小说	《当代文艺》	第二卷第四期
1931—11—30	罗曼罗兰	Romain Rolland	A II I	罗曼罗兰致国际工人互助会之祝词			《文艺新闻》	第三十八号
1931—11	左拉	Émile Zola	李青崖	安琪玲	Angeline	?	《小说月报》	第二十二卷第十一号
1931—12—01	缪塞	Alfred de Musset	陈君冶	威尼市	Venise	诗歌	《新时代月刊》	第一卷第五期
1931—12—20	马丁尼	Marcel Martinet (1887—1944)	穆木天	星	?	?	《北斗》	第一卷第四期

续表

发表日期	作者译名	作者原名	译者	作品译名	作品原名	体裁	期刊名	卷期号
1931—12—31	都德	Alphonse Daudet	李青崖	官迷的梦	?	?	《文艺月刊》	第二卷十一十二期合刊
1931—12	盖塞尔	Joseph Kessel (1898—1979)	李青谷	第七号地窖	?	?	《小说月报》	第二十二卷第十二号
1932—01—01	波德莱	Charles Baudelaire	陈君冶	快乐的死者	Le Mort joyeux	诗歌	《新时代月刊》	第一卷第六期
1932—01—30	Pierre Loti	Pierre Loti	高明	病兽	?	?	《文艺月刊》	第三卷第一期
1932—03—31	诺哈克	Pierre de Nolhac (1859—1936)	李青崖	长夏中的某一天	Une belle journée d' été (*Contes philosophiques*)	小说	同上	第三卷第三期
1932—05—01	阿保里奈尔	Guillaume Apollinaire	陈御月	诗人的食巾	La Serviette du poète	同上	《现代》	创刊号
1932—06—01	诺尔哈克	Pierre de Nolhac	李青崖	教皇的遥夜	La Nuit de Pie XII (*Contes philosophiques*)	同上	同上	2(六月号)
1932—06—01	核佛尔第	Pierre Reverdy (1889—1960)	陈御月	心灵出去	L'Esprit sort (*Les Épaves du Ciel*)	诗歌	同上	同上
1932—06—01	同上	*id.*	同上	假门或肖像	Fausse Porte ou portrait (*Les Épaves du Ciel*)	同上	同上	同上
1932—06—01	同上	*id.*	同上	白与黑	Blanc et noir (*Les Épaves du Ciel*)	同上	同上	同上
1932—06—01	同上	*id.*	同上	同样的数目	Le Même Numéro (*Les Épaves du Ciel*)	同上	同上	同上
1932—06—01	同上	*id.*	同上	夜深	Tard dans la nuit (*Les Épaves du Ciel*)	同上	同上	同上

续表

发表日期	作者译名	作者原名	译者	作品译名	作品原名	体裁	期刊名	卷期号
1932—06—13	罗曼罗兰	Romain Rolland		全世界的朋友们排起队伍来呵！	?	散文	《文艺新闻》	第五十九号
1932—07—01	伐扬·古久列	Paul Vaillant-Couturier （1892 — 1937）	江思	下宿处	Asile de nuit	小说	《现代》	3(七月号）
1932—07—01	同上	*id.*	范石	告中国智识阶级——为《现代》杂志作	À l'intelligentsia chinoise — article rédigé pour la revue *Les Contemporains*	散文	同上	同上
1932—07—30	François Villon	François Villon	梁镇	魏龙与胖妇玛尔戈	Ballade de Villon et de la grosse Margot	诗歌	《诗刊》	第四期
1930—04 至 1932—08 间	André Maurois	André Maurois	觉之	恋爱的过去与将来	?	?	《新月》	第三卷第四期
1930—04 至 1932—08 间	贝尔纳尔	Tristan Bernard	青崖	求婚者	Le Prétendant （*Théâtre sans directeur*）	戏剧	同上	第三卷第五六期
1930—04 至 1932—08 间	魏龙	François Villon	梁镇	往日的女人	Dames du temps jadis	诗歌	同上	第三卷第九期
1930—04 至 1932—08 间	伏尔戴尔	Voltaire	李青崖	白与黑	Le Blanc et le noir	小说	同上	第三卷第十一期
1930—04 至 1932—08 间	诺洁	Charles Nodier	同上	兰袜弗朗朔	?	?	同上	第三卷第十二期

续表

发表日期	作者译名	作者原名	译者	作品译名	作品原名	体裁	期刊名	卷期号
1930—04 至 1932—08 间	马玑丽德后	Marguerite de Navarre （1492—1549）	同上	一个卡司第人的意见	Opinion d'un Castillanais (*L'Heptaméron*)	小说	同上	第四卷第一期
1930—04 至 1932—08 间	Henri de Regnier	Henri de Régnier	梁镇	声音和眼睛	La Voix et les yeux	诗歌	同上	同上
1932—09—01	Paul Verlaine	Paul Verlaine	同上	诉	?	同上	同上	第四卷第二期
1932—09—01	茹连·格林	Julien Green (1900—1998)	戴望舒	克丽丝玎	Christine	小说	《现代》	第一卷第五期
1932—09—01	特·果尔蒙	Remy de Gourmont	同上	发	Les Cheveux (*Simone*)	诗歌	同上	同上
1932—09—01	同上	*id.*	同上	山楂	L'Aubépine (*Simone*)	同上	同上	同上
1932—09—01	同上	*id.*	同上	冬青	Le Houx (*Simone*)	同上	同上	同上
1932—09—01	同上	*id.*	同上	雾	Le Brouillard (*Simone*)	同上	同上	同上
1932—09—01	同上	*id.*	同上	雪	La Neige (*Simone*)	同上	同上	同上
1932—09—01	同上	*id.*	同上	死叶	Les Feuilles mortes (*Simone*)	同上	同上	同上
1932—09—01	同上	*id.*	同上	河	La Rivière (*Simone*)	同上	同上	同上
1932—09—01	同上	*id.*	同上	果树园	Le Verger (*Simone*)	同上	同上	同上
1932—09—01	同上	*id.*	同上	园	Le Jardin (*Simone*)	同上	同上	同上
1932—09—01	同上	*id.*	同上	磨坊	Le Moulin (*Simone*)	同上	同上	同上
1932—09—01	同上	*id.*	同上	教堂	L'Église (*Simone*)	同上	同上	同上
1932—09—15	Heloise (sic)	Héloïse	徐仲年	致阿倍拉尔	À Abélard	通信	《文艺茶话》	第一卷第二期

续表

发表日期	作者译名	作者原名	译者	作品译名	作品原名	体裁	期刊名	卷期号
1932—09—15	M. Prevost	Marcel Prévost	侯佩尹	失身之后	Après le défaut	小说	同上	同上
1932—10—01	吕仙·伏吉尔	?	陈御月	阿力舍·托尔斯泰(Alexis Tolstoi)会见记	?	散文	《现代》	第一卷第六期
1932—11—15	罗曼·罗兰	Romain Rolland	寒琪	论高尔基	?	同上	《文学月报》	第四号
1932—11—30	Jehannot de Lescurel	Jehannot de Lescurel (? —1304)	徐仲年	美人	Belle	诗歌	《文艺茶话》	第一卷第四期
1932—11—30	Fustache Descnamps	Eustache Deschamps (vers 1340—vers 1410)	同上	素描	Amoureuse	同上	同上	同上
1932—11—30	Christine de Pisan	Christine de Pisan (1364—1430)	同上	低诉	De refuser ami si gracieux	同上	同上	同上
1932—11—30	Charles d'Orléans	Charles d'Orléans	同上	五月一日	Le 1er mai	同上	同上	同上
1932—12—20	巴比塞	Henri Barbusse	陈定生/李青崖	流血的煤油矿	Le Gisement sanglant (*Faits divers*)	小说	《青年界》	第二卷第五期
1932—12—31	François Villon	François Villon	徐仲年	致吾友	Ballade de Villon *à* son amie	诗歌	《文艺茶话》	第一卷第五期
1932—12—31	François Ier	François Ier (1494 —1547)	同上	致贾白利蔼儿·苔丝脱莱	À Gabrielle d'Estrées	同上	同上	同上

续表

发表日期	作者译名	作者原名	译者	作品译名	作品原名	体裁	期刊名	卷期号
1932—12—31	Lement Marot	Clément Marot (l'hiver 1496—1544)	同上	好梦	?	同上	同上	同上
1932—12—31	保禄布尔惹	Paul Bourget	李青谷	嫠妇的长子	?	?	同上	同上
1933—01—01	Vigny	Alfred de Vigny	侯佩尹	画角	Le Cor	诗歌	《文艺月刊》	第三卷第七期
1933—01—01	莫利哀	Molière	王鲁彦	唐裘安	Dom Juan ou le Festin de pierre I	戏剧	同上	同上
1933—01—31	Re'rni Belleau (sic)	Rémy Belleau (1528—1577)	徐仲年	鸠吻	Embrasse-moi, mon cœur...	诗歌	《文艺茶话》	第一卷第六期
1933—01—31	Etienne Jodelle (sic)	Étienne Jodelle (1532—1573)	同上	我应否咒骂	?	同上	同上	同上
1933—01—31	若阿香·居·贝雷	Joachim du Bellay	同上	银发	Ô beaux cheveux d'argent mignonnement retors	同上	同上	同上
1933—01—31	Jean-Antoine de Baif	Jean-Antoine de Baïf (1532—1589)	同上	嫌恶	Tu me desplais, quoy que belle tu soys	同上	同上	同上
1933—01—31	宏莎	Pierre de Ronsard	同上	致贾桑特儿	?	同上	同上	同上
1933—01—31	同上	*id.*	同上	吊玛丽	Sur la mort de Marie	同上	同上	同上
1933—01—31	同上	*id.*	同上	致爱兰纳	Quand vous serez bien vieille, au soir, à la chandelle (*Sonnets pour Hélène*)	同上	同上	同上
1933—01—31	莫伯桑	Guy de Maupassant	李青崖	那只兔子	Le Lapin	小说	《文艺茶话》	第一卷第六期

续表

发表日期	作者译名	作者原名	译者	作品译名	作品原名	体裁	期刊名	卷期号
1933—02—01	Jean Cocteau	Jean Cocteau (1889—1963)	衣萍	鸦片随笔	Quelques extraits d'*Opium*	散文	《论语》(半月刊)	第十期
1933—02—01	Lamartine	Alphonse de Lamartine	王平陵	落寞	L'Isolement	诗歌	《文艺月刊》	第三卷第七期
1933—02—01	莫利哀	Molière	王鲁彦	唐裘安(续完)	Dom Juan ou le Festin de pierre II (fin)	戏剧	同上	第三卷第八期
1933—02—05	巴比塞	Henri Barbusse	一元	复活	Résurrection	?	《无名文艺》	第一卷第一期
1933—02—28	Luise Charly Labé	Louise Labé (1524—1566)	徐仲年	求吻	Baise m' encor, rebaise moy et baise... (*Sonnets* XVIII)	诗歌	《文艺茶话》	第一卷第七期
1933—02—28	Agrippad' Aubigne	Théodore Agrippa d'Aubigné (1552—1630)	同上	乐园	?	?	同上	同上
1933—02—28	Mathurin Pégnier	Mathurin Régnier (1573—1613)	同上	你为何不爱我	?	?	同上	同上
1933—03—01	波特莱尔	Charles Baudelaire	卞之琳	应和	Correspondances	诗歌	《新月》	第四卷第六期
1933—03—01	同上	*id.*	同上	人与海	L'Homme et la mer	同上	同上	同上
1933—03—01	同上	*id.*	同上	音乐	La Musique	同上	同上	同上
1933—03—01	同上	*id.*	同上	异国的芳香	Parfum exotique	同上	同上	同上
1933—03—01	同上	*id.*	同上	商籁	Sonnet d'automne	同上	同上	同上
1933—03—01	同上	*id.*	同上	破钟	La Cloche fêlée	同上	同上	同上

续表

发表日期	作者译名	作者原名	译者	作品译名	作品原名	体裁	期刊名	卷期号
1933—03—01	同上	*id.*	同上	忧郁	Spleen（*Quand le ciel bas et lourd pèse comme un couvercle*）	同上	同上	同上
1933—03—01	同上	*id.*	同上	瞎子	Les Aveugles	同上	同上	同上
1933—03—01	同上	*id.*	同上	流浪的波希米人	Bohémiens en voyage	同上	同上	同上
1933—03—01	同上	*id.*	同上	入定	Recueillement	同上	同上	同上
1933—03—01	昂·李奈尔	Han Ryner (1861—1938)	黎烈文	晚风	Le Vent de la nuit	小说	《现代》	第二卷第五期
1933—04—16	贝尔讷尔	?	李青崖	专门医生	?	?	《论语》(半月刊)	第十五期
1933—05—01	Lamartine	Alphonse de Lamartine	王平陵	苦像	Le Crucifix	诗歌	《文艺月刊》	第三卷第十一期
1933—05—01	Hugo	Victor Hugo	侯佩尹	欧伦比莪的愁情	Tristesse d'Olympio（*Les Rayons et les ombres*）	同上	同上	同上
1933—05—01	雷蒙·拉第该	Raymond Radiguet (1903—1923)	戴望舒	陶尔逸伯爵的舞会(一)	Le Bal du comte d'Orgel I	小说	《现代》	第三卷第一期
1933—05—06	罗曼罗兰	Romain Rolland	李又燃	一通罗曼罗兰的信	?	通信	《涛声》	第二卷第十七期
1933—05—15	巴比塞	Henri Barbusse	文侠/永翱	我控诉——	J'accuse!	?	《文学杂志》	第二号
1933—06—01	波特莱尔	Charles Baudelaire	卞之琳	穷人之死	La Mort des pauvres（*Les Fleurs du Mal*）	诗歌	《文艺月刊》	第三卷第十二期

续表

发表日期	作者译名	作者原名	译者	作品译名	作品原名	体裁	期刊名	卷期号
1933—06—01	拉马丁	Alphonse de Lamartine	宗鼎	山谷	Le Vallon	同上	同上	同上
1933—06—01	雷蒙·拉第该	Raymond Radiguet	戴望舒	陶尔逸伯爵的舞会(二)	Le Bal du comte d'Orgel II	小说	《现代》	第三卷第二期
1933—06—05	保尔弗	Paul Fort	徐霞村	在恋爱里死去的少女	La Fille morte dans ses amours	诗歌	《青年界》	三卷四期
1933—06—05	同上	*id.*	同上	天空是晴朗的,这是可爱的五月	Le Ciel est gai, c'est joli mai	同上	同上	同上
1933—06—05	同上	*id.*	同上	人生	La Vie	同上	同上	同上
1933—06—05	同上	*id.*	同上	吻	Les Baisers	同上	同上	同上
1933—06—05	同上	*id.*	同上	大的沉醉	La Grande Ivresse	同上	同上	同上
1933—07—01	魏龙	François Villon	梁镇	一个美妇人的诉苦	Les Regrets de la Belle Heaumière	同上	《文艺月刊》	第四卷第一期
1933—07—01	波特莱尔	Charles Baudelaire	卞之琳	喷泉	Le Jet d'eau (*Les Épaves*)	同上	同上	同上
1933—07—01	拉马丁	Alphonse de Lamartine	侯佩尹	男儿(赠摆伦)	L'Homme (À Lord Byron) (*Méditations poétiques*)	同上	同上	同上
1933—07—01	沙尔蒙	André Salmon (1881—1969)	戴望舒	人肉嗜食	?	?	同上	同上
1933—07—01	拉第该	Raymond Radiguet	同上	陶尔逸伯爵的舞会(三)	Le Bal du comte d'Orgel III	小说	《现代》	第三卷第三期

续表

发表日期	作者译名	作者原名	译者	作品译名	作品原名	体裁	期刊名	卷期号
1933—07—01	蒙田	Michel de Montaigne (1533—1592)	梁宗岱	论哲学即是学死	Que philosopher, c'est apprendre *à* mourir	散文	《文学》	创刊号
1933—07—31	巴比塞	Henri Barbusse	冯文侠	一个兵士的歌	La Chanson du soldat (« La Guerre », *Faits divers*)	?	《文学杂志》	第一卷第三四期
1933—08—01	拉第该	Raymond Radiguet	戴望舒	陶尔逸伯爵的舞会(四)	Le Bal du comte d'Orgel IV	小说	《现代》	第三卷第四期
1933—08—01	法朗士	Anatole France	鲍文蔚	美的追求	?	?	《文艺月刊》	第四卷第二期
1933—08—01	巴比塞	Henri Barbusse	孙福熙	给小盲女	À une petite aveugle (*Pleureuses*)	诗歌	《文艺茶话》	第二卷第一期
1933—09—01	法郎士	Anatole France	俞茗泉	人类的历史	« Quand le jeune prince disciple du docteur Zeb succéda *à* son père sur le trône de Perse... » (*La Vie littéraire*)	小说	《青年界》	第四卷第二号
1933—09—01	H. Barbusse	Henri Barbusse	李丹	他们的路	Leur chemin (*Nous autres*)	同上	《文艺月刊》	第四卷第三期
1933—09—01	Paul Geraldy	Paul Géraldy	方于	克丽丝丁	Christine I	戏剧	同上	同上
1933—09—01	拉第该	Raymond Radiguet	戴望舒	陶尔逸伯爵的舞会(五)	Le Bal du comte d'Orgel V	小说	《现代》	第三卷第五期
1933—10—01	同上	*id.*	同上	陶尔逸伯爵的舞会(六)	Le Bal du comte d'Orgel VI	同上	同上	第三卷第六期

续表

发表日期	作者译名	作者原名	译者	作品译名	作品原名	体裁	期刊名	卷期号
1933—10—01	Henry Bordeaux	Henry Bordeaux	严大椿	乐师	Le Violoneux (*Contes de la montagne*)	小说	《文艺月刊》	第四卷第四期
1933—10—01	Paul Geraldy	Paul Géraldy	方于	克丽丝丁	Christine II	戏剧	同上	同上
1933—10—01	巴比赛	Henri Barbusse	康生	盲女	À une petite aveugle (*Pleureuses*)	诗歌	《新时代月刊》(诗歌专号)	第五卷第四期
1933—10—01	Charnfort (sic)	Sébastien-Roch Nicolas de Chamfort (1740—1794)	克敏	学究与贼	Le Voleur et le savant		《论语》(半月刊)	第二十六期
1933—11—01	左拉	Émile Zola	李青崖	《溃灭》的一脔	Extrait du chapitre V du volume II de *La Débâcle*	小说	《文艺月刊》	第四卷第五期
1933—11—01	Ajak et Alex Fischer	Max Fischer (1880—1957) et Alex Fischer (1881—1935)	严大椿	不识相的狗	?	?	同上	同上
1933—11—01	Paul Geraldy	Paul Géraldy	方于	克丽丝丁	Christine III	戏剧	同上	同上
1933—11—01	巴比赛	Henri Barbusse	严大椿	信	?	?	《矛盾》	第二卷第三期
1933—11—01	拉马尔丁	Alphonse de Lamartine	常青	童年的回忆	Souvenir d'enfance	诗歌	同上	同上
1933—11—01	Max et Alex Fischer	Max Fischer et Alex Fischer	侯毅	弄巧成拙	L'Opinion de Prosper Mariolle	小说	《论语》(半月刊)	第二十八期
1933—11—18		Marceline Desbordes-Valmore (1786—1859)	李又燃	Saadi 的玫瑰花	Les Roses de Saadi	诗歌	《涛声》	第二卷第四十五期

续表

发表日期	作者译名	作者原名	译者	作品译名	作品原名	体裁	期刊名	卷期号
1933—12—01	Paul Geraldy	Paul Géraldy	方于	克丽丝丁	Christine IV	戏剧	《文艺月刊》	第四卷第六期
1933—12—01	拉第该	Raymond Radiguet	戴望舒	陶尔逸伯爵的舞会（七）	Le Bal du comte d'Orgel VII	小说	《现代》	第四卷第二期
1933—12—01	André Belge (sic)	?	傅雷	现代的幽默	?	?	《文艺春秋》	第一卷第六期
1934—01—01	巴而扎克	Honoré de Balzac	蝉声	沙漠中的艳遇	Une passion dans le désert	小说	同上	第一卷第七期
1934—01—01	同上	*id.*	同上	恐怖的时候	Un épisode sous la Terreur	同上	同上	同上
1934—01—01	Jean Cocteau	Jean Cocteau	徐霞村	职业的秘密	Le Secret pro-fessionnel I	散文	《文艺月刊》	第五卷第一期
1934—01—01	Albert-Jean	Marie-Joseph-Albert-François Jean (1892—1975)	严大椿	画师	?	?	同上	同上
1934—01—01	Laprade	Victor Richard de Laprade (1812—1883)	严大椿	流水之歌	?	诗歌	同上	同上
1934—01—01	莫里哀	Molière	赵少侯	恨世者	Le Misanthrope ou l'Atrabilaire amoureux I	戏剧	同上	同上
1934—01—01	罗曼·罗兰	Romain Rolland	子诒/君实	阿埃尔王子	Aërt I	同上	同上	同上
1934—01—01	拉第该	Raymond Radiguet	戴望舒	陶尔逸伯爵的舞会（八）	Le Bal du comte d'Orgel VIII	小说	《现代》	第四卷第三期
1934—01—01	嚣俄	Victor Hugo	王蔼芬	海夜	OCEANO NOX (*Les Rayons et les ombres*)	诗歌	《文学季刊》	创刊号

续表

发表日期	作者译名	作者原名	译者	作品译名	作品原名	体裁	期刊名	卷期号
1934—01—01	Tristan Corbière	Tristan Corbière (1845—1875)	同上	终	La Fin	同上	同上	同上
1934—02—01	André Maurois	André Maurois	苏芹荪	留英须知	Conseils *à* un jeune Français partant pour l'Angleterre	散文	《文艺月刊》	第五卷第二期
1934—02—01	J. Cocteau	Jean Cocteau	徐霞村	职业的秘密(续)	Le Secret profe-ssionnel I	散文	同上	同上
1934—02—01	莫里哀	Molière	赵少侯	恨世者(续)	Le Misanthrope ou l'Atrabilaire amoureux II	戏剧	同上	同上
1934—02—01	罗曼·罗兰	Romain Rolland	子诒/君实	阿埃尔王子(续)	Aërt II	同上	同上	同上
1934—02—01	虞赛	Alfred de Musset	王平陵	十月之夜	La Nuit d'octobre	诗歌	《矛盾》	第二卷第六期
1934—02—01	拉尔波	Valery Larbaud	吴家明	厨刀	Couperet (*Enfantines*)	小说	《现代》	第四卷第四期
1934—02—01	拉第该	Raymond Radiguet	戴望舒	陶尔逸伯爵的舞会(九,续完)	Le Bal du comte d'Orgel IX (fin)	同上	同上	同上
1934—02—15	维尼	Alfred de Vigny	穆木天	角笛	Le Cor	诗歌	《沉钟》	33
1934—03—01	伏尔太	Voltaire	周怀求	赣第德(卷二)	*Candide* (t. II)	小说	《文艺月刊》	第五卷第三期
1934—03—01	Erckmann-Chatrian	Émile Erckmann (1822—1899) et Alexandre Chatrian (1826—1890)	严大椿	蜂王	La Reine des abeilles	同上	同上	同上

续表

发表日期	作者译名	作者原名	译者	作品译名	作品原名	体裁	期刊名	卷期号
1934—03—01	莫里哀	Molière	鲁彦	乔治旦丁	*George Dandin ou le Mari confondu* I	戏剧	同上	同上
1934—03—01	纪德	André Gide	方光焘	纪德自传的一页（童年时代的回忆）	Une page de *Si le grain ne meurt*	自传	《文学》（翻译专号）	第二卷第三号
1934—03—01	同上	*id.*	黎烈文	田园交响乐	Extrait de *La Symphonie pastorale*	小说	同上	同上
1934—03—01	罗曼罗兰	Romain Rolland	同上	反抗	C'était la fête du village. Des gamins écrasaient des pois fulminants entre deux cailloux . . . （Extrait de *Jean-Christophe*）	同上	同上	同上
1934—03—01	杜哈美尔	Georges Duhamel	马宗融	嘉烈与烈翁朵	Histoire de Carré et de Lerondeau （*Vie des martyrs*）	散文	同上	同上
1934—03—01	Charles Baudelaire	Charles Baudelaire	诸候	交响共感	Correspondances（*Les Fleurs du Mal*）	诗歌	同上	同上
1934—03—01	同上	*id.*	同上	生生的炬火	Le Flambeau vivant（*Les Fleurs du Mal*）	同上	同上	同上
1934—03—01	同上	*id.*	同上	贫民的死	La Mort des pauvres（*Les Fleurs du Mal*）	同上	同上	同上

续表

发表日期	作者译名	作者原名	译者	作品译名	作品原名	体裁	期刊名	卷期号
1934—03—01	同上	*id.*	同上	航海——赠流浪者的座右铭	Le Voyage — À Maxime du Camp（*Les Fleurs du Mal*）	同上	同上	同上
1934—03—01	Arthur Rimbaud	Arthur Rimbaud	同上	我的放浪	Ma bohème	同上	同上	同上
1934—03—01	同上	*id.*	同上	山谷中的睡人	Le Dormeur du val	同上	同上	同上
1934—03—01	Henri de Regnier	Henri de Régnier	同上	声	La Voix	同上	同上	同上
1934—03—01	Paul Valéry	Paul Valéry	同上	蜂	L'Abeille	同上	同上	同上
1934—04—01	Barbusse	Henri Barbusse	傅雷	小学教师	L'Instituteur	小说	《文艺月刊》	第五卷第四期
1934—04—01	伏尔泰	Voltaire	周怀求	赣第德（卷二，续）	*Candide*（t. II suite）	同上	同上	同上
1934—04—01	莫里哀	Molière	鲁彦	乔治旦丁（续一）	*George Dandin ou le Mari confondu* II	戏剧	同上	同上
1934—04—01	V. Hugo	Victor Hugo	刘山蕙	活埋	« Il arrive parfois, sur de certaines côtes de Bretagne ou d'Écosse, qu'un homme, un voyageur ou un pêcheur... »（Début du chapitre V des *Misérables*）	小说	《文学季刊》	第二期

续表

发表日期	作者译名	作者原名	译者	作品译名	作品原名	体裁	期刊名	卷期号
1934—04—01	M. Des-bordes-Valmore 夫人	Marceline Desbordes-Valmore	王蔼芬	沙堤的玫瑰	Les Roses de Saadi	诗歌	同上	同上
1934—04—01	窪儿莫尔夫人	同上	徐仲年	萨蒂的玫瑰	*id.*	同上	《诗歌月报》	创造号
1934—04—05	金艾玛女士	Emma Gyn（? —?）	李青崖	俄国的写真	Images de Russie（*Revue de Paris*, n° 961, janvier 1934）	游记	《人间世》	第一期
1934—05—01	伏尔泰	Voltaire	周怀求	赣第德(续完)	*Candide*（suite et fin）	小说	《文艺月刊》	第五卷第五期
1934—05—01	莫里哀	Molière	王鲁彦	乔治旦丁（续完）	*George Dandin ou le Mari confondu* III（fin）	戏剧	同上	同上
1934—05—01	巴比叶	Auguste Barbier（1805—1882）	侯佩尹	米希朗格罗	Michel-Ange	诗歌	《中国文学》	第一卷第五期
1934—05—01	巴尔扎克	Honoré de Balzac	蒋怀青	格莱纳蒂尔	La Grenadière	小说	《春光》	五月号（Vol I, No 3）
1934—05—01	左拉	Émile Zola	徐懋庸	托孤	?	?	同上	同上
1934—06—01	法郎西思·加尔各	Francis Carco（1886—1958）	戴望舒	衣橱里的炮弹	L' Obus dans l' armoire à glace	小说	《文艺风景》	六月创刊号
1934—06—01			刘小蕙	水缸	(Pièce de théâtre humoristique du Moyen Âge)	戏剧	《论语》（半月刊）	第四十二期
1934—06—16			同上	同上（suite）		同上	同上	第四十三期
1934—06—16		Paul Géraldy	宁	口角	Querelle（*Anthologie des Humoristes français contemporains*）	?	同上	同上

续表

发表日期	作者译名	作者原名	译者	作品译名	作品原名	体裁	期刊名	卷期号
1934—06	法布尔	Jean-Henri Fabre	成绍宗	鸡(一)	?(*Les Serviteurs: récits de l'oncle Paul sur les animaux domestiques*)	散文	《青年界》	第六卷第一号
1934—06	左拉	Émile Zola	佚名氏	娜娜	Nana	小说	《小说》(月刊)	第二期(六月号)
1934—07—01	梅礼美	Prosper Mérimée	鲍文蔚	泰莽哥	Tamango	同上	《文艺月刊》	第六卷第一期
1934—07—01	Henry Bordeaux	Henry Bordeaux	叶常青	利他的生活	?	?	同上	同上
1934—08—01	辣斐德夫人		严大椿	西班牙的逸史	?	?	同上	第六卷第二期
1934—08—01	斐礼伯	Charles-Louis Philippe	李青崖	巴黎贫女记	Bubu de Montparnasse I	小说	同上	同上
1934—09—01	同上	*id.*	同上	巴黎贫女记(续)	Bubu de Montparnasse II	同上	同上	第六卷第三期
1934—09—01	Madame Gabrielle de Villeneuve	Gabrielle-Suzanne de Villeneuve(1695—1755)	路茜	美人与兽	La Belle et la Bête	童话	同上	同上
1934—09—01	玛赛尔·阿朗	Marcel Arland (1899—1986)	陈砚侠	幽会	Le Rendez-vous (*La Nouvelle Revue française*, no 2, 1934)	小说	《现代》	第五卷第五期
1934—09—16	拜纳	?	包乾元	政变	?	戏剧	《论语》(半月刊)	第四十九期
1934—09—16	P. 梅里美	Prosper Mérimée	黎烈文	玛特渥·法尔哥勒	Matteo Falcöne ou deux cercueils pour un proscrit	小说	《译文》	第一卷第一期

续表

发表日期	作者译名	作者原名	译者	作品译名	作品原名	体裁	期刊名	卷期号
1934—09—16	F. 科佩	François Coppée	同上	名誉是保全了	L'Honneur est sauf	?	同上	同上
1934—09	法布尔	Jean-Henri Fabre	成绍宗	鸡(二)	?	?	《青年界》	第六卷第二号
1934—10—01	斐礼伯	Charles-Louis Philippe	李青崖	巴黎贫女记	Bubu de Montparnasse III	小说	《文艺月刊》	第六卷第四期
1934—10—01	拜纳	Tristan Bernard (?)	包乾元	政变(续)	?	戏剧	《论语》(半月刊)	第五十期
1934—10—01	Christine de Pisan	Christine de Pisan	徐仲年	低诉	De refuser ami si gracieux	诗歌	《诗歌月报》	二卷一号
1934—10—16	A. 纪德	André Gide	乐雯	描写自己	?	?	《译文》	第一卷第二期
1934—10—16	同上	*id.*	黎烈文	论古典主义	Classicisme (Billets *à* Angèle)	散文	同上	同上
1934—10—16	C. 波德莱	Charles Baudelaire	同上	窗	Les Fenêtres	诗歌	同上	同上
1934—10—16	同上	*id.*	同上	奇人	L'Étranger	同上	同上	同上
1934—10—16	同上	*id.*	同上	时钟	L'Horloge	同上	同上	同上
1934—10—16	同上	*id.*	同上	狗与小瓶	Le Chien et le flacon	同上	同上	同上
1934—10—16	同上	*id.*	同上	头发里的半个地球	Un hémisphère dans une chevelure	同上	同上	同上
1934—10—16	同上	*id.*	同上	老妇人的绝望	Le Désespoir de la vieille	同上	同上	同上
1934—10—16	同上	*id.*	同上	醉罢	Enivrez-vous	同上	同上	同上
1934—10—16	同上	*id.*	同上	那一个是真的	Laquelle est la vraie?	同上	同上	同上
1934—10	法布尔	Jean-Henri Fabre	成绍宗	鸡(三)	?	?	《青年界》	第六卷第三号

续表

发表日期	作者译名	作者原名	译者	作品译名	作品原名	体裁	期刊名	卷期号
1934—11—01		?	刘小蕙	饼与糕	?（Drame humoristique français du Moyen Âge）	戏剧	《论语》（半月刊）	第五十二期
1934—11—16		?	同上	饼与糕(续完）	?	同上	同上	第五十三期
1934—11—16	A. 纪德	André Gide	黎烈文	今年不曾有过春天	Il n'y a pas eu de printemps cette année, ma chère（*Les Poésies d'André Walter*）	诗歌	《译文》	第一卷第三期
1934—11—16	P. 梅里美	Prosper Mérimée	同上	西班牙书简	Lettres d'Espagne I	游记	同上	同上
1934—11	法布尔	Jean-Henri Fabre	成绍宗	鸭	Le Canard	?	《青年界》	第六卷第四号
1934—12—01	法郎士歌悲	François Coppée	曹泰来	恕	Le Pater	戏剧	《文艺月刊》	第六卷第五六期
1934—12—01	斐礼伯	Charles-Louis Philippe	李青崖	巴黎贫女记	Bubu de Montparnasse IV	小说	同上	同上
1934—12—01	波特莱尔	Charles Baudelaire	梁宗岱	露台	Le Balcon（*Les Fleurs du Mal*）	诗歌	《文学》	第三卷第六号
1934—12—01	同上	*id.*	同上	秋歌	Chant d' automne（*Les Fleurs du Mal*）	同上	同上	同上
1934—12—16	Emile Zola (sic)	Émile Zola	黎烈文	血	Le Sang（*Contes à Ninon*）	小说	《文学季刊》	第一卷第四期
1934—12—16	André Gide	André Gide	闻家驷	浪子回家	Le Retour de l'enfant prodigue	同上	同上	同上
1934—12—16	梅里美	Prosper Mérimée	陈砚侠	意洛的美神	La Vénus d'Ille	同上	同上	同上

续表

发表日期	作者译名	作者原名	译者	作品译名	作品原名	体裁	期刊名	卷期号
1934—12—16	P. 梅里美	*id.*	黎烈文	西班牙书简（续）	Lettres d'Espagne II	游记	《译文》	第一卷第四期
1934—12—16	F. 加尔科	Francis Carco	静川	卖花女郎	La Marchande de fleurs (*Au coin des rues*)	小说	同上	同上
1934—12	法布尔	Jean-Henri Fabre	成绍宗	野鹅	L'Oie sauvage	?	《青年界》	第六卷第五号
1935—01—01	雨果	Victor Hugo	滕刚	赎罪	L'Expiation (*Les Châtiments*)	诗歌	《文艺月刊》	第七卷第一期
1935—01—01	法郎士	Anatole France	赵少侯	克兰比尔	Crainquebille I	小说	同上	同上
1935—01—01	?	?	梦谷	尼姑	? (*One Hundred Merry and Delightsome Stories*)	?	《论语》(半月刊)(西洋幽默专号)	第五十六期
1935—01—01	Baudelaire	Charles Baudelaire	疑今	旁若无人随笔	Extrait de *Fusées* et de *Mon cœur mis à nu*	散文	同上	同上
1935—01—01	?	?	?	注册局书记的故事	?	?	同上	同上
1935—01—01	André Maurois	André Maurois	老舍	战壕脚	?	?	同上	同上
1935—01—15	A. Jide A. 纪得	André Gide	丽尼	田园交响乐	La Symphonie pastorale I	小说	《小说》(半月刊)	第十六期
1935—01—15	波德莱尔	Charles Baudelaire	若人	贫民的玩具	Le Joujou du pauvre	同上	同上	同上
1935—01—15	同上	*id.*	同上	贫民的眼睛	Les Yeux des pauvres (*Le Spleen de Paris*)	同上	同上	同上
1935—01—16	A. 拉玛尔丁	Alphonse de Lamartine	陆蠡	秋	L'Automne	诗歌	《译文》	第一卷第五期

续表

发表日期	作者译名	作者原名	译者	作品译名	作品原名	体裁	期刊名	卷期号
1935—01—16	P. 梅里美	Prosper Mérimée	黎烈文	西班牙书简（续）	Lettres d'Espagne III	游记	同上	同上
1935—01	法布尔	Jean-Henri Fabre	成绍宗	猫	Le Chat	?	《青年界》	第七卷第一号
1935—02—01	雨果	Victor Hugo	李金发	太幸福的人	?	诗歌	《文艺月刊》	第七卷第二期
1935—02—01	鲍特莱	Charles Baudelaire	李金发	晚间的谐和	Harmonie du soir	同上	同上	同上
1935—02—01	魏仑	Paul Verlaine	同上	爱情	Amour（À mon fils Georges Verlaine）XXI	同上	同上	同上
1935—02—01	拉马丁	Alphonse de Lamartine	同上	眼泪	Une larme，ou consolation（*Harmonies poétiques et religieuses*）	同上	同上	同上
1935—02—01	诺亚衣夫人	Anna de Noailles	同上	暴风雨		同上	同上	同上
1935—02—01	马拉梅	Stéphane Mallarmé	同上	海上微风	Brise marine	同上	同上	同上
1935—02—01	今愚野	Henri de Régnier	同上	恶夜	Le Mauvais Soir（*Premiers Poèmes*）	同上	同上	同上
1935—02—01	沙蒙	Albert Samain（1858—1900）	同上	斯芬司像	Le Sphinx	同上	同上	同上
1935—02—01	李斯邦	Jean Richepin	同上	风的亲吻	Le Baiser du vent（*Étant de Quart*）	同上	同上	同上
1935—02—01	巴尔扎克	Honoré de Balzac	曹泰来	无神论者的圣礼	La Messe de l'athée	小说	同上	同上
1935—02—01	法郎士	Anatole France	赵少侯	克兰比尔(续)	Crainquebille II	同上	同上	同上

续表

发表日期	作者译名	作者原名	译者	作品译名	作品原名	体裁	期刊名	卷期号
1935—02—01	A. 纪得	André Gide	丽尼	田园交响乐（续一）	La Symphonie pastorale II	同上	《小说》（半月刊）	第十七期
1935—02—15	同上	*id.*	同上	田园交响乐（续二）	La Symphonie pastorale III	同上	同上	第十八期
1935—02—15	费理普	Charles-Louis Philippe	华尚文	猎狮记	La Chasse au lion（*Les Contes du matin*）	同上	《新小说》	创刊号
1935—02—16	A. 纪德	André Gide	陈占元	哥德论	Goethe（*La Nouvelle Revue française* n°222, mars 1932, pp. 368—377）	散文	《译文》	第一卷第六期
1935—02—16	G. 亚波黎奈	Guillaume Apollinaire	黎烈文	猫	Le Chat（*Le Bestiaire ou Cortège d'Orphée*）	诗歌	同上	同上
1935—02—16	同上	*id.*	同上	蚤虱	La Puce（*Le Bestiaire ou Cortège d'Orphée*）	同上	同上	同上
1935—02—16	同上	*id.*	同上	乌贼	Le Poulpe（*Le Bestiaire ou Cortège d'Orphée*）	同上	同上	同上
1935—02—16	同上	*id.*	同上	孔雀	Le Paon（*Le Bestiaire ou Cortège d'Orphée*）	同上	同上	同上
1935—02	法布尔	Jean-Henri Fabre	成绍宗	鸽	Le Pigeon	?	《青年界》	第七卷第二号
1935—02	嚣俄	Victor Hugo	我评	渔家	?	?	《东流》	第一卷第三四期
1935—03—01	伏墅洼	René Fauchois（1882—1962）	欧阳予倩	油漆未乾	Prenez garde à la peinture I	戏剧	《文艺月刊》	第七卷第三期

续表

发表日期	作者译名	作者原名	译者	作品译名	作品原名	体裁	期刊名	卷期号
1935—03—01	A. 纪得	André Gide	丽尼	田园交响乐（续五）	La Symphonie pastorale V	小说	《小说》（半月刊）	第十九期
1935—03—05	昂特雷·莫洛阿	André Maurois	朱雯	告一个到英国去的法国青年	Conseils *à* un jeune Français partant pour l'Angleterre	?	《文饭小品》	第二期
1935—03—16	A. 莫洛亚	*id.*	黎烈文	蚁	Les Fourmis	小说	《译文》	第二卷第一期
1935—03—16	同上		同上	明信画片	La Carte postale	同上	同上	同上
1935—03—16	同上		同上	连续的事	?	同上	同上	同上
1935—03—16	同上		同上	可怜的妈妈	Pauvre Maman	同上	同上	同上
1935—03—16	同上		同上	短斗篷	La Pèlerine	同上	同上	同上
1935—03—16	同上		同上	哥兰特式的廊簷	Le Porche corinthien	同上	同上	同上
1935—03—16	同上		同上	初入社交界的姑娘	?	同上	同上	同上
1935—03—16	同上		同上	荣誉	L'Honneur	同上	同上	同上
1935—03—16	同上		同上	黑面具	Masques noirs	同上	同上	同上
1935—03—16	同上		同上	信	Les Lettres	同上	同上	同上
1935—04—01	伏墅洼	René Fauchois	欧阳予倩	油漆未乾（续）	Prenez garde *à* la peinture II	戏剧	《文艺月刊》	第七卷第四期
1935—04—05	须拜尔维埃	Jules Supervielle（1884—1960）	罗莫辰	飞鱼	?	小说	《文饭小品》	第三期

续表

发表日期	作者译名	作者原名	译者	作品译名	作品原名	体裁	期刊名	卷期号
1935—04—16			刘小蕙	两个瞎子(上)	?(Drame humoristique français du Moyen Âge)	戏剧	《论语》(半月刊)	第六十三期
1935—04—16	E. 左拉	Émile Zola	黎烈文	大密殊	Le Grand Michu (*Nouveaux Contes à Ninon*)	小说	《译文》	第二卷第二期
1935—04—16	A. 纪德	André Gide	徐懋庸	王尔德	Oscar Wilde	散文	同上	同上
1935—04—20	André Maurois		毛如升	亚当和夏娃	?(*The Fortnightly*, novembre)	?	《人间世》	第二十六期
1935—04	纪德	André Gide	斐琴	卡拉马佐夫兄弟	Les Frères Karamazov	散文	《东流》	第一卷第五期
1935—04	同上	*id.*	林焕平	日历:三月,四月,五月,六月,八月	?	诗歌	同上	同上
1935—04	安德烈·纪德	*id.*	乌生	纪德的手记	?	?	同上	同上
1935—04	法布尔	Jean-Henri Fabre	成绍宗	马	Le Cheval	?	《青年界》	第七卷第四号
1935—05—01			刘小蕙	两个瞎子(下)	?(Drame humoristique français du Moyen Âge)	戏剧	《论语》(半月刊)	第六十四期
1935—05—16	A. 纪德	André Gide	徐懋庸	随笔三则	?	散文	《译文》	第二卷第三期
1935—05—16	A. 小仲马	Alexandre Dumas fils	沈起予	鸽的悬赏	Le Prix de pigeons	小说	同上	同上
1935—05—20	罗曼罗兰	Romain Rolland	沂民	罗曼罗兰的一封信	?	通信	《芒种》(半月刊)	第六期

续表

发表日期	作者译名	作者原名	译者	作品译名	作品原名	体裁	期刊名	卷期号
1935—05	法布尔	Jean-Henri Fabre	成绍宗	驴	L'Âne	?	《青年界》	第七卷第五号
1935—06—16	O. 米尔博	Octave Mirbeau	毕修勺	八旬老妪	L'Octogénaire	小说	《译文》	第二卷第四期
1935—07—16	Emill Gaboriau (sic)	Émill Gaboriau (1832—1873)	路西	减租	? (Conte humoristique selon le rédacteur de la revue)	同上	《论语》(半月刊)	第六十八期
1935—08—01	A. 法朗士	Anatole France	黄仲苏	致百吕悌也尔先生之答辩	Préface de la troisième série de*La Vie littéraire*	散文	《文学》	第五卷第二号
1935—08—16	E. 左拉	Émile Zola	修勺	水灾	L'Inondation	小说	《译文》	第二卷第六期
1935—08—16	F. 科佩	François Coppée	沈起予	面包块子	Le Morceau de pain	同上	同上	同上
1935—09—16	A. 纪德	André Gide	陈占元	艺术的界限	Les Limites de l'Art	?	同上	终卷
1935—09—20	同上	*id.*	魏蟠	一个宣言	?	散文	《杂文》	第三号
1935—12—15	罗曼罗兰	Romain Rolland	铭五	朋友的死	? (À la mémoire de Barbusse)	同上	《质文》	第四号
1935—12—15	纪德	André Gide	休	巴比塞的人格	? (À la mémoire de Barbusse)	?	同上	同上
1935—12—15	罗曼罗兰	Romain Rolland	亦光	我走来的道路	?	?	同上	同上
1935—12—15	同上	*id.*	陈达人	大战时代的日记	Journal des années de guerre (1914—1919)	日记	《东流》	第二卷第二期
1935—12—16	Jules Supervielle	Jules Supervielle	世弥	耶稣降生的槽边的牛和驴子	?	?	《文学季刊》	第二卷第四期
1936—01—01	雨果	Victor Hugo	戴占奎	敬告德国国民书	Aux Allemands (*Depuis l'exil*)	散文	《文艺月刊》	第八卷第一期

续表

发表日期	作者译名	作者原名	译者	作品译名	作品原名	体裁	期刊名	卷期号
1936—01—01	O. Mirbeaw (sic)	Octave Mirbeau	李青崖	治安法庭	La Justice de paix (*Contes de la chaumière*)	小说	《论语》(半月刊)	第七十九期
1936—02—01	Erckmann-Chatrian	Émile Erckmann et Alexandre Chatrian	严大椿	女拐子	La Voleuse d'enfants (*Contes des bords du Rhin*)	同上	《文艺月刊》	第八卷第二期
1936—02—20	A. Gide	André Gide	黎烈文	“邂逅”草	Rencontres (*Les Nouvelles Nourritures*)	?	《海燕》	2
1936—02—20	同上	*id.*	风	艺术与生活	?	散文	同上	同上
1936—02—20	A. Malreux	André Malraux (1901—1976)	同上	艺术底生命	?	同上	同上	同上
1936—03—01	高节	Théophile Gautier	赵少侯	文学界的肥胖	De l'obésité en littérature	小说	《宇宙风》(半月刊)	第十二期
1936—03—25	巴比塞	Henri Barbusse	张罗天	文明的齿轮	Le Rouleau de la civilisation (*Faits divers*)	?	《东方文艺》	创刊号
1936—04—01	Francois Coppee (sic)	François Coppée	沈起予	大尉的坏习惯	Les Vices du capitaine (*Contes tout simples*)	小说	《文学丛报》	1
1936—04—01	雨果	Victor Hugo	戴占奎	告法兰西同胞	Aux Français (*Depuis l'exil*)	散文	《文艺月刊》	第八卷第四期
1936—04—01	P. Louÿs	Pierre Louÿs	严大椿	非常的奇遇	L'Aventure extraordinaire de Mme Esquollier	小说	同上	同上
1936—04—05	古久列	Paul Vaillant-Couturier	方士人	夜里的队商	?	?	《夜莺》	第一卷第二期

续表

发表日期	作者译名	作者原名	译者	作品译名	作品原名	体裁	期刊名	卷期号
1936—04—15	纪德	André Gide	周学普	第十三棵树	Le Treizième arbre	戏剧	《作家》	创刊号
1936—04—16	莫泊桑	Guy de Maupassant	李青崖	一个谨慎的人	Un sage	小说	《论语》（半月刊）	第八十六期
1936—04—16	R. 罗兰	Romain Rolland	世弥	贝多芬的笔谈	?	?	《译文》	新一卷第二期
1936—04—16	同上	*id.*	陈占元	向高尔基致礼	Salut *à* Gorky（10 mai 1931）	散文	同上	同上
1936—04—16	同上	*id.*	同上	论个人主义与人道主义——给 F·格拉格特珂夫和 I·些而文斯基的信	Lettre *à* Fedor Gladkov et Il y a Selvinsky, sur l'individualisme et l' huma-nisme （février 1931）	通信	同上	同上
1936—04—16	A. 纪德	André Gide	黎烈文	诗	?	?	同上	同上
1936—05—16	P. 梅里美	Prosper Mérimée	同上	查利十一的幻觉	Vision de Charles XI	小说	同上	新一卷第三期
1936—05—16	O. 米尔博	Octave Mirbeau	修勺	第一次感动	La Première Émotion（*La Pipe de Cidre*）	同上	同上	同上
1936—05—20			吉人	各惜其过	?（« L'Humour des Français »）	?	《逸经》	第六期
1936—05—20			同上	遇非其人	?（« L'Humour des Français »）	?	同上	同上
1936—05—20			同上	天才才尽	?（« L'Humour des Français »）	?	同上	同上

续表

发表日期	作者译名	作者原名	译者	作品译名	作品原名	体裁	期刊名	卷期号
1936—05—20			同上	“光棍碰着没皮柴”	?(« L'Humour des Français »)	?	同上	同上
1936—06—01	嚣俄	Victor Hugo	东亚病夫初译张道藩改编	狄四娘	Angelo, tyran de Padoue	戏剧	《文艺月刊》	第八卷第六期
1936—06—01	莫泊桑	Guy de Maupassant	青崖	拉丁文问题	La Question du latin I	小说	《论语》(半月刊)	第八十九期
1936—06—01	A. 纪德	André Gide	陈占元	地上的粮食	Les Nourritures terrestres	散文诗	《文季月刊》	创刊号
1936—06—01	路易·基约	Louis Guilloux (1899—1980)	黎烈文	酒杯	Verre à liqueur (*La Nouvelle Revue française*, janvier 1936)	戏剧	同上	同上
1936—06—01	A. 纪德	André Gide	卞之琳	纳蕤思解说	Le Traité du Narcisse	?	同上	同上
1936—06—01	H. 巴比塞	Henri Barbusse	万湜思	关于生活与战斗	?	?	《文学丛报》	3
1936—06—15	J. 布洛克	Jean-Richard Bloch (1884—1947)	黎烈文	活的过去——十九世纪	Le Passé vivant: XIXe siècle	?	《作家》	第一卷第三号
1936—06—15	罗曼罗兰	Romain Rolland	魏蟠	七十年的回顾	?	?	《质文》	第五六合刊号
1936—06—15	纪德	André Gide	代石	两次的会见	Deux rencontres avec Romain Rolland	散文	同上	同上
1936—06—15	罗曼罗兰	Romain Rolland	?	罗曼罗兰给国境守卫兵的复信	?	?	同上	同上

续表

发表日期	作者译名	作者原名	译者	作品译名	作品原名	体裁	期刊名	卷期号
1936—06—15	巴比塞	Henri Barbusse	张罗天	红色的处女	La Vierge rouge（*Faits divers*）	?	同上	同上
1936—06—16	莫泊桑	Guy de Maupassant	青崖	拉丁文问题	La Question du latin II	小说	《论语》（半月刊）	第九十期
1936—06—16	P. 玛尔格里特	Paul Margueritte	世弥	白甲骑兵	Le Cuirassier blanc（*Le Cuirassier blanc*）	同上	《译文》	新一卷第四期
1936—07—01	H. 巴比塞	Henri Barbusse	杨骚	不回来的幻影	Le Revenant qui ne revient pas（*Faits divers*）	?	《文学丛报》（高尔基逝世专号）	4
1936—07—01	Andre Rivore	André Rivoire (1872—1930)	黎烈文	泪	Larmes	诗歌	同上	同上
1936—07—15	纪德	André Gide	斐琴	纪德日记	Journal	日记	《东流》	第三卷第一期
1936—07—16	保尔·穆杭	Paul Morand	叶灵凤	余先生	Mr. U	小说	《论语》（半月刊）	第九十二期
1936—07—16	莫泊桑	Guy de Maupassant	青崖	养花的暖房	La Serre	同上	同上	同上
1936—07—16	A. 纪德	Anatole France	陈占元	查而·路易·斐利普之死	La Mort de Charles-Louis Philippe（*Journal sans dates*）	?	《译文》（高尔基逝世纪念特辑）	新一卷第五期
1936—07—25	罗曼罗兰	Romain Rolland		永息在我们的心里	?	?	《东方文艺》（追悼高尔基特辑）	第一卷第四期
1936—08—10	同上	*id.*	何家槐	贝多汶的政见	?	?	《光明》	第一卷第五号

续表

发表日期	作者译名	作者原名	译者	作品译名	作品原名	体裁	期刊名	卷期号
1936—08—10			先河	安特烈马洛的谈话			同上	同上
1936—08—16	R. 罗兰	Romain Rolland	黎烈文	和高尔基告别	Adieu à Gorki	?	《译文》（高尔基逝世纪念特辑 II）	新一卷第六期
1936—08—16	T. 雷米	Tristan Rémy	世弥	决心	?	?	同上	同上
1936—08—16	J. J. 培尔纳	Jean-Jacques Bernard	黎烈文	一个现代孩子的梦	Les Rêves d'un enfant d'aujourd'hui	?	同上	同上
1936—09—16	A. 纪德	André Gide	卞之琳	菲洛克但德	Philoctète ou le Traité des trois morales	戏剧	同上	新二卷第一期
1936—10—05	Jean Giono	Jean Giono（1895—1970）	金马	梦寐不忘	Je ne peux pas oublier	小说	《逸经》	第十五期
1936—10—10	纪德	André Gide	勃生	纪德悼高尔基	Discours pour les funérailles de Maxime Gorki	散文	《质文》	第二卷第一期
1936—10—10	罗曼罗兰	Romain Rolland	郭铁	罗曼罗兰悼高尔基	?	?	同上	同上
1936—10—10	纪德	André Gide	张罗天	论爱国心	?	?	同上	同上
1936—10—10	许拜维艾尔	Jules Supervielle	戴望舒	许拜维艾尔自选诗	?	?	《新诗》	第一期
1936—11—15	菲立浦	Charles-Louis Philippe	鸿模	食人种族的故事	Histoire d'anthropophages（*Les Contes du Matin*）	小说	《东流》	第三卷第二期

续表

发表日期	作者译名	作者原名	译者	作品译名	作品原名	体裁	期刊名	卷期号
1936—11—16	罗曼罗兰	Romain Rolland	萧乾	论布里兹	Berlioz (*Musiciens d'aujourd'hui*)	散文	《译文》	新二卷第三期
1936—12—01	Audie Gide	André Gide	徐霞村	纪德日记抄	Pages de journal (1929—1932)	日记	《文艺月刊》	第九卷第六期
1936—12—01	A. 纪德	André Gide	卞之琳	爱尔·阿虔[?]	?	?	《文季月刊》	第二卷第一期
1936—12—30	纪德	André Gide	尊寒	纪德语录	Quelques citations des *Nouvelles Nourritures*	小说	《中流》	第一卷第八期
1937—01—01	H. Balzac	Honoré de Balzac	朱溪	被命定生存的人	El Verdugo	同上	《文艺月刊》	第十卷第一期
1937—01—01	André Birabeau	André Birabeau (1890—1974)	方于	错吻	?	戏剧	同上	同上
1937—01—01	莫伯桑	Guy de Maupassant	李辉英	农夫	Le Fermier	小说	《新时代月刊》	第七卷第一期
1937—01—01	雨果	Victor Hugo	穆木天	惩罚	L'Expiation	诗歌	《文学》(新诗专号)	第八卷第一号
1937—01—15	巴比塞	Henri Barbusse	黎烈文	战地家书	Deux lettres d' Henri Barbusse *à* sa femme (le 15 et le 23 janvier 1915)	通信	《中流》	第一卷第九期
1937—02—01	A. de Lamartine	Alphonse de Lamartine	王平陵	慈母的坟茔	Le Tombeau d' une mère (*Harmonies poétiques et religieuses*)	诗歌	《文艺月刊》	第十卷第二期
1937—02—01	André Birabeau	André Birabeau	方于	错吻(续)	?	戏剧	同上	同上

续表

发表日期	作者译名	作者原名	译者	作品译名	作品原名	体裁	期刊名	卷期号
1937—02—05	纪德	André Gide		纪德语录	Un paragraphe de *De l'influence en littérature*	?	《中流》	第一卷第十期
1937—02—05	巴比塞	Henri Barbusse	黎烈文	战地家书（续完）	Deux lettres d' Henri Barbusse à sa femme (le 12 février 1915 et le 23 mars 1916)	通信	同上	同上
1937—03—01	André Birabeau	André Birabeau	方于	错吻（续）	?	戏剧	《文艺月刊》	第十卷第三期
1937—03—15	Georges Anceg (sic)	Georges Ancey (1860—1917)	陈铨	扰乱	Monsieur Lamblin	同上	《文艺》	第四卷第三期
1937—04—10	梵乐希	Paul Valéry	戴望舒	文学	?	?	《新诗》	第二卷第一期
1937—04—16	锡斯提芬示	Albertt'Serstevens (1885—1974)	陈占元	利安的陷落	?	?	《译文》	新三卷第二期
1937—04—16	纪德	André Gide	戴望舒	从苏联归来（小引）	Avant-propos de *Retour de l'U. R. S. S.*	散文	《宇宙风》（半月刊）	第三十九期
1937—05—01	同上	同上	同上	从苏联回来（一）	Retour de l'U. R. S. S. I	同上	同上	第四十期
1937—05—01	René Blum, Georges Delaquys	René Blum (1878—1943) et Georges Delaquys (1880—1970)	方于	诗人的爱	Les Amours du poète	戏剧	《文艺月刊》	十卷四五两期合刊
1937—05—01	Tristan Bernard	Tristan Bernard	包乾元	贼	?	?	同上	同上

续表

发表日期	作者译名	作者原名	译者	作品译名	作品原名	体裁	期刊名	卷期号
1937—05—01	莫泊桑	Guy de Maupassant	李稚农	老妇人	La Vielle	?	同上	同上
1937—05—10	梵乐希	Paul Valéry	戴望舒	文学	?	?	《新诗》	第二卷第二期
1937—05—15	萨尔都	?	青崖	炮弹	?	?	《中国文艺》	创刊号
1937—05—16	纪德	André Gide	戴望舒	从苏联回来（二）	Retour de l'U. R. S. S. II	散文	《宇宙风》（半月刊）	第四十一期
1937—06—01	同上	同上	同上	从苏联回来（三）	Retour de l' U. R. S. S. III	同上	同上	第四十二期
1937—06—05		Jean de La Fontaine	思齐女士	狐狸与雄鸡	Le Coq et le renard	寓言	《逸经》	第三十一期
1937—06—05			同上	愚夫	?	?	同上	同上
1937—06—15	多都日雷司	Roland Dorgelès	李青崖	深夜的散步者	Le Promeneur nocturne	?	《中国文艺》	第一卷第二期
1937—06—16	纪德	André Gide	戴望舒	从苏联回来（四）	Retour de l' U. R. S. S. IV	散文	《宇宙风》（半月刊）	第四十三期
1937—07—01	勒美脱尔	Jules Lemaître（1853—1914）	黎烈文	莫里哀在商波	?	?	《文学》	第九卷第一号
1937—07—01	浦鲁斯蒂	Marcel Proust（1871—1922）	李健吾	春天的门限	?	?	同上	同上
1937—07—01	纪德	André Gide	戴望舒	从苏联回来（五至六，续完）	Retour de l'U. R. S. S. V—VI（suite et fin）	散文	《宇宙风》（半月刊）	第四十四期
1937—08—01	梅里美	Prosper Mérimée	夏伯	达芒高	Tamango	小说	《文学》	第九卷第二号
1937—11—01	Paul Claudel	Paul Claudel（1868—1955）		对于日本侵华的观察	Souvenirs de Pékin	?	《宇宙风》（半月刊）	第五十期

附录二 1917—1937年中国文学期刊中法国文学评论作品列表

发表日期	作者或译者	文章标题	期刊名	卷期号	所属栏目	所涉及作家与批评家
1917—01—01		通信	《新青年》	第二卷 第五号		
1917—08—01		同上	同上	第三卷 第六号		Les Goncourt，Maupassant
1918—05—15	陶履恭	福禄特尔 Voltaire 之讽语	同上	第四卷 第五号		
1919—07—15		少年中国学会消息	《少年中国》	第一卷 第一期		
1919—08—15		同上	同上	第一卷 第二期		Le réalisme français
1919—09—15		同上	同上	第一卷 第三期		
1920—03—15	吴弱男女士	近代法比六大诗人	同上	第一卷 第九期		Albert Samain，Remy de Gourmont，Henri de Regnier，Francis Jammes，Paul Fort
1920—07—15		少年中国学会消息	同上	第二卷 第一期		Alfred de Musset，Romain Rolland

续表

发表日期	作者或译者	文章标题	期刊名	卷期号	所属栏目	所涉及作家与批评家
1920—08—15		少年中国学会消息	同上	第二卷 第二期		
1920—10—15	周无	法兰西近世文学的趋势	同上（法国专号）	第二卷 第四期		Émile Zola, Alphonse Daudet, Flaubert, Anatole France, Guy de Maupassant, Pierre Loti, Paul Bourget, Les Goncourt, Gustave Lanson, Ernest Renan, Romain Rolland, Henri Barbusse, Thierry Sandre (Charles Moulié), Jean Jaurès, Charles Péguy, Alfred Poizat, Baudelaire, Paul Claudel, Alfred de Vigny, Henry Bataille, Francis Jammes, Remy de Gourmont, Hugo, Bernardin de Saint-Pierre, André Gide, Claude Farrère, Léon Daudet, Georges Lecomte, Camille Mauclair, Stuart Merrill, Mme Aurel
1920—10—15		少年中国学会消息	同上	第二卷 第四期		
1920—12—15	李璜	留学平议	同上	第二卷 第六期		
1920—12—15	张梦九	旅法两周底感想	同上	同上		Montesquieu, J.-J. Rousseau
1921—01—10	沈雁冰	罗兰的近作	《小说月报》	第十二卷 第一号	海外文坛消息	Romain Rolland
1921—01—15		新书介绍	《少年中国》	第二卷 第七期		G. Brandes, *Main Currents in 19th Century Literature*, (vol. III: *The Reaction in France*, vol. V: *The Romantic School in France*); W. H. Hudson, *A Short History of French Literature* (1918); G. Saintsbury: *A History of the French Novel to the Close of 19th Century*

续表

发表日期	作者或译者	文章标题	期刊名	卷期号	所属栏目	所涉及作家与批评家
1921—03—10	振铎	写实主义的文学	《小说月报》	第十二卷 第三号	文艺杂谈	Zola
1921—03—10	沈雁冰	巴比塞的社会主义谈	同上	同上	海外文坛 消息	Henri Barbusse
1921—04—10	同上	罗兰的最近著作	同上	第十二卷 第四号	同上	Romain Rolland
1921—05—05	雁冰	罗曼罗兰的宗教观	《少年中国》	第二卷 第十一期		*id.*
1921—06—15	李璜	法兰西诗之格律及其解放	同上	第二卷 第十二期		Chansons de geste, *La Chanson de Roland*, «Le Roman de Tristan», *Roman de Renart*, François de Malherbe, La Fontaine, Théophile de Viau, Mathurin Régnier, Nicolas Boileau, Molière, Racine, Lamartine, Hugo, Leconte de Lisle, François Coppée, Sully Prudhomme, Baudelaire, Verlaine, Charles de Sivry, Rimbaud, Ronsard, Mallarmée, René Ghil, Gustave Kahn, Henri de Régnier, Théodore de Banville, Paul Fort, Paul Claudel
1921—06—30	欧阳予倩译	法兰西的歌剧	《戏剧》	一卷二号		
1921—07—10	沈雁冰	两本研究罗曼罗兰的书	《小说月报》	第十二卷 第七号	海外文坛 消息	Romain Rolland
1921—08—10	Anna Nussbaum 著，孔常译	罗曼罗兰评传	同上	第十二卷 第八号		*id.*

续表

发表日期	作者或译者	文章标题	期刊名	卷期号	所属栏目	所涉及作家与批评家
1921—08—10	许光迪	最近的法文学界	同上	同上	通讯	Romain Rolland, Henri Barbusse
1921—08—15	百里	莫泊三文学上之地位略谈	《改造》	第三卷 第十二号		Maupassant
1921—10—01	黄仲苏	一八二〇年以来法国抒情诗之一斑	《少年中国》	第三卷 第三期		Guillaume de Machaut, François Villon, Clément Marot, Pierre de Ronsard, Joachim du Bellay, Étienne Jodelle, Pontus de Tyard, Jacques Pelletier du Mans, Jean de la Péruse, Jean Antoine de Baïf, François de Malherbe, Nicolas Boileau, Corneille, Racine, Molière, La Fontaine, Jean de La Bruyère, Saint-Simon, Montesquieu, Luc de Clapiers (Marquis de Vauvenargues), Voltaire, L'abbé Prévost, Manon Lescaut, J.-J. Rousseau, Bernardin de Saint-Pierre, André Chénier, Mme de Staël, Chateaubriand, Casimir Delavigne, Marceline Desbordes-Valmore, Lamartine, Hugo, Anatole France, Sainte-Beuve, Théophile Gautier
1921—11—01	田汉	恶魔诗人波陀雷尔的百年祭	同上	第三卷 第四期		Baudelaire
1921—12—01	同上	恶魔诗人波陀雷尔的百年祭(续)	同上	第三卷 第五期		*id.*
1921—12—10	沈雁冰	纪念佛罗贝尔的百年生日	《小说月报》	第十二卷 第十二号		Flaubert
1921		文艺的讨论	《曙光》	第二卷 第三号		Maupassant, Segand

续表

发表日期	作者或译者	文章标题	期刊名	卷期号	所属栏目	所涉及作家与批评家
1921		通讯	同上	同上		J.-J. Rousseau，Alexandre Dumas，Hugo，Zola
1922—01—01	李璜	评莫泊桑的小说	《少年中国》	第三卷第六期		Maupassant
1922—03—15	周作人	法国的俳谐诗	《诗》	一卷三号		
1922—04—15	刘延陵	法国诗之象征主义与自由诗	同上	一卷四号		
1922—05—01	李劼人	法兰西自然主义以后的小说	《少年中国》	第三卷第十期		Flaubert，Zola，Maupassant，Octave Feuillet，Victor Cherbuliez，Eugène Fromentin，Les Goncourt，Alphonse Daudet，Leconte de Lisle，Paul Margueritte，Joris-Karl Huysmans，Eugène-Melchior de Vogüé，Ernest Dupuy，Jules Lemaître，Gustave Larroumet，Auguste Ehrhard，Gustave Lanson，Anatole France，Retinger，René Canat，Paul Bourget，Ferdinand Brunetière，Taine，Ernest Renan，Bergson，Balzac，Romain Rolland，Colette，Mme Juliette Adam，Octave Mirbeau，Joseph-Henri Rosny（Joseph-Henri Boex，Justin Boex），Michel Salomon，Elémir Bourges，Henry Bordeaux，Marcel Prévost，Paul Margueritte，Victor Margueritte，Albert Samain，François de Curel，Henri de Régnier，Paul Adam，Maurice Maindron，Diderot，Maurice Barrès，Benjamin Constant，Saint-Beuve，Stendhal，Anna de Noailles，Charles-Louis Philippe，René Bazin，Paul Hervieu

续表

发表日期	作者或译者	文章标题	期刊名	卷期号	所属栏目	所涉及作家与批评家
1922—05—01	李璜	记巴尔比斯与罗曼罗兰的笔战	《少年中国》	第三卷第十期		Barbusse, Romain Rolland
1922—05—10	陈小航	法朗士传	《小说月报》	第十三卷第五号		Anatole France
1922—05—10	Georg Brandes 著，陈小航译	布兰兑斯的法朗士论	同上	同上		*id.*
1922—05—10	陈小航	法朗士著作编目	同上	同上		*id.*
1922—05—10		自然主义的论战	同上	第十三卷第五号	通信	Maupassant, Flaubert, Zola
1922—06—10	沈雁冰	法国艺术的新运动	同上	第十三卷第六号	海外文坛消息	J.-H. Rosny, André Gide, Tristan Tzara, André Breton, Soupault, Francis Picabia
1922—06—10		自然主义的怀疑与解答	同上	同上	通信	Balzac, Flaubert, Zola
1922—06—10	吴宓	西洋文学精要书目	《学衡》	第六期	述学	Gustave Lanson, Petit de Julleville
1922—07—10	沈雁冰	自然主义与中国现代小说	《小说月报》	第十三卷第七号		Zola, Les Goncourt, Hugo, Balzac, Flaubert
1922—08	梅光迪	现今西洋人文主义	《学衡》	第八期		J.-J. Rousseau, Voltaire, Sainte-Beuve, Renan, Taine
1922—09 上旬	田汉	可怜的侣离雁	《创造》	第一卷第二期		Verlaine, Baudelaire, Théodore de Banville, Leconte de Lisle, Catulle Mendès, Sully Prudhomme, Anatole France, François Coppée, Stéphane Mallarmé, Jules de Goncourt, Sainte-Beuve

续表

发表日期	作者或译者	文章标题	期刊名	卷期号	所属栏目	所涉及作家与批评家
1922—09—10	济澄	法兰西文学之新趋势	《小说月报》	第十三卷第九号	战后文艺新潮	F. T. Marinetti
1922—09—10	沈雁冰	法国的文学奖金风潮	同上	同上	海外文坛消息	Edmond Haraucourt, Marcel Prévost, Pierre Benoit, Jacques Chardonne, Tristan Bernard
1922—10上旬		通信	《创造》	第一卷第三期		Zola, Maupassant, Les Goncourt
1922—10—10	雁冰	未来派文学之现势	《小说月报》	第十三卷第十号	战后文艺新潮	
1922—10—10	西谛	圣皮韦(Sainte Beuve)的自然主义批评论	《文学旬刊》	第五十二期		
1922—11—10	马静观	通信	《小说月报》	第十三卷第十一号		Hugo, Maupassant
1922—12—10	佩韦	今年纪念的几个文学家	同上	第十三卷第十二号		Molière, Edmond de Goncourt
1923—01—07	为君译	歌谣的起源	《歌谣周刊》	第四号		
1923—01	沈雁冰	法国文坛杂讯	《小说月报》	第十四卷第一号	海外文坛消息	Louis Hémon, Anatole France, René Maran, Marcel Prévost, Gide, J. K. Huysmans, Léon Dierx, Leconte de Lisle, Henry Bordeaux
1923—01	西谛	关于文学原理的重要书籍介绍	同上	同上		Brunetière
1923—02—02		仲马的滑稽	《小说世界》	第一卷第五期		Alexandre Dumas ou fils

续表

发表日期	作者或译者	文章标题	期刊名	卷期号	所属栏目	所涉及作家与批评家
1923—02	沈雁冰	新死的两个法国小说家	《小说月报》	第十四卷第二号	海外文坛消息	Pierre Loti，Marcel Proust
1923—02	同上	欧美主要文学杂志介绍	同上	同上		Jacques Rivière，Claudel，André Gide，Jean Schlumberger，Jacques Copeau，Michel Arnaud（Marcel Drouin），Henri Ghéon，André Ruyters，Paul Fort，Henri de Régnier，Georges Duhamel，Jean-Louis Vaudoyer，François Le Grix，Jean Galtier-Boissière，Lucien Vogel，Remy de Gourmont，Alfred Vallette
1923—03	同上	最近法国文学奖金的消息	同上	第十四卷第三号	海外文坛消息	Jean Giraudoux，Émile Baumann，Élémir Bourges，Henri Béraud
1923—03	黄仲苏	诗人微尼评传	《少年中国》	第四卷第一期		Alfred de Vigny
1923—03		法国大批评家兼诗人巴鲁像	《学衡》	第十五期		Nicolas Boileau
1923—05 上旬	成仿吾	编辑杂谈	《创造》	第二卷第一号		Maupassant，Flaubert
1923—05—27	郁达夫	文学上的阶级斗争	《创造周报》	第三号		J.-J. Rousseau，Voltaire，Verlaine，Baudelaire，Henri Barbusse，Anatole France，Charles-Louis Philippe，Georges Duhamel
1923—06—15	秀丽女士	随便谈谈短篇小说的历史	《小说世界》	第二卷第十一期		Paul Scarron，Maupassant

续表

发表日期	作者或译者	文章标题	期刊名	卷期号	所属栏目	所涉及作家与批评家
1923—06—29	凌乃仙/李定一/劲风	交换	同上	第二卷第十三期	编者与读者	Maupassant
1923—06		福禄特尔像	《学衡》	第十八期		Flaubert
1923—06		卢梭像	同上	同上		J.-J. Rousseau
1923—06	Voltaire著，陈钧译	福禄特尔记阮讷与柯兰事	同上	同上	述学	Voltaire
1923—06	Sainte-Beuve著，徐震谔译	圣伯甫释正宗	同上	同上	同上	Sainte-Beuve
1923—06	同上	圣伯甫评卢梭忏悔录	同上	同上	同上	J.-J. Rousseau, Paul Verlaine, Camille Mauclair
1923—07—22	何畏	Charles Louis Philippe——寄给在乡下的三个弟弟	《创造周报》	第十一号		Charles-Louis Philippe
1923—07	沈雁冰	法国杂讯	《小说月报》	第十四卷第七号	海外文坛消息	J.-H. Rosny, J. de Granvillier, Gaston Chérau, Marcel Prévost, Jules Benda, Colette Willy, Madeleine Marx, Marcelle Vioux, Hirsch, Laparcerie
1923—08—13	化鲁	法国名小说家鲁第死了	《文学》	第八十三期		Pierre Loti
1923—09—09	成仿吾	论译诗	《创造周报》	第十八号		Verlaine, Jean Cocteau, Henri Massis
1923—09—16	王独清	通信一则	同上	第十九号		Baudelaire, Verlaine
1923—09	沈雁冰	法德杂讯	《小说月报》	第十四卷第九号	海外文坛消息	Georges de Porto-Riche
1923—10		毛里哀像	《学衡》	第二十二期	插画	Molière

续表

发表日期	作者或译者	文章标题	期刊名	卷期号	所属栏目	所涉及作家与批评家
1923—10	吴宓	西洋文学入门必读书目	同上	同上		Montaigne，Voltaire，J.-J. Rousseau，Sainte-Beuve，Hugo，Balzac，Flaubert，Zola，Anatole France
1923—11—09	忆秋生	福劳贝尔小传	《小说世界》	第四卷第六期		Flaubert
1923—11—16		交换	同上	第四卷第七期	编辑与读者	Maurice Leblanc
1923—11	沈雁冰	法国的反对侵略式的战争文学	《小说月报》	第十四卷第十一号	海外文坛消息	Romain Rolland，Anatole France，Henri Barbusse，Paul Reboux，Claire Géniaux，Roland Dorgelès，Michel Corday，Paul Bourget，Marcel Prévost
1923—11		法国大戏剧家拉辛像	《学衡》	第二十三期	插画	Racine
1923—11		法国宗教哲学家兼数学家巴斯喀尔像	同上	同上	同上	Blaise Pascal
1923—11		法国寓言作者兼诗人拉丰旦像	同上	同上	同上	La Fontaine
1923—12—14	编辑	明年的内容	《小说世界》	第四卷第十一期	编者与读者	Christophe，*La Famille Fenouillard*
1923—12		法国文人兼博物学家白芬像	《学衡》	第二十四期	插画	Buffon
1923—12		法国文人兼哲学家狄德罗像	同上	同上	同上	Diderot

续表

发表日期	作者或译者	文章标题	期刊名	卷期号	所属栏目	所涉及作家与批评家
1924—01—20	黄仲苏	法国最近五十年来文学之趋势	《创造周报》	第三十七号		Poètes de Pléiade, Corneille, Racine, Molière, La Fontaine, La Bruyère, Descarte, Nicolas Boileau, Montesquieu, J.-J. Rousseau, Voltaire, Diderot, Zola, Taine, Alphonse Daudet, Guy de Maupassant, Paul Bourget, Pierre Loti, Anatole France, Jules Lemaître, Eugène Brieux, Paul Hervieu, Théodore de Banville, Leconte de Lisle, Sully Prudhomme, Paul Verlaine, Ferdinand Brunetière, Émile Faguet, René Doumic, Anatole France, Gustave Lanson
1924—01—27	同上	同上	同上	第三十八号		Charles Maurice (?), Edmond Rostand, Albert Samain, Anna de Noailles, Zola, Paul Margueritte, Romain Rolland, René Doumic, Ferdinand Brunetière, Anatole France, Gustave Lanson
1924—01	巨斯大佛·郎宋著，黄仲苏译	法兰西文学批评与文学史之概略	《少年中国》	第四卷第九期		Joachim du Bellay, Nicolas Boileau, François Hédelin, Georges de Scudéry
1924—01	沈雁冰/郑振铎	现代的法国文学者	《小说月报》	第十五卷第一号		Anatole France, Henri Lavedan, Miguel Zamacoïs, Eugène Brieux, Blanchette, Gaston Salandri, René Bazin, Paul Claudel, Paul Bourget, Henri de Régnier, Francis Vielé-Griffin, Stuart Merrill, Paul Fort, Francis Jammes, Maurice Barrès, Diderot, Voltaire, Jules Claretie, Brunetière, Rimbaud, Mallarmé, Zola, Balzac, Stendhal, Verlaine, Marie de Heredia, Leconte de Lisle, Remy de Gourmont, Charles Guérin, Anatole France

续表

发表日期	作者或译者	文章标题	期刊名	卷期号	所属栏目	所涉及作家与批评家
1924—02—13	黄仲苏	法国最近五十年来文学之趋势	《创造周报》	第三十九号		Romain Rolland，René Doumic，Anatole France
1924—02—15	忆秋生译	欧洲最近文艺思潮	《小说世界》	第五卷第七期		Chanson de geste，Rabelais，Ronsard
1924—02—15	编辑	编辑琐语	《小说世界》	第五卷第七期	编者与读者	Pierre Souvestre，Marcel Allain
1924—02—22	悚凛	看了三剑客之后	同上	第五卷第八期		Alexandre Dumas
1924—02—22	忆秋生译	欧洲最近文艺思潮	同上	同上		Nicolas Boileau，Racine，Corneille，Molière
1924—02—23	洪为法	读都德的《小物件》	《创造周报》	第四十号	读书录	Alphonse Daudet
1924—02—29	忆秋生译	欧洲最近文艺思潮	《小说世界》	第五卷第九期		Beaumarchais
1924—02—29	邱悼兰	世界文坛杂讯	同上	同上	编者与读者	André Maurois
1924—02	巨斯大佛·郎宋著，黄仲苏译	文学史方法	《少年中国》	第四卷第十期		Mme de Staël，Chateaubriand，Jacques-Bénigne Bossuet，Voltaire，Montaigne，Corneille，Vincent Voiture，Louis de Rouvroy，Racine，Philippe Quinault，Nicolas Pradon，Jean Galbert de Campistron，Pascal，J.-J. Rousseau，Taine，Brunetière
1924—02	谢位鼎	莫泊桑研究	《小说月报》	第十五卷第二号		Maupassant

续表

发表日期	作者或译者	文章标题	期刊名	卷期号	所属栏目	所涉及作家与批评家
1924—02	雁冰	莫泊桑逸事	同上	同上		*id.*
1924—02	沈雁冰/郑振铎	现代的法国文学者	同上	同上		Romain Rolland, Henri Barbusse, Georges Duhamel, Pierre Louÿs, René Maran, Catulle Mendès, Zola, Gustave Khan, Jules Romain, Jules Laforgue, Henri de Régnier, Paul Fort, Francis Jammes, Leconte de Lisle, José-Maria de Hérédia
1924—02	沈雁冰	法国的得奖小说	同上	第十五卷第三号	海外文坛消息	Lucien Fabre, Jeanne Calzy
1924—03上旬	洪为法	读都德的小物件	《创造周报》	第四十一号		Alphonse Daudet
1924—03—07	忆秋生译	欧洲最近文艺思潮	《小说世界》	第五卷第十期		J.-J. Rousseau
1924—03—09	敬隐渔	小物件译文商榷	《创造周报》	第四十三号		Alphonse Daudet
1924—03—21	忆秋生译	欧洲最近文艺思潮	《小说世界》	第五卷第十二期		J.-J. Rousseau, Chateaubriand, Mme de Staël, Alphonse de Lamartine, Hugo, Alexandre Dumas, George Sand, Théophile Gautier, Prosper Mérimée, Sainte-Beuve
1924—03	巨斯大佛·郎宋著，黄仲苏译	文学史方法	《少年中国》	第四卷第十一期		La Fontaine, Pierre Corneille, Thomas Corneille, Racine, Montesquieu, Sainte-Beuve, Alfred de Vigny, Hugo, Alphonse de Lamartine, Louis Cazamian
1924—04—04	冯六	红钻石弁言	《小说世界》	第六卷第一期		Pierre Souvestre, Marcel Allain,
1924—04—11	忆秋生译	欧洲最近文艺思潮	同上	第六卷第二期		J.-J. Rousseau, Flaubert, Alphonse Daudet, Zola, Les Goncourt

续表

发表日期	作者或译者	文章标题	期刊名	卷期号	所属栏目	所涉及作家与批评家
1924—04—11	编者	编辑琐话	《小说世界》	第六卷第二期	编者与读者	Pierre Souvestre，Marcel Allain
1924—04—18	忆秋生译	欧洲最近文艺思潮	同上	第六卷第三期		Zola，Maupassant
1924—04—18	编者	编辑琐话	同上	同上	编者与读者	Christophe
1924—04—25	忆秋生译	欧洲最近文艺思潮	同上	第六卷第四期		Flaubert，Maupassant，Zola，Taine
1924—04	沈雁冰/郑振铎	法国文学对于欧洲文学的影响	《小说月报》	第十五卷号外		Chanson de Roland，Rabelais，Pierre de Ronsard，François de Malherbe，René Descartes，Pascal，Molière，La Fontaine，Mme de Sévigné，Pierre Corneille，Racine，Fénelon，Nicolas Boileau，Jacques-Bénigne Bossuet，Montesquieu，J.-J. Rousseau，Voltaire，Mme de Staël，Chateaubriand，Joseph de Maistre，Hugo，Zola，Maupassant，Alphonse Daudet
1924—04	耿济之	中产阶级胜利时代的法国文学	同上	同上		Hugo，Balzac，Alfred de Vigny，Eugène Sue，George Sand，Pierre Dupont
1924—04	胡梦华	法文之起源与法国文学之发展	同上	同上		
1924—04	王靖	法国战时的几个文学家	同上	同上		Charles Péguy，Ernest Psichari，Émile Nolly，Henri Barbusse，Georges Duhamel，Maurice Barrès

续表

发表日期	作者或译者	文章标题	期刊名	卷期号	所属栏目	所涉及作家与批评家
1924—04	刘延陵	十九世纪法国文学概观	同上	同上		Ronsard, François de Malherbe, Jacques-Bénigne Bossuet, J.-J. Rousseau, Diderot, André Chénier, Mme de Staël, Chateaubriand, Hugo, Alfred de Vigny, Lamartine, Alfred de Musset, Alexandre Dumas, Alexandre Dumas fils, Théophile Gautier, Sainte-Beuve, Mérimée, Balzac, George Sand, Stendhal, Flaubert, Les Goncourt, Zola, Alphonse Daudet, Maupassant, Hippolyte Taine, Leconte de Lisle, Baudelaire, Verlaine, Mallarmé, Henri de Régnier, Remy de Gourmont
1924—04	生田长江/野上臼川/昇曙梦/森田草平著，谢六逸译	法兰西近代文学	同上	同上		Pierre Corneille, Racine, Molière, La Fontaine, J.-J. Rousseau, Hugo, Alexandre Dumas, Chateaubriand, Théophile Gautier, Lamartine, Alfred de Vigny, Hugo, Mérimée, Stendhal, Alfred de Musset, George Sand, Balzac, Baudelaire, Anatole France, Leconte de Lisle, François Coppée, Catulle Mendès, Verlaine, Alexandre Dumas fils, Mallarmé, Victorien Sardou, Flaubert, Maupassant, Zola, Alphonse Daudet, les Goncourt, Ferdinand Brunetière, Jules Lemaître, Anatole France, Paul Bourget, Joris-Karl Huysmans, Pierre Loti, Édouard Rod, Marcel Prévost, René Bazin, Maurice Barrès, Romain Rolland, Ernest Renan, Hippolyte Taine, Edmond Scherer, Émile Montégut, Émile Augier, Edmond Rostand

续表

发表日期	作者或译者	文章标题	期刊名	卷期号	所属栏目	所涉及作家与批评家
1924—04	Lytton Strachey 著，希孟译	法国的浪漫运动	同上	同上		André Chénier，Nicolas Boileau，Racine，La Fontaine，Rabelais，Pierre Corneille，Jacques-Bénigne Bossuet，Pascal，Jean de La Bruyère，Voltaire，Diderot，Chateaubriand，Lamartine，Hugo，Alfred de Vigny，Théophile Gautier，Alfred de Musset，François de Malherbe，Alexandre Dumas，Marivaux，Madeleine de Scudéry，Mme de La Fayette，L'abbé Prévost，Benjamin Constant，Le Sage，Choderlos de Laclos，J.-J. Rousseau，Stendhal，Balzac
1924—04	汪馥泉	法国的自然主义文艺	同上	同上		Taine，Sainte-Beuve，Zola，Maupassant，Ernest Renan，Flaubert，George Sand，Théophile Gautier，les Goncourt
1924—04	胡愈之	近代法国写实派戏剧	同上	同上		Henry Becque，Jules Lemaître，Eugène Brieux，Francisque Sarcey，Eugène Scribe，Georges Courteline，Alfred Capus，Henri Bernstein，Georges de Porto-Riche，François de Curel，Henri Lavedan，Paul Hervieu，Maurice Donnay，les Goncourt，Zola，Alphonse Daudet，Maupassant，Henry Becque，Edmond Rostand，Anatole France
1924—04	王统照	大战前与大战中的法国戏剧	同上	同上		J.-J. Rousseau，Zola，Maupassant，Anatole France，Henri Barbusse，Romain Rolland，Hugo，Eugène Scribe，Alexandre Dumas fils，Émile Augier，Henri Lavedan，Jules Lemaître，Eugène Brieux，Edmond Rostand，Jean Richepin，Oscar Méténier，Paul Ginisty，Hugues Le Roux，Paul Alexis，Pierre Corneille，Molière，Racine，François

续表

发表日期	作者或译者	文章标题	期刊名	卷期号	所属栏目	所涉及作家与批评家
1924—04	王统照	大战前与大战中的法国戏剧	同上	同上		Beauvallet, Berthet (? auteur de *Misérables d'Alsace*), Émile Fabre, Henry de Grosse, Louis Forert, Henry Kistemaeckers fils, Lucien Descaves, Arthur Bernède, Aristide Bruant, Gaston Leroux, Lucien Camille, René Bazin, Émile Erckmann, Alexandre Chatrian, Victorien Sardou, les Goncourt, François Coppée, Racine, Pierre Corneille, Molière, Beaumarchais, Eugène Scribe, Octave Feuillet, Eugène Labiche, Ludovic Halévy, François de Curel, Henry Bataille, Paul Hervieu, Bayard Veiller, Edmond Guiraud, Paul Géraldy, René Fauchois, Pierre Veber, Maurice Hennequin, Victor Darlay, Henri Gorsse, Jacques Richepin, Robert Chauvelot, Paul Gsell, Pierre Frondaie, Maurice Soulié, François Porché, Paul Claudel, Francis de Croisset, Henri Bernstein
1924—04	君彦	法国近代诗概观	同上	同上		Théophile Gautier, Leconte de Lisle, Baudelaire, Verlaine, Mallarmé, Jean Moréas, Rimbaud, Gustave Kahn, Fernand Gregh, Henri de Régnier, Jean de Gourmont, Francis Vielé-Griffin, Stuart Merrill, Albert Samain, Remy de Gourmont, Francis Jammes, Paul Fort, Pierre Louÿs, Léo Larguier, Paul Souchon, Maurice Magre
1924—04	佩蘅	巴尔扎克底作风	同上	同上		Balzac
1924—04	Frank Pearce Sturm 著，闻天译	波特来耳研究	同上	同上		Baudelaire

续表

发表日期	作者或译者	文章标题	期刊名	卷期号	所属栏目	所涉及作家与批评家
1924—04	沈泽民	罗曼·罗兰传	同上	同上		Romain Rolland
1924—04	俊仁	文学批评家圣佩韦评传	同上	同上		Sainte-Beuve
1924—04	雁冰	佛罗贝尔	同上	同上		Flaubert
1924—04	明心	法国文艺家录	同上	同上		
1924—05—09	忆秋生译	欧洲最近文艺思潮	《小说世界》	第六卷第六期		Flaubert，Maupassant
1924—05—23		同上	同上	第六卷第八期		Baudelaire，Mallarmé，Verlaine
1924—05—23		交换	同上	同上	编者与读者	Christophe
1924—05	巨斯大佛·郎宋著，黄仲苏译	文学史方法	《少年中国》	第四卷第十二期		Chateaubriand
1924—05	波尔蒂著，吴山/冯璘译	悼陆蒂文	《小说月报》	第十五卷第五号		Pierre Loti
1924—05	谢位鼎	关于莫泊桑卒年的一封通讯	同上	同上		Maupassant
1924—06—13	忆秋生译	欧洲最近文艺思潮	《小说世界》	第六卷第十一期		Maurice Barrès，Anatole France，Paul Bourget，Romain Rolland
1924—06—20	同上	同上	同上	第六卷第十二期		Romain Rolland，Henri Barbusse

续表

发表日期	作者或译者	文章标题	期刊名	卷期号	所属栏目	所涉及作家与批评家
1924—06—27	编者	编辑琐话	同上	第六卷第十三期	编者与读者	Pierre Souvestre，Marcel Allain
1924—06—27		交换	同上	同上	同上	Pierre Souvestre，Marcel Allain
1924—06—30	蒲梢	我们的杂记：法郎士八十岁诞日	《文学》	第一百二八期		Anatole France
1924—07—04	忆秋生译	欧洲最近文艺思潮	《小说世界》	第七卷第一期		Maurice Barrès，André Suarès，Gustave Hervé，Romain Rolland，Georges Duhamel，Henri Barbusse，Anatole France
1924—07—25	编者	编辑琐话	同上	第七卷第四期	编者与读者	
1924—07—25		交换	同上	同上	同上	Pierre Souvestre，Marcel Allain
1924—07	李青崖	几本谈大战的法国小说	《小说月报》	第十五卷第七号		Charles Péguy，Ernest Psichari，René Benjamin，Hugo，Henri Barbusse
1924—07		法国诗人小说家兼批评家高迪耶像	《学衡》	第三十一期	插画	Théophile Gautier
1924—07		法国小说家毛柏桑像	同上	同上	同上	Maupassant
1924—08—01	编者	通讯	《小说世界》	第七卷第五期	编者与读者	
1924—08—08	同上	同上	同上	第七卷第六期	同上	Christophe
1924—08—15		交换	同上	第七卷第七期	同上	Pierre Souvestre，Marcel Allain

续表

发表日期	作者或译者	文章标题	期刊名	卷期号	所属栏目	所涉及作家与批评家
1924—09—05		同上	同上	第七卷第十期	同上	*id.*
1924—09—26	编者	同上	同上	第七卷第十三期	同上	Arsène Lupin
1924—09		法国大文学家夏士布良像	《学衡》	第三十三期	插画	Chateaubriand
1924—09		法国大文学家嚣俄像	同上	同上	同上	Hugo
1924—09	吴山	小仲马百岁纪念	《小说月报》	第十五卷第九号		Alexandre Dumas fils
1924—10—03		交换	《小说世界》	第八卷第一期	编者与读者	Pierre Souvestre，Marcel Allain
1924—10—03 至 1924—10—17		同上	同上	第八卷第二期	同上	Jean Joseph-Renaud，Maurice Leblanc，Pierre Souvestre，Marcel Allain
1924—10—13	雁冰	法郎士逝了！	《文学》	第一百四十三期		Anatole France
1924—10—31	编者	编辑琐话	《小说世界》	第八卷第六期	编者与读者	Maurice Leblanc，Pierre Souvestre，Marcel Allain
1924—10	沈雁冰	法朗士逝矣	《小说月报》	第十五卷第十号		Anatole France
1924—10		福禄特尔半身雕像	《学衡》	第三十四期	插画	Voltaire

续表

发表日期	作者或译者	文章标题	期刊名	卷期号	所属栏目	所涉及作家与批评家
1924—10		福禄特尔书札真迹	同上	同上	同上	*id.*
1924—11—07		交换	《小说世界》	第八卷第七期	编者与读者	Jean Joseph-Renaud
1924—11	王独清	南欧消息	《创造》	第二卷第二号		J.-J. Rousseau, Paul Verlaine, Camille Mauclair
1924—11 下旬	郭沫若	编辑余谈	同上	同上		Romain Rolland
1924—12—01	徐志摩	死尸	《语丝》	第三期		Baudelaire
1924—12—05	编者	编辑琐话	《小说世界》	第八卷第十期	编者与读者	Pierre Souvestre, Marcel Allain, Alexandre Dumas
1924—12—29	江绍原	读法兰西氏的小说《达旖丝》	《语丝》	第七期		Anatole France
1924—12	杜雷尔 [?]	法郎士像	《学衡》	第三十六期	插画	*id.*
1925—01	从予	小仲马的祖宗	《小说月报》	第十六卷第一号		Alexandre Dumas fils
1925—01	罗曼罗兰著，敬隐渔译	罗曼罗兰给敬隐渔书手记	《小说月报》	第十六卷第一号		Romain Rolland
1925—01	郑振铎	各国文学史介绍	同上	同上		Émile Faguet, *A Literary History of France* (Londres, T. Fisher Unwin, 1907); Edward Dowden, *A History of French Literature* (Londres, Heinemann); G. L. Strachey, *Landmarks in French Literature* (Londres, Williams and Norgate, coll. Home University Library);

续表

发表日期	作者或译者	文章标题	期刊名	卷期号	所属栏目	所涉及作家与批评家
1925－01	郑振铎	各国文学史介绍	同上	同上		B. W. Wells, *Modern French Literature*（Londres, Sir Isaac Pitman and Sons）; W. H. Hudson, *Short History of French Literature in 18th and 19th Centuries*（Londres, G. Bell &Sons）; Li Huang, *Faguo wenxue shi* [Histoire de la littérature française]（Shanghai, Zhonghua shuju）; Georges Pellissier, *The Literary Movement in France During the 19th Century*（trad. A. G. Brinton, New York, G. P. Putnam, 1897）; J. W. Cunliffe, *French Literature During the Last Half Century*（New York, The Macmillan Company）; Mme Mary Duclaux, *Twentith Century French Writers*（Londres, W. Collins, Sons, 1919）; Jean Carrère, *Degeneration in the Great French Masters*（trad. Joseph McCabe, Londres, T. Fisher Unwin, 1922）
1925－01－19	谢六逸	加尔曼的爱(上)	《文学》	第一百五十七期		Prosper Mérimée
1925－02－02	同上	同上	同上	第一百五十八期		*id.*
1925－02－09	同上	同上	同上	第一百五十九期		*id.*
1925－02		柏格森像	《学衡》	第三十八期	插画	Bergson
1925－03－06	吴韵清	盗贼与文学家	《小说世界》	第九卷第十期		Molière

续表

发表日期	作者或译者	文章标题	期刊名	卷期号	所属栏目	所涉及作家与批评家
1925—03	郑振铎	《文学大纲》第十七章	《小说月报》	第十六卷第三号		Rabelais，Montaigne
1925—04—17	李玄伯	嚣俄的童年	《猛进》	第七期		Hugo
1925—04—24	编者	冯六启事	《小说世界》	第十卷第四期		Pierre Souvestre，Marcel Allain
1925—04—24	安特莱夫著，霁野译	马赛曲	《莽原周刊》	第一期		Rouget de Lisle
1925—04	莫泊桑著，金满成译	小说之评论	《小说月报》	第十六卷第四号		Antoine François Prévost，dit d'Exiles，Bernardin de St. Pierre，Choderlos de Laclos，J.-J. Rousseau，Voltaire，Alfred de Vigny，Chateaubriand，Alexandre Dumas，Balzac，Prosper Mérimée，Stendhal，Hugo，Flaubert，Benjamin Constant，Zola，Alphonse Daudet
1925—04	郑振铎	《文学大纲》第十九章：十七世纪的法国文学	同上	第十六卷第四号		Blaise Pascal，Molière，Flaubert，Pierre Corneille，Jean Racine，Jean de La Fontaine，Nicolas Boileau，la marquise de Sévigné，Jean de La Bruyère，Fénelon，La Rochefoucauld
1925—05	吴山/冯璘	法国文学界对于新死的巴兰之评论	同上	第十六卷第五号		Maurice Barrès
1925—05—23	西滢	闲话	《现代评论》	第一卷第二十四期		Alexandre Dumas fils
1925—05—29	鲁彦	巴尔札克和缝衣匠	《莽原周刊》	第六期		Balzac
1925—06—05	宋春舫	法国现代戏曲的派别	《猛进》	第十四期		
1925—06—12	白波/鲁迅	田园思想	《莽原周刊》	第八期		Hugo

续表

发表日期	作者或译者	文章标题	期刊名	卷期号	所属栏目	所涉及作家与批评家
1925—06—13	西滢	闲话	《现代评论》	第二卷 第二十七期		Henri Barbusse，Racine，Rabelais，Molière，Diderot
1925—06		法国小说家都德像	《学衡》	第四十二期	插画	Alphonse Daudet
1925—07—06	穆木天	寄启明	《语丝》	第三十四期		Alfred de Vigny，Maurice Barrès，La Pléiade
1925—07—06	周作人	答木天	同上	同上		Gustave Le Bon
1925—07—06	张定璜	寄木天	同上	同上		Flaubert，Rabelais
1925—09—19	赵少侯	戆仪老丈驮着驴儿走	《现代评论》	第二卷 第四十一期		Alphonse Daudet
1925—10—09	寒玉	编者与读者	《小说世界》	第十二卷 第二期		Pierre Souvestre，Marcel Allain
1925—10—30	同上	同上	同上	第十二卷 第五期		
1925—10	樊仲云	茶花女本事	《小说月报》	第十六卷 第十号		Alexandre Dumas fils
1925—10		文艺作品介绍	同上	同上	文坛杂讯	Baudelaire，Remy de Gourmont
1925—11—27	编者	编者与读者	《小说世界》	第十二卷 第九期		Pierre Souvestre，Marcel Allain
1925—11	郑振铎	《文学大纲》第二十一章：十八世纪的法国文学	《小说月报》	第十六卷 第十一号		Montesquieu，Voltaire，Diderot，J.-J. Rousseau，Buffon，Beaumarchais，Bernard de Fontenelle，Bernardin de Saint-Pierre，Le Sage，L'abbé Prévost，Marivaux，André Chénier
1925—11		费尼像	《学衡》	第四十七期	插画	Alfred de Vigny

续表

发表日期	作者或译者	文章标题	期刊名	卷期号	所属栏目	所涉及作家与批评家
1925—11		弥瑟像	同上	同上	同上	Alfred de Musset
1925—12—25	寒玉	编者与读者	《小说世界》	第十二卷第十三期		Christophe, Pierre Souvestre, Marcel Allain
1925—12—25	王宪煦	泰西名小说家传略	同上	同上		Paul Scarron
1925—12		拉马丁像	《学衡》	第四十八期	插画	Lamartine
1926—01—09	西滢	闲话	《现代评论》	第三卷第五十七期		Anatole France, Paul Gsell, Jean-Jacques Brousson, Buffon
1926—01—10	张若谷	拉风歹纳寓言序	《文学周报》	第二〇七期		La Fontaine
1926—01—15	祝明三	左拉……原来住在吉祥胡同	《猛进》	第四十五期		Zola
1926—01—16	西滢	闲话	《现代评论》	第三卷第五十八期		Anatole France, Descartes, Romain Rolland
1926—01—23		茶花女及亚猛小影(《茶花女遗事》插图)及题诗按语	《小说世界》	第十三卷第四期		Alexandre Dumas fils
1926—01—25	刘复	骂瞎了眼的文学史家	《语丝》	第六十三期		Voltaire, Zola, Anatole France
1926—01—25	林语堂	写在刘博士文章及“爱管闲事”图表的后面	同上	同上		Voltaire, Mme de Sévigné, Marquise de Rambouillet, Mme de Pompadour, Baudelaire
1926—01—30	西滢	闲话	《现代评论》	第三卷第六十期		Romain Rolland, Charles Péguy, André Saurès
1926—01	敬隐渔	雷芒湖畔	《小说月报》	第十七卷第一号		Romain Rolland

续表

发表日期	作者或译者	文章标题	期刊名	卷期号	所属栏目	所涉及作家与批评家
1926—01	李金发	法朗士之始末	同上	同上		Anatole France
1926—01		蒲鲁东像	《学衡》	第四十九期	插画	Sully Prudhomme
1926—02—13	西滢	闲话	《现代评论》	第三卷 第六十二期		Molière
1926—02		马勒尔白像	《学衡》	第五十期	插画	François de Malherbe
1926—02		嚣俄雕像	同上	同上	同上	Hugo
1926—03—01	岂明	茶话丙	《语丝》	第六十八期		Henri Bergson
1926—03—08	鲁迅	无花的蔷薇	同上	第六十九期		Romain Rolland，Anatole France
1926—03—16	陈南耀	海洋作家 比野陆蒂	《创造月刊》	第一卷 第一期	介绍	Pierre Loti
1926—04—03	赵少侯	莫泊桑非战论	《现代评论》	第三卷 第六十九期		Maupassant
1926—04—16	编者	编者的报告	《小说世界》	第十三卷 第十六期		Alexandre Dumas fils
1926—04—25		罗曼罗兰的照像	《莽原》 （半月刊）	第七、八期		Romain Rolland
1926—04—25	中泽临川/ 生田长江著， 鲁迅译	罗兰的真勇主义	同上	同上		*id.*
1926—04—25		罗曼罗兰的画像	同上	同上		*id.*
1926—04—25	赵少侯	罗曼罗兰评传	同上	同上		*id.*

续表

发表日期	作者或译者	文章标题	期刊名	卷期号	所属栏目	所涉及作家与批评家
1926—04—25		罗曼罗兰的手迹	同上	同上		*id.*
1926—05—03	大闲	我们的闲话	《语丝》	第七十七期		Zola
1926—05—09	张若谷	斯脱刺斯蒲尔的宣誓——法兰西古代文残简	《文学周报》	第二二四期		
1926—05—16	敬隐渔	读了罗曼罗兰评鲁迅以后	《洪水》（半月刊）	第二卷第十七期		Romain Rolland
1926—05—29	西滢	闲话	《现代评论》	第三卷第七十七期		Émile Faguet，La Bruyère，Fénelon，Bossuet，André Chénier
1926—05—29	冀桂馥	“无益的容貌”——《莫泊桑短篇小说集》（二）（李青崖译）	《现代评论》	第三卷第七十七期	书评	Maupassant
1926—06—01	摩南	诗人谬塞之爱的生活	《创造月刊》	第一卷第四期		Alfred de Musset
1926—06	马宗融	罗曼罗兰传略	《小说月报》	第十七卷第六号		Romain Rolland
1926—06	张若谷	音乐方面的罗曼罗兰	同上	同上		*id.*
1926—06		罗曼罗兰著作表	同上	同上		*id.*
1926—06	记者	介绍《列那狐的历史》	同上	同上		*Roman de Renart*
1926—07—01	穆木天	维尼及其诗歌	《创造月刊》	第一卷第五期		Alfred de Vigny

续表

发表日期	作者或译者	文章标题	期刊名	卷期号	所属栏目	所涉及作家与批评家
1926—07—12	岂明	茶话辛	《语丝》	第八十七期		Charles-Louis Philippe
1926—07—06 (sic)	刘复	译茶花女剧本序	同上	第八十八期		Alexandre Dumas fils
1926—07	郑振铎	《文学大纲》第三十章：十九世纪的法国小说	《小说月报》	第十七卷第七号		Mme de Staël, Chateaubriand, Hugo, Balzac, Alexandre Dumas, George Sand, Stendhal, Mérimée, Flaubert, Zola, Maupassant, les Goncourt, Alphonse Daudet, J.-K. Huysmans, Anatole France, Paul Bourget, Pierre Loti, Henri Barbusse, Stendhal, Edouard Rod, Paul Margueritte
1926—08—27		法国名小说家毛柏霜肖像	《小说世界》	第十四卷第九期	图画	Maupassant
1926—08	郑振铎	《文学大纲》第三十一章：十九世纪的法国诗歌；三十二章：十九世纪的法国戏剧与批评	《小说月报》	第十七卷第八号		Remy de Gourmont, Leconte de Lisle, Verlaine, Lamartine, André Chénier, Pierre-Jean de Béranger, J.-J. Rousseau, Mme de Staël, Hugo, Alfred de Vigny, Alfred de Musset, Théophile Gautier, Auguste Brizeux, Auguste Barbier, Gérard de Nerval, Sully Prudhomme, José-Maria de Heredia, François Coppée, Mallarmé, Baudelaire, Théodore de Banville, Jean Richepin, Verlaine, Rimbaud, Jules Laforgue, Anatole France, Paul Bourget, Alexandre Dumas, Alexandre Dumas fils, Émile Augier, Victorien Sardou, Henri Meilhac, Ludovic Halévy, Henry Becque, André Antoine, François de Curel, Eugène Brieux, Paul Hervieu, Henri Lavedan, Edmond Rostand, Jules Lemaître, Abel-François Villemain, Désiré Nisard, Sainte-Beuve, Taine, Ernest Renan, Ferdinand Brunetière, Émile Faguet

续表

发表日期	作者或译者	文章标题	期刊名	卷期号	所属栏目	所涉及作家与批评家
1926—08	顾均正	世界童话名著介绍	同上	同上		Charles Perrault
1926—09—05	调孚	列那狐的历史	《一般》	诞生号		
1926—09—10		毛柏霜之家族合影	《小说世界》	第十四卷第十一期	图画	Maupassant
1926—09—12	若谷	马赛歌	《文学周报》	第二四一期		Rouget de Lisle
1926—09—17	编者	编者的报告	《小说世界》	第十四卷第十二期		Pierre Souvestre，Marcel Allain
1926—09—18	浩徐	闲话	《现代评论》	第四卷第九十三期		Romain Rolland，Charles Péguy
1926—09—25	Anatole France著，陈炜谟译	佐治桑德与艺术上的理想主义	《沉钟》	4		George Sand
1926—09	顾均正	世界童话名著介绍	《小说月报》	第十七卷第九号		Gabrielle-Suzanne de Villeneuve
1926—10—01	编者	编者的报告	《小说世界》	第十四卷第十四期		Pierre Souvestre，Marcel Allain
1926—10—02	徐玚本/刘复	关于《茶花女》译本的校勘	《语丝》	第九十九期		Alexandre Dumas fils
1926—10—02		Maupassant像	《北新》	第七期	封面画	Maupassant
1926—10—05	调孚	世界文学家列传	《一般》	十月号	介绍与批评	
1926—10—05		寄赠及交换	同上	同上		Romain Rolland

续表

发表日期	作者或译者	文章标题	期刊名	卷期号	所属栏目	所涉及作家与批评家
1926—10—10	Stefan Zweig 著，张定璜译	Romain Rolland	《莽原》（半月刊）	第十九期		*id.*
1926—10—10	长虹	莫伯三及其不幸	《狂飚》	1	走到出版界	Maupassant
1926—10—15	编者	编者的报告	《小说世界》	第十四卷第十六期		
1926—10—22	同上	同上	同上	第十四卷第十七期		
1926—10—23	赵景深	莫泊桑作品汉译	《北新》	第十期	编者的话	Maupassant
1926—10—24	长虹	读《马丹波娃利》	《狂飚》	3	走到出版界	Flaubert
1926—10—24	同上	莫伯三的诗与欧儿拉	同上	同上	同上	Maupassant
1926—10—25	Stefan Zweig 著，张定璜译	Romain Rolland(二)	《莽原》（半月刊）	第二十期		Romain Rolland
1926—10—30	唐劳	巴尔扎克的房子	《北新》	第十一期		Balzac
1926—10—30	Antoine Court	巴尔扎克像	同上	同上		*id.*
1926—11—10	Stefan Zweig 著，张定璜译	Romain Rolland(三)	《莽原》（半月刊）	第二十一期		Romain Rolland
1926—11—13		昆虫的奇事	《北新》	第十三期	出版之声	

续表

发表日期	作者或译者	文章标题	期刊名	卷期号	所属栏目	所涉及作家与批评家
1926—11—25	Stefan Zweig 著，张定璜译	Romain Rolland(四)	《莽原》(半月刊)	第二十二期		Romain Rolland
1926—12—10	同上	Romain Rolland(五)	同上	第二十三期		*id.*
1926—12—25	Edmond Goncourt 著，李劼人译	龚果尔的女郎沙爱里沙原序	《文学周报》	第四卷第六号(第二五六期)		Edmond de Goncourt
1926—12—25	Stefan Zweig 著，张定璜译	Romain Rolland(六)	《莽原》(半月刊)	第二十四期		Romain Rolland
1927—01—01	杨袁昌英	读王独清君“诗人谬塞之爱的生活”	《现代评论》	第五卷第一零八期	书评	Alfred de Musset
1927—01—01	寿明斋	法兰西的几个动物之友	《北新》	第二十期		
1927—01—01		著作封面画	同上	同上		Buffon
1927—01—30	长虹	写给少年歌德之创造	《狂飚》	17	走到出版界	André Maurois
1927—01	宏徒	龚枯儿兄弟	《小说月报》	第十八卷第一号	文坛逸话	Les Goncourt
1927—01	樊仲云	左拉与法朗士	同上	同上	现代文坛杂话	Zola，Anatole France
1927—01	西谛	正月文艺家生卒表	同上	同上		
1927—02—01	穆木天	法国文学的特质	《创造月刊》	第一卷第六期		

续表

发表日期	作者或译者	文章标题	期刊名	卷期号	所属栏目	所涉及作家与批评家
1927—02—05	王独清	诗人谬塞之爱的生活（附记者附识）	《现代评论》	第五卷 第一一三期	通信	Alfred de Musset
1927—02—26	祖正	莫泊桑的母亲	《语丝》	第一二〇期		Maupassant
1927—02	西谛	二月文艺家生卒表	《小说月报》	第十八卷 第二号		
1927—03—01	王独清	关于"诗人缪塞底爱之生活"	《洪水》（半月刊）	第三卷 第二十八期		Alfred de Musset
1927—03—05	祖正	莫泊桑的修养时代	《语丝》	第一二一期		Maupassant
1927—03—05	明石	杂碎	《一般》	三月号	补白	Anatole France
1927—03—12	徐霞村	巴黎圣母庙中之爱	《北新》	第二十九期		Hugo
1927—03—19	徐霞村	《茶花女》的剧本和小说	同上	第三十期		Alexandre Dumas fils
1927—03—26	吕仰山	读《友人之书》的中译本	同上	第三十一期		Anatole France
1927—03	宏徒	阿那托而法朗士不受人拍	《小说月报》	第十八卷 第三号		*id.*
1927—03	马宗融	近代名著百种	同上	同上		Stendhal
1927—03	调孚/西谛	三月文艺家生卒表	同上	同上		
1927—04	宏徒	暴虐狂与受虐狂	《小说月报》	第十八卷 第四号		Marquis de Sade
1927—04	调孚/西谛	四月文艺家生卒表	同上	同上		
1927—05	宏徒	鲍特莱而的奇癖	同上	第十八卷 第五号	文坛逸话	Baudelaire

续表

发表日期	作者或译者	文章标题	期刊名	卷期号	所属栏目	所涉及作家与批评家
1927—05	调孚/西谛	五月文艺家生卒表	同上	同上		
1927—06—10	嚣俄著，刘复译	《克洛特格欧》的后序	《莽原》（半月刊）	第二卷第十一期		Hugo
1927—06—11	废名	Balzac 的一叶	《语丝》	第一三五期		Balzac
1927—06	调孚/西谛	六月文艺家生卒表	《小说月报》	第十八卷第六号		George Sand，Corneille
1927—06	景深	罗曼罗兰的《摇荡的灵魂》	同上	同上	现代文坛杂话	Romain Rolland
1927—06	同上	老当益壮的补尔惹	同上	同上	同上	Paul Bourget
1927—06	徐霞村	法国浪漫运动百週纪念	同上	同上	文坛消息	
1927—06	同上	保罗哇莱希进法兰西学院	同上	同上	同上	Paul Valéry
1927—07—02	周名琯	《小物件》(Le Petit Chose，李劼人译)	《现代评论》	第六卷第一三四期	书评	Alphonse Daudet
1927—07—15	穆木天	维尼及其诗歌(续)	《创造月刊》	第一卷第七期		Alfred de Vigny
1927—07—23	祖正	莫泊桑的作风与态度	《语丝》	第一四一期		Maupassant
1927—07	调孚/西谛	七月文艺家生卒表	《小说月报》	第十八卷第七号		
1927—08—16	衣萍	《昆虫故事》英译本小序	《北新》	第四十三/四十四期		
1927—08—20	祖正	莫泊桑的病与死	《语丝》	第一四五期		Maupassant

续表

发表日期	作者或译者	文章标题	期刊名	卷期号	所属栏目	所涉及作家与批评家
1927—08	宏徒	巴尔札克的想像力	《小说月报》	第十八卷第八号		Balzac
1927—08	同上	巴尔扎克的收入计划	同上	同上		*id.*
1927—08	霞村/景深	别开生面的《嘉而曼》新序	同上	同上	现代文坛杂话	Prosper Mérimée
1927—08	同上	法朗士与阿曼夫人	同上	同上	同上	Anatole France
1927—08	同上	巴比塞替法朗士辩护	同上	同上	同上	Barbusse，Anatole France
1927—08	调孚/西谛	八月文艺家生卒表	同上	同上		Maupassant，Fénelon，Balzac，Pascal
1927—09	同上	九月文艺家生卒表	同上	第十八卷第九号		
1927—10—10	韦丛芜	西山随笔	《莽原》（半月刊）	第二卷第十八/十九期		Alfred de Vigny
1927—10—16	万蕾	脱利斯登与以沙尔德	《北新》	第五十一/五十二期		
1927—10	赵景深	巴而紮克创作的豪兴	《小说月报》	第十八卷第十号	海外文坛杂话	Balzac
1927—10	调孚/西谛	十月文艺家生卒表	同上	同上		
1927—11—01	东亚病夫	编者的一点小意见	《真美善》	创刊号		Rabelais，Du Bellay，Hugo，Pierre de Ronsard，François de Malherbe，Nicolas Boileau，Théophile Gautier，Pierre de Larivey，Romain Rolland，Paul Bourget，Anatole France，Leconte de Lisle，François Coppée，Verlaine，Jean François Ducis，Brunetière

续表

发表日期	作者或译者	文章标题	期刊名	卷期号	所属栏目	所涉及作家与批评家
1927—11—01	病夫	论法兰西悲剧源流——希腊悲剧原始	同上	同上		
1927—11—01	虚白	巴尔萨克付车钱的妙法	同上	同上		Balzac
1927—11—16	同上	巴尔萨克主张文学的卫生法	同上	第一卷第二号		*id.*
1927—11—16	病夫	论法兰西悲剧源流——希腊悲剧原始(II)	同上	同上		
1927—11—25	编者	编者的报告	《小说世界》	第十六卷第二十二期	书籍预告	Guy de Maupassant
1927—11	徐霞村	法国学者对于小说式的传记的意见	《小说月报》	第十八卷第十一号	现代文坛杂话	
1927—11	调孚/西谛	十一月文艺家生卒表	同上	同上		
1927—12—01	虚白	编辑的商榷	《真美善》	第一卷第三号		
1927—12—01	病夫	论法兰西悲剧源流——希腊悲剧原始(III)	同上	同上		
1927—12—01	同上	穆理哀的女儿	同上	同上	文坛小史	Molière
1927—12—15	同上	编者一个忠实的答复	同上	第一卷第四号		Molière，Voltaire，George Sand，Loti，Anatole France，Pierre Ronsard
1927—12—15	彭思	彭思致编者的信	同上	同上		Pierre Ronsard，Théophile Gautier
1927—12—16	甘人	法郎士从阴间给我的第一信	《北新》	第二卷第四号		Anatole France

续表

发表日期	作者或译者	文章标题	期刊名	卷期号	所属栏目	所涉及作家与批评家
1927—12—17	Arthur Symons 著，邵洵美译	高谛蔼	《现代评论》	第七卷 第一五八期		Théophile Gautier
1927—12—24	文铮	波德莱(Charles Baudelaire)之悲剧	同上	第七卷 第一五九期		Charles Baudelaire
1927—12—25	罗曼罗兰著，画室译	民众戏曲底序论：平民与剧	《莽原》(半月刊)	第二卷 第二十三/二十四期		
1927—12	马宗融	近代名著百种述略	《小说月报》	第十八卷 第十二号		Hugo
1927—12	调孚/西谛	十二月文艺家生卒表	《小说月报》	第十八卷 第十二号		
1928—01—01	穆木天	维尼及其诗歌(续)	《创造月刊》	第一卷 第八期		Alfred de Vigny
1928—01—01	乌敦	服尔德像	《北新》	第二卷 第五号		Voltaire
1928—01—07	鲁迅	卢梭和胃口	《语丝》	第四卷 第四号		J.-J. Rousseau
1928—01—16	郁达夫	卢骚传	《北新》	第二卷 第六号		*id.*
1928—02—01	穆木天	维尼及其诗歌(续)	《创造月刊》	第一卷 第九期		Alfred de Vigny

续表

发表日期	作者或译者	文章标题	期刊名	卷期号	所属栏目	所涉及作家与批评家
1928—02—01	郁达夫	卢骚的思想和他的创作	《北新》	第二卷第七号		J.-J. Rousseau
1928—02—05	李青崖	在校订《莫泊桑短篇小说集·一》以后	《文学周报》	第六卷第二号(第三〇二期)		Maupassant
1928—02	赵景深	杜哈美而的俄国观	《小说月报》	第十九卷第二号	现代文坛杂话	Georges Duhamel
1928—03—16	病夫	读张凤用各体诗译外国诗的实验	《真美善》	第一卷第十号		Théophile Gautier, Hugo, Lamartine, François Coppée
1928—03—18	林汉达	谈谈茶花女剧本	《文学周报》	第六卷第八号(第三〇八期)		Alexandre Dumas fils
1928—03	赵景深	巴比塞的耶稣论	《小说月报》	第十九卷第三号	现代文坛杂话	Henri Barbusse
1928—03	同上	新译波特莱耳书简	同上	同上	同上	Baudelaire
1928—04	布轮退耳著,陈鸿译	批评家泰纳	同上	第十九卷第四号		Hippolyte Taine
1928—04	陈鸿	泰纳主要著作梗概	同上	同上		Hippolyte Taine
1928—04	赵景深	科学小说之父百年纪念	同上	同上	现代文坛杂话	Jules Verne
1928—04	同上	法兰西诗坛近况	同上	同上	同上	Paul Géraldy, Lamartine, Alfred de Musset, Vigny, Théophile Gautier, Mallarmée, Baudelaire, Jean Royère, Camille Mauclair

续表

发表日期	作者或译者	文章标题	期刊名	卷期号	所属栏目	所涉及作家与批评家
1928—05—01	郁达夫	关于卢骚	《北新》	第二卷第十二号		J.-J. Rousseau
1928—05—10	西滢	西京通信(二)(几种并不科学的统计)	《新月》	第一卷第三号		Hugo, Balzac, Maupassant, Zola, Verlaine, Mérimée, Anatole France, Molière, Voltaire, Flaubert, Stendhal, Alfred de Musset, J.-J. Rousseau, Balzac, Romain Rolland, Baudelaire
1928—05—16	病夫	穆里哀的恋史	《真美善》	第二卷第一号		Molière
1928—05—16	同上	李显宾乞儿歌的鸟瞰	同上	同上		Jean Richepin
1928—05—16	同上	巴尔萨克的婚姻史	同上	同上		Balzac
1928—05—20	施蛰存	缅想到中世纪的行吟诗人——《屋卡珊和尼谷莱特》译本序	《文学周报》	第六卷第十七号(第三一七期)		
1928—06—10	徐霞村	最近的法国小说界	同上	第六卷第二十号(第三二〇期)		
1928—06—16至1928—06—23之间	袁昌英	法国近十年的戏剧新运动	《现代评论》	三周年增刊		
1928—07—10	梅子	人类的母亲——读了《工女马得兰》(法国米尔波著 岳瑛译)后	《开明》	创刊号		Octave Mirbeau

续表

发表日期	作者或译者	文章标题	期刊名	卷期号	所属栏目	所涉及作家与批评家
1928—07—16	包罗多	桑特夫人生活的一段	《真美善》	第二卷第三号		George Sand
1928—07—16	虚白	嚣俄的结婚	同上	同上		Hugo
1928—07	戈恬	浪漫派的红半臂	《小说月报》	第十九卷第七号		
1928—08—10	彭基相	巴黎通信	《新月》	第一卷第六号		Alphonse Daudet，Hugo
1928—08—16	孙席珍	乔其桑之生平	《北新》	第二卷第十九号		George Sand
1928—08—16	病夫	乔治桑的诉讼	《真美善》	第二卷第四号		*id.*
1928—08—16	娄·曼德著，张若谷译	法国的女诗人与散文家	同上	同上		
1928—09—10	徐霞村	《洗澡》(Nouveaux Contes *à* Ninon，左拉著，徐霞村译)的序	《开明》	一卷三号		Zola
1928—09—10	蛰虫	对于《工女马得兰》(法国米尔波著 岳瑛译)之批评	同上	同上		Octave Mirbeau
1928—09—10	星寒	读了《黛丝》(法国法朗斯著，杜衡译)	同上	同上		Anatole France

续表

发表日期	作者或译者	文章标题	期刊名	卷期号	所属栏目	所涉及作家与批评家
1928—09—10	Lewis Galantière 著，徐霞村译	哇莱荔的诗	《无轨列车》	1		Paul Valéry
1928—09—16	病夫	复刘舞心女士书	《真美善》	第二卷第五号		Pierre Louÿs，Maupassant，Anatole France，Pierre Loti，Alphonse Daudet，Paul Bourget，Marcel Prévost
1928—09—16	娄·曼德著，张若谷译	法国的女诗人与散文家（续前）	同上	同上		
1928—09—23	编者	文坛近讯	《文学周报》	第七卷第十一号（第三三六期）		Maupassant
1928—09—25	Lewis Galantière 著，徐霞村译	哇莱荔的诗（续）	《无轨列车》	2		Paul Valéry
1928—09—30	赵景深	西洋文学的汉译	《文学周报》	第七卷第十二号（第三三七期）	文学随笔	
1928—09—30	编者	文坛近讯	同上	同上		Stendhal
1928—09	赵景深	十五卷的小说巨制	《小说月报》	第十九卷第九号	现代文坛杂话	Marcel Proust，George Sand
1928—09		但因诞生百年纪念	《学衡》	第六十五期		Taine
1928—09		福禄特尔逝世百五十年纪念	同上	同上		Voltaire

续表

发表日期	作者或译者	文章标题	期刊名	卷期号	所属栏目	所涉及作家与批评家
1928—09		卢梭逝世百五十年纪念	同上	同上		J.-J. Rousseau
1928—09	吴宓	马勒而白逝世三百年纪念	同上	同上		François de Malherbe
1928—10—01	罗丹	巴尔札克之首	《北新》	第二卷第二十二号	插图	Balzac
1928—10—10	彭基相	法国十八世纪的道德观念	《新月》	第一卷第八号		
1928—10—10	梁实秋	阿拉伯与哀绿绮思的情书	同上	同上		Pierre Abélard, Héloïse
1928—10—14	编者	九月份新出文学书目录	《文学周报》	第七卷第十四号(第三三九期)		Romain Rolland
1928—10—16	病夫	谈谈法国骑士文学	《真美善》	第二卷第六号		Hugo, André Barde, Antoine de La Sale, Jean Bodel, Lambert le Tort, Alexandre de Bernay, Benoît de Sainte-Maure
1928—10—16	虚白	中国翻译欧美作品的成绩	同上	同上		Hugo, Alexandre Dumas, Molière, Alexandre Dumas fils, Maupassant, Flaubert, Anatole France, Marcel Prévost, l' abbé Prévost, Charles Perrault, Alphonse Daudet, Voltaire, Remy de Gourmont, Catulle Mendès, J.-P. Antoine, Maxime Léry, Zola, Mérimée, Bernardin de Saint-Pierre, Paul de Musset, Romain Rolland, Mirbeau, Stendhal

续表

发表日期	作者或译者	文章标题	期刊名	卷期号	所属栏目	所涉及作家与批评家
1928—10—25	Benjamin Crémieux 著，呐鸥译	保尔穆杭论	《无轨列车》	4		Paul Morand
1928—11—04	全农	刘半农译品的一斑	《文学周报》	第七卷第十七号(第三四二期)		Zola
1928—11—10	超	《十八世纪的妇女》(法国龚枯尔兄弟著，刻尔可与庐得译英)	《新月》	第一卷第九号	海外出版界	Les Goncourt
1928—11—15	夏索以	血、逸乐与死——诺霭伊夫人象和手迹	《春潮》	第一卷第一期		Anna de Noailles
1928—11—16	虚白	法郎士的恋爱	《真美善》	第三卷第一号		Anatole France
1928—11—30	鲁迅	编辑后记	《奔流》	第一卷 6		Apollinaire
1928—11	许地山	欧美名人底爱恋生活	《小说月报》	第十九卷第十一号		J.-J. Rousseau
1928—12—06	法朗士著，采石译	三诗人——塞里·帕鲁独姆—法朗沙·柯贝—法兰台列克·帕莱赛斯	《朝花》	第一期		Sully Prudhomme, François Coppée, Frédéric Plessis
1928—12—15		巴比塞一则	《大江》	十二月号	文坛近讯	Barbusse
1928—12—15		罗曼·罗兰一则	同上	同上	同上	Romain Rolland

续表

发表日期	作者或译者	文章标题	期刊名	卷期号	所属栏目	所涉及作家与批评家
1928—12—15	夏康农	方译西哈诺序	《春潮》	第一卷第二期		Edmond Rostand
1928—12—16	编者	十月份新出文学书目录	《文学周报》	第七卷第二十三号(第三四八期)		Remy de Gourmont，Chateaubriand
1928—12	赵景深	补而惹又有小说问世	《小说月报》	第十九卷第十二号	现代文坛杂话	Paul Bourget
1929—01—01	伯讷尔·福爱著，北川冬彦译	现代的法国诗坛	《乐群》月刊	第一卷第一期		
1929—01—10	沈起予	H. Barbusse(巴比塞)的思想及其文艺	《创造月刊》	第二卷第六期		Henri Barbusse
1929—01—10	桂宗尧	《黛丝》(法朗斯著，杜衡译)一	《开明》	一卷七号	短评	Anatole France
1929—01—10	知之	《黛丝》(法朗斯著，杜衡译)二	同上	同上	同上	*id.*
1929—01—10	祭心	《水上》(莫泊桑著，章克标译)读后	同上	同上		Maupassant
1929—01—15	郎松著，夏康农译	法国革命对于文学的影响	《春潮》	第一卷第三期		
1929—01—16	韩奎章	赛维妍夫人	《真美善》	第三卷第三号		Mme de Sévigné

续表

发表日期	作者或译者	文章标题	期刊名	卷期号	所属栏目	所涉及作家与批评家
1929—01—20	伯川译	全世界左翼战线作家传略	《海风周报》	第四号		
1929—01	梁宗岱	保罗哇莱荔评传	《小说月报》	第二十卷第一号		Paul Valéry
1929—01	彭补拙	诺贝尔奖金消息一束	同上	同上		Henri Bergson
1929—01	鲁纳却尔斯基著，M. C译	法郎士的事情	《现代小说》	第三卷第一期		Anatole France
1929—02—02	圣德伴物著，方于译	莱加米尔夫人	《真美善》（女作家专号）	一周年增刊		
1929—02—02	病夫	诺亚伊夫人	同上	同上		Anna de Noailles
1929—02—10	贺玉波	关于《风先生和雨太太》（法国缪塞著，顾均正译）	《开明》	一卷八号		Alfred de Musset
1929—02—10	冒维城	《风先生和雨太太》（缪塞著，顾君正译）	同上	同上	短评	Alfred de Musset
1929—02—10	王绍恭	列那狐的历史（文基译）	同上	同上	同上	
1929—02—16	林汉达	《曼侬莱斯果》的作者勃来浮教士	《北新》	第三卷第四号		L'abbé Prévost
1929—02—16	虚白	法国浪漫运动的女先驱	《真美善》	第三卷第四号		
1929—02—16	张若谷	《留沪外史》序	同上	同上		George Soulié de Morant

续表

发表日期	作者或译者	文章标题	期刊名	卷期号	所属栏目	所涉及作家与批评家
1929—03—01		罗曼罗兰向奥国政府抗议	《北新》	第三卷第五号		Romain Rolland
1929—03—10	燕志儁	杂谈《洗澡》(左拉著,徐霞村译)	《开明》	一卷九号		Zola
1929—03—13	祝秀侠	法国米尔波的《工女马得兰》	《海风周报》	第十一号		Octave Mirbeau
1929—03—15	觉之	现代法国的各派文艺批评论	《春潮》	第一卷第四期		
1929—03—16	景深	关于《留沪外史》译者序	《真美善》	第三卷第五号	文艺的邮船	George Soulié de Morant
1929—03	赵景深	诺霭夫人传	《小说月报》	第二十卷第三号	现代文坛杂话	Anna de Noailles
1929—03	同上	哇莱荔论诗的艺术	同上	同上	同上	Paul Valéry
1929—03	同上	巴比塞与军人生活	同上	同上	同上	Barbusse
1929—03	同上	马洛伊士的两本新书	同上	同上	同上	André Maurois
1929—03	同上	龚古尔奖给与维叶	同上	同上	同上	Maurice Constantin-Weyer
1929—03		拿破仑像	《学衡》	第六十八期	插画	Napoléon
1929—04—15	觉之	现代法国的各派文艺批评论	《春潮》	第一卷第五期		
1929—04—15	邓季宣	岱纳的艺术哲学	同上	同上		Taine

续表

发表日期	作者或译者	文章标题	期刊名	卷期号	所属栏目	所涉及作家与批评家
1929—04—15	李青崖	关于一部名著名译的商榷——徐志摩先生译的《戆第德》开首四面里的九处疑问	同上	同上		Voltaire
1929—04—16	若谷	写给《留沪外史》的作者莫朗先生	《真美善》	第三卷第六号	文艺的邮船	
1929—04—16	师鸠	文艺零讯	同上	同上		René Benjamin，Mme de Noailles，Zola
1929—04—16	编者	编者小言	同上	同上		Balzac
1929—04	?	孟代与爱伦坡	《小说月报》	第二十卷第四号	现代文坛杂话	Catulle Mendès
1929—05—10	春	新传记文学谭	《新月》	第二卷第三号	海外出版界	André Maurois
1929—05—10		新发现的拿破仑的小说	同上	同上	同上	Napoléon
1929—05—10	朱亦赤	《黛丝》(法朗斯著，杜衡译)	《开明》	一卷十一号		Anatole France
1929—05—10	张子倬	《洗澡》(左拉著，杜衡译)	同上	同上	短评	Zola
1929—05—15	觉之	现代法国的各派文艺批评论(续完)	《春潮》	第一卷第六期		
1929—05—15	夏康农	茶花女的前前后后	同上	同上		Alexandre Dumas fils
1929—05—16	米西	赛甘先生的山羊	《北新》	第三卷第九号	杂谈	Alphonse Daudet

续表

发表日期	作者或译者	文章标题	期刊名	卷期号	所属栏目	所涉及作家与批评家
1929—05—20	Edward Dowden 著，语堂译	法国文评	《奔流》	第二卷 1		
1929—05—26	戴望舒	西哈诺译文商酌(法国 Edmond Rostand 著，方于女士译)	《文学周报》	第八卷第二十二号(第三七二期)		Edmond Rostand
1929—05	赵景深	穆杭的蛮荒描写	《小说月报》	第二十卷第五号	现代文坛杂话	Paul Morand
1929—06—01	丰岛与志雄著，张我军译	创作家的态度——附莫泊三小论	《北新》	第三卷第十号		Maupassant
1929—06—19	师鸠	嚣俄的两个爱人	《真美善》	第四卷第二号	读物杂碎	Hugo
1929—06—20	Edward Dowden 著，语堂译	法国文评(续前)	《奔流》	第二卷 2		
1929—07—01	田汉	给一个“茶花女”的信	《南国月刊》	第三期		Alexandre Dumas fils
1929—07—01	白英	“茶花女”复田汉的信	同上	同上		*id.*
1929—07—10	安慕陶	水上(莫泊桑著，章克标译)	《开明》	二卷一号	短评	Maupassant
1929—07—10	徐秉钺	同上	同上	同上	同上	*id.*
1929—07—10	贺家骏	同上	同上	同上	同上	*id.*

续表

发表日期	作者或译者	文章标题	期刊名	卷期号	所属栏目	所涉及作家与批评家
1929—07—10	黄林玉	《工女马得兰》(米尔波著 岳瑛译)	同上	同上	同上	Octave Mirbeau
1929—07—10	水王	同上	同上	同上	同上	*id.*
1929—07—10	华芰次郎	同上	同上	同上	同上	*id.*
1929—07—16	编者	真美善俱乐部	《真美善》	第四卷第三号		Anatole France, Alexandre Dumas
1929—07—20	F. P. Sturm 著,血干译	查理斯·鲍得来尔	《华严》	第一卷第七期		Charles Baudelaire
1929—07—25	川口笃著,予倩译	现代法国剧坛之趋势	《戏剧》	第一卷第二期		
1929—07—25	予倩	德国与法国的国立剧场	同上	同上		
1929—07—25	同上	法国的民众剧运动	同上	同上		
1929—08—01	蒲力汗诺夫著,画室译	论法兰西底悲剧与演剧	《朝花旬刊》	第一卷第七期		Taine, Pierre Corneille, Auguste Lanson
1929—08—11	同上	同上(终)	同上	第一卷第八期		Ferdinand Brunetière, Diderot, Beaumar-chais, Bernard-Joseph Saurin, Antoine-Marin Lemierre, Diderot, Petit de Juleville
1929—08—16	叔懋	勒南白湛的纪念会	《真美善》	第四卷第四号	读物杂碎	René Bazin
1929—08—16	同上	顾岱林临终时的潇洒	同上	同上	同上	Georges Courteline
1929—08—16	编者	编者小言	同上	同上		Jean Richepin, Georges Courteline

续表

发表日期	作者或译者	文章标题	期刊名	卷期号	所属栏目	所涉及作家与批评家
1929—08—20	F. P. Sturm 著，血干译	查理斯·鲍得来尔(续)	《华严》	第一卷第八期		Charles Baudelaire
1929—08		现代法国诗人与戏剧家像	同上	同上		Verlaine，Rimbaud，Anna de Noaille，Georges Courteline，Edmond Rostand
1929—08	李青崖	现代法国文坛的鸟瞰	同上	同上		
1929—08	赵景深	最近法国的诗坛	同上	同上	现代文坛杂话	Georges Courteline，Tristan Derème，André Spire，Alfred Droin
1929—08	赵景深	法国戏剧家顾尔特林逝世	同上	同上	同上	Georges Courteline
1929—09—01	武林无想庵	由日本文坛看来的欧美文坛的优点(陈勺水译)(五)法国的科学文明	《乐群》月刊	第二卷第九期		
1929—09—05	寒	法国最近的一出戏 *L'Attacheé*	《戏剧》	第一卷第三期		
1929—09—10	严苍漪	《法国名家小说集》(小仲马等四人著，徐蔚南译)	《开明》	二卷三号	短评	Alexandre Dumas fils
1929—09—10	王鹤	同上	同上	同上	同上	*id.*
1929—09—10	张玉衡	同上	同上	同上	同上	*id.*
1929—09—11	I. 玛察	现代法兰西文学上的叛逆与革命	《朝花旬刊》	第一卷第十一期		

续表

发表日期	作者或译者	文章标题	期刊名	卷期号	所属栏目	所涉及作家与批评家
1929—09—15	伯子	敬隐渔的《中国现代短篇小说集》	《新文艺》	创刊号		
1929—09—15	补血针	《肉与死》的第一节	同上	同上		Maupassant，Pierre Loti，Anatole France，Alphonse Daudet，Pierre Louÿs
1929—09—15	同人	国内外文坛消息杂话七则	同上	同上		Hugo，Cirano，Remy de Gourmont，Pierre Loti
1929—09—15	编者	编辑的话	同上	同上		Colette，Duhamel
1929—09—16	病夫	法国文豪乔治顾岱林诔颂	《真美善》	第四卷第五号		Georges Courteline
1929—09—16	毛一波	离婚和菊子夫人	同上	同上	书报映像	Maupassant
1929—09—16	编者	编者小言	同上	同上		Georges Courteline
1929—09—30		《霍多父子集》(李青崖译;《莫泊桑短篇小说全集》之五)	《语丝》	第五卷第二十九期	广告	Maupassant
1929—09—30	同上	《遗产集》(李青崖译;莫泊桑短篇小说全集之六)	同上	同上	同上	Maupassant
1929—09	补拙	康斯坦丹·维叶	《小说月报》	第二十卷第九号	法国通讯	Maurice Constantin-Weyer
1929—09	赵景深	康拉特的后继者纪得	同上	同上	现代文坛杂话	André Gide

续表

发表日期	作者或译者	文章标题	期刊名	卷期号	所属栏目	所涉及作家与批评家
1929—09	同上	卜勒浮斯特德新作	同上	同上	同上	Marcel Prévost
1929—09	同上	乔治桑的秘密日记	同上	同上	同上	George Sand
1929—10—15	沫	文艺漫谈	《新文艺》	第一卷第二号		Voltaire，Anatole France，Baudelaire，Verlaine
1929—10—15	同人	国内外文坛消息杂话	同上	同上		Maupassant，Georges Courteline，Chateaubriand，George Sand，Balzac，Mérimée，Flaubert，Les frères Goncourt，Zola，Daudet，Maupassant，Anatole France
1929—10	赵景深	法雷尔写三角恋爱	《小说月报》	第二十卷第十号	现代文坛杂话	Claude Farrère
1929—10	同上	新的夫人学堂	同上	同上	同上	André Gide
1929—10	唐槐秋	茶花女	《南国周刊》	第六期	通信	Alexandre Dumas fils
1929—11—10	何如	《鹅妈妈的故事》(贝洛尔著，戴望舒译)	《开明》	二卷五号	短评	Charles Perrault
1929—11—10	唐锡光	同上	同上	同上	同上	*id.*
1929—11—10	夏之震	同上	同上	同上	同上	*id.*
1929—11—10	林荣	同上	同上	同上	同上	*id.*
1929—11—15	钱杏邨	两篇描写巴黎公社的小说——说明左拉对于巴黎公社的态度	《现代小说》	第三卷第二期		Zola
1929—11—15	同上	嚣俄的死刑废止论	同上	同上		Hugo

续表

发表日期	作者或译者	文章标题	期刊名	卷期号	所属栏目	所涉及作家与批评家
1929—11—15	勒维生著，施蛰存译	近代法兰西诗人	《新文艺》	第一卷第三号		François Villon，Remy de Gourmont，Jean de Gourmont，Stéphane Mallarmé，Gustave Kahn，Théophile Gautier，Verlaine，Baudelaire，Leconte de Lisle，François Coppée，Théodore de Banville，Stéphane Mallarmé，Fernand Gregh，René Ghil，Laforgue，Francis Vielé-Griffin，Régnier，Pierre Louÿs，Camille Mauclair
1929—11—15	沫	文艺漫谈	同上	同上		Hugo，Alfred de Musset，Alexandre Dumas，Tristand Bernard
1929—11—15	戴望舒	徐译《女优泰倚思》匡谬	同上	同上	书评	Anatole France
1929—11—15	同人	国内外文坛消息杂话	同上	同上		Roger Martin du Gard，Paul Souday，Marcel Proust，André Gide，Paul Valéry，Georges Courteline，Colette
1929—11—15	林蕴清/钱佐元/李丽思	读者会	同上	同上		Pierre de Ronsard，Lamartine，Anatole France
1929—11—16	病夫	法国文豪乔治顾岱林诔颂	《真美善》	第五卷第一号		Georges Courteline
1929—11	彭补拙	再谈谈顾尔特林	《小说月报》	第二十卷第十一号	现代文坛杂话	*id.*
1929—11	同上	法国文学批评家苏德作古	同上	同上	同上	Paul Souday
1929—12—08	金满成	曾仲鸣译的法郎士	《文学周报》	第九卷第三号(第三七八期)		Anatole France

续表

发表日期	作者或译者	文章标题	期刊名	卷期号	所属栏目	所涉及作家与批评家
1929—12—10	徐志摩	波特莱的散文诗	《新月》	第二卷第十号		Baudelaire
1929—12—10	许永年	读了《风先生和雨太太》(缪塞著,顾均正译)	《开明》	二卷六号		Alfred de Musset
1929—12—10	陈临渊	《黛丝》(法朗斯著,杜衡译)	同上	同上	短评	Anatole France
1929—12—15		巴比塞像	《现代小说》	第三卷第三期	卷头插图	Henri Barbusse
1929—12—15	勒维生著,施蛰存译	近代法兰西诗人(续)	《新文艺》	第一卷第四号		
1929—12—15	徐霞村	关于章译《忏悔录》之商榷	同上	同上	书评	J.-J. Rousseau
1929—12—15	同人	文坛消息	同上	同上		Henri Barbusse
1929—12—15	朱曙光等	读者会	同上	同上		Mallarmée
1929—12—15	编者	编辑的话	同上	同上		Colette, Anatole France
1929—12—16	师鸠	无题十则	《真美善》	第五卷第二号		André Maurois
1929—12	Marc Ickowicz 著,戴望舒译	小说与唯物史观	《小说月报》	第二十卷第十二号		Pierre Corneille, Racine, Balzac, Rabelais, Honoré d'Urfé, Olivier de Serres, Honorat de Bueil de Racan, Paul Scarron, Antoine Furetière, Mme de La Fayette, Fénelon, L'abbé Prévost, Montesquieu, Voltaire, J.-J. Rousseau,

续表

发表日期	作者或译者	文章标题	期刊名	卷期号	所属栏目	所涉及作家与批评家
1929—12	Marc Ickowicz 著，戴望舒译	小说与唯物史观	《小说月报》	第二十卷第十二号		Hugo，Mme de Staël，Chateaubriand，George Sand，Pierre Corneille，Racine，Balzac，Rabelais，Honoré d'Urfé，Olivier de Serres，Honorat de Bueil de Racan，Paul Scarron，Antoine Furetière，Mme de La Fayette，Fénelon，L'abbé Prévost，Montesquieu，Voltaire，J.-J. Rousseau，Hugo，Mme de Staël，Chateaubriand，George Sand，Eugène Sue，Stendhal，Balzac，Flaubert，Zola，Alphonse Daudet，Anatole France，Pierre Loti，Marcel Proust，Romain Rolland，Georges Duhamel，Henri Barbusse，René Clair，Henry Poulaille，Théophile Gautier，Sainte-Beuve，Pétrus Borel，Pierre Baour-Lormian，Hippolyte Taine，Charles de Pomairols，Molière
1929—12	赵景深	法国文坛杂讯	同上	同上	现代文坛杂话	Verlaine，Jean Cocteau，Henri Massis
1930—01—01	治策	莫利哀的惟一悲剧	《戏剧与文艺》	第一卷第八/九期		Molière
1930—01—13	人岚	一九二九年的欧美文艺界	《语丝》	第五卷第四十四期		
1930—01—13	乖乖	读曾家父子合译的《肉与死》	同上	同上		Pierre Louÿs，Hugo
1930—01—15	易可维茨著，沈起予译	唯物史观光下之文学	《现代小说》	第三卷第四期		Pierre Corneille，Racine，Balzac，Rabelais，Honoré d'Urfé，Olivier de Serres，Honorat de Bueil de Racan，Paul Scarron，Antoine Furetière，Mme de La Fayette，Fénelon，

续表

发表日期	作者或译者	文章标题	期刊名	卷期号	所属栏目	所涉及作家与批评家
1930—01—15	易可维茨著，沈起予译	唯物史观光下之文学	《现代小说》	第三卷第四期		Pierre Corneille, Racine, Balzac, Rabelais, Honoré d'Urfé, Olivier de Serres, Honorat de Bueil de Racan, Paul Scarron, Antoine Furetière, Mme de La Fayette, Fénelon, L'abbé Prévost, Montesquieu, Voltaire, J.-J. Rousseau, Hugo, Mme de Staël, Chateaubriand, George Sand, Eugène Sue, Stendhal, Balzac, Flaubert, Zola, Alphonse Daudet, Anatole France, Pierre Loti, Marcel Proust, Romain Rolland, Georges Duhamel, Henri Barbusse, René Clair, Henry Poulaille, Théophile Gautier, Sainte-Beuve, Pétrus Borel, Pierre Baour-Lormian, Hippolyte Taine, Charles de Pomairols, Molière
1930—01—15		文坛消息	同上	同上		
1930—01—15	保尔	十八世纪的法国文学	《新文艺》	第一卷第五号		
1930—01—15	勒维生著，施蛰存译	近代法兰西诗人(续完)	同上	同上		Francis Jammes, Paul Fort, Pierre Louÿs, Edmond Rostand, Lamartine, Hugo, Léo Larguier, Paul Souchon, Maurice Magre, André Spire, Léon Deubel, René Arcos, Jules Romain, Charles Vildrac, Georges Duhamel, Francis Jammes
1930—01—15	RT等	读者会	同上	同上		Anatole France : *Thaïs*, J.-J. Rousseau : *Les Confessions*, Musset : *La Confession d'un enfant du siècle*
1930—01—15	编者	编辑的话	同上	同上		Colette

续表

发表日期	作者或译者	文章标题	期刊名	卷期号	所属栏目	所涉及作家与批评家
1930—01—16	勒穆彦著，病夫译	民众派小说	《真美善》	第五卷第三号		Léon Lemonnier
1930—02—15	可玉	文坛茶话	《新文艺》	第一卷第六号		Hugo, Alexandre Dumas, Alexandre Dumas fils, Flaubert, Voltaire, Hugo, Balzac, Alphonse Daudet, J.-J. Rousseau, Balzac, Zola, Chateaubriand, Zola
1930—02—16	Ramon Fernandez 著，病夫译	雷麦克《西部前线平静无事》的法国批评	《真美善》	第五卷第四号	书报映像	
1930—02—16		莫洛华的《摆伦生活》	同上	同上	文坛近讯	André Maurois
1930—02—16	病	马利斯罢的雷记阿尔封斯杜岱的死	同上	同上	同上	Alphonse Daudet, Léon Daudet, Frantz Jourdain, Gustave Geffroy
1930—02—16	王声/虚白	论戴望舒批评徐译《女优泰倚思》	同上	同上	文艺的邮船	Anatole France
1930—02—16	编者	编者小言	同上	同上		
1930—02	赵景深	杜哈美而的新小说	《小说月报》	第二十一卷第二号	现代文坛杂话	Georges Duhamel
1930—03—15	伊可维茨著，沈起予译	唯物史观光下之文学(续)	《现代小说》	第三卷第五六期合刊		Balzac, Flaubert, Zola
1930—04—01	P. Carr 著，春冰译	现代法国戏剧概观	《戏剧》	第一卷第六期		
1930—04—16	编者	编者小言	《真美善》	第五卷第六号		Hugo, Lamartine, Vigny, Alfred de Musset, Théophile Gautier, Alexandre Dumas, Balzac, George Sand, Mérimée, Saint-Beuve

续表

发表日期	作者或译者	文章标题	期刊名	卷期号	所属栏目	所涉及作家与批评家
1930—04	寿丁	龚古尔奖金赠与阿兰德	《小说月报》	第二十一卷第四号	现代文坛杂话	Marcel Arland
1930—04	同上	佛罗贝尔的信	同上	同上	同上	Flaubert
1930—04	补拙	轻捷兔儿——巴黎文艺家的摇篮	同上	同上	同上	
1930—05—01	沈起予	法国的新兴文坛	《大众文艺》(新兴文学专号)	第二卷第四期		
1930—05—16		法国现代作家恩特来奚达	《真美善》	第六卷第一号	插图	André Gide
1930—05—16		法国名作家马赛尔伯罗斯德	同上	同上	同上	Marcel Proust
1930—05—16		法国现代作家却尔斯西威士德	同上	同上	同上	
1930—05—16	拉鲁	法国今日的小说	同上	同上		
1930—05	李青崖	现代法国文学的鸟瞰	《小说月报》	第二十一卷第五号		
1930—05	赵景深	法国文坛杂讯	同上	同上	现代文坛杂话	Paul Claudel，Edmond Jaloux，Romain Roland
1930—06—01	季叔	巴尔萨克的幼年	《开明》	二卷十二号		Balzac
1930—06—01	田汉	梅礼美画像(素描)	《南国周刊》	第十六期		Prosper Mérimée

续表

发表日期	作者或译者	文章标题	期刊名	卷期号	所属栏目	所涉及作家与批评家
1930—06—01	黄素	CARMEN(卡门)剧本底批判——南国社第三期第一次公演用	同上	同上		*id.*
1930—06—01	龙开	《卡门》与今日西班牙的革命运动	同上	同上		*id.*
1930—06—01	罗复	《卡门》梗概	同上	同上		*id.*
1930—06—16		钟楼怪人:卡西穆陶援救霭史曼拉丹的一幕	《真美善》	第六卷第二号	插图	Hugo
1930—06—16	栾奈鲁拉著,病夫译	雷翁杜岱四部奇著的批评	同上	同上		Léon Daudet
1930—06—16	编者	编者小言	同上	同上		
1930—06	赵景深	佛罗贝尔未刊的情书	《小说月报》	第二十一卷第六号	现代文坛杂话	Flaubert
1930—06	同上	穆杭与哇莱荔	同上	同上	同上	Paul Morand, Valéry
1930—07—16		嚣俄与其子法郎沙怀像	《真美善》(法国浪漫运动百年纪念号)	第六卷第三号	插图	Hugo
1930—07—16		二十八岁的嚣俄	同上	同上	同上	*id.*
1930—07—16		嚣俄夫人阿坠尔	同上	同上	同上	*id.*
1930—07—16		嚣俄死后的遗容	同上	同上	同上	*id.*
1930—07—16		嚣俄手雕花版	同上	同上	同上	*id.*

续表

发表日期	作者或译者	文章标题	期刊名	卷期号	所属栏目	所涉及作家与批评家
1930—07—16		大仲马青年时代	同上	同上	同上	Alexandre Dumas
1930—07—16		巴尔札克	同上	同上	同上	Balzac
1930—07—16		拉马丁	同上	同上	同上	Lamartine
1930—07—16		维尼	同上	同上	同上	Alfred de Vigny
1930—07—16		史当达	同上	同上	同上	Stendhal
1930—07—16		乔治桑	同上	同上	同上	George Sand
1930—07—16		戈恬	同上	同上	同上	Théophile Gautier
1930—07—16	格拉孙奈著，虚白译	《欧那尼》研究	同上	同上		Hugo
1930—07—16	编者	编者小言	同上	同上		George Sand，Hugo，Stendhal，Mérimée
1930—07	式微	最近刊布的乔治桑遗札	《小说月报》	第二十一卷第七号	现代文坛杂话	George Sand
1930—08—15	赛孟慈著，肖石君译	魏尔伦	《文艺月刊》	创刊号		Paul Verlaine
1930—08—15	编者	最后一页	同上	同上		Romain Rolland，Verlaine，Henri de Régnier
1930—08—16	病夫	法国语言的原始	《真美善》（法国浪漫运动百年纪念号）	第六卷第四号		
1930—08—16	虚白	欧洲各国文学的观念（上）	同上	同上		
1930—08—16	徐霞村	几本法国书	《现代文学》	第一卷第二期	最近的世界文坛	

续表

发表日期	作者或译者	文章标题	期刊名	卷期号	所属栏目	所涉及作家与批评家
1930—09—15	肖石君	世纪末英法文坛的关系	《文艺月刊》	第一卷 第二号		
1930—09—16	杨昌溪	法国刊行革命诗歌集	《现代文学》	第一卷 第三期	最近的世界文坛	
1930—09—16	谷非	俄译罗曼罗兰全集出版	同上	同上		Romain Rolland
1930—09	赵景深	法国青年作家洛瑟而	《小说月报》	第二十一卷 第九号	现代文坛杂话	Drieu la Rochelle
1930—10—10	偶然	几本法国新书	《前锋月刊》	创刊号	最近的世界文坛	
1930—10—10	同上	法国的文学奖金	同上	同上	同上	
1930—10—16	谢康	法国文学家论美国	《现代文学》	第一卷 第四期		
1930—11—10	偶然	两本法国小说	《前锋月刊》	第一卷 第二期		
1930—11—15	编者	编后杂记	《文艺月刊》	第一卷 第四号		Maupassant
1930—11—16	杨昌溪	三百年世界小说代表作	《现代文学》	第一卷 第五期	最近的世界文坛	Balzac，Zola，Henri Barbusse
1930—11—16	同上	空前的法兰西长篇小说	同上	同上	同上	Romain Rolland，Roger Martin du Gard，René Béhaine
1930—11	赵景深	巴比塞与俄国	《小说月报》	第二十一卷 第十一号	现代文坛杂话	Henri Barbusse

续表

发表日期	作者或译者	文章标题	期刊名	卷期号	所属栏目	所涉及作家与批评家
1930—11	同上	法国文坛杂讯	同上	同上	同上	Georges Duhamel, François Mauriac
1930—11	式微	今年法国学术院的大奖金	同上	同上	同上	
1930—12—15	托尔斯泰	论莫泊桑	《文艺月刊》	第一卷第五号	东声	Maupassant
1930—12—16	杨昌溪	文学家的笔名	《现代文学》	第一卷第六期		
1930—12—16	同上	玛耶阔夫司基《裤中之云》的法译本	同上	同上		
1930	Thomas H. Dickinson	十九世纪末戏剧复兴中之欧美各国戏剧概观——《现代戏剧大纲》第九章	《戏剧》	第二卷第一期		
1930	唐槐秋	演过了茶花女	同上	同上		Alexandre Dumas fils
1931—01—10	汪倜然	得文学奖的法国小说	《前锋月刊》	第一卷第四期	最近的世界文坛	
1931—01	谢康	最近法国文坛对美国的批判	《小说月报》	第二十二卷第一号		André Siegfried, Paul Claudel, Paul Morand, Dreiser, André Maurois, René Lalon, Nicolas Lenau, Pierre Loti
1931—01	王维克	拉马丁初出茅庐	同上	同上	法兰西诗话	Lamartine
1931—01	同上	一个梦	同上	同上	同上	Mme Deshoulières
1931—01	同上	七盏灯	同上	同上	同上	Maeterlinck

续表

发表日期	作者或译者	文章标题	期刊名	卷期号	所属栏目	所涉及作家与批评家
1931—01	同上	大作家是多方面的	同上	同上	同上	Hugo
1931—01	同上	恶魔诗人波特莱尔	同上	同上	同上	Baudelaire
1931—01	同上	诗人的坟墓	同上	同上	同上	George Sand，Jean Moréas
1931—01	同上	唯美派的标语和口号	同上	同上	同上	Baudelaire
1931—01	同上	诗人气概	同上	同上	同上	Alfred de Vigny
1931—01	同上	诗人的谦逊	同上	同上	同上	Alfred de Vigny，Hugo，Alfred de Musset，Lamartine，Alexandre Dumas
1931—01	同上	海滨独坐	同上	同上	同上	Jean Moréas，Maurice Barrès
1931—01	同上	有此母有此子	同上	同上	同上	Lamartine
1931—01	同上	伏尔泰自比于蛇	同上	同上	同上	Élie Fréron，Voltaire
1931—03—30	谢康	法国作家论中国	《青年界》	第一卷 创刊号	海外通信	Voltaire，Paul Valéry，Romain Rolland
1931—03—30	同上	战后十二年法国文艺社会及出版界的几种趋向	《文艺月刊》	第二卷 第三期		
1931—03	第波德	一九三零年的法国文坛	《小说月报》	第二十二卷 第三号	评论	André Breton，Léon Lemonnier Charles Maurras，Georges Duhamel，Luc Durtain，Paul Valéry，Paul Claudel，P. Moraut，Pierre Loti，Marcel Prévost，Anna de Noailles，Henri Brémond，Francis Jammes，Jean Giraudoux，Pierre Reverdy，Paul Souday，Pierre Lasserre
1931—03	Pierre Lasserre 著，吴宓译	拉塞尔论柏格森之哲学	《学衡》	第七十四期	通论	Henri Bergson

续表

发表日期	作者或译者	文章标题	期刊名	卷期号	所属栏目	所涉及作家与批评家
1931—04—10	杨昌溪	作家与银行卫士	《现代文学评论》	第一期特大号	现代世界文坛逸话	Tristan Bernard
1931—04—10	法朗	巴黎书店渔猎	《前锋月刊》	第一卷第七期		
1931—04—10	汪倜然	得文学奖的法国小说家	同上	同上	最近的世界文坛	
1931—04—10	Van Wervere	魏龙宁可挨饿	《青年界》	第一卷第二号	文坛漫画	François Villon
1931—04—10	杨昌溪	龚古尔文学奖金赠与付柯里	同上	同上	文坛消息	Henri Fauconnier
1931—04—10	永研	从女裤问题说到裸体运动(法国通信)	同上	同上	同上	
1931—04—27		龚古尔奖金的得者	《文艺新闻》	第七号		Henri Fauconnier
1931—04	赵景深	龚古尔奖金的得者	《小说月报》	第二十二卷第四号	国外文坛消息	Henri Fauconnier
1931—05—01	默晞	《工女马得兰》(米尔波著 岳瑛译)	《开明》	NO. 21		Octave Mirbeau
1931—05—04		法小说家狄科波拉氏论近世文明之两极——列宁与福特	《文艺新闻》	第八号		Maurice Dekobra
1931—05—10	Van Wervere	军官搜到嚣俄的《悲惨世界》	《青年界》	第一卷第三号	文坛漫画	Hugo

续表

发表日期	作者或译者	文章标题	期刊名	卷期号	所属栏目	所涉及作家与批评家
1931—05—10	同上	大仲马小说的真作者	同上	同上	同上	Alexandre Dumas
1931—05—10	杨昌溪	嚣俄的情事	《现代文学评论》	第一卷第二期	现代世界文坛逸话	Hugo
1931—05—25	汪晓光	现代欧洲文坛的非战旗帜	《开展》	9		
1931—06—10	Van Wervere	魏尔伦与音乐	《青年界》	第一卷第四号	文坛漫画	Verlaine
1931—06—10	杨昌溪	波特莱尔的新估价	同上	同上	文坛消息	Baudelaire
1931—06—10	同上	龚古尔奖金的得者及其续著	同上	同上	同上	
1931—06—10	同上	一九三零年龚枯尔文学奖金得者佛柯尼	《现代文学评论》	第一卷第三期		Henri Fauconnier
1931—06—10	同上	同性爱的诗人魏伦	同上	同上	现代世界文坛逸话	Verlaine
1931—06—10	同上	热恋中的嚣俄	同上	同上	同上	Hugo
1931—06—15		莫泊桑像	《当代文艺》	第一卷第六期	插图	Maupassant
1931—06—15		马格哩脱缠绵悱恻——南京中国文艺社第一次演茶花女	《文艺新闻》	第十四号		Alexandre Dumas fils
1931—06	赵景深	民众主义与席莱夫	《小说月报》	第二十二卷第六号	国外文坛消息	André Thérive

续表

发表日期	作者或译者	文章标题	期刊名	卷期号	所属栏目	所涉及作家与批评家
1931—07—06		巴比塞的《炮火》摄成电影已在巴黎放映	《文艺新闻》	第十七号		Henri Barbusse
1931—07	黎烈文	倍尔纳与沉默派戏剧	《小说月报》	第二十二卷第七号	国外文坛消息	Jean-Jacques Bernard
1931—08—10	张一凡	未来派文学之鸟瞰	《现代文学评论》	第二卷第一二期合刊		
1931—08—10	奚行	法国文学史	同上	同上		
1931—08—10	汪倜然	穆杭的《一九〇〇》	同上	同上	现代世界文坛新话	Paul Morand
1931—08—10	杨昌溪	多产的大仲马	同上	同上	现代世界文坛逸话	Alexandre Dumas
1931—08—10	同上	巴尔札克的逸事	同上	同上	同上	Balzac
1931—08—15	杉·捷夫	关于斯台尔夫人的《文学论》	《文艺月刊》	第二卷第八期	东声	Mme de Staël
1931—09—01	伊可维支著，毛一波译	小说论	《新时代月刊》	第一卷第二期		
1931—09—01	金满成	朱溪译的法郎士	同上	同上		Anatole France
1931—09—01	萤	从嚣俄到鲁迅出版	同上	同上	文坛消息	Hugo
1931—09—14	爱而	法国文坛之一瞥——新兴作家之光辉	《文艺新闻》	第二七号		

续表

发表日期	作者或译者	文章标题	期刊名	卷期号	所属栏目	所涉及作家与批评家
1931—09—14		法国艺术批评家福耳将来华	同上	同上		
1931—09—20	沈起予	H. Barbusse 的作品作考	《北斗》	创刊号	批评与介绍	Henri Barbusse
1931—09—30	杉・捷夫著，东声译	关于斯台尔夫人的《文学论》(续)	《文艺月刊》	第二卷第九期		Mme de Staël
1931—09	赵景深	高歌脱的随笔	《小说月报》	第二十二卷第九号	国外文坛消息	Jean Cocteau
1931—09	同上	穆杭的两部著作	同上	同上	同上	Paul Morand
1931—10—01	邵秉钧	读《儿童与家庭》(法国 B. Liber 著)	《开明》	NO. 24		
1931—10—20	杨昌溪	读字典的偏好	《现代文学评论》	第二卷第三期第三卷第一期	现代世界文坛逸话	Théophile Gautier
1931—10—20	同上	痛骂丈夫的高丽黛	同上	同上	同上	
1931—10—20	巴比塞著，穆木天译	左拉的作品及其遗范	《北斗》	第一卷第二期	批评与介绍	Zola
1931—10	赵景深	吉洛杜写个人主义者	《小说月报》	第二十二卷第十号	国外文坛消息	Jean Giraudoux
1931—10	同上	穆杭最近的言论	同上	同上	同上	Paul Morand
1931—11—02		关于中日事件的罗曼罗兰通电	《文艺新闻》	第三十四号		Romain Rolland

续表

发表日期	作者或译者	文章标题	期刊名	卷期号	所属栏目	所涉及作家与批评家
1931—11—16		巴比塞论战争影片	同上	第三十六号		Barbusse
1931—12—25	Smakin	《铁流》在巴黎	《十字街头》（半月刊）	第二期		
1931—12	许德佑	今日的法兰西戏剧运动	《小说月报》	第二十二卷第十二号		
1932—01—20	穆木天	法兰西瓦维龙诞生五百年纪念	《北斗》	第二卷第一期		François Villon
1932—05—01	玄明	Cocktail的时代	《现代》	创刊号	巴黎艺文逸话	
1932—05—01	同上	两种新主义	同上	同上	同上	
1932—05—01	同上	萨拉·培尔那特	同上	同上	同上	Hugo，François Coppée，Edmond Rostand，Alexandre Dumas fils
1932—05—01		拿破仑遗书出售	同上	同上	艺文情报	Napoléon
1932—05—01		拿破仑之遗书	同上	同上	画	*id.*
1932—05—16		Monde一派深深陷入了社会汛系的泥沼	《文艺新闻》	第五十五号		
1932—05—23		跨过了Monde的残骸法国艺术家勇跃前进	同上	第五十六号		
1932—05—23		法国报上的“暗杀”与“阴谋”	同上	同上		
1932—06—01	潘修桐	英政府拒绝巴比塞入境	《新时代月刊》	第二卷第二三期	国外文坛消息	Barbusse

续表

发表日期	作者或译者	文章标题	期刊名	卷期号	所属栏目	所涉及作家与批评家
1932—06—01	陈御月	比也尔·核佛尔第	《现代》	2(六月号)		Pierre Reverdy
1932—06—30	勃兰兑斯著，东声译	勃兰兑斯论法郎士	《文艺月刊》	第三卷第五六期合刊		Anatole France
1932—07—01	凌美	文坛一月间	《读书月刊》	第三卷第四期		Paul Vaillant-Couturier，Romain Rolland，Henri Barbusse
1932—07—01	毛一波	意德法文学的历史观	《新时代月刊》	第二卷第四五期		
1932—07—01	潘修桐	法国文艺展览会的惨剧	同上	同上	世界文坛消息	
1932—07—01	玄明	顺便说起德·弗莱而	《现代》	3(七月号)	巴黎艺文逸话	Robert de Flers
1932—07—01	同上	兄弟的合作	同上	同上	同上	
1932—07—01	同上	驴子的艺术	同上	同上	同上	
1932—07—01		《百日》在巴黎演出	同上	同上	艺文情报	
1932—08—01	倍尔拿·法意著，戴望舒译	世界大战以后的法国文学	同上	4(八月号)		
1932—08—01	高明	法国文艺杂志的展望	同上	同上	杂碎	
1932—08—01	安华	法国之文学海岸	同上	同上		André Maurois，André Gide，Jean Cocteau，Jean Desbordes，Edouard Bourdet，Léon Vérane，Paul Bourget，Raymond Radiguet，Colette，Charles Vildrac，Victor Margueritte，Remy de Gourmont，Paul Morand

续表

发表日期	作者或译者	文章标题	期刊名	卷期号	所属栏目	所涉及作家与批评家
1932—08—01		小说家贝尔吉掷铁球	同上	同上	画	Marcel Berger（Association des écrivains sportifs)
1932—08—01		法牙尔跳高	同上	同上	同上	Jean Fayard
1932—08—01		老作家充评判员	同上	同上	同上	
1932—08—01		出席参加运动之作家	同上	同上	同上	
1932—08—01		百码决赛	同上	同上	同上	
1932—09—20	Van Wervere	高谛蔼的读字典癖	《青年界》	第二卷第二期	插图	Théophile Gautier
1932—10—01	赵少侯	十七世纪的法国沙龙	《新月》	第四卷第三期		
1932—10—01	玄明	莎士比亚公司和朱易士	《现代》	第一卷第六期	巴黎艺文逸话	
1932—10—01	同上	文友书室	同上	同上	同上	
1932—10—01		国际非战同盟开会	同上	同上	艺文情报	Barbusse，Romain Rolland
1932—10—01		二法国作家故世	同上	同上	同上	Comtesse de Martel de Janville，René Bazin
1932—10—10		“卢梭”在“华伦夫人”家中	《文艺茶话》	第一卷第三期	插图	J.-J. Rousseau
1932—10—10		拉马丁及其歌颂之湖	同上	同上	同上	Lamartine
1932—10—15	Bertrand de Jouvenel 著，林如稷译	鲁公马加尔丛书之产生	《沉钟》	13		Zola
1932—10—20	方天白	最近的罗曼罗兰	《青年界》	第二卷第三期		Romain Rolland

续表

发表日期	作者或译者	文章标题	期刊名	卷期号	所属栏目	所涉及作家与批评家
1932—10—30	晦	附记	《沉钟》	14		Bertrand de Jouvenel，Zola，Balzac
1932—10	潘修桐	法政府将刊行二十世纪法国百科全书	《新时代月刊》	第三卷第二期	国际文坛消息	
1932—11—01	哈罗德尼柯孙著，卞之琳译	魏尔伦与象征主义	《新月》	第四卷第四期		Verlaine
1932—11—20	Van Wervere	剧作家不知大仲马	《青年界》	第二卷第四期	插图	Alexandre Dumas
1932—11—20	Van Wervere	都德出卖圣书	同上	同上	同上	
1932—11—20	Van Wervere	弗罗贝尔与都德	同上	同上	同上	Flaubert，Daudet
1932—11—20	Van Wervere	菜贩怀疑左拉	同上	同上	同上	Zola
1932—12—05	时甫	法国西学会的两个文学奖金	《矛盾》	第一卷第三四期合刊	国际文坛情报	
1932—12—05	同上	法国的近期出版物	同上	同上	同上	
1932—12—15	华蒂	罗曼罗兰评国际文学	《文学月报》	第五六号合刊	文艺情报	Romain Rolland
1932—12—20	凌美	文坛一月间	《读书月刊》	第三卷第五期		Henri Barbusse，Romain Rolland
1932—12—20	Émile Faguet 著，沈炼之译	文学批评家和文学史家	《青年界》	第二卷第五期	文学讲话	

续表

发表日期	作者或译者	文章标题	期刊名	卷期号	所属栏目	所涉及作家与批评家
1932—12—20	徐嘉瑞	莫泊桑的小说	同上	同上	书评	Maupassant
1932—12—20	Van Wervere	柏洛司特晨三时访友	同上	同上	插图	
1932—12—31	李青崖	白利欧略传	《文艺茶话》	第一卷第五期		Eugène Brieux
1933—01—01		高克多之手	《现代》	第二卷第三期	现代文艺画报	Jean Cocteau
1933—01—01		三十年祭之左拉	同上	同上	同上	Zola
1933—01—01		普洛斯特十年祭	同上	同上	同上	
1933—01—01		沙敦(Marc Chadourne)新著法文中国插图	《论语》(半月刊)	第八期		Marc Chadourne
1933—02—01	Ludwig Lewisohn 著，马彦祥译	法国近代剧概观	《文艺月刊》	第三卷第八期		
1933—02—01	编者	书与作者	《现代》	第二卷第四期		Paul Morand，Alexandre Arnoux，Franc-Nohain，Jacques Chardonne，Guy Mazeline，Ramon Fernandez，Pierre Benoit，M. G. Lenôtre
1933—02—01		一九三二年之龚果尔文学奖得奖者马才里纳	同上	同上	现代文艺画报	Guy Mazeline
1933—02—01		龚果尔奖委员会开会	同上	同上	同上	
1933—02—01		朵希莱氏到会场投票	同上	同上	同上	Roland Dorgelès
1933—02—01		文学的电影	同上	同上	同上	

续表

发表日期	作者或译者	文章标题	期刊名	卷期号	所属栏目	所涉及作家与批评家
1933—02—01		波苏而王历险记·法国比也而·路易思原作	同上	同上	同上	Pierre Louÿs
1933—02—17		巴尔扎克情书现发	《艺术新闻》	1		Balzac
1933—02—28	贺义昭	十九世纪法国的浪漫主义运动	《文艺茶话》	第一卷第七期		
1933—03—01	李辰冬	法译《贾泰兰夫人的情夫》及其辩护	《新月》	第四卷第六期		
1933—03—01	穆木天	欢迎诗人巴比塞	《新诗歌》	第一卷第三期		Henri Barbusse
1933—03—05		大仲马	《矛盾》（戏剧专号）	第一卷第五六期合刊		Alexandre Dumas
1933—03—05		小仲马	同上	同上		Alxandre Dumas fils
1933—03—05	许德佑	法兰西的异国剧场	同上	同上		
1933—03—11	成君	欢迎巴比塞与艺术家当前任务	《艺术新闻》	4		Henri Barbusse
1933—04—01	山田九郎著，汪馥泉译	法国小说发达史	《文艺月刊》	第三卷第十期		
1933—04—01	Ludwig Lewisohn 著，马彦祥译	法国近代剧概观（续）	同上	同上		
1933—04—01	编者	书与作者	《现代》	第二卷第六期		Henri Barbusse，Romain Rolland

续表

发表日期	作者或译者	文章标题	期刊名	卷期号	所属栏目	所涉及作家与批评家
1933—04—01		法国著作家巴比塞	同上	同上	即将来华之反帝同盟团员	Henri Barbusse
1933—04—01		法国著作家罗曼罗兰	同上	同上	同上	Romain Rolland
1933—04—15		巴比塞像	《文学杂志》	第一号	画页	Barbusse
1933—04—15		罗曼罗兰像	同上	同上	同上	Romain Rolland
1933—04—29		罗曼罗兰像	《涛声》(批判胡适专号)	第二卷第十六期		*id.*
1933—05—01	Ludwig Lewisohn 著，马彦祥译	法国近代剧概观(续)	《文艺月刊》	第三卷第十一期		
1933—05—01	杨昌溪	穆杭论东方文明之毁灭	同上	同上	文艺情报	Paul Morand
1933—05—01	同上	法国汉学家来华	同上	同上	同上	
1933—05—01	适夷	萧和巴比塞	《现代》	第三卷第一期	随笔·感想·漫谈	Henri Barbusse
1933—05—01	若望·高克多著，戴望舒译	关于雷蒙·拉第该	同上	同上	介绍及文艺通信	Raymond Radiguet
1933—05—05	赵景深	儿童文学女作家——(一)十八世纪——法国	《青年界》	三卷三期		
1933—06—01	李辰冬	家庭及其他	《新月》	第四卷第七期	海外出版界	André Maurois

续表

发表日期	作者或译者	文章标题	期刊名	卷期号	所属栏目	所涉及作家与批评家
1933—06—01	Ludwig Lewisohn 著，马彦祥译	法国近代剧概观(续)	《文艺月刊》	第三卷第十二期		
1933—06—01	戴望舒	法国通信	《现代》	第三卷第二期	国外文艺通信	André Gide，Paul Vaillant-Couturier，Berlioz，Eugène Dabit，Jean Guéhenno，Francis Jourdain，Bernard Lecache，Paul Éluard，Malraux，Willard，professeur Wallon，Henri Barbusse，Romain Rolland，Vildrac，Jean-Richard Block，Luc Durtain，Aragon，André Breton，René Char，René Crevel，Max Ernest，Benjamin Peret，Tristan Tzara，P. Unik (?)，Luis Bunuel
1933—06—01		社中座谈:编者缀语	同上	同上		André Gide
1933—06—01		法国革命文艺家之反法西演讲(照片,二幅)	同上	同上	现代文艺画报	
1933—06—01		巴比塞	《文艺月报》	第一卷创刊号	国际反战作家像	Henri Barbusse
1933—06—01		罗曼罗兰	同上	同上	同上	Romain Rolland
1933—07—01	Fernand Gregh 著，徐仲年译	浪漫派诗人的爱情色彩	《文艺月刊》	第四卷第一期		Yvonne Sarcey，Fernand Gregh，Verlaine，Louis Maigron，Pierre Lasserre，Ernest Seillière，Lamartine，Hugo，Alfred de Musset，Alfred de Vigny，Balzac，George Sand，Jules Michelet，Théophile Gautier，Pierre de Marivaux，Claude Crébillon，Pierre Choderlos de Laclos，Ducray-

续表

发表日期	作者或译者	文章标题	期刊名	卷期号	所属栏目	所涉及作家与批评家
1933—07—01	Fernand Gregh 著，徐仲年译	浪漫派诗人的爱情色彩	《文艺月刊》	第四卷第一期		Duminil, J.-J. Rousseau, Philothée O'Neddy, Molière, Edmond Rostand, Flaubert, Jules Champfleury, Victor Cousin, Caroline Eugénie Segond-Weber, Antoine-Léonard Thomas, Lamartine, Molière, Anatole France, Montesquieu, Bergson, Baudelaire, Racine, Sainte-Beuve, Gérard de Nerval, Mallarmé, Desbordes-Valmore, André Gide, Casimir Delavigne, Montaigne, Alexandre Dumas, Alexandre Dumas fils, Stendhal
1933—07—01	横光利一著，黄源译	拿破仑与轮癣	《文学》	创刊号		Napoléon
1933—07—01	梁宗岱	蒙田四百周年生辰纪念	同上	同上		Montaigne
1933—07—01	伍实	四百年前和今日	同上	同上		*id.*
1933—07—05	朱湘	文学闲谈——(一零)异域文学	《青年界》	三卷五期		Voltaire, Montesquieu
1933—07—15	又燃	雪底下的火山——迎接罗曼罗兰	《涛声》	第二卷第二十七期		Romain Rolland
1933—08—01		挪阿绮夫人肖像(照片)	《文艺月刊》	第四卷第二期	插画	Anna de Noailles
1933—08—01		挪阿绮夫人之笔迹(照片)	同上	同上	同上	*id.*
1933—08—01		挪阿绮夫人在西西儿Sicile岛(1907)(照片)	同上	同上	同上	*id.*

续表

发表日期	作者或译者	文章标题	期刊名	卷期号	所属栏目	所涉及作家与批评家
1933—08—01		挪阿绮夫人及其子（照片）	同上	同上	同上	*id.*
1933—08—01	毕杜著，徐仲年译	挪阿绮伯爵夫人	同上	同上		*id.*
1933—08—01	徐仲年	文学家巴比塞先生	《文艺茶话》	第二卷第一期		Barbusse
1933—08—01		巴比塞肖像	同上	同上		Barbusse
1933—08—01	蝉声	巴尔扎克的生平思想及著作	《文艺春秋》	第一卷第二期		Balzac
1933—09—01		爱而兰政府翻译美法文学	《文艺月刊》	第四卷第三期	文艺情报	
1933—09—01		洛撒克里菲奖金赠与法国夏姆生	同上	同上	同上	André Chamson
1933—09—01		新闻中的三作家——A.托尔斯泰、扬·古久列、诺哀伊伯爵夫人	《现代》	第三卷第五期	现代文艺画报	Paul Vaillant-Couturier, Anna de Noailles
1933—09—01		纪德的转变	《文学》	第一卷第三号	补白	André Gide
1933—09—01		法国作家创办工人大学	同上	同上	同上	Romain Roland, Henri Barbusse, Paul Vaillant-Couturier, J. K. Block (?), Paul Nizan, Cachin (?), Charles Rappoport

续表

发表日期	作者或译者	文章标题	期刊名	卷期号	所属栏目	所涉及作家与批评家
1933—09—02	猛克	记迎巴比塞	《涛声》	第二卷第三十四期		Henri Barbusse
1933—10—01		法兰西学院选玛利克为委员	《文艺月刊》	第四卷第四期	文艺情报	François Mauriac
1933—10—01		法作家莫鲁阿眼中的美国	同上	同上	同上	André Maurois
1933—10—01		英法作家愿写的文学家传记	同上	同上	同上	*id.*
1933—10—01		穆杭与伦敦	同上	同上	同上	Paul Morand
1933—11—01		法国讽刺作家的四百年纪念	同上	第四卷第五期	同上	François Rabelais
1933—11—01		拿破仑情书之售价	同上	同上	同上	Napoléon
1933—11—01	李健吾	福楼拜的故乡——路昂-克窿塞	《现代》	第四卷第一期		Flaubert
1933—11—01	许幸之	演说时之古久列氏及其速写像	同上	同上	现代文艺画报	Paul Vaillant-Couturier
1933—11—01		福楼拜之故乡三帧	同上	同上	同上	Flaubert
1933—11—01		关于福楼拜的讽刺画	同上	同上	同上	*id.*
1933—11—01		巴尔扎克的《人间喜剧》	《文学》	第一卷第五号	补白	Balzac
1933—11—01		福罗贝尔的未发表书简集	同上	同上	同上	Flaubert

续表

发表日期	作者或译者	文章标题	期刊名	卷期号	所属栏目	所涉及作家与批评家
1933—12—01		研究远东问题的作者获得法报奖金	《文艺月刊》	第四卷第六期	文艺情报	
1933—12—01		巴比塞赴美国讲演	同上	同上	同上	Barbusse
1933—12—01	侍桁	勃兰脱斯论戈蒂叶	《矛盾》	第二卷第四期	理论	Théophile Gautier
1933—12—01		法国女作家诺哀伊之丧仪	《现代》	第四卷第二期	现代文艺画报	Anna de Noailles
1933—12—01		穆杭及其新著《伦敦》	《文学》	第一卷第六号	补白	Paul Morand
1933—12—01		法国文艺批评家布勒蒙逝世	同上	同上	同上	Henri Bremond
1933—12—01		左拉的别墅与“梅丹派”	同上	同上	同上	Zola
1933—12—01	衣萍	巴尔扎克及其他	《文艺春秋》	第一卷第六期	春秋杂感	Balzac
1934—01—01		法国小说家德哥派拉氏来沪在中法文艺新闻等茶话席上之留影	《文学》	第二卷第一号	文学画报	Maurice Dekobra
1934—01—01		罗曼罗兰及其“第二母亲”(四幅)	同上	同上	同上	Romain Rolland
1934—01—01		巴尔扎克的新研究	同上	同上	补白	Balzac
1934—01—01		罗曼罗兰及其“第二母亲”	同上	同上	同上	Romain Rolland

续表

发表日期	作者或译者	文章标题	期刊名	卷期号	所属栏目	所涉及作家与批评家
1934—01—01		幽默谈话	同上	同上	同上	Maurice Dekobra
1934—01—01		两个小说迷	同上	同上	同上	Balzac
1934—01—01		巴尔扎克像	《文艺春秋》	第一卷第七期		*id.*
1934—01—01	傅雷	一个简单的介绍	同上	同上		
1934—01—01	王集丛	简论巴尔扎克	同上	同上		Balzac
1934—01—01	杨晋豪	巴尔扎克评传	同上	同上		*id.*
1934—01—01	李健吾	包法利夫人	《文学季刊》	创刊号		Flaubert
1934—01	董秋芳	大战后的法兰西文学	《文学评论》	第一卷第二期(Vol 1, No 2)	理论·研究·批判	
1934—01	同上	现代法兰西文学拾零	同上	同上	同上	
1934—02—01		莫利哀雕像	《文艺月刊》	第五卷第二期	插画	Molière
1934—02—01		德哥派拉氏眼中之东方美	同上	同上	文艺情报	Maurice Dekobra
1934—02—01		被毁的爱国诗人像	《文学》	第二卷第二号		Paul Déroulède
1934—02—01		法国新进作家勃莱宠	同上	同上	补白	Charles Braibant
1934—02—01		左拉的新传记	同上	同上	同上	Zola
1934—02—01		法国三文豪的纪念像	同上	同上	同上	Hippolyte Taine, Paul Adam, Paul Bourget

续表

发表日期	作者或译者	文章标题	期刊名	卷期号	所属栏目	所涉及作家与批评家
1934—03—01	杨昌溪	法国剧作家游历远东	《文艺月刊》	第五卷第三期		Paul Gavault
1934—03—01	高明	一九三三年的欧美文坛	《现代》	第四卷第五期		
1934—03—01		年青时的纪德	《文学》（翻译专号）	第二卷第三号	文学画报	André Gide
1934—03—01		中年时的纪德	同上	同上	同上	*id.*
1934—03—01		纪德手迹	同上	同上	同上	*id.*
1934—03—01		罗曼罗兰像	同上	同上	同上	Romain Rolland
1934—03—01		杜赫美尔及其家族	同上	同上	同上	Georges Duhamel
1934—03—01	味茗	伍译的《侠隐记》和《浮华世界》	同上	同上	书报、评述	Alexandre Dumas
1934—03	李建新	大仲马临终的幽默	《青年界》	五卷三号		*id.*
1934—03		插画与装帧	同上	同上		Anatole France，Alfred de Vigny
1934—04—01	侯佩尹	马赛曲同几首爱国诗歌	《文艺月刊》	第五卷第四期		Rouget de Lisle
1934—04—01	长谷川玖一著，张崇文译	波特莱尔的病理学	《现代》	第四卷第六期	逸话	Baudelaire
1934—04—01		巨哥斯拉夫之拉马丁纪念碑（三幅）	同上	同上	现代文艺画报	Lamartine

续表

发表日期	作者或译者	文章标题	期刊名	卷期号	所属栏目	所涉及作家与批评家
1934—04—01		银幕上之娜娜（三幅）	同上	同上	同上	Zola
1934—04—01	梁宗岱	象征主义	《文学季刊》	第二期		
1934—04—01	Edward Sagavin 著，杨潮译	纪德底转变	《春光》	四月号（Vol 1，No 2）		André Gide
1934—04—15	夏炎德	现代法兰西戏剧文学	《矛盾》	第三卷第二期		
1934—04	缪塞	法国诗人维尼像（速写）	《青年界》	五卷四号		Alfred de Vigny
1934—05—01		法郎士像	《文艺月刊》	第五卷第五期	插画	Anatole France
1934—05—01	赵少侯	法郎士生活之一斑	同上	同上		*id.*
1934—05—01	杨昌溪	法国文坛上的歌诵醇酒之奖金	同上	同上	文艺情报	
1934—05—01	同上	法国作家克拉色赴东方游历	同上	同上	同上	
1934—05—01	Charles Mauron 著，徐霞村译	艺术中的一致与分歧	《现代》	第五卷第一期		
1934—05—01	安华	核那而日记中的两个故事	同上	同上	文艺杂志	Jules Renard
1934—05—01	居雪	都德给陆蒂的一封短信	同上	同上	同上	Alphonse Daudet，Pierre Loti

续表

发表日期	作者或译者	文章标题	期刊名	卷期号	所属栏目	所涉及作家与批评家
1934—05—01		法国小说家玛尔洛	《文学》	第二卷第五号	补白	André Malraux
1934—05—01	杜微	论巴尔扎克	《春光》	五月号（Vol 1，No 3）	论文·介绍	Balzac
1934—05—01	Emmanuel Berl 著，陈君冶译	左拉与写实主义	同上	同上	同上	Zola
1934—05—01		巴尔扎克像	同上	同上	现代文艺画报	Balzac
1934—05—01		巴尔扎克画像	同上	同上	同上	Balzac
1934—05—01		巴尔扎克手迹	同上	同上	同上	*id.*
1934—05—01		巴尔扎克底手	同上	同上	同上	*id.*
1934—05—01		左拉画像	同上	同上	同上	Zola
1934—05—01		左拉手迹	同上	同上	同上	*id.*
1934—05—01		发表左拉我控诉之《黎明报》	同上	同上	同上	*id.*
1934—06		顽强的拿破仑	《小说》（月刊）	第二期（六月号）		Napoléon
1934—07—01	勃兰兑斯著，侍桁译	勃兰兑斯论梅礼美	《文艺月刊》	第六卷第一期		Prosper Mérimée
1934—07—01	洪素野	法国文学年表	同上	同上	史料	

续表

发表日期	作者或译者	文章标题	期刊名	卷期号	所属栏目	所涉及作家与批评家
1934—07—01		巴黎成立国社党焚禁书籍图书室	同上	同上	文艺情报	
1934—07—01	马宗融	法国的文艺杂志	《文学》	第三卷第一号	杂文、杂记	
1934—07—01	萧石君	雷南的婚事	同上	同上	杂文、杂记；书与作者漫谈	
1934—07—01	同上	罗曼罗兰的《悲多汶》	同上	同上	同上	Romain Rolland
1934—08—01	S. J. Bochbard	梅礼美饰 Chara Gazul 像	《文艺月刊》	第六卷第二期	插画	Prosper Mérimée
1934—08—01	Deieeluze	梅礼美之晚年肖像	同上	同上	同上	*id.*
1934—08—01	白璧德著，陈瘦石译	浪漫派的忧郁病	同上	同上		J.-J. Rousseau, Mme de Staël, Chateaubriand, Ernest Seillière, Ninon de Lenclos, Etienne Pivert de Senancour, Lamartine, Sainte-Beuve, Flaubert, Benjamin Constant, Leconte de Lisle, Stendhal, Baudelaire, Villiers de l'Isle-Adam, Barbey d'Aurevilly, Diderot, Alfred de Musset, George Sand, Huysmans, Jules Lemaître, Chateaubriand, Taine, Hugo, Ernest Renan, Maurice de Guérin
1934—08—01	勃兰兑斯著，侍桁译	勃兰兑斯论梅礼美(续)	同上	同上		Prosper Mérimée
1934—08—01	佐佐木孝丸著，穆木天译	以演剧为中心的卢梭与百科全书派之对立	《现代》	第五卷第四期		J.-J. Rousseau

续表

发表日期	作者或译者	文章标题	期刊名	卷期号	所属栏目	所涉及作家与批评家
1934—08—01	郭建英	巴尔扎克的恋爱	同上	同上	介绍·研究	Balzac
1934—08—01	马宗融	《娜娜》	《文学》	第三卷 第二号	书评	Zola
1934—08—01	同上	《舅舅昂格尔》	同上	同上	同上	Romain Rolland, Henry Poulaille, Panaït Istrati
1934—09—01	勃兰兑斯著,侍桁译	勃兰兑斯论梅礼美(续)	《文艺月刊》	第六卷 第三期		Prosper Mérimée
1934—09—01	马宗融	《屠槌》	《文学》	第三卷 第三号	书报评述	Zola
1934—09—01	贺文林/马宗融	关于《舅舅昂格尔》	同上	同上	读者之声	Panaït Istrati
1934—09—01		玛尔洛谈新俄的译本	同上	同上	补白	André Malraux
1934—09—01		爱伦堡谈法国文坛近况	同上	同上	同上	
1934—09—16	Vladimir Favorsky	梅里美像(木刻)	《译文》	第一卷 第一期	插画	Prosper Mérimée
1934—09—16		梅里美的钢笔画	同上	同上	同上	*id.*
1934—09—16	Paul Rajon	科佩像	同上	同上	同上	François Coppée
1934—10—01		莫利哀画像	《文艺月刊》	第六卷 第四期	插图	Molière
1934—10—01		《恨世者》第一版封面	同上	同上	同上	Molière
1934—10—01	赵少侯	莫利哀的恨世者	同上	同上		*id.*
1934—10—01		巴黎设立“德意志自由文库”	《文学》	第三卷 第四号	补白	

续表

发表日期	作者或译者	文章标题	期刊名	卷期号	所属栏目	所涉及作家与批评家
1934—10—01		巴尔扎克逸话	同上	同上	同上	Balzac
1934—10—01		左拉的苦况	同上	同上	同上	Zola
1934—10—16	石川涌著，乐雯译	说述自己的纪德	《译文》	第一卷第二期		André Gide
1934—10—16	F. 瓦乐敦	纪德像(木刻)	同上	同上	插画	*id.*
1934—10—16	Constant Le Breton	散文诗抄插画八幅(木刻)	同上	同上	同上	
1934—11—01	马宗融	从莫利耶的戏剧说到五种中文译本	《文学》	第三卷第五号		Molière
1934—11—01	王了一/马宗融	关于《娜娜》与《屠槌》的翻译	同上	同上	读者之声	Zola
1934—11—01		巴尔扎克的家书	同上	同上	补白	Balzac
1934—12—01	严大椿	现代法国文学与大战	《文艺月刊》	第六卷第五六期		
1934—12—01		巴尔扎克巴黎生活的一斑	《文学》	第三卷第六号	补白	Balzac
1934—12—16	余一	关于翻译	《文学季刊》	第一卷第四期		Zola
1934—12—16	李健吾	福楼拜的人生观	同上	同上		Flaubert
1934—12—16	谭纳著，李辰冬译	论巴尔扎克	同上	同上		Balzac

续表

发表日期	作者或译者	文章标题	期刊名	卷期号	所属栏目	所涉及作家与批评家
1934－12－20	李金发	法国的文艺客厅	《人间世》	第十八期		Alexandre Dumas fils，Anatole France，Jules Lemaître，Paul Hervieu，Fernand Gregh，Henry Becque，Marcel Proust，Sainte-Beuve，Ernest Renan，Jules Lemaître，Flaubert，Maupassant，Maurice Barrès，Léon Daudet，François Coppée，Ferdinand Brunetière，Hebrard（?），Veber（?），Robert de Flers，les Goncourt，Taine，Théophile Gautier，José-Maria de Heredia，Mallarmé
1935－01－01	梁宗岱/马宗融	关于《可笑的上流女人》及其他	《文学》	第四卷第一号	书评	Molière
1935－01－01	马宗融	法国小说家雨果	同上	同上		Hugo
1935－01－01	雨果	巴而札克的死	同上	同上		Balzac
1935－01－01		雨果像	同上	同上	文学画报	Hugo
1935－01－16	沈有乾	柏格森论笑的批评	《论语》（半月刊）	第五十七期		Henri Bergson
1935－01－16		拉马尔丁像	《译文》	第一卷第五期	插画	Lamartine
1935－02－01	梁宗岱/马宗融	再论可笑的上流女人及其他	《文学》	第四卷第二号	作家和作品	Molière
1935－03－01	骆清	中法文化交换出版委员会	《现代》	第六卷第二期	琐琐屑屑	
1935－03－01		法国小说家珂克多编电影剧本	《文学》	第四卷第三号	补白	Jean Cocteau

续表

发表日期	作者或译者	文章标题	期刊名	卷期号	所属栏目	所涉及作家与批评家
1935—03—16	李健吾	福楼拜的内容形体一致观	《文学季刊》	第二卷第一期		Flaubert
1935—03—16	亨利·布拉伊著，马宗融译	乔治桑巴尔扎克与左拉	同上	同上		George Sand, Balzac, Zola
1935—03—16	I. 爱伦堡著，黎烈文译	论莫洛亚及其他	《译文》	第二卷第一期		André Maurois
1935—03—16		莫洛亚及其夫人	同上	同上	插画	*id.*
1935—03	孟雪	嚣俄的基督被磔像	《青年界》	第七卷第三号		Hugo
1935—04—01	曾献中	龙沙与法国七星诗人	《文艺月刊》	第七卷第四期		Charles d'Orléans, Pierre de Ronsard, Joachim du Bellay, Jacques Pelletier du Mans, Rémy Belleau, Antoine de Baïf, Pontus de Tyard, Étienne Jodelle, François Villon, Alfred de Musset, François de Malherbe, Boileau, Voltaire, Chateaubriand, Lamartine, Hugo
1935—04—01	宗融	法国的"佛郎西年"和"教授年"	《文学》	第四卷第四号	世界文坛展望	Robert Francis, Louis Francis, Roger Vercel, Huysmanns, Jérome et Jean Taraud
1935—04—01	同上	法国著名文学史家郎松逝世	同上	同上	同上	Gustave Lanson
1935—04—05	施蛰存	服尔泰	《文饭小品》	第三期	微言	Voltaire
1935—04—15	琪	《今日欧美小说之动向》（赵家璧译）	《新小说》	四月号	书架	

续表

发表日期	作者或译者	文章标题	期刊名	卷期号	所属栏目	所涉及作家与批评家
1935—04—15	叶子	法国文坛小讯	《文艺》	第一卷第二期	文坛消息	
1935—04—16	G. 卢卡且著，孟十还译	左拉和写实主义	《译文》	第二卷第二期		Zola
1935—04—16	V. 渥哲狄著，黎烈文译	左拉	同上	同上	插画	*id.*
1935—04—16		左拉最后之像	同上	同上	同上	*id.*
1935—04—16		左拉插图十一幅	同上	同上	同上	*id.*
1935—04—16		左拉及其家族	同上	同上	同上	*id.*
1935—04—16		左拉和巨人戈略忒	同上	同上	同上	*id.*
1935—04—16		理发匠利用左拉名著所作之广告	同上	同上	同上	*id.*
1935—04—16		纪德像	同上	同上	同上	André Gide
1935—04	Benjamin Crémieux 著，魏晋译	纪德与小说技巧	《东流》	第一卷第五期		*id.*
1935—04		法国四则	同上	同上	世界文坛展望台	
1935—04		纪德像	同上	同上	插图	André Gide
1935—05—01		雨果五十周年忌辰特辑（十六幅）	《文艺月刊》（雨果纪念特辑）	第七卷第五期	插画	Hugo

续表

发表日期	作者或译者	文章标题	期刊名	卷期号	所属栏目	所涉及作家与批评家
1935—05—01	徐仲年	雨果论	同上	同上		*id.*
1935—05—01	李青崖	雨果先生年谱稿略	同上	同上		*id.*
1935—05—01	André Bellessort 著，方于女士译	评雨果名著《可怜的人》	同上	同上		*id.*
1935—05—01	郎鲁逊	雨果的研究	同上	同上		*id.*
1935—05—01	李丹	关于雨果	同上	同上		*id.*
1935—05—01	徐心芹	雨果的社会学观之评价	同上	同上		*id.*
1935—05—01	马宗融	现代法国人心目中的雨果	《文学》	第四卷第五号	世界文坛展望	*id.*
1935—05—01		巴尔扎克的最后	同上	同上	补白	Balzac
1935—05—01	郑振铎	世界文库第一集目录“外国之部”	同上	同上		Corneille，François Villon，Blaise Pascal，Montaigne，Molière，Jean Racine，Jean de la Fontaine，Charles Perrault，Nicolas Boileau，Voltaire，Beaumarchais，J.-J. Rousseau，L'abbé Prévost，Chateaubriand，Hugo，Balzac，George Sand，Stendhal，Flaubert，Zola，Maupassant，Mérimée，Alphonse Daudet，Anatole France，Paul Bourget，Pierre Loti，Romain Rolland，Baudelaire，Henri Barbusse，Gide，Eugène Brieux，Paul Hervieu，Edmond Rostand，Sainte-Beuve，Taine
1935—05—15		巴尔扎克逸话	《新小说》	五月号	补白	Balzac
1935—06—01	郑振铎	“世界文库”第二册要目	《文学》	第四卷第六号		Balzac，Stendhal，Pierre Loti

续表

发表日期	作者或译者	文章标题	期刊名	卷期号	所属栏目	所涉及作家与批评家
1935—06—01	仲持	玛尔乐讲文学	同上	同上	世界文坛展望	André Malraux，Balzac，Baudelaire
1935—06—01	马宗融	纪念左拉的《萌芽》出版的五十周年	同上	同上	同上	Zola，Maupassant，Les Goncourt
1935—06—01	同上	巴比塞对雨果的评语	同上	同上	同上	Henri Barbusse，Hugo
1935—06—01	同上	戈莱特当选为比国法兰西语文学院院员	同上	同上	同上	Colette
1935—06—01		福禄倍尔和莫泊桑	同上	同上	补白	Flaubert，Maupassant
1935—06—01		巴尔扎克的研究家	同上	同上	同上	Balzac
1935—06—01		十种法国小说之一	同上	同上	同上	Balzac
1935—06—15	川口笃著，马鸣尘译	纪德论	《文艺》	第一卷第四期		André Gide
1935—06—16	A. 纪德著，沈起予译	我喜欢的十种法国小说	《译文》	第二卷第四期		
1935—06—16	G. 波目著，马宗融译	左拉的《萌芽》的新评	同上	同上		Zola
1935—06—16		编者的话	同上	同上		André Gide，Mérimée，Maurois，Zola
1935—07—01	李健吾	福楼拜的书简	《文学》	第五卷第一号	书简与日记	Flaubert
1935—07—01	宗融	莫泊桑的《漂亮朋友》出版的五十周纪念	同上	同上	展望与回顾	Maupassant

续表

发表日期	作者或译者	文章标题	期刊名	卷期号	所属栏目	所涉及作家与批评家
1935—07—01		“屠槌”再版改为“酒窟”	同上	同上	补白	Zola
1935—07—01		日本的巴尔扎克研究年	同上	同上	同上	Balzac
1935—07—01		纪德不肯为日译纪德全集做序	同上	同上	同上	André Gide
1935—07—01		G. 福楼拜像	同上	同上	文学画报	Flaubert
1935—07—01		G. 福楼拜九岁的信札手迹	同上	同上	同上	*id.*
1935—07—15	戈	巴比塞近著	《杂文》	第二号	杂讯	Henri Barbusse
1935—07—16	李小炎	法国文人逸话	《论语》(半月刊)	第六十八期		Balzac, Voltaire, Alexandre Dumas
1935—07—16	A. 劳藏	纪德画像	《译文》	第二卷第五期	插画	André Gide
1935—08—01	宗融	缪塞的“五月之夜”的百年纪念	《文学》	第五卷第二号	世界文坛展望	Alfred de Musset
1935—08—01	同上	« Le Vert Galant »饭店的两种文学奖金	同上	同上	同上	Fernand Fleuret, Roger Allard, Apollinaire, Jean Gignaud, André Thérive, Gabriel Boissy, André Billy, Jean Cassous, Pierre Gueguen, Robert Kemp Gaston, Ragiot (?), Henri Massis, Pierre Bonardi, Maurice Bourdet, Maurice Martin du Gard, Léon-Pierre Guint, Edmond Jaloux, Marcel Prévost, Guitet-Vauquelin, Thierry Maulnier
1935—08—16	莱提莱	左拉像(摄影)	《译文》	第二卷第六期	插画	Zola

续表

发表日期	作者或译者	文章标题	期刊名	卷期号	所属栏目	所涉及作家与批评家
1935—09—01	宗融	巴黎国际作家大会续讯	《文学》	第五卷 第三号	世界文坛展望	
1935—09—01		苏阿列士连获两种文学奖金	同上	同上	同上	André Suarès，Albert Touchard
1935—09—01		罗曼罗兰游俄	同上	同上	补白	Romain Rolland
1935—09—16	李健吾	福楼拜的短篇小说集	《文学季刊》	第二卷 第三期		Flaubert
1935—09—16	塞门斯著，曹葆华译	法国文学上的两个怪杰	同上	同上		
1935—09—16	I. 爱伦堡著，黎烈文译	纪德之路	《译文》	终号		André Gide
1935—09—20	大石	罗曼罗兰在苏联	《杂文》	第三号	杂讯	Romain Rolland
1935—09—20	北	巴比塞逝世	同上	同上	同上	Henri Barbusse
1935—09—20		罗曼罗兰与高尔基	同上	同上	插图	Romain Rolland
1935—10—01	娄放飞	巴比塞漫画	《文学》	第五卷 第四号		Henri Barbusse
1935—10—01	沈起予	纪德的一生	同上	同上		André Gide
1935—10—01		日译法兰西现代小说	同上	同上	补白	
1935—10—01	罗丹	巴尔扎克像	同上	同上	文学画报	Balzac
1935—10—01		罗曼罗兰游俄(六幅)	同上	同上	同上	Romain Rolland
1935—10—05	林焕平	从莫泊桑说开去	《芒种》(半月刊)	第二卷 第一期		Maupassant

续表

发表日期	作者或译者	文章标题	期刊名	卷期号	所属栏目	所涉及作家与批评家
1935—11—01	许德佑	法德戏剧动向之比较	《文学》	第五卷第五号		
1935—11—01	孟林	《田园交响乐》(A. 纪德作,丽尼译)	同上	同上	书报评述	André Gide
1935—11—01		罗曼罗兰原稿赠与图书馆	同上	同上	补白	Romain Rolland
1935—11—01		纪德的左拉论	同上	同上	同上	André Gide, Zola
1935—11—01		巴比塞的最后感想	同上	同上	同上	Henri Barbusse
1935—11—01	高尔基	悼巴比塞	《东流》	第二卷第一期		*id.*
1935—11—01	王一苇	纪得的左拉观	同上	同上		André Gide, Zola
1935—11—01	罗念远	罗曼罗兰的托尔斯泰观	同上	同上		Romain Rolland
1935—12—01	澄清	巴比塞逝世后	《文学》	第五卷第六号	世界文坛展望	Henri Barbusse
1935—12—01	仲持	罗曼罗兰的两封信	同上	同上	同上	Romain Rolland
1935—12—01	宗融	法兰西学士院的三百周年纪念	同上	同上	同上	
1935—12—01		法国返尔南兑斯的新著	同上	同上	补白	Ramon Fernandez
1935—12—15	纪德	巴比塞的人格	《东流》	第二卷第二期		Henri Barbusse
1935—12—15	高尔基著,艾迪纳译	卓越的时代人	《质文》	第四号	纪念巴比塞	*id.*

续表

发表日期	作者或译者	文章标题	期刊名	卷期号	所属栏目	所涉及作家与批评家
1935—12—15	罗曼罗兰著，铭五译	朋友的死	同上	同上		*id.*
1935—12—15	纪德著，休译	巴比塞的人格	同上	同上		*id.*
1935—12—15	林林	纪念诗	同上	同上		*id.*
1935—12—15		罗曼罗兰	同上	同上	插图	Romain Rolland
1935—12—15		巴比塞	同上	同上	同上	Henri Barbusse
1936—01—01	毕树棠	过去一年欧美文坛的回顾	《文学》	第六卷第一号	世界文坛展望	
1936—01—01	宗融	法国《水星》杂志主干瓦列特逝世	同上	同上	同上	Alfred Valette, Jules Renard, Louis Denise, George-Albert Aurier, Louis Dumur, Gustave Khan, Mme Rachilde, Pierre Louÿs, Ferdinand Hérold, Georges Duhamel
1936—01—01	宗融	杜亚默尔当选为学士院员	同上	同上	同上	Georges Duhamel
1936—01—01		世界的翻译文学	同上	同上	补白	
1936—01—01		被翻译最多的作家	同上	同上	同上	Alexandre Dumas, Hugo, Maupassant, Romain Rolland, André Maurois, Balzac, Georges Duhamel, Anatole France, Maurice Dekobra
1936—01—01	徐仲年	无限凄凉的法国文学	《文艺月刊》	第八卷第一期		
1936—01—20	J. Freeman 著，何封译	向巴比塞敬礼	《海燕》	1		Henri Barbusse

续表

发表日期	作者或译者	文章标题	期刊名	卷期号	所属栏目	所涉及作家与批评家
1936—02—01	K. T.	纪德纵谈俄国文学	《文学》	第六卷第二号	世界文坛展望	André Gide
1936—02—01	宗融	法国名小说家布尔惹逝世	同上	同上	同上	Paul Bourget
1936—02—01	法郎士著，赵少侯译	法国古代的民歌	《文艺月刊》	第八卷第二期		
1936—02—01	邵欣	法国文学的新动向	《东流》	第二卷第三期		
1936—02—01	虞和富	《莫里哀全集》等三种	《宇宙风》（半月刊）	第十期	二十四年我所爱读的书	Molière
1936—02—20	André Malraux著，黎烈文译	纪德的《新的粮食》	《海燕》	2		André Gide
1936—02—20		纪德(A. Gide)	同上	同上	插图	*id.*
1936—02—20		纪德(A. Gide)(画像)	同上	同上	同上	*id.*
1936—02—20		A. Malraux(画像)	同上	同上	同上	André Malraux
1936—03—16	A. 卢那察尔斯基	佛郎士论	《译文》	新一卷第一期		Anatole France
1936—03—16	P. E. 微倍尔	法郎士像(木刻)	同上	同上	插画	*id.*
1936—03—20	盛成	纪念巴比塞(附事略及墨迹)	《逸经》	第二期		Henri Barbusse

续表

发表日期	作者或译者	文章标题	期刊名	卷期号	所属栏目	所涉及作家与批评家
1936—03—25	NN生著，唐虞译	巴比塞和我的谈话	《东方文艺》	创刊号		*id.*
1936—04—01	仲持	七十老人罗曼・罗兰	《文学》	第六卷第四号		Romain Rolland
1936—04—01	Pjjouve著，金发译	罗曼罗兰及其生活	《文艺月刊》	第八卷第四期		*id.*
1936—04—01	张香山	龚果尔获奖作品《血与光》	《东流》	第二卷第四期		Joseph Peyré
1936—04—15	何凝	关于左拉	《作家》	创刊号		Zola
1936—04—15	黄源	罗曼罗兰七十诞辰	同上	同上		Romain Rolland
1936—04—16	J. R. 布洛克著，黎烈文译	法兰西与罗曼罗兰的新遇合	《译文》	新一卷第二期		*id.*
1936—04—16	亚兰著，陈占元译	论《詹恩・克里士多夫》	同上	同上		*id.*
1936—04—16		罗曼罗兰最近照像	同上	同上	插画	*id.*
1936—04—16		罗曼罗兰与高尔基合影	同上	同上	同上	*id.*
1936—04—16		年青时的罗曼罗兰	同上	同上	同上	*id.*
1936—05—01	宗融	大洛司尼的八旬诞辰	《文学》	第六卷第五号	世界文坛展望	J. -H. Rosny aîné et J. -H. Rosny jeune，Zola，Daudet，Mallarmée，
1936—05—01	宗融	《一个世纪儿的自白》出版的百年纪念	同上	同上	同上	Alfred de Musset，George Sand，Paul de Musset

续表

发表日期	作者或译者	文章标题	期刊名	卷期号	所属栏目	所涉及作家与批评家
1936—05—15	高冲阳造著，周学普译	安德列·纪德的路	《作家》	第一卷第二号		André Gide
1936—05—16	A. 卢那察尔斯基	一位停滞时期的天才梅里美	《译文》	新一卷第三期		Prosper Mérimée
1936—06—01	宗融	拉马尔丁的《若瑟兰》出版百年纪念	《文学》	第六卷第六号	世界文坛展望	Lamartine
1936—06—01	同上	高乃依 Le Cid 上演的三百年纪念	同上	同上	同上	Corneille
1936—06—15	列一茄士著，邢桐华译	艺术家罗曼罗兰	《质文》	第五六合刊号	罗曼罗兰七十诞生纪念	Romain Rolland
1936—06—15	纪德著，代石译	两次的会见	同上	同上	同上	*id.*
1936—06—15		罗曼罗兰画相	同上	同上	插图	*id.*
1936—06—15		巴比塞相	同上	同上	同上	Henri Barbusse
1936—06—15		罗曼罗兰画相	同上	同上	封面图解	Romain Rolland
1936—07—01	毕树棠	俄法文坛别报	《文学》	第七卷第一号		
1936—07—16		高尔基与罗曼罗兰	《译文》（高尔基逝世纪念特辑）	新一卷第五期	插画	Romain Rolland

续表

发表日期	作者或译者	文章标题	期刊名	卷期号	所属栏目	所涉及作家与批评家
1936—07—25	亚洛雪夫著,陈琳译	罗曼罗兰访问记	《东方文艺》(追悼高尔基特辑)	第一卷第四期		*id.*
1936—07—25		高尔基与罗曼罗兰合影	同上	同上	插图	*id.*
1936—08—01	F. 恩格斯著,何凝译	巴尔札克论	《现实文学》	第一卷第二期		Balzac
1936—08—10	列斯	《马赛曲》作者百年忌辰	《光明》	第一卷第五号		Rouget de Lisle
1936—08—16		高尔基与罗曼罗兰	《译文》(高尔基逝世纪念特辑 II)	新一卷第六期	插画	Romain Rolland
1936—08—16		纪德等参加巴黎高尔基街改名	同上	同上	同上	André Gide
1936—09—01	严大椿	司达哀尔夫人论	《文艺月刊》	第九卷第三期		Mme de Staël
1936—09—01	勒麦特尔著,李万居译	莫泊桑论	同上	同上		Maupassant
1936—09—05	方光焘	读《司汤达小说集》——对于李健吾先生译文的几个疑点	《中流》	创刊号	翻译批评	Stendhal
1936—09—10	S. 忒里著,梅雨译	火线下是怎样出版的	《光明》	第一卷第七号		Henri Barbusse

续表

发表日期	作者或译者	文章标题	期刊名	卷期号	所属栏目	所涉及作家与批评家
1936—09—16	L. G.	纪得论普式庚	《译文》（普式庚逝世百年纪念号）	新二卷第一期		André Gide
1936—09—20	黎烈文	《光明》太对不起纪德	《中流》	第一卷第二期	翻译批评	*id.*
1936—10—01		法国的女性幸福生活奖金	《文学》	第七卷第四号	补白	
1936—10—01	刘鍫	法国象征派小说家纪德	《文艺月刊》	第九卷第四期		André Gide
1936—10—10	鲍雷思	许拜维艾尔白描像	《新诗》	第一期		Jules Supervielle
1936—10—10	马赛尔·雷蒙著，戴望舒译	许拜维艾尔论	同上	同上		*id.*
1936—10—10	戴望舒	记诗人许拜维艾尔	同上	同上		*id.*
1936—10—15	马宗融	介绍《红袍》中译本	《作家》	第二卷第一号		Eugène Brieux
1936—10—15		巴尔扎克画像	《小说家》	第一卷第一期		Balzac
1936—11—10	林焕平	巴比塞·高尔基·鲁迅	《质文》	第二卷第二期		Barbusse

续表

发表日期	作者或译者	文章标题	期刊名	卷期号	所属栏目	所涉及作家与批评家
1936—11—15		法国“文化之家”的流动	《东流》	第三卷第二期	文化情报	
1936—12—01		纪德的近著	《文学》	第七卷第六号	补白	André Gide
1937—01—01		雨果画像	同上（新诗专号）	第八卷第一号	画刊	Hugo
1937—01—01	沈从文	《福楼拜评传》等二种	《宇宙风》（半月刊）	第三十二期	二十五年我的爱读书	Flaubert
1937—01—16		法国作家与西班牙内战	《译文》	新二卷第五期	文学往来	Romain Rolland，Léon Daudet，André Malraux，Paul Nizan，Jean-Richard Bloch，Jean Cassou，Louis Parrot
1937—01—16		中国一九三六年度的文艺译本	同上	同上	同上	
1937—03—10	杨哲文	纪德游苏联后的影响	《光明》	第二卷第七号（革新号）	文坛情报	André Gide
1937—03—10	戴望舒	关于阿尔陀拉季雷	《新诗》	第六期		*id.*
1937—03—16		巴黎等地文化宫的建设	《译文》	新三卷第一期	文学往来	
1937—03—16		在法国组织国家出版局的建议	同上	同上	同上	
1937—03—16		从苏联回法以后的纪德	同上	同上	同上	André Gide

续表

发表日期	作者或译者	文章标题	期刊名	卷期号	所属栏目	所涉及作家与批评家
1937—04—15	周多	孟巴纳斯的新进作家——梭丁·达雷亚可维支·哈里加	《文艺》	第四卷第四期		
1937—04—16		罗曼罗兰给青年作家的一封信	《译文》	新三卷第二期	文学往来	Romain Rolland
1937—04—16		P. 古玖里埃的文学活动二十周年纪念	同上	同上	同上	Paul Vaillant-Couturier
1937—05—01	严大椿	一九三六年的贡古尔奖金	《文学》	第八卷第五号	杂文	
1937—05—01	Louis Petit de Julleville著,徐仲年译	《西特》论	《文艺月刊》	十卷四五两期合刊		Corneille
1937—05—01	徐仲年	读 Le Cid 两种汉译	同上	同上	介绍与批评	*id.*
1937—06—01	Louis Petit de Julleville著,徐仲年译	《西特》论(续)	同上	第十卷第六期		*id.*
1937—06—15	郭沫若	中国左拉之待望	《中国文艺》	第一卷第二期		Zola
1937—06—16	克	由巴尔札克钢像所引起的纠纷	《译文》(新版)	新三卷第四期	文学往来	Balzac
1937—06—16	同上	阿拉贡和记者的谈话	同上	同上	同上	Louis Aragon

续表

发表日期	作者或译者	文章标题	期刊名	卷期号	所属栏目	所涉及作家与批评家
1937—06—30	黄照	《司汤达小说集》	《中学生文艺季刊》	第三卷第二号	读书录	Stendhal
1937—07—01	李健吾	巴尔扎克的《欧贞尼·葛郎代》	《文学杂志》	第一卷第三期	书评	Balzac
1937—08—15	文治平	喜剧的成长与莫利哀	《文艺》(抗战戏剧专号)	五卷一·二期		Molière
1937—10—01	宋春舫	欧战所产生的几个剧本	《宇宙风》(半月刊)	第四十八期		
?		最后的话	《当代文艺》	第一卷第四期		Maupassant

后　记

本书成形于我的法文博士论文，距今已有数载。完成博士论文答辩至今，不断感受到自己过往研究的局限和不足，看到革新、深化研究的可能。因此此刻出版本书，我有些忐忑。一是想到的是不辜负孟华老师的重托，二来为对于这一主题感兴趣的初学者提供一个可能的入门路径。

在讲述法国文学在中国的故事外，这本小书还承载了一个隐形文本。后者讲述一颗敏感的灵魂从中国到中法之间的启蒙历程。作为启蒙的见证，这本小书在学术与人生的交界处，在象征的层面上，也许有其存在的价值。

赴法读书前，我一直待在校园里循规蹈矩地念书，内心却并不如表面看起来那般平静。课堂内外的言传身教有时令我感到意义不甚明了，或一言难尽，却又不无恐慌地认为这是我不够聪明所致。周遭世界在我眼中时常闪烁着某种光环。我欲接近之又欲抵触之，很想却又很难与之达成默契。周围人与社会间则似乎总比我多几分融洽自在，这曾令我羡慕不已。

从熙攘的中国大学校园搬到巴黎十六区某处顶楼一间极小的房子里，我开始逐步回归自我。这是持续了近三年的极为艰难的过程。其间伴随着长久的迷茫和忧虑。表面上，却仍旧不过每日坐公交或地铁去图书馆，一如既往地井井有条。记得一个阳光烂漫的傍晚，公交车驶过荣军院。荣军院前的草坪上，人们随心所欲地晒太阳，享受着人生的美好。然而那一刻我却觉得整个世界格外陌生，被抽空了包括怀念故国在内的一切情感套路的意义。

如今，我有时仍会带着几分劫后余生的庆幸，回味那些意义的冰点时刻，以及那些时刻中，巴黎的阳光、道路、人群散发的氤氲。在各种制造意义的话语正板着面孔束缚我们生活的当下，对意义冰点的体认显得格外可贵。抵法一年多后，我搬去凡尔赛居住。在从图书馆到巴黎西南郊的火车上，我读小说，我感到莫大的慰藉。然而当我抬头看夕阳，看车窗外飞驰的铁轨、纵横交错的电网，我又陷入迷茫。尽管对于唯物主义一知半解，那时的我却总觉得文字以及一切象征符号不足以给生命以终极意义。后者一定如铁轨、电网般，坚实地存在于某个角落。

文艺、历史、跨文化语境，无数点点滴滴，促成我改变对内心生活与存在状态之关系的看法。这一改变基于对作为思想气质的“纯朴”的好感。法文写作对于清晰的要求，映照出我思想的平淡无奇。我逐步接受平庸，不再用神秘化的修辞风格自我粉饰。我决定以真诚抵抗欺骗，也借此慰藉失望。随着阅读、写作和阅历的深化，我愈加怀疑炫惑恢弘的论述是否真的大有深意。因为追求清晰，我的内心开始变得明朗，进而变得坚定、锐利。这让后来的我面对排山倒海的宏大叙事，依旧坚信个体启蒙的意义。

散发着古典气质的笛卡尔式思维，无疑是我失散已久的好友。有时却也难免觉得它有些无趣。深察理性的枯燥，也更明白艺术的意义。法国和谐的景观和丰富的艺术资源，帮助我将对美的亲近转化为对形式的自觉。更重要的是，当社会历史的迷雾被拨开，我开始学会倾听最真挚、最优雅的心声。法国古建筑和古董散发的氤氲令我着迷，也让我意识到作为一个没有经历过战争的个体，我以怎样的方式承载跌宕起伏的中国现当代史。后来我无意中接触到一本深蓝色线装书。一瞬间，来自传统中国的文雅和温润冲击我的灵魂。然而另一瞬间，关于近现代中国之疲软与当代中国之刚硬的对比叙事，又让我觉得文雅和温润无处藏身。灵魂的美学洗礼之后是沮丧。艺术品的氤氲一如笛卡尔式思维，在人性弱点面前显得不堪一击。

归国前夜，我出门散心。踱步在华灯初上的教区路上，看人群三三两两，车灯流动。在懵懂中来到法国，离开时思绪万千。连我自己也惊讶的是，这万千思绪中，竟澎湃着大江大海。有那么一刻，我似乎看到锈色的帘幕张开，眼前出现一道长型舞台。随后哑然失笑。不论是乐观嘲弄伤痕抑或现实嘲弄乐观，启蒙之光点燃了一个在中法间行走的个体的内在生命，终究是件美好的事。

2021 年 8 月 10 日—2022 年 4 月 26 日

致　谢

感谢孟华教授、何碧玉(Isabelle Rabut)教授、安必诺(Angel Pino)教授在我博士论文撰写瓶颈期给予我点拨。感谢导师 André Guyaux 教授、Gilles Rambert-Rat 先生修订法文文稿,令我获益良多。感谢在法读博期间张寅德教授等一众师友对我予以指导和帮助。感谢许钧教授将我领入博士学习之门。感谢在我成长过程中,每一位让我感受到对知识有爱、对他人有善意的师长和友人。感谢父母杨以庄先生、曹伟然女士和每一位对我至关重要的家人。感谢国家留学基金委、法国驻华大使馆,特别是我所在的复旦大学外国语言文学学院为本书提供资助与支持。